★ 红色记忆三部曲 ★

迎春花

冯德英 著

山东文艺出版社

主要人物表

曹振德——山河村党支部书记，村指导员，父亲。
春　梅——曹振德的二女儿，区委书记。
春　玲——曹振德的三女儿，村青妇队长。
明　轩——曹振德的儿子，十三岁。
明　生——曹振德的儿子，九岁。
曹冷元——老雇农，曹振德的族兄。
桂　花——曹冷元第二个儿子的媳妇。
江水山——残废军人，村党支部的武装委员，民兵队长。
母　亲——江水山的母亲。
江仲亭——复员军人江水山的堂兄。
江　合——村长。
老东山——老中农。
江儒春——老东山的二儿子，春玲的未婚夫。
江淑娴——春玲的女友，老东山的侄女，后来是江水山的妻子。
江任保——村里的二流子。
任保媳妇——江任保的妻子。
玉　珊——女民兵，青妇队员。
新　子——男民兵。
狗剩嫂——落后军属。
孙承祖——潜伏的国民党特务。
王镯子——孙承祖的妻子，老东山的外甥女。
汪化堂——外村的反动地主，杀人凶手。
蒋殿人——反动地主。
冯寡妇——巫婆。
蒋子金——反动地主。
蒋经世——蒋子金的儿子。
王井魁——王镯子的哥哥，反革命分子，老东山的外甥。
孙俊英——村党支部的委员，江仲亭的妻子，后蜕化叛变被开除出党。
孙若西——村里的小学教员，老东山的外甥。

引 子

阴历二月间,原野刚刚脱去枯黄的外套,各种植物从冬眠中苏醒过来,极力地钻出解冻了的地面,开始了新的一年的生长。对春意反应最敏锐的,是河两岸的堤坝。那堤上丛生的芦苇的尖利的粗芽,蹿出了潮湿松软的沙土;一溜溜杨柳的枝条,变得柔韧发青了。在这三面环海的胶东半岛的初春,虽然仍受着海风带来的寒凉的侵袭,夜间还有冷露往下洒,但是已经获得新生了的植物并不怕它们了,反而把海风当作了动力,把寒露变作了乳汁般的养分,加快了生长的速度。于是,春野里到处都散发着往年被那雪水腐烂了的枯草、败叶的霉味,融混着麦苗、树木、野草发出来的清香。

一九四七年清明节的前夜,从黄垒河北岸走来一个人。他走得很急,脚步却放得极轻,并时时前后左右地盼顾着。此人来到水边,脱下鞋袜,挽起裤腿,轻轻地划着深及膝盖的河水,到了南岸。

这个人,走上堤坝,离开大路闪进树林。身体倚上一株树干,疲惫地喘息着,从腰带上抽出发着汗臭味的毛巾,费力地揩拭脸和脖子上的热汗。接着,他瞪大两眼,向南巡望。

发源于昆嵛山西麓的黄垒河,往南流进乳山县境内之后,拐了一个大弯,直向东奔去,在浪暖口入黄海。高山流水,平原让路。顺着河流的两畔是平川地，虽说最宽的平原也不过几里路，就被一望无际的山峦截住，可是在这山区里是很难得的粮米之乡了。也许就是这个缘故，这里的村庄特别密集且又较大，宛如两串珠子似的，沿着南北河畔密密麻麻地排下去。

　　此时，河南畔一片昏暗，座座起伏不平的山峰，显形在深黑色的繁星的夜空中。山根前，一连串的村庄完全笼罩在灰蒙蒙的沉雾里，只能辨认出一片片模糊的轮廓。三星歪到南山顶西面，子夜已过了，各处一片沉寂，万籁无声。

　　夜行人见了这般景象，轻松地舒了口气。他抽出插在裤腰带上的手枪，检查一下保险机，下了河堤，顺着麦田间的小路，向正南的村庄走去。他来到村后的一片菜园边上，忽然村南头响起狗吠，他急忙蹲下，身子靠紧篱笆帐。狗声消失后，他重新站起，打量一刹面前那幢高大的房屋，房后的石灰墙闪着阴森的白光。他小心地迈过用树枝夹起的篱笆帐子，从还没种什么的菜园中摸到房子后窗处。他仔细一看，窗子用泥坯封得严严的，和原墙一样坚固。这显然是冬天防北风砌上去的，开春还没扒开。来人很是沮丧，心里涌上一句："真他妈懒……"就离开菜园，谨慎地摸进胡同。他向两头张望了一会儿，靠上一个瓦门楼，用手去推门。突然，像被蝎子蜇着一样，他立刻将手缩回，不由得后退一步，差点儿摔下台阶。

　　惊怔片刻，他又上前去摸了一下刚才触到的那块挂在门框上的木牌子，心里好笑地说："光荣牌，嘿嘿！军属光荣……"他推了推门，门木然未动。他又轻敲几下，仍不见里面有反应。于是，他把嘴紧贴在门缝上，压低声音叫道：

　　"镯子，镯子……"

　　猛然，院里的大叫驴嗷嗷地叫起来。他急转身，紧盯着黑洞洞的胡同口。接着，传出内屋门开动的声音，一阵碎步声过后，响起青年女人的带着浓浓睡意的话声：

"你这老东西，就知道要食吃！人家正睡得甜，你又来搅闹。喏，给你……"

"镯子，镯子！"来人急忙呼唤。

"谁呀，三更半夜来叫门？"女人没好气地答道。

"我，你舅。快开门……"

门很快开了。夜行人闪进来，回身又把门插上。

女人惊诧地盯着他，问：

"舅！你怎么这黑夜来……"

"小点声，进屋再说。"

洋油灯亮了。王镯子惊疑不定地打量她丈夫的舅父。他四十多岁，灰白的脸上满布坚硬的胡楂楂，眼睛很大，里面网着像天生就有的几条血丝。他个子矮，身体胖，显得举止呆板、拙笨。王镯子见他穿的黑夹袄已被汗水浸透，一摘下米色礼帽，头发楂里直冒热气。她紧张不安地问道：

"舅！你从哪来？你……"

"别急着问啦，"舅父插断外甥媳妇的话，把礼帽甩到炕前桌子上，"让我缓口气吧！唉，累死我啦！"他爬上炕，仰身躺在外甥媳妇刚睡过的花被子上。

王镯子为他两次不回答自己的发问，心里有些不满；但是看着他那疲惫不堪的样子，又同情地轻叹一声，说：

"舅舅，做饭你吃吧？"

"嗯，"他睁开眼睛，瞟了一下外甥媳妇那没扣上外衣纽扣的胸部，"好，我真饿得够呛了。"

王镯子被看得有些脸红，略带慌乱地用衣襟将被内衫紧紧箍着的乳房掩住，边扣衣纽边去做饭。但舅父又说道：

"哎，镯子，别做啦，有烟冒出去！"

"那怕什么？"王镯子不解地问，看见他脸上紧张的神色后，又道，"不碍事。咱们的房子在村最后面。这深夜，又有雾，有烟也看不真。

"好，"舅父松了心，"有酒吗？"

"有。"

"那你炒点菜，我喝几盅。饭不要办啦，我吃点干粮就行了。"

四两酒落肚，夜行人脸上泛起油光，他才感到有些轻松，这才觉得汗湿的衣服穿着难受。他解下捆在腰间的一个小包袱，把夹袄脱下递给外甥媳妇去晾。王镯子接过衣服向炕前的柜门上搭，忽被衣襟上一块块在灯光下闪亮的东西吸住。她低头一看，吃惊地叫道：

"咦！血……"她猛又停住，骇然地盯着他裤腰带上的手枪，惊怖地说，"啊！出事啦？"

"嗯，出事啦！"他轻快地答道，一仰脖子，干了一盅。

"他们又斗咱们啦？"王镯子眼睛大睁着。

他望着外甥媳妇的恐慌神情，嘿嘿笑了两声，说：

"镯子，这回不是他们斗咱们，是咱们干他们啦！"

王镯子发蒙，不懂他的意思。她望着他被酒烧紫了的毛扎扎的胸脯，说：

"你醉了，别喝啦，吃饭吧。"

舅父放下酒盅，眼睛里充满了水分，眸中的血丝更加清晰了。他以粗鲁的动作，一把抓住外甥媳妇的手脖子，拉她坐到自己身边，哈哈笑着说：

"孩子，别担心。舅没醉，没醉。哈哈哈，这下子可叫我汪化堂报仇雪恨啦！"

"舅，究竟是怎么回事？"王镯子焦急地问道。

"是这么回事，孩子！"汪化堂大口咽下一块炒鸡蛋，嚼着白面饽饽片，心满意足地说，"昨天夜里，我们汪家岛村几户被斗的地主，一起动手，杀了村里三个干部！"

"啊！杀了三个？"

"嗯，还不止。指导员那家叫他绝了根，大大小小七口，都见了阎王！"汪化堂快活至极，大嚼饭菜。

"哎呀，可不吓死人啦！"王镯子浑身一震，倚在墙上。

汪化堂瞅她一眼，说：

"怕什么？听到这消息该拍手才对。"

王镯子脸色转红，露出笑意，娇气地分辩道：

"我怕，怕见到死人；我不是可惜那些共产党的干部，哼，叫他们都死绝了才好哩！"

"嘿嘿，这就对啦！舅知道镯子有能耐。"

"舅啊，你们没叫人家抓着？"王镯子担心地问道。

汪化堂笑眼瞅着酒壶，说：

"哈！看你问得多傻，叫抓住了我还能坐在这里吃酒？"

"那些人呢？都跑了吗？"

汪化堂摸着胡楂楂的油嘴，不在意地说：

"有两个叫民兵打死了，其余的五个坐小船打海上溜啦。"

"你怎么不跑？"

"我原先也打算从海上到青岛去的，无奈狗日的民兵撵得急，他们先驾船跑了。我躲在山洞里一整天，又冷又饿，直等天黑全了才敢出头……唉，这三十多里山路可把我累熊啦！"

王镯子又紧张起来，害怕地瞅着汪化堂说：

"这可了不得，他们知道咱是亲戚，来这儿找你可不糟啦？"

"没有事，别担心。"汪化堂宽慰她道，"民兵搜了一气山没见影子，以为我们都从海上跑了。要不，我也不到你家来。"

"哦，这就好，这就好！"王镯子手扪心口，松口气，又问道：

"舅，你们怎么一忽儿想起干这个来啦？"

汪化堂抬起头，没马上回答，眯起水眼打量着外甥媳妇。王镯子那没生育过的匀称丰满的身躯,穿着贴身的蓝花布褂儿,衣袖很短,露出半截又白又胖的胳膊肘,手脖上戴着副银镯子。她头发蓬松,嵌假宝石的银质发卡子,滑在颈后的发梢上,一边一个耳环,在灯光下闪耀。她那细嫩的胖脸上,有对明亮的眼睛,只不过眉毛淡得几乎看不到,显得光秃秃的。

"嗬!她这么风采……"汪化堂心里说。他那泛着酒刺的脸皮在搐动,眼光像钉子一样投在她胸部上,"外甥媳妇,这……"

王镯子被他看得发慌,身子本能地向外面挪动,不安地说:

"舅,你……"

"哦,我……"汪化堂含混地应着,心里说,"算了吧,她性子硬,闹不好……"于是,他抬起眼光,掩饰地笑了笑,问道:

"镯子,你今年多大?"

"二十四。"王镯子茫然地望着他,"你……"

"哎,我说你太孩子气啦,怎么问起这种傻话来?"汪化堂以长辈的动作摸了下胡楂楂,感慨地说,"孩子,不是你舅不愿过好日子,去杀人惹祸的;是共产党逼咱们干的。就从我家第一代祖宗起吧,谁见过共产党生出这些害人的主张来?哪个当朝理政的欺压过富人来?自盘古开天辟地起,就是财主享福,穷人受苦,这是老天爷的旨意,天经地义!可是偏偏出了共产党,要阴阳颠倒,把天下翻个过儿,叫穷小子兴旺!"

"唉!"汪化堂的一席话,说得王镯子共鸣地叹息起来,消除了刚才她的可能被袭击的疑惧。她悲哀地说:

"可是人家现时没斗咱们,就安稳地过几天吧,省得惹火烧身。"

"什么!现时?现时是多会儿?!"汪化堂激怒起来,网血丝的眼睛鼓胀着,像要打架;但是觉醒到对面是外甥媳妇,就吞了口气,愤愤地说:

"镯子,你真不明白吗?如今咱们这些人,在共产党的天底下，像是挂在墙上的一块猪肉，人家多会儿愿割就割，什么时候吃光什么时候罢休：天下是他们的啊！镯子，你想想，自从来了共产党八路军，有咱们安稳一天的日子吗？打日本时，实行什么减租减息，合理负担；鬼子刚投降，又来什么土地改革、什么复查了……咱们从祖辈置下的田地山峦，差点都给刮光了！你说现时他们没斗咱，可是往后能有咱们的好事吗？孩子，共产党他们是火，咱们有钱人是水；水火放在一起，不是水干就是火灭，水火不能相容！"

王镯子静听舅父的训导，脸面收紧，钦佩地望着他，热烈地响应道：

"对，舅！你说得对！"接着她又叹息道：

"唉，盼星星盼月亮，中央军多会儿能过来啊？听报纸上说的，解放军天天打胜仗，真急死人！"

"你不要听那些，"汪化堂胸有成竹，"共产党的报纸还不为他自己宣传？"

"我也是不全信他们的，可是共产党也真厉害！"王镯子悲愤地诉道，"他们搞得咱们家破人亡。我哥哥被他们逼得三年多没下落，不知死活，我妈昨天还来哭过。她还学我大舅老东山说的，指导员的话信得着，我哥真回来政府能宽大，不会是死罪。我妈动了心，想去找我哥，可谁知他在哪地方？还有你承祖，参了军就一直没信息……"

"哈哈哈！"汪化堂开心地笑起来，望着发愣的外甥媳妇说，"镯子，再不用为承祖担心，他早变成国军的人啦！"

"啊！"王镯子大惊，"你怎么知道？"

"嘿嘿嘿，说不定过些天他就回家。"

"真的？！"王镯子惊喜若狂。

"嘘——"汪化堂爬起身，叫她小声点。听了一会儿外面的动静，他接着说：

"镯子，我兄弟在前些天来家过。嗬，你二舅他可了不得，当情报官，坐过飞机，跟美国人学过本事，显要着呢！上次他从青岛回来，领着三个护兵。我们这次打村干部，也多亏你二舅留给我好几支家伙。"汪化堂自豪地把左轮手枪向外甥媳妇面前推了推，又加上一句："美国造！"

"哎呀，真了不得！"王镯子叫道，"那，承祖呢？"

"你听我说，"汪化堂舒适地向被子上一仰，望着天花板棚道，"承祖这孩子，真是我大妹子生的宝贝，比他舅我还强哩！去年他参军，我真有些气闷，他怎么父仇不报，倒去为虎作伥？嘿嘿，承祖又走上策啦！原来他当八路军后不几个月，就投到国军那里去了……"

"那怎么我还当军属？"王镯子惊诧异常。

"是啊，我刚才在你门框上摸到'军属光荣牌'还吓了一跳，以为走错门啦……嘿嘿嘿，乖就乖在这里。承祖怕你在家受难为，找了个好时机溜的，叫八路军一定以为他被打死或不知下落……镯子，你嫁给我外甥不吃亏吧？"汪化堂望着她猥亵地笑了。

"嗯，我高兴。"王镯子脸上没露出笑容，"这些事你怎么知道的？你承祖多会儿回家？"

"承祖投到国军，上青岛找到他二舅，当上特务人员啦！他二舅说，过些天，承祖要和其他一些人，分散派到解放区，串通我们的人对付共产党。"

"承祖一准回来？"

"错不了，我没跑脱，也就躲在这里等他回来一起干。"

"啊，这就好啦！"王镯子的脸至此才笑裂成纹，心里美了好一会儿，又忧虑起来：

"人回来是好，可是在共产党手下，总是不太平。舅，二舅说没说，中央军什么时候来？"

"说啦！按照蒋委员长的原先计划，最多半年工夫把全中国的共产党连根拔掉。不想他们也有两下子，拼命顶了近乎一年，可现在全国的大码头都叫咱国军占啦！嘀，蒋委员长和美国很看重咱山东地方，要很快打到咱这里来，捣共产党的窝，为咱们这些人出大气！"

王镯子喜形于色，紧接着问：

"还有多少天？"

汪化堂得意忘形，句句有力："快啦！你二舅领着人马回来，就是察看海口的；到时由美国大鼻子的兵舰装着，几万国军一宿就登上咱乳山口。你二舅说——不，学蒋委员长的金口玉言，最多再有两个月，全山东就是咱们的天下啦！"

"哈呀，这么快啊！"王镯子兴奋得头发飘拂，耳环晃摇。

汪化堂又转换口气说："不过共产党也不简单，咱们这地区是他的老根子，穷小子的心都跟他走。也是，各敬各的神，各烧各的香。他们跟共产党，咱们也不能白闲着，要跟他们干干！"他坐起来，留心地询问：

"镯子，你们山河村被斗的那几家，有什么动静没有？"

王镯子想了想，说：

"别家没听说犯了什么，就是蒋子金那爷儿俩不服帖。年前他们暗地到分他们地的人家去要粮，被民兵押了几天；前些天叫他儿子蒋经世去出民工，经世装病不去，又开会斗了一阵。"

"那老村长呢？"汪化堂关切地问道。

"你说蒋殿人那'老对虾'吗？"王镯子以轻蔑的口吻说，"他更老实，叫干什么干什么，最听干部的话啦。"

汪化堂沉思着，冷笑笑，说：

"老实，听话？哼，我看老村长不是孬包，外观上装老实罢了。"

"你要找他吗？"王镯子又紧张起来。

"不急,等承祖回来再说吧……"

"汪汪汪……"从村南头传来狗吠。两人一惊。王镯子急忙溜下炕。

"谁家还养狗?"当狗吠寂逝后,汪化堂问道。

"南头我舅家。自从打鬼子时干部叫把狗打死[①]后,再谁也没有养狗的。独独他家狗不让打……一只很大的灰狗,和我舅老东山一样,真厉害……"

汪化堂打断她的啰唆,问:

"家里哪地方好藏人?"

王镯子向屋里端详一会儿,说:

"没别处,有人来你躲进西间大粮食囤子里好啦,里面空的,我上面用盖子遮好。"

汪化堂站起身,打个饱嗝儿,随手提起从腰上解下的小包包,掂了掂,递给外甥媳妇,说:

"藏好。"

王镯子接过包袱,用手摸着,惊喜地叫道:

"啊!这么多元宝、金条!"

"轻点搓揉,里面还有地契,——土改时花很大功夫才偷着眷下来的。等着吧,到时……"

"喔喔喔——"一声嘹亮的鸡啼,从东邻响起,打断了汪化堂的话语。

王镯子一口气吹熄了灯火……

将要展开怎样的一场斗争呢?这需要慢慢地写出来才能说清楚。

[①] 抗日战争时期,为方便我游击队活动和反扫荡,政府曾号召人们把狗打死。

第一章

　　山河村呈长方形坐落在一幢小山跟前，总共有一百三十多户人家，每家正房的门都朝南开，真所谓开门见山了。村后面是一片平原，其实也只有里把宽，就挨着黄垒河了。像这一带几乎每个村庄边上都有条小河一样，山河村西头也有一条从南至北流进黄垒河的小沙河。人们都很少叫河的名称，实际上密如蛛网的山水河也大多没有名字，全以它们和村庄所成的方向来叫。山河村的人呼黄垒河就叫北河，村头的小河则唤西河。

　　清明节这天上午，一个九岁的男孩子，跑到离村百多步远，靠近西河堤的一幢独茅草屋门口。他推门，门从里插着，就叫道：

　　"二姐，玲姐呀！开开门哪！你闩门做什么呀？"

　　门开了，一位少女出现在门口。有话道，人靠衣裳马靠鞍，意思是人穿戴得好才美丽。这话不见得全对吧？这位姑娘的装束很素气，一身粗布的蓝褂黑裤儿，但是她一出现，不由得使人眼睛一亮，非留意端详几眼不可。她那在女子中数上中流个儿的细苗苗的身躯，结实而柔韧，黑黑的柔发达到耳朵下梢，陪衬着长圆形的脸庞，面色微黑里透着红晕。而最令人耀眼的，是她那双黑得像涂着墨一样的眼睛，眸里似含着泉水，眼瞳闪动得灵活、神速。这对眼睛平时像桃子形，安静地藏在不算黑的细眉下；但当眉毛向上一挑，它们立时变得和杏子一样圆了。

她，姓曹，名春玲，加起来就是大名——曹春玲。不过姑娘已过了十八个生日，这个名字才有七年的历史——是解放后上了学才有的。那些年都叫什么呢？按乡下的老规矩，女人不上学一般是没有大名的，除去财主家的小姐以外，哪有女子上学的呢？谁家生个男孩子，哪怕只有三斤重，邻人们都奔走相告："人家添大小子啦！"可是要生个女孩子，尽管婴儿有十斤重，也都轻视地哼一声："添了个小闺女。"给闺女起名没有俩字的，都是一个音，也自然而然前面加个"小"字，只有到快出嫁了，再在名字下面添个"子"字，客气点的人才在加"子"字后把"小"字去了。春玲当然也不例外。解放那年春玲十一岁，她上了学。先生给新入学的女生起学号，也和给男学生一样，原名冠上姓。结果女学生的名字就成了：江小妞、江小英、江小红、孙小情、蒋小花、曹小玲……总之，中间那个字都是"小"字。曹小玲很不高兴，逼妈妈将中间的字换换。但是母亲说不好换，她起不了。小玲自己在书皮上把"小"改成"大"，成了"曹大玲"……后来她的大姐自己起了名，叫曹春娟，二姐随着叫曹春梅，小玲高兴地立刻跟姐姐学了。

春玲提着盖有白手巾的小竹篮，脸上显出惊讶的神色，看着门外的男孩子说：

"咦，明生！你不去给烈士扫墓，回来做什么呢？"

"谁不去来？是老师叫俺回来的，要我帮你给妈上坟，学校里少我一个没关系。我就到北河树林里拔棵小松树，好给妈栽上。玲姐，你看，这不是？"明生把手里的小松苗，炫耀地在姐姐面前晃了晃。

春玲那桃形的黑眼睛忽闪几下，眉尖一蹙，说：

"那好。"又问道，"你怎么这么长时间才回来呀？"

"我看了会儿打仗的。"

"谁打仗？"春玲关心地问道。

明生顽皮地笑着说：

"是老东山大爷，他又在村后骂人。"

春玲皱了下眉毛，脸色变得更红了：

"为什么事？"

"谁把他的麦苗踩坏了几摊。"

"唉，这也犯得着？"春玲叹口气，"还有谁？"

"就他自个儿呗。"

春玲禁不住笑了："没有对手，也算打仗？你净糟蹋人家。"

明生翻着大眼睛，兴致勃勃，又比又画：

"我是说，他又吹胡子又瞪眼，嗓子扯得惊得南山响，比几个人打仗还热火哩！"

"他还在骂吗？"

"不骂了。想是没人理他，自个儿也骂累啦。姐，他要来找咱爹，给他抓踩庄稼的人。我说俺爹上区开会了，妇救会长在家，他撅着胡子找她去了。"

春玲看着门外一步一颠的老母鸡，自言自语地说：

"唉，世上什么样的人都有，真不知他的脑子怎么长的，就那样没缝子。"

"姐，你说谁？"明生很奇怪姐姐的认真表示，"是老东山吗？"

"又是老东山，老东山人家那么大年纪，名是你叫的吗？"春玲教训弟弟道，"我嘱咐过你几次啦，老不听话。"

"我又忘啦！接受姐姐的批评，下次改。"明生笑着，又问道：

"哎，姐呀！我听人说老东山大爷和咱家还是亲戚，是吗？"

春玲脸露羞赧的红颜，支吾道：

"谁瞎说？"

"人家都说,说姐是他儿媳妇。姐呀,我可不同意你到老东山大爷家去当媳妇,他那样顽固……"

"明生,快不要乱说。"春玲打断他的话,若有所思地说,"姐,谁的媳妇也不当,永远在家当你的姐姐……哦,"她理了把头发,"天不早啦!走,兄弟,给妈上坟去吧!"

原野上,一片早春的景象,草木在发芽长叶,麦苗试图离开地皮,向上拔节;而最显眼的是分布在各处的一簇簇的坟丘。三三两两的人们,都在忙着向坟上挂纸,燃着的打着青铜钱纹痕的黄纸和香的轻烟,懒洋洋地缭绕着。在平原最西边的山麓上,有一片苍翠的松柏,那里面躺着十九名八路军战士的遗体,烈士们已长眠五个年头了。这时烈士的墓地上响起呼口号的声音,每年的清明节一到,除了有组织的学生给烈士扫墓:献花圈、修整墓地、植树、栽花……许多人主动地、络绎不绝地去给烈士上坟。

春玲姐弟俩,在一块黄土地边的茔盘前停住了。

墓,母亲的墓,还有些新。那上面长着的几堆蒿草还没全发青。去年插上去的几枝迎春,大概是因为它们的生命特别健旺的缘故,已经活跃地长起枝藤翠绿的叶儿陪伴着像星星一样的金黄的花朵。花瓣上滚动着露珠,在艳阳下闪烁着美好的光芒。

春玲看着母亲的墓,感情在全身激烈地翻腾起来了。她的手颤抖着去掀盖篮子的手巾,但又停住,吩咐明生道:

"兄弟,你不是要给妈栽树吗?喏,你到那边湾里提点水来,我在这挖坑。"

"好。"明生应着,提起小水桶就走。

"少提点,别弄湿衣裳!"春玲嘱咐着,见他头也不回地去了,急忙蹲下身,从篮子里端出两碗用粉条猪肉做的菜,恭敬地摆在坟头前面,又端起小瓷酒壶,敬重地向地上浇着。

酒浇在地上,春玲的眼睛潮湿了。酒洒着,姑娘的泪水涌出眼眶。一滴滴酒，一行行泪。一会儿就分不出洒在地上的是酒，还是女孩子的眼泪了！

春玲的母亲是去年——一九四六年夏天逝世的。她是生病死的，也是长期苦难的生活和繁重的劳累，使这位多子女的四十六岁的母亲早逝了！这是一位在老解放区常见的母亲。抗日战争头几年，她接连把两个大女儿送给了革命。不幸，第一次给这位爱子如命的农妇的打击，就是她的大女儿春娟进据点侦察被敌人残害了！这打击来得太沉重太无情了，她病倒了两个多月。之后，母亲渐渐爬起身，站起来，打发她最大的、其实才十六岁的儿子明强参加了八路军。当敌人的据点攻克后，找回春娟的尸体。母亲按年岁八字寻觅到一个死去的男青年，把她女儿和那青年的灵柩并埋在一起，结个"鬼亲"。为这事母亲和父亲打了一场激烈的架，也是二十多年夫妻俩打得最严重的一次。

死别固然最为惨注人心，可生离对感情的撕裂，也是痛苦万分。革命者的母亲，是最饱尝过这种痛苦的人。春玲的母亲也是如此。长年累月中，她为儿女们担惊受怕，她盼望他们能回到她身边，叫她摸几把；可她想到母子相会那短暂的一面，接过背包，心没定下，又给他们打点起程的行装，孩子们要看着妈妈的眼泪走，她又不愿要子女回家来了。有泪就自己背后流吧，不让孩子们看到，省得扰乱他们的心……

当然，欢悦幸福的感受对这样的母亲也有过，在某种意义上讲，也许只有她们，才是人类最幸福的时刻的享受者，至少是她们自己有这样的感觉。对春玲的母亲，最大的有两次。一次是她二女儿春梅的结婚；一次是抗日战争胜利了，儿子、女儿、女婿都来到她的身边，围着她，看着她，高一声、低一声，都在叫："妈妈，妈妈！"啊！妈妈，妈妈！她的心里乐开了花，那皱纹的脸上笑开了花，眼眸中闪耀着激动的泪花！她——母亲啊！第一次强烈地感受到，人，最幸运的是她，是

15

生儿育女的革命妈妈!

　　土地改革实行了,生活在上升。啊!革命,革命!这就是革命啊!

　　不幸!就在这幸福的浪头上,母亲病倒了。她的身体像忍受痛苦已经达到饱和点,又似带着重伤冲锋陷阵战斗已到尾声的战士,现在急剧地在瓦解了。很短促,母亲从病至死只有三个月……

　　家庭失去了母亲,也就是失去了中心,常常就失去温暖,失去孩子的健旺活泼的精神。

　　母亲去世的起初一些日子,春玲这一家也是处在这种境况中。春玲不论怎样努力,可毕竟是个十七岁的姑娘,母亲在世时遇到出门或过年节,闺女的头发都是妈妈来梳剪的啊!父亲是村里的指导员、党支部书记,工作极忙,加上田间的劳动,哪还有时间照顾家务和孩子?沉重的家务担子,猛一下全落在姑娘肩上。两个弟弟很懂事,姐姐问饭做得好不好,他们总是说好吃,有时还故意大口吞咽来表示真合口味。可是春玲明明知道这次菜里放盐多了,那次的粑粑做得里面不熟……缝衣服针刺破姐姐的手,弟弟难过地背过脸去;春玲看着父亲和弟弟穿着宽窄不合身、针脚不匀的衣裳,愁苦地叹息。往昔明生晚上回来成习惯地要叫一声:"妈!闩门不呢?"可是母亲已经没有了,他叫出来了!弟弟站在院子里啜泣,姐姐在屋里垂泪……

　　春玲难过地看着和她一般大的姑娘们提着书包去外村上高小念书,嫉羡地注视着村后大路上走过的女战士,恨不得上前抢过她们的背包,穿上她们那耀眼的草绿色军装……每到此时,她心里就埋怨起姐姐哥哥来了:他们倒是得了便宜,翅膀硬得早,都飞出去工作战斗,春玲可被扯在家里,脱身不得……但这种情绪在春玲心里一闪就消失了。她叹口气,咬紧牙关,遵从母亲要她照养好弟弟的遗训,她样样步母亲的后尘,炕上剪刀,地下锅灶，喂猪饲驴，经过几个月的努力，她把不会的学会了，一切做得利利索索，有条不紊，把家重整得像个家了。以姐姐代替母亲的感情，在两个弟弟心中扎下了根。他们把对母亲的依恋移植在姐姐身上。他们是那样的爱姐姐，亲姐姐，离开姐姐一步都不愿意。明生也把晚上回来问妈妈闩不闩门的口头语，改成问姐姐了。不仅如此，春玲这个不足十八岁的共产党员，是村里的青妇队长，工作从没误过，并比以前更积极了。她虽然没能继续上高小读书，可是幸亏村里的小学教员孙若西，很热心地教她学习，六年级的功课，春玲也学得差不多了。

春玲母亲临终时，嘱咐丈夫不要给她烧香烧纸过那些老规矩，她还没忘为给大女儿春娟结鬼亲惹得丈夫生了大气的事啊！随着母亲的意思，父亲没叫孩子们给母亲过"五七""百天"……为此也引起一些老人的不满，说他们不孝。尤其是老东山，骂得最凶。今天吃过早饭，父亲上区开会去了，春玲打算到母亲坟上看看，把墓修饰一下。可是当她一出门，就遇见许多人挑着盛香纸、奠物的漆木箱子，纷纷给祖宗、亲人上坟。春玲怔愣愣地看人们一会儿，就退回家来。她觉得自己这样轻率地给母亲过这第一个清明节，太不尽心，太对不起母亲了。犹豫一刹，她就学着小时看到母亲给大姐春娟上坟的做法，办了供菜，装上一小壶烧酒。她怕小弟弟见到自己的眼泪，所以叫他提水把他支开了。

春玲的眼泪像断线的珠子似的流着，心里想着母亲在世的情景……忽听明生在叫：

"姐呀，姐呀！帮帮忙啊！"

春玲急忙收拾好酒菜，拭着眼睛站起身，见明生一手提着水，一手抡着一束绿青青的迎春枝，来到近前。她抢上接过水桶，微嗔道：

"叫你少提点，非提这么多不可……明生，你又折这么多迎春花干什么呀?"

"给妈身上戴呀!"明生高兴地说,正要向坟上插迎春花,忽然趁姐姐放水桶一转脸,发现她眼睛亮光一闪,立刻跑到她跟前,拉着姐姐的手说:

"姐姐,你怎么啦,你哭啦?"

春玲有意把脸扭过弟弟,强笑着说:

"明生,我哪哭来?"

"那不是?"明生紧瞪着姐姐的两眼,"眼珠里那么多泪,就要流啦!"

"那不是泪,你不是知道,姐姐的眼平时水就多吗?"春玲的睫毛忽闪了几下,把话题岔开说:

"快给妈栽树吧,天不早啦!"

明生又拿起迎春花,分给姐姐几枝,说:

"先把花给妈戴上。今年的就要开过了,到明年就能全开啦!"

"明生,"春玲接过花,笑笑说,"人家女孩儿爱花呀叶呀,你个大小子怎么也这么喜欢花?"

"我别的不爱,就爱迎春花。真好看!"明生给母亲坟头上插上一枝花,"对吧,姐?"

"对。迎春开花不但好看,它是迎春的,不怕冰雪寒霜,每年开得最早;年年开,也不死,越长越旺。"春玲赏着花枝,赞同道。

"姐,等我死啦,什么也不要,你把我坟上全插上迎春……"

"明生!你瞎说些什么?"春玲不高兴地瞪他一眼。

"人还有不死的?"孩子天真地看着姐姐。

"死是早晚要死的,可是你说点吉利话不好吗?"春玲的心里又热起来。

"怕什么,说死也不定死。姐,你还迷信哩!"明生满不在乎地笑着，又望着靠山的那簇烈士墓，崇敬地说：

"姐，那些八路军真是好样的，死了为大伙，都把他们当亲人。我也要和他们一样，不得病死，和反动派拼死，牺牲！"

春玲看着他那一副认真的孩子气，不觉笑一笑，说：

"好吧，算你有理。就等着长大为革命流血牺牲吧……"

春玲和明生回到家里，太阳快上到南山顶了。驴在门外嚎，猪在圈里叫。春玲放下水桶、篮子，去喂了猪，又把牲口拉进栏里，添上草料。接着，她卷起袖子洗手刷锅做饭，明生拿柴草烧火。春玲把饭打点进锅后，叫弟弟上街玩去，她坐在灶前烧火。一会儿，一个男子的坚硬粗犷的歌声，伴随着有力的脚步声从门外传来：

"向前向前向前！我们的队伍向太阳……"歌唱者不唱歌词了，哼哼着不合拍节的曲调，接着又唱道：

"直到把反动派消灭干净，胜利的旗帜高高飘扬……"又是一阵急促的哼哼曲调的声音，紧接着迫不及待地高唱道——不，简直是在喊口号：

"把全中国解放！"

春玲听着这奇妙的唱法，嘴角上浮现出笑丝，来人没出现，她就站起身了。

一位身材高大的青年迈进外门槛。首先跃入人的视线的，是他束皮带的腰间插着的驳壳枪。他穿着一套半新的草绿色军装，膝盖以下打着笔直的黄色裹腿。没穿袜子，布鞋是用带子勒在脚上的。此人的右臂有力地来回挥动着，左边的衣袖却是空洞洞地耷拉在衣襟上。这使他那魁梧的身体显得有些不平衡。——他头上那顶单军帽戴得很周正，把长方形的脸庞陪衬得格外威武、严峻。三条粗皱纹刻在开朗的前额上，粗眉下的大眼睛也由于皱纹的压迫而小些了。不过虽然有着皱纹和见黑的胡楂楂，还是掩盖不了他二十六岁的青春活力。

春玲热情地迎着来人笑着，亲切地说：

"水山哥！你唱的歌真有意思，可就是天天唱，词老不唱全，调子也走了样。嘻嘻……"

江水山停在屋门口，脸上闪着红色的光泽，说：

"我不像你，嗓子好，唱歌给人听。我当了几年八路军，就学会这么一支歌，拣着最要紧的唱唱，日子久了，其他的词也记不清啦！"

"等有空我再教教你。"春玲的声音又亮又脆，"快进来坐吧，水山哥！"

江水山刚要向门槛落座，春玲忙叫道："等等，我扫干净。"她拾起笤帚走上前。"我又不是财主，还怕脏？"水山皱了一下眉。春玲扫干净门槛，笑着瞅着他的身上说："你就这么一套新一点的军装，平时舍不得穿，勤脏常洗就破得快，以后出门开会或逢年过节，你穿什么呀？"水山有些气恨地瞅了左面的空衣袖一眼，坐下了。

"水山哥，俺爹呢？"春玲问道。

"指导员他们还在那里开会，晚上回来。"江水山忽然转为严肃地说：

"青妇队长，有任务！"

春玲瞅着他收紧的瘦削的黑红面孔，不由得理了把鬓发，忽闪着长睫毛，吃惊地问：

"什么事，水山哥？"

江水山额头的皱纹密聚，浓眉上扬，眼睛里闪耀着火一样的光辉，坚定而自豪地说：

"无产阶级革命，向反动派开火！"

春玲的两腮出现了梅花窝儿，她微笑着说：

"呀，我当什么急事啦，又是你的'无产阶级革命'啊！水山哥，是做军鞋缝军装？还是出民工纳公粮？所有的工作你都叫无产阶级革命,向反动派开火,可叫人家……"

"怎么,说这些是无产阶级革命不对吗?"江水山被姑娘的轻松态度搞生气了。可是看着她的真挚热情的眼睛,又软和下来,恳切地说:

"玲子妹,你怎么还不明白,咱们做的一切工作都是无产阶级革命,向反动派开火!比方说,做一双军鞋吧!看起是小事,可是有一双鞋一个战士就不用赤着脚去打仗,脚碰不坏,才能杀反动派。你说,这不是我们的革命是什么?是,完全是!再比方……"

"水山哥,我懂啦,我知道你的意思了。"春玲插断他的话,和蔼地说道,"水山哥,到底要做什么工作呀?"

江水山没回话,迅速地从口袋掏出张《群力报》[①],递给春玲,说:"看,社论!"

春玲迷惘地看他一眼,接过报纸,急速展开。立时,几个特大号黑字跃进她的眼睛:把土地改革进行到底!

"念吧,念吧!"江水山吩咐着,向锅灶洞里加了把干柴。

"自一九四六年七月开始,国民党反动派在美国主子的大力援助下,撕毁了停战协定,向我解放区实行全面的猖狂进攻,妄图把人民武装及其根据地一举消灭。"春玲清晰地读道,"但是,敌人错打鬼算盘了。我们解放区的军民在中国共产党的英明领导下,有着对日本法西斯斗争的丰富经验,为时不到一年,已经粉碎了敌人的阴谋,打垮了反动派的全面进攻。可是敌人的力量还相当强大,在实行战略重点进攻陕甘宁边区的同时,动用了四十多万重兵,在匪首顾祝同的指挥下,向我山东解放区大举进犯,企图将我军民置于死地。这就是说,我们解放区的担子加重了,前线要我们后方做更多更大的支援。只有这样才能取得解放战争

[①]《群力报》:当地的地方报纸。

的彻底胜利，把全中国的反动派消灭干净……"

"……从国民党反动派发动内战以来，地主阶级特别活跃。去年土地改革，基本上摧毁了封建地主的土地所有制。但敌人是不甘心死亡的，他们伺机欲起，死灰复燃，乘解放区人民忙于支前、参军等紧张迫切的工作，或者一些干部、群众的麻痹大意情绪，加紧了反革命反人民的罪恶活动。最近随着国民党进攻的迫近，越发嚣张、猖獗、穷凶极恶。不断有地主和反动分子暗杀干部、共产党员、积极分子和军烈工属等事，破坏支前、参军工作，不服从政府法令等行为，也屡屡发生。

"解放区的军民们，血的事实说明了随着解放战争的尖锐化，对阶级敌人必须采取更坚决更有力的打击，全体人民要团结得像一个人，彻底地实行土地改革，打掉地主阶级的反革命气焰，镇压一切反革命活动……"

春玲一念完，江水山立刻站起来，说：

"我是赶回来布置人监视地主的动静的。区上说，前天黑夜汪家岛的村干部被地主反动派杀了三个，指导员的一个七十多岁的老妈，和老婆孩子一家七口，都叫害了！"

"啊！这么歹毒！"春玲桃形的眼睛变成杏子样圆，惊怒地叫道。

江水山聚起仇恨的目光，手往枪柄一拍，狠狠地说：

"依我的性子，头年土改时就该把那些兔崽子砍掉……叫地主王八蛋，尝尝滋味！"

"水山哥，这次对地主究竟怎么样？"春玲问道。

"依我的意见，把他们全杀掉！"江水山咬着牙说，"依你呢？"

春玲握着拳头说："依我也不能饶他们！可是咱说了怎么算数？"

"是啊，不依你也不依我。"江水山压抑地喘口气，"上级的政策，还是消灭阶级，并不是把每个地主都脑袋搬家……没说的，服从命令吧！"他严肃地像对战士下命令一样对春玲叮嘱道：

"青妇队长！你找几个积极的队员，在那几家地主周围监视着，因为妇女不惹人注意，别叫浑蛋们闻风藏了东西。明白吗，队长？"

像受到江水山的感染，春玲挺胸昂首，坚定地回答：

"放心，民兵队长！一准做到。"她见他要走，忙说，"水山哥，吃点饭再走吧，你一准饿啦！我就给你拾掇。"

江水山手攥着驳壳枪柄，大步向外走着说：

"等一会儿再来吃吧，玲子妹！现在，吓！现在要无产阶级革命！"

第二章

　　村里的主要干部从区上开会回来,天色已很晚了。山河村的指导员①曹振德,迈着沉重的两腿跨过门槛。院子里很黑,没有人的动静,圈里的猪发出沉睡的呼噜声,栏里的驴把草嚼得吱咯吱咯响。振德放下粪叉粪篓,走到屋门口,见小儿子明生伏在锅灶台上,借着油灯光在写字。他轻声说:

　　"怎么不在炕上写,趴这得劲吗?"

　　"爹!"明生跳起来,抢上抱住父亲的腰,兴奋地叫道,"爹,你回来啦!怎么这才回来呀?"

　　父亲认为没有必要回答儿子的发问,走到炕前,把包中午饭的白包袱皮向炕里一手,就势坐到炕沿上,随口问道:

　　"你哥姐呢?"

　　"俺二姐去读报组念报去啦;俺哥刚出去,说是去开儿童团大会。哼,我知道,明轩是哄我,他一准去剧团了。要不,我也是儿童团员,开会为什么不叫我?"明生愤愤不平地说,又扑到父亲身上,诉苦道:

---

　　① 指导员:系党支部书记。党在当时不公开,支部委员在行政上都有职务。村党支部书记名义上是民兵队的指导员,在行政上也是村政权的主要负责人之一。区委书记也称教导员,县委书记也称政委。

"爹，他们都走了，只叫我在家看门，等你回来。"

振德摘下毡帽，用衣袖揩脸上的汗水，安慰儿子说：

"你哥姐不会哄你，是真有工作。你还小，在家看门喂牲口也好，没有你，他们也就去不成啦。你这也是工作呢！"

听父亲一说，明生的气顿时平了。孩子这才发现，父亲那胡子蓬乱的脸上汗津津的，细皱纹包围着的发红的眼睛，显得很疲倦。明生陡然想起姐姐的吩咐，急忙说：

"爹，你一准饥困了，我拿饭你吃。饭还很热……"明生飞快地去掀开锅盖——没有气冒上来，饭不热了。他怔愣地说："怎么不热啦……哎呀！光顾去写字，忘了二姐叫我过一会儿就烧点火啦！"他重新盖上锅，父亲说话了：

"明生，吃凉的吧，爹有事。"

"不行，爹！你等等，一会儿就热啦！"明生拿草烧火。

"我等不及，"振德走过来，"爹真饿啦！"

明生这才端出饭，送到炕上。

"明生，怎么吃纯小米饭，不掺菜里面？"振德瞅着碗，看着孩子。

"爹，你忘啦，今天是清明节呀！"明生解释道。

"哦，我倒忘啦！"振德醒悟，像对儿子又似对自己，"粮食这么少，过节也是小事，备荒要紧……"

"爹！我姐也这么说，她自己还是吃的地瓜叶粑粑，我和哥费了好大事，她才吃了两口小米饭。"明生抢着向父亲学话，见父亲端着碗出神，又催道：

"爹，你快吃呀，吃呀！"

振德扒下一碗饭，放下了筷子。明生忙问：

"爹，你那么饿，怎么不吃啦？"

"饱啦。"振德拿起帽子，站起身。

"爹，你要上哪去？"孩子心慌地瞪起眼睛。

"开会呀。"

明生抢到父亲身前,抓着父亲的大手,恳求道:

"爹,我跟你一块儿去!"

"家里没人,牲口谁照管呢?"

明生心跳地说:"爹,我怕……"

"怕什么哪?"振德微微笑,"傻孩子,还信神鬼吗?听话,在家写字,累了就睡,听驴叫给它添草。时候不早啦,爹事情要紧。"

明生没回答,放开父亲的手,垂下了头。父亲见儿子的神情,才真感到黑灯瞎火,把个九岁的孩子撂在靠野外的孤屋里,他怎能不心怕呢!振德把儿子的手拉起来,疼爱地说:

"明生,难过啦?"

"没有。"明生喃喃着。

振德把孩子的头扶起来,明生的黑眼睛里滚动着晶莹的泪水。父亲安慰、鼓励他说:

"明生,你一向胆子大,今夜怎么就小啦?听爹的话,别难过,别使性,什么也不用怕!"

明生瞪大两眼紧看着父亲回答道:"爹,我不怕。你走吧,别误开会!"

按照惯例,山河村党支部委员会都是在孙俊英家召开。这是因为,支部宣传委员孙俊英的丈夫江仲亭也是共产党员,住地僻静,家里又无别人。这孙俊英是个二十八九岁的女人,因为从小没干过粗重活计,也没生过孩子,又会修饰,看样子比实岁更少嫩些。她个子挺高,身材细挑,头发搽着麻油,皮色白黄均匀,一层薄粉蒙住脸上显老的纹褶。只不知为什么,她不管有病没有,一年到头前额上总并排着三个火罐的紫圈。

像往常一样,孙俊英这次迎接来开会的第一个人,又是哼着《八路军进行曲》的武装委员江水山。

"呀,大兄弟!又是你模范,嫂子早在迎你啦!快上炕坐吧!"孙俊英满脸堆笑,亲热地招呼道。

江水山坐到炕前的凳子上,瞅着桌上的剩饭问:

"仲亭哥出差没回来?"

"啊……"她有些脸红,沉吟一刹道,"大兄弟,你还不知道你哥的身子?肩膀的伤口又发啦!"

"发啦?"江水山惊疑地说,"那伤口好有两个年头……"

"唉!谁知道的?"孙俊英忙插断他的话,"这几天伤疤又发紫啦,怕是挑东西压坏的。今早上派他去抬担架,我把干粮都预备好了,可谁知他……大兄弟,我怎么能让你哥去呀?要不,你们好批评我,不爱惜荣誉军人啦,哈哈!"

"他上哪去,还不回家吃饭?"水山的声音很沉闷。

"他那人的牛脾气,你还不知道?"孙俊英两手交叉地握着,很轻快流利地说道,"他手一时也闲不着,老想多打点粮食增加生产。我看哪,不是你嫂夸女婿,下次选劳模,你仲亭哥真能算一个……"

"下地这时还不回来?"水山的声音有些烦躁了。

"唉!"她叹息地说,"怕是在西岗上开那点荒。你还不知你哥那牛脾气?一件活不干完是不住手的。"

江水山生气地说:"出差怕累,下地倒不怕……"

"啊,大兄弟!"孙俊英急忙接上道,"说起来你嫂也生气,他呀,就是那个牛脾气,你还不知道……呀呸!你这猫东西……"她忽然叫着,奔西间赶猫去了。

江水山的耳朵比一般人都灵敏,可他没听到有任何一点响动。他心里很烦闷,很生气。

江仲亭和江水山是叔伯兄弟。一九四一年春天,水山鼓动了仲亭,摔下给地主当了五年长工的镢头,一块儿参加了八路军。兄弟俩一直在一起。在日本鬼子投降前夕的一场攻克县城的激战中，江仲亭为抢救负伤的排长江水山，也挂了彩，两人一起进了医院。当失去左胳膊的江水山复员回到村，江仲亭已在家结婚三个月了。对一个穷哥哥成了家，水山当时感到高兴，两个人——应该说加上嫂子孙俊英——来往依然亲切。可是水山越来越觉得仲亭变了，他只顾种自己的地，搞自己的日子，不愿当干部，很少过问村里的工作。水山和他谈，批评他，仲亭软绵绵地应答着，但行动依然故旧，没有转变。水山有时火了，跟他吵嚷；可是仲亭闷头听着，想打架也打不起来。就这样，他们之间的关系渐渐疏远了。对于嫂子孙俊英，江水山也说不上冷热。她在村里是妇救会长，党内是宣传委员，工作积极，嘴也能讲。他有时对她的工作满意，有时很听不进去她的絮叨。孙俊英向党支部和水山声言过，江仲亭这个党员包在她身上，她一定使他落后不了。当然啦，做思想工作不能急，她要慢慢来……

"啊，大叔来啦，这么快！哦，后面是江合叔呀！支部书记、指导员在前，组织委员、村长压后，配搭得真好！哈哈……"孙俊英这一阵尖厉的说笑声，把江水山从沉思中惊醒，他抬头一看，曹振德和江合走进来。

刚坐下，振德就问留村维持工作的妇救会长孙俊英：

"今天村里有哪些事？"

"呀，可忙啦！一整天，我腚没沾座！"孙俊英响亮地回答。

村长江合抽着烟，插嘴问：

"拨给县上的那批柴火搬走了没有？"

"柴火？"孙俊英打了个嗝儿，不自然地笑笑，"那些事都由副村长顶着办啦，我有事离开村公所……啊，对啦！"她口齿又流利起来，向振德说：

"那老东山找我啦。"

"什么事？"振德留心地听着。

"还不是他自个儿的事？"孙俊英愤愤地说，"那个老顽固，自私自利的家伙！为谁把他的麦苗踩了几摊，就扭着脖子找干部。叫我好一戗，顶得他没话说，撅着胡子走了！"她最后还学着对方的样子，得意地咯咯地笑起来。

曹振德挤了几下眼睛，口气严正地说：

"俊英！你怎么这样对待人家？不论群众有多大小的事，咱当干部的都要管，不然人家要我们干什么？咱更不能为人家落后，向他要态度。"

几句话说得孙俊英满脸通红，很是不自在，但转瞬间她又抿嘴笑了，说：

"大叔说得对。我当时对老东山叔也没怎么样，话一出口，我就知道欠妥当啦。"

"踩庄稼也不是小事。麦子正要拔节，很脆，剜野菜的孩子又多，要和大家交代一下。"曹振德考虑着，对江合道："我看明天在广播台上喊几遍，叫大伙儿注点意。"

"对。"村长应道。

本来是六个支部委员，参军了两个，再没补选。人就算齐了，支部书记曹振德宣布开会。

会议的内容除孙俊英，其他三人都在区上开会知道了。曹振德向孙俊英交代了一下，大家就具体研究确定扫地出门的地主对象。

一连讨论过蒋子金等三家地主，大家都一致同意扫地出门。可是数到地主蒋殿人名下，事情有点棘手了。

知道蒋殿人者，称他名字时前面定会冠以"老村长"，本村的人几乎没有叫他名字的，都叫老村长。他这村长当得确实老，今年三十几岁的人，能记事时就知道蒋殿人是村长，直到一九四四年他才不是了。在这二十多年中，社会上发生过剧烈的变化，区长、县长直至专员、省长都换过不知多少次，可是蒋殿人当的村长，却像座山一样，尽管一年四季青黄霜雪地改变着颜色,山依旧是山,不动位置。

　　蒋殿人没有过多的田地、山峦,一开始划成分,还有人说他是富农,不够地主。他只出租少部分土地,虽说雇长工,但自己也参加一部分劳动。特别是蒋殿人当这多年村长,没为虎作伥欺压过乡邻,倒肯解人之危,为村着想。一九三五年蒋殿人参加了地下党,虽说工作不积极,当年冬天的暴动失败后就脱党了,但也没见他做过坏事。抗战后这一带成了根据地,他又积极要求恢复了党籍。到一九四四年,政府号召地多的自动献出来,争取抗日战争的胜利。蒋殿人不执行党的决议,拒不献地,被清除出党。从此也就结束了蒋殿人"老"村长的职务。

　　去年土地改革时,蒋殿人的部分田地、山峦也被没收了,在他家当过长工的人,也揭发出蒋殿人的一些剥削手段。大部分群众也知道财主都是喝穷人的血养肥的,蒋殿人也不例外。然而,人们对他不像对其他地主恶霸那么仇恨,倒有恨不起来的感觉。这次扫地出门的政策很明确,除了个别实在开明、对抗战有功的地主分子外,其他一律不放过。

　　会场上沉默着。江水山深埋着头,手在抚弄枪皮条,心情异常紊乱。人们都知道,江水山的父亲江石匠,曾被蒋殿人救过命,虽说石匠还是死了,但这救命之恩,水山母亲永远忘不掉。水山父亲死后那一年,家里受蒋殿人接济过几次,虽说东西寥寥,可是人情重啊!水山母亲给孩子认恩人为干爹。直到现在,每到过年逢节,水山母亲总拿些礼物到蒋殿人家,流着泪说些感激恩人的话。就为此事,江水山一贯开会发言打冲锋的脾气,受到了抑制。

　　孙俊英瞪着小眼睛,目光非常活跃地从这个人脸上跳到那个人脸上,嘴半张半掩,随时准备接别人的话头。这也是她的老习惯。

　　年近五十的江合,不急不慢地抽着烟。此人日子过得中等,肯操劳，心肠软，见人家个笑脸，就能把要骂的话变成亲热的问候。他考虑了一阵子，试探地说：

"依我说，蒋殿人的事还是问问区上吧，好吗？"

"对，这是个好办法！"孙俊英立即响应。

"上级也是根据群众的意见办事。咱们做具体工作的心里都没个数，上级根据什么讲话，咱们怎么领导斗争呢？"曹振德的口气中肯而坚定。

"可也是，"孙俊英随声应道，笑着对江合说，"组织委员，做工作要有主心骨啊！"

"蒋殿人和别的地主没有两样，"曹振德说，"也是靠穷人养肥的。过去租地雇长工，都够上地主条件。这家伙是笑面虎，他所以装得那么老实，还参加过党，都是为自己保命发财。我意见，扫地出门！"

"这——"江合抽出烟袋，有点吃惊，"我看老村长和其他地主有区分，开明不够是事实，可他也做了些工作。要说他反动，倒值得斟酌……"

"什么！地主不反动？"江水山陡然抬起头，粗声喊道。

江合含笑地说："水山先别急，我的意思是要看具体对象，搞过火了，不好收场；搞宽点，还能重来。对吧？"

"不对！和反动派犹犹豫豫，那就是向敌人让步！"江水山坚决地回答，"我同意支部书记的意见，扫蒋殿人出门！"

"我双手赞成！"孙俊英紧接上说，"我领头打冲锋！"

江合失去笑容，严肃地对江水山说：

"水山哪！蒋殿人对革命好坏不说，人家可救过你爹的命，也是为救咱共产党员。私情咱不能讲，可人要有良心！"

江水山的心像被针刺了一下，脸涨红了：

"组织委员！还不是发慈悲的时候。听党的话，"他站起来，激动地用手扪了下心窝，"就是我江水山的良心，就是生我父母，也不能放在党上面！"

"江合哥，"振德的脸色很深沉，"别对水山生气，你这话是不对头。遇事要从根子上看，不能光凭自己的心思。你对蒋殿人可怜，就没想想受他压迫剥削过的人？就说在他家当了三十年长工的冷元哥吧，血汗不是叫他吸去的吗？……"于是，振德列举了一些蒋殿人表面装好人、实际上剥削人的事实，"蒋殿人救过水山父亲是不假，那是组织的指示，同时对他自己也没有什么危险，可是而后呢？他不是脱党了吗？一九四四年叫他拿出几亩地都不干，事情很清楚，蒋殿人的进步不也是为他自己着想吗？江合哥，咱们是老相好了，你在抗战期间为革命出过力，经过生死，没含糊过。可是自抗战胜利以来，你有些变了。老哥，你的日子比我们强，没受过那么多罪，可是也吃过苦，是老党员。咱可要对得起党和革命，别软下去啊！这些话，我和你也不知说过多少次啦，你想过没有？"

江合没回答，低下头，抽着烟发闷。

"我是该批评，遇事老向软处想。"江合承认道，"我寻思对地主已斗个差不多了，蒋殿人参加过党，有些不忍心，也有些麻痹，以为地主他们不敢造反……"

"你不忍心他，他可忍心你！"江水山恼恨地瞪大眼睛，手握着枪柄，"敌人老实，是怕我们的枪！那些兔崽子一点儿人性没有，杀了我们那么些好弟兄。依我说，现在上级的政策还软了点……"

"水山兄弟，你不满意？"沉默了好长时间的孙俊英，听到水山后面这句话，她发生了兴趣。

江水山挥了下手，坐下去，说：

"当然，这自然有道理，党是对的。"

孙俊英有些失望地轻瘪了下嘴。曹振德问江合道：

"你的意见？"

"同意大家的，斗吧。"江合平静地答道。

接着，又确定动员四家富农拿出一部分田地和山峦；研究了斗争的具体做法和步骤。支委会决定明天召开党员大会，在党内统一认识，然后充分发动群众，后天就开始与地主阶级短兵相接的战斗。

散会时，曹振德对水山说：

"多加点岗哨，注意监视，不要草动惊跑蛇。"

"没问题！"江水山拍着腰间的手枪，"民兵们听说干地主，劲头可足啦！反动派一个跑不掉，东西也藏不了！"

父亲死的那年，江水山十四岁，那当时的情景，他还记得很真切。

一九三五年十一月四日，中国共产党胶东特委组织发动武装暴动，揭竿而起。被苛捐杂税、残酷的压迫剥削逼得在死亡线上喘息的人民，纷纷响应，爆发了几千年的仇恨火焰，向反动统治者展开了殊死的斗争。一夜的工夫，黄垒河沿岸七八个村庄也燃烧起来了。这火种是江石匠从昆嵛山中接来的，他成了这一地区党的领导者。水山记得很清楚，漆黑的夜里，狗吠四起，街上声浪鼎沸。他和母亲从睡梦中惊醒，跑到街上一看，只见火把密竖，照得大街透亮，人群围在十字路口，听一个人在讲话，那声音像敲击古钟发出的，高亢洪亮，激荡着人的肺腑。水山挤近前，看清讲话的人是他父亲。

江石匠站在高高的碾盘上，腰插短枪，身背大片刀，紫红的刀穗缨在火光中闪耀。他激烈地向人群呼喊道：

"乡亲们，瞪起眼来，看清我们是谁！那些坏蛋叫共产党是'共匪'，是红鼻子绿眼睛，杀人不眨眼的，你们瞧瞧，我江石匠就是个共产党员！共产党就是咱们穷哥们儿的骨头……"

人群哄乱着，叫嚷着……

江石匠讲过反抗压迫剥削，解放全国劳动大众，打倒日本鬼子收复东北三省的道理以后，接着抽出大片刀，举在半空叫道：
"走，想活下去的就跟我们干！去把冯家集的区公所收拾啦！走啊！乡亲们……"

江石匠和他的一组党员，领着跟上来的群众，当夜攻垮区公所，枪杀了无恶不作的区长。起义的人们缴到了武器，又将乡政府荡光，乡长是山河村蒋子金的父亲，这个狗仗官势、血债累累的地头蛇，被暴怒的人们活活地埋进沙坑。

第二天早晨，当山河村的人们刚出门，眼睛立时睁大了。在旭日东升的晨曦中，在村中心学校的高屋顶上，飘扬着一面鲜丽的红旗！旗帜上绣着黄色的"工农政权山河村政府"九个大字。

鲜红的"工农政权山河村政府"的红旗只高扬了一天。当日夜半，敌人包围了山河村。江石匠掩护同志们冲出敌人的封锁，他攀上屋顶，将红旗扯下裹在腰间，准备冲出。不幸，石匠身中两弹，从房上滚摔下来。曹振德和江合发现了他，将他送回家里。

官兵在地主分子的指引下，挨门逐户搜捕，情势危急。水山和母亲哭着把父亲藏进菜园的草堆里。敌人来抓未获。住了几天，敌人搜捕更紧。蒋殿人奉组织的指示，救江石匠到山里去躲避。

水山母子不肯，江石匠痛苦地皱着眉头说：

"走吧，找党去！这次失败了，下次再来！"江石匠将染遍他的热血的红旗递给妻子，严厉地嘱咐道：

"把命丢了，也要保住它！总有一天，我们的旗要再挂起来！"

就这样，蒋殿人把江石匠背走了，交给了组织。

过了一个月，江石匠在山里和七个共产党人一起被敌人逮捕了，牟平县城楼上挂起的标着"共匪首魁"的头颅中，有一颗是江石匠的。

这次席卷昆嵛山、黄垒河的红色风暴，被统治者疯狂地扑灭了。血腥的屠杀持续了几个月，仅山河村就被枪杀九人。共产党员、革命烈士的鲜血，沐浴了巍峨的昆嵛山，染红了壮丽的黄垒河。

一粒种子落地，万颗粟米归仓；一人洒鲜血，万人动刀枪。人民没有被屠刀吓倒，山草越伐越旺，河水越堵越大，共产党的威望越传越广，影响日益加深。在屋顶上的红旗被敌人的淫威拔掉了，但红旗已插在劳动人民的心上，和他们的心成了一个颜色，这是永远也拔不掉的。

水山母子苦熬年月，仇恨的种子早早地在孩子心中扎了根，水山变得坚强而易于激怒了。好几次，他拿起父亲的大刀要冲出去，都被母亲的眼泪拦住了。母亲由于过惨的打击和为丈夫、儿子流出太多的苦涩眼泪，身体非常衰弱，她的眼睛蒙胧起来，天一黑，几乎什么也看不清。每到江石匠殉难的日子，水山母亲就将丈夫的牌位捧到桌上，把珍藏在箱子里的那面血旗放在桌前，叫儿子磕几个头，她自己流着泪数说一番难熬的日子，叫死者放心，她会使儿子长大成人……

过了五年，江石匠和千百个革命者的血液染过的红旗又展开了！江水山把那面有两个弹洞、"工农政权山河村政府"的黄字染着血的旗帜，更高地挂在屋顶上，这次它不再是飘扬一天了，而是永远地高扬下去。

人民的武装——八路军来了，江水山立刻要参军。母亲没说什么，默默地给儿子打点好行装，吩咐儿子跪在父亲的牌位前，她含着泪，声音颤抖地说：

"水山爹，要是你真有灵魂就听着：儿子总算给你拉扯大啦！我不忍心他离开妈，可知道你会骂我，就遂你的心愿吧！"

多年积压的深仇大恨，像火山的岩浆一样从江水山的身上爆发了！他紧握党交给他的武器，在敌人身上显威，发泄无休止的仇恨。枪林弹雨战火纷飞的日子，江水山觉得还是才开始，却一晃就过去了四年多。他不记得一切，只知杀敌人。拼命地杀！自己受了伤，倒下去，又爬起来，杀敌人，拼命地杀！他又受伤，倒下去，冲上去……直到攻打县城的激战中，江水山率领全排首先突进城；为炸毁敌人的中心碉堡，他只身冒着暴雨般的子弹上去送炸药，爬到半路被敌人打倒，只觉一阵酥痛，接着全身和着火一样高烧……他没让自己昏迷，挣扎着滚上去，但只迈了几步，就不省人事了……

江水山躺在医院里从昏死中苏醒过来，当医生告诉他，必须截去左胳膊才能保住生命时，他的回答很简单：

"找我们的政委！"

团政委策马飞奔而至，紧紧握住他的屡建战功的排长的手。江水山望着政委，急切地问：

"政委！少只手，还让我打仗吗？"

政委望着他中了毒弹的左臂，情绪起伏，迟疑着。医生冲动地说：

"同志！你现在是生命问题，先不要考虑其他……"

"胡说！"江水山愤怒地向医生喊道，"要我放下枪，不革命，还不如死的好！我不治。"

"水山同志！"政委激动地说，"没有手一样有武器，一样干革命！听党的话，一切听从医生。"

就这样，江水山没呻吟一声，截去了左臂。伤口没完全好，他和院长吵红了脸，带着绷带强出了医院。他跑到政委跟前，兴奋地说：

"政委，写介绍信吧！"

"哦，信是要写的……"政委沉重地看着他左边的空袖子。

"快写吧，政委！"江水山催促着，"我要赶快回连去！"

"你要去做什么？"

"归队呀！"江水山很奇怪政委的发问。

政委蔼然地微笑着说:"水山同志,组织上决定要你复员……"

"复员?!"江水山大惊,简直像听到霹雳,"政委!叫我——复员?"

"是的。你残废的情况,是不能继续留队了!"政委带着痛惜的语调说,接着又提高声音,"但是……"

"但是什么?我不听!"江水山第一次在组织面前激烈地咆哮起来,"政委!叫我回家没有枪毙了我好!妈的,都为你……"他骂着,撕下左肩的绷带,狠狠地摔在地上。

政委站着,静静地看着他,无声息地叹了口气。等战士发过火之后,他严肃地说:

"江水山同志!别忘啦,你是共产党员。这是对待组织决定的态度吗?啊?"

江水山怔住了,紧望着政委那亲切又严峻的面孔,接着像受了委屈的孩子,伏到桌上呜咽起来。

团政委几年来还是第一次见到他的这位战士的眼泪。他像父亲对孩子一样抚着水山的肩膀,疼爱地说:

"水山!你不能任性,要好好想想,党的决定不是随便做出的,可以说,党知道她的战士的心情,比你自己不差些……"他弯腰拾起地上的绷带,给江水山绑扎。

江水山推开政委的手,抽泣地说:

"可是,政委!你在开头答应我,没有左手一样干革命,现在你又变卦了……要知这样,我丢命也不丢手!"

政委又给他扎绷带,口气深沉地说:

"不,水山!我没变卦。我现在还认为,你能一样干革命……"

"政委!"水山突然停止啜泣,惊喜地叫道,"把我留队?!"

团政委沉思着,忽然说:

37

"我先告诉你一个故事。你知道二营张营长吗？对，你认识，全团闻名的战斗英雄。去年，他的眼睛被敌人的流弹夺去了！试想想，这对一个人是多么痛苦啊！前几个月，他伤好后找人抬着来找我，见面就问：'政委！告诉我，以后怎么工作？'这样的好同志，双目失明了，谁不心痛啊！我们安慰他，复员回村后能做多少工作做多少，生活有政府照顾……前几天张营长所在的县政府来信了。信上说，张营长回地方后，听说一些盲人以说唱或算命卜卦维持生活，他就想，把这些不幸的人们组织起来，宣传党的政策不好吗？于是，在组织的支持下，咱们这个杀敌的英雄张营长，过去连歌都不爱唱，现在学会拉胡琴、唱曲子了。他成了全区盲人宣传队长，把党的政策、时事形势编成小唱，走遍全区，到处宣传，作用很大！"政委停顿一下，水山的绷带已重新扎好，又感叹地说：

　　"也许有人看不起这种事。张营长一开始和盲人们一起弹唱，也听到一些人的冷语，那些人说，一位革命好多年的营长，眼睛都为打仗丢了，落到这样的地步，多可怜啊！可是张营长大声回答：'不，我不可怜！不论做什么事，能为人民的解放事业尽点力，就是共产党员最光荣最喜欢的了！'水山，你说张营长不是在革命吗？"

　　"是！真正的好样的！"江水山激动地回答。

　　"你还对复员有意见吗？"

　　江水山难为情地垂下头。

　　"想通就好。"政委缓慢地说，"干革命不一定在军队，军队仅是革命的一部分，当然它确是最重要的一部分。但革命工作是多方面的，比如没有解放区的巩固，我们就失去后盾，失去支援，也就很难消灭敌人。"

　　"政委，我听党的话，向张营长学习！"江水山从心里发出坚定的声音，他又恳求道：

"我还有个要求,政委!允许我带走我那支枪。"

政委笑着说:"你的枪已有新排长用了,这里……"他拉开抽屉,拿出一支用红绸子裹着的驳壳枪:"我们早等着你的要求了。水山同志,这是组织对你的奖励,也是对你的信任!"

江水山欣喜若狂地接过枪,激动地说:

"谢谢政委!感谢党!"他又难过地垂下头,"我刚才的情绪真不对头……"

"我知道你的心情,不见怪。"政委慈祥地笑着,苦口地嘱咐他的战士……

在疆场杀敌四年多,水山第一次回到母亲跟前。老母亲把干涩的眼睛擦了又擦,端详着长得又高又壮的儿子,喜得热泪横流。可是当她抖嗦着手从儿子脸上摸下来,揪住左边那只空洞洞的衣袖时,老人浑身一震,一连摸了好几遍,接着又像明白了什么似的,问:

"水山,你和妈耍什么谜……"她还以为儿子像小时一样顽皮,把胳膊缩进去了;但话一出口,立刻醒悟那是错觉。她忍不住,失声哭了。

江水山没理会母亲的悲哀,轻松地说:

"妈!抗战胜利了,我也回来啦,你还哭什么?"

母亲不理,哭得更厉害。水山有些烦躁地说:

"真气人!妈,有多少人为革命牺牲了,我要也死了怎么办?少只胳膊没有关系,一样拿枪……"

"住嘴!傻东西,不说吉利话。你不叫妈活啦?"母亲愤怒地哭喊道,瞅着儿子小包里唯一带回的东西——腰间皮带上的驳壳枪,说:

"你还没打够仗?鬼子都死光啦,你再打谁去?"

江水山握着枪柄,响亮地回答:

"不,妈!日本鬼子完了,还有别的反动派。不但咱中国有,世界上还有的是。枪，我这辈子怕放不下了！"

　　复员回村两年多了，江水山的生活习惯、身上装束，几乎全和在军队上一样。开始他老穿军装，直到破得再不能穿了，他才换上便衣，而留下一套半新的军装，每当有什么重大事情发生，遇上节日、出门开会才穿上。这已是村里人都知道的江水山的习惯。那支驳壳枪是行走不离身，睡觉他也枕着它。

　　江水山回来后就当上民兵队长，他把民兵训练得真可以和正规军比一比，在全县的射击竞赛中，山河村得第一名。去年土改，他只要了一点儿地，勉强可以维持母子俩的生活。他是一等残废军人，但从不领残废金、救济费。江水山可以不参加繁重的劳动，村里有义务给他代耕。但他回来后，立刻学着用一只手劳动，从干轻松活，到推车、掌犁，他都学着干，以至找人做了轻便的短杆锄、镬和锨，用一只手来使唤。为时不到几月，他自己担负了全部劳动，不用代耕了。

　　在别人的眼睛里，谁也看不到江水山的苦累表示。万事难瞒母亲眼。只有他母亲知道，儿子是用多大的代价，用一只手在劳作的啊！江水山的右臂在很长一段时间里是肿胀的，睡觉时身子只能向左侧着。那没全好的伤口，一累厉害就上火发烧，痛得全身沁冷汗。

　　"水山哪！"母亲痛苦地说，"你这么不听话，人家干部说得好好的，不让你干重活，你就不听！"

　　"妈，大家都为支援前线拼命干，咱好意思等着吃现成的吗？"水山不满地说。

　　"怎么是现成的？"母亲反驳道，"你爹多为大伙出了命，你又为……"

　　"好啦，算你有功啦！躺炕上等人伺候吧！"水山生气地抢白母亲，"妈！你这思想……"

　　"住嘴，你这傻愣子！"母亲哭泣了，"你妈养儿这多年，就是叫你大了这么气我，啊？"

水山见母亲哭得伤心，感到说话太硬了，就放低声说：

"妈，别生气。你想想，要我不干活，怎么对得起共产党……"

"别说啦！"母亲的心软了，擦着泪，看着儿子的身体，疼惜地说，"水山，妈糊涂是糊涂，可也知道分寸。养儿育女为着什么？还不图个你们干正经事！你爹在世，净干冒险的事，妈担惊受怕，可也没拦他……你当兵这些年，妈的心老悬在半空，不知抹了多少把泪，可也没有叫你回来的心思……你要能干活，偷懒妈也不依。可是，孩子！妈看你那苦样子，心实在痛啊！这哪有叫妈受些罪好……"

江水山不说话了，像是被母亲的话所打动。第二天天刚亮，母亲小心翼翼地起床做饭，心里欣喜地想，让儿子多睡一会儿，不要惊醒他……但等她做好饭到东房间一看，哪里还有水山的影子？母子吵过多少次，水山依然不听，母亲无奈，去告诉了指导员。

"水山！"曹振德严厉地责备道，"你要再不听话，我要找两个人把你堵在家里，一步也不准出门！"

江水山硬着嘴分辩："大叔，你别听我妈瞎说。我一点儿事没有……"

"还犟嘴！"振德抓起他的手，那手指肿得粗邦邦的。

江水山难为情地垂下头，说不出话。

振德激动地看了他一会儿，以父亲的口吻教训道：

"水山！大叔知道你的心，不愿吃闲饭，想为党多尽点力气。可是，孩子！身子也要紧，这样下去党也不依。听话，干点轻活，要不，什么也不让你干，民兵队长你也别当了！"

"好，好！"江水山顺从地应答着送走指导员，回过身脸色立时沉下来，生气地向母亲说，"妈，你又多事，再不许你去说！"

母亲胜利地笑着回答："儿子大啦，妈没法治，你的上级倒有法子。你去干吧，我再找你叔来！"

水山甩着胳膊说："我说没事就没事，我身子好好的……"

"你这傻愣子，胳膊肿得那么粗还乱动！"母亲喝道，"快住下，上炕躺躺！"

水山不听话，伸手抓住拴在梁头上挂东西用的绳子扣，示威道：

"谁说胳膊肿来？你瞧瞧。"他一缩腿，打起了坠坠。

"哎呀呀，我的天哪！"母亲心痛地急忙扑上来抱住他，"快松手，快！"

"你答应以后再不出去说，我就松！"水山倔强地瞪着眼睛。

"老天爷！我怎么养你这么个儿……"母亲焦急地哭了，"你松手吧！妈不管你啦……"

年老体衰的母亲，从儿子回来就念叨，要给水山说房媳妇。这一来是儿子大了，是做母亲最重的一份心事，不见孩子成亲，她死也闭不上眼睛；其次是她实在苦够了家务营生，眼睛不好连针都难引上线了。母亲在儿子面前提过几次，得到的回答是那么冷硬，使老人很伤心。

"水山，你二十几的人啦，就不打算成个家？"

"家？咱不有家啦！"

"妈是说，你该有媳妇啦。"

"要那干什么？"

"傻东西，人一辈子还能单身过？"

"怎么不能？我这不过得很好吗？"

"唉！"母亲有些悲哀了，"你妈命苦，养儿这么大还要起早爬晚伺候你。我眼睛快瞎啦，你就不心疼妈？"她流泪了。其实老母亲倒不是为当婆婆使媳妇，如果真有了儿媳，她也乐意起早爬晚，闲也闲不住。母亲的泪，是想以此打动儿子的心哩。

江水山不说话了,从此就悄声练起针线活来。可是他那硬得和铁条样的大手,能把枪夹在腿弯儿里轻巧地压上子弹,但针却不听指挥,老往手上扎。终于被母亲发觉了,心痛地赶忙抢过来,再不敢在儿子面前提婚事了。她托人给儿子做媒,有几位姑娘有意思,可是都被江水山碰回去了。他多的话没有,只是说:"我不要,累赘人!"为这个事就连江水山最敬重的指导员曹振德也……以水山母亲的话说:"我的天!他上级的话也不灵了。"

　　开完党支部会,江水山巡查一遍监视地主动静的岗哨,到家时,天早过半夜了。

　　低矮的茅草屋,响着缓慢的纺花车子的嗡嗡声。屋里黢黑,为节省油,水山母亲早养成夜不点灯也能纺纱的本领。江水山几乎每夜都工作到半夜回家,母亲就每夜纺线等儿子。

　　听到脚步声,水山母亲就点上灯。水山进屋说:

　　"妈,给我点吃的。"

　　"饥困啦?"母亲像得到胜利似的笑一笑,从锅里端出热气腾腾的小米粥,送到孩子手里。

　　水山坐在炕边上,贪婪地吃起来。

　　母亲满意地咕噜道:"吃饭时外面像有勾魂的,吞不上几口就跑啦,这回又饿啦,找食吃啦!还亏了有个老不死的妈在家,唉!"等儿子吃完,她到炕角从包袱里拿出件衣服递给他:

　　"快把那宝贝军装换下来吧!"

　　水山接过一看,是件新做的黑夹袄,有些不悦地说:

　　"你又找人给我缝衣裳啦,我不和你说过有衣裳吗?"

　　母亲含笑道:"不是外人,是你淑娴妹给你做的。她刚走不一会儿,陪我坐了好长时间,想再给你做双鞋。"

　　江水山不由得瞅一眼脚上的鞋子,倒真破了,心里奇怪地想:"我都没注意,她怎么知道我的鞋破了……"他没心思去找答案,把衣服向炕上一撂,说:

43

"我不穿……"

母亲气急地斥责道:"你就是火气大,我亲闺女不为你,帮亲妈做点针线犯着你啦!快给我穿上!"

江水山解释道:"妈,我不是上火,我穿。我是说,这几天军装要留身上……"

"哦!"母亲这才醒悟,"又有大事啦?"

"打反动派!"水山顺口回道。

"你要走?!"母亲浑身一震。

"不走,收拾咱村的……"

"啊,要斗争谁?"

"还不到你知道的时候。"水山松了一下皮带,把裹腿紧了紧,"妈,你睡吧,别等我啦!"

母亲阻止道:"这么晚还出去……"

没等她说完,儿子已消失在门外。母亲听着儿子越走越远的脚步声,叹了口气,吹熄灯。于是,漆黑的茅屋中,又响起低沉缓慢的纺花车子声。

第三章

　　经过一天多的时间，山河村的群众都动起来了。农救会、青救会、妇救会、儿童团，包罗了男女老少的各个团体，开过几次酝酿会，讲政策，摆事实；诉旧社会的苦，揭地主的罪恶。满街的墙壁、树上，都写着贴着清算地主阶级的标语。村头，路口，地主的房前房后，武装的民兵在巡视。整个村庄的空气，变得紧张激动起来了。

　　吃过早饭，召开了村民大会，人们的情绪激烈地翻腾着，像誓师去出击的战士一样，要求立刻动手。曹振德再三地交代了对地主的政策，接着他们四个支部成员分工，每人领着一些干部和贫雇农积极分子，去向一家地主清算。人们一批批走了，最后曹振德领着清算队伍，加上自动跟来瞧热闹的人，来到村南头的蒋殿人家。

　　出来开大门的就是蒋殿人本人。他有五十几岁，身子细长，腰弯曲得厉害，形似只老对虾——这也是他的绰号。蒋殿人穿着旧夹袄，束着布腰带，完全像个庄户人。他亲切地向曹振德招呼道：

　　"啊，老兄弟来啦！屋里坐……"

　　人们都拥进了宽敞的院子里。曹振德吩咐青妇队员玉珊姑娘把蒋殿人的老婆叫出来。

这老婆和个肉墩子似的，胖得身上的肉多得没处放。她领着个十一岁的男孩子，站在蒋殿人的身旁，翻着白眼瞅着人们。

曹振德严肃地对这一家人声明："按政府的法令，人民的要求，将你们的全部土地、山峦、房财和所有浮财交出来！你们的出路，自有安排。"他说完，向口袋里掏什么。

蒋殿人看样子很惊慌，可是紧接着问：

"有明文……"

"当然有！"曹振德掏出张盖着大印的字条，递给他。

蒋殿人很用心地仔细地看了一会儿，接着哀怜地说：

"指导员，这上面写的是反动地主，想我，我蒋某从革命以来，可没做对不起政府的事啊！再说……"他泣不成声了。

他的胖大的老婆，也破嗓号起来。趁人不注意，她捏了孩子脊背一把，尖哭声突然响了。

后面跟来瞧热闹的人，有的见情难过了，他们想到蒋殿人平时的和颜善面，看着他衰老的身体，有些同情他了。但更多的人看穿了他。

人群爆发了一阵怒吼——

"蒋殿人，别装哭！你是驴粪蛋子外面光！"

"唱得倒好听，他不反动？笑话！老鸦还有不黑的？地主还有不欺负人的？"

"在你家当长工的那么多人，血汗流给谁啦？"

"妈的！你参加革命是为自己，环境一坏就夹尾巴啦！"

"你看那老婆子！胖得可以当绣球滚，不吃好的怎么肥啦！老不要脸，瞎哭什么！"

在人们的责骂声中，从那些看热闹的人里冲出一个人来。此人身高不足四尺，满脸大疤连小疤，麻子上压麻子，形似猴儿。他蹿到蒋殿人跟前，挽着袖子骂道：

"老地主，狐狸嘴！快把金银珠宝交出来！"

蒋殿人又惊又可怜地说:"哎呀,大侄子!我家哪来的那些东西?我想看也没眼福啊!"

"呸,你胡说!"猴儿样的小个子,照蒋殿人脸上打一巴掌。

有人叫打得好。蒋殿人捂脸蹲下身,呜呜地哭了。

小个子越发显威,指着胖老婆骂道:

"地主婆,破骚货!"他正欲打她,忽听断喝:

"住手!"曹振德向矮人厉声喝道,"江任保!谁叫你动手的?"他转向蒋殿人,严厉地说:

"蒋殿人!别装样,打得不会那么痛。放明白点,你倒是执不执行法令?"

蒋殿人连声回答:"执行,执行!蒋某从头跟共产党走,叫干什么无不遵命……"

蒋殿人顺服地交出地契山约,把所有房门和箱柜的钥匙都拿了出来。可是当人们满头汗珠把全部东西集聚起来一看,净是些破烂、半新不旧的衣物,各种农具,三千多斤粮食,贵重的浮财一点也没有。

人们都愤怒地盯着蒋殿人,有的要动手打。蒋殿人坐在台阶上,悲哀地央求:

"民主政府宽大,赏我老婆孩子一口饭吃……"

"妈的!对反动派还有民主……"一位青年摇着拳头喊道。

曹振德和几个干部商议几句,蒋殿人是不会说的,这样硬逼也不是办法,就吩咐民兵把蒋殿人一家大小带走,靠南山根事先给他们准备了一幢三间茅屋。大家把没收的东西集中到小学校,曹振德领着几个人,把所有的门都贴条禁封……

忽然,十三岁的明轩箭射般地跑来,朝曹振德急喊:

"爹,爹!不好啦!不好啦!……"

"什么事?"

"出人命啦!蒋子金家出人命啦!……"

在地主蒋子金家的一场斗争，完全和蒋殿人家的两样。

率领这一组的民兵队长江水山，一来到就把政府法令的明文递给蒋子金。父亲正看，儿子蒋经世抢过字条，顺手撕个粉碎。江水山勃然大怒，把地主全家押起来，关在蒋子金老娘住的屋子里。

大家撬开仓库的锁，搬着上碰屋顶的大囤子里的陈旧粮食，从牲口棚里牵出强马肥牛。从地下室的铁箱子里，抠出几十个金元宝、金条、金砖、银圆，首饰成堆向外扒。同时找到一大把子契约，土改时分出的土地、山峦，这里都记着，并有注有某人某人分去的名册。更可观的是那些布匹、衣服，大包小包，花包素包，大箱小箱，皮箱木箱，简直无法计算。

院子里人声喧哗。青妇队长曹春玲忙着指挥人们搬东西，她身子轻盈地在人缝中穿来穿去，银铃般的声音比谁的都响，累得脸颊透红，细汗成流……

蒋子金一家齐头并身挤在窗上，大眼鸡蛋小眼铜钱，从窗棂间紧盯着院子里的人们。大儿子蒋经世眼睛气红，咬牙切齿地紧攥拳头。突然，父子俩浑身出了冷汗：十几个人，正从西庙房抬出一口巨大的朱红色的樟木棺材。蒋家父子的脸霎时变成泥色。

蒋子金哆嗦着身子，看一眼卧床生病的老娘，心里一亮，急忙叫道：

"妈，妈！你的寿材他们要抢走啦！"

"啊！"七十高龄的财主太太惊叫了一声。

"奶奶！还有你的寿衣，是我爷在世从苏杭订来的呀，他们都要抢走！"儿子明白了父亲的意思，以威胁的语调补充道。

"啊呀呀，阿弥陀佛！这怎么好啊！我死后无屋，天哪！"老太太悲哀地哭了。

"妈，你要是……"蒋子金紧张地向外看着，"要是你现在归天，他们就拿不去啦！"

"瞎说！我寿数不尽，算命的说要活八十八……"

蒋经世见人们已将棺材放在院子，着急地说：

"奶！为你死后有福，也为我们子孙……"他急转回身，发现老奶奶朝天躺在床上，已没有气了。在她那白黄的脖颈上有一条勒紧的腰带。

蒋子金一手抓住要掉下来的裤子，一手急忙在解死者脖子上的腰带……

春玲见人们抬出口雕着蛟龙、鲤鱼的棺材，气恨地说：

"这些财主羔子，生前糟蹋得不够，死了还把好东西带进土！"

一位老汉接上道："这是蒋子金他爹凭乡长的势力，名义是修北河的桥，派人上扬子江南江西省份买樟木，说是这木头防腐，浸水几十年不烂。返回来后，这老小子给自己和老婆做两口大棺材，捎带箱子柜。穷人出钱，修了好几年桥，也没见桥的影子。"

江水山走过来，吩咐道：

"打开检查一下，藏的什么？"

人们正要去揭棺材盖，忽然爆发了哭妈呼奶声。蒋子金打着门，疯狂地呼喊：

"快开开门哪！我妈死啦！……"

打开门一看，真个老婆子休了。春玲已在疑惑，刚才押蒋子金父子进来时，她还见老婆子好好的，怎么就死了呢？忽见蒋经世冲到棵材跟前，放声叫骂：

"肏你们的妈！我奶奶生叫你们动她的寿材，冲犯阴曹气尽了！你们快给我抬回去，抬回去！"

副村长江全成见事情闹大了，吩咐明轩快去找指导员。有的人见死了人，棺材就给留下吧，准备抬回去。

"先别急！"江水山喊着，从门里赶上来，"打开看看。"

"不能开！不准开！开了冲犯阎王爷……"蒋经世要赖地躺在

49

棺材盖上哭闹。

有的人说："算了吧，水山！棺材里还有好东西？"

江水山上去一把将蒋经世揪下地，命令大家：

"打开！"

四个人将棺材盖掀去，立时冲上一股呛人的清凉的苦味。里面用油布包着长长一捆东西。江水山弯腰摸了一把，接着迅速解绳子……突然响起春玲的惊呼：

"水山哥！快呀！刀……"

江水山闻声一起身，正遇蒋子金的菜刀来到头前。他一侧脸，觉得前额一凉，视线立时被红黏黏的东西模糊了。

女人、老人、孩子惊慌地叫着散开。蒋子金的菜刀被一个民兵夺下，他向屋门奔去。几个民兵上去捉拿凶犯。春玲一手撕下衣襟，抢着给江水山包伤。

趁混乱之中，蒋经世迅速地从棺材内的油布包里扒出一颗手榴弹，赶到捕捉他父亲的民兵前面，堵着门口，凶恶地叫道：

"谁上来炸死谁！老子拼啦！"

人群混乱了，不少人叫嚷着向门外跑。有几个人扒开棺材里的油布，拿出包着的五支大枪和一些子弹、手榴弹，向前冲去。

江水山不等春玲包好伤，摸了把眼上的血浆，抽出驳壳枪，向空里"砰！砰！"两发，高喊道：

"沉着！不要跑……"他正要向地主射击，忽然手被掩住。他一看，就收回了枪。

曹振德放开水山的手，大步走到民兵的前面，紧盯着蒋子金父子，他明白，如果开了火，使蒋经世甩出手榴弹，院子里那么多人一时是躲不开的。振德向人们示意，不准开枪。他一人向门口走去。

蒋经世威吓地吼道："姓曹的！你再走一步，老子就要你的命！"

振德赤手空拳，怒视着地主父子，坚定不移地走着……

江水山紧跟在他身边，几个民兵和春玲也跟上来，接着是更多的人……

双方相距只有七步远。蒋经世的手榴弹高高举起，拉弦的手在抖动，他凶狠地喝道：

"曹振德！你要再走两步，我就要扔炸弹！"

党支部书记曹振德没有停止步伐，他斩钉截铁地说：

"蒋经世！要杀你，早就开枪了！你要敢扔手榴弹，立时叫你父子碎身万块！"他马上命令，"枪上火！"

哗啦一声，三支长枪一支短枪，一齐对准了蒋经世。春玲手里的镰刀也高高地举起。后面的人们都握紧了拳头。

蒋经世望着这些怒目虎虎的人们和对准他的胸膛的枪口，胆怯了，失色了。藏在门后的蒋子金，哀求着叫道：

"别，别开火，投、降……我们投降……"

历时两天两夜的紧张斗争，向地主阶级的进攻告一段落。四家地主被扫地出门，除了蒋子金父子被绑送人民政府依法惩办外，其他三家都给一定的土地和工具，要他们参加劳动，以观今后的表现，不老实再算账。没有了家底浮财，地主不劳动就没饭吃，这也算是强迫他们吧。在物质方面，得到的收获不少，在人们正困难的时候，将起很大的作用。只是从蒋殿人家里，几次三番地没搞出什么东西，这"老对虾"，就是说没有，大家翻了一会儿，也不见踪影。部分人认为蒋殿人真是没有大油水了，但不少人都相信他是有家底的，觉得里面有蹊跷。然而找不出破绽，拿不出凭据也是枉然。按指导员曹振德的意见，蒋殿人的房子已被查封，即要分给穷人住，有东西藏在里面他也偷不出去，今后查对好了，就算作悬案搁置下来。

干部们已经把没收来的物资、土地、山峦、牲口、农具、房屋和说服几家富农自动拿出的土地、山峦，清点整理出来了。金银珠宝一类的物品交上级处理，粮食除缴一些公粮，其余部分和其他东西决定全部分给群众。

开春以来少有的温暖天，阳光灿灿，春意绵绵。按节气，春播很快就要开始了。

曹振德领着十几个干部，在西山下的平原上丈量地主的土地，计算出确实的亩数。因为地主们的地亩很不准确，有的为少交公粮少报，有的偷赶挨邻的地边。量过一气后，大家向西山根蒋子金的地处走去。

"指导员，没收来的那七口大肥猪怎么办？"

腿有点跛的副村长江全成，走着路问道。

"那还用愁？"粮秣员孙栓子应道，"全村一百三十四户，再有七口也吃得了。"

青救会长孙树经眨着眼睛说：

"分开做什么？庆祝胜利，全村人凑一起吃个热闹的！"

"这是好法子！"好几个人热烈响应。

"你们就知道吃！"江水山顶上一句。他额头上包伤的蓝布在闪光，向走在前面的曹振德要求道：

"指导员！卖掉猪买几条枪吧！"

曹振德一直没出声，他的心却在注意这个事，笑着学江水山顶别人的口吻说：

"你就知道枪！"

江水山着急地分辩道："吃了当什么，买武器……"

"好啦，武器是重要，可是咱民兵的枪不少啦。县上能向兵工厂给咱们订几支来，可要的村很多，留给人家吧！不对吗，水山？"曹振德见水山点一下头，就又向人们说：

"吃是该吃，不过庆祝胜利早了点，反动派还没消灭净。我的意思，猪是要卖掉，换回两头牛。这是咱们生产上要紧的吧？"

"大叔，你想得可真对，我赞成！"孙树经高兴地说，其他人也热烈响应了。

大家说着走着,把两只正在交尾的兔子惊起,从坟地里钻出来。那雄兔把雌伴丢开,没命地向山上奔去,雌兔扒扯着肥胖的后腿,落在后面。

人们呼喊着。江水山本来最不好闹玩,这时却像孩子一样跑着去撵。灰兔眼看就上山了,水山抽出手枪,向大腿上一擦,哗啦顶上子弹,照兔子"当当"两枪。雌兔栽了一个跟头,又向前挣扎。

孙树经高呼着追去:"打着啦!打着啦!……"

曹振德看着江水山闪着红光的兴奋的脸面,很理解他为斗争的胜利而洋溢着喜悦的心情,却有意问道:

"水山,怎么舍得子弹啦?"

江水山用衣袖擦着手枪,憨憨地笑着说:

"我也不知道,反正心里很痛快,憋不住……"

找着死兔子,大家刚坐在堰边抽袋烟,村长江合喘吁吁地走来了。

江合的脸色很灰暗,看看大家,对着振德,没说话先叹了口气,声音很颓唐:

"事情难啊!"

"怎么回事?"振德瞅着他问道,"上级对我们的工作有批评?"

"工作倒没意见,"江合说道,"唉!有指示,要咱们把得来的粮食、衣裳和布料的一部分,还有蒋子金东坡那十三亩地,拨给外村……"

"什么,要咱们的给外村?"副村长和粮秣员几乎同声惊叫起来。

有几个人紧望着曹振德,神情紧张地说:

"指导员!这事可要硬一点,拿定主意啊!"

53

"什么我们的你们的，都是革命的！"江水山不满意地反驳道，"天下穷人是一家，谁得了不一样？"

"水山哪，话不能这么说。"江合接上来，"咱村的地主是咱们的血汗养肥的，论公平上说，怎么能把东西给外村呢……"

"这真不像话，区上的决定不公平！"有人响应。

"对呀，村长有理。"又有几个人应上来。

"理在哪里？"江水山站起来，提高了嗓子，"只看到个人利益，没有无产阶级思想。都像你们这个样子，还革什么命！"

"民兵队长，你别扣帽子！"江合也火了，"我不是为个人，是代表大家的利益，全村的利益！胜利果实是大伙血汗换来的，我们当干部的不能亏待大家。"

"可真难啊，分东西的名单都画好了……"副村长没说完，就被江水山打断了：

"村长！你只代表咱们村的利益，代表咱全国人民利益不代表？你……"江水山的话说到一半，又被江合打断：

"我是村长，不是毛主席，管不了那么宽……"

"都和你这当村长的一样，毛主席以什么代表全中国？"

"……"江合张了几下嘴，没出来声音。

"指导员！"江水山转向曹振德，"一定要按上级的指示办事，把东西分出去，多分出去一些。天下穷人是一家，只顾自己还算得什么无产阶级！"

"民兵队长的话有理，"青救会长说，"有的村里没有住地主，得不到果实，光咱们好起来也过意不去。"

"谁叫他们村没住地主来？"副村长很有理地喊道，"上级光看上咱村，有的村比咱们得的东西还多哩……"

"这个倒不是，得胜利果实比较多的村都这么做。"江合解释道。

"衣裳布匹拿出些倒小事，可这粮食最当紧，眼看今年的灾荒日子烧到头上，粮食比金子还贵重啊！"粮秣员毕竟是管粮食的。

"可是别村也缺吃的呀！"一位干部顶上来。

"谁叫他们没住地主来？"副村长又有理了。

江水山不耐烦再说下去了，把胳膊一挥，朝曹振德说：

"指导员，别争啦！做个决定，马上就办！"

"水山哪，可不能这么做。"江合急忙抢上说，似乎指导员就要向江水山点头了。"振德兄弟，刚才我从区上回来，村里一些人听到这事都不同意，上级也强调要自愿，打通思想；当然啦，最好是能捐出一些。咱们当干部的，可不能叫大家恼火啊！"

曹振德坐在树根上，一直沉默着。他耳听其他干部争吵，手里薅着碎草，心里在紧张地活动。不用说，上级的这个号召是正确的，帮助外村人民是义不容辞。但振德不像江水山说得那样简单，干部一决定就行了。看看，在干部之中反对的意见也很多，群众当中更不用说了。曹振德知道，人们辛辛苦苦把多年的仇人打倒，得到了东西，很想多分点。尤其是粮食非常紧张，去年收成不好，大多人家一过年就吃起糠和去秋蓄存的干菜来当粮食，越来饥荒越明显了，这不能不使人们瞅着粮食眼红，哪里舍得送人——自己都不够啊！按需要，曹振德这个承担全村人民大计的指导员——党支部书记，也真舍不得向外拿……然而，正像江水山粗气地呼喊的那些道理，怎么能只顾自己呢？

曹振德见干部们争执得脸红脖子粗，目光都集中到他身上来了，他以平静的语调说：

"不假，咱们当干部的应该代表全村的利益。"他扫了每人一眼，加重了口气，"可是，这话怎么讲呢？咱们山河村只管自己，把得的果实分配光，就是大家的利益吗？我们的眼睛就看见这么点东西吗？咱们不妨再往宽点想想，没有共产党的领导，没有解放军打反动派，只咱们山河村就闹斗争了吗？怎么地主欺负了这么多年,到今天咱们才真正把他们打倒了呢?再说,地主是咱一村养肥的吗?没有住地主的村在旧社会就没受剥削吗?要不是反动政府压迫所有的劳苦人民,蒋子金他们光杆能逞凶霸道吗?我这话对不对?"

人们都垂下头,没有回答。过一会儿,江合说:

"我也不是从心想自己村,而是……好,我没意见,可是群众不通,上级又强调自愿。"

"是啊,咱们干部没啥,就是过群众这关难哪!"副村长附和道。

"落后的是少数。"江水山说,"依那些顽固分子,革命工作就不要做了!"

"不,水山!对这事有意见的人不少,也不见得都是落后……"振德这话的意思,一方面说的是真实情况;另方面水山的话在江合几个人听来分量太重了。曹振德很明白,干部们现在不在口头反对了,但心里还是有疙瘩没解开,振德从那几个人的面色上看得很清楚。振德要想办法彻底搞通干部的思想,才能使群众拥护。经验告诉支部书记,这是做好任何工作的首要一步。

山麓上响起一阵松涛声,接着徐徐地拂来春风。曹振德不由得大吸了一口气,感到风是那样清凉,花粉的馥香是那样的浓烈。他的目光向松涛声移去,眼睛立时被那簇苍翠的松林吸住。振德望着那一座座墓丘上闪着金光的朵朵迎春花,心窝一阵灼热。他感情激动地站起来,向大家说:

"走,大伙跟我来!"

人们迷惑不解地跟着指导员来到山根处的墓地。

墓,烈士墓。十九座坟丘荫庇在松林间。墓地前面的高台上,竖着一座白玉般的石碑。碑的上端镌着红五星,正身大书:

"英雄永垂不朽";下款小字:"乳山县泉水区全体男女老幼叩首,公元一九四三年清明节创"。

曹振德等人看着纪念碑，摘下帽子，肃然默哀。人人异常沉痛悲郁，在他们面前，又浮出那艰苦的岁月，在日本鬼子的一次大扫荡中，围困了山上千万的老百姓，要实行残酷的大屠杀，血洗昆嵛山。就是躺在这里的十几位八路军战士，用刺刀、用鲜血，拯救了全区人民的生命，而他们，却全部殉难了！

曹振德的声音异常低沉地说："大家到每个坟头前看看，那木牌上写着烈士的籍贯！"

人们都怔愣地看着他，没有动。振德又说：

"去看看，每一个木牌都看……树经，你记住。"

每个墓头前，都摆着今年清明节敬献的花圈。花朵和彩纸在春风中摇晃、飘拂。插在坟头前的木牌子，因常年风雨霜雪的吹打，上面的油墨字迹已模糊起来，但人们趴下用手拭去泥土，把眼睛紧靠上去，还能辨认得出。

"黄正鲁，山东掖县人！"有人念道。

"宋生德，甘肃酒泉人！"

"张荣光，江苏淮阴人！"

"杨大发，山东荣成人！"

"赵立中，河北宛平人！"

……

朗读声越来越低，越低越沙，最后喑哑得听不清了。

曹振德擦去两滴热泪，激动地说：

"大伙看清楚了吧？这些同志从四面八方、天南海北来到咱这里，为咱们，死在离他们家不知有多远的地方，他们为着什么啊！"

"我这两年太不像样子啦，对不起这些同志！"江合皱纹密布的脸面异常痛苦地搐动着，"我心里难受啊，大兄弟！"

其他的人都怔在坟前，有的啜泣起来。江水山手抚着烈士墓上的迎春枝，眼里闪耀着强烈的光芒，声音洪亮而坚定地说：

"为无产阶级革命断头,是最痛快的事情。咱们要学这些弟兄的样子,对敌人,只有血,没有泪!"

"不假!"曹振德激昂地说道,"干革命要有牺牲才能成功。咱们遇事不要老向自己身上看,而要看对革命有没有好处,这么一来,就不会光觉着受损失,反倒感到损失得太少,牺牲得不够!一句话,革命不成,什么也没有,什么都要完!"

学校的大院里,摆着一行行课桌,青妇队长曹春玲,领着十多个青妇队员,在布置展览物资。这是根据党支部的决议,要在胜利果实分配之前先开个展览会,要人们看看地主是怎样富有,怎样过享乐腐化的生活,怎样剥削穷人的。这些姑娘都穿着自己最好看的衣服,有的柔发上还戴着送冬迎春的迎春花,那金黄的小花朵,闪烁在少女的头上,像一串串金珠子一样耀眼。

这些"蓬门未识绮罗香"①的女孩子,现在可开眼界了。一匹匹水滑水滑的纱罗绸缎,一沓沓上等衣服裙带,各式各样的首饰,梳妆家具……真是花花绿绿,绮彩缤纷,五光十色,应有尽有,不应有的也有,叫姑娘们不知看哪件好,瞅哪件美了!

粗胖的巧儿姑娘叫道:"真不知财主家男羔子女娘儿们要穿什么好,就是一天换一件衣裳,一辈子也换不完啊!你说呢,玉珊?"

"这还算多?赶上皇帝差远啦!"秀巧的玉珊自充渊博地回答,"你没去冯家集瞧瞧冯大全的,那才算大地主哩!光衣裳一件挨一件地摆,摆了三里路!财主羔子会祸害东西着呢,你没听说,蒋介石的老婆子宋美龄,还用牛奶洗澡……"

"她洗过的牛奶,"一位姑娘尖着嗓子接过话头,"狗腿子喝着,还连说好香、好香……"

哈哈哈,一片欢笑声。

---

① 秦韬玉的诗句。

玉珊拭着笑出的泪水，拉一把正在埋头理衣服的姑娘，问：
"淑娴姐，你怎么不笑呀？"

那被拉的叫淑娴的姑娘个子不高，身段很丰满。她抬起头，有几颗小雀斑的圆脸上泛着桃晕，微微笑着说：
"我这不是在笑吗？"

玉珊俏皮地眨眨眼睛："笑了？我怎么没看见？"

"非笑给你看不可吗？"淑娴理了把拂在额前的乱发。

"青妇队长，你的眼大又亮，看见她笑了吗？"玉珊转向旁边的春玲。

春玲伸展着一件红缎子棉袄，瞟淑娴一眼，带笑道：
"千金难买美人笑。你们没听说，古时候有个皇娘娘，要皇帝撕绸子她才笑。"

"哎呀呀，这混账东西，真是个妖精！"巧儿气恨地骂起来了。

淑娴指着春玲，假生气地嗔道：
"你个小玲子，怎么把我比成皇帝婆子啦，真糟蹋人！"

"我不是这个意思，"春玲淘气地闪着水灵灵的桃形眼睛，"我是说，淑娴姐的笑也不容易出来，可是叫她笑也不难……"

"也得撕绸子？"玉珊接上问。

"不，撕东西她要心疼哭啦！"春玲含蓄地说，"她是要人，碰到那个人才笑……"

"你瞎说什么，春玲！"淑娴满脸绯红，含羞地瞅她一眼。见春玲又要开口，淑娴沉不住气了，动手要打。

春玲闪身躲避，一转眼大门口黄光一闪，立时看清走进门的那穿着军装的人。她大声叫道：
"水山哥，民兵队长！快点呀，有人打人啦！"

淑娴心一陡，目光含混地在江水山脸上凝注一刹，急忙低下头，两手慌乱地在桌面上动着。

江水山走过来，正色问道：

"谁打人？"

姑娘们只是笑，不答话。

"笑什么！"他迷惑地提高了声音。

春玲用力忍住笑，说：

"没有事，我和你闹玩哩！"

江水山挥了一下手，严肃地教训道：

"现在是什么时候，还有工夫开玩笑！到时布置不好展览会，你们可要负责任。"

"我们保证布置好！"姑娘们齐声回答。

淑娴的手在桌面上动着，眼睛却不惹人注意地目视江水山。她见他被蒋经世刺伤的前额，还是春玲当场撕下的蓝褂子襟草草包的，心里一阵刺痛："伤那么深，痛啊！可这两天他老不在家，见不着影子……"她掏出衣襟里的白手绢，刚想凑上前，可是一见这么些人，就停住了。

江水山刚要转身，春玲忽然叫道：

"水山哥！等等。"她也注意到他的前额，忙着找东西重新给他包扎。淑娴很迅速地把手绢塞进她手里。春玲看淑娴一眼，去赶江水山。

淑娴紧望着春玲站在江水山身前，跷起脚跟给他包扎前额，心里嫉慕地说："我能像春玲这样对他多好啊！我为什么不能？春玲为什么能？我……"她不敢再想下去，瞅着江水山头上亮着自己的白手绢，淑娴脸上情不自禁地浮出笑纹，眼睛里闪动着清泉般的泪花。

玉珊瞅着她拍手叫道："青妇队长的话有灵，淑娴姐笑了！"

江水山瞪了一眼大笑的姑娘们："只知道笑，快工作吧！"说完右手一挥，大步向教室走去。

"哎，冷元叔！这次分胜利果实，你想要点啥？"江任保两手掐腰，瞪着一双兔子似的眼睛，得意扬扬地向对面的人问道。

正弯腰在把一架旧犁整好的曹冷元，听问声转回头看一眼，咳嗽一声，没回话，又继续整理农具。这曹冷元，看表貌有六十多岁了，实际上刚过五十九。他身体很孱瘦，背驼得厉害。头发挂白色的见半了，满脸刻着深密的皱纹，胡须稀疏、灰黄。

教室里放着一堆一筐没收来的各种各样农具，一些老头和中年人——农救会员在整理。

江任保在曹冷元跟前讨个没趣，就从屋这头走到屋那头地来回溜达。他的神气异常矜持，疤脸上闪着笑容，俨然是东西的主人。他停在一位高个中年人跟前，吩咐道：

"喂，你把那杆新锄放外面一点！"

不见回答和反应，他又提高声音：

"我的话你听到没有？耳朵聋啊？"

那中年人没好气地说："你还是留话说给老婆听吧，这里没预备咸盐！"

"怎么，我的话你不听？"任保生气了，拍着胸脯说，"告诉你，别看我江任保不是干部，哪样大事离我也办不成。我是贫雇农，'无产阶级分子'懂吗？哪次斗争地主我都'打先锋'，这次斗蒋殿人，不叫我带头打了他，大家都泄气啦！指导员当场表扬我，还说要考虑我的入党问题……"

"不要嘴里吐屎还不觉臭吧！"中年人抢白他道，"这些话还是说给你老婆听吧，别人没为你长耳朵。"

"你他妈浑蛋！嘴长在我脸上，我愿说什么说什么！"任保麻脸血紫，咆哮起来。他见人们都冷笑，不理他，就又凑到曹冷元跟前，笑嘻嘻地说：

"冷元叔，你到底要什么东西啊？你是军属，又是'无产阶级分子'，第一等！"

冷元不满地瞅他一眼，说：

"搬那些条件做什么,东西由干部分配,都自己要怎么能行。"

有人搭腔了,任保兴头大升,笑着说:

"干部也要征求大家的意见。我寻思好啦,条件虽不及你,可也是贫雇农。分几百斤麦子,几百斤苞米,吃的问题暂且过得去。衣裳问题嘛,也可以全部解决啦!人靠衣裳马靠鞍,我老婆嘛,模样儿也改观啦!对于酒的分配,我也有个要求……"任保越说越有劲,兴奋得手挠头皮脚蹈地,把听来的一些名词都用搭上去了。

"你光想着吃啦!"曹冷元气愤地脸面变红了,慈祥的眼睛闪着怒光。接着,他咳嗽两声,又以长辈的口吻嘱咐道:

"我说任保啊,你也该改改那懒毛病。在旧社会就不说了,那是天造的孽。可是你想想,解放以后政府给你多少好处,说过你多少次,你还不下力干活,老打算着吃现成饭。任保,人可要有良心哪!"

任保的脸上灰暗下来,反驳道:

"我怎么没改?我懒点是身子不好,干不了重活。我偷的毛病改多啦,这两年也没去睡野女人……"

"偷得少,是大家管得严啦!没穿'破鞋'是那些卖大炕的坏女人被管教过来,有也不多啦!"那高个中年人又顶上来。

"话也不能这么说,"冷元接上道,"任保比过去是好些,这是新社会造的福,可是还差得远,还要改……"

任保不屑听下去地打了个哈欠,说:

"好,说改就改,我帮你们干。"他蹲在曹冷元身旁,做出干活的架势。可是他没动两下,就瞅着那些锄头、锨䦆叫起来:

"搞这些破烂东西干什么?光那么多元宝、金条就够用的,这些破铜烂铁的卖掉算啦!"

曹冷元郑重地指着工具说:"破烂?好容易从财主手里夺过

来，这是多少穷人的血汗！成了咱们自己的东西，一点儿不能祸害，马上就用得着！"

江任保站起身，眨着眼皮说：

"哎呀，我的老叔！你的思想太保守啦！你看看，两天工夫咱们就得了这么多果实！你在地里苦干一年，能挣得多少？不用怕没吃穿，有东西的人多得很。打了地主收拾富农，富农光了吃中农，到了大家都和我一样，成了无产阶级分子，就吃大锅饭，实行共产，革命就成功啦！"他把一把锄头踢出老远："用不着这些玩意儿……"

"呔，你这个懒虫！"曹冷元陡地站起来，脸色发青，胡须抖嗦，手指任保，怒斥道，"你这没良心的东西，算得什么无产阶级！你，你……"老人气恨得说不上话，干燥地咳嗽起来，他举起手中的锨头。

江任保见要挨打，急向门口蹿去。其他的人赶过来，劝慰冷元道：

"别和那种人一般见识，你还不知道任保的底子？"

江任保是全村闻名的"癞蛤蟆"——坐着不动，张嘴等食吃。这个人在十几岁死绝了双亲，跟着一些地痞流氓鬼混，学得一身毛病：赌、喝、嫖，卖尽了十多亩田地和一座山峦，就又学会了偷。那时，任保招引了一些赌棍，喝酒吃菜，大赌特赌。他这个人一喝酒什么都忘得干净，平常最怕死的胆子，也变得能包天。有年春天台风刮得非常之大，浪暖海口的渔船被卷翻一百多艘，海水漫过海滩，好些村庄被淹没。黄垒河的水几乎流不动了，被风吹得只有激烈地碰撞堤坝的份了。家家户户都将屋顶压上泥坯、木头，紧紧守备着快被飓风掀走的屋顶。唯有任保家相反，大白天门窗关堵得严严实实，屋里烧得暖暖和和，聚拢了七八个酒肉朋友在赌钱。直到太阳落山，钱输光赢尽才散局。任保醉昏昏地出来小便，发现院里散落着茅草，他往房顶一看，真是和尚脑袋一溜精光，一棵草也没有了。他这才知道，一整天烧炕、炒菜、烧水、炒花生用的草，都是房子上刮下来的呀，要不他家哪有一把存柴剩草呢？

八路军来这儿以前的一些年，任保和本村有名的一位姓冯的寡妇兼巫神相好。那时他才十七八岁，寡妇已靠三十了，但他成夜地偎在她炕上。直到任保的家产踢蹬光了，冯寡妇立时翻脸，说是神仙托梦于她，不能再和有麻子的人来往了。树倒猢狲散，这以后就再没有认得江任保的朋友了。

还是江任保的父亲在世的时候，给他订的亲，才使任保没当光棍汉。他这媳妇比任保大三岁，也是满脸的麻子，长得又高又粗，力气大得在女人中是罕见的，挑起两百多斤的担子，行走如飞，和没拿东西一样。别看任保丑陋八怪，干瘦得和猴子一样，脾气倒挺大，动辄给老婆气受。不过知道自己只及老婆肩膀高，她的胳膊比他的腿还粗，仅动嘴不动手，每次只是骂骂，不敢说打。但还伸拳擦掌想试试，竟至经过一仗，才识虚实，再不敢充大丈夫打老婆了。

那次是任保在冯寡妇家喝了酒，领受巫婆姘头的旨意回家寻事打架的。

此时任保媳妇已怀头胎，眼看要临产了，但她还上山打柴，挑回一担青年男子都够挑的湿松柴。她放下柴担刚进屋，躺在炕上的任保嘴吐酒沫子，叫她擀汤吃。于是，她就抱起磨棍推磨磨面。

任保听着磨呜呜响过几声就停了。他骂道："你妈的！快点，爹饿坏啦！"不见反应，又叫道：

"你等死啊！"

突然，西间响起婴儿哭声。任保翻起身，怒骂道：

"你他妈的不推磨，领谁家的孩子回来干么？"仍不见回答，他就跳下炕拾起擀面杖，抢到正间，老婆不见了，磨道上有摊红血……

　　任保媳妇推着磨感到肚子痛,她一蹲身,一点儿没费事,孩子掉到裤裆里。她弯腰咬断脐带,上西间炕上找破衣服包起婴儿,就势躺在炕上。

　　任保一见老婆没事似的躺在那里,更火了:

　　"妈的屄!爹饿着肚子等汤喝,你倒舒服地伸懒腰……"照老婆腿上就是一擀杖。

　　任保媳妇没有动,他又加劲向她腔上打一棍:

　　"臭娘儿们!你想上天……"

　　任保媳妇陡地起身,抓过擀杖向炕沿一砸——偌粗的棍子一折两截,照任保胸前就是一拳。任保跟跄着,摔到北墙上。

　　这一拳,打得任保浑身沁汗,酒气也飞了。他暗自叫苦,悔不该听冯寡妇的话,招得自己皮肉受罪。他正想闭嘴起身出走了事,忽听院子喧嚷,几个孩子、女人闻声赶来了。老婆打男人,真是天下少见。任保恼羞成怒,叫骂着喊道:

　　"你这骚娘儿们!我刚打的轻了吗?我再给你两下……"他又冲上前。

　　任保媳妇溜下炕,也不管眼前有人,裸露着两个庞大的乳房,冲任保骂道:

　　"你妈怎么养你这么个种子!受你那骚狐狸的调唆,来家没事找事!今儿要打就打到底,我管你个够……"

　　任保见女人真来了,吓得跑到院子,眼睛随时向后路瞅,身子却一跳半尺高,威风凛凛地向老婆咆哮:

　　"你他妈的敢出来,今天就叫你见阎王!"

　　"好小子别草鸡!你在那等着……"任保媳妇哭骂着向院子冲来。

　　瞧热闹的人来得多了,都忍住笑,没有去劝解的,想看看任保这孬种怎样挨老婆的打。有的还唏嘘几声,添油助火。

任保见老婆赶出来,吓得转身向外跑,不料被一个青年拉住,"好心"地劝道:

"别出去,上街人家笑话。大嫂子,下手轻点,打坏了还得你伺候。"

另一个接上道:"要打照腚上打,腚上肉厚,伤不着骨头……"

婴儿在屋里哭,两位女人赶紧照顾去了。

任保被媳妇抓住,他只顾两手抱头。媳妇揪着他的衣领,随手按倒,两腿把他的脖子夹住,抡拳照任保脊梁上乱砸……

见打得厉害了,有人上前劝道:"住手吧!夫妻打仗,出出气就行啦!"

"死东西!老寻事,今儿非给他点儿记性不可!"任保媳妇不住手,打着喝问,"说!你敢不敢啦?"

任保身上真痛,但在人眼前不好意思向老婆求饶;可是要硬下去,打挨的更多,就来个不说话吧。

"他嫂子,住手吧!打得不轻啦。"又一个讲情的。

"不行!他不吐口,我就打!说,敢不敢啦?"任保媳妇边打边问。

这时有位从门口过路的外村老汉,听院里闹哄哄的,探头一看,见那高大撒怀的女人,正闷头打腿下矮小的身子,打着还问"敢不敢啦?"。他急忙抢进门,向打人的女人劝道:

"哎呀,孩他妈!可不好往死里打,管孩子教训两下就行啦。自己身上掉下的肉,何必上这么大的火,快消消气吧!"他又对挨打的人说:

"你这孩子,胡闹时就忘妈啦!快向妈求个情,说下次再不敢啦!快呀!……"

人们的哄笑声,盖过他的话。任保媳妇不好意思地住了手。过路老汉生气地向人们嚷道:

"你们还是些什么街坊邻居，看着孩子挨打也不拉一下……"

人们笑得更厉害了。任保心里暗骂老浑蛋，可是为此自己不挨痛了，还要感谢他。任保怕外村人知道其中真相，索性趴在地上脸朝下，趴着不起来。

这老汉可真够热心的，他又正色地教训一句才走开：

"还趴着做什么？听，你小兄弟在屋里哭啦，快给妈哄孩子去。"

任保的老婆和丈夫一样，非常地能偷东西，靠近他们住的人家，门窗随时要关严，否则不是丢了鸡蛋、油盐，那粮米、蔬菜一定会少些。直到解放以后，他们偷的毛病才慢慢有点改，但依然没去根。

村人说任保懒有懒福，娶个老婆和雇个长工一样能干活。自从媳妇过门后，他家男女的作用就颠倒过来，其实无论是家里家外的活计，都是任保媳妇一人担当的。

有年刨地瓜，任保一时高兴下地了。他老婆因事没去。任保干活每次都是天不晌就回家，这次吃午饭却还不见影子。媳妇思忖，许是他来了兴头忘吃饭了，何不送给他吃，也省得回来误工夫？

任保媳妇拿着饭到田里一看，镢头和扁担放在地头，地瓜一棵未刨，连人也不见了。任保媳妇在地里到处找也没寻见，她来到地南头柴草堆前，忽听鼾声如雷，跑过去一看，任保正四仰八叉躺在草堆根上，铺着麻袋，舒舒服服地睡大觉。他身边有一大堆烧过的花生皮，还有一摊好花生。媳妇心里明白，他们这里没种花生，这是扒的隔壁邻居老东山地里的。她本来生气他没干活，可是一想他吃了花生省下饭，也合得来，活她自己能干。

晚上要回家之前，任保在草堆顶上望着风，媳妇到挨边老东山地里扒了一大篓大地瓜。动身时，任保打着懒洋洋的哈欠对媳妇说：

"你就挑一筐地瓜吧。"

"一筐怎么挑，你和我俩抬？"

"我真累坏啦，腿痛。"任保无精打采地说，"那头我坐里面吧。"

媳妇骂道："死鬼你就不怕人笑话……"她扯起麻袋，"你要不怕憋得慌，躺在这里面……"

任保的西墙邻居老东山，真吃够这夫妻两个的苦头了，为少蛋丢盐之类的事，不知和任保夫妻吵过多少次，吵过多少年了。老东山明明知道是他们偷去的东西，可就是没有一次拿着人家的真凭实据。有一次老东山丢了个花碗，他侦探了好几天，趁任保人不在家，进去找了出来，心想这次可拿着实据了……他刚走到院子，遇上任保回来，反倒咬定老东山偷他的碗。两人互相吵叫，接着夺碗，把个花碗摔碎两半，一人手里握着一块……老东山声嚷过几次：不叫为当初盖房子看风水院门规定冲着西面牧牛山顶，他早把门改向东开了。这天黄昏，老东山已在打谷场上检查草垛有人动过没有，忽见任保媳妇从西河过来。他已养成注意他们行踪的习惯，可是这老头子成功的遭数几乎没有，就是今天眼睁睁地看着任保媳妇挑着偷的他的地瓜，他也翻不出来啊，更不用说任保饱餐过他的花生了。

老东山忽然警惕起来，眼睛瞪大了。他注意到任保媳妇担子后面这麻袋里装的东西，凸凸囊囊的不像是庄稼。他的心一动，仔细观察，又发现这麻袋动了一下。老东山心里断定道：老婆精，一定偷了什么大东西！是只羊？也许是头牛犊……他忖度着，佯装回家紧跟了上去。

老东山非常谨慎地蹑手蹑脚挨近任保的门框，心怦怦地跳动。他的眼睛像瞅一个时刻都可能爆发的炸弹，紧张慌乱地大睁着。当任保媳妇放下担子，麻袋里的东西蹬弹了几下，呼噜了几声，老东山的心都快要冲出口腔，肯定地判断："是口猪，肥猪！

这娘儿们，有力气！这次可叫我亲手当面抓住……"他的呼吸停住了，眼睛紧盯任保媳妇解麻袋的手，脱口要喊：

"好么！我叫你偷……"他突然顿住，一时惊呆了。

任保那满布麻疤的小脑袋瓜摇摇晃晃地从麻袋口钻出来，打着喷嚏，翻转着睡眼。

老东山不由得啊了一声，急忙掉头溜了。

解放以后，干部对江任保经常进行教育，要他夫妻改掉毛病，好好参加生产。去年又分给他几亩地，一头毛驴。任保也改了一些，不偷大东西了。社会风尚的改变，要流氓卖大炕的女人大大减少了，使他归正了一些，参加了一些劳动。无奈他坏根种得深，赖毛病改不掉，和老婆两个还是手不老实。去年分的那头毛驴，养了两个月就违背了向指导员发的誓，卖了吃喝掉了。好几次任保想卖掉分得的土地，都由于曹振德的劝阻没卖成。村里人都知道江任保的为人，谁也不爱搭理他。现在他在学校教室里把曹冷元惹上火，老人为他不听好话，糟蹋胜利果实激怒了，要动手打他……

江任保见曹冷元这个平常那么老实的老汉动了肝火，急忙退到门口，准备逃跑；又见几个人拉住冷元，谅他也不敢打人，他就理直气壮地喊道：

"冷元老头！你想犯法？倚仗军属头衔欺负我无产阶级分子！好，我找干部评理去！"任保刚迈门槛，和一个人撞了满怀，立时缩回来。

江水山跨进屋，看着冷元气得脸面发青，就关心地问：

"大爷，你生谁的气？"

冷元眼睛发直地盯着任保，没有回答。

那高个中年人说："任保这东西，在这胡闹！"

"你要做什么，江任保？"江水山声色俱厉地喝道。

在所有的村干部中，任保最畏惧江水山了，这位复员军人对

他一点儿不讲客气,老教训他,不给他好气,不听他胡缠。任保瞅着江水山,胆怯地说:

"没啥,没啥……"他又笑脸向冷元道:

"大叔,别生气,侄儿……"

"水山,没有事!"冷元知道水山的脾气,怕他对任保发作;他松弛下脸,对任保说:

"任保啊!我不是为别的,你长这么大白活啦!什么时候你能学好点?你这不成器的东西,走吧!"

"哪!大叔,民兵队长,我走……"任保搭讪着溜出了门。

"整理得怎么样啦?"江水山向大家问着,弯下腰干起来。

"快好啦,你歇会儿吧。"冷元装上烟,忽然想起什么,"水山,刚才你仲亭哥找你,看到过吗?"

第四章

"指导员,指导员!"

曹振德和几位干部正向会场走着,听到后面有人叫。大家停住,见江水山喊着赶上来。到近前振德才看清,江水山脸色涨红,眼睛闪着气恨的光亮。按习惯,振德明白他又有什么气急的事情,就先带着笑平静地问道:

"什么事?别急嘛。"

水山甩着右手,粗气地说:

"你说这像个共产党员?……"

"水山!"振德插断他,示了下意,对其他人说:

"你们头走,维持一下会场秩序。"他拉水山靠到墙角,责备道,"有群众①在场,怎么开口就党员,要注意点保密②吧?你这性子何时能改一改。"

"我不对,下次改。"水山拍一下后脑。

"说吧。"振德温和地吩咐道。

"指导员!你说气人不气人……"水山又上火了。

江水山在学校里听曹冷元告诉说江仲亭找他,就赶到江仲亭

---

① 群众:此处指非党内人员。
② 党在当时农村是不公开的。

的家。

江仲亭的个子比水山细挑些，脸上透着油泽，穿一身洁净的白褂黑裤，看不出有当过兵的痕迹。

"哦，大兄弟来啦！"孙俊英照例亲切殷勤地接待江水山。她有含意的目光瞥视丈夫一眼，又笑容可掬地向水山道：

"你们弟兄两个在家吧，我开会去啦！"

妻子走后，江仲亭试探地说：

"水山兄弟，我想和你商量商量……"

"说吧。"

"唉，就是……"仲亭吞吞吐吐，干咳了一声，笑笑，"说起来也不好开口，唉，就是我这房子。你知道，现时不比早先，要什么没什么，吃饭没个桌子，坐着没个凳子，衣柜、箱子更到不了咱的家……"

"有什么事你直说，怎么桌子凳子、衣柜箱子的？"江水山不耐烦地打断他。

"咳，你又急。哥的意思，是咱这三间房子，又低又矮，你看看，光粮食囤子就占去一间，秋后刨下地瓜就把家挤满了。再说，你嫂还能老不生养？兄弟，你别见怪，我是想要幢宽敞点的房子。"

江水山听着，迅速在屋里扫了一眼，他似乎才注意到，这屋真的已被粮食、家具摆满了。他的脸色变得阴悒起来，冷冷地问道：

"就这个事吗？"

江仲亭急忙反问："兄弟，你同意吗？"

"同意了，你就搬到地主的大瓦房里去吗？"江水山压抑着爆发的怒火。

江仲亭没注意到对方的面色，提高声音说：

"咱们的胜利果实，自己不享受留给谁？再说，我也是残废军人……"

"住口！"江水山怒吼道，"你还有脸称残废军人！你一点革命战士的味也没有啦！你……"由于过分的激怒，前额的筋肉在痉挛，使伤口发出剧痛，使他不得不住口，用手捂住额头。

江仲亭惊慌地上前抚着他的肩膀，叫道：

"兄弟！你怎么啦？你生哥的气……"

"滚开！"江水山甩开他的手，走出两步又回身狠狠地说，"你再别叫我兄弟！懂吗？江水山不是你的兄弟！"

曹振德听完水山的叙述，眉头皱起结。他比江水山想得多一层，不单是生江仲亭的气，而觉得作为党支部委员的孙俊英对这事要负责任，因为他相信，江仲亭的落后变化和老婆有很大关系。振德早就感到孙俊英这个人有些气味不对，她没有一定的主见，有时表现假言假意，工作是比较肯干，可是浮漂得很，做点工作就讲个不休，想叫大家都知道。分房子的事，只有干部研究过，分明是她叫丈夫出面要的。按要求，孙俊英是不够支部委员水平的，照振德的看法，做个党员也勉强，但因在妇女中她的党龄较长，有过进步表现，在群众中也有些威信，为了照顾妇女干部和各方面的工作，所以区委这样决定的，要支部多加教育帮助她。曹振德他们也向孙俊英进行过批评、教育，每次她都表示态度要改正。她虽然没犯过惹人注意的错误，但只说漂亮话，行动改进不大。振德向区委反映过这个情况，上级已在考虑孙俊英的问题。

"水山，"振德拍着他宽阔的肩膀，安慰他说，"不要动火，我看这事有孙俊英的责任，我们要她检查一下。仲亭这人有些变样，忘了穷根子，忘了在部队受的教育。不过我看他不会全变色，咱们多对他帮助，他总会转变过来。你说对不对？"

江水山沉思着，默默地点了下头。

"至于房子，"振德的声音镇静而有力，"如果论照顾荣誉军人，他和你一样，可以住最好的，这也应该。可是仲亭的房子在全村还属一般，有比他更差的要解决，更要紧的他夫妻俩都是共产党员，就为这一层，所以不给他，不能给他们。"

中午的阳光，垂直地射着。黄垒河那泛着涟漪的澄清的水面，闪耀着鲤鱼鳞般的光彩，水汽随着微风，飘到河畔的村庄。村庄的屋顶，被温暖的春阳晒着，发散出干焦的气息。凉润的水汽调剂了干焦的气息，令人舒适、惬意。

大群的孩子顾不得吃饱饭，耳边萦回着母亲的责骂，拥挤在学校大门口。接着，全村的男男女女，都迈过家门槛，走出了胡同，会集到大街中心广场的碾台周围。赶跛腿副村长敲起集合锣时，会场已是黑压压的一片人海。

村长江合宣布村民大会开始，指导员曹振德跳上十二年前江水山父亲江石匠，那夜在火把中号召人们起来向官府进攻所踏的碾盘上，他那带点沙哑的浑厚的声音，清晰地送到人们的耳朵里：

"乡亲们！不用我说，大家就会知道今天开的什么会。这真是个喜日子……"

响过一阵热烈的掌声。

"去年咱们实行土地改革，和地主阶级打了场大仗，但那次打得不透，敌人没完全投降。这些家伙趁国民党反动派进攻解放区，又张开血口，动起杀人刀来了！大家马上就会在展览会上看到，四家地主就有三家藏有黑名单，注着谁分了他们的土地、山峦的亩数，谁是干部、积极分子……蒋子金家棺材里藏着五支枪和一些手榴弹。大家说，他们是想干什么啊？"

"想造反！"

"想杀干部！"

"想骑在咱们头上拉屎！"

"想反攻倒算，吸穷人的血！"

……

人们高声呼喊着。

本来站在前面惹人注意的地方的王镯子，听到这里，面色变白起来，心里忐忑不安，向人里头挤，但又急忙停住跟着叫道：

"还想享福……"觉得不明确，又加上说，"还想压迫人。"

有人喊着："不要吵啦，听指导员说下去。"振德又接着说：

"对，反动派就一个想法，叫咱们穷苦人永做他们的奴隶，当少数财主的牛马。可是他们那是在做白日梦！共产党领导我们经过多年斗争，打败日本鬼子，国民党不要和平打内战，咱们就和它干到底，把敌人消灭得干干净净！

"乡亲们！杀敌人要有本钱。咱们今天分了胜利果实，可是千万记住，这都是血汗换来的……"振德的眼睛不由得转向江水山。

人们的目光也跟着集中在江水山身上。水山像根擎天柱一样笔直地站在碾盘一旁，右手扶着腰间的枪柄，左面的空军装袖子在摆动。他那包着淑娴的白手绢的前额，特别耀人眼睛。江水山在男女老少肃然起敬的眼光注视下，热血涌到头顶，激动地振臂高呼：

"消灭反动派！"

"解放全中国！"

"共产党万岁！"

人们跟着他热烈地呼喊。口号声宛如汹涌澎湃的海涛，雄壮有力，远传四方。

人群中有位白红脸蛋的姑娘，她那双不大的眼睛闪动着水波，紧望着江水山。

"淑娴姐！你怎么啦！是眼不好？是哭啦？"玉珊看着这姑娘泪水盈溢的眼睛，吃惊地问道。

淑娴急忙低下头，羞涩地悄声说：

"傻玉珊，高高兴兴谁哭什么，我眼睛……"她说不上话，扯起袖子拭眼睛。

玉珊姑娘怔怔地想："淑娴真怪，不好笑也罢了，为什么哭呢？……"

在暴风雨般的掌声中，会散了。学校的大门洞开，人们争先恐后地拥了进去。

展览会虽不大，但就在这个村的四家地主的东西中，地主阶级的奢侈糜烂的腐化生活，贪得无厌地榨取劳苦人民的血膏，掠夺人间最美好的东西的盈贯恶行，在广庭大众之前，在光天化日之下，暴露无遗了。

经过干部们的充分解释和教育，山河村的群众在"天下穷人是一家"的口号下，献出一部分没收来的粮食、物资给外村，其余的就自己分配了。为早点结束这一工作，全力投入春耕春种，党支部决定立即分配胜利果实。曹振德领几个干部去分粮食；江合领人分农具；孙俊英和春玲几个发衣服、布匹以及一些家具、器皿等。江水山来往照应。

分物资的地方特别热闹，一大堆女人、孩子围在四周，像闹市一样，喧声哄哄，笑声不绝。

本村小学教员孙若西，分头梳得很齐整，穿着合体的蓝制服，站在春玲身边，满面春光，眼光忙中偷闲地在春玲身上转悠。他高声朗读着某人某人的名字，应得的某种某样物品……

分配原则是按每家的成分和生活情况确定的，当然，越穷的人家得的就越多，烈军工属分别情况特别优待，除去富农以外，几乎每家多少都能分到一些。

一家一户地分过去了，轮到江水山的名下，应领物品是一件毛线背心。

当水山母亲被淑娴扶着走上来时，一位女人说：

"哎呀，孙老师！该是念错了吧？水山兄弟怎么会得这么少？

人家是烈属，荣誉军人，又穷苦……"

春玲答道："没错，是水山哥不要。"

"要件背心给水山挡挡寒就行啦，别的俺不用。"水山母亲补充道。

正在此时江水山走来了，抢上说：

"妈！我不是和你说过，咱什么也用不着吗？"

水山母亲伸出的手又缩回来，刚要说："是你淑娴妹叫我要的……"但一听淑娴叫了声"亲妈……"，向她瞥一眼，就咽回去，改口道：

"我见你身子不好，怕冷，又想要……"

"妈，我不冷，有衣裳穿嘛。"水山执拗地说。

水山母亲又要分辩，只听淑娴接口道：

"亲妈，我哥不愿意就别惹他生气啦，咱们回去吧！"

孙俊英招呼道："先别走。淑娴，你们家也有份呀！"

淑娴回头说："俺大爷说来，我们一根针也不领。"

"真是老顽固！"孙俊英愤愤地说，转对春玲："你说气不气人，春玲！他为什么不要东西？嫌少？"

"我怎么知道？"春玲有些不快地白她一眼。

"咦，老东山不是你公公吗？"孙俊英带着开心的微笑，"你和他儿子儒春……"

"妇救会长！"春玲那粉嫩的脸蛋红到耳根，"请你不要说这些好不好？"

淑娴带含意地瞥孙若西一眼，凑趣地说：

"封建婚姻不算数，俺家儒春落后，人家春玲要断线……"她突然住口，因发现春玲生气的眼神，知道失言，领水山母亲走了。

春玲没说什么，埋头去拿东西。

孙若西在一旁看着有些得意，接着变得愤怒地说：

"谁不知道我姨夫老东山是顶顽固的老封建！哼，我那表弟也是一个庙的和尚，死落后……"

"孙老师，你快往下念名单吧！"春玲吃不住了，岔开孙若西的话。春玲的心里很烦躁，可也顾不及去想这件事，只顾忙去了。

那江任保早等急了，一遍遍问怎么还不到他名下。他一吃过饭就叫老婆拿着口袋去扛粮食，自己带着那条他媳妇曾装着他从地里挑回家的破麻袋来领物资，看样子真准备大发其财哩。任保的眼睛骨碌着，想寻找空子拿点不被人上眼的东西……忽然，他发现桌面的那沓衣服上有个小圆镜，镶着粉红胶边，镜面有喜鹊登梅的花纹。任保心想，谁过喜事卖给他，半斤酒是有了……赶春玲他们在说话，他随手拿过镜子，刚要向腰里塞，忽听有人叫道：

"江任保！你拿的什么？"

任保心一活，见是玉珊姑娘喊的，心里骂道："浑丫头！"嘴一咧，笑嘿嘿地说：

"俏闺女，眼力不赖呀！我想耍个戏法你也瞅见了。"他转为自负的神气，"嘿，我要真想拿个镜子用用，还怕什么人？这是咱们贫雇农的果实！斗争蒋殿人那大地主，我打头一炮，指导员都表扬我有能耐……"

"别不知羞卖多少钱一斤啦！"玉珊抢白他。

"我是无产阶级分子，拿自己的东西，差什么？"任保拍拍胸脯，大言不惭。

春玲严肃地说："东西不能随便拿。"

任保涎着脸皮笑道："好妹妹，权且为我有功，你当青妇队长的格外赏了我吧！"

"我说了哪能算？"春玲很着急，真想把镜子抢过来。原来，在分配果实前，干部们曾征询了一些重点户的意见，问他们需要什么。其中曹冷元只要两样东西，一件是他在蒋殿人家当长工用过的那条扁担，一件就是要个小镜子，他要给儿媳妇用。为此，春玲怕打坏了，才把镜子个别放在桌子上。

"任保，你要镜子干什么用？"有位男人问道。

"给我老婆照脸呀！"任保得意地摇着镜子。

那人挖苦道："你们还用照镜子？"

"我们就不该翻翻身，享享福？"

"你夫妻俩都有镜子。"

"谁说的！我的在哪？"

"你是你老婆的镜子，你老婆是你的镜子，你们俩对着看看，脸是一个谱，这不是永远打不碎的镜子吗？"

人们一想任保和他媳妇的麻脸，响起鞭炮般的大笑。任保却面不改色，回骂道：

"你他妈的浑蛋！你老婆样儿俊，可没我媳妇的腚片白。"

"那你们两个该把头装裤裆里，不见日头也就白啦！"

"真不像话，说些什么！"女人们提抗议了。

任保还是回骂道："肏你妈，爹和你拼了！"

"打架可得往院子跑，还得叫你老婆打着问敢不敢啦，不然没人给妈打孩子的拉架……"

又是一阵哄笑。这时曹冷元扛着扁担走上来。春玲对任保说：

"镜子放下吧，这是分给冷元大爷的。"

"好哇！能给别人我就不能要，小玲子！你个青妇队长多大的官衔，有这大权力？"任保恼羞成怒，要耍无赖了。

春玲气得眉梢一竖，桃形大眼睛像杏子样圆，理把头发，说：

"你别出口伤人！这不是我曹春玲的权力，是村政府！"她从孙若西的手中夺过分配名单，大声读道：

"曹冷元，雇农，军属，镜子一个！江任保，你听清没有？"

江任保目瞪口呆，无言对答，越发不讲理地喊道：

"啊！你们以军属压人！我江任保穷得要命，你们当干部的瞎眼啦！"

曹冷元忙阻止春玲道："玲子，咱不要！给人家……"

"大爷，你别管。"春玲强硬地激怒地说：

"江任保！你说以军属压人，我们就压你。人家军属就该比你……"她本想揭他几句老底，又改了口："你也该想想，哪次救济少了你任保？这次还没轮到分给你，你就非想多要不可！人家军属就要这个镜子你还有意见，叫大伙评评这个理！"

大家都斥责任保不对。孙若西站在一边，有些吃惊地看着春玲那板紧的红脸。

任保没话再顶，硬充好汉地说：

"军属有什么了不起，爹参军也不是一次啦，谁叫你们不要？爹明儿再去……"他把镜子向桌上一摔，"给你们军属！"

圆镜嚓的一声，碎成两半了……

在春玲一开始和江任保争执时，妇救会长孙俊英就上了茅厕。厕所她是真去了，可是并没有拉屎撒尿，只是空蹲了一会儿，听外面吵声平息了，才像煞有介事地提着裤子返回来。

一条桑木扁担，全身呈青灰色，光滑滑能映出人的影子。扁担中间，深深地凹下去，只剩很薄的片片了。曹冷元坐在院子的石条上，出神地呆望着它，两只暴出粗筋的紫硬干瘦的手，颤抖着来回抚摩它。渐渐地，从他那干涩的眼眶中，涌出大滴的混浊的泪珠！

老人怎能不激动啊！整整三十个年头，他的生活都是陪伴着这条扁担度过的。三十年前他自己是个壮实的青年，扁担是条粗糙坚硬的木杠子。在这漫长的苦难的岁月中，冷元的双手把木杠子磨光了，肩膀把扁担中间快要磨透了！这是血肉和硬木的摩擦，是筋骨同木头的搏斗啊！

曹冷元本乡在北面昆嵛山里，父母早亡，他从小当牛倌。二十三岁那年雇到山河村来放牛。日子不久，这个不言不语、干活顶两个人的小伙子，被蒋殿人看上眼，雇到家里当长工。

的确，蒋殿人待长工不错，饭管饱，吃的也不算坏，工资比别家还稍高一点。曹冷元拼死拼活地干，力气又大，引起主人的重视，待他就更好一些。为此，蒋殿人也就辞掉两个长工。

冷元三十几岁那年，手中有了点积蓄，蒋殿人在西面海阳县过来的一群逃荒的人中，挑了个孤身无依的寡妇，给曹冷元成了亲。冷元也就在山河村落了户。

冷元的妻子时年二十九岁，相貌端庄，性情温淑。虽然为此他把十多年的积蓄花光了，但穷长工能说上这样的好媳妇，真是天大的难得。他心满意足了，更加感激东家，干活越发卖力了。

人越穷，越少饭缺衣，孩子生得越多。三个年头，冷元妻子就生了三个孩子——一胎是双胞。日子越过越难，工资哪里够全家糊口的？妻子把孩子丢在家里抓泥，出去讨饭；有时去蒋殿人家洗衣、做饭，赚口吃的。有年冬天冷元到牟平城去为东家枭粮，回来时妻子已死两天了。

她怎么死的？是上吊勒死在梁头上，谁也不知道为了什么，其实也无人去追究原因，反正在那年月，为生活所迫自杀的穷人到处有。但村长蒋殿人为此却不依了曹冷元，说老婆是他逼死的，要绑他上衙门。结果在人们劝解下，蒋殿人到底是出了名的好村长，没有把事情闹大。曹冷元就更感恩东家一层了。

妻子死后留下四个孩子，最大的才七岁，出世一月的女孩子几天就饿死了。曹冷元每天把三个孩子关在家里，自己去给东家干活。在这一带当长工，一年三百六十天几乎没闲时候，春夏秋农活不用说，大雪纷飞的隆冬，更要忙着上山打柴、搬草。

命运接二连三的打击，冷元越来越苦了。该东家的债愈欠愈多，工资分文也拿不到了。他当长工能在东家吃饭，可孩子呢？光吃糠咽菜，屎都拉不出，他得用草棍去扒。冷元要求东家给他一些粮食回家吃饭，这样自己受罪可省点给孩子。可是得不到应允，长工吃不饱哪有力气干活？他实在无法，就背人拿点剩饭回来，但很快被蒋殿人老婆发现了。曹冷元就早上的饭多吃些，中午拿上山去的干粮不吃，留给孩子。在地里紧张地劳动一天，中午不吃饭，那怎么受得了啊！冷元的腰杆早开始驼塌了，经这一饿一累，更加弯曲下来，强壮的体格开始衰弱了。有一次他在深山里挑起二百多斤的柴担，一起身就眼睛发黑，肚子空旷地直叫，他多需要啃几口冻硬的玉米粑粑啊！但他吞了口唾沫，奋力压下食欲。那三个孩子的六只饥饿渴望的眼睛，一刻也不能从父亲面前消失呀！

狂风暴雪无情地吹打，冷元又饥又冷，浑身哆嗦，艰难地在峻岭上跋涉。当他走到牧牛山的顶端，那光秃秃的雪山宛如巨大的冰峰，冷元再也支持不住，腰欲折，腿欲断，脚下一滑，他急抱住扁担，一直滚跌到山沟底下。

昏迷了许久，冷元才从雪堆里挣扎起来。他跪在被雪快埋没了的山神庙跟前，悲怆地呼喊：

"山神哪，山神！冷元多年在山里爬，和你交往，为你烧过香纸磕过头，你快睁睁眼，显显灵，叫我的孩子吃上口饭……"

神仙是"显了灵"，在东家门口等他的是皮袄裹着不见肉的蒋殿人老婆。她直骂到口干舌燥才走回炭火熊熊的卧室。

曹冷元僵直地站了好一会儿，泪水和胡须的冰碴凝结在一起。此后，每顿饭都有了定额，多吃一口也没有。但他还是忍着饿，留中午的干粮给孩子。实际上他的胃已经饿坏，老吐酸水，吃饭也困难了。

曹冷元不知为"神仙"烧过多少香纸，磕过多少头，可是得不到一点荫赐。孩子生病无钱治，加上饿，又死去一个。他也病倒了，带着病去冯寡妇——那时她男人还没死——家里祈祷。这位交际广大、远近闻名的年轻巫婆，数说了一番，接过奉献的礼物，说曹冷元妻子死时烧纸少了，得罪了"土地老爷"，要上那里去求救。

山河村东头的土地庙，长年香火不断。冷元借钱买了香纸，跪在大灰石板砌起的小土地庙前，苦苦求道：

"天老爷，地老爷！我一家大小活不下去啦，求你救我的孩子一救！再不能叫我剩下的两个孩子死啦！"

在风尘中，庙里居然响起嗡嗡的回声：

"命苦命好，前世姻缘。尽忠效主，自有好报！"

冷元听得满身出汗，起身就跑。

此事传开，轰动远近乡里，在庙前搭起台子，为"土地老爷"唱三天大戏。香、纸烧过的灰，把庙前庙后三亩多地都盖黑了。

唯有冯寡妇满心喜欢，在家对着镜子试妍头蒋殿人为报答她这次的恩情送给她的大红绸子褂儿……

直到抗日战争的风暴吹起黄垒河的波澜，曹冷元才开始以疑惑的眼光去看神仙庙。开始对命运发生了怀疑。接着，一系列的变革接踵而来，一个比一个更有力地冲击着他的心胸。一九四二年冷元把大儿子从地主的长工屋里找回来，去对曹振德说：

"大兄弟！我总算明白过来，穷人的神仙是共产党，不是土地老爷、山神爷！叫吉福当八路军吧，去吧……"

……

"爹，爹！"一位穿戴新气的细皮白脸青年媳妇，怀抱孩子走进院门，亲切地叫道。

冷元微吃一惊，从深沉的往事回忆中猛醒，起身招呼道：

"哦，二嫚子回来啦！我看看大孙女，回去看姥姥胖了没有？"他接过孩子，娃娃睡着，他喜欢地亲着，又说，"你怎么不

83

在家多住几天，你爹妈好吗？"

"好，都好！妈催我早点回来，忙时候……"媳妇应着，惊讶地瞅着老人两颊上的泪水，"爹！你身子又不舒服？"

"不，没有。"冷元转身往屋走着，急忙擦了把脸，"唉！我是看着这条使过三十多年的扁担，想起那些苦日子来啦……哎，二嫚子，快进屋歇歇吧！"

这女子是冷元二儿子吉禄的媳妇，名桂花，结婚一年多，头胎孩子前天满一百天，她是回娘家去了。

"爹，街上那么热闹，分那么多东西，咱得的什么呀？"进屋后，媳妇寻视着问道。

"人家要给的可不少，我没全要。东西有，就用；没有，也过得去。"冷元说着，见媳妇的脸色有些不高兴，就把孩子递给她，从怀里掏出那个粉红边的小圆镜，用衣袖擦了擦，笑着说：

"咱们也分了东西，除那条扁担，我还特意给你领个镜子。喏，你看看。"

桂花一手接过，不满意地说：

"唉，还是碎的！真可怜……"

"碎的也一样使唤，总比没有强嘛。"冷元安慰道，"二嫚子，可别嫌少，这点也来得不容易呀！你家比我强，可也受过苦。想想从前，如今简直算上天啦！"

"爹，我不嫌少，谁用了还不一样。"桂花把小圆镜放在炕前桌上，要把孩子放炕上睡。她发现炕上被少了一床，便问：

"他又出发了吗？"她是问的丈夫。

"哦，送公粮去啦！"冷元在外房间答道，"前天走的，还得几天回来。"

"到哪去，这么远？"桂花有些心躁。

"到西面。嚵，远点好。越远越好！"

"这怎么说？"

"哎，二嫚子！你不想想，咱们送得远，队伍隔得远，把反动派打得就远。"他拾起门口的扁担，很为自豪地说，"等到时候打蒋该死的老窝，你爹一准挑着最好吃的送到南京城！嘀，这扁担再不为蒋殿人使唤，为咱自己出力啦！"

蒋殿人瞅着那粗胖的黑影，趔趔趄趄地消失在黑暗里，无声地将门插死，身子背倚在门板上，粗声地喘息起来⋯⋯

蒋殿人不是个平常的地主。父亲给他留下的财产并不多，但却给了他一个聪明狡猾的头脑。他读过几年私塾。蒋殿人从二十七八岁接管家权以来，完全改变了一般地主大量增加土地、山峦的做法，而是从内里集油，聚存金钱。钱，他一切行为的目的，就是为了钱，为钱，再为钱。由于社会经常变化，物价不稳，货币不保险，他就暗地里购取大批金银珠宝。他这样做自有道理，因为土地、山峦多了好处并不大，反正也是为钱，那就直接从钱生钱、为钱搞钱好了，再者树大招风，土地、山峦多了容易显眼，惹人反对。他当村长也是为钱．他可以利用职务巧妙地从捐税中取油水，同时和官府打交道，使其他地主不敢欺负自己。对于老百姓他做出和善面孔，周济别人点油盐酱醋之类的难为，不抛头露面陷害人，也引不起多大反抗。一九三三年以后，地面不太平，共产党闹得大了，不少恶大的地主遭了打击。为此，蒋殿人通过外甥——共产党员——的关系，趁当时共产党组织不严混了进去。但他很少参加活动，一般人也不知道。一九三五年冬天共产党发动的武装起义爆发，蒋殿人前两天知道后，就先推故躲到山里亲戚家。暴动失败，在党组织的指令下，蒋殿人把负伤的江石匠救出了村。白色恐怖把蒋殿人吓转了腿肚子，他也真以为共产党从此在世上销声匿迹了，无须防范了。为了摆脱自身的干系，也为灭绝共产党对他的威胁，他暗地里告了密，出卖了江石匠等人隐蔽的地点⋯⋯就这样，江石匠等八名共产党员的生命，断送在叛徒手里⋯⋯

蒋殿人的装束很普通，有时简直和一般人没有区别。这一方面表示自己的贫寒，另方面也真为省钱不穿。他老婆每做一套贵重衣服，也非和他吵一场不可，有时竟至闹得她哭着去假上吊才应允。蒋殿人的土地、山峦出租的很少，这是因为租出去没有雇长工收获多。而且为要租子和穷人打交道也得罪人。雇长工他有算盘，像曹冷元这样强壮卖死力气的，他宁多出几个钱，体力不行干活不出劲的人钱少他也不雇。蒋殿人本人也参加一些菜园、谷场的劳动，这同样是有打算，一是表现他干活；二是可以顶出长工去多干重活，省些工钱。

蒋殿人也是个淫色之徒，曹冷元的妻子就是被他奸淫后自杀的。可是他不要小老婆，因为多口人，就得多破费，平时串串骚腚子娘儿们，倒可以少花甚至分毫不出。蒋殿人的老婆不生孩子，这是他自己的毛病，小时的一场疾病使他的生殖能力遭到破坏。年纪轻时，他还为此高兴，没有孩子更少开销；直到五十多岁了，才考虑到没有孩子死后财产谁继承，把财宝带进棺材也没人保护呀！谁为他上坟烧纸祭供呢？过继一个儿子他不放心。他左思右想，主意打好了……他向年逾四十的老婆商议。这肥腴的女人开始忸怩作态，一会儿就默许了。没过几天，也没怎么费事，冯家集上的一位年轻驴贩子，成了蒋殿人家的常客。一俟老婆怀了孕，蒋殿人就出面抓住驴贩子和老婆的奸情……就这样，驴贩子掏空腰包，求得老村长宽怀恕罪，再不敢登门了。

蒋殿人何以热心地给曹冷元成亲，也是有内容的。他为笼络能干的长工曹冷元，把那无主的逃荒寡妇说给他，自己一事不费，白赚了个人情礼品。

总之一句话，蒋殿人的一生就为一个字：钱。他无论解决什么问题干什么事，都是以钱来计算，为指示，为目标……

"汪化堂走了吗？"老婆望着黑暗中的蒋殿人，小声问道。

蒋殿人离开门板，低沉地回答：

"走啦。"

"唉！那真是个愣头青，别说早年人家叫他汪土匪……如今村里的人眼都瞅着咱，可别叫人发现……"

"你少说两句吧！"蒋殿人打断老婆的话，"女人家懂个什么？汪化堂有汪化堂的打算……"

今夜里，汪化堂在外甥媳妇的指引下，登门来访蒋殿人。

"……老村长！不能坐等山空，赶快起来干吧！"

蒋殿人漫不经心地听完汪化堂的话，冷淡地说：

"我蒋殿人向来安分守己，共产党要怎么样就怎么样，随大势驱使。"

"真心吗？"汪化堂冷笑一声，"说明白话吧，老兄！共产党的天下不会长，老蒋有美国全力支撑，几个月要占领全中国，你忙什么？"

蒋殿人变得愠怒了："管老蒋来不来，不关我的事。你走吧，别和我牵扯！"

汪化堂愣了一下，接着激烈地说：

"老兄，你还说这些话做什么？现在人家赶你到这破草房子住，东西给抢光了，过几天要叫你睡棺材啦！咱们赶快纠集人，我敢说，这些天被清算的地主，谁都心里藏刀，说干就干，一招百应，你快出出头！"

"汪化堂！"蒋殿人脸色板紧，声音却尽量压低，"咱们是两路人，可是我也不是共产党，我好心劝你，趁这时村里没动静，你赶快溜走吧！要不，走也晚啦！你想现在反抗？哼，那有个屁用！你听到没有，蒋子金父子倒是和你做的一样，得到什么下场！仅仅给江水山头上留块伤疤，自己却两条命要完蛋！明白吗？我是好心劝你，走吧，快走吧……"

蒋殿人所以这样对待汪化堂，是因为他怕惹火烧身。根据他多年对付共产党的经验，知道胳膊扭不过大腿，硬来只有自找苦吃。他对局势很乐观，从报纸上他断定，中央军来的日子不远了，因为共产党自己都承认，国民党要真向山东进攻，那就耐心等待吧。这次清算对蒋殿人来说真可谓牛身失毛，无足轻重。他在早年为防暗算就修有严密的地下室，解放以后更把大批粮食埋藏入地，土改后倍加小心地隐蔽起来。他对汪化堂那么不客气，还有怕他万一被抓住，供出自己的真情。以蒋殿人多年的世故经验，他对人处事是谨小慎微，不轻易表露胸襟。

"我走？哼，要干场大的哩！"汪化堂神气十足地拍拍胸膛，"我还不知是共产党走，还是我汪化堂走！"

"就凭你？"蒋殿人轻蔑地冷笑着。

"老村长，要是有真领头的你就干吗？"

"嗯！"蒋殿人留起心来，"有谁真领头？"

"嘿……"汪化堂突然住口不说原意了，"我看你就是绝顶的人才……好，没有人一起干，我只好逃身他乡了。"

"不睡觉，又找什么？"老婆见他在墙根处摸索什么。

"看看拾粪的家伙在不在？"蒋殿人答道，手摸着了粪叉杆。

老婆愤愤地说："还有心思拾粪，等着死吧！"

"我比你懂事！"蒋殿人说着，把粪叉子狠狠地摔到墙上。

汪化堂走进门，向炕上一坐，气愤地说：

"老村长，呸！妈的，真成老对虾了！叫共产党吓破了胆，一点骨头没有……"

他前面站的是位穿军装的人。这人二十六七岁，细矮个子，瘦长脸，皮黄，眼睛不大，闪着阴沉狡黠的光刺。他就是王镯子的丈夫孙承祖。

按亩产，孙承祖家不够地主，但他父亲是浪暖海口盐务局的税官，生活比一般小地主还富裕。这个残暴地迫害人民的税务官，在一九三五年间被地下共产党员所镇压。孙承祖长大后公开不敢活动，暗里却伺机报仇。然而，解放区一天天在扩大、巩固,没有复仇之隙可乘。国民党发动进攻之后．孙承祖和一些有阶级仇恨的反动分子一样,在日思夜想地等待中央军。但是,他们的蒋委员长没有实现几个月"光复"全中国的诺言,使想望者们大失所望。孙承祖早想去参加中央军,投靠他二舅父。但是离家数百里才是蒋介石的天下,解放区的组织严密,不容易走出去。同时也会使爱妻在家为难,在家里要劳动,不干活无饭吃。如此等等,他在去年夏季的大参军运动中,积极要求参军,混进了人民军队。应该指出,当时对参军人员的成分审查是不严格的。干部觉得孙承祖不是地主,父亲虽因恶大被处决,然事过多年,且孙承祖当时尚小,一贯没有什么坏表现,也就没加阻止和防范。

　　孙承祖从参加解放军的第一天起,就寻找投敌的时机。终于,在一场残酷的激战中,他乘部队突围冲散之时,投奔了中央军。当然,大规模的战争中失踪战士是不少见的,在军队弄清具体人的下落之前,其家属还享受着军属待遇。

　　已像汪化堂来时告诉王镯子的,孙承祖去青岛找到当情报官的二舅父,参加了国民党,做起对解放区的破坏工作来。三天前,孙承祖作为敌人向解放区派遣的特务之中的一员,从海上潜回山河村。其任务是搜罗、组织反动地主和各种坏分子,破坏后方的支前工作和生产,制造解放区社会混乱,暗杀干部,武装暴动,等等。他们并企图当中央军的进攻逼近时,从内部进行策应。

　　孙承祖回村后了解了一下,被斗的地主除蒋子金父子当场反抗被政府逮捕外,其他的都在得到的一份田产上劳动生产。他分析了一番情况,蒋殿人不会真老实,从清算的财富上,就看出他打了埋伏,进行了反抗。于是,自己不出面,派舅父汪化堂去蒋殿人那里探听虚实……

　　听完汪化堂气愤地报告的蒋殿人的态度,孙承祖立时问:"你没露出我在家吧?"

"差一点,没有。"汪化堂无法忍耐地吼道。

"承祖,不用去求老村长那尿包啦!像我们那几个人一样,咱们舅舅外甥两个,夜里把这村干部宰了,跑到国军那去吧!"

孙承祖微微笑笑说:

"我看老村长不惟不是尿包,倒是条凶兽。"

"那也难说,他这两年可真服从政府的命令。"王镯子从门外走来,插嘴道。

"这是他的手段。"孙承祖深沉地说,"老村长他自有打算,不肯妄为。不过,他是财主,共产党是他的对头,他不会不反。他现在不动,一是想望国军能快点来,忍受几时保住身;二是家里的财物藏得好,共产党还没动着他的痛处。我看,到时候不要咱们去找,他会自己动起来。"

汪化堂似懂非懂,依然火冲冲地说:

"管他怎么样!在穷小子面前弓腰弯腿,我看不上眼,我也等不得他变。承祖,这十几天卧在家里可把舅憋坏啦,再不动手干,我可要走了!"

"舅,事不能急。共产党这样警醒,我们一不留神就遭殃,以小失大可不能干。"孙承祖劝说道,他看着汪化堂杀气汹汹的脸面,想着往年都称他"汪土匪"的作为,有些担心地补充道,"我的上司指示得很严,宁先老实一点也不轻举妄动,要打好地基盖大楼。你要是憋不住,先回去一趟也行,顺便把我的事向二舅报告一下。"

"好吧,我也不甘心。等过些天看吧!"汪化堂有些懊丧地喘了口粗气。

"共产党就是厉害,联系个人也难,谁都怕,有心的也不敢动。"王镯子感叹地说,"唉,要是我哥能在就好啦……"

"你说井魁?那真是把好手,以一为当十!唉,可惜不知下落！"汪化堂赞赏又惋惜。

"不要想空的，以实论事。我看只要咱们插住脚，睁着眼，是会有人跟着走的。"孙承祖充满了信心，"哼！等不到北河发大水，天下就变了。"

"但愿不到伏天北河就发大水！"王镯子小眉毛的眼睛笑裂成缝，两个耳坠子摆动不停，"说不定明天就下大雨，天上阴着哪！"

第五章

　　春雨贵如油。清明节后,正当要下种的时候,落了场一犁深的细雨,这真是及时雨,人们都抓紧时机,赶着播种。
　　早晨,薄雾灰蒙蒙地遮住了地面,像是给大地披上轻纱。银铃般清脆委婉的女音歌声,在春晨的田野中荡漾——

　　　　解放区呀好风光
　　　　春到人间百花香
　　　　良辰美景人心爽
　　　　春播种子秋收粮
　　　　支援前线打老蒋
　　　　……

　　"春玲——妹——等等我呀——"
　　正走在田间路上的春玲停住了,向发出呼唤的后面望去。渐渐地,她看出有位姑娘挑着担子在轻雾中看不真脚步,只见那穿着绿花褂儿的身子向前微倾,飘姨而来。那人行至近前,春玲笑道:
　　"哎呀,我刚以为是仙女在云端里飘啦,想不到是你,哈哈!哎,这大的雾,你怎么看清是我?"

"眼睛不行没有耳朵？别人谁能唱得这么动听？"花褂的姑娘说着，和春玲平肩走着后，又道，"唱呀，怎么哑巴啦？"

"有人跟前，害羞。"春玲顽皮地闪着睫毛。

"好丫头，在我面前还撒谎哩！"姑娘叫起来，丰满的腰肢柔和地扭动，"好几个村的几千人看你演戏，你怎么不害臊？上回扮劝丈夫归队的小媳妇，那个像劲呀……"

"行啦，行啦，别老揭我的底子啦！"春玲打断她，找话搪塞，"我压得慌，换不上气来。"

"你才挑多点？"姑娘指着春玲的饭篓，不大的眼睛，凝神地瞪了一刹。

"反正比你的多，我的是四家人吃；你呢，只一家。"

"这可不能论家算。"姑娘不以为然，白胖脸上的几颗小雀斑，闪着静淑的柔光。"俺那一家子，比你们四家吃的饭还要多。就说俺大爷吧，别看快六十岁的人，身子可挺壮实，吃的饭不少些；儒修哥的饭量是全村拔尖；比我大两个月的儒春……"

"淑娴姐，你今天怎么啦？"春玲的声音很不冷静。

"我怎么啦？"淑娴有些愣怔地看着她。

"你的话这么多，怕当哑巴把你卖啦！"

"你真是猪八戒倒打一耙，话头不是你引起的吗？……"淑娴闭住嘴，没再说下去。她见春玲垂下头，显得很不快，略一想，心就明白了。她歉意地说：

"怨我，玲妹！还有，那天我说走嘴，得罪了你……"

"什么事得罪了我？"春玲有些惊疑。

"你忘啦，那天分胜利果实的时候，妇救会长问起我大爷为什么不要，我说你和儒春……我真傻！好妹妹，别记我的仇！"

"哎呀，淑娴姐，看你说哪去啦，我早没放在心上……"春玲这话一半属实一半是假。她这姑娘感情来得快，容易激动，演戏时常假哭成真，泪水溢眶；但对事情不好记成见，一般地过去就

93

过去了，没有新的因素触犯，不会自发地生情。所以她说没把淑娴那句话放在心上是对的；但说她把这个事情都没放心上，那是假话了。

春玲八岁那年，跟妈妈在河里洗衣裳。她跪在母亲身边，埋头认真地洗涤弟弟的小红兜兜。在一旁洗衣服的老东山的妻子，看着不由得赞叹道：

"啧啧！兄弟媳妇，看你的小玲多规矩，这么点就知道干活，又带劲，像个小媳妇似的。"

"她大妈，你就知道夸奖孩子。"春玲的母亲笑笑，"这丫头不老实，乖着哪！使起性子，也气人。"

这时对岸走来几个背着草的男孩子，其中一个名大象的叫道：

"小玲！"

春玲抬起头，瞪那孩子一眼，回叫道：

"小象！"

那孩子呵斥道："我叫大象，你怎么给我改了？"

"谁叫你叫我小玲来？"春玲回顶一句。

"你是小闺女……"大象没说完，春玲就攻上去：

"你是小小子！"

"小闺女，你过来！"大象放下草捆。

春玲不理妈妈的阻喝，放下衣服朝大象走来：

"小小子，你过来！"

两人河间遭遇。大象猛揪住春玲脑后的独小辫，威吓道：

"你还敢叫我小小子？"

春玲一声比一声高地尖叫道："小小子！小小子……"

"你怎么欺负人！"男孩子中的一个挺粗壮的声音质问大象。

大象轻蔑地瞥那男孩一眼："哼，小儒春！关你屁事。"说着就用脚向春玲身上泼水。

儒春急忙跑到他们中间，护着春玲，结果水都泼到他身上。

春玲向儒春说："你不会打他吗？你比他有力气！"

儒春就转回身，要和大象打架。

"儒春，别动，动你爹打！"老东山的妻子喝道。

儒春立时停下来，背着草篮就走。春玲跑到她母亲这里拿件没下水的干衣服，赶上去给儒春揩身上的水。

"她大妈，你儒春那孩子可真老实！"这次是春玲的母亲夸奖了，"你看看，那些孩子比他大的也有，小的也有，就数你儒春割的草多，长大一准是好庄稼手！"

"大不了像他爹吧，"老东山的妻子的眼光凝滞在儒春和春玲身上，"你看，他婶子。你家玲子和俺儒春多亲近，你那玲子真温顺哪！"她已把"小玲"的"小"字去掉了。

春玲母亲也看着两个孩子道："你那儒春也懂事，知道护着俺闺女啦！"

"哎，他婶子！你玲子'下柬'没有？"老东山妻子问。

"没哩。"

"属么呢？"

"马。"

"哈，正对着呢！"老东山妻子兴奋地笑起来，"俺儒春属龙。他婶子，我有意咱老姐妹俩结亲家，不知你嫌不嫌我家日子薄……"

"她大妈，"春玲母亲急忙说，"我家日子比你的差远啦，我不稀罕这个。我看你孩子是不错，能出息个老庄稼人。对，咱们算订下啦！"

"我的亲家，我和儒春他爹说说——保险他应允，属不差呀——咱们找好日'下柬'吧！"

如此这般，这两位母亲衣服没洗完，就互称亲家了。不稀奇，这是这一带的风俗，兴孩子很小就订婚，名曰"下柬"。订婚时孩子都不懂事，当然做父母的也没有必要告诉他们。春玲和儒春时常在一起玩，两个人从不吵嘴打架，有谁欺负春玲，儒春就袒护她。春玲最忌讳别人叫她"小玲、小闺女"，儒春是从来不叫的，这使春玲很满意。解放后，春玲立刻入学了，高兴得几夜都睡不着。可是儒春却还是上山割草拾柴，下地干活。春玲问他怎么不上学，儒春说他爹不让。春玲叫他自己去，不听他爹的。儒春摇头，说不听话爹打他。春玲就说，她放学后抽空帮他认字。春玲参加了儿童团，并当上团长。儒春又没参加，又说他爹不让，硬去要打……就这样，两人虽然友情很好，可是在一块儿的机会渐渐少了。再以后，男女都长大了些，儒春就更少和春玲见面了。这又是儒春他父亲的命令，只准他干活，不准出去乱跑，更不许和青年女子接近。

关于春玲这门亲事，自解放后她父母再没提起，几乎把这事忘了。但别人能忘，老东山却忘不了，他珍藏着"下柬"的婚约。

老东山，是淑娴的伯父，和春玲订婚的儒春是他二儿子。他是山河村有名的顽固人物之一，他把家人管束得非常严，除去侄女淑娴为某种原因他没阻住外，家里其他成员什么组织也没参加。去年秋天，老东山提出要给儒春成亲。曹振德摇摇头，告诉他，父母给孩子订的婚能不能算数，要看儿女自己的意思。振德对女儿说：

"你和儒春的婚事自己拿主意吧。"

春玲立即气愤地说："拉倒！谁能给落后分子当媳妇……"可是又住了口，有些难过地垂下头。

"这是你的自由。人好，政治进步头一条。"父亲注意到女儿的表情，"不过年轻人，容易转变，多帮助帮助人家，也是应该的。"

春玲对父亲脱口而出说"拉倒"，这是句气话，能这样干脆拉倒，也就早没事了。

当她成人后，就知道了自己和儒春的这一层关系，姑娘的感情是矛盾的。她喜欢儒春，留恋小时的友好情意。儒春长得很壮实，为人憨厚又和气，真能劳动。去年他种的地瓜地里，获得空前未有的大丰收，有一个竟有二十七斤半重。虽说是全家的努力，但这块地主要是儒春耕锄的，为此村里选他当劳动模范。虽说是他父亲顶儿子到县里开的会，但谁都知道江儒春这个名字。这些事情加起来，在春玲心目中构成了对儒春的深刻印象。但使姑娘印之肺腑最难忘怀的，还是下面这件事。

去年夏天春玲母亲重病时，她几乎每天都过北河去冯家集抓药。有一天，春玲拿药回来走到河北岸，河水突然涨大——上游猛降骤雨，山洪暴发，那浪头小山般地冲下来。一会儿，宽宽的黄垒河就快满槽了。

"怎么好啊！"姑娘急得流泪了。母亲病危等急药，自己不会浮水，怎么过河啊！

焦灼了一刹，春玲下狠心，把药箍好束在腰间，找到河道宽些——水自然就浅些，浪自然就小些——的地方，冲着对岸的树林，下水了。

春玲还没走到中流，水就达到脖颈，已喝下好几口浑水。她想退回去，可是又一咬牙向前走。没一会儿，她就不露头，被急浪冲得身不由主，向下游淌去。春玲奋力挣扎着，衣服像铁皮一样箍在身上，难以动弹。于是，她不顾一切，把上衣撕揪着脱掉。她被水呛得有些发昏了，眼看要随水摆布了……就在这时，她发现一个人影从对岸跳下水，向她猛扑过来。春玲有了希望，增加了勇气和力量，拼命地向来人靠拢。当对方来到她跟前，她使出最后的力气，将救命者紧紧地抱住了……

春玲再睁开发涩的眼睛时，见自己躺在树林里，身下很舒适，身上很暖和。她仔细一看，上身盖着谁的干净的褂子，身底下铺着谁的干净的裤子；可是只她自己在这里，不见任何人影。她很奇怪，是谁的衣服呢？哦，衣服是男子的；刚才明明有人救的她，怎么那人就不见了？忽然，她背后有人咳嗽一声。

"谁？"她转过头问。

"我。"是个男子声音。

"你在哪儿？我怎么看不见？"

"在这儿。"

春玲才分清，声音发自离她几步远的大树后面。

"你是谁？怎么不出来？"

"我是儒春。在这歇憩。"

"啊，儒春！"春玲声音提高了，"你过来呀！"

"你好了吗？"

"好啦。你过来呀！"

"你穿好衣裳了吗？"

"哦……"春玲这才明白他躲在树后的意思。她看一眼盖在胸前的衣裳，心里说不出是什么滋味："我穿好啦……"

儒春赤臂露胸，仅穿着裤衩，慢慢走过来。但他一见春玲只穿着内衫，又忙退回去了。

"过来吧，没关系。"春玲说着站了起来。

"你穿好衣裳我再过去。"

"你的衣裳我怎么穿？"

"穿吧，不穿叫人看见笑话你。也冷。"

"你呢，不冷吗？我不穿。"

"我扛得住。"儒春固执地说，"不穿我不过去。"

春玲只得把他的褂子披上肩，儒春这才走过来。春玲瞅着他沾着泥沙的发紫的光脊梁，说：

"虽是伏天，下雨阴天也冷，别伤风……"

"我扛得住。"儒春说着，把给春玲铺的裤子蹬上腿，"你灌着没有？"

"没有。我给妈抓药去啦。你在这干吗？"

"收拾地边，别叫雨水冲走泥土。你的药冲坏没有，要不要我再过河去拿？"

"不用。中药不怕湿……"春玲停住口，怀着激情看着他皱起鸡皮疙瘩的身子，心房一阵烘热。她这时对他简直一点气也没有了，依着感情，真能上去把他紧紧拥抱在怀里，就像她想象的他在水里抱着她一样。唉，可惜这不是在水里啊。

"儒春！我真感激你……"春玲的脸透红，墨黑的大眼睛闪着泪花，脚向他动了一下。

儒春有些迷惑地看她一眼，拾起铁锹扛上肩，说：

"快走吧，你妈等药哩！"说着向庄稼地里去了。

这样的事，怎么能使人忘呢？何况春玲又是个感情丰富的姑娘。

春玲听着父亲的话，冷静地想了又想。在她心里，儒春的影子印得很深，位置很大。但使春玲的感情受到抑制的东西也很顽强，并且越来越强，竟至夺取了决定爱情的第一道关卡。儒春的不进步是她无论如何不能容忍的。不过，因为儒春的落后，主要是他父亲老东山的责任，他把儿子约束住了。按姑娘的分析，儒春也算个被压迫的人，值得同情，说不定多做些说服工作，儒春会真进步的。此外，春玲还有怀恋亡母的意思，她想，婚事是母亲给订的，能遂老人的心愿，尽量办到。同时，帮助一个人进步，不是爱人也应该。就在这些复杂的缘由支配下，春玲开始做工作。但老东山把儿子拘管得非常紧，除去上山下地，回家就把大门关严，老狗守在门后，使春玲很难和儒春照上面。一半次见到了他，也是连神还没定下，搭不上几句腔，就被老东山那粗犷的声音喝断，儒春也就惊慌地向家里跑去。

春玲也嘱咐淑娴回家劝儒春，动员他参加民兵。可是淑娴每

次都又摇头又摆手,气愤地告诉春玲:

"不行,不行!和根木头一样,你无论说什么,他总是'我爹不依''我爹说的''你问我爹去'……"

"唉!"春玲深叹一口气,"可惜了个男子汉,一口一个爹,一点儿主心骨没有。"

"玲妹,我看你就和他断了线吧!"淑娴同情地怂恿道。

春玲沉思着说:"线断倒容易,再接就难啦!"

"哎呀,你还犯愁找不到合心的女婿?"淑娴开导说,"凭你有文化、又进步、又俊气的青妇队长,什么样的男人不随你挑,还想那死落后的儒春干么!"

"看你说哪儿去啦?把我这丑丫头捧上天啦!"春玲满脸发烧,分辩道,"淑娴姐,我不是这个意思。我是想……唉,你一下子还不知道我的心……"

对儒春做了多次努力不见生效之后,春玲对他也有些灰心了,加上为工作、家务忙不开窍,也没心思再去过问。

正当姑娘对恋人的情感处在矛盾中、苦闷里,不知从哪天开始,一个人的影子不知不觉地印进春玲的脑海,继之闯进她的心房。春玲好像是突兀地发现,他那张白净的笑脸,穿戴整洁的身影,经常浮在眼前,怎么赶也赶不掉,她真爱上小学教员孙若西了吗?姑娘惶悚起来。

春玲自母亲病故被家务累得不能再上外村高小读书,就跟本村初小教员孙若西学习功课。这位读过中学的教员,教春玲可用心尽力了,有时春玲忙不开身,他就上她家来上课;春玲开会至深夜,他也是不睡等着教。这把正为上不了学而苦闷的春玲深深感动了,非常感激他,想帮他做点事。但孙老师说她家务和工作够忙了,什么也不要她做,他多么关心体贴人啊!在跟孙若西学习之前,春玲对他的印象不大佳。孙若西的特点干部都知道,说起来成条据理,眉飞色舞,可是实际干起来就不行了。春玲和他接近后，向他提出过批评。孙若西满口承认，表现真比过去好了，还向党支部提出申请，要求入党。孙若西还时常在春玲面前发泄对老东山的不满：

"春玲，别看他是我嫡亲的姨父，我也要骂他，真是老顽固！有这门落后亲戚，真丢人！"他又叹息起来，"唉！姑且不说我姨父人老糊涂，可他儿子呢？你看看我那表弟儒春，像个青年人吗？真没出息……"

光阴荏苒，如此这般，使得春玲心里那本来就矛盾着的儒春的影子，渐渐淡下去了；而孙若西的形象愈来愈清晰，愈印得深了……

现在被淑娴的话勾引起这番心事，又使春玲不安起来。

"哎呀，还有要紧的事哩！"淑娴的叫声打断她的思绪。

春玲一看，她从衣襟里掏出一封信递上来，说：

"是孙老师给你的。"

春玲接过信，上面写着她"亲启"的字样，惊讶地说：

"咦，整天见面，写信做什么呀？"

"有秘事吗？"淑娴好奇地问，"怕我么？"

"有什么密，一准是给《群力报》写的稿子，要我看看……"春玲放下担子，拆开信，送到淑娴面前，"给你。"

淑娴也放下饭担子，接过信纸一看，惊叹道：

"呀，密密麻麻这一大篇，真是学问高啊！"淑娴没正式上学，念着几年识字班，能认得些字。她捧着信纸，结结巴巴地读道：

"我最心爱的，春天的花朵，春玲……"

"快别念啦！"春玲急忙把信抢了去。

淑娴傻着眼不解地说："他写些什么，怎么心呀花呀的……"但一见春玲的脸色变得和红布一样，慌乱地把信塞进口袋，心里明白了大半。她微笑着问：

"对我坦白吧，春玲！孙老师是不是对你有意？"
春玲默默地点点头。
淑娴握住她的发热的小手，紧追一句：
"那你呢？你也有心？"
春玲望着前面在雾中活动的模糊的人影，微颦起眉峰。她的心也像被层雾蒙着，不知说什么好。
淑娴摇着她的手，恳切地说：
"照我说，春玲啊！你就点头吧。孙老师文化高，长得也好，对你又那么贴心，你再打着灯笼也难找上这样的女婿啦！"
春玲依然发呆，无话。淑娴着急地说：
"害羞呀？在我眼前还不说实话？快点头吧！"
春玲看着淑娴，嘴角微微皱起，浮起两丝笑纹，轻轻摇摇头。
"你这为什么？还放不下俺家儒春吗？好妹妹，你快不要想他了。我是他妹也要说，他，他不配有你这样的媳妇，他不配！"淑娴有些激动了，鲜红的嘴唇抖颤起来。
春玲用力握紧她的胖手指，抿嘴笑笑，说：
"不，淑娴姐！我还不能对谁点头或摇头，我还没看透他们。"
淑娴望着春玲那眉目清秀的脸庞，迷迷惑惑地想："没看透？还看什么？怎么看法……"
两人重新上路走着，春玲忽然转为活泼的语调说：
"光说我的啦，你呢？当姐的该比妹妹先出嫁呀！"
"我？"淑娴带着痛苦叹口气，"唉！你还不知道？人家还是看不上眼。"
"这些天你和他说什么了吗？"春玲关怀地问道。
"说什么？还有什么好说的？"淑娴又叹息一声，鼻子发酸了，"给他缝的夹袄送去好些天了，也没见他穿。你说，春玲，他这不是成心不搭理我吗？唉，我为人下贱，没文化，不是干部，长得又丑，人家看不上眼……"她越说越感伤，越不幸，胸脯起伏，眸泪欲滴，索性放下担子，拭起眼泪来。

"淑娴姐，可不要这样！"春玲同情地劝道，"你别净糟蹋自己，谁都知道你性情好，为人好，学习好，工作好，模样好！比我强多啦。"

淑娴呜咽道："你净夸奖我。好，好，一百个好顶什么用，人家不理就是不理……"

春玲放下担子，抚着她的肩膀，安慰道：

"我又要批评你啦，你性儿太软和啦！不能老掉泪，掉泪受人欺负。照我看，水山哥不是成心不理你，是他光想着工作，顾不上。"

"人家别的干部就一辈子不找媳妇、娶女人？"淑娴反驳道。

"我是这么想，也许这是水山哥的缺点，我还要找时间掏掏他的心话……"春玲解释着，又问：

"你还没和他正式提过？"

淑娴摇摇头。春玲又说：

"这怎么行？我不和你说过直向他讲吗？"

"两个人四只眼对着，谁好意思明打明提亲事？"淑娴的脸红了，又委屈地诉道，"我鼓好大劲去找他一次，和他一搭上腔，他就说起工作的事，讲大道理你听。这些是重要，可也不能老说呀。他还要我少为他做针线，有工夫没事干，多做些军鞋军袜军裤军褂……谁不做来？青妇队长你做证，那次领的被服任务我不是提前做好的？我是为手闲得慌才给他做针线吗？……"

"唉，水山哥呀水山哥！你又使人敬又使人恨，怎么一点不疼淑娴姐的心呢？"春玲天真地自语道，又以长者的口气教训比她大两岁的姑娘说，"你呀，也有缺点，自个儿擦泪也不行啊！要哭你也在水山哥眼前哭，叫他给你擦泪……"

"我可没那胆量,他更火了!"淑娴急摇头。

"那就不要哭吧。不要害羞,多去和他见面,和他讲道理,说服他。你知道,别人给水山哥做媒一点插不上,说什么他也不听。要不,我给你……"

"千万不要提,他知道我有这意思,更不搭理我啦!叫人家知道,多丢人!"淑娴慌忙说道。

"是啊,叫他从心里爱你,那就好啦!不用你张口,他先着急啦!淑娴姐,胆子放大点,这事全靠你自己,懂吗?"

淑娴擦去眼泪,理理头发,下决心道:

"好,靠我自己。"

春玲挑起担子,嘱咐道:"再不要一个人害愁生悲,那样不好,净自己吃苦。遇到什么事,我们再商量,我尽着肚子里的东西给你出主意。不痛快啦,不要老叹气,要唱歌,一唱歌就有劲啦!来,咱们唱一个……"春玲走着,放喉唱开了。

淑娴跟在她后面,起始不唱,但经不住春玲那妩媚的桃形眼睛的引逗,也随着唱起来。于是,春景如画的良辰,又扬起动人的歌声……

曹振德和他互助组的人们天刚亮就下了地,到吃早饭时,他们已经种上两亩多玉米。曹振德掌着犁,牲口驯服地稳步走着。振德的眼睛像害病一样发红,擦的回数少了,眼角就糊上眼屎,这是长期的村干部生活所造成的。当村干部看起来管的范围不大,仅仅一村百多户人家,但其中的单位却应有尽有,工作种类五花八门,每家就是一个经济单位,各自独立。曹振德自一九四三年当上指导员——党内当支部书记,已经养成熬夜的习惯,有时那一晚上没有事,反而觉得少了什么,很不舒心。

当村干部不脱离生产,没有任何待遇和照顾,完全是对革命尽义务。除了繁重的工作,还要种自己的庄稼,和群众一样分担给烈军工属的代耕,各种公差勤务。为此,一般说来,大多数村干部的生活比一般群众的要差些。当然，除去为工作耽误生产的原因，还因为当干部的大都出身于贫苦之家的关系。

曹振德的家庭也是如此。早先他们住在昆嵛山里给地主看山峦，放柞蚕。有年大旱，柞栎①不旺，茧收的不到地主规定的数字，振德又是血性刚烈的青年，和地主二少爷打起了架，为此被东家荡棄倾家赶下山。老父亲领着一家人逃到黄垒河南岸来找振德的本家哥哥曹冷元。振德和父亲租种了几亩地，加上振德媳妇勤奋纺织，俭省理家，总算把日子糊弄住了。父母故后，剩下振德夫妻携儿带女苦度生涯。抗日战争的烽火在这里烧起来，继大女儿春娟之后，振德和二女儿春梅参加了共产党，大儿子明强穿上八路军的军装。春梅现在是本区的区委书记，明强仍在部队战斗。春梅的丈夫是本县的组织部部长。

随着解放区的巩固扩大，特别是土地改革以后，曹振德的日子也有了起色。每次分配救济和斗争物资，他几乎没要过，有时别的干部背着他给春玲、明轩东西，但就连小明生也摆着手说："俺不要，俺家不用！大叔，送给别人家……"人们都以为是振德叮嘱过他的孩子，其实他从来没吩咐过。当父母的行动对子女的影响，比千言万语还强烈有力得多。去年土改分地时，振德拣了最薄最边远的几亩，受到区上来工作的老赵的批评后，他才接受一亩多粮食地。然而振德的生活还过得挺不差，甚至比有一些地比他多、劳力比他强的人家，还好一点。

振德的劳动劲头是惊人的，庄稼种得几乎赶得上全村种地最好的老东山家。他是全县闻名的劳动模范，地瓜、谷穗在区里展览过几次。可以说，村干部之中当指导员的工作最重、误工最多，但这妨碍不了振德的生产。他夜里经常工作至大半夜，躺在

---

① 柞栎：一种丛生落叶灌木，性质似柞树。这一带山上以生柞栎和针松为主，柞蚕就食它的叶子。

炕上打一个盹，鸡叫头一遍就起床下地上山了，赶天亮村人上山，他已干了顶别人一上午做的活计。他家的孩子，就连最小的明生在内，都是有空就参加劳动的。上区开会，振德总是带着拾粪的工具，捡不到粪，就在村头挖一篓黄泥倒进猪圈里。明轩上外村读高小，也要完成这个任务。

俗话说，累死十个庄稼汉，抵不上一个精明媳妇。家里女人粮米油盐炊事针黹之计，对生活常常起重大的作用。穷媳妇知米贵。振德妻子正是从贫苦的日子熬出来的，有几斤米也能过得接下新谷来。姑娘是母亲的影子。春玲继承了母亲的这个特点，平时没全家吃过一次细米饭，逢上节日，也多是做点好的给父亲、弟弟吃，她自己咽粗饭食。正为此，他们每人平均一亩多一点，还多是贫瘠的土地，总是过得下去，还时常能比按规定多纳一些公粮。

犁到地头，振德喝住牲口，向四外看了看。虽然有雾他看不清什么，也不用从那大多是老人和青年女子的声音上去分辨，他心里不知想过多少次，全村能参加生产的男劳动力太缺乏了。

从抗日战争开始，尤其是一九四六年春天以来，一批批青年走上了前线，而长年不断的送公粮、抬担架等支前任务，更是天天有。参加生产的人越来越少了，除去一些四十岁开外的壮年、老年人，主要劳动力是青年妇女了。去年因春旱夏涝，缺少劳动力，造成严重的减产。今年的春耕春种，还幸亏从地主家清算出的浮财，上级拨给每村一部分，买了些牛、驴，加上从地主家里没收来的牲口和农具，使生产的力量大大加强了。

振德的目光回到他们这个互助组上。他们一共是四家，就有三家军烈属。除振德和冷元外，玉珊的哥哥是去年参军的，只剩她一个姑娘能参加生产；而冷元的二子吉禄是有三分之二的时间不在家——担任支前勤务，唯一的一个二十几岁的青年，是村里著名的瞎新子——夜猫眼。振德心里紧张地想道："再不能走了！

剩下的那几个青年，应付这重的支前任务还吃力，人再走，生产就垮了……"可是他转念又想："不，还要走。看样子军队还是要扩大……"

"大叔呀，怎么我春玲姐还不送饭来呢？"玉珊提着盛种子的小篮儿走过来。

"饿啦？"振德微笑着。

"我倒不要紧，是肚子咕噜咕噜直'打雷'……"她俏皮地两手卡着肚子，"春玲是不是把咱们给忘啦？"

冷元放下撒完的粪筐，摸索着烟袋，笑笑说：

"不用急，春玲不会等你'下雨'就来啦！"

大家笑了起来。玉珊忽然叫道：

"好了，好了！我玲姐来啦，来啦！"

"在哪？我怎么看不到……"新子用力睁大眼睛寻找。

玉珊忍住笑，指着叫：

"不在那里，在那……"

新子还是说没有。冷元被逗笑了：

"新子，她耍弄你眼睛不好使。"

新子不服气："我眼夜里瞎，白天好好的！"

"那么，只到夜里才叫你瞎新子吗？"玉珊大笑。

"尖嘴闺女，瞎新子是你叫的吗？"新子抓住玉珊的头发，"快说，在哪？"

"哎呀！不敢啦，不敢啦！"玉珊尖声求饶，"大叔，大爷！快救救我呀……"

振德笑着吩咐："快说实话吧！"

"我说，我说！"玉珊叫道，"我是听歌听出来的。"

冷元抽着烟问："好几个人唱，你怎么听出有春玲在里面？"

"那还听不出来？俺玲姐唱得又清又脆，和敲金钟似的，不听也得听，歌自己往你耳朵送，聋子也听得见！"玉珊兴致勃勃地说，忘记头发还被人揪着，想起什么朝振德问：

"咦，大叔！听说春玲的名字和她的嗓子还有点关联呢，是吗？"

"不假，"振德回道，"这孩子刚生下哭声就大，她妈说和铃铛响一样，就叫个'铃'，以后她自己写成'玲'了。"

"哈呀，真有趣！"玉珊高兴地叫着要跑，头发挣得痛起来，才发觉还被新子揪着，"快放手，我迎春玲姐去啦！"

新子胜利地说："叫我声哥。"

"好，新子哥……"玉珊屈从了。但新子一松手，她跑出几步回过头，一连串叫道："瞎新子，瞎新子！一百个瞎新子……"向歌声起处飞奔而去。

晨雾在阳光下消散，田野西面南面的山上，一片青森翠绿，露水盈盈的山里红花，异常娇艳、明媚，宛如衬雪的红梅那样显眼、耀目。松软黝黑的泥土，散布着醉人的气息。成双并对的春燕，在翻起的田地上空盘回，时而闪电般地栽俯下来，捕捉出土的冬蛰的虫蛹。

人吃饱，牲口喂足料，播种的速度加快了。

春玲撒了一气种子，就和冷元换过来，她要向犁沟里撒粪。别看她身子细苗苗嫩少少的，可是背起七八十斤重的一筐细粪，腰向后仰着，两腿敏捷地迈动，撒得很快，不亚于年轻的瞎新子。

此时，顺路走来一个人。她腰束皮带，手提小白包袱，步子又壮又快，不叫她那黑油油的长发，从行走上很难辨出是女性。春玲的眼睛就是亮，她立时认出是谁，朝父亲叫道：

"爹！我姐来啦，到这儿来啦！"她撒腿迎了上去。

区委书记曹春梅跟着妹妹走上来。春梅相貌和春玲相仿佛，只是姐比妹开粗些，壮实些，脸也大些。在她那拂着乱发的前额上，留有已婚的二十五岁的细纹。她身着一套粗旧的黑裤褂，因为身体的丰满，加上腰间的皮带，衣服绑得紧紧的，胸部自然地高出来。看样子春梅走得很累，两颊泛红，几缕头发贴在汗涓涓的腮边。

"大爷，爹！你们种苞米呀！"春梅向冷元和父亲招呼，对玉珊、新子笑笑，接过妹妹递过来的一碗水，一气喝光。

"啊，又有好些天没见着，回家看看？"冷元亲切地说道。

"这些日子在马山前村啦，回来有事的。"春梅看着冷元布着尘土的苍老慈祥的脸，心一收，脸一沉，有些勉强地笑笑，关怀地说，"大爷这些天身子好吗？可要保重些啊！"

冷元轻松地笑道："没干什么活，懒啦……"

"哪里，"玉珊插上说，"春梅姐，大爷他一点不闲着，还只拣重活干！"

"别听玉珊瞎说，嘿嘿！"冷元快活地抹一把胡须，"我干得动，不干还不舒服呢！你说，春梅，人心里痛快，有点病也不觉怎的。我这在蒋殿人家扛活摔坏的腰骨痛，也没怎么治它，倒愈来愈好啦！"

"大爷，这叫心里痛快百病消呀！"春玲兴奋的墨黑的大眼睛也笑眯了，喜声说道，"咱们往后的日子越过越好，等打光反动派，建设新中国，大爷你会更痛快，变得年少啦！"

"哈哈哈！"一阵欢快的笑声，把停在旁边的牲口惊得睁大了眼睛。

振德留心到女儿春梅虽然笑，可是眼睛里像躲藏着哀伤的东西。他知道女儿一定有事，就说：

"春梅，有工作就干吧。"

"好，要马上开会。"春梅应道。

振德抓起脱在田埂儿上的外衣，吩咐春玲道：

"跑着去通知你江合叔、水山哥，马上回村开支委会。"

"哎。"春玲应着，向南面跑去。

父女俩大步向村中走着。

"爹，任务挺重！"春梅的语气很沉，像试试父亲能不能经得住，又似给他一个预先的准备。

振德成习惯地回答："重吧，反正要完成。什么任务？"

"参军。"

"嗯！"振德哽咽一声，像钉子扎地似的，猛地停住。

"参军，数字还挺大！"春梅明快地说，也站下来，注意着父亲的表情。

"我们村多少？"

春梅听出父亲的担心口气，平静地回答：

"至少十八名……"

"多少？！"

父亲的声音又惊又高，女儿的更硬更响：

"最少十八名，争取超过！"

沉默。父亲紧看着女儿的脸，女儿紧瞅父亲的眼睛。春梅看到父亲的脸在发涨，变红。

"要什么样的人？"振德避开女儿的目光。

春梅故意装听不出问话里的不满成分，仍平静地回答：

"按原来的条件：十八至三十岁，身体无大残疾的健康青年。"

"女的也算数吗？"振德很不冷静了。

"不算数，"春梅明知是气话，仍然平心静气地回答，"妇女参军再说，这次是上前线，拿枪。"

曹振德紧接着怄气地说："你，区委书记！亲眼看看吧！"他转着身子，指着田里耕作的人们，愤愤地喘息着："咱村的青年都在这里，你数数吧！"

春梅瞥一眼父亲那由于日久没刮而杂芜的胡子，镇静又缓慢地说：

"不用看我也知道，大都是壮年、老人、妇女在生产，可是……"

"可是什么？！"指导员激动地叫道，"你们上级就知道分数字，不想想下面的情况吗？你数一数，山河村不过一百三十四户人家，按户数军工属是三十七家，论人算出去的是四十六名；不算抗战以前的，烈属是五家，牺牲的是六名烈士！再要十八个青年，就是全村的人集合起来排队，也难挑出十八个一点毛病没有的青年。这任务我完不成！"

春梅望着父亲扭过去的背，大眼睛惊讶地忽闪了两下，接着无声地笑笑，柔和地说：

"爹，你先别急好不好？我们研究一下再说。困难是有，可是想法克服……"

"克服困难要有条件，空口白话不行！走吧，到支委会上再说，反正我要讲价钱。"振德一挥手，沉重地向前走去。

春梅略怔一刹，跟在父亲后面，脑子里反复地思考起来……

春梅对父亲的这种态度不是完全没有所料，在父女俩相处五六年的工作中，也时常发生争执得面红耳赤的事情。在早先，有时振德激愤起来还骂过女儿，忘记他们除父女关系外，还有层上下级的关系。这几年来，振德是习惯这样情况了，不过多少总还有父女感情掺杂在工作关系里面。春梅了解父亲的脾性，一向是嘴不瞒心，尤其当着上级的面，弄不通的非争不可，直到完全被说服，或者虽然不大服，但组织已做了最后决定的时候，他才坚定不移地去执行；并且对待被他领导的干部的态度，和上级对他的一样坚定。在自己女儿加区委书记面前，振德更容易烦躁，不顾一切地发泄自己的所有想法。

这次参军的任务，别说振德沉不住气，的确是相当繁重的。曹春梅在县上接受任务时，一开始也感到压力很大，担心完不成，不过她没有提出，只是在心里翻腾。然而还是被县委组织部长发现了,严厉地批评了她一顿。当时春梅还真感到有点委屈,可是仔细想想,她是多么感激自己的这位领导和丈夫啊!

春梅想着父亲的性情,心里说:"要先把支部书记的思想弄通,只要分析清楚,他……"

"爹,"她见父亲走上村头西河的堤坝,叫着赶上去,"歇会儿吧!"

等父亲在杨树底下坐好,春梅凑近坐在他身旁,拢了把头发,诚实地说:

"爹,对我有意见,批评吧!"

振德为之一愣,问:

"我对你有什么意见?"

"那你为什么向我发火呢?说我们当上级的只知分数字……"

"别说那些啦!"振德心里已经平静一些,感到了刚才对女儿的态度太生硬;但毕竟是对自己女儿,他没想到应该对她赔不是。振德很为难地说:

"春梅,我们是真有难处,难道你们不了解情况?"

"了解!"春梅见父亲冷静下来,她要展开攻势了,"看事情不能光瞅自己村的、区的,要看整个。我们做后方工作的,不能以充足的人力物力支援解放战争,怎么能战胜敌人?爹,你想过这些没有?"

"这些理我懂。"

"我知道你懂,为什么办起事来,落到自己身上就糊涂了呢?"春梅的口气严厉而有力,毫不客气地看着父亲,"难道就我们这一村烈军工属多吗?党支部书记就是算困难账给区委书记听,就是围着一百三十四户人家转吗?这是本位思想,追其根也是为自己打算,不是共产党员该这么想的!"

振德一声不响,垂头静听。春梅见父亲的情景,知道他的心被打动了,就改以温和的语调说:

"爹，你知道，国民党发动内战时，有四百多万军队，我们才九十几万战士。现在战线正一天天扩大，我们的大反攻就要来到，原来那些部队是不够用的。再说战争要流血牺牲，部队需要补充。爹，你说这不需要吗？"

"我没说不该参军，你爹也不止参了一次……我的意思是，我们走的人太多了，现在生产就很吃力，民工越出越多，再都走了，你说这后方工作还搞不搞？"振德申诉道，为难地叹息一声。

"困难是有，"春梅充满信心地说，"人少是困难，可是工作要做好，任务要完成！这次参军任务的确重，但非完成不可！爹，随着战争的发展，更重的任务还在后面，难道我们就不干了吗？"

"不干怎么行！"振德昂起头，下决心了，"好吧，我们完成任务就是啦！"

春梅心里很满意父亲的爽直胸襟，外表上可没露出喜色，她反倒强调起困难来：

"这次参军不但人不少，又不像过去都是党员、积极分子去的，现在剩下的青年，大部是比较落后的人家的，这要好好发动群众。从各个方面做工作，挖顽固死角。不然，那是完不成的。困难，这都是困难啊！"

振德听着女儿的话，心里已盘算着工作怎样开展，他坚定地说：

"放心，困难不怕，有克服的条件。我们工作做到家，不但能完成，说不定还超过！"

春梅的欢笑露在脸上，欣喜地说：

"爹，那我这次的试点村又找对啦！咱们村又起带头作用啦！"

"春梅，"振德恳切地说，"开展工作的第一步，是先弄通党员、干部的思想，咱村有不少党员和我一样，有刚才的本位想法，要先解决一下。"

"对，爹说得对！"女儿赞许地点头。

"开党员会的时候，叫我先检查一下思想的错误，开导一下大家。"

"不用啦，爹！"春梅摇摇头，"我刚才不是批评你了吗？"

振德真情地说："刚才就咱父女俩，别人不知道，等我在会上检查过，你再狠一点批评我吧！"

当父女走进村口时，春梅声音沙哑地说：

"爹，还有个事！"

"说吧……"父亲吃惊地瞅着她发红的眼圈，想起在田里时，女儿眼睛里的哀伤成分。

"我吉福哥牺牲了！"春梅别过脸洒掉泪珠。

"啊！"振德惊愕地叫一声，默默地向前赶路。

春梅以孩子的口气说："爹，我怕大爷受不住，没敢就告诉他。爹，要想法子，使他老人家挺得住才好。"

曹振德好一阵没出声，直到要进开会地点——支委孙俊英家的门，他抖擞了一下精神，说：

"春梅！你放心搞工作，这事交给我吧！"

第六章

　　党员大会开得很激烈，二十三个共产党员几乎都发了言。最后，大家扭转了完不成参军任务的右倾情绪和本位思想，一致坚决表示完成任务，仅有的三名男青年党员当场报名入伍。

　　区委书记曹春梅，见大家情绪极高，心里很兴奋。她再三向同志们交代了党的参军政策，只有充分发动起群众，才能完成任务；不能有任何强迫命令，每个参军的人都要出于自愿，并尽量做到家属同意。

　　大家详细分析了群众的思想情况，研究了工作步骤，参军的对象，实行分组包干，并做到生产参军两不误，利用午间晚上进行工作。一切宣传工具，都马上投入这个运动，立刻掀起大参军的热潮，争取五天之内完成任务。

　　大会散后，支委会又根据情况研究了一番。曹振德和春梅最后走出会场时，街上冷清清的，月光幽静地洒在房屋上。家家户户都进入了梦乡。唯有从小学校里，时时传出村剧团排戏的锣鼓声，胡琴伴奏的歌唱声。

　　"天晚啦，明天一早再走吧！"振德对女儿说。父亲知道女儿一定很疲累，她来村后就忙着开会，除了匆忙地在家吃点饭，没有休息一会儿。

　　春梅瞅一眼悬在半空的月亮，说：

"有月亮，路好走。还有三个村，彻夜布置下去，明天就动起来啦！"

振德知道女儿的性情，再也没挽留，一直把她送至村东头，直望着女儿在朦胧的月光下的影子不见了，才转身弯回来。振德的脚步越走越沉重，越缓慢，心也跳得越厉害。应该说，他这当过几年的指导员，给军属送牺牲的信息已不止一两次了，每次他都把消息压下好几天，心里难过得翻上翻下地滚动：什么时候告诉他们好啊？告诉烈士的父亲还是母亲，或者他的妻子呢？怎么告诉法，第一句话该怎么讲？在什么场合下告诉好……总之，他的心情悲痛着，无穷的忧虑，重重的担心，挖空心思地为烈士的亲人设想，怎样使他们知道了亲人的牺牲，而又可以少痛苦一些，承受住噩耗的打击……

这次曹冷元儿子吉福的牺牲，使振德的心情更沉痛，更不幸。这并非是因为冷元是他的本家哥哥，而是振德非常清楚，曹冷元是怎样把这两个孩子养大的。他为省饭给孩子吃，把腰都饿弓了，至今也直不起来。他老婆留下四个孩子只养活了这两个！在他的血泪哺育下长成人的孩子，对一个老人是多么宝贵，在他身上占的位置是多么重要啊！

振德一腿跨过院门槛，突然停住了。他望着面前洒满灯光的窗户，身子震动了一下，情不自禁地后退一步："我怎能忍心告诉他，使这个老人痛哭流涕呢？叫他晚知道一会儿吧，还以为儿子在前方和反动派作战，满心喜欢地等他的平安家信……"振德想着，把脚从门槛内轻轻缩回来。可是刚要走，又忖道："我现在告诉他吧，有工夫陪他坐一夜，开导他……对，"但当振德重新迈过门槛，心又在激烈地反抗：

"不行，不行！他劳累一天，正躺在热炕上歇歇衰老的身子，而你，振德！闯进去大声说：'冷元哥！你儿子死啦！……'不，不，不能！不能告诉他！"振德急摇着头，第二次抽出迈过门

槛的腿。但走出两步,他又怔住了:

"难道能老不告诉他?这当然不能;那么你等到何时呀?亲生的骨肉死了哪有个不痛的?我的大女儿春娟牺牲时,我不也哭过吗?可是哭过之后,心就硬多啦,恨死杀孩子的敌人,干起工作像有股看不见的劲在推着自己!冷元哥会比我那时的认识高,这老人一生的苦楚,使他对党十分爱戴。他有觉悟,能想开事理。他,他不会经不住……对,告诉他,早晚也得告诉他!"曹振德下定决心,鼓足勇气转回来。但当他第三次抬腿迈门槛时,身子又晃动起来,呼吸开始紧迫,那低矮的小门槛像一座高耸的山峰,是那么的不好逾越,以至振德两手抓住门框,才使腿没有缩回去。他终于跨进了门槛!

冷元不在家,东房间亮着灯。桂花正在做针线,她身旁躺着沉沉甜睡的吉禄和闭着小眼睛的女婴儿。

"大叔,你坐吧!"桂花下炕招呼道,"俺爹在北河放牛没回来。"

"怎么还叫你爹去放牛?这么晚,你爹干一天活,身子又不好!"振德显得生气地说。

桂花认为振德是在生自己丈夫的气,脸上顿时泛起红晕,瞥吉禄一眼,袒护道:

"大叔,不是你吉禄懒……他要去,俺爹不让,说他刚出夫回来,要歇歇。大叔,你吉禄也真有了毛病啦,脚磨得痛……"她轻吁一口,代替了下文。

"你也睡吧,我去看看你爹。"振德说着向外走。

"不用去啦,大叔!"桂花在后面说,"俺春玲妹听说,就跑去换我爹啦!"

"孩子!当老人的心上只有孩子!他不管自己有病的身子,干了一整天的重活,还熬夜放牛,第二天一早又爬起来下地,可叫年轻力壮的孩子在家睡觉。啊!父母的心……"振德边走边激动地想着,最后决定今晚不告诉冷元了,使老人回家好好休息一宿吧!

月光,柔和的银色的月光。田野、山峰,在明月底下,显得格外清新、瑰丽。黄垒河的水流里,波动着月亮那快要转圆的身子。河畔,杨柳像伞一样搭在草地上空。红绿相间的萤火虫,走马灯似的在林中飞舞。闹夜的小虫,叫得疲倦了,进入沉睡。轻雾像怕惊醒睡去的乡村和大地似的,悄悄地升腾起来,向村庄和树林漫展,为春天的早晨披挂轻纱。夜,大河畔的春夜,幽静迷人。

大黄牛的头完全埋在青草里,它那带刺的长舌头像一把柔软的刀一样,一抢一卷,向嘴里塞着嫩草。它前后的蹄子,很久才缓慢地向前挪动一下,洒着春露的青草,它吃着可太舒心了。

春玲的身子半依半倒地伏在牛背上。她右手托腮,柔发自然地堆散下来,那对墨黑的桃形眼睛眯着,脚无意识地随牛移动着。姑娘完全陶醉在思潮的海洋中……

在今晚的党员大会上,春玲虽然没公开表示,但心里已暗下保证,一定动员一个青年去参军。当时,她的情绪完全被杀敌的仇恨控制着,支援解放战争的责任鞭策着她。尤其听到春梅当着全体党员宣布了曹吉福牺牲的消息,春玲的泪水立时涌出眼眶。刚才来换冷元回家睡觉时,她几乎哭出声,不叫为保守党内的秘密,她真会忍不住告诉了老人。春玲心中迸发着仇恨的火星,会场上三位青年报名上前线时,她也站起来,可是刚要举手,又狠狠地揪一把长头发,赌气地坐下来。春玲想到动员一名青年去,当时似乎已经有位青年站在她面前,只等她吩咐,十分有把握。但她走出会场后,就有些茫然了。这位青年在哪里?他是谁?

几乎是同时,春玲眼前出现两个人:扛着锄头的江儒春;拿着书本的孙若西。一开始,他们两人的影子都很清晰,接着又变模糊了。但没过多久,孙若西的影子放大了,紧堵住春玲的眼睛。

"这人对我好,教我念书可用心啦,真感激他。他长得不错,工作也积极,文化又高,倒真是个难得的人。他比儒春强,思想一定能打通,去参加解放军。好,这样决定了,去动员孙老师。那样,自然,我和他要好……和儒春要断……"姑娘心里盘算到此,涌上一阵酸楚的滋味,有些伤心地忖道:

"唉,儒春哪儒春!春玲不是不恋你,实在的,我老忘不了你啊!小时候,你对我好,不让人欺负我……以后你和我疏远啦,我知道,是你爹的罪过;可是你为什么不争气,耳朵光为你爹长着呢?要论人品,你可真好啊!去年我给妈拿药回来,在北河眼看叫水冲跑啦,你不顾死活救上我……你把干衣裳给我穿,我不穿你不看我……看你的样儿有点傻气,可是你的心多诚实呀!我心里喜欢你呀……唉,谁叫你不进步来?这一条压倒山,我不能迁就。懂吗?怎么,你不高兴?"春玲眼前掠过儒春那纯朴的面孔出现的忧伤难过的样子,心软了,深深地叹息一声:

"唉!妈呀,可叫我怎么办好啊?"她情不自禁地叫出声来了。

黄牛吃惊地抬起头,回望着主人。

春玲直起身,拢了拢头发,摸着牛角说:

"你看什么,黄胖子?我的心事你能出主意吗?哦,你是吃饱啦,渴了吧?走,跟我喝水去。"

水里又是个天,星星月亮在里面清清楚楚地呈现着。黄牛嗤着鼻子,嘴插进水里,立时响起咕噜咕噜的饮水声。

春玲的光腿泡在碧清阴凉的河水中,感到很清爽。她望着水里的星月,用脚丫儿轻轻地划着。她划一下,星月就波动着抖碎了,等水面平静下来,她又把星月划碎……

"怎么办好啊?"春玲心里烦躁地想,"论情意,我对儒春深些;孙若西这人也不错呀,他比儒春进步,他能去参军!可是他——儒春,"春玲气恨起来,"连民兵都不参加,哪会上前线?

人好人坏政治第一条，光私人感情干不得！他不高兴是自己找的，活该！人家流血牺牲打反动派，春玲能有心去和落后分子过日子？不，万万不能！"

姑娘想来想去，把参军与自己的婚事纠缠在一起了，分不清了。

春玲把牛牧饱送给牛主——玉珊家里。玉珊她哥参了军，家里只有个寡母亲，父亲是日本鬼子扫荡时打死的。玉珊是村里最有名的尖嘴闺女，都说死人也能叫她逗活了。有次演戏她扮了个只说三句台词的角色，不料上得台来，她讲起没完没了，把主角闹得开不了门，观众实以为她是主要角色了，还鼓掌玉珊演得好……春玲来时玉珊在剧团排戏还没回家，她和玉珊母亲聊了几句，回到家时，见明轩伏在炕桌上写参军运动的标语，明生在一旁磨墨裁纸帮哥哥的忙，父亲就着灯光看报纸。振德小时跟念过几天私塾的爷爷识过几个字，当干部后为工作需要，又跟孩子学些字，也抽时上成年人的冬校，至今能看懂一般信件的大意和写简单的通知与便条。每次来了报纸，振德都挤时间看看，但不能默读，要像唱老书一样拖着腔念，听起来使人发笑，不过他的孩子已听惯了父亲的唱报，不再笑了。有许多振德不识的字，好在报纸很通俗，不识的也大半溜下来，能了解个基本意思。因为他眼睛不好，头紧靠在灯上。春玲见父亲的头发楂被灯火烧焦了，忙说：

"爹，你把头抬起点，烧着啦。"

"我说有股味呀！"明生哈哈地笑了。

明轩辍笔，认真地对春玲说：

"二姐，你给我预备副背包带！"

"要它做什么？"春玲看着他严肃的面孔。

"二哥要去参军。"明生回答。

"参加革命！"明轩加重一句。

"参军？"春玲笑了，"你够格吗？"

"怎么不够？"明轩挺挺胸膛，"爹答应我啦！"

"是吗，爹？"春玲转向父亲。

振德翻了一下《群力报》，笑道：

"是。儿子参军，我当指导员的拖后腿，那还像话吗？"

明轩得意地说："去年参军大会上，我打头一炮往台子上跑……"

"对，哥！还有我哩！"明生炫耀地补充道。

"你？"明轩感到身份降低了，瞪弟弟一眼，"你怎么和我比？连台子都上不去，还是人家区长抱你上去的……"

"对，哥！"明生不知人家的意思，"那台子高，我用力也蹿不上去，我赶不上哥，你是别人拉一把，自己爬上去的……"

春玲和父亲都忍不住笑了。

"住口吧！"明轩脸涨得通红，向弟弟呵斥一声，又对父亲、姐姐说：

"上次不要，这次行啦！我十三岁啦！……"

"还没过生日。"春玲提醒他。

"这个无所谓，"明轩翻了下白眼，"我说十七或十八，自然也没有人知道。他们不批准我吗？嘿，我就说，俺爹是指导员，他说我行。保证当好兵。"

"你爹有这么大权力，早批准他自己啦！"振德叹息一声。

"那是为你年纪大，四十多岁啦，胡子再怎么刮也认得出。"明轩反驳道。

"爹，"明生又插嘴了，"我给你出个办法，上次你一气刮三遍胡子，这次你刮五次……"

"好啦，小军师，别叫爹脸红啦！"春玲笑着用手捏着明生的脸腮，又对明轩说，"可别乳毛未褪想着飞，哪有十三岁的战士呀？军队不是小学校，要打仗！"

"唉!"明轩丧气地拍着头,"我为什么不早出生些年?打日本鬼子轮不上份,眼看蒋光头又等不上挨我的揍了,咱对革命没贡献,将来吃起饭来,多亏心啊!"

振德安慰儿子道:"打完反动派还要建设新中国,想到共产主义社会还要出大力。孩子,不用发愁,你们为革命尽忠的时候还多着哪!"

春玲有话要和父亲说,见弟弟在跟前不好启齿,心想等把事情办妥再对父亲讲吧,他会依从自己的。于是,春玲告诉父亲到剧团去看看,一会儿就回来,临出门时她看着标语问明轩:

"怎么不找孙老师帮助着写?"

"谁不找来?"明轩回答,"开始他说要排戏,后来又说有什么要紧的事,谁知他有什么样的要紧事!……"

孙若西把钢笔摔出手,将信纸撕搓成纸团,狠狠地丢到墙角落,推开椅子,疾步地徘徊起来……

来山河村任教不久,孙老师就被春玲的美貌吸引住了。可是苦于没有接近她的机会,心里很着急。算走运,他会拉胡琴,在剧团里他可以饱赏春玲的容姿了。但孙若西不敢放肆,甚至趁帮她化装时想摸她一下也不敢。其实春玲为人很温和,很少同人吵架发脾气,而且富于感情,也不吝惜眼泪。但孙若西却觉得她那墨黑的桃形大眼睛,闪着铮亮的光耀,使他猜测不透里面藏的究竟是温爱的柔光,还是愤怒的刺芒?反正他看像什么是什么。尤其她那两撇细眉的尖端,随着眼睛变圆成杏子样而扬起来,简直像是两座冰峰,令孙若西感到凛冽寒然。这些倔强的东西,使孙若西生畏,又使他更加着迷,感到她是多么高傲,占有她是多么了不起。瞅着姑娘那丰满匀称的窈窕身躯,孙老师发昏了,一天不见春玲面,性情就暴躁起来,会无缘无故地向学生发脾气。他在厚厚的日记上,写满有关春玲的话,他写的每一首抒情诗的开头,都以大楷冠上"献给心爱的春天的玲"的字样……

真是好事天顺心，春玲找到他头上来学文化了。孙若西使出所有力气，博得姑娘的好感，攫取少女的心……当真，春玲对孙老师真有好感了。她眼睛里闪烁的是阳光，他感到温暖；她眉端的冰峰变成糖山，他越看越甜。孙老师的心花怒放了，昨天彻夜未眠，伏案舞笔，十分有把握地给春玲发出求爱信。信上写明他中午找她，约会的地点是北河畔的柳树林。那僻静的地方，初恋姻缘情会的绝妙所在，太理想了。孙若西在那里等着，想着她悄悄地羞涩地走来，红着脸瞅他一眼……于是，拉手，拥抱，接吻……孙若西一遍遍想着，品着，但老不见春玲的影子。他又想着，品着，越想越细，越品越迷，竟至像个醉鬼一样，发疯地抱着一棵树身……

"谁在那干什么？"传来一声喝问。

孙若西一惊，牙撞到树皮上。他没听清问的什么，是什么样的声音，也看不清谁在问，倒自以为是春玲来了，喜声叫道：

"快进来吧，快……"他突然吓呆了，林间出现了一个满面胡须的脑袋。他慌乱地说：

"啊，是姨父！你上哪去？"

老东山打量一下外甥，闷声说：

"我当是谁？原来是你……你抱这树干什么？这是我留着做寿材的，你想要吗？"

"不，不要。"孙若西随声支吾，"我是……是给学生上课讲到树，要看看，看看……哎，姨父！这树做两口寿材不够吧？"

"算命先生卜的卦，我和你姨归天还得些年，这树到时也长够啦！"老东山这才放了心，扛着拾粪的工具走出树林，又道：

"那些孩子早在院子里闹，上课的时间过啦！"他瞅着向村里走去的孙若西，又严厉地加一句：

"若西！上课讲树看别人家的树去，别把我的树皮擦坏啦！"

中午失败了，孙若西又把希望寄托在晚上。可是排戏春玲没来，听说开会去了。没有春玲在场，剧团对孙若西一点味道没有了。他拉胡琴的手失去力量，琴声走调。看着也算是他表妹淑娴的表演，他厌烦地在心里咕哝道："唉，简直没法和春玲相比。瞧，那粗胖的身段，硬得像木头；脸腮圆圆的，下颌胖得像是两个，和脖子连到一起了；眼睛那么小，又不那么黑，放出的光多傻气……"总之，今晚的一切对孙若西都失去了吸引力，鲜花也像枯草一样无色。

好容易散了戏，他回到教室旁边的宿舍，怎么也安静不下来。他眼老向外瞅，耳朵能听到蚂蚁叫，可是就不见春玲的影子。于是，他又向她写信，写得比上次更柔情、更动听、更醉心。他告诉她，没有她孙若西就失去了太阳，失去了空气，失去宇宙的一切一切，他会立刻死去……可是写着写着，孙若西对自己的做法发生了怀疑，感到她的心是个谜，看不清，猜不透，说不定春玲还恋着他那个蹩脚的表弟儒春……于是，羞怒的孙若西，狠狠地摔出了笔纸……

"孙老师，你睡下了吗？"清脆的少女声，在沉静的三更天，显得那样悦耳动听。

孙若西猛刹住脚，简直不相信自己的耳朵，以为这是幻觉。直到他拉开门，在明亮的灯光下清清楚楚地出现了春玲的全身，他还以为是梦，眼睛瞪得和铜钱似的，张大嘴巴，像傻子一样望着她。

春玲避开他的目光，嫣然一笑，说：

"孙老师，你还在忙功课？"

"哦，嗯……"孙若西支吾着，急忙假咳两声，用力恢复神态，笑容可掬地招呼道：

"哎呀！你快坐，坐！"他殷勤地搬椅子。

"我是来看看排戏的，可你们已散了。"春玲感到窘迫，找话解除紧张的气氛，说着坐下来。

孙若西见春玲表情不寻常,她脸上泛红叙,流露出羞答答的笑影,心里极为幸福地想:"好!她一定为我的信来的,她接受了我的……"他紧注视着她,欢快地说:

"排戏没你在场,简直演不成!我拉胡琴也不顺手……"

春玲浑身发热,怕他再说些什么,插断道:

"孙老师,我有事和你说。"

"好,我洗耳静听!"孙若西心中激动异常,眼睛一眨不眨地紧瞪着她,"快说吧,快说说你的心意!"

春玲感到对方的眼光像刺一样扎到身上,使她不舒服。她鼓起勇气说:

"孙老师!我们相处不短了,特别是这半年多,你给我帮助真不小,使我念完高小的功课。我从心里感激你……"

"这是我应尽的义务,春玲!你对我的帮助也很大呀,你……"他的声音发颤了。

"你先别急,"春玲越来越激动了,"老实说,我原先对你有不好的印象,不过向你提过意见,你改正得不错,工作比过去强多啦!这些,我看得清楚。你给我的信,我也想过……"

"你同意?"孙若西站起来,两手在发抖。

"我……"春玲顿住了,低下头。

"春玲,亲爱的人!"孙若西猛冲上来,抓住姑娘的手,激动地说,"你有话尽管说,只要你爱我,就是叫我赴汤蹈火,孙若西绝不畏惧!说吧,你有什么条件?"

春玲本能地挣出手,大胆地抬起头,离开椅子,说:

"我不要你赌咒发誓,事情很简单。要说有条件,这也就算是吧!"

"你就是要天上的星星,我也能摘下来!"孙若西举着两手高喊道。

春玲摇头笑笑:"上天入地更不必,为我个毛丫头也不值得。"

"值得,这是最伟大圣洁的爱情!"孙若西肃然地说,伸出两臂,做着随时要拥抱的姿势,"什么条件?快说呀,亲爱的人!"

"你参军去。"春玲明快地答道。

孙若西像听到霹雳,浑身一震,眼睛突然瞪大,慌神失措地看着她,声音含混地说:

"你,你说什么?"

"参加人民解放军!"春玲紧盯着他的脸。

"哦,哦……"孙若西回身走到床边坐下来,努力掩饰内心的慌乱,强作笑容道,"这个事,好,我考虑考虑。"

"孙老师,"春玲恳切地说,"军队急着扩大,解放我们全中国!你想想,我们能不赶快上前方吗?"

孙若西努力搜索反驳春玲的条件的理由,他要做到既表现进步又不去参军。他很自如地说:

"春玲,道理我明白,我也有过打算……"

"你打算参军?"春玲露出喜色。

"不过——"孙若西拖着长腔,郑重认真地说,"我是教员,一切行动听从组织,上级如果需要,一定会调我。我想我们解放区的文化水平低,教育工作人才更缺乏,我是离不开身的!"

"这不要紧,"春玲紧接上道,"这次大参军要动员一切力量,区上、县上都要把青年干部抽上前方,小学教员更不用说,有妇女、老人来干。你要报名,我保证会批准!"

孙若西一时找不上话对答,沉吟一刹,慷慨有力地说:

"当个人民战士,那是最光荣了!我非常羡慕解放军,一个个英勇无比,身强力壮!不过——"他突然愁眉苦脸地叹道,"唉!身强力壮,我可是望尘莫及,不够条件哪!春玲你不知道,我从小有胃病,关节也不好,下雨阴天就痛,有时会麻木不仁。这……"他真吸起冷气害起痛来了。

春玲的心已有些凉了,她皱起眉毛,严正地说:

"孙老师!我若是没全认错你的为人的话,还盼你明白我的意思。我一不逼你二不难你,动员青年上前线是人人都有的责任,你实在不愿意我也不能勉强!"

"唉,这叫我怎么办啊?"孙若西哀怜地看着她,忽又靠近春玲,柔声地说:

"春玲,我最爱的人!换个条件吧,这参军我实在有困难!你换一个,无论什么样的我都办得到。你知道,我喜欢你呀!没你我命都要休啦!"

春玲见他伸出手,就把自己的手挪到背后去,倔强地说:

"这不是什么条件不条件,青年人上前线,是为革命,理所当然!"

孙若西又要求道:"咱们先不谈参军好不好?这事关系很大,等我好好考虑一番。你先回答,同意和我订婚吧!"

春玲毅然地回答:"正为这事关系重大,我得先看透你的作为,再能谈婚姻!"

"难道说,你就非爱当解放军的人不可?"孙若西强硬起来。

"对,我爱解放军!"姑娘毫不隐讳和羞耻,"在现时,青年人是好是坏,就看他愿不愿意上前线!"

孙若西嘴张了两张,找不到反驳的理由。他怔怔地看着春玲,想找出攻破她的缺口。他瞅着她那赤红的嫩脸,紧紧地绷着,上面像下了一层冰霜,眼睛微眯着,闪射出强烈的光芒。孙若西畏缩起来,生起逃跑的想法。但他又想到春玲演戏时的丰富感情,演哭真落泪的情景,以及她对他的好感,立刻又恢复了冲锋的信心。

春玲见他呆了一会儿,忽然呼吸急促,垂下了头,因此她有些吃惊地问:

"孙老师!你……"

"没什么，没什么！"孙若西声音喑哑，掏出手帕，拭着眼窝，"春玲啊，我对你说真心话，我不想参军，一百个也不为，只是为了你！"

"为我？"春玲的身子不由得震动了一下。

"是啊，都为你！"孙若西揪心扭肠，飞快地说，"我最爱的人！你把我的魂都勾去了！我把心扒给你看看，这里……"他从抽屉拿出两个厚本子，翻开送到春玲面前：

"这都是为你写的日记，作的诗！你叫我去参军，我怎么能去啊！你想，子弹没有眼睛，不会知道我家里有个世界上最美的情人而不向我身上打。你，亲爱的人！愿意自己的丈夫死吗？你愿意年轻轻的当寡妇吗？够了，这些太可怕了！春玲，我心上的花！打仗的人有的是，少我一个革命一样成功，我们在后方安心地过吧！工作我们在一起，生活在一起，你说该有多幸福啊！亲爱的人，你该明白了吧？"

在孙若西倾诉衷肠的同时，春玲的心里很快被愤怒的火焰塞满了。她还真不敢相信，在进门前还给她进步的印象，攫取着她的情意的孙若西，现在完全变形了！他那白净面皮丑陋地扭歪了，是那样的龌龊肮脏。激怒使姑娘感到窒息，她右手紧揪胸口的衣襟，左手攥握得发痛。她脸色惨白，桃形的眼睛瞪得和杏子样圆，细眉两梢刀锋般地挑起来。春玲不但为怒火所炽烧，同时感到受了莫大的侮辱。卑劣的灵魂蹂躏了少女的白雪般圣洁的爱情。春玲那怒焰炯炯的眼睛渐在合拢，泪珠滚出来，顺颊往下溜。她的嗓子被灼热的东西哽住，一时说不上话。

孙若西见姑娘流泪了，心里欣喜自己的高妙，亲切地说：

"春玲，我知道你的处境，不生气。咱们订了婚，到夏天去烟台我爹那里结婚……啊！那可是个美地方，有山有海……"他伸手拉她。

春玲厌恶地迅速地躲开他的手，转身跨上门槛。

"别急走！有事再商量……"孙若西喊着拉回她。

春玲用手把眼睛一擦，挺胸昂首回过身，从牙齿缝里喷出来："你，你还要说什么！"

"亲爱的人！要我参军可以，你先答应我……"孙若西一口吹灭灯火，抓住姑娘的衣襟，"亲爱的，不要回家啦……"

"啪啪！"黑暗中响起两记清脆的耳光。接着，哧啦一声——是衣服撕碎的声音——再接着，是一溜脚步声跑出了门。

开门声，把刚合上眼的振德惊醒。他没发问，知道是女儿回家来了。当他听到用瓢向水缸里舀水，就说：

"桌上盆里有热水，不要喝凉的。"

"嗯，爹，我洗洗脸……"春玲的声音很小。

振德听着女儿洗完脸，就要重新睡去。但他注意到西房间有动响。仔细一辨，是女儿在压抑地啜泣。振德被震撼了，坐起身，问：

"你怎么啦，玲子？"

"没啥……"女儿抽噎着，哭泣声更大了。

振德急忙披上外衣下了炕，赶到女儿房间。灯光昏暗，加上他眼睛不好，只是模糊地见春玲伏在炕上哭。振德把桌上的油灯灯芯挑大，这才看清春玲的身子一搐一抖，头发是湿的。他很惊诧地问：

"玲子，你是怎么啦？"

春玲爬起来，脸挂泪水，湿发凌乱，外衣襟撕碎一大块。她看父亲一眼，又垂下头，抽泣得更厉害了。

振德看着女儿的样子，又惊又蒙，顷刻，他心里涌上一个可怕的疑虑："她被人……"父亲不敢再想下去，害怕地问道：

"玲子，快告诉爹！"

"爹呀……"春玲扑到父亲肩上，发出了悲声。

振德见女儿的表示，完全相信自己的断定了。他的心又愤怒又痛楚地颤悸一刹，看一眼跟他姐睡觉的明生，拉女儿到院子的石条上坐下。

"说，究竟是怎么回事！"振德用力把气愤的声音压小些。

春玲张了两下嘴才说出："爹你不要急，没，没啥……闺女心里正痛，说不清话，等我出出悲结再对爹讲……"

振德听着女儿的呜咽，心里针扎般的刺痛。外观上看，曹振德对子女不大关心，时时表现得很严厉。其实并非如此，他为孩子的操劳关注不亚于他们的母亲。他大女儿春娟牺牲后，她母亲要给闺女结鬼亲，振德和妻子大吵一架，妻子指责他不疼孩子。实际上春玲的妈妈过后也承认，丈夫正是为爱孩子。因为振德深知，这种迷信的结鬼亲做法，不惟毫无意义，而且委屈了作为共产党员死去的大女儿。这是当时春玲母亲所不能理解的。

春玲永远不会忘，她虽然是虚岁十八入的党①，但不叫有个党支部书记的父亲，她提前一年就会是党员了。党支部其他委员早就同意吸收春玲，可是振德不松口，一再压下去，说让她再锻炼锻炼。当时女儿入党心切，真有点不满意父亲，可是后来想一想，她很感激父亲的严格要求，以有党支部书记的父亲深感幸福了。

拿振德的妻子对知心的女邻居评论她丈夫的说法是：

"唉，别看我那老东西厉森森的，他可疼孩子啦！人家不像我瞎叨叨，疼的是地方哪！"

孩子的母亲在世，振德不大过问子女的细节生活，工作和生产已够他忙的了。自妻子死后，不管怎样忙碌，他仍是关照孩子，尽量弥补孩子失去母爱的缺憾。虽说这种努力是很困难的，但振德还是这样做了。他为使春玲继续求学，自己学会做饭，起早爬晚地在家里家外干。女儿多次要求辍学，但振德不批准。直

---

① 当时农村里入党年龄的限制不很严格，有的不足虚岁十八岁，也能被吸收入党。

到春玲找到本村教员，而孙若西答应帮她读书时，振德才放下炊事的营生。明生告诉人家：

"爹和妈一样。俺爹出门是爹，在家是妈；又当爹又当妈！"

现在，父亲最疼爱的小女儿遭到不幸，怎能不使他震撼和苦痛呢？振德一开始升起的愤怒情绪消逝了，代之而起的是对自身的责备，他觉得，孩子遭到损害是做父亲的责任，他的罪过。事情已经发生了，女儿正处在悲痛中，需要的不是父亲的呵斥、怒骂，而是抚慰和同情，鼓起女儿平复创伤的勇气，给她更加坚定的向上生活的指示。

振德拉住女儿的小手，劝慰道：

"孩子，清醒些，不要哭啦……哦，要是还想哭，就哭出来吧！对着爹把悲结放开，再把事告诉爹。"

"爹，我哭够啦，没泪啦！"春玲直起颈项，理了理湿发，心已平静了。

"好，孩子！有话慢慢说。是谁欺负你啦？"

"唉，爹呀！"春玲深叹一声，"没有人能欺负我，是女儿自己找的……"

"你怎么说？"振德又是一惊，端量着女儿。

"爹，我从头告诉你……"春玲把她同儒春的感情和与孙若西的关系给父亲讲述了一遍，最后她说：

"孙若西这家伙说出那种脏话，气得我狠狠打了他两巴掌，转身向外跑，不料，他的手还揪着我的衣襟，就撕了……爹，我身子没叫他沾着，我是感到委屈才哭的。来家时我倒了瓢凉水在头上，躺在炕上越想越难受。对孙若西我吐口唾沫就算啦，可是我觉得我委屈，我看人看错啦！"

振德听完，舒了一口气。沉默中他前后想了想说：

"是呀，玲子，错啦！孙若西和儒春不能一样看，他们出身不同。儒春是庄稼人，好坏摆在人眼前，实实在在。孙若西那类人,真真假假不一定。不能看他们的表面,要看骨子。这不是,到节骨眼儿上,孙若西就垮下来了。子女的婚姻,老人不勉强,爹也说过。我要批评你,玲子!既然你和儒春有情意,为什么半道向后走?"

"是我不对,这几个月被孙若西的假面具蒙住眼了……"春玲痛楚地说,"爹,也为儒春他不进步呀!"

"这,我也不全怨你。不过还是你使劲不够,性急哪里盖得起高楼?这个事咱父女都有错。"

"爹,是我自己的不对;你错在哪里?"

"我没多关心你的事。"振德沉痛地说。

"是我没向你说呀?"

"爹该问你。"振德点着头。

"爹,你以为儒春能变好吗?"春玲巴望着父亲的话。

"你为什么对他有情意?"

"是因他为人好,人品好,对我好过。"春玲深埋下头。

"好,这么多好,那不就够了?"

"不,爹说过,人好政治进步第一条!儒春落后。"春玲抬起头。

"儒春本人好的地方很多,为什么单单落后?"

"是他爹的罪过!"春玲生气了。

"你过去帮助儒春,都是怎么做法?"

"找他本人;可是谈不上几句,就叫他爹喊回去了。淑娴说,儒春一口一个爹,没有主心骨。"春玲叹了口气。

"你再去帮助他——比方说,动员儒春去参军,还是光找儒春自己吗?"父亲在启发女儿。

"找谁——哦,对啦!"春玲叫起来,"找老东山——大爷,敌人是他!"

"谁是敌人?"

"错啦，"春玲伸了下舌头，"是帮助对象。"

"好，玲子！去动员儒春，说服你东山大爷。"振德鼓励道，"我也有具体任务，去争取一名上前线的。"

"爹，你动员谁？"

"东头孙狗剩。"

"呀，他妈比东山大爷还难缠！爹，你能成功？"

"怎么样，和爹挑战吧？"振德笑着。

"爹……"春玲闺女咬着嘴唇笑。

"不敢？"父亲激将了。

"好，应战！"春玲霍地站起来，"爹，你说，儒春要能去参军，我就和他订婚吗？"

"这得你做主，看你的心愿。"

"他能当上解放军，我就满意啦，儒春就缺这一条呀！"春玲兴奋地说，又怀疑道，"可是他要不去呢？"

"先不要这样想吧！"振德断女儿的后忧，"听党的话，不怕困难重，就怕没克服的条件。条件中很要紧的一条，是信心、勇气。使劲干吧，孩子！遇着难处就想到爹，我帮你的忙。"振德站起来，望了一眼天空，说：

"睡吧。"

"爹，你睡吧，我再待一会儿。"春玲属望着当空的洁月，感情在心房中波动，"月色真美！"

振德没再坚持要女儿睡，把外衣拿下披在她身上，向屋里走着说：

"清凉好就睡吧，明天会很忙。"

村里大街小巷的显眼的墙壁上，人们集中聊天的老槐树身上，都贴上了彩色的大字标语。搭在村中间大树杈上的广播台，也一时不停地呼喊着。这时，广播员玉珊姑娘嘴对着洋铁做的喇叭筒，向人们报告道：

"又一个好消息：东头孙狗剩的妈妈孙王氏，表示再不扯儿子的后腿，让孙狗剩参军！

"乡亲们！咱们村已有九个青年报名参军啦！我们向他们致敬！向他们学习啊！……"

站在玉珊身边当助手的明生，听到一片叽叽喳喳的说话声和一阵阵的笑声，他一看，是一群妇救会员、青妇队员向这里走来。等她们来到近前，明生抢过玉珊的广播筒，大声朗诵道：

  妇救会、青妇队
  听段快板再开会……

女人们停在树下，巧儿姑娘仰脸回答道：
"有话快说吧，我们听着！"

  妇女们，听我言
  革命道理讲一番
  反动派，蒋匪帮
  不要和平打内战
  想把人民全杀完
  毛主席，共产党
  领导我们求解放
  翻身的人民志气昂
  放下锄头上战场
  保田保国保家乡
  赶走美国鬼，灭尽蒋匪帮
  全国人民齐解放
  建设新中国，人民得安康

妇女们，不简单
全国人口你们占一半
样样工作你们要不干
要想完成难上难
参军工作要做好
更得你们做模范
赶快回家去，道理讲一番
动员丈夫、儿子们
杀敌上前线
杀敌上前线

听明生唱完，女人们哄然哗笑，都说编得好。
"是你编的吧，春玲？"淑娴问道。
"我可没这本领，"春玲摇着头，"是明轩，他的语文好，作文老受先生夸奖。不过这快板也不算太好……"
"你这当姐姐的又是表扬又是批评啊！"巧儿打趣道，又对上面喊：
"明生，问你个问题，像我们没有丈夫的怎么办？"
明生随口回答："没有丈夫动员儿子也行！"
人们齐声大笑。巧儿姑娘哭笑不得，满脸绯红。
玉珊轻扯明生一把："傻瓜，没成亲哪来的孩子。"又向下面喊道：
"没有丈夫和孩子的妇女，可以动员别的亲人。比如哥哥，弟弟，表哥，表弟，叔伯哥哥、弟弟……不要抠字眼！"
春玲取笑地对身边的淑娴说："你听听玉珊这个嘴，像刀子似的厉害。明明是他们自己说错了，反倒把咱们批评一顿。"
"要不，尖嘴闺女给谁当！"巧儿声音好高，故意说给玉珊听的。

春玲向西一望，对大家道：
"走吧，妇救会长在等着咱们哪！"
孙俊英背剪着手，郑重其事地在墙前站着看标语。她今天穿着才做起的分得地主的紫布褂儿，脑后卡成鸭子尾巴式的头发向上高傲地撅起，前额上三个火罐圆圈也更清楚些。
两个小学生走近她，其中一个女孩问：
"妇救会长，你看标语好不好？"
"好，写得不坏！"孙俊英随口答道，"是你老师写的？"
"是俺团长明轩哥写的。"女孩回答。
男学生见孙俊英那一本正经地看标语的神气，就调皮地说：
"你说好，是意义好，还是字写得好？"
孙俊英答得也机灵："都好。"
"请你念我们听听。"
孙俊英攻为守计："小毛孩子，眼那么懒，要妇救会长动嘴费舌！"
"照我说，你不是怕费嘴舌，八成是字不认得你吧！"男学生看着羞红脸的孙俊英，得意地笑了，"好，咱们向你宣传宣传……"

保家保国人人有责！
能当梁的当梁，能当柱的当柱！
消灭反动派，解放全中国！
以雄厚的人力物力支援解放战争！
好铁打好钉，好男当好兵！
好男不说嘴，好女不扎腿！

当学生们念到复员军人应重返前线杀敌人时，孙俊英的脸色立时沉下来，心有点波动……

"妇救会长，人都到齐啦！"春玲跑来叫道。

孙俊英掩饰着内心的不安问："春玲，这叫复员军人上前线的标语，是你编的？"

"是水山哥叫写的。"春玲有些迷惑她的发问，"你对它有意见？"

"不不，没意见。"孙俊英急忙回答，又迟疑着说，"不过这提法有点笼统，应该说明是没负过伤的，说明受伤不紧要的，说明伤全好了的。"

"标语口号哪有写上这么多'说明'的？"春玲不满意她的挑剔，"水山哥的意思，也是指现在身子全好了、够参军条件的人。"

孙俊英脸上豁然开颜："说得是！我不懂编句写字的规矩……走，开会吧！"

会场上寂静无声。几个在母亲怀里的孩子吃惊地伸长脖子，被这热闹的妇女会场突然沉静下来惊呆了。

站在前面桌旁的孙俊英，脸上浮现着教训人的皱纹，打破沉默说：

"怎么不说话啦！还有谁报名？"不见回答，她激烈地提高声音，"没报名的应该想想，自己不害臊吗？做一个妇救会员，看着人家的男人都上前线打老蒋，自己的留下享太平，睡热炕头，好意思吗？唉！我这当妇救会长的样样能带头，比如去年斗争地主吧，我先拖出那家的婆子……可是这次我只能说说话，可惜我没儿子，男人又是残废军人……唉，也不能花钱买个够参军条件的人……"

坐在后面的一位年轻瘦个儿妇女，心里冷笑道："你当干部的净说漂亮话，你还不满三十岁，哪来够参军的儿子？你男人残废？哼，干起活来比不残废的还有劲……"她厌烦听下去，扭了一把正在吃奶的娃娃的屁股。

孩子哇哇地哭了，打断了孙俊英的演讲。

青妇队长曹春玲坐在一旁的凳子上。昨夜和父亲的一席谈话，使她的身心充实了好多东西。吃一堑长一智。孙若西的丑行使春玲受了一次辨认真人假象的教育。昨夜父亲睡去后，春玲在朗月底下想了好久。她为由于与孙若西的关系冲淡了和儒春的感情，阻遏了她去争取儒春进步的努力，深负内疚。过去，春玲老生儒春的气，现在她觉得做了对不起儒春的事。春玲成人以来，第一次以姑娘的心去深刻地回味了她和儒春的相处接触，她倍加感到那种从童年积蓄起来的情意的可贵、难得、不易，儒春的质朴、憨厚、可爱。对于孙若西，春玲已从心里把他摔出去，就像摒弃不慎落进口袋的一块污泥一样。

春玲听着妇救会长这番话，觉得有些过重。因为适才大多数人表现都挺好，纷纷下保证，有亲人的动员亲人参军，没亲人的向周围的人宣传。现在会场上的情况很明显，剩下三四个妇女思想还不通，不敢下保证，而她们的亲人正是够参军条件的，女人们明明知道，下了保证就等于放手让亲人奔赴战场。

春玲刚不久听到孙狗剩的母亲让儿子参军的消息，很佩服父亲的本领，更增加了她去争取儒春的力量。她本想不声张，悄悄地去完成动员儒春的任务，一来是怕说不服老东山言过其实；二来在人眼前提出来也害羞。现在她见会场上形成僵局，不带动那几个妇女很难起来。于是，她抛弃了一切忧虑，向大家说：

"我表示一下态度，保证动员一个青年，去参加解放军。"

妇女们的目光都集中到春玲身上。巧儿急忙问：

"青妇队长！你动员谁呀？"

"我的……"在众目注视之下，春玲感到紧张，脸也红了，"亲人。"

"亲人？"巧儿摇摇头，"你只一个哥哥，不用你动员，人家把小日本都打败了。"

那抱孩子的瘦个儿青年母亲又在心里嘀咕道:"哎,春玲一向不会装假,这次也反常了,也学开了孙俊英。她明知兄弟小,父亲老,可就要说……"她突然顿住,像听到雷声:

"我动员儒春去。"春玲镇静地说道。

会场上先是一静,接着腾起喧嚷。人们都知道,同时也理所当然地认为,春玲和儒春的婚事早等于没有了。谁能相信,老东山的儿子能娶全村拔尖的青妇队长当媳妇啊!再说,谁不知道老东山的作为,他怎么会自愿放儿子参军呢?这简直是难上加难,难得如上天。

淑娴本性言语少,在人多的场合更少说话,这时也替春玲着急了,难道这姑娘为参军的任务,真的疯了吗?

"春玲!"淑娴红着脸,焦灼不安地喊道,"春玲你是说梦话,海口夸不得!不对,不好,不行……"

"大家别嚷嚷,别吵!"春玲站起身,摆着手叫道。等人们平息后,她响亮地说:

"动员我未婚夫参军上前线,这是一个妇救会员分内的事,不出奇。当然,困难是有,可哪有没有难处的事呢?我当面向大家发誓,为了打垮反动派,我尽一切法子,保证把儒春送上前线!"

热烈的掌声,夹杂着赞许,震撼了宽敞的屋壁。

那抱孩子的瘦个儿青年妇女,感动得热泪盈眶,冲春玲激动地说:

"春玲妹!我比你差远啦,死落后!告诉大伙,俺小宝他爹上次就想参军,可我拉着后腿……青妇队长!我向你学习,送丈夫参加解放军!"

春玲热烈地说:"仁顺嫂,你是好样的!"她振臂高呼:

"向仁顺嫂看齐!"

全场妇女,发出由衷的热烈的回声。

第七章

江水山把江仲亭招呼到家里,开口就问:

"仲亭哥!你打算怎么办?"

"什么事呀?"仲亭明明知道问的是参军,故装不懂。

"参军。我们党员要起带头作用!"水山解释道,在炕前来回地溜达。桌上的灯火,随着他身子带起的风忽闪着。

仲亭笑脸望着对方,掩盖内心的慌乱,连忙答道:

"那还用说?听党的话呗。"

"仲亭哥!"水山压着心头的不满,冷静地说,"战争正打在要紧关头,需要人去支援。咱们能在旁边看热闹吗?"他发狠地拍一下左边的空袖筒:"妈的!一颗毒弹把胳膊丢了,要不,江水山哪会在这屋里待!"

江仲亭正苦费心机地想怎样应付水山要他参军的话,听到水山把话联系到自己身上,忙赔着同情说:

"兄弟,不用你说哥也知道。咱弟兄俩是从一个血坑里滚出来的。唉!你不行啦,我肩膀的伤也够受的。咱们就安心后方工作和生产吧,光眼急也没用处啊!"

江水山脸色变红了,声音提高了:

"只要让我江水山重上前线,我胳膊腿都没了,也能和反动派拼!可你……"他顿了一下,觉得自己又上火了,应该耐心说服

他。于是,他又把嗓门压低恳切地说:

"仲亭哥,我和你说过不止一次了,过去,怨我性子不好,说不上几句就火起来,理没讲清楚,指导员也批评过我……今天,我要好好和你谈谈。仲亭哥,国民党反动派不该消灭吗?"

"那怎么不该?当然要消灭。有敌人没饭碗。"仲亭垂下头,用力抽烟。

"对,答得对!"水山满意地称许道,"要打反动派,他们有枪,我们怎么办?空着手打吗?"

"这理我懂,我也是扛过几年枪的八路军,枪杆子是革命的本钱。"

"对啊,对啊!"水山兴奋得要跳起来,心想:别说区委书记春梅老强调做思想工作,振德说他性急吃不了热豆腐。这不是,他江水山也学会了,对方被说服了。

"好,仲亭哥!"水山兴奋地说,溜达得更快了,"到底不愧穿过军装的人!就这样吧,明早天一亮就叫玉珊——不,叫春玲,她的声音响——给你广播一下,叫大家看看,到底是我们老八路的本色!"

"等等,水山!等等,"江仲亭慌张地叫道,"你,你这说的什么呀?"

"嗬,不要爱面子。你参军的消息应该宣传。"

"不,不要急!"仲亭急忙分辩,"我,我的伤口到阴天下雨还,还痛……"

"这不要紧,到县上有人检查,行就去,不行就回来。"水山安慰他说,"看你的身子、面色都挺好,你放心吧,一定会重新穿上军装。唉,我多眼红你啊!"

江仲亭心里叫苦,憋闷了半天,口吃着说:

"水山,凭良心我是拥护革命的,可是这参军……你晓得,我可是干过几年啦……"

"这更好,老战士重上前线,比新兵强多啦!上级会更高兴要你。"

"我是说,"江仲亭胆怯地望水山一眼,"我的意思,该别人去干干啦。"

"什么?"水山突然停住,眼上方三条皱纹在动,"说了这半天,你还是不愿去啊?"

江仲亭不敢抬头,悄悄地向烟锅里装烟无可奈何地长叹一声。

水山望着他那萎靡不振的样子,把咆哮的声音压下去,吞了口唾沫,咽下从心而起的怒火,语调深沉地说:

"仲亭哥!你胡说些什么?谁对你讲的,共产党员可以说,革命我干过了,该你们干吧?全中国——不,全世界的共产党员,打反动派的战士,都这么想,那还有革命的斗争吗?无产阶级还建设共产主义社会吗?你,你真糊涂啦!"他越说越急,最后把右手一挥,又沉重地溜达起来。

江仲亭的脸紧紧伏在膝盖上,像准备挨打似的,两手把头抱住。按照他以往的经验,准备迎受江水山一顿火暴的痛责,然后他一声不响地走开。但他这次失算了,江水山为说服这位兄长——一起战斗过的战友,以他不寻常的毅力,一次再次抑制住奔腾不羁的火性,缓和下来说:

"仲亭哥,你的为人兄弟知道。难道你忘了在部队上的生活,受的教育?"

"没忘。"仲亭闷声地回答。

"你忘了咱们过去受的苦?遭反动派的残害?"水山感情沉重地问。

"没忘。"仲亭喃喃道。

"不!你忘了,全忘了!"水山激动起来,眼睛瞪大,紧对着江仲亭,"你,江仲亭!全忘了本,忘了共产党的恩情!多少人拼死拼活流血牺牲，换来今天的解放，今天的日子！可是你，一个共产党员，不去解放全世界苦难的父母兄弟姐妹，变得像个守财奴，就知道自己的房子、土地，过好日子，打算老婆生孩子，好给你顶门户、接香火！你全叫你的老婆、土地害啦！你满脑子盛的自私自利！"

"你不要糟蹋人！"江仲亭喊叫道，歪脖子横视江水山。

"我糟蹋你？"水山冷笑一声，"这是对你的好话，其实你的心也快变黑了！"

"胡说！"仲亭跳下炕，气愤地反抗，"你江水山不要忘记，江仲亭没白沾光，为抗战流过血汗！"

"好，英雄！"水山恼怒地扬起眉毛，粗皱纹在额上猛烈地跳动，"你出过力？哼，你把参加革命当作打长工，出了多少力就该得多少工钱是不是？走！你去对着西山根那十九个烈士说去！你就说，你们大家在地下听着，我江仲亭为抗日负过伤，现在该过好日子啦！走！你去试试，你敢不敢这么说？"

江仲亭被挖苦得全身像针扎，脖子紫胀起来，羞恼地吼道：

"你不要说那些！我问你，党的参军原则是什么？"

"是自愿。"水山怒目紧逼对方，"可是，你是个党员……"

"党员怎么样？党员也不能受强迫！"仲亭蛮有理地喊道。

"什么？你说什么？！"水山的眼睛在灯光下闪着骇人的光芒，向仲亭逼近。

江仲亭骇然地后退着，喃喃道：

"你，你要怎么样……"

"你这个浑蛋！"水山怒吼着，照仲亭肩窝打了一拳。

"啊，你打人！"仲亭惊慌地叫着。

"打！打死你这忘本的东西！"江水山全身被愤怒的火焰燃烧着，脸色惨白，嘴唇发青，"哼！不能强迫？像你这样自私自利发展下去，成了新财主，无产阶级还要革你的命。我先叫你知道知道革命的厉害!"他又举起了拳头。

江仲亭猛地扒开衣领,侧身送到江水山眼前,大声叫喊:

"好,江水山!你打吧,这是为你的命……"

水山的拳头突然在半空僵住,他的脸搐动一下,变成紫红色,眼睛在向一起合拢。

"打呀,打呀!"仲亭悲哀地叫道,"这是我救出命的兄弟给我的报应。你打吧,水山……"

江水山喘息片刻,蓦地瞪大眼睛,看着江仲亭肩上那块闪着红光的枪疤,声音喑哑地说:

"你不要拿这个吓唬我,我不是为你是救命恩人才住手。不管怎么说,这是敌人给你留下的。我打一个挨过敌人子弹的人,我有罪。去吧,上政府告我吧!"说完,他像喝醉酒似的,身子失去力量,沉重地倚在墙上。

江仲亭急急地说:"你不要说好听的,我自己有腿!"大步向外走去。

曹振德家已吃晚饭,桂花走进来,低声叫道:

"大叔,我有点事。"

"说吧。"振德吞下口地瓜干,望着她。

桂花看着春玲、明轩和明生,犹豫着不开口。

"走,到外面说。"振德放下筷子,领桂花来到大门口。

桂花脸发烧,手抚弄着衣角,悄声说:

"就是你吉禄,要参军。你看……"

"好嘛,青年人该这么做!"振德脱口说,但心里立刻涌上来:他哥吉福牺牲的信刚来,他再走,这叫冷元哥怎么吃得住啊!这次不能让他去……可是对着桂花他不好明说,感到为难。

桂花低声诉道:"他参军我没意见,可他这次出去送公粮,脚底下磨起'石棱',夜里痛得直哼哼,白天为不叫别人知道,还装作没有事。大叔,你说这怎么能打仗啊?"

"是啊，这是不行。"振德附和道，"你该劝劝他，别着急呀！"

"俺说他哪里听？"桂花委屈地说，"说多了，他还出来不好听的……"

"他说什么来？"

"说，说要和我离婚咋的。"

"你信他的？"振德笑着。

"那也难说呀！"

"你们结婚才一年多，过得那么好，怎么能离婚？"振德安慰她，"这冒失孩子，你不要信他的。"

"我也知道，他是吓唬我。"桂花很高兴指导员体贴到自己的心情，"大叔，他听你的话，你和他说说吧……"忽然门外响起脚步声，桂花洗耳一听，忙说：

"大叔，那是他来了。你听，一步高一步低，黑影里走路跟个瘸子一样……哎呀，别叫他看见我，出去怕碰上，这怎么办？"

振德给她出主意道："你躲到牲口栏里吧。"

"对啦！大叔你好好说说他呀……"

桂花刚溜走，吉禄跛着脚走上来。他认出门口的人，忙叫道：

"大叔，我找你呀！"

"我这不等着你吗？"振德被这对小夫妻的行动搅得心里轻快起来，暂时压下这两天被吉福的牺牲搞得沉郁的心情。

"等我？你怎么知道我要来？"吉禄奇怪地问。

"我会算嘛，"振德笑着，"我还知道你来干什么。"

"干什么？"

"先别问。来，跳个高我看看。"

"跳高？跳高做什么？"

"你别管，尽管跳吧！"

"我吃得太饱，怕跳断肠子。"吉禄支吾道。

振德假生气地说："好哇，在大叔跟前你还敢撒谎！我看你不是怕跳断肠子，是怕跳坏脚。"

"脚？"吉禄吃惊，他怎么知道啦？急忙分辩，"大叔，指导员！你别瞎猜摸，我脚好好的。不信，我跳……"

"别跳！别跳！"桂花惊呼着一阵风般地抢过来，竟忘了有人在场，两手紧抱住吉禄的一只胳膊。

吉禄生气地挣出手，向她喝道：

"都是你多嘴！死脑筋，扯我的后腿！"

桂花拭着眼睛冤枉地说："谁稀罕扯你的后腿！走，你走得远远的，这辈子不回家我也不管！"

"说什么漂亮话……"

"吉禄！别瞎伤人！"振德阻止他说下去，"你脚上有'石棱'，可不是闹着玩的，磨大了要烂脚。"

"烂掉割去，叫他蹦着走！"桂花的声音又高又尖。

春玲、明轩和明生闻声都到院子来看热闹。

吉禄着急地对振德说："大叔！别听她瞎说。她一心不想放我走，说她才生个小闺女，想个大小子……"

"你瞎说！你糟蹋人……"桂花臊得无地容身，去捂他的嘴又怕人笑话，只好双手蒙住脸。

春玲姊弟都咯咯地笑了。

"我瞎说你瞎说？"吉禄不服气地反驳道，"你以为我是傻子嘛，还说等你身上的再不来了……"

桂花尖着嗓子叫道："哎呀呀，天哪！你这么大人，把人家被窝里的话都亮出来啦？要不要上广播台去喊喊？"

明生忙抢上说："要广播吗，我找玉珊姐去。"

"你别积极啦，广播员！"春玲笑得手抵着腰，把明生拉住。

"好啦！"振德为他们收场了，"你们俩的官司我一时断不清，要你们小两口互相解决。那爹呢?"

"在北河放牛。他就要去换爹吃饭,可跑这来啦!"桂花抱怨地指着丈夫说。

曹振德思虑着吩咐道:"吉禄,快换你爹回来吃饭。二嫚子,你也去和他做个伴。"

"一个牛还要两人放?她回家看孩子吧!"吉禄说着就走。

"孩子我去给你哄着。"明生又上来了。

"这下积极点还差不多。"春玲笑着,又推桂花说:

"你快上去招呼着点,路黑,别把他的脚撞坏啦!"

"去就去吧,脚坏了还要我背他……"桂花飞快地赶去了。

望着这对小夫妻走后,振德和女儿商议,趁冷元一个人在家,把吉福的事告诉老人吧……

"今天过什么节,喝酒吃菜的?"曹冷元看着炕桌上的酒菜,面对振德问道。

"不过节就不能喝两盅?"振德笑笑说,"是你春玲叫你喝点酒解解乏。"

冷元慈爱地看着给他斟酒的春玲,说:

"玲子,你平时省着,为大爷破费可不该呀!"

春玲双手捧盅送给冷元,努力笑着说:

"没花钱,大爷!鸡蛋是自家鸡下的,韭菜是园里长的,酒还是头年用坏地瓜烧的,一个钱也没花呀!"见冷元饮过一口,她又关切地说:

"大爷,我见你这几天老咳嗽,饭吃得也少,是干活多累的吧?"

"没有事,孩子!"冷元摇摇头,摸把胡须,感叹地说,"这才干多大一点活?在早先哪,给蒋殿人当长工,中午拿点干粮上山,家里孩子饿着,哪能咽下去?挺着身子砍一天柴,山上风大,衣裳又单,加上肚子空,挑起柴担腰要断,头打转,好几次栽下山差点磕死。后来我找些干辣椒在锅底下烧焦揣在怀里，冷了就吃一个……那滋味又呛又辣，泪不断地往外淌……唉，这么着身上辣得发烧，能御点寒，可我这咳嗽病，也从那时生下根啦……"

"老哥，过去的苦楚，不说它啦！"振德见他很感伤，把话打断了。

"唉，我也不愿想那些，可是一见如今的光景，就忍不住勾起来……"冷元脸上闪出激动的红光，他又愤恨地说：

"可蒋介石那些王八羔子，就不想叫穷人有口饭吃，还想叫咱们当牛马，受欺负。有良心的人，谁也不能让反动派活着！"他放下筷子，向春玲吩咐道：

"玲子，抽空再给你吉福哥写封信，叫他可别当孬种，不好好干不是他爹的儿！"

春玲坐在炕沿就着灯光给弟弟缝衣服，听到这里，她心一热，声音颤抖着说：

"大爷，我吉福哥是好样的！是党员，又是连长……"

"还不够劲，"冷元插上说，"要他再加劲，为打反动派，心掏出来也不退后！哦，还有，"冷元脸上闪出慈祥的微笑，"再告诉他，我打算给他说房媳妇，模样丑俊我知道他不计较，图人品、进步，问问他的意思……可是再加上一句，要他别为亲事松心，等全国解放了再请个假来家成亲。玲子，你记下了吗？"

"嗯，大爷……"春玲心像着了火，眼圈发红了，哽咽得简直要哭出声，但见父亲瞪了她一眼，用力压下呜咽，"大爷，我记住了，我写信……"她装低头咬线脚，用衣服把眼睛揉了两下。

"你吃吧，老哥！吃完再说。"振德把碗筷子放进冷元手里，心里盘算着怎样开口……

两天来，曹振德忙不开身，领导参军运动。根据情况的发展来看，群众基本上是发动起来了。毕竟是老解放区的人民，两天多报名参军的已达四十多名，出现了很多动人的事迹……但报名参军的人中有许多是不合格的，年龄超过规定和岁数不够的很多。正如春梅的判断，这次大参军和以往有个显著不同的特点，是合乎条件的青年大部是比较落后和有特殊情况的人家的，把运动深入一步，发动死角，打开顽固家庭的门，这是努力的方向。

工作虽然这么繁忙紧张，曹振德心里还是放不下吉福牺牲的事。曹冷元的二儿子吉禄，前几次参军就一定要去，因年岁不够和照顾他哥哥已在外，父亲年老有病，被说服没让去，现在吉禄又在叫嚷了……冷元只这么两个孩子，这是他大半辈子用血汗抚育大的两个命根子，为革命他已献出一个，这个小儿子再走了，这对年老的父亲是多么痛心啊！振德想早把吉福牺牲的信息告诉冷元，以此使他不强叫吉禄走；否则等小儿子走了再得悉大儿子死去的消息，对老人的打击将是多么沉重啊！但振德在冷元门口犹豫过四次了，有两次已要开口又咽回去，他到底没找到个合适的场合，这可真难找啊……

没出振德所料，冷元刚吃完饭，装着烟说：

"大兄弟，这次一准叫你禄子去吧！本来怕你们干部再推让，我没急着出声，想等走那天悄没悄声地叫他上区……嗯，看样子他媳妇有点不愿意，这不要紧，二嫂子是精细人，说说会看开。"

振德摇摇头说："吉禄不能去。吉福在外面……"

"哎，你又来啦！"冷元把装上烟锅的烟又倒进布袋，"打反动派还嫌人多吗？谁规定一家只准一个当解放军的？叫他去吧，和他哥挨膀，早些把该死的东西灭光！"

"我是说，老哥，"振德心里火热，非常为难，明知道自己用这些话说服不了对方，可是仍不愿直说真情，"你就那两个孩子……"

"这好嘛！"冷元苍老的脸上闪着红光，皱纹间浮着幸运的笑容，"我多一个儿子，为革命多出一点力，心里可舒服啦！玲子，给大爷点个火。"

春玲拿燃着的麻秆的手抖个不停，火头怎么也放不到烟袋锅上。

"拿稳点，"冷元抬头一看，春玲那对桃形眼睛里闪着晶亮的两池泪水。他一惊："怎么啦，玲子？"不见回答，他又去看振德。振德脸上痛苦地皱着，老人一时呆怔了！

春玲再也憋不住，背过身啜泣起来。

"到底怎么回事，大兄弟？"冷元眼睛大瞪着。

"玲子，清醒点！"振德向女儿喝道。他拼力压抑内心的悲怆，上去握着冷元的手，声音沙哑地说：

"哥呀！这两天我走到你门口又转回来，话到嘴边又咽回去……可早晚要对你说。老哥！你要听兄弟的话，硬生些啊！"

老人已预感到不幸的降临，他怔愣一刹，苦笑着催促道：

"说吧，兄弟！哥架得住……说吧！"

"吉福，福子……"振德哽咽住了。

"啊！他，他，他怎么啦？"冷元浑身震动，眼睛失神地瞪大。

春玲哇的一声，呜呜地哭了。

振德努力握住冷元的手。这只凸着老筋的手，在怎样地哆嗦啊！

"你快说呀！"老人的脸痉挛着，急不可遏地逼问。但见振德张开嘴，他立时摆着手，急促地喘息着，连声喊道：

"不不不！别说！不要说……兄弟！不，不说！千万别说……"老人面色惨白，身子颓然地倚到墙上，像一下苍老了许多年。小烟袋从他手里脱落了，烟面撒到炕席上。

春玲上去把着冷元的手，恸哭，喊叫：

"大爷！大爷……"

"玲子，忍住泪呀！"振德说着，自己却禁不住一遍遍擦眼睛,"拿条手巾,湿的。"

春玲急忙去找手巾。振德看着冷元搐动着的灰黄的胡须,极力使声音镇静地说:

"老哥啊,兄弟知道你心里痛!你这两个孩子,是拼着命养大的。孩子死了,当爹的怎么能不痛啊!可是老哥,你想宽点、远点,这革命的事不简单哪!要想把穷人从死里救出来,就非打光那些吃人的野兽不可!就是为这个,咱们跟着共产党干革命,流血断头……"

冷元渐渐睁开眼睛,泪水在干涩的眼眸中游移,没有溢出眼眶。他轻轻地抚摸着振德的手背,声调缓慢而低沉地说:

"兄弟,别担心,我能想开,受得住!"

春玲流着泪,小心敬爱地用湿毛巾给冷元拭着前额。冷元拉着她的胳膊,轻声说:

"行啦,玲子。别哭,你一哭大爷心里更难受……哦,我好啦!"他摸索着拿起烟袋,可是手痉挛地抖颤,装不进烟去。

振德接过烟袋装好烟递给他。春玲端灯给他点上火。

老人缓慢地沉重地抽着烟。浓烈的灰白色烟雾从他嘴里喷出来。一会儿,屋里就布满了烟网。

沉默,寂静。只有老人的抽烟声。

振德瞅着伸张的烟雾出神。春玲那对湿漉漉泪汪汪的大眼睛在闪光,一眨不眨地看着冷元的脸。

过了好久,冷元把烟灰磕掉,平静地说:

"大兄弟,玲子!你们别替我担心,我不怎么样。说不难受,是假话。兄弟你说得对,为有咱今天的日月豁出的命多啦,何止我的儿子?我刚想了很多很多,从咱老辈想到有共产党……我这时看得比哪时都清楚,咱们的孩子不为革命死谁为?咱们穷人不去打对头,还要别人打吗?"

"对,老哥!你说得句句在理。"振德把他的手握得更紧。

春玲感动得两眼闪着泪花:"大爷啊!你真是我们后辈的好榜样,好榜样!"

"不是你大爷有什么认识,玲子,"老人激动地说,"是共产党叫我这个穷长工直起腰,有饭吃!谁要问我,曹冷元老头,孩子死你不哭吗?哭!我哭过一辈子,那是王八羔子逼哭的!这次哭,为我儿子干革命死哭,是我高兴,我情愿!"他脸上闪现着骄矜欣慰的神采,坚定地向振德道:

"兄弟!叫吉禄去吧,一定让他去吧!"

"老哥,你说得对!这是我们干革命的劲头,就为这,我们才能胜利,挖掉穷人的苦根子。"振德浑身发热,"不过,吉禄参军的事,我看……"

"别劝我啦,大兄弟!我是叫他走定啦!"冷元不容他说下去,接着他眼睛里射出仇恨的火光,愤怒地说:

"哼,狗日的反动派!我看你们人多还是我们人多,大儿子死了有小的,小儿子死了有老子!非把你们连根拔掉不可!"

突然,院子乓乓一阵响。

"谁呀?"春玲走出来问道。

坐在窗后猪圈墙上的人影溜下地,弯身拾起被他碰落的猪食瓢,低沉地回答:

"我,是我……"

春玲一看,招呼道:"啊,仲亭哥呀,快进屋吧!"

江仲亭进屋,看了冷元一刹,转向振德,嘴动了两动没说出话。

"什么事?"振德看着他那痛苦的脸面,惊异地问。

"没什么,没什么……你们说话吧,我……我明天再来!"江仲亭说完,掉转头急向外走去。

春玲有些惊讶地说:"看样子他坐窗外好一会儿啦!我见他眼睛发红,像是哭过……"

江仲亭是哭过，悲痛地洒下眼泪。

仲亭从水山家里出来后，恼怒的心情一直在起伏，恨不得飞到指导员眼前，申诉江水山犯法打人的事。他设想，打了他这个荣誉军人，一定会触怒以不讲私情闻名的指导员曹振德。于是，开会批评江水山，水山向他江仲亭承认错误的情景出现了。这时——只有到这种地步，他江仲亭才算舒一口气……

仲亭来到振德家的院子，正听到振德向冷元报告他儿子牺牲的消息。仲亭怀着紧张的心情，洗耳静听着。他断定，曹冷元这个忙不起腰的衰老父亲，听到他那贵似生命的儿子的死讯，一定会放声哭号，甚至于闹将起来，没法忍受……但恰恰相反，在紧张的沉默之后，他不但没听到冷元的号啕，倒说出那么些激动人心的话。他万想不到这样一位老人，此时竟变得如此刚强，俨然是条百折不屈的铁汉子！

仲亭呆愣了。随着老人那铿锵有力的声音，他的心沉重起来，头上像挨了几棒子。他耳边又敲警钟般地响起江水山斥责他的那些话……他突然觉得，有很多人出现在周身四围，人人横眉冷眼对着他，都在说："江仲亭啊，江仲亭！你杀过敌，立过功。难道你把这些都当成是自己的了吗？出够力了吗？回家以后只管守着老婆，种自己的地，一心发财致富，不管其他的劳苦的人民了吗？你想想，过去你是没吃没穿的穷小子，来了共产党八路军你才翻了身，多少人为你的好日子去拼死拼活，你就安心在家享福吗？好一个共产党员！全国没解放就伸腿不干了，你还建设什么共产主义社会！"

几年来，江仲亭第一次从个人的家庭生活圈子跳出来，想想这些事情。他想到父母死时的惨景，个人的遭遇，在军队里受的教育……结果，他很是吃惊，为什么这两年把这些亲身经受过的事情竟忘得一干二净呢？

"啊，水山，好兄弟！"仲亭心里在激动地叫道，"我这两年怎么听不进你们一句话呢？我耳朵怎么只向我老婆嘴上长？我哪够个共产党员啊！"仲亭离开振德他们，急忙奔回江水山的家。

江仲亭刚进院门，忽听水山母亲在屋里叫道：

"水山，山子！你怎么啦？身子不舒服？每天晚上都大半夜才躺下，今儿怎么这么早就睡啦，啊？"

一句回声都没有。仲亭心跳着轻脚走近屋门，身子倚在门框上。

江水山躺在炕上，头枕着右臂，两眼失神地凝视着跳动的灯火。母亲凑近儿子，又说道：

"要歇歇，就脱鞋上炕去躺会儿。"她摸摸儿子的前额，惊讶地叫道：

"啊，真病啦！这么热！"

水山闷声说："不热就没气啦，没病。"

母亲有些悲泣地叨叨着："你这傻东西，不说吉利话。十有八成是胳膊那伤疤又犯病啦！"她上去把被给儿子盖上："怎么吃饭时还好好的，我出去这一会儿就坏啦？又是谁惹你上了火？唉！盖被发点汗吧……"

水山把被推开，陡地起身下了炕。母亲急叫：

"你身子发烧，还要上哪去？唉，我怎养你这么个儿……"

水山的确感到头很重，左臂的伤疤锥刺地疼痛，额上已沁出虚汗。他的伤疤遇到阴天下雨和冬寒，或者过于激怒，就会发痛，连累身体温度增高。

母亲拦住儿子的去路，水山不耐烦地说：

"妈，我有急事！"

"天塌下我也不让你出去！"母亲强制地说，"你在家好好躺着，要找谁妈去叫。"

水山瞥了白发苍苍的母亲一眼，坐到炕上，低声道：

"妈，我犯了错误，刚才打了仲亭哥！"

"什么，你们兄弟俩打架啦？！"母亲吃了一惊，紧盯着孩子，变得气恼了，厉声质问道：

"说！你为么打你哥？"

"反正我不对，不该犯法！"水山沉痛地低下头，但立刻又抬起来，"可是，妈！他这人变了样，全变了！我动员他去参军，他不去。他只想着个人的日子，忘了本啦！"

母亲理了把苍发，坐到儿子对面，叹息地说：

"唉！有话你好好对他说嘛，我不信仲亭这孩子会变坏，想想他爹他妈……"

门外的仲亭，心里像多年埋下一颗烈性炸弹，水山母亲的话像抽动这炸弹的导火线，腾地一声爆发了……

水山的父亲是石匠，石匠的哥哥——仲亭的父亲是木匠，弟兄俩的真名已被人们遗忘，都以他们的职业来叫。江木匠是个没经师自学而成的手艺人，干起活来都不差迟其他一般木匠，远近有名。那年山河村地主蒋子金为给儿子盖新房，大兴土木，他图江木匠人老实死干活，就雇在家里。四十多岁的江木匠在蒋家苦苦干了一年，赶到秋天他一人把蒋子金南厅西厢两幢大瓦房的门、窗、桌椅、橱柜一一做好。蒋子金雇工人有个规矩，平时只管饭，工钱等最后散工结账。谁都知道，很少有人能从他手里拿走全部工资，因为蒋子金不是挑剔活做得不合心意、规格，就说工人饭量大，以此克扣工钱。人们都知道他有这一手，不愿给他干活；可是那年月只有给财主干活的份儿，另外哪有生路呢？何况天下老鸹一般黑，财主不坏也没有穷人了，不过是剥削手段的不同，最多是多少的差异罢了。

江木匠完工结账时，虽然蒋子金亲自把成品检查好几遍，也硬找出些莫须有的瑕疵，但东西在那明摆着，不能全赖过去，只好照发工资了。

结账那晚，蒋子金置酒办席，说是感激木匠活做得好。江木匠不会喝酒,硬被劝着倒下两盅。蒋子金吩咐他到上房去算账。

江木匠一进房门,只见蒋子金的小老婆光着下身,他惊慌后退。不料那女人冲上来就是两巴掌,撕扯着木匠爹呀妈呀哭叫起来。

江木匠吓呆了,也气昏了!还没等他猛醒,蒋子金率领家人将他扯住。于是,江木匠酒后起淫心,强奸良家妇女的罪名就定了。

官司不用打,衙门对穷人就是阎王殿。就如此这般,木匠一年的汗珠白流了!还得把他仅有的全家靠糊口的工具卖出去,请了四桌客。

江木匠怒恨攻心,有冤无处申,生计的饭碗打了,一病卧床不起,没到年关就咽了气。仲亭母亲本来就病着,用高粱秸卷着把丈夫江木匠——他一生为人家做过多少棺材啊——埋后,自己苦愁无望,断了生欲,趁孩子出去讨饭的当儿,跳井自杀了……

江仲亭想到这里,哭出了声。他一头撞进门,向水山母亲叫道:

"婶子啊!我该死!……"他泣不成声了。

水山母亲惊唤道:"孩子,亭子!你,你那苦命的爹妈呀!……"她也哭起来。

水山脸上痛苦地抽搐着,对仲亭内疚地说:

"仲亭哥!我打你不对……"

"不,对!"仲亭哭道,"好兄弟,你打得对!该打我这没心肝的人……"

水山母亲流着眼泪说:"好孩子,你弟兄俩是一棵蔓上两个瓜,怎么好打架啊!你们两个爹都是叫财主、官府害死的,亭子妈无法寻了短见。你们小时都十三四岁了还没衣裳穿,光着腚去外村要饭,见着女人都羞得把身子对着墙。那时候,仲亭大些,不愿进人家的门,水山就叫哥在外面等着,自己进去要……遇到有狗的人家,仲亭就叫水山躲身后,自己在前面用棍挡狗……你们要一天饭还不够一顿吃的,两个人还你推我让,谁也不舍得吃,末了都去找烂地瓜、山菜、草根……塞进肚子,不饱就喝一肚子凉水,留点饭给我个瞎婆子吃……"

"妈,别说这些啦!"水山痛苦地叫道,眼睛在发湿,手紧攥着腰间的枪柄。

"不,我要叫你们记住这些!"母亲倔强地说。她又对仲亭教训道:

"孩子!别说你兄弟生你的气,你怎么能忘掉过去的苦,忘掉共产党的恩德啊!孩子,想想你死去的爹妈,想想你那叫官府把头挂在牟平城的叔叔,可不能变心哪!"

仲亭痛心地哭道:"婶子!都是我脑子叫个人的事塞满啦,忘了党,忘了穷人!"

"可你,水山!"母亲严厉地瞅着儿子,"好随便打人吗?谁给你这份权力来?啊?!"

江水山低头说:"妈,我错啦!"

母亲命令道:"还不向你哥赔不是,等着干什么?"

水山依从地上前抓紧仲亭的手,诚挚地说:

"我对不起哥哥!"

"不,兄弟!"仲亭抱紧水山的双肩,"你打得对!打得轻啦,再打我两下吧,打吧!"

"好哥哥!"水山感动地说,"你从歪道上拐回来,兄弟心里也好过啦!"

"水山哪!"仲亭流着大滴的热泪,声音抖颤着,"在战场为救你我身上挨了一枪,这一枪挨得值得!可是也是这一枪使我复员回来,慢慢地我思想变了质。这次你为着救我,给哥一拳,又把我打回前线。水山,你打准了我的毛病,我永远记住这一拳!"

看着弟兄两个重新融合在一起,母亲心里欢笑了。她揉着笑泪说：

"好啦，都再别提打架的事啦！省得叫人家笑话。"

水山摇摇头："不，妈！我犯了错误，还要请上级处理。"

"没关系，"仲亭以兄长的口吻说，"别说我有该打的地方，就是没有，当兄弟的打哥一下，那也没关系啊！算了吧，水山，谁也别提啦！"

江水山的眉头皱了几下，声音低哑地说：

"不单是兄弟，我，一个共产党员，打了为革命流过血的同志……"

第八章

相约了几次,淑娴才算把老东山的二儿子儒春拖出家门,来和春玲会面。春玲要先同儒春谈一次,摸摸他的底,心中有数,为她去和老东山交锋做准备。

中午时分,正南的太阳火红地照着,村边的一片打谷场上,堆着往年的草垛,谷禾、麦秸都变成灰白色了。空气中散布着干燥的陈草气息。

春玲坐在草垛根上,手里拿根干草,重复着说:

"坐下吧,儒春!坐下吧……"

那儒春身子立得直挺挺的,站在姑娘对面,明亮的大眼睛惊慌地看了春玲几下,又向四外张望。他不回话,也不动。

"坐下吧,这有地方。"春玲指着身边的草捆,发出第四次邀请。

儒春眼望着前面的大树,闷声说:

"我不用坐。"

春玲瞅着他壮实的体格,黑红的脸庞,心里叹道:"可惜了个男子汉,小时和我好得像一个人,如今变得和根木头一样。"她提高声音说:

"干大半天活,腿还没使够?站着和它赌气怎么的?"

儒春小心地瞥她一眼,见春玲的黑眼睛瞪圆了,里面好亮,挑着眉毛,是生气了。他迟疑一刹,坐到离春玲足有十步远的石滚子上。

春玲又好气又好笑,她想时间不等,快些和他会谈,于是轻声说:

"儒春,我想和你谈谈。"等了好一会儿也不见回答,她又道:

"谈谈咱们俩的事。"

儒春和睡着一样,两手抱头趴在膝盖上。

春玲气急地大声说:"你这人哑巴啦!人家几句换不出你一个字,这是何苦!"

儒春被春玲那响亮的声音惊动了,抱头的手松下来,低声咕哝道:

"我耳朵听着哩。"

"谢天谢地,真是千金难买一句话!"春玲心里说,接着问道:

"儒春,咱俩的事,你打算怎么办?"

"你和俺爹说去。"他悄声答道,头稍抬起来。

春玲瞅着他的脸像被蛋憋的鸡脸那样红,他两眉之间那颗不大可很醒目的黑痣,更加显眼了,心里想:说这么一句话还费那么大劲,真有意思。

"我问你呀!"春玲紧瞪着他。

"咱不知道,你问我爹去。"

"你爹,你爹!上花轿也是你爹顶你吗?"春玲又急了,声音也高起来,"你自己没脑子吗?"

儒春见她眼睛又圆了,鼓足勇气说:

"你不是不要我吗?"

"谁说的?"春玲又轻下来。

"你看不上俺家。"儒春的声音高了些。

"我没说过这话呀!"春玲肯定地说,又问:

"我为什么看不上你呢?"

"俺落后，你进步！"儒春的声音更高了些。

春玲一听这话有些高兴，说明他也知道落后不好。看着他那浮着毛茸茸的乳毛的厚嘴唇，声音很柔和地问：

"那你为什么不进步？"

儒春低下头，不回答了。

"说呀，为什么不上进呢？"春玲极力启发他说话。

见问急了，儒春又说：

"你问俺爹去。"

春玲禁不住动起气来，大声说：

"你这二十岁的汉子，长主心骨没有？爹，爹！什么事都问你爹，你爹一手遮住你的天！"

"不听爹的还听谁的？没爹哪来的儿！"儒春第一次反驳了。

春玲瞅着他纯挚憨厚的样子，想起他在北河中救出她来的情景，他也是如此的老实善良，禁不住又消了气，平静地说：

"儒春哪，谁的话对听谁的，当爹的话不定全对。告诉你我的实话，我是喜爱进步的人，想找个有出息的丈夫……"

出乎春玲意料，儒春起身就走。

"你上哪去？"春玲忙叫着赶到他身前。

儒春把头扭向一边："你不要我，俺回家嘛。"

春玲急忙解释："先别急，话还在后面。"她张着明亮的黑眼睛，深切地期待地望着他说：

"儒春，人不是从生下来就是那个样，像你年轻轻的要进步还不容易？想想咱们小时候的相处，你救过我出水……唉，我心可热啦！可是，这一时期为你不争气，我的心分了些……这，这是我的不对，帮你进步不尽心，现时我改变态度，我想同你和好。"

儒春惊愕愕地瞪大眼睛看着她，感动得结结巴巴地说：

"那，那算你好，我有你、你当媳妇，心、心满意啦！"

"我没啥好的，"春玲望着他那暴露出赤裸裸的纯朴天真的情意的脸，禁不住心房发热，她加重语气说，"可是，你像现在这么待下去可不行，你要进步，要革命……"

"你要我干什么？"儒春惊讶地问。

"你去参加解放军，上前方，打反动派！"春玲坚定地说，准备去握他的手。

儒春呆愣了半天，接着把头摇得和货郎鼓一样快。

春玲把手缩回来："你不愿意？不想向前走？"

儒春为难地喃喃道：

"我怎么都行，可是爹不答应……"

"你爹要答应了，你就去？"春玲插上来。

儒春有些难过地低下头，悄声道：

"我也不愿顶落后帽子，爹松口，我就去。可是他……"

"儒春——儒春——"骤然，从村里传来呼唤声。这声音是那样粗犷坚硬，带着要压倒一切的威力，惊震得南山都发出回音。

儒春身子一阵哆嗦，神情紧张地说：

"俺爹叫我，爹叫我！"转身就跑。

春玲拉住他的衣袖，恳切地说：

"我话还没说完，你等一会儿再走。"

"不行，回去晚了爹要上火！"儒春着急地挣脱着。

春玲怒从心起，气恨地说：

"回去晚点他能吃掉你？你等等走，咱们把事说清楚。"

呼唤儒春的声音，像在叫魂一样，一句比一句高地传来。儒春听着，身上像着了火，带着哭音向春玲哀求道：

"不行，不行！你饶了我吧！这两天，我爹不让我和哥同外人多说话，叫他知道和你在一块儿，更不得了啦！你有话和我爹说去……"

春玲狠狠地把手甩开，恼怒地说：

"去吧！你这没出息的……"望着他飞快跑去的背影，她长叹一口气，重重地坐到石滚子上……

一只丰满的手，轻轻搭在春玲肩上。春玲一转脸，见是淑娴，她身子本能地向一旁挪挪。

"玲妹，看脸晒得这么红！"淑娴亲昵地说，偎在她身边坐下。她见春玲那紧皱起的眉尖，身前撕碎的一堆干草，就知道事情进行得不顺利。她同情地叹口气，问：

"不行吧？"

"还不行。"春玲轻声回答。

"那就算了吧，春玲！"淑娴劝道，"照我看，你就是说通儒春也难过我大爷那道关，尽找气受，参军少他一个没关系。"

"淑娴姐，事不能这么看。"春玲摇摇头，"大家要都想少一个没关系，那不一个当解放军的也没有啦？"

"玲妹呀，这事你还要好好想想。"淑娴关切地说，"就是儒春答应走，你一准到我们家吗？"

"当然啦，我一准和他成亲！"春玲断然地回答。

淑娴把憋了好久的疑问说出口："春玲，我真不懂你这个人，你不是和孙老师挺好吗？他哪一点不比儒春强……"

春玲的脸突然变得冷冰冰的，桃形眼睛变成杏子样，愤恨地说：

"孙若西！他，他不是人！"

淑娴很是惊讶，想不到春玲对孙若西的态度变得这样快。她关心地问：

"你和他闹别扭啦？他得罪你啦？"

"他，孙若西！根本不能和儒春比，过去我眼上蒙黑布，太阳底下认错人了……去，去去，不说他啦！"春玲嫌恶地吐了口唾沫。

淑娴瞅着她恼怒的面容，很是纳闷，没再去问，又知心地

163

劝道：

"我说玲妹呀！你为参军出力我赞成，可是不能为这，把自己的终身随便……"

"不，不对！"春玲平静下来，眼光凝视前方，深沉地说，"淑娴姐，我的心像面镜子样清楚。我爹说的，看人不能看外表，要看他骨子里。爱一个人，要爱到地方。你说，儒春这青年，不爱说话，只知劳动，人又诚实，就是思想落后，这是他爹的罪过！我要是能把他拖出那死气沉沉的顽固家庭，送去参了军，他不就变好啦！军队真出息人，你看冷元大爷家的我吉福哥前年回来，当上指导员，有文化讲政治，真了不起呀！可早先他在家给地主当长工，懂得什么呢？所以说，儒春能参军就表示他进步啦，能变成好样的！你说对吧，淑娴？"

淑娴望着春玲红艳艳的兴奋脸面，点了点头，又摇了摇手。

"还不明白？"春玲对她甜甜一笑，"实话对你说吧，淑娴！我的心老留着和儒春的情意，像有块糖一样，越品越甜……哦，怎么对你说好呢？这种甜别人尝不到，难琢磨……"她拍了淑娴的圆胖的肩膀一下，站起身理把头发，走出几步又回头道：

"别担心，淑娴！我爹说的，性急盖不起高楼。嗬，我要用出比盖楼还大的劲，去打好这一仗！"

淑娴望着轻盈远去的春玲，心里萦回道："啊，我说春玲老不向孙若西点头呀！原来春玲不单是个好唱歌的，还是个痴情的闺女。她的心可真又软又硬呀！"

把儿子叫回家后，老东山将大门关严，摸了一下摇头摆尾的老灰狗，冲儒春质问道：

"吃完饭就溜出去，上哪啦？"

"上，上……"儒春望一眼父亲的脸，心想，说和春玲见面，一定要挨骂，就第一次在父亲面前撒谎了：

"上南场晒草啦。"说完把红脸扭过朝屋走去。

老东山哼了一声，说：

"不想歇晌就先下地，把地头刨刨。"

儒春顺从地扛起镢头就走，可又被喝住了：

"粪留给别人拾？"

儒春才想起，由于心慌忘带粪篓子，急忙提起粪篓要出门，又站住说：

"爹，我姑来啦！"

一个五十几岁的老太婆走进门。这就是王镯子的生母，老东山的妹妹，是嫁给本村王姓的。她们家过去也是富农以上的日子，不幸她早年丧夫，落下一男一女。抗日战争时期，王镯子的哥哥王井魁，有辆自行车，骑着跑烟台，做投机买卖，后来被日本人收买，当了汉奸。在敌人的一次大扫荡中，王井魁领着敌人来到家乡一带，大肆破坏。抗战胜利后，没有抓到他，此人一直下落不明。

这老太婆进门腔刚挨座，就向老东山诉苦道：

"哥呀，这日子怎么过啊！人家都耕地下种，我的还没动一下。听振德大兄弟说，他对你嘱咐过，叫你帮……"

"我知道啦，"老东山打断她，"明儿我给你捎着耕种上。唉，谁叫你养那不争气的儿子来？"

"是我命苦啊！"老太婆揩着鼻涕眼泪，"那井魁子从小不务正业，十五岁就学着抽大烟……唉，也是我娇惯坏的。这死东西，万不该当汉奸，如今连个着落都没有。像你，两个大儿子守在身边，抱孙子，享清福……唉，我那闺女——镯子也算把她妈忘了，对我连口好气也没有，去她家跟不上当个讨饭的。唉！"她从衣服里掏出两个鸡蛋，塞进儒春手里，"哥呀，我就喜欢儒春！老帮我干活，体性又好，妹还是那句老话，把儒春过继给我吧！"

"这是命！"老东山抽着烟，眼睛半闭半睁，"我两个儿子还嫌少；再说井魁也不定是死，他回来怎么办？我犯不着去找这个麻

165

烦。"

"是啊，我知道我命苦！我也是盼井魁在人世，他就是去当八路军也比这样强，像镯子一样落个军属，还有人代耕哩！"

"瞎说！"老东山哼了一声。

"哥，"老太婆停止哭泣，"指导员说过，井魁真能回来，自个儿向政府认罪，不会杀他。你说这是真的吗？"

"我和你说过多少次，政府讲的这种话，错不了！"老东山坚定不移。

"那年在北河看处斩，有个坏蛋杀过人也没枪毙，只判徒刑，为的是他自己跑到政府坦白的。"停在旁边的儒春，这时插上一句。

"你知道什么？"老东山喝道。

"是区长讲的……"儒春刚说半句，就被喝断了:

"小辈人插什么嘴！还不赶快下地？"

儒春急忙奔出了门。

"办事要思量是对的，"老东山慢条斯理地说，"不过有的是明摆着的事，也不要掂量。八路军不重记人仇，重的是人心。变好了的人过去坏也不杀，这个是实在，错不了。井魁那东西能自己回来向政府请罪，我看也是判几年刑的事。"

"唉，这样敢仔好！人家干部没难为过我老婆子，倒还关照我的庄稼。谁知井魁这兔羔子跑哪去啦？"老太婆悲哀地说，"我看哪，养上坏儿没有法治，当妈的非叫他害了不可！"

送走老妹子后，老东山重把大门插好，躺在屋门前的草帘上，抹搭着眼皮，让阳光尽情地晒着身子。

老东山五十八岁，身子还挺壮实，脸上黑红，蓄着山羊式的黑胡子，满脸像蒙层冰霜，没有一点笑容。他头上还留着清代的小辫子，这不仅是山河村男人头上独一无二的东西，恐怕在这周围也是罕见的。他有个习惯，总是闭着眼睛，走路也如此，谁也不搭理。但说也怪,看他是闭着眼,可从来没走错路,或碰在什么地方。这大概是他走熟了的关系。更使人惊奇的是,他虽闭目走路,可是路上或路边草里有摊粪便,却逃不出他的手。有人说老东山鼻子特别灵敏,是嗅味捡粪的。有几个青年人,要测验一下老东山捡粪用鼻子还是眼睛,他们把块黑石头放在他前面路上,老东山连理都没理地走过去了。可是又一次他们把真粪放在路旁用草盖严,老东山竟然直走上去拾起来。于是乎,人们都说老东山真有本领,别看他闭着眼,实际是还看得见。其实说他闭眼是不准确的,这是老东山多年的习惯,不明眼看人,用眼缝的余光睨视一切。

老东山弟兄三人,一个妹妹,他是老大,故此在他并不老的时候,名字前面就被人们冠一"老"字。他父亲没给三个儿子留下几亩地,家境贫穷。父亲去世后,老东山在家黑白不分种地干活,省出两个兄弟推小车跑烟台做买卖,贩弄乡间食品和土产进城,换回用品卖给乡下人,赚钱不少。在那些年月,军阀混战,土匪横行,民不聊生。胶东地区自古有荒年靠东北输进高粱、大豆过活的传统。民国十几年的时候,胶东大荒年,老东山的两个兄弟结合一帮小商人,用木帆小风船,冒生命危险穿过渤海湾,用胶东特产梨、苹果、麻等物品,去东北换回高粱大豆,以高价出售,大发其财。后来两个兄弟见利熏心,又有些资本,就带着家眷搬到大连经商。

就这样,老东山用兄弟赚回来的钱,买下好田三十多亩,山峦一大片,养上一条大骡子。老东山真是人畜两旺,喜庆不迭。但好梦不长,正当他准备再买土地、盖幢大瓦房时,为争地边子和蒋子金打了一架,地主怀恨在心,串通南山里的土匪,绑了老东山的票,家里的存钱和独头骡子拿去换出性命。人倒运真是祸不单行,日本侵略军侵占全东北,两个兄弟买卖倒行,卷席回胶东,不幸船遇强风骇浪,翻进沧海,全家葬身鱼腹。大弟弟的一个女孩淑娴，是自始跟伯父老东山生活的，幸免厄运。从此老东山的日子真是王小二过年——一年不如一年，到此地来了八路军时，已卖出八亩田地和全部山恋的二分之一。

解放前，老东山每每想起这倒运的事，就寒酸落泪。但自从来了八路军，他又庆幸倒了霉好，不然自己的命运要和蒋子金那伙地主一样了，更是不上算。倒是老天有眼，使他老东山过着上不上下不下的中等日子，倒安然无恙，衣食不愁。从这个角度出发，老东山把共产党和国民党比较了一番，从心里感到共产党好。共产党把地主搞垮了，穷人都有地种，有饭吃，不再受地主的欺负了。如今的社会风尚好，不像从前提心吊胆，有两个钱就怕有人暗算，自己遭绑票，命都差点休了。现在就是开着门睡觉，把东西放在街上也不定有人偷。江任保夫妻那样的人毕竟是个别的，全村也不过一两家，也是些闭门即能防的小偷。共产党的公粮要得少，苛捐杂税更是没有，自己的日子比过去又有起色，不但没从身上往外割肉——他对卖自己的田地的称呼——又买下好地三亩有余。

老东山对共产党也有不满意的，那就是如今的麻烦也不少，尤其是开这样会那样会，经常出民工。虽然他心里也明白，没有这些也不行，过去日本鬼子打不完，现在国民党会打过来。进一步揭开，老东山的心意是，这些事做是应该做的，只是都要别人去做，和他自己没有关系，反正少老东山一家，反动派该过不来还是过不来，该过来还是要过来。

不过在这不满意之中也有老东山满意的，因为共产党办事只动嘴不动手，讲究说服动员，要自愿。老东山牢牢抓住这一条，人人都办的，不办不行的事，比如纳公粮、出民工等，老东山不反对，随潮逐流地跟着干；另一些强调自愿的事，例如参加组织、不是非出席不可的会议、参军，等等，老东山心里拿稳，嘴里咬定，就是不自愿。遇到这后一种场合，谁说他落后也好，顽固也好，他是泰然自若，置若罔闻，一概不理睬。他心想：反正进步、积极也不能当饭吃、当衣穿，相反尽误工夫，要那些好听的干啥！照老东山看来，那些干部、民兵，不能说都有点傻，反正是在干吃亏的事。但对他们，自己也感到有需要，需要这些有点傻的人，不然他的庄稼被谁踩了，东西被东房邻居江任保夫妻偷了找谁管呢？所以碰到分到自己家头上的公差勤务，严格地控制他交公粮的斤两时，老东山真有点恨他们，可是碰到用到他们的地方，心里也有好感。

　　老东山按照自己认定的人生哲理，指导全家的生活。两个儿子是干活能手，这也是他从小培植起来的，全家人没个念书的，理由是识字不能当饭顶衣且又误工夫。村里村外的狗屎、牛粪，几乎没有别人拾的份儿，全叫他父子包下了。老东山偶尔出去拿着东西无暇带拾粪工具，路上遇见一摊粪便，他就用草包着放在什么地方，实在无法，有几次竟揣在怀里拿回家。他们家同外界来往很少，大门黑白死闭。门后用锁链子拴着只灰色老狗，这狗已满十岁了。抗日战争时期为游击队活动方便，政府号召群众把狗打死，唯独老东山怎么动员也不自愿。几个火暴民兵闯进他家，要开枪打狗。老东山紧紧把狗搂在怀里，声言愿和狗一块挨枪弹……老东山把狗拴住道理有二：一是为守门，防备任保夫妻偷东西；二是省得狗跑出去把屎拉在外面被别人拾去。

　　这两天村里到处轰轰着闹参军，老东山起始和往昔每次一样，闭着眼干活，不去理会。上次有人来动员他两个儿子去一个，他闭着眼睛听对方讲了半天道理，最后的话很干脆：

　　"自愿吗？"

　　"当然自愿，不自愿的也不要。"

　　"我们不自愿。"

　　但他怕青年人心热，经不住鼓动，对两个儿子还是不放心，所以行走留神，儿子除了上山下地，回家他就关上大门，哪也不让去。有人来找开会，老东山也不准去；实在叫急了，他自己出去顶着。有年儒春栽的地瓜大丰收，村里选儒春当了劳模，叫他去县上开会。老东山高低不让去，嘴上说怕误工夫，心里是怕儒春在县上被人动员着参加了工作。结果他顶儿子去了，自然，这也是指导员他们同意的，因为实际上儒春劳动得好，也是老东山的教训和指导。昨天人家叫他大儿媳妇去开会，分配做军鞋的事。老东山以为是开参军会，自己又顶着去了。他进门一看，一屋子女人，她们瞅着他满脸胡子，把腰都笑弯了……

老东山躺在草帘上，浑身被阳光晒得暖烘烘的，感到很惬意，望着四合院一正一厢的房子，心里快活地想：前下晚听说任保要卖南沙沟那一亩多地哈！那地正靠我那两亩，买下后就连成片啦！早年地在蒋子金手里每年耕地都要赶我两犁，为这事和他理论这老东西差点要我的命……哼，你蒋子金可倒啦！你任保他妈的就是懒，那好的地分到手，不用使粪也长庄稼，你何必要卖？好，你卖我买着，也省得你两口子偷我的庄稼……

呼噜一声响，老东山吓得陡地坐起，见是只猫从墙头上跳下来，他喝骂一声，眼睛望着南墙说：

"到秋收拾下庄稼，把南屋盖起来，好给儒春当新房……"他突然气闷起来，心里愤愤地说：

"你曹振德不把闺女给我，咱也不稀罕！等我把南屋盖得高高的，压着瓦顶，离村三里看得清，你看有没有闺女找上门？嘿！那真是割去门槛，静等着媳妇往家滚吧！"

老东山心情舒畅，刚要躺下睡会儿觉，大灰狗呜的一声扑向门后，狂吠起来。

"谁呀？"老东山粗声喝问。

"我呀，大爷！是我……"少女的脆声。

由于狗吠，他辨不出是谁，生气地爬起身，喝住狗，拉开门。对着来人，他一时愣住了。

狗见是生人，又扑上来咬。春玲防备地把身子向旁边闪着，含笑道：

"大爷，你在家歇晌？"

"啊，你？玲子，快进来吧！"老东山迷惑地招呼，把狗喊住，让春玲进来。

"我大妈她们呢？"春玲进屋后坐在炕沿上，亲切地问道。

"上菜园里去啦。"老东山坐在她对面，疑惑地看着她的表情，猜测她的来意。

春玲想着怎么开口和他谈话，眼睛打量着屋里的陈设。

四间房，中间是盘磨、锅灶，西房口挂着绿门帘，显然是淑娴住的。最东头那间放着面罐一类的东西，挨着的这间是老东山两口子的炕，也就是他现在接待春玲的所在。屋里的陈设很齐备，也很古旧，炕前桌子上那挂座钟大概是老东山的母亲结婚时的陪礼，全变成黑色，时码也分不清了，当然钟摆是一动不动的。屋里最显眼的，是正间冲门的北墙上，挂着幅灶王爷的画，它那胖大的脸面布满黑点点，这怕是苍蝇屎的装扮，和长着麻子一样，春玲瞅着，差点笑出声。

"你是找淑娴的吧？"老东山试探地问道。

"不，不找她。"春玲摇摇头，心里有些跳荡，鼓足勇气说：

"大爷，我来和你商量件事。"

老东山心里忽然一动：咦！莫不是她看我家富庶，要嫁过来？不然她冒进来做什么？看她这么亲热，脸上露笑，想讨我的好……这闺女干活挺勤快，长得也好……疯是有点疯，可是进了我的门，当上媳妇，就不由她啦……他闪过这个想法，脸上露出对人少有的悦色，说：

"我知道，孩子！没事你不会跑来。嘿嘿，如今兴你们自个儿主张，有么要办的，你尽管说吧！"

春玲听他口气亲热，见他面色和善，心平静一些，开门见山

171

地提出来：

"大爷，我和你儒春的事好说。我是想和你老商量商量，想动员他去参军……"

"啊！参军？！"老头子惊呼，很少睁开的眼睛瞪得溜圆。

"是，参军。"春玲话已出口，心全静下来。她恳切地说：

"大爷，参军的事也不是新鲜的，咱村出去的也不少。为打垮反动派，争取全中国的解放"……春玲讲了一番革命的道理。她讲得是那么生动细致，声调那么亲切动听，感情是那么质朴纯真，任谁听了都要为之感动。一面讲，她注意着对方的表示。她见他一动不动，闷头抽烟，心想他是听进去了。等他抽完两袋烟，春玲停下来，期待地问道：

"大爷，你说这些理对不对？"

"对！"像古刹里的钟声。

"啊……"姑娘为老东山的决断表示惊住了，满心喜欢地说：

"好大爷！你愿意他走啦？"

"问我自愿吗？"老东山沉着地抹搭着眼皮。

"是啊，要自愿。"

"我不自愿。"老东山这几个字说得非常流利顺口。

"你！"春玲身上冷了半截，"你原来是这个态度！"

老东山陡然起身，在炕沿上狠狠地磕掉烟灰。他脸变成猪肝色，脖子上的筋跳动着，愤怒地吼道：

"你个黄毛丫头！破脸到我门上来，原来是干这个呀！哼，我早听风传你想割掉这门亲，今儿你想叫我儿子走，你另……"他盯春玲一眼，后脑勺上的小辫子一甩，脸转向北墙，和牛一样地喘息着。

姑娘没料到，老东山会上这么大的火。她心里有些惶悚，又感到气愤。她站起身，理直气壮地说：

"大爷，先别把话说死！你猜错了，我不为这门亲还不来呢！"

老东山喘息一会儿，对着北墙坚决说：

"权当你不退亲，我也不放儒春走！"

"为什么？"

"我的儿子，我说了算！"老东山转回身，眼睛又抹搭下来，"打国民党，少我儿子一个没关系。可是我少个儿子，日子不好过。再说枪子没长眼，儿子出去我不放心。"

春玲气得浑身火热，眉尖上挑，桃形眼变成杏子样。这个顽固老头子，满脑子为个人打算，依着她的性子，不痛斥他一顿才怪呢！可是她想到参军的任务，能使攫取着她的感情的儒春走上进步的路途，想到父亲的话，不能和他闹翻。春玲咽口唾沫，淹熄心头的怒火，耐心地规劝道：

"我说大爷，人人都像你这么想，翻了身只知自己过日子，反动派谁来打？全国怎么解放？我们的胜利果实保得住吗？……"

"果实？"老东山冷冷地说，"我没得到果实。老东山起锅过日子，就仗两只手，自己管自己。我不沾人家的光，别人也别想得我的便宜。各走各的路，各行各的船。"

春玲立即反驳道："没有共产党解放军，国民党反动派早打过来啦，你能过安稳日子吗？不错，在旧社会，你还算能行的，可是你过好日子，是哪来的本钱？"

"我流汗挣的！"老东山挺直了脖子，脑后的小辫子摆动了一下。

"没有共产党八路军来，光靠流汗都能挣出吃穿来吗？"春玲话快而有力，"怎么咱全村一百多户人，只有少数几家过好了呢？我冷元大爷比你出力少吗？那些没吃的人都是江任保吗？"顿了一下，不见他回答，她又继续说：

"实在，你的家产不是没有自己挣的，可是这是一部分，淑娴她爹是怎么死的？他们是做买卖赚到钱的？你以为没分到地就没得到革命的好处吗？咱们这里要不解放，你的日子保得住，过得安稳吗？在旧社会，你就是发起家，当上财主，那样做对吗？你情愿吗？"

这一连串问号，把老东山问得张口结舌，无言对答。他规避这些，以攻为守地说：

"我没说共产党不好，这些理我明白。我儿子不参军，不能把我当地主收拾吧？"

春玲激怒得两腮泛红，声音提高了：

"你说这话不害羞吗？参加解放军打反动派，这是最光荣的事！有出息的人谁不愿去？是地主分子要去我们都不要。你的心事我是看透啦！"

"看透什么？"

春玲的眼睛眯起，紧盯着他说：

"你想叫别人在前方拼命流血，自己一家清享太平，过安乐日子。哼！都像你这样自私自利，中国早亡啦，反动派早来啦！全中国的受苦人，永远翻不了身啦！"

老东山不得不暗服她的话正中自心，知道讲不过对手，就想从春玲身上做文章，堵住她的嘴。

"春玲子！"他以轻蔑的口吻说，"你不用老以大话佁我，人都有自个儿的打算。你看透我，嘿，我也看透你啦！"

"好，"春玲擦了把嘴唇，"看透我什么请说吧！"

"你老说好听的，我心里可明白。"老东山带着讥讽的冷笑，"你为着充能，显示有本领，想拉参军的，找到我儿子头上。要是儒春真是你男人，你就不叫他走啦！"

春玲紧接上回答："你看错了，我爱的就是个解放军男人。只要你让儒春走，我就是你家的人！"

"嘿嘿！"老东山连连摇头，"这算哪一桩？别耍弄我老头子啦，两家没成亲，等我儒春一走，你还不是愿跟谁跟谁去？"老东山越说越感到句句在理，最后爽是拿她一把，将她顶出去，"哼，春玲！你有本领倒是先过了门，我就放你男人走！"

春玲猛然愣住。她两手紧攥着，眉毛不停地耸动，大眼睛闪着慌乱不定的光亮。她心里激动地想到，为了革命，作为一个共产党员，提早结婚有什么了不得的呢？可是，姑娘想到自己家里的情况，她走了，父亲、弟弟谁照顾啊！这……

老东山见春玲愣在那里无话回答，心想正叫他说中痛处，打中她的要害了。他有些得意起来，又加上说：

"想好啦？你知道参军是啥味道了吧？嘿嘿，我的思想倒通啦，就等你开口，我就打这个赌……算啦！"他歪一下头，"不说没滋味的话啦，我还要下地。"

春玲见他向外迈步，心紧张地跳荡，再晚一点就没希望了。她心里急切地说："困难会克服！爹能有办法……"于是，她快而有力地挥一下手，像快刀斩乱麻一样把重重的忧虑一扫而光，勇敢地冲老东山叫道：

"先别走，我还有话说！"

老东山转回身，有些吃惊地望着春玲那严肃的赤红脸孔，射出强烈光芒的瞪得和杏子样圆的眼睛。

"我嫁过来。"春玲坚定地说。

老东山惊愕地问："你嫁？多会儿？"

春玲理把鬓发，响亮地回答：

"儒春参军前结婚，今天也行。你可要说一句话！"

老东山骇然地瞪大两眼，怔怔地看了春玲一刹，接着心慌意乱，低下头支吾道：

"这，这还要问儒春。他……"

"他不要你管，你不扯腿就行！"春玲紧逼一步，不容他换气地接着说，"话一出口，驷马难追；说做就做，绝不反悔！我现在就叫你，叫你爹！爹！……"

孙俊英一天没吃饭了，总是梳得十分整洁的头发，现在蓬乱着。她坐在油灯下，苦皱眉脸，长叹短息地出着……

孙俊英怎么也想不到，参军的事会涉及她身上，她的丈夫能参军，离开她。

孙俊英是前年冬天和江仲亭结的婚。她是东面汤泉村人，但从小跟在牟平开旅店的叔父生活，二十岁那年才回到乡间。俊英自小任性，在旅店来往的人多且杂，学得满身风骚，十七八岁的时候，就招惹得男人挤破门，有些浪荡子弟专为她来住店，有的情愿加倍付钱。她叔父的经营为此起色不少，兴隆异常。把左右的几家同行顶得买卖萧条，客不上门。几个老板娘串联起来，把孙俊英诓进一家黑屋，扒下她的裤子，照屁股上饱打一顿，使她好久腚不能沾凳。

她叔父为了赚钱发财，对侄女的败坏不加管束，眼睛睁一只闭半双装没看见，后来见事情闹大了，周围的同行要暗算他，才把她送回乡下老家。

才到新地方，孙俊英还没来得及施展本性，就来了八路军。刚开展工作，女人不敢出头露面；孙俊英见过大世面，闯过码头，能说会道，敢作敢为，又能耽误起工夫，所以人们就推她当干部。孙俊英见人家看得起，能出人头地，一呼百应，好不威风自得，把那放荡的本性压了下来，比较认真地干起工作。后来减租减息，孙俊英领着妇女当面和地主对垒说理，成绩不小。党支部见她有能力，工作挺积极，妇女工作又很缺人才，就发展她参加了党。入了党，她更觉得了不起，自己真为人上人了。可是又感到党员的牌号像个紧箍咒，戴着很不舒服，样样要带头。但对她也没有什么损失，所以情绪还是蛮高涨。

孙俊英年纪不小了，不能乱搞男女关系，很想物色个称心如意的丈夫。但她选中的两个区干部都碰了一鼻子灰。正在她气恼之时，听说山河村刚回来个荣誉军人要找对象。孙俊英把江仲亭放在手里掂量了一下：荣誉军人是光荣，受人尊敬，政府照顾，这是一；他穷不要紧，共产党样样为穷人着想，何况他为抗日流过血，不怕没吃穿，并且会享福，这是二；他虽然受伤，可是不重，不妨碍过夫妻生活，也能劳动，这是三；他为人老实，性子软，孤身一人，她能说啥他听啥，她能当家，这是四；最后，也是最主要的一条，既然他受伤回来了，就说明他不能再打仗，嫁这样的人比无伤无病的青年好，她不怕丈夫离开守活寡。

孙俊英满心喜欢，嘴喊着为照顾革命功臣——残废军人，嫁给了江仲亭，来到了山河村。她来后不久妇救会长安贞姑娘出嫁到外村了，就选上了孙俊英。

孙俊英的腰杆子更硬了，讲话更是理直气壮，寒气逼人，俨然以荣誉军人家属自居。她张口批评这个自私，闭嘴指责那个自利。

俗话说，硬汉难避枕旁风。江仲亭二十五六岁说上个老婆，本来就感动得不知怎么好，一开始就让她三分，渐渐就百依百顺着老婆，唯命是听，他也认为自己对革命有过功，该伸腿享福让别人干了。到土改时分得土地和耕牛，他的思想全部变化了，一心打算过安稳日子，把生活提得更高……

昨天夜晚，孙俊英出去回家，不见江仲亭。一打听被江水山叫去了，她顿时有些慌张，眼前油然出现那张号召复员军人重返前线的标语。看标语的当时，她就有些不安，听春玲讲是水山叫写的，才放心地想，江水山是个愣头青，想着自己是个复员军人，应该号召号召别人，其实他要不是少只胳膊知道去也不要，哪会显这个能呢？古语道，以小人之见，度君子之心。心怀歪道的人，总是以同样的心思去猜测别人的心，做出他们自以为千真万确，实际上是大错特错的结论。孙俊英这时又担起心来，江水山会动员江仲亭去参军吗？可能会。丈夫能答应吗？她放心不下，想去水山家看看，但她又宽慰地笑了：

"不会有那事。就是有，仲亭也不会答应，他听老婆的……"

恰恰相反，江仲亭回来告诉她，他准备走了。而且，他像变了另一个江仲亭，不像平时那样驯驯服服的了，他不听她的枕旁语了。

孙俊英大哭，悲伤地哭着。

江仲亭左说她是哭，右说她还是哭，怎么解释她还是哭，最后他生气地喝道：

"你他妈的还是共产党员，党支委！这些理你不懂？你要我老这样待下去，有什么好处？叫我离开党？"

孙俊英突然不哭了，爬起身坐起来，愤怒地说：

"你别教训人，我知道的比你多！不知什么迷了你的心，江水山是你的太上皇，他说什么你做什么！他不让你要老婆，你也拿刀杀了我？"

江仲亭耐着火反驳道："你别瞎说！参军是我自己想通啦，就是水山指点的，这有什么不好？我水山兄弟眼看咱们掉下泥坑，把咱拉起来，你说这有什么不好？"

孙俊英见他这样刚硬，暗吃一惊。硬的不行，她又来软的伺候，又哭开了。

见她哭得伤心，仲亭心也软下来，扳着她肩膀说：

"这倒何苦？我又不是去干别的，当解放军打老蒋是件光荣的事，值得这么难过吗？"

孙俊英嘴像瓢似的哇一声咧开，哭声更大了，一头栽进他怀里，把身子一扭两个弯，抽抽噎噎地说：

"我的亲人！我不为别的，我是想，你走啦，留下我一个人，孤孤单单的，这可怎么过啊！"

"这有啥关系？军属有政府照顾，你还怕愁吃穿？"

她用力把裸体贴紧他，柔情地说：

"这我不怕，为革命我饿死冻死也甘心。我是舍不得你，我的亲人……"

"我没关系,会进步的。咱们成亲好几年啦,人家有的刚结婚就分开。"

"再说,咱还没有个孩子。你要不走,我保险转过年给你养个大儿子!"她明明知道,她的生殖能力已随着数年前在牟平城的放荡生活消失了。

"为养个孩子,把革命放在一边?"

"我不是这个意思……"孙俊英亲着他的脖子撒娇地说,"我的话你一句也不听啦?你心里就有个江水山?你不知道至爱莫过于夫妻吗?一夜夫妻还百日恩啦!我的亲人,你听我的,不听江水山的……"

江仲亭怒火冲心,把头躲开她,毅然地说:

"这叫什么话!谁对听谁的,我要听党的话。这两年就叫听你的,害得我不像人了!不要说啦,再胡说我揍你!"

在以往,不管发生什么事,孙俊英在被窝里哭出两滴泪,身子在他怀里翻几个滚,他就投降了。现在她使出全身本事,一概失灵了。孙俊英把一切怨恨都集中在江水山身上。是他——这个缺胳膊的家伙,把她丈夫激励起来,从她怀里走掉了。

"江水山,江水山!我平常待你不错,你可这么无情面,这么狠心!你……"孙俊英咬牙切齿地在心里骂着,忽然她脑子一亮,接着强硬地说,"好吧,你走,走得远远的!把媳妇留在家里,给人家欺负……"

"你尽瞎扯,现在谁敢欺负人?"

"我看你才睁着眼睛不见人!"孙俊英愤愤地叫道,"人家谁像你,给个棒槌当针织,一点心眼没有。你说江水山是好人吗?"

"你说什么?水山是我兄弟……"

"屁兄弟!"孙俊英厌恶地骂道,"你知道他为着什么叫你走?"

"为革命，为打反动派！"

"嘿嘿……"她冷笑一声，把被子一掀坐起来，手拍着乳房，"他为这个！"

"什么？你说什么？！"江仲亭身靠着墙，从窗棂透进的朦胧月光中，惊讶地瞅着她的举动。

"什么？"她发狠地说，"你知道江水山怀的啥鬼胎？他为么老不成亲？告诉你吧，他早对我眼红啦……"

"你胡说！"江仲亭暴怒起来。

"你先别忙叫。"孙俊英飞速地说道，"这不是一天半天的事，这家伙老在我身上打转，好几次动手动脚的，叫我喝住啦！有次趁你不在家，把我按在炕上，幸亏我力气大，把他撵走……他老想把你推出去，好来占着我……你，你以为我就这么落后，不放你参军吗？我的心我知道，我为护着你弟兄的面子，看他那老妈可怜，才忍气吞声不张声……可你，你这傻子……"她又抽泣开了。

江仲亭惊呆了！他蒙蒙昏昏地想，这有可能吗？江水山不要媳妇，为看他嫂子俊？他是这么个坏心的东西？不、不、不！这不可能！仲亭面前清晰地站着江水山那高大的形象。江水山是那样坚定不移，脸上放着严厉的神韵，眼睛射出光明磊落的光芒。他面前又出现当排长的江水山，领着队伍同敌人厮杀，他流了血倒下去，又爬起来……最后，失去胳膊，可是腰里还插着手枪，身上还穿着军装……

孙俊英见仲亭无力地靠在墙上，实以为打动了他的心，就上去拉着他的手，同情地劝道：

"你明白了就行啦，我没叫他占着，可别为这伤了你弟兄的和气。年轻人有点不检点也是常理，等我给他说房俊一点的媳妇，他的邪心也就收啦……"

"啪！"江仲亭狠狠地第一次打了妻子一耳光，恼怒地骂道,"你这骚娘儿们,心好狠!我知道水山兄弟比你清楚,你血口喷人我打死你!"

孙俊英身子全凉了,手捂着脸腮挣扎地说:

"好!你还不信……"

"你妈的再说一句,非拿刀宰了你不可!"仲亭怒不可遏,穿上衣服跳下炕。

"你上哪去?"孙俊英慌了手脚。

"上哪去?我把你的丑事告诉支部书记!"

孙俊英光着全身滚下炕,双膝跪下,抱着丈夫的腿,哭着哀求道:

"不行啊,我的亲人!千错万错我的错,你可不能说出去,叫人家知道啦,我还有脸见人吗?……"

"本来你就没有脸,还留面子干什么!"

"我最后求你这一遭!"她紧抱着他的腿不放,"你千万别说出去!我的亲人,我这是为不放你走,一时心急,胡诌八扯说出口,我可没有别的心啊!你看在夫妻脸上,饶了我这回吧,饶了我吧!"

江仲亭见她已有悔改之心,想到夫妻的恩爱,同时说出去人家笑话,水山面上也不好看,于是厉声喝道:

"起来吧,以后可得好好改改!你身上还有点人味吗?哪够个党员?"

孙俊英爬起来,连忙说:

"我改,我改!你要什么东西我给你预备。你走后我在家好好过日子……"

想起昨夜的事,孙俊英现在还寒心,重重地叹了口气。她倒没有悔改之意,越发恨江水山了,不叫他,哪会有这等事发生?不过这时她倒希望丈夫快点走了,她怕他把自己的丑态告诉支部书记。今晚仲亭下地,至今未归,孙俊英心惊肉跳,担心他去找曹振德，那样，她的名声就臭了。

脚步声，仲亭回来了。她以紧张担心的目光看着他，探寻地问：

"干活到这时候？"

"回来时振德叔和我说会话。"仲亭说着坐在饭桌前。

"有什么事吗？"她有点心跳。

仲亭漫不经心地回答："没有事，拿饭吃吧。"

其实是有事——

仲亭扛着犁走到村西头时，碰到在那里等他的曹振德。

"仲亭，有个事和你对证一下。"振德严肃地说。

"什么事？"

"昨天晚上，水山打过你吗？"

"这是谁说的？"仲亭有些吃惊地说，心里奇怪，谁告诉他的？急忙否定，"没有，没有的事。"

振德追一句："真没有吗？"

"没有就是没有！"仲亭矢口否定，"指导员，我自己挨了打，还不知道痛吗？"

"那么没打人的人，会说自己打人了吗？"振德含着笑，又认真地说，"仲亭，你这种态度对组织不对头。水山打人犯了错误，应当处理。不能为私人情面不向组织说实话。"

仲亭低下头，喃喃地说：

"可是，支部书记，水山打得对，是我该挨呀！"

"这里面的细情我也了解啦。不论为什么，打自己人总是不对的。"

"你要处分水山？"仲亭担心地问。

"要处分。"

仲亭急忙分辩："不行，党支书！他自己很难过，我俩也和好啦！大叔，我们是弟兄，弟兄之间打架家常便饭，再说，我也愿挨。不该处分他。"

振德的声音很慢，可很有分量：

"弟兄间为私事打架，两人和好就算了。可是你们俩，是为参军的事，党支部委员、民兵队长打了你，打了一个荣誉军人，非受处分不可！"

仲亭不知怎的，心里一热，泪水立时冲进眼眶，他喑哑地说：

"支书！我要求别太难为水山……"

振德安慰他道："你放心吧，水山主动检讨了错误，我们准备要他在党小组会上做检查，支部提出批评就行啦！"

看着振德转过身去，仲亭嘴张了两下才叫出声：

"指导员！"

"你还有事？"振德回过身。

"我家里的……"仲亭口吃了一下，本想说出老婆诬蔑水山的事，可又想到面子，老婆以后在村里的处境，尤其和水山的关系，又咽了回去，改口道，"我家里的很落后，不够格当支委。"

振德听说过孙俊英为丈夫参军哭闹过的事，联系到她以往的表现，感到是个严重问题，但她已转变了态度，说明她还是能改进的。他安慰仲亭说：

"人还能不犯错误？俊英是有些地方不大好，我们要她联系到这次的事做检查，可不能武断处理。你放心上前线吧，我们会帮助她进步！……"

孙俊英坐在一旁，看着吃饭的江仲亭，想找出他是否揭发了自己的答案，可是什么也猜测不出。

仲亭瞪她一眼，说：

"我看你还是把支委让给别人当吧，自己去要求。"

"好吧。"她顺从地答道，"我看我什么也不够格，干部、党员也让出去好啦。"

"照你那德行就该这样！"仲亭生气地说，"可是你要有出息，不是为当干部，是为革命多出力。党员比自己生命还贵重，你自知不够，该加劲补上才对！"

孙俊英心灰意懒地答道："好吧，再干……"

江水山大步迈进。孙俊英忙亲热地起身招呼：

"大兄弟，快坐下吃饭吧！"

江水山脸上流露着喜悦的光彩，兴奋地对她说：

"我刚吃过饭。嫂子，你思想通啦！好，这就好！应该！"

孙俊英自愧得脸发烧，苦笑了一下。

水山又激动地说："我来告诉你，妇救会长！明天准备欢送参军。嗬！报名的人五六十，超过任务好几倍。到底是咱们老解放区，叫反动派看看吧，天下的穷人有的是，不把他们连根拔，就不叫无产阶级革命啦！"

孙俊英垂着眼皮答道："我的身子不大好，叫青妇队长去办吧。"

"对啦，我还没告诉你们！"水山眉飞色舞，扬了一下右臂，"青妇队长，嗬，春玲！这才称得起共产党员！她到底把咱村有名的顽固堡垒攻破啦！老东山的家门口，也要挂光荣牌啦！"

仲亭被他炽烈的兴奋情绪感染得跳起来，抓着水山的臂膀，说：

"走，兄弟！咱哥俩到外面清凉清凉，在一块谈最后一次心吧！"

水山边走边纠正他说："怎么最后一次？往后还要见面呀！"

"对！革命胜利的时候，咱弟兄永不分开啦！"

两人来门口，江水山望着从东海面升起的一轮明月，激动地说：

"到革命成功那一天，我要把月亮摘下来，送给我们革命的英雄们！"

仲亭也望着东方情不自禁地叫道："啊，月亮，多好看！真美呀！……"

第九章

"月亮多么圆啊!黄澄澄的,从东海面上升起来,和个炭火球一样,真美呀!能在月亮里住,那该有多好啊!尽瞎想,月亮里哪能住人呢?咦,不是有吗?听人说月亮里面有个嫦娥,模样可俊啦,腰细得和柳条儿似的,走起路来轻飘飘的和丝线动一样,恐怕比春玲还俊。不,也许没有春玲好看,嫦娥那么娇嫩嫩的怎么干活呀,哪有春玲又俊又结实又好!对啦,嫦娥不用干活,你瞧,月亮里右边不是有棵弯弯曲曲的大桂树吗?那树底下不是有个小东西走动吗?是呀,看清啦,那动的是小白兔,它蹲在石头上,头一点一点的,对啦,它捣米给嫦娥吃啊……呀!怎么我连眨眼没眨眼,一点没见它动,月亮已跑到房头上面啦?哦,它的模样变了,变得小一些,可更加圆啦。月亮不发黄啦,像水银一样白,就和面大圆镜似的……不是镜子,它照不出我的影来,对,像个透亮透亮的银盆似的。小兔呢,怎么不见啦?傻瓜,捣米还捣一辈子?人家捣好回去啦!嫦娥呢,哦,她还在那站着,她在看我,看我做什么,你累了回去吧,好吃饭啦……你不走?我不走你就要看?好,我走,我走……我看不清月亮啦,怎么像有泪?嫦娥哭啦?她不愿走吧?好,我不走,不走,我不走,不走……"

淑娴那仰迎着明亮的丰满粉嫩的脸,略微搐动了一下,眼眸中的清晶的泪水,照映着明亮的月光。她站在大槐树底下,身子倚在树干上,望着上升的皓月,心里紊乱地兴情自语,一直望到月悬东房头。

这个地方很僻静,古老的槐树扎根在村中的一片菜园边上,树下有口深沉的水井。树东面挨着江水山的房子西头。虽然在月亮地,可是人站在树身的阴影里,上水山家的人从树边经过,也不会看到树下有人。淑娴站在这里等人,她自己也不知道有多少次了。这淑娴,幼年亡双亲,使她的心灵凝固着悲哀的郁结。她从小跟伯父老东山生活,受着森严的家教的管束,造成她心情孤僻,性儿和水样软。她感到自己孤仃一身,寄人篱下,实是悲惨凄楚。她很少接近人,哭脸多于笑面。她不敢上别人家去,怕听到叫妈声。听到后,就独坐垂泪,米水不咽。但是新生活对青年人有特别吸引力,老东山的门无论如何关得严实,还是挡不住先进潮流的冲击。淑娴在别的姑娘吸引和帮助下,有了走出闺房、参加集体中去的渴望。老东山当然反对,可是对淑娴他不能像对自己儿子那样严厉,因为他日夜担心,怕侄女闹分家,不然等她大了嫁出去,自己得一份聘礼是小事,淑娴父亲那份家产就是他的了。在这种思想支配下,老东山放宽了对侄女的约束,心想反正过不了几年,她就成别人的人了,还是不惹她的好。

这几年,淑娴参加了青妇队,上识字班,思想开朗了许多,还在春玲的鼓励下进了村剧团。淑娴秉性不好说笑,脸皮最薄,更不和青年男子接近。起始演剧,登台老往里凑,怯场不敢面向观众,她也不演和男的相配的角色。一九四五年春节期间,全区要会演,排的戏很多,别的女演员都有了任务,有个媳妇的角色非要淑娴来扮不可。虽然这个媳妇在戏里还不和丈夫见面,可是淑娴开始还是不演,在众人的再三说服鼓励下,她才红着脸应承下来。这个戏剧情很简单,是叙述一个八路军战士的妻子,怎样努力劳动,孝敬婆婆,婆媳两人都当上了抗属模范的故事。

淑娴是个办事认真、好动心肠的人，她在排演当中，深深被这战士的妻子的事迹所打动，她真心爱上了剧中的人物。等演完了戏，很长一段时间，她还没走出戏中的意境，还觉得自己是那个战士的妻子，似乎她自己真有个丈夫在前方打仗一样。有时不知不觉，竟说出剧中那女角的言语……以此引起她的对抗属的深厚感情和敬意。然而她自己这个家庭，连抗属的边都沾不上。她多么想当一个像戏中的女模范一样的人啊！她自然而然地联想到江水山家的情景。

水山家和老东山还算是一个宗族。本来淑娴和水山母亲很亲近，她有时去帮老人做针线挑担水。淑娴一想，水山家和戏中的抗属一样，也只有个老母亲，她的眼睛又不好，村里的代耕、照顾，解决不了老人的一切不便，多需要像淑娴演的那么一个媳妇啊！于是，淑娴比过去更进一步地去帮助水山母亲干活，同她聊天，陪她一起纺棉花……

生活在寂寞中的水山母亲，添了个亲近文静的姑娘，高兴得不得了，爱得不行！年迈的女人的嘴总是絮叨不休，特别是知道有人不反对听，尤其是谈她自己的儿女，那真是绘声绘色，细致入微，没完没了。光阴似流水，淑娴从水山母亲嘴里，知道了江水山从小至大好多事情。逐渐地，有位年轻战士的形象，在她脑海中形成了。她对水山的印象越来越深，越深越想得真。直至有一天，淑娴猛然发现，她心房中已印上江水山的影子，她眼前时常涌现出他怎样战斗，怎样和敌人拼刺刀……她的心会突然收紧，感到有说不出的痛苦。猛一时她还不明白是为着什么，一清醒，全身不由得烘热起来——她原来是为一个战士在担心啊！

抗日战争胜利后，有些战士复员了，有些请假回家探望。淑娴的心一天比一天紧张，也不知怎的，她的衣服换洗得比过去更勤了，每次出门都要对着镜子照照脸，梳梳头，把发针重夹一遍。她一出胡同口，成习惯地向北面大路方向望一会儿，一天能

187

跑好几趟水山的家。每次去总是在院门口就把脚步放得很轻很轻，听听里面的动静……有次听到屋里面响起一个男人的咳嗽声，淑娴立时屏住呼吸，心怀里像有鸟在扑腾，眼睛不知向哪看好，轻脚碎步走进屋。

"娴子，你低着头干什么呀！怕见人吗？"水山母亲笑嘻嘻地说道。

淑娴小心地抬眼一看，差一点大喘一口粗气。她满脸绯红地看着坐在炕前的曹振德，羞怯地说：

"大叔，你在这呢……"

振德笑嘻嘻地说："我来告诉你大妈，你水山哥要回来啦！"

"啊，真的？！"淑娴被巨大的喜讯震动了，忘记有人在前，赤裸裸地暴露出她过火的惊喜。

"看你，傻闺女，"水山母亲喜笑颜开，"你叔多会儿和你撒过谎？他在区上开会，听县里来的同志说的，你水山哥在县上办什么手续，到明天就来家啦……"

这一天夜里，淑娴一点儿睡意也没有。她把包袱里的所有衣服拿出来翻来覆去地找着。穿上件花的，对着镜子身前身后地端量，好看，小小梅花多显眼呀！可是马上想到听水山母亲说过，江水山从小就看不惯穿好吃好的人，有次过年母亲纺一冬线赚的钱给他做了件新褂子，硬逼着才套在他身上。过不一会儿他母亲到街上去，发现水山还穿着原来的破旧棉袄，那件新衣服穿在另一个穷孩子身上……

"他不喜欢要好看，这性子不会改，八路军就爱的是个素净……"淑娴想着，又找出件半新的粗布褂子穿身上。

"哎，灰不灰蓝不蓝的，到时去看他的人准是一大堆，我挤在一群闺女媳妇里，他哪能留心到呢？听他妈说，他从小就不和女孩一起玩，当八路军的更不多眼看女人，他更注意不到我了……"换来换去，花的太鲜，素的太土，气得姑娘不知怎么好，眼泪也快下来了。

第二天早晨起来，淑娴和伯母、嫂子忙忙碌碌地做好饭。心切日月飞。淑娴巴不得早吃饭，可是按东山家的规矩，吃饭男女不合桌，等男人吃过后，女人和孩子才吃。好歹等都吃完饭，淑娴急急忙忙刷锅洗碗，失手打了个沙碗。伯母咕哝道：

"又要惹你大爷发火啦！你今儿怎么慌手慌脚的……"

"挨顿骂也情愿！"淑娴心里说，收拾好后就进了自己的房间，仔细地梳洗起来。

她向脸上搽了层薄粉，想把眼窝下那几个小雀斑遮盖住，但是对着镜子一看，不满地想：抹得和个花脸狼一样，叫人家一看，准骂是好打扮的懒闺女……快不要粉了！

用水洗去粉，又对着镜子，轻声说："看看，这有多么好！鲜红的嘴唇，不红不白的脸腮，那几个小黑点，也挺讨人看的。好，叫他看看我的真皮真面，搽胭脂抹粉哄人干什么呀？他愿要不要……啊，什么！我说的什么……"她臊得急忙捂着脸，捏着脸腮道：

"不要脸的闺女，自不知趣，背后想女婿……"

忽然听到街上有人呼喊："水山来家啦！江水山……"

淑娴什么也顾不得了，穿着本来的衣服，拢着散乱的柔发，慌张地出了大门……

当淑娴瞪大眼睛，怀着迫不及待的心情，望着江水山那魁梧的身体，身上的耀眼的黄军装，他那精神抖擞的面容，姑娘激动得简直要叫出声。可是她随即看到了什么，一时惊骇住了！她不相信自己的眼睛，但明明是事实。她发现了江水山左边的空洞洞的衣袖。天哪！他的胳膊少了一只，这怎么得了啊！于是，淑娴身子失去了平衡，摇摇晃晃挤出人群，跌跌撞撞跑到家，一头扑到炕上……

不知过了多久，淑娴才觉察到脸下湿淋淋的，她的眼泪把枕头湿透了。散到脸上的乱发能理出水来。整整一天,她水米不沾口,脸色变黄,昏昏沉沉,似睡非睡,真病假病地躺在炕上。她一闭上眼,面前就出现那只空洞洞的衣袖,来蘸她的眼睛,逼她把眼睁开。她一睁眼,那穿着军装的高大身材就由远而近地向她走来。她不敢看他,又闭上眼睛;可是又是那只空衣袖来碰擦她……

连过三天,淑娴没登水山家的门。她害怕,怕见到那只空衣袖。但是她又想见到这位少只胳膊的战士,看看他是怎样生活的。她想到水山母亲,这老人,日念夜惦她的独生儿子。儿子残废了,她会多么痛苦,多么需要安慰啊!于是,淑娴和伯母要了几个鸡蛋,怀着悲感不安的心情,走进她是那样熟悉的小茅屋。

出乎姑娘意料,这位经受过丈夫牺牲打击的母亲,已经从对儿子的悲伤中解脱出来。老人乐呵呵地招呼淑娴道:

"闺女!这两天你怎么不来啦?你不想看看你哥吗?……啊,你脸色有点黄,病啦?"

"大妈,我是身子有点……"淑娴支吾着,眼睛寻视着,"我水山哥不在家?"

"是啊,一来家就忙起来啦!今一早和你振德叔上区开会去啦!"水山母亲的语气里流露出明显的自豪感。

"开会?"淑娴吃了一惊,刚要问"他还能工作?",但又闭上嘴。

"闺女,你真是没出门。你哥一回来,就当上民兵队长啦!后来你德秋哥,不是上区工作了吗?水山顶上他的缺。唉,这孩子从小就性急,我说他身子还不大好,歇憩几天再说吧,你振德叔也这么劝他,可人家不听!唉,娴子,你水山哥是个愣头青,没闲着的时候。可也难说,那傻东西,精神也旺,和他爹一样……"母亲一面夸奖一面埋怨,埋怨里面含着夸奖,夸奖里带着埋怨。大凡当母亲的对别人谈儿论女,多是这样说法，叫人听起来她是批评，得到的印象却是表扬。前者是形式，后者是目的。

这可真使淑娴大吃一惊。照她看，少一只胳膊的人还能做什么呢？水山这人可够出奇的，打了这几年仗，胳膊都打掉一只，身上带着无数伤疤，复员回来还当干部——民兵队长，还没拿够枪！他就一点儿没想想少只胳膊是多么不幸和痛苦吗？

"大妈，我水山哥的身子还好吗？"淑娴轻声问，把水山母亲正给他缝着的白小褂拿过手，引上线缝起来。

"看样还结实，来家就给我挑几担水！"母亲满意地说，又叹息道，"唉，闺女！究竟他身子不全啦，也二十几的人啦，能给他说房媳妇，就了我这辈子的心事啦！"

淑娴把头埋下，悄声说：

"你就给他找媒人吧。"

水山母亲沉重地说："我老担心没人跟他。"

淑娴安慰道："能有人乐意，我哥为人好。"心里却想：怕也难啊，谁愿嫁个四肢不全的男人？比方说我……她惶惑起来，心里涌上一股替江水山惋惜又难过的滋味。

"哦，对啦！"母亲又快活起来，"昨儿你春玲妹来时，我和她提起这事……"

"她怎么说？"淑娴停针止线，洗耳静听。

"她说这个不用我犯愁，你水山哥是为人民残废的，最光荣！会有闺女乐意，不好的咱还看不上眼哩！"老人笑了，"春玲这闺女岁数不大，嘴就是甜，还十拿九稳地和我说，找不上个好媳妇，她当青妇队长的要负责。嘿嘿，什么事也好管，我头一遭听说青妇队还管这等事。娴子，你说她这不是开我的心吗？"

淑娴没听她下面的话，心飞向别的什么地方，见问自己，慌神乱意地答道：

"嗯，大妈！春玲说得有理，也对……"

从这天开始,淑娴那痛苦的心松弛下来。渐渐地,江水山的行动深深打动了她的心。她觉得他那只空洞的衣袖不再是可怕的残疾的记号,而是一个能引为自豪的光荣的标志,是一般人想有都不能有的崇高宝贵的象征。过去,她对水山是不了解的,只是从戏中的联想和他母亲的口中,对他产生了一种近似天真的感情。现在,她才真正认识了眼前的革命战士,对他发生了炽烈的爱恋之情。但她羞怯得厉害,对谁也不敢提,只有悄悄地埋在内心深处,独自一人想呀想呀地思恋着。水山没复员的时候,她可以无拘无束地进出他家的门,帮他母亲做活;现在他回来了,一个大闺女,老往人家里跑,那是干什么呀?为此,她苦恼了好些天,终于生出办法,认了水山母亲为"亲妈",亲闺女孝敬亲妈,那就是很自然的事了。

水山母亲到处为儿子张罗着说媳妇,还常向亲闺女商量。有次她向淑娴说:

"娴子,有人给你哥提亲,是冯家集的,闺女十八岁,你看行不行?"

"不行!水山哥和她不认识,一准合不来。"淑娴一口回绝,心里发跳,手里捏把汗。

"找认识的哪有凑巧的?"老人为难地说,"俺们那时成亲,都是落轿才见男的面呀!"

"如今不同啦,亲妈。"淑娴嘴这么说,心里着急道,"亲妈呀,我不和他最熟吗,你怎么看不见?"

又有一回,水山母亲兴奋地说:

"这下可有个认识的。娴子,你徐老奶有个外孙女,你看那人好吗?"

"不好。那闺女性子倔,挺厉害!"淑娴嘴上说,暗里埋怨道,"亲妈呀!人家来几次姥姥家你都能瞅上,我天天和你见面,你怎么看不见呀?"

几天之后，水山母亲见淑娴就说道：
"可好啦，这次的一个，你一准说中！"
"谁？"淑娴气都停止出了。
"汤泉村，和你仲亭嫂家是邻居。你嫂说，人老实，会过日子，长得也俊！行了吧？"
"这个……还不行，不中！那人我见过，有气喘病，听说还有点作风不正，配不上我水山哥。"淑娴头摇得很快，心里简直要喊冤地叫出来，"亲妈！我和水山哥熟，性子软，没病，长得不算丑，也知道过日子，你怎么就看不上眼呀！"

其实，淑娴对老人家的埋怨是不全公平的。老亲妈何尝漏掉干女儿？不惟没漏，一开始就想到她，而且在儿子没回家，她就思量过，淑娴是多么讨她喜欢的儿媳妇啊！然而，老人毕竟是老人，她知道得很清楚，这门亲事无法成就，不是为别的，只为老东山。

人们的古规旧习，同姓——尤其是本村的同姓，不论有无近亲，出五服与否，都是不通婚的，自古为爱情想冲破这道关卡治死毙命的男女屡屡发生过，何况水山和淑娴两家还是同宗同祖呢。虽然解放后，这个例有人破过，政府也规定，出五服以外的可以结亲；但在一般人，特别是老年人，还是因袭伦理、古规为事，老东山那就更不在话下了。就为此，水山母亲每每想到淑娴身上，就急忙把她放下了。

虽然给江水山做的几次媒，都被他一口回绝，可是淑娴一天比一天焦急，心情越来越紧张。她几次想托人做媒，但又羞又怕，怕碰江水山个硬钉子，叫村人知道，还有什么脸见人啊！她开始也怕伯父不答应，后来春玲告诉她，这事老东山无权干涉，只要男女同意，政府给做主。淑娴的心事也只有春玲一人知道，她瞒不过这位好朋友。春玲本想给淑娴向江水山提提，可是照江水山的性子，肯定不会答应。春玲寻思，讲明了水山反倒不再理淑娴，更没希望了，而对淑娴这个脆弱的多愁善感的姑娘，将是沉重的打击。为此，春玲老给她出主意，鼓励她，多去接近水山，在生活中建立感情，向他直接进攻，征服他的心。可是春玲只是按照自己的性情当谋士，淑娴哪里有如此之大的本事。

　　淑娴常常藏在老槐树底下等水山。她腿挺酸，脚站麻，仍是等着他。可是常常等到水山来了，她却眼睁睁地放他走过去，急得浑身沁汗，嘴却出不来声音……爱情的火焰越烧越旺，淑娴感到万分苦恼，近一些日子，她去找江水山的次数有些增加。但是见到他的面，淑娴原先准备的温情话一句也说不出口，只是羞怯焦急地听江水山张嘴向反动派开火，开口无产阶级革命，讲着应该在会场上、上政治课时说的一些话。淑娴自己羞于启齿谈婚事，却怨水山对她一点情意没有，恨他委屈了她，不了解她的心事。说也奇怪，她越怨他恨他，倒越敬他爱他，甚至当时的怨恨一会儿就变成了敬爱，这两种情绪微妙地吻合在一起，在姑娘心中一块生长着……

　　明月上了树梢，银色的月光透过稀疏的树叶枝杈，洒满姑娘的全身。三面环海的胶东半岛的春夜，还多少有些凉意。今晚淑娴拿着给江水山做好的鞋子，下决心要向他倾吐出爱慕的心情，引逗他对她产生情意。她吃完晚饭住了没有多久，就来到槐树底下等。越等淑娴越沉不住气了，望穿秋水也不见他的影子，心渐渐由失望转为悲哀了。她把手中的新布鞋揪了一把，绝望地向街里看了一眼，深深地悲叹一声，转身准备回家。忽然，她又停住，屏住呼吸，洗耳静听。接着，她脸上逐渐泛红，露出了喜色。

　　"……我们是一支不可战胜的力量！我们是善战的健儿……直到把反动派消灭干净……"断断续续的不连贯的歌声，铿锵有力，在矫捷坚定的脚步声伴奏下，由小而大地传来。

　　见来人到了跟前，淑娴压着心跳，把身子向树外闪动一下，假咳一声。

"哪一个？"坚硬的喝问声。

"我，是我，水山哥……"淑娴走上前。

江水山打量她一眼："这么晚，出来干什么？"

"我，我刚来找我亲妈，见关着门……"淑娴轻声说，瞥了一眼低狭的门楼。

"有事吗？到家里去吧。"水山说着上前推门。

淑娴忙道："没大事，我亲妈睡啦，别吵她老人家啦！"她把鞋子伸上前，望着他柔声地说：

"水山哥，我见你的鞋破啦，给你做了双。俺手拙，别嫌丑。"

水山摇摇头："给我做什么，我又不上前线？"

"不上前线就赤着脚吗？真是的。"淑娴微笑道。

"嘿！淑娴妹，你还不全懂上前线的重要性！"江水山以稍息的动作把右脚伸出，手握住了腰间皮带上的枪柄。

淑娴瞅着他的举动，叹口气，暗道："又来了……"

"我们要一切为了前线，为了解放战争！"水山斩钉截铁地挥了下右手，"毛主席说过，我们中国的革命，就以武力对武力，用枪杆子消灭武装的反动派！事实就是如此，反动派不在刺刀逼迫下是不会投降的！就拿咱村的小崽子蒋子金父子说吧，不是向我们动刀动枪的吗？我们无产阶级革命，就是打仗流血，才能把敌人消灭，建立共产主义的社会。今天我还听明轩念报纸，国民党还在向陕甘宁边区和我们山东解放区重点进攻，我们后方的全体老百姓，要为前线献出一切力量！"

淑娴心里道："我听你说好几遍了，这些道理我也听过讲课和报纸呀！"但她还是耐心地听下去，等他停下换气时，忙接口说：

"水山哥，你说得对，我一准努力做支前工作。我这次的慰问品都做好了。这鞋是专为你做的呀！"最后这句话，她是含着深情说的。

水山回答道:"谢谢你这青妇队员,可我已是个普通群众,没资格穿慰劳鞋,你送给参军的英雄们吧!我知道,战斗中最费鞋,敌人坐汽车,咱们两只脚和他们赛,一夜行军一百多里,鞋子越多越好。"

淑娴本想以鞋引起谈情话的题目,却不料引出他给她上支前工作的课来了。她只好收起鞋,还是通过亲妈交给他吧,这是前几次的老办法。她望着他在月光中的脸,显得很消瘦,他前额那三条皱纹似乎更深了些,眼睛显大了。她怀着满腔的爱怜说:

"水山哥呀,你这些天日夜忙工作,可要保重身子啊!"

水山漫不经心地笑笑道:"嗬,我不像你们妇女骨头软,动不动腰痛腿酸的,蛮好!"

淑娴一听他说妇女怎么的,这真是从他嘴难得的语言,不由得心里一动,挺神气地说:

"妇女都娇生吗?我看不见得。春玲妹身子就硬,还有我也不差些!"

"春玲倒是个硬实的,你可就差了,很少下地上山。"

"接受你的批评,马上改!这是俺大爷不让女人下地。"淑娴欢喜地回答,心里已想到:"明天下地撒种,大爷不依,我跟春玲去……"她又亲切地说:

"我对你也有意见。"

水山立时严肃起来:"提吧,快提!"

"就是,就是……"她本想说,"你为么不成亲呀?看我好吗?"可是嘴像被胶封死了,怎么也张不开,话没出嘴头先耷拉了。

水山鼓励道:"不要爱面子,有意见大胆提,帮助别人改正错误。对,我这几天工作一定有缺点,对有些人态度不好……"

听他这一表示,淑娴的心又凉了,随口道:

"听我亲妈说，你吃饭少啦，身子……"

"哎，又是这个！"水山不耐烦地摇一下手，"还有别的吗？"

"水山哥，你心里光有革命，不想想亲事吗？我爱你呀……"这是淑娴的心命令嘴说的，但嘴不听指挥，说的是："水山哥，我对你是有意见，身子要紧……"

"哎，"水山有些生气了，"这些不要提啦，快说说工作上的！"

淑娴怨恨地怔怔地瞅他一刹，赌气地说：

"你工作很好！"转身就走。

"淑娴妹，还有个事和你说。"

淑娴立时停住，心嘣嘣地跳："啊，莫不是他看出我的心意，要……"她紧张地等待着。

江水山走近她，问道：

"我想了解一下，你大爷怎么又不叫春玲嫁过去了？"

淑娴懊丧地叹口大气，平下心，答道：

"那还用问？我大爷说要春玲成亲，无非是想以此把春玲的嘴封住，不叫儒春走。谁知弄假成真，他后悔也晚了。不叫春玲过门自有他的打算：一是家里不缺人干活，春玲过来还占间房子，多口吃饭的；二是找冯寡妇看黄道吉日，儒春的喜日在明年三月初一；最重要的一条，还是因为春玲是干部，我大爷管不住，儿子也不在，怕春玲不服他闹分家，那样不就走了和尚丢了庙，不上算了吗？"

水山气愤地说："真是铁算盘，自私的脑袋！不过用不着担心，革命会教训他。"

"怎么，革我大爷的命？俺家是中农呀！"淑娴惊吓地叫道。

水山解释道："中农是好的，团结对象；可是他们的脑袋要换换。"

197

"要杀头？"淑娴紧盯着他的枪。

"不，换思想，换上无产阶级的！"水山拍着自己的头。

淑娴舒口气："你不早说，真吓人一跳！我老听你说革命靠枪杆子，没听说换思想。"

"枪杆子对付反动派，自己人动思想。这革命的学问可深啦，毛主席装了一肚子哩！"水山庄重又自豪地说，"好，这些道理以后和你讲。回家睡吧，明天上午欢送参军的英雄！"

淑娴直望着他那高高的身子头也不回地进了门，手握着费过她几个不眠之夜做起的结实美观的布鞋，呆呆地站着发愣。适才她等了那样长时间也没觉得冷，现在却感到这朗白柔和的月光，宛如洒在全身的一层寒霜。

王镯子担着水走进胡同，猛一发现有人坐在她门外的阶台上，她吓了一跳。她紧赶几步，认出那人，才放了心，没好气地说：

"妈！你这么早来干什么？"

她母亲站起身，咕哝道：

"还早？日头上山啦。我以为你上哪去啦，大门锁着。你担水还锁门干什么……"

"防贼！"王镯子打断母亲的话，放下担子，"你有什么事？"

老太婆悲哀地说："我攒下两把①鸡蛋，你给我捎上集卖了吧，打点盐回来……"

"我没工夫，不去赶集！"王镯子掏出钥匙开门，但又停住，"妈，你找我大舅去吧！"

"能有他我也用不着巴结你，昨晚我去他躺在家鼓气，说今儿没心思赶集啦！唉，最孝敬我的儒春要走啦，他爹难过，可我想过继也不成啦！你那井魁哥……这坏东西！他妈早晚要死他手

---

① 一把十个，此地对鸡蛋都如此计数。

里……"

"好吧，我托人给你卖！"王镯子很不耐烦了，伸手去接鸡蛋。

老太婆宝贝似的把包鸡蛋的包袱抱紧，说：

"你担着水，再拿鸡蛋，别给我打啦！我送你屋去。"

王镯子不理，强上去把包袱接过来，说：

"你快回家忙去吧，我一会儿就出门有事。"

"好啊，女大不认娘！镯子越来越凶啦，妈到你家坐会儿都不让啦……"老太婆抹着眼泪鼻涕，叨叨着走了。

王镯子进去后又把门闩上，走到屋里叫道：

"出来吧。"

孙承祖和舅父汪化堂先后从里间的空囤子里爬出来。

"你在门外和谁说话？是你妈？"孙承祖问道，点上支"美金"牌香烟。

"是她，老不死的，烦人！"王镯子气愤地说。

汪化堂的样子很颓丧，向王镯子问道：

"老东山怎么样？"

"躺在家里生大气……"

"儒春呢？"

"还是去参军！"王镯子愤懑地吐了口唾沫，"别看他平常日子凶，真遇上事，连个毛丫头春玲都对付不了……"

孙承祖和汪化堂虽然卧在屋子里，但这几天热火朝天的参军运动，也冲击着他们的身心。依汪化堂的主张，要去暗杀指导员曹振德，叫村里大乱。孙承祖不同意，这样做没把握成功不说，会很快把他们自己暴露，不合算。孙承祖很想破坏这一关乎大局的工作，可是他回来没多天，一个党羽还没拉拢到，没法下手。叫王镯子一个人出去放谣言，说服人家不去参军，也不是办法，很容易露了馅。所以他们着急是着急，也只好袖手一旁，切齿大

199

骂，暗里发狠。

闻悉老东山的儿子要从军，这使他们很惊奇。孙承祖考虑了一下，就打发王镯子去她舅舅家，试图阻拦老东山，变卦不让儒春走。但王镯子去过两次，都为老东山家里人在跟前，没能施展伎俩，今早上一起来，她又奉丈夫之命出了门。

王镯子以担水为名从老东山门口路过，她进去看时，老东山妻子和儒修媳妇在做饭，别人都不在家，就赶到东房间。她向躺在炕上的老东山说：

"舅，你不舒服？"

"躺着养神。"老东山粗气地回答，没睁开眼睛。他一向对这个外甥女没有好感，因当初王镯子和孙承祖结亲他反对过。他嫌孙家不是庄户人家，孙承祖又不好劳动，但王镯子拒绝了舅父的意见。

"听说我儒春兄弟去参军，我真高兴。"王镯子假意笑着，"想不到舅你也进步啦！"

"哼！进步？"老东山嗤了下鼻子，又叹息一声。

"舅，你不愿意儒春走？"王镯子紧追着问。

老东山横了她一眼，没有回答。

"你不自愿？"

"自愿。"老东山闷声闷气，"不自愿又有什么法子？"

"怎么没有？"王镯子响亮地说，"政府有规定，儿子、丈夫参军，爹妈老婆实在不放手，也就作罢。是谁欺负你啦？是春玲那丫头？"

"别提啦。"老东山摇摇头。

"不，舅！"王镯子挺起胸脯，打抱不平，"我是军属，我给你去向政府说，告春玲欺负你不懂政策……"

"我懂政策，参军要自愿。"老东山甘认倒霉地说，"没人敢强迫我中农，是我说漏嘴……好，算咱自愿啦！"

王镯子失望又气恨地偷瞅老东山一眼。她以擤涕走到外间，见只有老东山妻子在烧火，就转回他身边，压低声音说：

"舅，你知不知道，这次为什么要这样多当兵的？"

"打老蒋呗。"

"不是，对你说吧，舅！这批参军的再不回来啦！"

"谁说的？"老东山睁开眼睛。

王镯子的嘴靠到他耳朵上："我听妇救会长说的。干部开过会，要招人到外国去……"

"什么？"老东山骨碌一下爬起来。

"要到苏联去。"

老东山想了一想，眼睛又闭上了，摇摇头说：

"瞎话，人家要咱们的人干什么。"

"哎呀，你不知道！"王镯子煞有介事，一本正经地说："苏联人少，到咱中国来招人。江水山常说无产阶级革命，意思就是不分国界，共产吃饭。你瞧，孙俊英为什么哭呀闹的不让男人走，就是她知道不好了啊！"

老东山的眼睛又睁开了。对于江水山说的无产阶级革命，他听得不多，也不知王镯子的注释对不对，老东山并不予重视。但苏联人口少，这个他年轻时就听两个去东北做买卖的弟弟讲过。老东山最留心的是，王镯子提醒的孙俊英的大哭大闹不让丈夫去参军一事。在老东山心目中，干部就是共产党，孙俊英也算是村里的主要头目之一，她平常讲话厉害，样样逞积极，往常每次参军她叫得最凶，为什么这次她丈夫要走了，就哭闹起来了呢？对老东山这是个谜，王镯子说的理由，正可以解释这个问题。但老东山还是不全信要到苏联去的话，因为根据他几年的经验，共产党是说一不二，不会哄骗人；再者打国民党正是用兵的时候，怎么能把人往外国拨？

想来思去，老东山拿不准王镯子的话是真是假，不过他本来

201

就不出于情愿让儿子参军的心,被这新的因素一触犯,已开始动摇了。他在心里盘算着对策……

王镯子见他闭眼不动,猜不透他的心思,就试探地说:

"舅,你打算不叫儒春兄弟……"

"去,叫他去。"老东山重新躺下了,"我自愿啦,不后悔。"

王镯子又恼又恨地咬了一下牙,刚要说什么,忽听门响狗吠,急向老东山圆场:

"舅,外甥女可是向着你,才来告诉你这些。真假我也不知道,舅自己斟酌。可是你千万别对人讲……"

老东山没睁眼睛看她,哼了一声:

"去吧。"

"……就这样,我回来啦!"王镯子结束了报告。

汪化堂把炕席一拍跳下炕,暴躁地叫道:

"妈的!混账东西,国军来了和共产党一个坑埋了他!"

"舅,小点声。"孙承祖考虑着说,"老东山一类的人,根子和咱们两样,共产党对他又不错,想叫他使坏不容易。不过共产党要这一类人,咱们也不放过。如今地主都臭了,没有人理了;中农有很多,调唆他们和共产党对抗,作用会很大。一次不行下次来,性急吃不了热豆腐。"

"妈了巴子!老村长不敢动,老东山不听话,我反正受不了啦!承祖,让我走吧!"汪化堂血丝的眼睛凸了出来,恼恨地搐动着满脸的横肉。

孙承祖摸着头皮说:"走倒是容易走,难在……"

传来热闹的锣鼓声、呼喊声。

"是欢送参军的。"王镯子说着向外走去。

早饭后,村中间的十字街口,人群熙熙攘攘,欢笑声此起彼落。

一匹匹高大强壮的驴和马,全身披挂着彩色绸缎,排列着停在大树下。六抬艳丽夺目的彩轿,安静地放在街一旁。

人们围着牲口、彩轿谈笑风生,议论纷纭。

"瞧,那马骠多好!身上像打着油,铮亮铮亮的!"眼睛不好的新子赞许道。

"呀,这马真是亮得过分啦!"明生顽皮地笑着说。

"你这是怎么说?"新子问他。

"不亮得过分,怎么瞎子都感到耀眼哩!"明生话刚落,引起一阵哄笑。

新子要打他,明生向女人堆里跑着叫道:

"玉珊姐,快救我呀!"

"谁敢欺负你?"玉珊把明生让到身后,两手将束在腰间的红彩绸一抡,向新子翻起白眼,"你敢?"

新子服输地退回来了。

"这马敢情不错!"一位白胡子老汉抽着烟拾起话头,"早年蒋子金骑着它赶集,那个威风劲,可真够瞧的!"

"说得是!"任保从人缝中站出来,看着马有点眼红,"蒋子金那小子骑在马上,骂着:'你小子眼瞎啦,挡大爷的路!'抽了我一鞭子。照理说,这马该分给我,我亲自受它的压迫啦!"

"给你驴你换酒喝,给你马换肉吃吗?"有人顶撞他。

"你别看不起人……"任保无话支吾了。

"哎,任保,"新子刚被明生戏弄过,他要找人出气了,"你怎么不上席呀!"

任保叹口气:"人家不批准。"又抗议道:"打击积极性,这也算强迫命令!"

"你要不上区去,人家办饭的大师傅要吃惊啦!"新子说。

"惊什么?"老汉不懂。

"大师傅好说啦,怎么每次参军都有那位脸上满疤的'小同志',这次他不来啦?我多预备的酒饭不剩下了吗?"

在人们的哗笑中，任保面不改色，双手叉腰说：

"参军的回数多不好吗？这是光荣！上级不要，我有什么办法？对光荣的人慰劳顿酒饭，那是理所当然！"

有人挖苦道："任保，你还该争取到区上去，反正上级不能让这个'光荣人'饿着肚子回来。你再向民兵队长求求情吧！"

任保大声嚷道："江水山算什么，我说么他听么，对我可客气啦！他说，'任保老弟，你的积极性是值得表扬的，只是你的身体稍差点劲，再说你走了村里工作要受损失，下次再考虑吧……'"

当然，所有在场的人都不会信任保的话，任保心里还正在骂江水山呢。

那天任保正在向村长江合请求参军，江水山走进来，听罢后问道：

"你上部队做什么？"

"打反动派！活抓老蒋，捎着他老婆子一起抓！"任保拍着胸膛叫道。心里明明在想，到区上，一精简，区长又要说："你怎又来啦？这是第三回啦，真积极，可是你身体不行，年岁也超过了，回家好好搞生产吧！"于是，他饱饱地吃顿好饭，喝上几盅酒……

"解放军可是无产阶级的部队！"水山严肃地说。

"我也是！"任保抢着道，"我够条件，房子、地、锅碗瓢盆都卖掉也行！把我老婆孩子都带上一块参……"

"你浑蛋！"水山不能忍受地骂了起来，"你滚得远远的，小心拳头！……"

任保怕人们揭他的丑，就搭讪着溜到女人堆里来。

女人们凑在一起可就热闹多了，她们的话题又广泛又有趣，时时响起爽朗脆亮的笑声。有二十多个姑娘，腰间和玉珊一样，都束着彩绸，穿红挂绿。她们是秧歌队的成员。

一位胖姑娘指着花轿说:"如今结婚都捞不到花轿坐啦,参军的可要享享福!"

"你要坐也没有人干涉呀!"玉珊顶她道。

"谁好意思?"胖姑娘脸红了。

"淑娴姐,你坐不坐?"玉珊又逗人了。

淑娴闷着头在想什么,没听她们的话,猛被玉珊一问,她抬头看了几眼,问:

"想坐,在哪?"她以为叫她坐凳子了。

玉珊指着花轿:"那不是?"

"尖嘴闺女!"淑娴脸腾一下红遍了,打了玉珊背后一下,又闷下头。

"坐那玩意有什么好的?"抱孩子的女人来话了,"我那时从娘家来,一直坐了三十多里,走了大半天,把人饿得肚子直打鼓。"

"怎么坐轿就挨饿呢?"巧儿姑娘问道。

"你当然没尝那滋味啦,上轿前的一顿饭,就不敢吃东西喝水呀!"

"怕什么呢?"

"怕什么?走半路上还能叫人把花轿落下来,你去拉屎尿尿吗?"

"你不会事先预备点干粮走路上吃吗?"

"唉,能那样还好啦,不就说那些老古规作害人了吗?你们赶上如今当闺女算烧高香啦,自由自在,量着大脚上婆家去!"

"说得不假!"任保凑过来,"旧社会害人不浅,要不我也不至于配这么样的对象……"

"撒摊尿照照你自己!"任保媳妇在人群里反抗了。

"那时娶媳妇,"任保不理睬老婆的呵斥,只管说自己的,"怎么着也捞不着事先见见面。当时我听媒人说,我媳妇可俊啦……"

"你家的媒人还不是说你长得强!"任保媳妇又发话了。
"我在拜天地的时候老想掀媳妇蒙在头上的红布看看,可是不让掀。当时看她那忸忸怩怩的举动,心想一准是白脸大闺女。我的天!谁知入洞房后我掀开她的盖头一看,满脸大痘疤……"
笑声轰然爆发。任保老婆冲出来喝道:
"你个化石头敢再讲,看我不要你的命!"
任保咧咧嘴,再没敢出声。
忽然,几个孩子从学校大门里蹦出来,喊道:
"来啦!出来啦!……"
曹振德和几个主要干部,陪伴着参军的青年走出大门,后面跟着一大群参军人的亲属和烈军工属代表。他们刚在里面为参军的青年置备了几桌酒菜,为出征杀敌的亲人饯行。

山河村这次报名参军的六十一名,经过支部反复研究,把年老年小、有病等人除去,向区上送去二十七名,大约经过区里的最后审查,还会减下几个。

参军的青年胸前戴着大红花,身上佩着红彩绸。送参军的主要亲人,胸上也戴着朵花。曹冷元老人一遍遍嘱咐儿子不要忘本,为他哥报仇。桂花抱着孩子守在丈夫身边,泪水直在眼里打转。仁顺嫂跟在丈夫后面,一声声嘱咐被父亲抱在怀里的小宝,别把爹的花搞脏了……

街上的人们热烈鼓掌,高喊口号,锣鼓喧天,器乐齐鸣。
参军的人们有上马的,有进轿的。送行的亲人伴随在走的亲人身边,给亲人甩着牲口缰绳,陪亲人坐进彩轿。
吉禄拉着桂花坐进花轿,他笑着说:
"有么不高兴?看看,这么多人欢送,比咱俩成亲热闹多啦!我不参军,这辈子你还能坐上花轿?"
桂花拭着眼睛说:"你心里还有我?坐轿都比娶我强!"
"我和你说笑,别多心。"吉禄笑着,抱过孩子,亲着,"你想个儿子吗？我们都年少，等把反动派打光，再……"

"你别再叫人家听见笑话啦！"桂花也被逗笑了，"你还离我的婚吗？"

"说不定，单看你进不进步吧！"他孩子气地歪着头，用手在擦她眼角的泪珠。

桂花把住他的胳膊："别动手动脚的，叫人看见……我自己有手擦……"

江水山右手向上一推，把仲亭扶上马。江仲亭身上穿起压在箱底两年多的军装，挺直腰杆骑在马上。

孙俊英没来送丈夫的行。没来送亲人参军的还有儒春的父亲老东山，这是全村唯独没来送亲人的两个人。老东山躺在炕上的长叹短息和孙俊英的鼻涕眼泪，和着锣鼓声、口号声在伴奏中进行……

巧儿张望了一会儿说："玉珊，你看看，没病的青年都走啦，都走啦！"

"谁说都走啦？那不是还有吗？"玉珊反驳道，"人家为革命上前线，咱们一时半时不结婚，有什么关系呀！"

任保媳妇得意扬扬地说："哼，找年轻的有什么用，还不是要走叫老婆守空炕？照我说，这年头嫁人，找个缺腿少胳膊的好！再像我，吓，不想男人飞了！"

淑娴听到这话心像针扎了一下，脸上气红，横目瞪了任保媳妇一眼："你别老鼠眼看天，把人家都看作和你一般大！"但她没说出口。

巧儿分解刚才她的话道："玉珊，我可不是你说的意思，我是说咱们青年妇女也该参军！"

"咱们走的也不少呀！"有姑娘道。

"可没有男的多。"巧儿不服气地说。

玉珊对淑娴说："哎，怎么没见春玲和儒春他俩？你去再和青妇队长说说,可别忘了把咱们的请愿书交给上级。"

"她去找儒春啦。"淑娴回答道,"我大爷前一时打发儒修哥把儒春叫回家的……"

"瞧,来啦!"玉珊叫道。

春玲和儒春从胡同口走出来。她边走边向儒春说什么……

淑娴挤上前,问春玲:

"咱大爷一准不来了?"

春玲气愤地回答:"不来啦!在家躺着喘粗气。"

"玲妹,我们的请愿书你别忘啦!"淑娴说道。

请愿书是全村二十三个青妇队员联名写的,质问上级为什么不要她们上前线?看不起妇女吗?这是不公平的!她们要求答应她们穿上军装,拿起枪,奔赴前方和男子一样杀敌人。

春玲摸了一下有襟褂子的口袋,说:

"在这,忘不了……"

骤然,锣鼓齐鸣,笛笙呐喊。掌声如雷,众人雀跃欢呼。青妇队抡绸狂舞,唱起欢送歌——

> 解放军,子弟兵
> 解放人民是英雄
> 青年们,真光荣
> 骑着马,披着红
> 从军杀敌出了征
> 光荣光荣真光荣
> 真光荣,真光荣
> 疆场杀敌显威风
> 千秋万古留美名
> ……

第十章

　　参军的青年走后的第三天，区上组织起一个中队的支前民工，参加全县的支前团，期限四个月，奔赴前线支援解放大军去了。山河村又走了六名青年——有的已超过三十岁了，其中有冯寡妇的儿子。她开始怎么也不让儿子走，最后政府批给她一百斤粮食，她才放了手。

　　劳动力缺少的困难，严重地威胁着生产的进行。且还有个更重大的困难，是粮食的缺乏。由于去年春旱夏涝，加之劳动力又不足，庄稼大大地减产。军队的急剧扩大又增加了公粮，实际上不叫去年有了事先准备储存了大批的干菜，早就要闹成灾荒了。清算出地主和一部分反动富农的粮食，虽然解决了一些暂时的困难，可是距离麦子成熟还有段时间，即使那种的不多的麦子下来，也解决不了多大问题。上级多次号召生产自救，发动人们上山薅野菜，摘可吃的嫩树叶，度过春夏时期。

　　为解决劳动力的困难，山河村党支部决定小学校实行半日制，上午晚上读书，下午在家帮助干活。这个决定立刻激恼了教员孙若西。这位教员在参军开始和春玲发生冲突后，第二天一早请了"病假"，参军的人走后才回校的。

　　"不行，指导员！教育儿童事关重大，没有文化不能革命，我坚决反对这样做！"孙老师理直气壮地喊道。

"文化是重要，不单孩子，人人要学。事情有主次，不能饿着肚子搞文化。再说，咱们这样做，也误不了多少功课，当老师的多操些心，熬点夜就是啦！"振德平心静气地解释道。他没为孙若西对他的女儿的无礼而向他发作过。

"我个人无所谓！"孙若西慷慨激昂，"我要为上级的指示负责！这个事情村里无权随便决定。这是对教育不重视！"

"你批评得不对头，可要是出于好意，我个人愿挨。"振德不急不躁地说，"问上级，这请你放心，我们要请示……"

几天之后，区上转来县政府的指示，学校一律实行生产和学习相结合。以劳动为主，在田间休息时上课，教员要领着学生下地。并且说，各村政府根据情况，有必要时可以完全停学，突击生产。山河村的学校没有完全停，指导员固执地说过，想尽办法不使孩子放下书本，保证学生年终能升级……

妇女成了主要劳动力，尤其是青妇队，一个个都改了样，脸上晒得发红，由红转黑，好穿点鲜颜色衣服的女子也穿不得了，全身老是灰尘仆仆的。

孙俊英自从丈夫走后，向党支部提出，支部委员她不当了，妇救会长也让给别人干好了，因为她自己能力差，担当不起来。支部讨论过，请示区委免去了她的宣传委员，由青救会长孙树经担任，党内向孙俊英进行了批评教育，妇救会长还要她继续当。孙俊英勉强地检讨了自己一下，答应干好工作。但口是心非，她很少走出门，把工作全推到青妇队长身上，致使春玲忙得走路都是一溜小跑，很少有时间理家务了。这天接到通知要妇救会长和青妇队长吃过午饭上区开会。春玲去找孙俊英时，她躺在炕上，懒洋洋地欠起身，无精打采地说：

"我不能去，春玲。你不知道我这些天有病吗？你告诉你爹吧。"

春玲从孙俊英家里出来去找父亲。她走在街上听说他上江任

保家去了,她就到那里去找。春玲进门时,父亲正在屋里,手拿着一沓纸,向任保夫妻说:

"地是过日子的本钱,卖了你们吃什么?"

媳妇低头给孩子喂奶,任保做出可怜相说:

"可是眼前吃的要紧,不能等着饿死呀!"

"前些天分的粮食,你们这么快就吃完啦?"振德不满意地看着他。

"剩不多啦。"任保媳妇回答。

"人家都和着野菜树叶掺着吃,"春玲插上道,"你们光吃粮食还行吗?"

"指导员,地是分给我啦,我有我的自由,政府不强迫卖不卖吧?"任保对着振德,蛮有理地说道。

"买卖是有自由。"振德伸展开手里的土地照,送到任保面前,"你看看,任保!这上面盖的什么印?"

任保瞥一眼土地照上面那耀目的人民政府的大红印章,没有说话。

"任保!"振德痛心地教诲道,"在旧社会,你跟坏人学浪荡败坏,把地卖光了,为财主添油水,落得自己没吃没穿。现在共产党把土地给你从地主手里夺过来,白白送给你,你又要卖掉!你好好想想,这样下去你还能过好日子吗?"

任保无动于衷,涎着脸皮说:

"你们革命为穷人,我老当无产阶级分子不好吗?将来革命成功了,大家都共产,吃大锅……"

"你瞎说!"振德气愤地打断他,发红的眼睛射出厉光,"你再糟蹋无产阶级,小心撕你的嘴!无产阶级靠出汗吃饭,革命成功也是如此。你这二流子懒汉,也不好好想想,政府给你多少好处!你可像填不满的老鼠窟窿。"他顿住口,忍住了火气,苦口嘱咐道:

"你们两口子再好好思量思量吧！我劝你们最好不要卖；不过实在不听，有你们的自由。"

"我从头就不让他卖，"任保媳妇说，"可是他不听。再说，粮食也实在没几粒啦……"

"玲子，"振德吩咐道，"回家提些豆子和地瓜干给你嫂。"

"好。"春玲应道。

任保笑了："那多谢指导员的救济啦！我和老婆加紧生产，地不卖啦！"

父女走出来后，春玲把孙俊英不去开会的事告诉了指导员。振德思忖一会儿，说：

"这个人完全垮下来了，这不是光为丈夫走，说明她根子上有毛病，没改造好，往后再对她多帮助。玲子，妇女工作全靠你领头啦！"

"我不行，没能耐。"春玲有些怯气地望着父亲。

"光凭一个人的能耐是难，依靠大家就有办法。好，你就一个人去开会吧。对啦，前天我上区你姐还说她想你，想和你谈谈。"

春玲闪着墨黑的大眼睛笑了："她想我？不骂我就好啦！"

振德望着跑去的女儿，又叮嘱道：

"别忘了，送些东西给任保家。"

春玲快步跑到家，挖了些黄豆、地瓜干背着走到门口，遇见明轩领着十多个孩子在排队集合。这些孩子都提篮携篓，拿着书本、笔纸、算盘、石板。他们这是上山边采野菜边上课的学生队。明轩和本村的几个高小学生，上午在外村上学，下午担任义务小先生，给分组劳动的学生上课。

"二姐，你背的嘛？"明轩指着春玲背后的口袋。

"粮食、地瓜干。"春玲走着答道。

"拿哪去？"

"送给任保家。"

"给二流子？吃闲饭的，不给！"明轩不满地说。

春玲站住脚，刚要回答，明生已接上来了：

"姐呀，咱自己都不够吃，送人做什么呀？"

"谁说不够吃？"春玲笑着，"我哪顿没叫你吃饱？"

"咱自己老吃一大些野菜，任保家光吃粮食。"明轩嘟囔道。

"咱给他做个榜样不好吗？"春玲紧瞅着弟弟。

"我同意哥哥的意见！"明生大声说。

"明生，你不是对吃野菜没意见吗？"姐姐的声音温和极了。

"那是说为打反动派，吃野菜我高兴！"明生瞪着眼睛握着小拳头，"省给懒汉吃，我不高兴。"

春玲带着微笑认真地说：

"怎么是省给懒汉吃？帮助懒人变勤快，努力生产，支援前线，这也是打反动派呀！明轩，明生！不乐意吗？"

"乐意啦！"明轩高声回答。

"你呢，明生？"

"我同意姐姐的意见！"明生的声音更高。

春玲赶到区上，各村来开会的干部还没到齐，她跑去找到区委书记，劈头就问：

"姐！我们那个事怎么样啦？"

"嗬，你可来啦！妹，快坐下歇歇吧！"春梅放下手里的一沓文件，拉春玲坐到凳子上，拿手巾递给她，亲切地笑着说，"看脸上的汗，把眉毛都湿啦！跑着来的？"

"飞来的！"春玲顽皮地笑着，顾不得擦汗，又催问，"说呀，我们那个事呢？"

"怎么连个见面礼都没有，开口就质问。哪个事呢？"春梅假生气地收起笑容，给她倒了杯水。

"咦，你怎么给忘啦？我们的请愿书呢？"春玲着急地站起身，不满意地瞪起眼睛瞅着姐姐，"上次你不是答应我以后答复吗？"

"哦，你们要参军哪！"春梅笑起来，拉她重新坐好，"这就答复，今天会上就要谈到。"

"上级答应收女兵啦？！"春玲惊喜异常。

春梅看着她喜出望外的神气，反问道：

"上级什么时候有规定，不要妇女参军啦？"

"过去要得少，又不准扛大枪！"春玲扯起嗓子叫道。

"小声点，叫不知道的人听见，还以为咱姊妹在吵架呢。"春梅含着笑瞥妹妹一眼，又问道，"你说说，你们青妇队参军的动机纯不纯？"

"有什么不纯的？都为打反动派！"春玲立时干脆地回答。

"是不是有怕在家找不着丈夫的？"

"瞎说，没有那样的人！"春玲断然否定。

"一个也没有吗？"春梅深沉地追问一句。

"这……我也说不上，"春玲含糊起来，接着生气地说，"好，等我回去查查，看谁存心不良，非开会斗争不可！"

春梅拉住妹妹的手，打趣地说：

"呀，这么厉害！是不是跟水山哥学的？"

春玲不好意思地瞥姐姐一眼，傻笑笑。

"春玲！"姐姐教训道，"可不能动不动就斗争，斗争要看对象，要讲方式。这一条要记住！"

春玲静静地听着，大眼睛在姐姐脸上忽闪。春梅又瞅着她，带笑道：

"谁大了不想想心事，你怎么还想呢？"

"姐，看你……"春玲害羞了，撒娇地拍着姐姐的肩膀。

"哎哟，好痛！"春梅笑着，抓住妹的手，认起真来说：

"春玲，这不是个小事。现在妇女是后方的主力军，生产、支前、度荒，哪样没有妇女也完不成。你看看这些。"她把桌上的一厚沓纸送到春玲眼前。

春玲吃了一惊,都是各村妇女送来的请求上前线的联名信。她情不自禁地说:

"都想走!"

"是啊,要不我就说这是个大事啦!"春梅把信放回去,站起来,理了把头发,声音深沉地说,"应当看到,这说明群众的积极性高,有觉悟,对反动派的仇恨心强。这是很好的,主要的。可是也会有一些人,心里想的别一回事,对个人的婚事有要求,怕在家找不着女婿,这是少数的,也是自然的,事情不大。现在是要大家安下心搞生产,想法子度过春夏荒期,做好支前工作,这是头等要紧的!要不的话,春玲你说,能干活的妇女都走了,谁来支援前方呢?"

"这是理,应这么做。"春玲低声道。

"不但应这么做,还非这么做不可!"春梅强调说,"回村对妇女宣传,着重讲在后方生产支前的重大意义,把大家杀敌的劲头用到这上面来;少说些女人打仗不行啦,体格没男人棒啦,腚大跑不快啦……这些说服不了人家……"

"我就不服!谁不信,找个男人来和我比比!"春玲把胸脯挺得好高,响亮地叫道,"姐!你说,你同意说妇女不能打仗吗?"

春梅喜爱地瞅着妹妹,心里想:你姐就是软骨头吗?抗战头几年,我和男人一块儿同鬼子打过仗,拼过刺刀,还不能和国民党打吗?她嘴上却说:

"女人身子麻烦多,有些关系也不假……"

"那么你怎么和鬼子打的呢?"妹妹将姐姐的军了。

"厉害丫头,一步也不让。"春梅只得承认道,"好,我不和你争,算你有理。"

"这还差不多。"春玲得意地笑了,站起身,"姐,我向青妇队这样说,你看行不行?"

"怎么说？"

"队员们！"春玲摆着手，对着姐姐做报告，"上级说啦，现在后方很要紧，仗着咱们妇女来支前。咱们要走了，解放大军没人支援，也打不了胜仗啦！就为这个，才不批准咱们上前线，可不是嫌咱们比男人差，身子不行……"

春梅有趣地看着妹妹天真烂漫的神气，心里赞道："还是个孩子，可是有能耐把老东山的儿子劝走……哦，她是个女孩子，也是个有一岁的共产党员了……"听到此处，她批示道："后面这句不说也罢。"

"别急，要紧的还在后面！"春玲神气活现地说，"青妇队员们！上级还说啦，等需要的时候，就发给我们每人一支枪……"

"这可是你自己说的，上级没下这个保证。"春梅提醒妹妹。

"姐，你说再说句什么？"春玲孩子气地拉着姐姐的手，"好给大家个盼头呀！"

"你可以告诉大家，安心后方工作，做好思想准备，随时响应战争的需要。"

"好，好！毕竟是区委书记！"春玲高兴地叫着，搂起姐姐的脖颈。

妹妹的这个举动，不由得使春梅心里一热。她感情奔腾地想：妹妹还真是个十八岁的女孩子，自己这么大时，好不好在妈妈跟前闹个小脾气，任点性。可是春玲，早就担负上一个家庭的担子，像个小老太婆一样操劳家务，侍候父亲、弟弟……在一般家庭里失去母亲以后，如果没有哥娶嫂子，家务担子都落在当大姐的身上。但春梅自己不在家了，大兄弟明强更是远在前线……可是生活的担子不论怎么重，也不能使她妹妹的性情有所改变。春玲还是这么爽朗奔放，快乐冲动，像头小牛犊，又像只喜鹊……

春梅在几年的战斗生活里，把感情磨炼得很坚强，比一般女子的情感来得慢。她和丈夫曲日东结婚快三年了，因为一个在区上一个在县上，工作又忙，很少在一起待过，迄今也没有孩子。前几天县委组织部部长曲日东，领着支前团远征去鲁南前线，由于紧忙也没抽时间和妻子见一面。他走后的一天春梅去县开会，组织部把曲日东留的一个便条递给了她。这在他们夫妻之间已是很平常的分别，春梅也没在意。

这时的春梅，可有些动感情了。她把妹妹紧紧拉坐在身边，看着她那嫩少少的脸蛋，晒成深红色了，用手疼爱地在她脸颊上抚摩着。

春玲幸福地把头靠在姐姐怀里，自母亲死后这还是姑娘第一次有这种享受。她娇气地、俏皮地说：

"姐，我头上好痒，你看是不是有虱子啦？"

"净瞎说。你头上哪有虱子？从小就爱干净，不会有。"春梅嘴上这么说着，手却很快地在妹妹头发上扒弄起来。春玲的黑黄头发里有不少泥沙，"怎么撒些沙子在里面，哪会不痒痒？和人家打架吗？"

"你真会说，我还是'鼻涕将军'吗？"春玲朗声笑起来，"白天下地，晚上的事又多，好些天没洗头啦！"

"来，开会还得一会儿，姐给你洗洗吧！"

春玲脖子上围着毛巾，坐在小凳上，脖颈弯着把头伸进脸盆里。春梅蹲在妹身前，给她仔细地洗涤长发。

"姐，爹说你想找我谈谈，谈什么呀？"春玲想起来问。

"哦，刚才谈一半啦。"春梅向她头上擦肥皂。

"那一半呢？"

"这就谈。"春梅关心地说，"我想问问你和儒春的事。"

"快别说了，那有什么好谈的！"春玲要抬头。

"老实点。"春梅轻捺了她一把，"我问你，儒春参军的思想真通了吗？"

"通啦。怎么不通？"春玲顺口道，又补充说，"不过他的情绪不太安，像有什么心事。刚离开家，这也难免。最后分手时，我又问他真通假通。姐，你猜他说什么？"

"我听着。"春梅搓揉着头发。

"他说，'我没啥，怎么都行。可我爹说……'，我没等他说完，就给他顶回去啦！"

"这么说，儒春还是有顾虑的，东山大爷脑筋还没开窍。"

"你等他开脑筋，山上的石头也变成水啦！"春玲气愤地说，擦了把滚近眼眉的水珠。

春梅一边向她头发上洒水，一边说：

"你也不要死眼光看人，石头硬还有个碎的时候，不过时间长些罢了。春玲，你要多做些工作，他是劳动人，中农，自私是自私，可是革命对他有好处，他不会存心反对，我们多教育，他还能积极参加。再说，他是你公公，不进步你这当儿媳妇的也有份儿。"

"这个我知道，爹也常指点我。儒春走后这些天，哪天我也抽空去看他们。那老大妈对我可亲啦，叫我说得也放了儿子的心。就是老东山大爷像我欠他多少钱似的，板着脸不理我。好，我不和他一样态度，还要多去说服他。"

洗好头，春玲对着镜子梳湿发。她那黑黄的柔发洗过后，向下披散着。脸蛋刚被热水的蒸气烘过，泛出红晕的光彩。墨一样黑的桃形大眼睛，跟着梳子一忽一闪地发光。

春梅站在妹妹身后，望着镜子里的春玲，似乎她今天才察觉妹妹已发育成一个饱满的姑娘，出落得这样美丽妩媚。她情不自禁地叹道：

"说真的，春玲！你真俊，真美！谁有你这个媳妇，真不亏心。"

春玲的脸更红了，调皮地斜着眼睛瞅镜子里的姐姐，用手指画着脸腮羞她道：

"真是老王卖瓜自卖自夸——当姐的夸起妹妹来啦！"

"谁好还不一样表扬？"春梅笑着，又问道：

"说心里话，春玲！你从心里头爱儒春吗？"

春玲怔了一下，真情地说：

"姐，前一个时候，我可心烦啦！真是又爱他又恨他又伤心。我爱他人品好，恨他不进步，伤心不能和他好。有一段时间，我差点不等他……姐，他这一进步，当上解放军。我恨他的一条没有啦！我恨化了，气消了，伤心也自然飞了，全剩下一个味道——爱他啦！姐，你说怪不怪？"

春梅含着笑说："这有什么怪的？很自然嘛，你们俩有感情，都进步，样样一个心，这就是爱情啦！"

"姐，你知道得真多！想必你和我日东哥就是这样的吧？"

春玲甜蜜又俏皮地笑着。

"我们俩怕比不上你们俩有意思。"春梅爽朗地笑了几声，又问，"春玲，儒春走后你想不想？"

"日东哥走了你想不想？"妹妹以攻为守。

"傻丫头，我想他做什么？"

"你不想我也不想。"

"嘀，这可是由不得性的。我们是老夫妻啦，无所谓。你这话可是假的，哄姐啦！"

春玲深切地喘了口气，望着窗外走来的人说：

"我想他，姐！想得很真，梦见过几次啦！"

全区各村的妇救会长、青妇队长会议，一直开了一下午。会议听取了妇女工作的汇报，布置了组织发动妇女进一步参加生产、积极做支前工作等工作。区委书记曹春梅在会议最后，向大家答复了许多村的青妇队，交来的要求参军上前线的请愿书，交代大家回村向青妇队员们说明……

春玲离区往家走时，夕阳已经沉进了西山。

天上一丝云彩也没有，晚霞炙烤着半个天空，红艳艳的像少女的脸。在田间里春种的人们，还在紧张地劳作。山岗上梯形的田里，一组组的人们，跟着一头头牲口，在来往地播种。那驱赶牲畜快步前进的清脆的皮鞭声，女人们爽朗的呼唤声，时起的欢笑声，分布在各处撒欢的牛犊的叫妈声，把山野吵得热热闹闹，景象动人、壮观。

春玲登上山岗，拭一把额头上的细汗，被前方远远的景色吸住了，她停了下来。

黄垒河的黄昏时刻，真是耐看。白色的细沙河床，从西面的丛山里冲出来，像条巨大的白布带，弯弯曲曲地向东方无边无际地伸展开去。河道中的水流，在霞光中闪烁着磷火般的光彩。顺河两畔的山前，是一片平原。一簇簇乌黑的树林在表示村庄的所在，此时，女人们做晚饭的炊烟升起，在村庄上空轻柔地交融、飘荡。顺河极目东望，在天地连边处，闪着碧蓝的一片，好像镜面一样平静，平面上隐隐约约地浮动着一些黑点点，宛如金鱼在水银中游动，那就是黄海啊！

春玲望着这瑰丽奇幻的景色，心旷神怡，真想放声高歌。这姑娘，从"小玲"时就爱唱歌，也天赋了一副动人的嗓子，加上这几年的舞台生活，不但有见景生情的敏感，还有能触景作歌的天才。她见了什么使感情来潮的景物，兴趣顿生，一面想一面就能用熟悉的曲调配上新词顺口唱出来。有时为赶任务配合运动，排的戏很生，上台忘了词，她能随着需要编上去，使观众一点觉察不出来。

这时春玲刚要唱，但一见天色不早，离家还有五六里路，回去要料理家务，晚上要召开会议布置工作，于是心里说："留着兴趣以后再唱吧！"就一溜碎步，轻盈得像只燕子一样下了山岗。

在大河水面上闪烁的晚霞已被下弦月的光辉所代替。昊空缀满明朗的星斗。新月悬空，春夜宁静，宜人的南风中，飘散着嫩叶青草的新鲜气息，和百花的浓郁的馨香。

春玲来到河北岸，月光下见一个人停在水边，样子像要过河，但刚下水又退回来，望着对岸发呆。春玲有些奇怪，赶上前问道：

"同志呀，你要……"她突然住口，惊讶地叫起来，"儒春！是你？！"

那儒春背着背包，手拿着鞋袜，愕然地看着春玲，好一会儿才结巴地说：

"啊，是你！你上哪去啦？哦……"他不等问即答，"我，我请假回来的，是请假的……嗯，军队从东往西开，路过咱北面，我请假……"

"真巧啦！我刚开会走到这……"春玲欢喜地说，急切地把他的背包接过来，"走呀，快回家歇歇吧！"说着脱掉鞋下了水。

儒春望着她的背后想说什么，又忍回去，迟疑了一下，跟在她后面。

春玲划着及腿肚深的清凉的河水，边走边转头瞅未婚的丈夫。

虽说是在月亮底下，似乎他两眉之间那颗小黑痣，她也看见了。姑娘心里像饮过比河水还要多的甘露，甜蜜、陶醉，脸上充满了幸福的春色。

"儒春哪！你可不知道，你走后，我多思念你呀！"春玲柔情地说，"你呢，不想我？"

"想。"他闷声地吐出一字。

"是吗？"春玲羞答答地笑笑，"俗话说，欢乐嫌夜短，愁苦恨更长。你走后我倒不愁苦，可是老觉着有很长时间——有一年啦！你走多少天啦？对，我记得，到明天一个月啦，对吧？"

"嗯。"儒春悄声答道。

"哎，当解放军的生活很好吧？吃什么样饭？"春玲兴致勃勃地说：

"好。吃大粑粑。"他仍是闷声地回答。

"哦，比我们吃得强。俺老百姓宁愿不吃饭，也巴不得叫你们解放大军顿顿吃大米白面，这应该！"春玲欣喜地说，又关怀地问，"睡得好不？不睡炕睡铺草，你过得惯吗？"

"人家能睡，咱也不是面捏的。"儒春的声音提高了一点。

"我知道你能过得来，劳动人民出身，受得了苦！"春玲兴奋地夸奖道，心想："到底不错，他真是个好青年，思想开花啦！真有意思，才几天他还在那顽固家里，现在已全变一个人啦！回村叫大伙看看，儒春不是从前的儒春啦，是解放军，江儒春同志啦！哈，我可真成了解放军的媳妇啦，多好啊……咦，不害羞，又瞎想到哪去啦？"春玲又问道：

"你们军队今夜在哪驻防呀？"

儒春发愣，神情紧张，没出声。

春玲见他不开口，急忙笑着说："呀，保密吧？好，咱不问啦。你可真不简单，参军几天就学会守密啦！对，秘密事上不告父母，下不透媳妇，应该！"

"秘密。"儒春说了一声，岔开话题问：

"家里好吗？"

"很好！妈……"春玲一年多没叫妈了，这个"妈"的意味又不同，故此每逢叫"妈"不免要哽一下，"妈刚开始想你，这几天被我劝道着，已放下心啦！就是爹还没转过弯来。不要紧，他会变过来。这次你回家，咱俩分下工，你站他左面，我站他右面，你一言我一语，左右开弓，保险能叫他脑袋改改样。儒春，信吧？"

儒春长长地叹一口气。春玲安慰他道：

"你不用犯愁，有信心，别悲观，准能把爹改造好。"

"春，春玲，我……"他声音颤抖地说，又停下来。

"怎么啦？有话说呀！"春玲见他垂下头，有些迷惑。

儒春忽然抬起头，嘴张了两张，又摇摇头，神情恍惚地分辩道：

"没事，没事，我没……"他又住口不说了。

春玲的心一沉："他怎么啦？心里像有事，像为着什么不高兴……"想着想着她疑虑起来。当他们刚跨上南岸，春玲才留心到他穿的什么衣服，又不相信自己的眼睛似的，重新迅速地扫视他全身一遍，心里一阵收紧，脱口急问：

"儒春！你怎么还穿便衣？军装呢？"

儒春支吾道："没发，没……"

春玲紧接追问："哪有不穿军装的正规军！啊，说呀！"

儒春前言不搭后语："有嘛，有就是有嘛……我有军装，没穿，怕……"

"穿军装最光荣！你怕什么？"春玲的声音铮铮地在河流上鸣响。

"……"儒春张口结舌，没出来声音。

春玲感到一阵寒气袭身，桃形眼睛变成杏子样，骇然地问道：

"你！你是开小差？逃跑的？"

儒春瞥了她一眼，头像失去颈力似的耷拉下去。

春玲啊了一声，木呆呆地停了一会儿，接着浑身哆嗦，头脑晕昏，向后退了半步，背包脱肩滑到沙滩上。她瘫软地坐到背包上，双手捂脸，呜呜地哭了。

儒春见她这般情景，惊吓得心慌意乱，手足无措，急上前分辩道：

"这怨不得我，是爹吩咐的呀！"

春玲哭着问："他怎么说？"

儒春直着肠子倒父命:"他说等队伍开走时,教我两条路:一是叫我溜下来,藏在家里不出门,半路要遇着人,就哄人家说是请假回来的,等队伍走远了,你们知道也晚啦;二是,要是一时半时没时机溜,队伍开到西面离烟台近,叫我跑到我大叔做买卖时的朋友家,躲一阵子再回村……"

"他什么时候对你讲的?"

"我走那天早上。"

春玲擦了把眼泪抬起头,生气地说:

"那你,就死不要脸,这么落后!"

儒春悄声道:"我听爹的。再说,我也想你呀!"

春玲陡然站起来,愤恨地说:

"你想我,我可不愿再见你这没出息的人!"她一甩手就走。

儒春赶上堵住她的去路,骇然地问:

"你要怎么的?"

"咱们一刀两断!"春玲断然地回答,又走。

儒春在她前面退着,阻挡,央求:

"这怎么好啊!有话说呀!我求求你,别急!"

春玲见他那要哭的样子,一时火气冷了些,停住脚,想起父亲的话:性急盖不起高楼……于是,她平静下来,苦心地劝道:

"儒春哪!我为你把天大的本事都使出来了,你可不给媳妇搽粉,老往我脸上抹灰。凭你个青年男子汉,整天守在家里,听那落后爹的话,人都像你和你爹一样,咱们解放区能保得住吗?全国能解放吗?受苦人能翻身吗?你怎么不向好人学,不看看今天的日子,去解救那些被反动派压迫得活不下去的人民?儒春!难道说,这些理你就一点不想想吗?"

儒春有些被未婚妻的话打动了,感到逃跑可耻,是应该去参军。可是一想到家里二十多亩的好田,力大的牲口,能早日和春玲结婚的夫妻温暖,更加上父亲的严厉命令,他又动摇了。他皱着眉低声说道：

"我懂你的意思。可是我从心里思恋你，舍不得和你分开。"

春玲瞅着他，心里有些激动。她过去拉着他的手，温情地说：

"儒春，这我知道，我对你的心意怕比你对我的还深……可是现在反动派打到咱们头顶上，我们怎能过乐闲日子？人人都想家恋媳妇，谁去打敌人呀！儒春，走吧，归队去吧！等把咱全中国的反动派都消灭光，咱俩再……"

"那……"

"很快就来到，反动派的末日不远啦！"春玲充满着胜利的信心，大声地回答。

"我看要很长很长时间。"

"很长时间也要打光反动派！"春玲把拳头攥紧，坚定地说，"穷人跟着共产党走，一定会见光明。可是都和你一样想，一辈子站着不动，永远是黑夜，永远受苦。儒春，走吧，归队去吧！"

"你光叫我走，走，就一点不疼我？"他红着脸支吾道。

春玲深情地看着他，说：

"我比谁都疼你，爱你。可你要有真心爱我，就回部队去，这比守着我强！"

"唉！"儒春叹口气说，"好吧，我回家看看爹妈，听听他老人家的意思……"

"不，你不能回去！"春玲急忙打断他，"回去叫你爹一说，你更走不成啦！儒春，你才离家几天，家里人都挺好。你尽管转身走吧，可不能见爹的面，他不是真心疼你，你慢慢会明白过来这个理。"

"你别伤我爹，他是诚心怕我有好歹……"儒春不服气地说着，手伸进怀里掏什么，可是一见春玲那逼过来的目光，又缩回来了。

"你装的什么？"春玲追问。

"没什么，"他慌乱地掩饰，"这是你送的'卫生袋'，别的没有，真没有……"

春玲又生起气，提高声音说：

"有什么东西怕我看，背着我的眼，你还说真心对我好，把我的'卫生袋'还给我，还给我！"

"春玲，你别火，别火。真……"他犹豫片刻，掏出个小包，"给你看吧，可你不能要'卫生袋'呀！"

"我不要你还。"春玲下了保证，儒春才递过来。她一看，小包用油纸包的，心想这是什么玩意，这么谨慎地包着，还和她送给他刺绣着"革命到底"字样的"卫生袋"一起珍藏在怀里。打开一看，里面包的是一张两巴掌大的牛皮纸。趁着明亮的月光，春玲看得很清，全纸面上是个大"符"字，周围写满"命""神""灵"的小字。姑娘一时惊诧地说不上话。

儒春有些自得地说："你不说爹不疼我吗？看看，他才真心怕我遭不幸哩！走时他把护身符给我，说打仗时把符贴心窝上，枪弹不着身……"

"你爹不是要你开小差吗？"春玲怀疑地问。

"那是我走那天早上新对我说的，以前他没叫我跑。"

"这个老顽固，葫芦里卖的什么药？怎么儿子临走时又变卦，叫他开小差？"春玲这问号是在心里打的。她又问儒春："你爹还向你说什么来？"

"给符的时候他还嘱咐我，打仗时要机灵，冲锋在后，后退在前。不管自愿不自愿都得干的事，就随大溜；要是讲求自愿干的就不动……"

"闭嘴吧！真是私心到家了，气死人！"春玲不屑再听下去，抑制着怒火，讥讽地问，"你信这符管用吗？"

"怎么不管用？冯寡妇嫂子烧着香，为符念了一整宿咒。"

春玲又好气又好笑地说："好，你把护身符贴心窝……"她把手向头发上摸去。

"你要干什么？"儒春惊异地紧看着她。

"咱们先来试试，我用针能不能扎破你的符。"实际上她姑娘头上哪里有针。

儒春却毛了手脚，吓得要跑：

"你别闹玩，别闹，我可不敢！"

春玲冷冷地笑笑说："噢，你知道它不灵啦！"她狠狠地抓着那张牛皮纸，"鬼话！一张破纸哄骗人……"

"你不能撕！"儒春上去抢，"这是爹花一丈布换的哩！"

"你睁着眼睛不认黑白！"春玲三下两把将符撕碎，无情地抛到水流中，激昂地高声说：

"为杀敌流血牺牲理所当然！怕死别去丢我们解放军的人！你那爹一肚子私肠子，什么样的儿子也叫他管坏啦！儒春，我问你最后一次，你究竟回家还是参军？"

儒春忙愣愣地停着，眼望顺水东漂的碎纸。

春玲提起背包，送上他跟前，恳切地嘱咐道：

"儒春，我知道你不甘愿当孬种，你的心会明白过来的。听你媳妇的话，走吧！回村叫人家知道了，你好受？我好受？儒春，我求你，快归队去吧！同志们走出不远，你还能赶得上。你赶快归队去吧！"

儒春踌躇着接过背包，望着南面的村庄，说：

"我求你一件事。"

"你快说，只要你归队，一百件我也应！"春玲热烈地看着他。

"我归队，先回家见爹妈一面。"

"不行，不行！这个条件也不能应！"春玲知道，他的思想刚通，很不牢固，回去落到老东山膝下，又是一场大麻烦。她气急地说：

"人家把嘴唇都磨薄了，你还是三心二意不听话。好，咱来个干脆的！一句话，你到底向哪走？"

儒春哀求地看着她："你就让我回家看看……"

春玲猛将身子转过就走："咱俩权当是从不相识！"

儒春急上前拉着她的后衣襟，火烧肉般地叫道：

"你等等！你听我说……"

"你还有脸说什么？"春玲激怒地刹住脚。

"春玲，你，你恨我？"儒春带哭音地哀怜地说。

春玲心窝一涌，眼睛有些发热，睫毛很快地忽闪了几下，痛心地说：

"我恨你，恨你！我恨铁不成钢！儒春你听着，你别以为我是逼你走，老实话，春玲心里有镜子，不叫我认定你能有出息，经过学习够格当人民解放军，我看你一眼都嫌使眼睛，和你说一句话都嫌费唾沫。当解放军要称得上英雄好汉，你要甘心死落后，我不管你。我曹春玲为革命可以掏出心，可不能守着不革命的人过日子！你，你明白吗？"

儒春叹息地说："我知道你说得对……"

"知道就行！你这个人跟好人能学好，跟坏人又可能转坏，缺的是主心骨。"春玲顿了一下，拢了拢头发，以最后的希望和决心说：

"好吧，儒春！我给你最后过一关。我站在河边唱三段歌，要是我唱完了你还不过河去，那咱俩再没别的说，线断风筝脱！你要是归队去，春玲永远是你的媳妇，我等你一辈子！你敢不敢？"

儒春有些慌乱，紧张地望着月光下春玲那屹立不动的身子。他感到她是那样高大，那样坚定不移，宛如一座青山。他口吃地说：

"这……春玲，我……"

春玲不理睬他，仰脸望着远处山岗的青森森的轮廓。于是，在银白的月牙的瞰视下，黄垒河上空响起委婉动人的歌声——

　　春风吹来绿高山
　　送郎从军到河边
　　千言万语已诉完
　　媳妇至此要回转

唱着，春玲用眼梢睨视他。他见儒春迟疑一刹，向她望一眼，下水走出几步，又转向她。春玲忙把目光移开，注视着奔流的河水，更激动地唱道——

　　清清（的）河水向东流
　　望郎直走莫回头
　　同志们等你在招手
　　我郎快步没停留

儒春的影子在闪光的水面上向对岸动着，动着。春玲兴奋地直看着他。嘹亮的歌声中充满了激情——

　　春玲双目向前看
　　我郎杀敌赴前线
　　沙场将敌消灭完
　　媳妇捧酒站河边

春玲眼里的儒春的影子模糊了，渐渐地他越去越远，隐没在苍茫的夜色里。春玲依然瞪大眼睛站着，希望看见他，又不希望看见他。她心里想着："好啦，这下他真下决心走啦！他这时心里可能会不痛快，可能怨恨我……不要紧，住不了多少日子，就变好啦！变得很高兴，很爱我……等到有一天，他真回来看家，看我，那时就是他教育我啦，我哭着舍不得他走，他好把我劝回家啦……儒春，亲人！你会明白过来的，一定会！"

姑娘眼睛看着，心里想着，看着看着，想着想着，热泪从眶中涌了出来，接着又皱起嘴角笑了。她一面拭泪一面笑。在柔和的月光下，春玲那粉嫩的俊秀的笑脸上，闪耀着晶莹的泪花。

"咦，天什么时候了？呀，不早啦，回家还要开会！"春玲说着，向村子轻快地走着。她看着月牙，心里兴奋地说："我唱了三段歌，还没把兴致唱完。再唱第四段吧，哈！儒春，你听不到啦，我唱给俺自己听的……"

歌声在道路上空飘扬——

　　　　万里晴空月牙弯
　　　　我送情郎把军参
　　　　革命胜利新月圆
　　　　人民幸福万万年

第十一章

在少吃缺劳动力的极其困难的情况下，山河村和其他各村一样，战胜了重重的阻碍，没使春地荒芜一分一寸，全部抢种上去，同时保证了繁重的支前任务的完成。人们挺着腰杆，肚子里塞满野菜、树叶，一面苦干着，一面焦急地注视麦子的成长。终于，麦子在千百双渴望焦急的期待目光下成熟了。但是这一带种麦子不多。因为，一来是土地少，麦子的产量低，不够吃；二来土质大都较薄，沙土山地占的比重很大，不宜种麦子。可是毕竟有了粮食，有了依靠，人们掩饰不住内心的欣喜，可以吃顿面食，换换吃了一春野菜的肠胃了。有的人家在麦子还没全熟，已经开始割着吃了。在此种情况下，完成征收公粮的任务，沉重地压在负责干部的头上。

山河村在麦收前开了个行政干部会。会一开始，民兵队长江水山就严重地警告大家说：

"不能再迟延，再不加以控制，赶到收割的时候，好多人家都要吃掉一半！你们看看，这几天上山找野菜的人不是少了吗？大概江任保那二流懒汉的麦子，已快吃完了。我提议，政府派出民兵青妇队守山，不熟的麦子不准割！"

自丈夫走后很少参加会议的妇救会长孙俊英，这次也来了。她过去开会都是察言观色讲顺风话，现在却一反常态，时常和江水山顶撞了。她激烈地反对道：

"我不同意这么做！这是强迫命令，犯法！"

"在紧急情况下，动点强迫命令也应当。"水山抓住了腰间的手枪柄。

"我同意这么做。"青救会长孙树经说。他虽是二十几岁，身体却很瘦弱，患着气喘病。"不去守着麦地不行，昨天我碰到冯寡妇到田里割麦子，劝说几句，她反倒骂我狗咬耗子——多管闲事。像她这样的家里并不缺吃，存心想吃好的，吃了再要救济，非拘管一下不可。"

"可别说我右倾，"村长江合笑笑，把过去经常挨批评的帽子又端出来，"民兵队长的动机是好的，可惜行不通。现时还是私有制，咱们管的范围不能过宽；不然工作干不好，还招惹人家反对。"

春玲听着大家争论，一时插不上嘴。按她的心情真赞成江水山的意见；可是又想到这是强迫，就修订一下他的意见，说：

"民兵队长的意见我同意一大半，不过有一点小意见。这任务单交给我们青妇队做，我们没枪没刀，见有人割麦子，就动员说服他不割，不知对不对。"

几个干部都说这法子使得。江合也点了头。

"这也是强迫！"孙俊英仍然反对，"私有制，有自由！"

曹振德把刚要开口的江水山压下去，说：

"水山的意见过火，我不赞成。可是我们也不要不积极行动，知道私有制有毛病，为什么不想法克服呢？知道这种自由有坏处，为什么不防备呢？青妇队长的意见是个办法，但不是主要的法子。我的意见是，各个团体立即行动，党员、干部带头，进行宣传，说服群众，讲清道理。咱们该看清楚，大多数群众会通的，像江任保和冯桂珍①那样的是几个人。大伙看呢？"

---

① 冯桂珍：冯寡妇的正名。

干部们的意见统一了，都同意指导员的做法。在收公粮的方法上也有争论，江合主张在场上赶打赶收；振德不同意这种做法，批评他这是不相信群众。孙俊英提出要求上级少交点公粮，立时遭到所有干部的反对……

麦场刚打完，天就下开了断断续续的细如牛毛的阵雨。割麦种豆，真是天顺人心，正好是种豆雨。趁雨天，山河村一连召开了党员和各个团体的会议，收缴公粮的工作，正在抓紧时机进行。

春玲看了看囤子底，掂了掂口袋，又把囤子里的麦子向口袋挖了一瓢。她正要再挖，忽然噼啪一声响，干瓢挖到柳条编起的囤子底上了。

站在旁边撑着口袋口的明生说："二姐，都交了咱不吃吗？"

"怎么都交啦，"春玲指着囤子道，"里面还有呀！"

"只剩下一星点，不留种啦？"明生有些不痛快。

"有，"春玲安慰弟弟，"除去留种的，还有好几斤，保你过年吃上饺子。"

"那过八月十五呢，我过到十岁的生日呢，不吃面条啦？"明生渴望地看着姐姐的脸。

春玲沉吟着说："吃呀，没有麦面也一样吃面条，姐用好地瓜面给你擀，使上两个鸡蛋，用点虾米，可好吃啦！"

明生点点头，兴奋地说：

"姐，你还要给我做面圣鸡，妈每逢我过生日都做。"

春玲身子一震，心坎发热地想：妈，还忘记妈啦！要留点麦子给妈过周年啊！她拿起瓢，从口袋里小心地挖出三斤左右的麦子。

明生急忙说："不用麦面做圣鸡，也用地瓜面吧！留着好吃的送前线，解放军吃了好有劲打反动派！"

春玲犹豫着，不知该不该把麦子留下。忽听父亲的声音：

"玲子，怎么还没装好送去？"

春玲望着走来的父亲和明轩，说：

"就走，就走。"她正要把瓢里的麦子向囤里倒，父亲问道：

"怎么又往回放啦？"

"留一点过个年节……"女儿话未完，就被父亲打断：

"不吃好的一样过节，以后有吃的日子。留够种子就行啦，快送吧，趁这会儿雨停了。"振德说完，又上别家去了。

春玲决断地把麦子倒进口袋，吩咐两个弟弟道：

"你们俩抬那铁桶的。"

明轩说："不用抬，分两下盛着我挑着。"

"我在后面看着，别叫磕倒撒啦！"明生接上道。

"好，"春玲扛起口袋，"那我先头走。"

"我们后面就到！"明轩、明生齐声回答。

粮站在村东南头靠山根的高台子上，原来是地主蒋子金的粮库，房子高大宽敞，地基甚高，里面很干燥。

春玲来到时，许多人在屋里等着交公粮。村长江合在指挥；原来的粮秣委员参了军，新当选的曹冷元老人在掌秤；新子和玉珊负责把称过的粮食倒进里面库房里。教员孙若西在没精打采地打算盘记账，他还在为上级决定所有教员麦假期间留村帮助工作而满腹牢骚。孙若西见到春玲后，笑脸起身，说：

"青妇队长来啦！她工作忙，让她先交。"

春玲看也没看他地回道："不用，挨次序来。"

孙若西搭讪着笑笑，埋头记他的账。孙若西对春玲早失追求之心，暗地里恨骂她，躲避见她，但表面上仍装没事，满不在乎。刚才他讨个没趣，心里又在发狠："倔闺女！没有什么可摆的，和个冰棍子一样……"他忽然听到柔和的女子声：

"大爷，我儒修哥交啦，该咱交啦。"

孙若西一看，是表妹淑娴，眼睛立时亮了。自从挨了春玲的巴掌，孙若西就注意到淑娴了。原来在他眼里淑娴简直没法和春玲相比，难看得不是话说，现在却被淑娴吸引了。她那丰满匀称的身段，和水一样发软，比春玲直棒棒的体格强多了，那胖圆的脸蛋，黑亮的不大的眼睛，就连眼窝下几点小雀斑，都对孙若西产生了巨大的蛊惑力，感到醉心。原来孙若西常骂姨夫老东山，一层为激怒春玲对儒春的反感，二层因为他每逢轮到老东山家管教员的饭①，招待得不满意，吃得比一般家差。现在孙若西却变了态度，时常进出姨家的门。

孙若西见淑娴领着老东山挑着粮食走上来，赶上前招呼：

"表妹，姨父！我来，我来……"他没去接老东山的重担，接过淑娴的半口袋麦子。

淑娴有些吃惊孙若西这种亲近表示，迷惑地看了他一眼。

江任保空手跟在老东山担子后面。趁人群拥挤的当儿，任保飞快地把老东山担子后面那头——大水桶上一个小篓子提下来。担子立时失去平衡，前头落地，老东山就势放下来。他谁也不看一眼，把麦子倒进过秤的大木斗里后，聚精会神地瞪大眼睛，紧盯着掌秤的冷元的手。

"任保，你来做什么？"有人问道。

"交公粮呀！"任保嬉皮笑脸地说。

"你是来领公粮吧？"玉珊瞪他一眼，"解放以来你交过几粒公粮？真是个吃公粮的大耗子。"

"嘿嘿！上级的政策是有力出力，有钱出钱，我是无产阶级分子，就出力来帮助工作。"任保涎着脸皮，刚要凑上前，忽听老东山像雷一样的吼声：

"怎么，还差四斤多？我在家明明称得一两也不差，秤杆子平

---

① 此地除中心小学因教员多自己起灶外，一般小学教员都轮流在全村各户吃饭。人们大都把老师当上客待。

的,怎么会少啦!"

任保一听,伸了下舌头,提着篓子溜了。

"老兄弟,"冷元和气地指着秤,"明白摆着,你自己看看嘛。"

老东山摇摇头,一口咬定:

"不用看,我心里有数!我家的秤老辈用的,十四两顶新秤一斤,错不了!"

新子眨着眼生气地说:"我说东山大叔你讲不讲理?村公所的秤怎么会错?再说也不光你一家,全村都用的。"

人们都向老东山开火,说他没理。

老东山仍是不服气。实际上,不能说老头子无理取闹,不过他的悲剧还是自己找的。文章出在江任保那个篓子上。

老东山每次交公粮都在家里称得一两不多,这次也如此。他先吩咐大儿子儒修挑着一担去了,又打发淑娴背上半口袋,他自己用水桶挑着麦子压后跟来。老东山一出门,任保夫妻就跟上了。任保和老东山并肩谈起了话,两人争得一句高一句低,很是热火。平常老东山连睁眼看都不看江任保,这次为何同他谈得如此热闹,原来是在谈论任保卖地的事。任保卖地被曹振德说过暂时不卖了,把老东山好一顿气,骂任保反复无常,不可相信。这次任保又和他谈起卖地,老东山架不住好地的诱惑,兴趣又来了。实际上任保是以此把老东山的注意力吸住,他随便地用手捺住老东山肩后的扁担,他老婆非常顺利地从后面的桶里抓麦子。她把前襟兜满后,就胜利返家了。这里,任保的嘴和老东山激烈地争执着卖地的价钱,手把用毛巾盖着装着一些泥块的小篓子,放在他后面的桶上,使老东山的担子一点没偏侧,平衡地挑到公粮站……

淑娴见要吵起来,急忙说:

"大爷,不该人家么事,我回家再拿点……"

"不准去!"老东山恼喝一声,抓了把麦子,送到村长面前,"你看看,村长!我的麦粒成不成?哪家有我的好?成粮双倍面——少几斤还嫌弃,我还觉着吃大亏!"

江合见要闹厉害,知道老东山的脾气,就和解道:

"好啦,就算了吧……"

"不行!公事公办,迁就不得!"一声脆亮的银铃般的喊声,把人们都震动了一下。

春玲叫着冲到江合跟前说:"村长,这怎么能算了?人人少交一点加起来是多少?再说,有什么理由不交齐?"她转向老东山,和颜悦色地劝道:

"大爷,再回家拿点来吧!交公粮是咱们应当做的,何苦为一点惹人说……"

儒春参军后,老东山一直等着儿子遵照他的命令跑回来。原来,老东山听了外甥女王镯子说,儒春那批参军的要到苏联去的话,虽然半信半疑,但他想到防备万一好,而且原本他也不愿儿子走,就又想把儒春拉住。不过他自己亲口答应了放儒春走,又明着去变卦,感到实在是没脸面的事,干不得,于是就责令儿子开小差。然而等了两个月,等来儒春安在部队的一封信。老东山希望破灭了,就迁怒到未过门的儿媳妇春玲身上,但他没有权力来管教她。老东山暗自悲叹,他再不敢和这样的人家这样的闺女结亲了。在不幸中他感到庆幸的一点是,当初儒春走他咬着牙以花去一丈粗布的重大代价,给儿子换来一张护身符,这个损失总算是没白受。

春玲虽然没嫁到老东山家,这些天也费去姑娘不少精力。有时她为老东山妻子做点针线活,有了稀罕吃食总送给老东山一点。当然,春玲没把她在北河把儒春又送走一次,和那张符顺水东流了的事告诉老东山一家。

现在,当着这么多人的面,为这种事情,一个未过门的儿媳妇，竟敢如此顶撞公爹，真把老东山的肚皮气鼓了。

"你这个……"老东山气恨得脸色发青，扯破嗓子叫道；但是下面骂什么好，却使他哽住了。他吞一口唾沫，胳膊扬起："你这个脏丫头！我用得着你管吗？呸，不要脸的东西！"

春玲一点不回避，吓得淑娴上去靠着她，以防老东山的巴掌落在她脸上。

孙若西幸灾乐祸地睨视春玲一眼："打！给我报报仇！"他心里在呐喊。

春玲的面色赤红。她是那样镇定，眉没皱，脸没白，桃子形的眼睛没变样，声音平和地说：

"大爷，我管得着的，管得着的。为公事，人人有责呀！你说我不要脸，我看大爷你这么不争气，为四斤多粮食就舍不得给解放军吃，我当儿媳妇的真是觉着脸红，难为情，丢人！大爷，你不觉得吗？"

老东山愣怔怔地看着春玲，接着脖子发软，火气上不来，手扶住草帽边，耷拉下眼皮，为自己解辩道：

"我老东山交公粮哪次没交够？哪次交的不好？"

"对呀！"春玲紧接着说，"每次都交够，这次也该交够才对。我知道大爷你会交够，这也是你的义务，为打反动派尽力的好时机，所以我才没倒一些麦子给你添上。"

老东山哼了一声，挑着空桶向外走，吩咐淑娴回家拿麦子。

人们瞅着老东山走远，都哄的一声笑开了。

春玲把口袋里的麦子倒进木斗里。干成的麦粒发出哗哗的脆声。玉珊情不自禁地赞道：

"春玲姐家的公粮就是好，又干净又成棒！"

春玲回口说："谁的还不是一样？"

"够啦，够啦！"冷元的秤已经斜着向上撅起来。

春玲把口袋向木斗里抖了几下，说：

"还有一些，俺兄弟后面送来。"

江合说："留点自己吃吧，你爹又要多交？"

"尽着力量拿吧，自己留多少也是个吃。"春玲笑道，她一见外面又下起雨来了，忙挤出门，"我去迎迎俺兄弟，别湿了……"

"哎呀，你们看明轩和明生！"谁在门口叫了一声。

明轩挑着两桶急走，明生后面跟着小跑。他们两人上身净光，黑红的脊梁被雨水浇得湿溜溜的，活像刚从水里钻出来的。

春玲跑着迎上去，着急地问：

"怎么光着脊梁？没湿着粮食……"她看清了，每个桶口都盖着一件小褂儿。春玲急忙把担子接过来，疼爱地问：

"怎么不在家找东西盖着，淋着身子要得病！"

明生擦了把脸上的雨水，笑嘻嘻地说：

"没关系，正洗个痛快澡！姐，我和哥走在半道下雨啦，刚下第一颗雨星，俺俩都赶快脱衣裳，公粮一点没湿着！"

江合再三坚持，不让春玲把拿来的麦子都交了，因为已经超过了。

春玲总是笑着解释道："大爷，我不哄你，我们家还有呢！不信你问我兄弟。"

明轩急忙回答："有，大半囤子哩！"

"有啊，村长大爷！"明生的声音可高了，"俺姐说，除去留种的，过年还能包饺子吃。还说，我过生日也有面条吃，有面圣鸡。二姐说，她用好地瓜面做，和麦面一样好……"

"明生！"春玲忙压下弟弟的话，瞅他一眼。

"怎么啦，姐？我说错啦？"明生瞪大眼睛，"你刚才就这么说的，我记得真……"

"好啦，姐不会把你当哑巴卖了。"春玲啼笑皆非，"快把衣裳穿好吧！"

在场的曹冷元最清楚，振德的地少且差，只种了二亩麦子。

他和春玲打的场，除去交的这些外，再留些麦种就剩不几斤了。冷元刚要强把那半桶麦子留下来，可是春玲姐弟三个的动作更快，把拿来的所有麦子都倒进大堆的公粮里。

在春玲家交过公粮后，有不少人把多余的部分没有向回拿，学着样子倒进粮仓里。而有几家还回去拿了第二次，当然不是像老东山回去求补，而是格外多交。这其中就有曹冷元，虽说他总共有的也就够少了。

当晚，广播员玉珊姑娘披着蓑衣爬上村中央树上的广播台，报告全村公粮收齐的消息。她念过多交公粮户数的长长名单之后，又指名批评没正当理由交不上公粮的几家人名，人们的耳朵又送进了听惯了的江任保和冯寡妇的名字。

蒋殿人每天都去读报组听新闻，有时还到村公所去看报纸，真可谓关心时事的积极分子。他对报纸的兴趣很广泛，几乎每版都看，但主要有两方面：战争的局势和政府的政策。看后者，他是为琢磨、猜测对自己的关系，从而采取相对的行动。比如在复查清算地主运动之前，他从关于各地地主富农破坏活动的报道上，就敏感到共产党要采取对策了，果不出他所料，真真如此。国民党发动内战以来，蒋殿人最关心的是时局的发展。这近乎一年的时间里，他大都处在兴奋中。国民党占了很多重要城市，逐渐向解放区推进，有时真是长驱直入，势不可当。这些虽然在报纸上称为人民解放军在杀伤多少多少敌人之后主动撤退的，但蒋殿人是不信这一套的，他摸着胡子暗笑："不这样宣传有么法子？蒋介石四百多万精兵锐器，有老美全力帮忙，空里飞机，地上坦克大炮，海里军舰，还抵不上共产党不足百万的土八路吗？八路军那套刀枪谁没见过，打打游击倒可以凑合，对付老蒋的正规军嘛，嘿嘿……"

但是过了几个月，蒋殿人的心又开始沉下来。蒋介石声称三至六个月光复全中国的话，真个像报纸上说的，是在痴人说梦话,打了快一年了,共产党军不惟没减少,倒越打越多了!不过蒋殿人心里仍然有数地想:"胜败乃兵家常事,老蒋是有点吹大牛,可是共产党陷城失地,厄运已定,不过是时间长短而已。"果不出蒋殿人妙算,今年三四月中央军又来凶的了,把共产党的首府延安占领,并且在鲁南集结四十多万重兵,要与解放军决一死战,把山东全省侵占。

蒋殿人这些天密切注意鲁南的战争。前三个月村里出民夫,说是去支援鲁南大会战,四个月就回来。蒋殿人对老婆说:"哼,他们回来?回来是能回来,家里连棺材也不用预备,就等回来个死讯吧!"

今天傍晚,蒋殿人下地回来,走到村头就听到吵吵嚷嚷的,一群学生正在向墙上贴什么。他近前看去,一张大粉红纸上墨笔大书:

号外!我军大捷:

我英勇的人民军队,在鲁南孟良崮,一举歼灭蒋匪王牌军整编七十四师,共毙伤俘敌三万二千有余,匪师长也遭毙命。该师全是美国装备,蒋贼鼓吹是其最精锐之五大主力之一……

蒋殿人像当头挨一闷棍,脑子一阵晕昏,看不清字迹了。他刚要离开,发现旁边一个孩子用石灰水在墙上画了个光头骷髅的丑恶人形,一只胳膊被刺刀斩断,血渍正往下淌……蒋殿人又是一惊,向那孩子问:

"哦,你们画的什么哪?"

"七十四师被歼!"明轩站在凳子上,没回头,用笔指着宣传道,"我们解放军把反动派最棒的军队杀光啦!蒋秃头可哭坏了,这个师和他的一只胳膊一样重要!"

"嗯，这么回事。"蒋殿人冷冷地说。

"怎么，我画得不像吗？"明轩对这人的反应不满意。他回头见是蒋殿人，就气恨地瞪他一眼。

"像，像！"蒋殿人连声笑着点头，"哈哈，可好啦！真是好消息……"

蒋殿人一进门，咣当一声把镢头摔掉，躺到炕上，粗声地喘息起来。

"怎么回事？"他的胖老婆惊异地问。

蒋殿人没好气地喝道："滚开！"

胖老婆嘴一咧，没敢出声，端上饭来。蒋殿人瞅着粗面粑粑，喝道：

"做大米吃！酒！"

胖老婆低声道："凑合少吃点，到夜里再吃吧，叫人家看见……"

"去他妈的！"蒋殿人把粑粑狠狠地摔到地上，"看到就来抢吧，我不想活啦！快！酒……"

蒋殿人靠南山脚的打谷场上，在那座多年不动的大草垛底下，有个巨大的坚固的地洞，这是抗日战争期间挖的，没人知道。蒋殿人像老鼠一样，一个人在夜间偷偷地把细粮细米向里面搬运，一直积攒了好几年。在这次复查清算地主的运动过后，村里对地主的监视气氛渐渐松弛下来时，蒋殿人就从这里面盗取食物。

"你今儿怎么啦？"胖老婆见他被酒烧红了的瘦脸，胆怯地说，"可不要再喝啦，酒多出事……"

砰的一声，蒋殿人将酒杯掷到桌面上，怒喝道：

"滚开，老不死的！妈的，我蒋殿人不低声下气地装好人啦，我要和共产党拼命！"他抓起酒壶向嘴里灌。

"我那天哟！可不得了啦！……"老婆哭泣着，上去把酒壶夺下来,"你小声点,别叫人家听见啦!天哟……"

"听见就听见!"蒋殿人凶狠地瞪着血红的小眼睛,"他妈的皮!哪个狗肏的进来,我就要他的命!拼掉一个我够本,拼掉一双我赚一个!"

孩子在西炕上被惊吓得哭叫起来。

蒋殿人狂怒地喊道:"把那小杂种砸死!老蒋过不来,还留后根干屌!"接着,他的脸痛苦地抽搐起来,胸脯被烈酒烧得发痛。他撕开衣服,拼命地揪把着老皮的紫胸脯,流着泪呜咽道:

"蒋殿人,蒋殿人啊!难道说我这辈子就完啦?我做得不对,我失算?没听汪化堂的话,杀他一个是一个……啊!我好苦啊!……"他哭,呕,嘴里倒出混杂的稀汤,发出难闻的气味。把肚子倒空之后,蒋殿人像条疲惫不堪的老狗,瘫痪地倒在炕上,昏睡了过去……

"你刚才是怎么回事?叫人心里跳!"胖老婆见他醒过来,埋怨地说。

经过沉睡,蒋殿人酒散人醒。他又恢复了常态,显出衰老和胆小的表示。他胡须底下露出苦笑,说:

"人还能没点性子?闹过就好啦。唉!这难怪我,老蒋不争气,把人给搞昏了头……"他又变得刚愎起来,"好,没关系,胜败乃兵家常事,四五百万军队,何在乎一师半军之折损?不过,咱也不能再老实,等着人家来割肉。"

"你要跟那愣头青汪土匪学?"胖老婆心惊不安,"照我说就委屈着等中央军来再说吧,咱们能做点事,还不是蚂蚁挡路——孰不翻车?"

"不能死等!"蒋殿人愤恨地咬着牙,"干一点是一点,翻不了车也叫他们走不稳路,积小成大!"他吩咐道:

"拿土信[①]来。"

[①] 土信:一种粉末毒药。

"要它做什么?"胖老婆吃惊。

"约莫包四斤。"

"这么多?"她见他瞪了一眼,没再问,就去从盛面的瓦罐里,把药山①的青药包了一大包。

"上哪去?"胖老婆见他下炕。

蒋殿人把土信包接过揣在怀里,低声说:

"夜里回来得晚些,留着门子。"

一股醋火,立时从老婆心里冲起,她那肥胖的放着油光的白脸腮,即刻变得血红。她像只暴躁的母狼,恶声号道:

"你又上性啦!去找那狐狸精……"

"瞎说,去那干什么。"蒋殿人低沉地说。

胖老婆越发火起,伸手指头:

"你还蒙我眼睛,把土信给你那小妈冯寡妇,你以为我是傻瓜!上次把我年轻时的绣花鞋都送给了她,你那骚相好把你的魂都勾去啦……"

"胡说些什么!"蒋殿人怒喝一声,"女人见识,就知道枕边被窝的事,大事一点不懂……"他压低声音向她耳边嘀咕几句。

胖老婆的脸又渐渐变得松弛发白了。

听到几下拍门声,王镯子急忙将一盘饺子端到磨顶上,把手在盆里洗了几下,用衣襟擦着,向外走着问:

"谁呀?"

蒋殿人的出现,使王镯子松了一口气,但又袭来一阵紧张。她试探地问:

"大叔,你来有事?"

"串串门吧。"蒋殿人跨进屋里,注意到锅里沸开的水,"这么晚,没吃饭?"

---

① 药山:把毒药撒在放养柞蚕的山峦上,以毒杀残害蚕虫的动物。

"你上炕坐吧,"王镯子用身子堵遮向磨顶方射去的灯光,口吃地说:"饭早吃过啦,烧点水、水……烧点水烫烫头发。"

蒋殿人注意到她的神情,发现了磨顶上的东西,会心地笑笑,坐到炕上,说:

"你舅呢?叫出来吧。"

"我舅?"王镯子一顿,"他走好些天啦!"

"走啦?"蒋殿人冷冷地说,"你还哄我?"

"不哄你,大叔!"王镯子一半是真一半掺假地解释道,"我舅见说不动你,闷在我家怕出事,就在夜里溜啦!"

"唉!"蒋殿人懊丧地叹息一声,"他到哪去啦?"

"他说先转到莱阳,而后上青岛找我二舅。"

"唉,我后悔当时胆小,没和他商量商量叫他站下脚。这以后的时局,叫我也沉不住气,腰要直起来啦!"蒋殿人真挺了一身子,又问道,"你深更半夜做饭给谁吃?"

"烧水洗头……"王镯子有些心跳。

"我的眼不瞎,还哄我吗?"

"我包饺子吃。"

"哦,明白啦,好聪明的孩子!"蒋殿人以自己的做法判断对方,"你白天在人眼前哭穷,夜里就吃香的,叫人家知道了……"

"不叫他们知道不行吗?"王镯子顺水正推舟,"我是军属,谁疑心我王镯子?"

"好,镯子,煮饺子吃吧,吃了有大事!"蒋殿人板起了面孔。

"什么事?"

蒋殿人从怀里把沉甸甸的布包掏出来。

"什么东西?"王镯子瞪大眼睛。

"你先说敢不敢干?"

"干什么吧?"

245

"对付共产党！"

王镯子向西房间瞟了一眼，含混地说：

"你要怎么样？"

"咱们去放毒！"

"药人？"王镯子有些紧张，又有些高兴。

"还没到药人的时候，"蒋殿人瞪起深藏在眼窝里的小眼睛，"药死牛。现时牲口要紧……"他刚谈完计策，只听一个压抑的喝声：

"好哇，蒋殿人！你要反革命，抓起来。"

蒋殿人一惊，看着出现在面前穿军装的人，手枪正对着他，怔愣片刻，滚身下炕，拼力自制战兢兢的身体，弯着腰，带着笑说：

"啊，是承祖大侄，解放军，回来啦！多会儿来家，侄媳妇也没告诉我一声，送点礼……"

"少废话，跟我到政府去。"孙承祖板着面孔喝道。

"大侄子，这是为的哪一件！我可是安分守法啊！"蒋殿人的样子非常可怜又虔诚，"你不信，问我侄媳妇……"

王镯子扑哧哧地捧着肚子笑倒在柜门上。

孙承祖把手枪收起，拍着蒋殿人的肩膀，亲热地笑着说：

"大爷，不要装样子啦！你刚说的话我都听清啦……哈哈！你可真算有识之士，英雄……"

蒋殿人听完孙承祖的来龙去脉，欣喜若狂。他异常懊恼地说：

"唉！我真该死，你舅去求我……可你们也不早说。好，现在算好啦，一块干吧！化堂真走了吗？"

"走了。"孙承祖回答道，"我舅的脾气你也摸底，老想动手用刀枪，在家藏不住。我怕他出事，就让他去青岛了，也去报告一下这里的情况，也许他还再回来。"

"承祖,你说国军怎么还打不过来?"蒋殿人焦急地说,"听说在沂蒙山折损了那些兵马,真使人心急!"

"过来总是要过来,出不了这个夏天。"孙承祖蛮有把握地说,"不过共产党也不是纸扎的,尤其咱这地方,穷小子为打国军把骨头的油都挤出来。所以说,咱们这些人也不能闲着。要起来大干一场。我回来这些天,什么空子也没找着,也没拉到一个贴心的人,很是焦急。大叔,你看咱村谁可以干?"

"真正贴心的很难说,"蒋殿人思虑着,"冯寡妇倒听我的话……"

"那烂东西只会上神卖炕,还能干什么?"王镯子嫌厌地说。

"这人靠是靠不住,我是说叫她去放坏话,找干部的麻烦是好手。"蒋殿人分析道。

"对,是一个人物。"孙承祖思忖着说,"最好在干部中找上线……"

"这就难啦,共产党能听你的?"王镯子又插嘴了。

"他们里面也不一定没两个心眼的,大叔过去还不是戴过共产党员的牌号?"孙承祖对着蒋殿人笑笑,"你看孙俊英怎么样?"

"嗯。自江仲亭参了军,她就不大干工作了,垮下来啦!"蒋殿人说,"不过对她不像冯寡妇,孙俊英不是个熊人。"

"对付她,嘿嘿……"孙承祖瞥妻子一眼,吩咐她到外面听听动静。王镯子走后,他小声说:"不瞒大叔,我和孙俊英还有点老交情。"

蒋殿人兴趣十足地竖起耳朵。"早先俊英在牟平她叔叔家,我上烟台打那走,听人说咱乡里有家在那里开旅店的,生意兴隆,大半靠个俊妞儿招徕的。我就去了……很投机,和她很热火,还为她花费了不少。"

蒋殿人开心地笑道:"嘿嘿,想不到你那么小就干风流事啦!现在还能搭上茬?"

"这些年是凉啦。她当上干部，嫁了人，正经起来了。不过按她现在的作为，对共产党不是真心。这种人本性难改，男人也走了，架不住旧情逗心。不过要瞅好时机，慢慢叫她下水。"

蒋殿人满意地点点头，慎重地叮咛：

"人心隔肚皮，千万小心，不可盲为。"

孙承祖脸上闪出阴狠青光，看着青药包，兴奋地说：

"大叔高见，现时牲口最要紧，又有万无一失的妙计……嘿嘿！好，煮饺子吃吧，吃饱去打这一仗！"

"姨父，"上身白衬衫下身蓝布裤的青年，文静地叫道。

"若西，你坐吧！"老东山的妻子招呼道，望着躺在炕上的老东山，"你外甥看你来啦，还不快起来。"

窗外细雨霏霏。虽是中午时分，屋里光线黯然，气候倒是凉爽的，不闷热。

老东山慢腾腾地爬起身，闭着眼摸起烟袋，哼了声：

"你来啦。"

孙若西把雨伞放到桌前，将手里的盛半斤的瓶子高高地抬起，讨好地说：

"昨天赶集，打点酒……"

"哦，不用你破费！"老东山眼睛张开，满意地接过瓶子端量一番放在窗台上，吩咐妻子，"烧水外甥喝，他不喝生水。"

"半斤酒的脸面这么大，舍得草烧水给我喝啦。"孙若西心里想道。姨母走后，他坐在炕前的凳子上，试探地说：

"姨父，我爹妈有个意思，想和你老人家商量。"

"说吧。"老东山闭目抽烟。

"是这么回事，"孙若西赔着笑脸，"是我的事。姨父你知道，外甥今年二十多啦，还没订婚，想和你老人家商量着……"他咽口唾液，想知道对方的反应。

老东山冷淡地说："要说亲好事嘛。想找谁家闺女？"

"我爹妈的意思,是想咱们两家,来个亲上加亲。"

"嗯!"老东山突然睁开眼,有些惊讶,"和我娴子成亲?"

"是,"孙若西谨慎地看着老东山的脸,"是我爹妈的意思。姨父,我自知无才,怕高攀不上我表妹。不过,姨父你知道,外甥虽识字不多,也念过一肚子书,教着学一月挣几十斤粮食,我家也用不大着,我爹在烟台的买卖虽说不太大,也有点门面,家里不种地也过得去。再说,有了教学这个差事,年头好也吃饭,不好也饿不着,再说万一变了天下也一样干,和铁饭碗一样,破不了。地呀山峦对我一点不需要……"

老东山的眼睛早又合拢来。孙若西的话多半没进他的耳朵,他心里正在打算盘。对于淑娴这个无爹无妈的侄女,老东山心里不知想过多少回。他想给她找个丈夫嫁出去,但要是个富裕户,这样不会找自己的麻烦,也尽了他对死去的弟弟的责任。不过也不能太富裕了,那样又要挨斗争,日子不好过。理想的人家是像他自己一样,上不上下不下的中等家庭。老东山抚养淑娴长大成人,说实在的,他对侄女还不错,没虐待过她;尤其是她大了,也正赶上是解放区,对淑娴的限制比对他两个儿子,简直是微不足道的。这除去老东山觉得自己有义不容辞的责任外,也是有他自己的打算。他早有话,养闺女不是财宝就是鬼火。对淑娴好一点,她出了门子她父母那份财产她不会带走。否则,闹翻了淑娴要分家,那就人财两空了。

听外甥孙若西一提,老东山心里活动起来。孙若西在他眼里不是个十全十美的人。老东山觉得他不知道干活,话多,好穿戴打扮,淑娴嫁给他,他很可能调唆淑娴和自己要财产。转念又一想,孙若西是识字人,教学挣死粮,他父亲在烟台有商行,乡下的家产和自己相仿佛,论讲门当户对,自己还逊人一筹,不会来要财产。其次,孙若西也是个标致青年,老东山虽说看不惯不种庄稼的人,可是他想现在都兴识字念书,给侄女找这么个女婿,

她一定会心满意足,也省得自己费唇累舌。不过老东山忽然又想起最重要的一件,出口就问:

"若西!你属么的?"

孙若西正在猜测对方的态度,被老东山突然一问,一时愣住,怕一字说差,计划破产。他赔着小心探测道:

"姨父,你是说……"

"这还不懂?结亲两家的'属'犯忌,那还行吗?"

孙若西心一凉,暗自叫苦:"妈呀!属什么的和属什么的才是和呀?倒忘了他有这一着。我是属老鼠——啊,不好,老鼠谁都讨厌。我说……"他猛然看到墙上贴着张陈旧的画,上面是只虎,他心里一亮:"虎,画这么旧他还留着,他一准喜欢……"

"嘿,姨父,我有些记不真,刚想起来。外甥是属虎的。"

"不对吧,若西,"老东山妻子端上水,说,"我想着你比我家你儒修哥小一岁,是属老鼠的……"

"不,姨!你记错啦,错啦!"孙若西急忙分辩。

"真属虎的?"老东山闭着眼问。

"不错,一百个不错!"孙若西绝口咬定,心想:老头子,这一下叫我看透你的心啦……可是对方的回答使他大吃一惊!

"哦,不用提啦。"老东山断然地说。

"怎么回事?"

老东山冷淡地说:"我娴子属小龙①的。"

"这么说……"

"蛇虎如刀锉。"

孙若西懊恼极了,急忙说:

"不对,不对!我记错啦,我姨说得对!我属老鼠,耗子!"

"嗯,你二十几?"老东山留起心来。

---

① 小龙:即蛇。

"二十四。"

"不会错，若西是二十四。"老东山妻子证明。

老东山脸上露出点和色，说：

"属相对，小龙和鼠，斗只管斗，可是和善的。"

"姨父，你乐意啦？"孙若西惊喜地叫道。

"我算有意，你和你爹妈说说。"

"那用不着，他们都喜欢……姨父，说定了吧！"孙若西迫不及待地要求。

老东山沉着地说："哪有这么简便的？等看看好日再正式立婚约。"

"好好，就听姨夫的！"孙若西毕恭毕敬。

孙若西走后，老东山妻子担心地说：

"这是个大事，等和娴子商量好再定。"

老东山不以为然："养活她这么多年，这事我还做不得主？"

"如今不是早先，得儿女愿意才行。"

老东山沉吟着说："也好，不得罪她。我看和若西成亲，娴子不会不……"

突然街上传来惊呼：

"不好啦！牛死啦！牛死了一大群……"

老东山像离弓的箭似的蹿下炕，拖拉着鞋就向外跑……

二十几条大牛和犊儿，躺在西河滩的停牛场上，痛苦地翻滚着身子，把脖子伸长，头角向沙里撞，从内脏里发出绝望的嚎叫。牛犊儿蹬着小蹄子乱窜，眼睛流着浑泪，嗷嗷地直叫妈。

人们都在牛身旁忙乱着，想尽一切办法去解除牲畜的痛苦和厄运。

牛一条条绝命了，不到半个时辰已死去十多头。全村整个三十多条的牛群①在逐渐减少。

---

① 在这一地区，自早牛就是集中放青的。各户牛主担雇用牛倌的费用。这是又省人力又省饲料的办法，也是处在山区青草多的环境而形成的。

人们身上像着了火,虽然天落细雨,阴气逼人,他们身上还冒汗。有的人冲到牛倌耿老汉跟前,愤怒地吼道:

"你他妈的怎么闹的?啊!怎么把牛放的?"

"你这个混账的老头子!天一晴就要种豆,正赶这节骨眼儿上,你这不是要我们的命吗!"

"耽误了生产,你的罪名多大?!"

汹汹的怒责声,把耿老汉吓蒙了。他抱着一只花牛犊,眼泪直流,一句话也说不出。

曹冷元自己并没有牛,但比谁都来得早,在牛群里挨着个儿地察看。他向大家说:

"大伙先别吵吵,别难为老汉……"

"老哥,你放过牛,是行家!你看牛到底是怎么啦?"有人问道。

冷元有把握地说:"照我看,牛是中毒……"

"中毒?!"人们大吃一惊。

"是中毒。"冷元说,"躺下的牛,嘴里冒白沫,嘴唇子都烧起了泡,不是吃了毒药是什么?"

耿老汉大哭大叫:"冷元老弟!我老汉平常没和你过不去,你这是要我的老命……"

人们齐声叱喝——

"放屁!对坏蛋,不讲情面!"

"正赶上咱缺劳动力,你这老东西下此毒手!"

"牛在他手里,别人谁能放毒?"

"别说啦,送村政府去!"

"妈啊!妈啊!"粗哑的哭叫,震人心麻地响起。

人们吃惊,只见老东山哭喊着发疯般地向耿老汉扑来。老东山听说牛死了冲到牛场后,一直和自己的大黑牛躺在一起,抱着牛在沙滩里打滚。牛断气了,他哭天抢地,直取耿老汉,动手要

打,但被人们拦住。他嘶叫道:

"你这老东西!赔我的牛,赔我的牛!我和你拼命,拼老命!"他挣扎着向前冲,"上政府!要人民政府惩治你……"

"不要吵!看,指导员他们来啦!"有人叫道。

曹振德和江水山急跑着赶到。

人们七嘴八舌向他们报告了情况。

"指导员,振德兄弟!我可没干黑心眼的事啊!"耿老汉拉着振德的胳膊,哭着说,"我放了一辈子牛,从根也没像八路军来了有人看得起,有吃有穿,我报恩无能,怎么会使坏心啊……"

"老哥,放宽心!"振德安慰道,"不做亏心事,不怕鬼叫门。政府有眼睛。"

"我信咱人民政府……"耿老汉话没完,老东山怒吼道:

"你敢起咒?"

耿老汉指天盟誓:"我要黑良心,天打五雷轰!"

振德向大家喊道:"不要停着,赶快想法子救牲口!"

冷元应上道:"用稀粪灌!"

人们急赶回村,从茅厕里挑来粪便,用水搅起稀粪汤,强迫着向牛嘴里灌。牛吞下粪水,胃肠发作,把吃过的东西都呕了出来。

经过大半下午的努力,挽救出十几头牛的生命,其他将近二十头牛,丧失了!

曹振德几个人,跟着耿老汉顺着今天放牛的路线勘察了一遍。他们在牛群每天必到的牧牛山的一片新鲜草上,发现被牛吃剩下的撒在草上的白面。曹冷元抓了个蝈蝈,叫它吃下带白面的草芽,它一会儿就死了。人们明白,撒在草上的是用面粉掺着的毒药——土信。

"妈的,敌人捣的鬼!"江水山气愤地叫道。

耿老汉又惊吓起来:"民兵队长!我可有良心……"

"你有良心,还有没有良心的!"江水山怒眉竖起,抓着手枪柄对振德说:

"错不了,是反动派!立时把那几家地主押起来!"

振德沉思着说:"有人破坏,说明敌人没有睡觉,打咱们一巴掌,叫咱们清醒起来。没凭据不能抓人,水山!回村调查。还有,加强对公粮仓库的守备。"

"雨下得这么金贵,看样子明天好天就得种豆啦!这可是难处啊!"冷元看着天,难过地叹道。

振德看着在蒙蒙的雨帘中的山下的广大田地,信心充沛地说:

"没关系,老哥!敌人怎么破坏,也挡不住咱们往前走,不过受些难处罢了!咱们马上回村开会,向大家讲明,鼓起劲头,今天一夜不睡觉,做它几十副抬犁锁①,用人拉犁种上豆!"

---

① 抬犁锁:用人拉着耕耘的一种农具,用起来很沉重劳苦,在旧社会是这一带贫苦农民的主要生产工具。

第十二章

一张黄皮女人脸,搽着厚粉,抹着浓胭,墨描眼眉,头发流油。她上身红花镶白边褂儿,下身黑绸裤子。她盘腿稳坐炕正中,眼皮耷拉,油头轻晃,两个银耳坠随着动荡。

炕前桌子上,置有灰尘层层的神龛。中央的木牌上隶体刻字:神巫女显位。围绕着神巫女显位的是,上联云:女仙在身;下款书:去灾避难;横幅是:有求必应。桌上香火正旺,香烟在屋里缭绕。有个人屁股朝天头顶地跪在桌前的地上,一动不动,像是一棵树根。

盘坐在炕上的粉脸女人打了个好大的阿嚏,鼻涕冲出来。她以飞快的神速用手把鼻涕抹掉,嘴接着磨动起来,渐渐越动越快,发出像饥饿的老马蜂叫一样的声音。

过了好一会儿,女人又打了个阿嚏,接着再是一个,这才瞥了桌前向上撅起的屁股一眼,慢声慢气地说:

"仙境已脱。起来吧,老东山叔。"

朝天顶地跪着的老东山爬起来,长舒一口气,这吃顿饭多时间的叩跪,把老头子累得咳嗽起来。

"怎么样,他嫂子?"老东山紧张地看着她。

冯寡妇抽起大水烟袋,三角眼一咧,说:

"暂且无难,安在。我为你向神请的护身符保着你儿子,枪刀不着身。"

老东山擦了把满头汗水，感动地说：

"好，感他嫂子的恩！"

"神仙保佑。"巫婆安静地叫道。

"对，神仙在天保佑！"老东山向神龛深作一揖。他对儿子参军是到苏联去的话完全否定了，因为儒春走后两个月来过的那信，说在军队上很好，叫他放心。信上没谈开不开小差的事，老东山很生气，想写信去质问儒春怎敢违反父命；但他怕找人写信露出真情，同时给儿子的信又要托别人看，那样就叫儒春的上级发现了，想跑也跑不成，所以只得作罢。老东山第一次感到识字的用处，暗认自己又错做一件事。

近些日子不见儒春的信息，他又着起急来，向神巫女请示来了。

"他嫂子，我儒春如今在哪？"老东山问道。

"在军队上。"冯寡妇明快地答道。

"这我知道，"老东山赔着小心，"我是说，在的地点……"

"哦，这个呀——"冯寡妇拖长腔调，暗道，"说在哪里你老东山也识不破……"

"在西面石头城。"她肯定地回答。

老东山疑惑地说："西面石头城？他嫂子，我听人说咱西面都是平川地，没山哪来的石头城？"

"谁说没有！"冯寡妇强硬地一口咬定，心里暗怪自己，"说漏嘴啦，该说在北面。"她又庄严地说：

"老叔子，这是神仙指点，错不了，地名古怪的多着呢！"

"对，对！"老东山连忙应道，"我有罪，我不该多嘴！"

冯寡妇大口小口吐着浓烟，说：

"老叔子，神力也有个时候，护身符长了要减效，住个十天半月的就要请次香，念次咒。"

"那就多劳他嫂子啦!"老东山嘴上说着的同时,心里却盘算:请她上一次神,买香不算,还得打人情,这次把外甥孙若西送他的半斤酒——他加了点水里面,换出三两——奉送给她了。

"好说,我该为老叔和儒春兄弟尽心。不过,"她手摸着腰,满脸苦皱起来,"唉,上一次神,耗我身子可大啦,尤其是请命符,累得腰……上次有家孩子病求我,人家送那么些鸡蛋来,我吃着就好些,也吃完啦!这几天……"

"我家还有几个,等会叫你婶子送来。"老东山立刻明白其意,抢先占个主动,讨个好。

冯寡妇鼻子眼睛都是笑:"老叔子可就是好,有病尽管找我看,保叫你长寿百载!"

"嘿嘿!"老东山心里乐开了,"我老头子反正离进棺材不远啦,就是担心儿女。"

"我说老叔子,当初知道不好,何必叫你儒春去呀?"冯寡妇同情地说。

"身不由己啊,"老东山气愤地叹息一声,"唉!"

"共产党就讲的个自愿嘛,你怎么做不得主?"

"这个我知道,"老东山懊恼地说,"谁知和春玲那丫头顶嘴,说漏话……唉!"

"你怎么不先求我卜一卜呀?"冯寡妇关心地说,"叫我先告诉你,免上那毛丫头的当。"

"说得是,往后可少不了求你。"老东山很感激,问她道,"他嫂子,你怎么让孩子走的?"

"为解放呀!"冯寡妇得意地笑起来,"我原先也不让,可是儿子非走不可,我就闹得一百斤粮食放手啦!我又寻思,儿子走了好,村里得照顾我,管吃管穿,比儿子在家强。我现时要是没吃的,就能挺着腰杆子找干部要。再说,我儿子是出民夫,讲明四个月回来。"

"你打算得倒周全!"老东山钦佩地说,"我要是早自愿让儒春去出长民夫,赶不上参军的时候就好啦!看看,你儿子出夫的期快到啦。不过如今战时难说,就怕不能按时回来。"

冯寡妇把嘴一噘:"哼,不管战时不战时,指导员给我打的包票,到时我儿子不见影,我找他曹振德算账!"她忽然想起什么,带着笑道,"老叔子,你的牛肉都卖啦?"

"卖啦!"老东山丧气地说。

"怎么不留点?包饺子吃味可强啦,你那牛又肥又嫩的,唉!"冯寡妇涎水欲滴,抱怨又惋惜地叹息一声。

"我哪有心思吞牛肉?"老东山气愤地说,"不知哪个狗东西使坏心,把牛毒死啦!唉,真是伤天害理!"

冯寡妇白了他一眼,挑拨地说:

"照我看,怨不得别人,准是曹振德几个干部坏的。"

"怎么说?"老东山惊讶地直起脖子。

"这还不明白?"冯寡妇翻动着长嘴十拿九稳地说,"没老婆的曹振德和少胳膊的江水山,都连根牛毛也没有,他们还不是吃够糠菜,想尝牛肉,才叫牛倌使坏心?对吧,老叔子?"

"不对。"老东山断然地摇摇头,"他嫂子,这话说不得。振德几个干部惹人生气的地方是有,可是万万不干这种事。谁踏坏一棵庄稼他们都管得到,哪会为吃肉害牲畜?牛死后他们可焦心啦,振德先把自家所有几棵大小树截倒,领着大伙成宿做抬犁耨……不叫干部他们这一番补救,今年这豆种不上啦!干部又想法组织人把肉拿到烟台去卖了,再赔点钱,差不离死的能换条活的。这件事他们干部办得真不坏!真……"

"老叔子,"冯寡妇不耐烦地打断他的话,她想不到适得其反,引起老东山这一套话来,好没意思,"看样子你也快当干部啦!"

"人家是白,咱不能说是黑的!"老东山心里反驳道,但没出口，怕得罪了神巫女，只是把眼睛又闭上了。

关于这位冯寡妇，是很有些来历的。她有个很为肮脏的绰号——"风箱"，意思是她的家门和风箱的门户一样，随拉随开，进出的野男人非常之多，毫无遮盖。她二十一岁那年，为着不把私生子养在娘家，怀着六个月的胎儿匆忙地嫁给大她十岁的长工江会运。村人说冯寡妇和江会运没在一炕睡三宿，这恐怕有些夸张，但说她把心没放在丈夫身上，却是一点不冤枉。这周围几个村好穿"破鞋"女人的浪荡儿，没有没沾过她的炕的。江会运老实无能，被人家欺负得简直明着在他眼前跟他媳妇胡闹，不久老婆就逼他长年在外村当长工。其实在那种冷酷黑暗的社会里，人穷年纪大，娶了个不正经又年轻的媳妇，有她那一群有钱无赖子孙护着，江会运不老实又有什么办法呢？

有年除夕，江会运连夜从外村回家过年。他来到窗前面听到屋里有男女的说笑声，可是一推门里面立时息声灭灯。他还没吃饭，衣服又单，逆风寒雪，冻得直哆嗦，但叫了好长时间门也不见反应。

风雪寒夜，江会运孤仃一身偎在街头。曹振德听说把他拖来家，叫他吃了饺子，喝了点地瓜酒。

"你呀，会运！就那么熊？不会教训教训那臭娘儿们！"振德气愤地说。

江会运抱着头，呜呜地哭着说：

"振德叔，你以为我不气啊？不，是我不敢惹人家，听声音是蒋子金在里面，惹不起呀……"

曹振德再三鼓励起江会运，又叫上几个青年，摸到会运家里。大家谁也不出声，在被窝里把蒋子金和那媳妇的眼睛捂上，拖到南山沟，狠狠地揍了他们一顿。

这次打得够劲，"风箱"女人皮开肉绽，起不来床。蒋子金伤痛怒火烧，但是找不到祸首，又怕嚷出去闹得不光彩，只好吃哑巴亏。江会运媳妇好了伤疤忘了痛，其实她身上的打伤还没全结疤，就又和野汉来往。在蒋子金的调唆下，她把患病的江会运活活折弄死，名义上却是为丈夫唱神治病。江会运的舅舅不依冯寡妇，拖她打官司。这"风箱"女人天不怕地不怕，更加上相好老村长蒋殿人和地主蒋子金的支持，她雇两个人用粪筐把她抬着，从乡里一直和江会运舅舅打到县衙门。

神婆女人可真有本事，冯寡妇到县过完第二堂的第二天晚上，被县太爷请到家里"上了一宿神"。第三次过堂，知县一拍惊案，宣告了江会运的舅父欺侮懦弱贤女，罚款三十块大洋。冯寡妇官司打赢后，还在县台府内住了几天，闹得县姨太要吞金子要跳楼。她回来后，县太爷到浪暖海口巡察盐务税情，还特意绕道拜访冯寡妇……

冯寡妇这身能耐以及上神看病的本领，是从她妈那里学到的。她母亲三十岁那年和姘头串通谋害了丈夫，跟野汉从文登县逃过来的。那野汉在集镇上开铺子，病死后，她守了寡，凭着原来家底，母女招汉卖炕，唱神治病，吃穿有余，日子富足。冯寡妇自江会运死后，也靠姘头接济和上神许愿吃饭。抗日胜利前，她分得几亩地，长大了的儿子种着。她自己是从来不干活，四十开外年纪还穿红挂绿，搽胭抹粉。当然，冯寡妇这种生活方式生财之道，自从八路军来了以后是吃不开了。政府虽然没明令限制她的作为，但是社会风尚的改变，人们意识的改变，使她不能像在过去那样肆无忌惮地胡作非为。更加上她的一些老姘头——诸如蒋子金、蒋殿人之类都倒下去了，使她的生活用度受到抑制。如此等等，像她这一流的人，反对现政府是自然而然的。不过她没有一定的目的和宗旨罢了。冯寡妇如今剩下的老相好，只有蒋殿人了。她最听他的话，当然也是为着得钱财，发泄情欲。不用说，蒋殿人究竟是干什么的，她是不知道的。他只对她说，一有空子就说共产党的坏话，做害共产党的坏事。冯寡妇刚才对老东山说牛是曹振德和江水山伤害的,也是出于这种情况,她并不是有意识为蒋殿人他们打埋伏,因为她根本不知道是怎么回事。冯寡妇的神案龛前的香火,虽然没有从前旺了,但是像老东山一样求神许愿的常客,也还大有人在。

老东山从冯寡妇家里出来,心里一面想着给她四个或是五个鸡蛋合适,一面满意地微睁开眼皮。他的儒春有去灾避难、枪刀不着身的神符,可以安然无恙了。

然而,老东山怎么也想不到,他的儿子就在他求神卜卦的这一天,要遭杀身大祸的危险。

大路上,送公粮、军用物品的小车、牲口,熙熙攘攘急急忙忙地向西方流动。六月天气,热烘烘的,路上的尘埃腾起,在灼热的气流里,黄蒙蒙的在公路上空翻滚。和人马车辆汇成的洪流相对而行的,唯有两个穿草绿色军装的人。他们一个挎手枪,一个背大枪,很紧急地向东走着。

支前的老百姓时常发出亲切的问候:"同志,你们辛苦啦!"

每次都是走在前面那位挎手枪的黑皮高个儿回答:"没什么,你们忙啊。"

"比起你们前方打仗流血差远啦!"推小车的中年人笑道。

"哎,同志!前方来的?我们又打胜仗了吧,消灭多少反动派?"牵牲口的姑娘欢快地问道。

那挎手枪的人毫无兴趣地说:"胜仗?老胜谁败……嘿嘿,打敌人自己也要损伤……"

这两位穿军装的人来到一条沙河,过路的人很稀了。一辆送公粮的小车子陷在沙河滩里,推车的老汉和拉车的十五六岁的姑娘,在拼命向外推,可是车子仍是不动。

那背大枪的人见了此情,向挎手枪的人说:

"帮他们推出来吧。"

"不管它。"挎手枪的人阴沉地回答,大步从车旁走过。

背大枪的人犹豫一步，忽听推车老汉叫道：
"同志，同志！请帮帮忙。"
背大枪的人急忙跑上去，帮姑娘向外拉车。
挎手枪的人回身发现，厉声喊道：
"儒春！你怎么不听话？快走！"
儒春边答应着"就来，就来"，边用力把车子拉出沙滩。
小姑娘忙掏出手巾，感动地说：
"多谢同志！你擦擦汗吧！"对方不接，她硬塞进他手，"军民一家，还客气吗？"
儒春用手巾向脸上拭了一把，看着老汉满皱纹的脸上的汗水，情不自禁地说：
"大爷，你这大年纪还出来干重活？"
老汉轻快地笑着说："这有什么？同志呀，你们年轻人上了前线，这才是英雄！我老啦，也不服你们的输，支前活还干得动！"
小姑娘甜甜地笑着说："同志你不知道，俺爹还参过军哩！"
儒春怔愣愣地听得出神，忽听挎手枪的人又在大声叱呼：
"儒春！你不想走啦？！"
儒春忙把手巾还给小姑娘，离开这父女。
小姑娘望着两个穿军装的人迷惑地说："爹，我看那带手枪的人不像八路军作风，他怎么连帮帮忙也不愿意？"
老汉分解道："别胡猜。人家有急事吧？没看他像个干部，军情急如火呀！"
女儿还是不明白："那，他为么对战士的态度这么凶呢？"
"青年人，谁还没点脾气？多半是急的……"父亲回答道，重新扶起车柄：
"走，孩子！咱父女不能落了后，赶队伍去！"
挎手枪的黑皮高个子，边走边教训道：

"你怎么不听话？出了事怎么办？"

儒春悄声说："看人家累的，还能忍心不帮忙？"

"那不关咱的事。"他板起脸说，"往后可要听话，不准你多事！要不叫人家赶上来抓回去，你的脑袋就搬家啦！"

儒春闷着头，没出声。

忽听前面响起沙沙的脚步声，挎手枪的警觉地伸长脖子一看，西射的烈日下，黄土飞腾，出现黄色的队伍。他吃了一惊："不好，来队伍啦……走！"他拉了一把儒春，迅速地钻进路旁的树林。

两个人穿过树林，爬过坎坷不平的土岗，累得呼呼直喘，肚子饿得叫唤，太阳落山时来到一片僻静的坟地。带手枪的高个子向坟堆上一坐，疲倦地说：

"唉，俺他妈的！累熊啦，歇歇吧！"

儒春望了一眼对方涨红的黑脸，叹一口气，坐在对面，小心地问：

"井魁哥，你看咱们这么走行吗？"

王井魁冷笑笑："怎么不行？表弟，险境算过去啦！喏，替我卷支烟……"

老东山至亲的外甥、王镯子的哥哥王井魁，想起前天发生的事情，心里还免不了一阵惊悸……

这个富农出身的青年，他的罪恶远比山河村人们知道得多。他不但在扫荡中引日伪军抢粮烧房，在其他地方，还做了不少屠杀革命人民的勾当，身负三条血债。日本投降后，烟台被八路军解放，王井魁伪装起来隐蔽了一个时期，潜逃到蒋管区，当了中央军的排长。

国民党孤注一掷要和解放军在鲁中决死一战的企图，被人民解放军神奇的挖心战术歼其主力整编七十四师之后，一时土崩瓦解了，王井魁险些毙命，身负轻伤，和大批蒋军一起做了俘虏。

当然，他隐蔽了真实籍贯和身份，并改名叫"王立中"，暂时混进人民军队里，做着下步路的打算。

孟良崮会战失利后，国民党又调兵遣将集中力量，继续实行战略重点进攻，在大举进犯陕甘宁边区的同时，企图将山东解放军压迫进胶东半岛的狭窄地区，予以消灭。解放军则采取不计一城一地之得失、集中兵力杀伤敌人的作战办法，进行灵活的运动战。

王井魁所在解放军部队从西线撤回胶东解放区，进行兵员补充和休整。王井魁思忖，中央军这次使出全力，用重兵进攻山东，不久家乡就可变天了。趁现在离家较近，何不瞅好时机逃回去，等待中央军的光临。这样比在火线上逃到国民党那里去要保险，这次战斗差点毙了命。于是，他就做好准备，窥伺时机逃遁。

王井魁没料到，正在他要潜逃之时，和他的姑表弟照面了。

前天上午，王井魁在驻防村头路口站岗，见来了三四十名新战士。这是为新老战士配备起来，老部队调出一批老战士，新部队调来一部分新战士。王井魁正看着他们，忽然发现一个人，他吓了一跳。那战士也看见他，向队外走着叫道：

"咦！这不是……"

"哦，啊！儒春，你……"王井魁不等他叫出名字，就抢先喊起来。

带队的排长见他们熟悉，就让儒春和"王立中"说说话，一会儿回到连部，其他战士都进村了。

儒春打量着王井魁，突然变了脸色，不自觉地退一步，惊吓地说：

"你，你怎当解放军啦？"

"嘿嘿，这有啥稀奇的？"王井魁用力掩饰内心的恐惧，向四周巡视一眼，靠近儒春，小声道，"我过去是有罪，不过没伤害过人，那也是鬼子逼着干的。鬼子一投降我就向八路军坦白啦！你知道共产党最讲宽大政策，罚我一年徒刑……我表现好，又提前放了，去年我就参加咱解放军啦！儒春兄弟，你看我还负过伤呢！"他卷起衣袖，左胳膊上露出被解放军俘虏前打伤的疤痕。

儒春当然分不出伤疤是谁的子弹打的，他渐渐松弛下来，说：

"能改过就好啦，咱们政府讲宽大……"

他又停住，问："那你怎么不向家打信？我姑可想你啦！"

"这……"王井魁略一迟疑，支吾道，"我也想我妈，只是觉着自己过去太坏，对不起乡邻，没脸见人……好，我听兄弟的话，今天就写封信……"

"这就好啦，姑姑老要我去当儿子哩！"儒春兴奋地说。

"哎，儒春！家里情况怎么样？你怎么参军的……"

儒春对王井魁没有一点怀疑，全信了他的话。他把家里的情况，自己的参军，都告诉这位表哥了。

儒春走后，王井魁紧张地打开了算盘：跑吧？不行，儒春马上就说出他的身世，一切就暴露无遗，于是，他会被马上追捕住。不跑吧？和儒春在一起，随时有败露的危险，雪里是埋不住死尸的。

"唉！妈的，都坏在这个崽子身上！"他心里狠狠地骂着，转念一想，"这小子老实，他爹老东山一定不愿儿子参军，听他刚才的口气，在家走时也勉强，并且还开过一次小差……哼，解放军再有本事，不足三个月也不能把他的脑子全换过来。对，想法带走他，免他暴露我的踪迹。"

这天傍晚，王井魁约儒春出来散步谈心。他把表弟带到村外的树林里，谈了一会儿家常，王井魁端量着儒春的子弹带，笑着说：

"儒春兄弟，你枪法好吗？"

"没打过，只是练过瞄准。真想打，上级说子弹贵重，到打仗时才能放。"儒春天真地回答道。

"是啊，我刚参军时也一样。"王井魁老资格地说，"我看你背的子弹带不对头，那样背法打仗时可不顺手，你放下我给你整整。"

"好，往后你可多指点着我。"儒春顺从地把子弹带解下递上前。

王井魁接过，像煞有介事地翻弄几下，放在一边，又拿过他的枪，拉开拴看了看，说：

"你这枪好使吗？我怎么看准星是歪的？"

儒春接过枪，斜着眼端量着说：

"不歪，我用着不歪。"

"你再试试，对着南面那棵大树瞄，不行要赶快换好的，就要出发打仗啦！"王井魁关切地指点。

"好。"儒春依从地趴下身，端着枪向南集中心思地瞄准。

"枪没放平……膀子没顶紧……手往前点……"王井魁嘴上这么纠正着，手在迅速地解开儒春的子弹带，把子弹掏出，甩进乱草中，又无声息地将子弹带系好。

"好，差不多啦，你进步很快！"王井魁称赞道，"好，背起子弹带，我给你整整，回去吃晚饭吧。"

儒春提起子弹带，觉得有些轻，急忙去摸，脸色立时变了：

"不好啦！"

"怎么啦？"王井魁平静地问。

"子弹少啦，少啦！"儒春慌乱地叫着。

王井魁大惊失色："真的吗？我看看！"

"你看，原来十五发，这只五发啦……"

王井魁摸了几把，严重地说：

"哎呀，表弟！你怎么把子弹当石头随便丢？"

"我哪敢随便丢！出发前还在来，这会儿就飞啦……"儒春急得眼泪汪汪，快哭出声，"一准谁偷去啦！"

王井魁了不得地说："儒春兄弟，这可不是儿戏！解放军的子弹比命还要紧，昨天还把一个走火的兵押到板房关起来。你，你……"

"我可不是存心的啊！"儒春啜泣起来。

"人家还管你这些！说你把子弹送给了坏人，你有什么凭据不承认？啊，表弟呀！军火贵如命．你可闯下大祸啦！"

"表哥！你快救我一救，给我证个明，说我是不知道，不小心叫人偷去的。"儒春哭着央求道。

王井魁连忙摇头："我有几颗脑袋敢保这个险？人家说我讲私情，跟你一块遭殃！"

儒春泪和汗一齐往下流，苦苦哀求道：

"好表哥，看在亲戚面上，你想个法子救救我吧！我一辈子忘不了你的恩德……"

王井魁无可奈何地说："唉，这真是没有办法的事啊！好吧，兄弟，咱们是亲骨肉，看你爹妈面上，我为你豁上啦……"

当夜更深，王井魁趁站岗的机会，领着儒春逃离了军队。

两个人猛跑到天亮，王井魁才发现儒春空着手。

"你的枪呢？"

儒春有些吃惊："回家种地拿它干吗？人家军队缺枪弹，走时我放在村头上，怕他们找不着，我放在碾台上……"

"傻蛋！"王井魁瞪了他一眼。

"你拿枪做什么？"

"有用……"王井魁迟疑了一下，笑笑，"回家当民兵，给咱村增加点装备。哦，你背着这支吧，我还有支小的。"

王井魁挎上他被俘时藏起的一支手枪，装成干部模样，领着背大枪的儒春上了大路，朝家乡方向奔走。

267

这儒春在河边被未婚妻春玲劝回归队后，在烟台郊区驻防，进行训练。虽然不到三个月，但也受过一些打反动派的革命教育，虽然没树立起坚定的立场，思想上已有些开窍，认识到想不受压迫非打反动派不可。他还下决心，打几年仗赚个面子回家给春玲看看。但部队的艰苦而有纪律的生活，他还不习惯，有时想起家里的生活，还是很为留恋。就在这种情况下，发生了听表哥王井魁说是那样可怕骇人的"子弹事件"，同时儒春自己也听上级讲过多次，武器就是生命，子弹金贵缺少。这个幼嫩的青年完全被吓昏了头脑，忘记了一切，只顾眼前解危，脱过这场遭身大祸。

然而，跟着表哥走着走着，儒春的脑海里时常浮现春玲的影子，她对他说的那些话，她在河边的歌声，时时在他耳边鸣响。一路之上，他见人车马行都向西走，都在支援前线，像那个推车的老汉和小姑娘，也那么积极地送公粮。就只有他跟王井魁向家里跑，像春玲说的，都和自己家一样，反动派早打过来了，多少人要受害啊！

同时，儒春渐渐对丢子弹就要遭大难的事，也发生了疑问。他怎么会不知道，八路军对人好，在村驻防的部队，从来没见哪个战士挨打骂坐板房。尤其是在军队生活的前后四个月，上级和父母一样关心战士，问寒问热，无微不至。难道那么好的上级会为他儒春把子弹丢了，翻脸变得那么凶，把他抓起来杀头吗？不对，这怎么会呢？解放军对坏蛋才整治，对他儒春这么老实的人，怎么能和坏蛋一样呢？

"可是，"他的心又冷起来，"人家怎么知道子弹不是我故意丢的呢？我空口白话怎么说得清啊！十发子弹，可真是大事啊……天哪！回家也不是法子，春玲不依他，她要哭，村里人谁不笑话啊？没脸见人小事，怎么对得起春玲！良心怎么过得去啊！……"

儒春想得也太实落了，正像他的春玲对他的评断"人家给你根棒槌你就当针纫"，王井魁真的把他带回家吗？这个儒春当然不知道，可他也不好好想想——唉，他有这种本领就不是现在的儒春了。王井魁用威胁把自己的表弟江儒春带出部队，仅仅是完成了计划的第一步；至于第二步，那就更毒辣了……

天已黑下来，乌云在忙着摆布阵势，将星月网住。一阵小旋风卷着草叶在坟丘间旋转。

儒春望着仰在坟上口喷烟雾的王井魁，鼓了好几次勇气问道：

"井魁哥，咱们回家好吗？不怕人家笑话？"

王井魁弹掉烟灰，望着满天乌云，不在乎地说：

"管那些干么？脸皮要紧命要紧？"

儒春又真情地说："照我说，你单为我的事离开队，那太重啦，我也过意不去。表哥，你要回队就回去吧，我自己回家也行。"

"我也不尽为你，也想家想妈啦！"王井魁懒洋洋地说，又威胁道：

"再说这是闹着玩的？开小差的回去要枪毙！"

"不会，不会！"儒春急忙分辩，"上次我跑了又回去，一点事没有，指导员说欢迎归队。"

王井魁沉吟一刹，说：

"那是对新兵。说实在话，不为你我也要溜。当解放军多少苦不说，眼看中央军的大兵就占了全山东，中国也是人家的啦！"他嬉笑地瞟着儒春，"怎么，你又怕春玲那骚闺女把你顶回来？表弟，女人水性，春玲是要你走了好另找新鲜，你再不回去，她那么娇嫩嫩的一朵好花，可要叫别人采啦！哈哈……"

"不，不会！春玲不是那种人。"儒春坚决地反驳道。他感到他是侮辱春玲，身上很不舒服，脸上直发烧。他在黑暗中，似乎觉得春玲站在他面前,一句话不讲,只瞪着那双墨黑的桃形大眼睛看着他,这眼睛是那么亮,那么深情地看着他。儒春感到有些惶惑,向王井魁说:

"我越想回去越不对劲,我看咱们找别的部队去参加,他们不知我丢了子弹,你说好吗?"

王井魁生气了,训斥道:

"你这人身上一点骨头没有,大丈夫敢做敢当,割下头碗大小个窟窿,怕什么?我不是和你说过,开小差的要枪毙吗?"

"你不去我去吧,我是新兵。"

"三个多月啦,算老兵!"

"那我把军装脱了……"

"扒掉皮共产党也查得出来!"王井魁光火了,黑皮脸在黑暗中搐动,暗道:"你这小子还想吃回头草,你的命在老子手里攥着……"他正欲夺过儒春的枪,又感到全身疲乏:"大半天没吃饭,这小子长得挺壮实,闹不好对付不了他……"

王井魁起身向四周扫视一会儿,和气地说:

"好,以后再说吧。走,表弟,找个地方喂饱肚子!"

为防止干部、民兵要证件,王井魁挑了远离村子的一户人家敲了门。

出来开门的是位姑娘,她望着前面的人影问道:

"你们找什么?"

王井魁客气地说:"老乡,我们是解放军,赶路带了夜,想……"

"快进来呀,同志!请进吧!"姑娘热情地邀请道。

"你们家都有什么人?"王井魁警惕地问。

姑娘忙回答:"就我和妈在家。请进吧,同志!没关系……"

"你们这是新解放区,要警觉点,别见怪。"王井魁说着领儒春走进院子。

姑娘关上门,有点不高兴地说:

"哪里还新解放区?鬼子投降快两年啦,反动派一直没能过来。"

"谁呀,二妞子?"屋里响起老大娘的问声。

"解放军来啦,两位同志!"姑娘欢快地回答。

老大娘迎出屋门,亲热地招呼道:

"哎呀,这黑灯瞎火的,可怎么走啦!都是为咱百姓奔波啊!快进屋吧……"她又改口,"唉,我老糊涂啦!进屋热,二妞子,快拿凳子!"

二妞拿出两个小凳,让两位解放军坐下。老大娘搬出小桌,点上油灯。二妞又端出两碗水送到他们手中。老大娘吩咐道:

"快做饭去,同志一准饿啦!"

儒春见人家这么好,心里很感动,要去帮忙。二妞笑着摆手:

"你歇着吧,同志!够辛苦啦!"

老大娘坐在儒春身旁的稻草蒲团上,关切地说:

"先吃点饭,再用热水烫烫脚,叫我闺女送你们到村公所找地方睡下,我这家就剩一铺炕啦!"

"我们任务急,连夜赶!"王井魁卷着烟说道。

"唉,再急也要歇歇呀,这黑天说什么大娘也不放!"她以母亲的口气说道,又疼爱地拉起儒春的手,"孩子,你多大啦?哪地方人?"

"二十整。在东面,离这一百多里路。"儒春觉得嗓子发热。

"哦,和我那儿子同岁,他也走十二个多月啦!为参军他把成亲的好日子都改啦,说是多会儿打光反动派多会儿是好日。唉,那才是个愣小子呢!倒好,人家两口子都同意,我这个当妈的也不管啦!"老大娘乐呵呵地絮叨着,话声里洋溢着真情的喜欢和自豪感。

"妈，你老自我表扬，叫人家同志听见不笑话吗？"屋里传出二妞的清朗话声。

"哎，妈没说两句你又打岔啦！"老大娘乐趣横生，"同志呀，我光说儿子忘夸闺女啦，你们可别说我封建哪。说起我二妞呀，可不得了，全区的支前模范哪！上次开会，区长亲手给她戴花……"

"妈，你老说这些干么呀，叫人家多不好意思！"二妞的声音更响了。

王井魁一直在抽烟，没搭腔，听着屋里传出的娇羞的女子声，他不由得朝里面看去。他的眼睛立时被灶堂里的火光映红了的嫩脸蛋吸住了……

儒春听着老大娘的话，心里热火火地感动异常，对照自己，羞惭得不敢正视这白发苍苍的老大娘一眼。他声音抖颤着说：

"大妈，你，你真好！"

"唉，我老不死的净吃闲饭啦！"老大娘笑起来，又关切地问，"孩子，你们是从前方来的？"

王井魁怕儒春回答出娄子，立刻收回看二妞的眼睛，说：

"是啊，才打过大仗下来，去执行紧急公事！"

"哦，听说'遭殃军'那些坏东西叫咱们打得破头流血，俺老百姓真是欢喜啊！"老大娘兴奋地说，又看着儒春，"孩子，怕你也打死不少？"

"我……"儒春脸上像挨了一巴掌，火辣辣地直发烧，刚要说"我是新兵"，王井魁抢先回答道：

"他爱面子，不肯说自己。我是他连长，他打仗勇敢顽强，立过好几次大功！"

老大娘激动地说："哎呀，真是好孩子！有你们在，俺老百姓不愁反动派不死光啦！好孩子，你爹妈真养个有出息的儿子，他们都好吗？"

儒春又羞惭又难过，眼睛潮湿起来，声音喑哑地说：

"好，他们……"他以擤鼻涕掩盖过自己的说不上话。

二妞的声音又响了："哎呀，咱们家来了英雄，到明天，我们村非进行慰劳不可！"她激动地提着烧火棍走到门口，朝王井魁说：

"同志，你呢？他是你的战士都这样强，你当干部的更行啦！你说说自己呀！"

王井魁贪婪地看着她的脸面，在谦虚字眼的冠冕下，大吹特吹自己的"英雄事迹"……

老大娘喜得合不拢嘴，指着二妞道：

"你看你这孩子，喜欢得跑出来啦，做饭去呀！"

二妞不好意思地回到屋。

老大娘又问起前方的战事。王井魁很严重地说：

"有些不大好！"

"啊！"老大娘吃惊。

王井魁压低声："老人家，我看你是军属，我才对你说。延安叫国民党占啦！"

"延安？！"老大娘惊道，"那不是毛主席在的地方吗？"

"是啊！所以说中央军很厉害……"

"妈，你不要怕！"二妞端出饭来，说，"那不是反动派侵占的，是咱们为消灭反动派放弃的。毛主席他们都转移到安全地方，一样领着咱们打敌人！"

王井魁暗骂："这毛丫头，知道得还挺多……"嘴上急忙附和道：

"是啊，老人家，不用怕。敌人再厉害，也没咱们行。"

"说得是！老蒋那该死的混账东西，兴旺不几天啦！"老大娘平静下来，指着饭桌，"快吃饭吧！咱家日子不强，也没好吃的……"

儒春端着鸡蛋做盖的细面条,眼泪直往下掉,嗓子像有火烧,怎么也吞不下去。

王井魁狼吞虎咽,蘸盐就葱,一气倒进肚子三大碗。

打着饱嗝的王井魁,本想领儒春走掉,可是在灯光下又一次扫视这位年轻漂亮的姑娘,心里想:"妈的!你积极模范,我叫你对共产党尽心……叫你瞧瞧我这位解放军……"于是,他说明任务急如火,要带夜赶到前面的村庄,但不知路途,要向导。二妞立时自告奋勇,领他们上路。

儒春以为王井魁真为天黑路不好走,叫人家送一程。他心里不忍,但说不过王井魁,二妞又再三说没关系,儒春也只好跟着走了。

二妞在前,三人来到山岗上。王井魁站住扯儒春一把,等二妞走出十几步,他悄声说:

"这妞儿俊不俊?"

儒春的心还被这家亲如骨肉的款待弄得热烘烘的,乱得很,不明白他的意思:

"咱管人家干么?"

"哼,傻蛋!"王井魁淫猥地笑着,"好,你在这歇着吧,别管我……"

"走呀,同志!"二妞回过头唤道。

"好,好!"王井魁答应着向姑娘赶去。

儒春一时惊愣住。他看着黑暗中的王井魁,害起怕来。这个当过汉奸的表哥,真的变好了吗?看样子他不是为救他儒春才开小差,现在又要糟蹋这姑娘……儒春的面前突然出现春玲的影子,她的眼睛瞪得像杏子样圆,闪着强烈的光芒,紧盯着他说:"你跟好人能学好,跟坏人能走岔道!你呀,你呀!儒春!你在干什么……"

突然,前面响起二妞的呼喊声:"你要做什么……来人哪……"儒春大惊,急向前奔去。

王井魁正在撕扭姑娘。儒春上去揪着王井魁的胳膊,愤恨地说:

"你这是伤天良!快放了她……"

二妞趁此脱出身,恼怒地骂道:

"我从来没见这种解放军!人面兽心的东西……"她飞快地向村中跑去……

王井魁拉着儒春一直跑到一座山的沟里,累得上气不接下气。听听没有追来的动静,王井魁怒火烧身,刚要向儒春发作,忽见他手里的大枪,又压下去,温和地说:

"儒春,哎,好事叫你坏啦。"

儒春生气地站起来,说:

"表哥!你没改好,还糟害人!我不跟你走,我要回部队去!"

王井魁一愣,笑笑说:

"别生气,是我一时想邪心啦。兄弟,你回去不怕受刑吗?"

儒春痛苦地叫道:"回去受死我也情愿!我可不能再丧良心啦!"他孩子似的哭了,"我错啦!我后悔没听春玲的话,心里只有我爹!我,我死也要当个解放军死……"他重坐下,抱着大枪,低着头哭泣,痛心揪肠地恸哭着。

"嘿嘿,表弟!"王井魁冷笑着把手枪掏出来,"可别为小事想不开,为个女人的事不值得……"

"不单为这!"儒春抬头瞪着他,"人家拿咱当亲人,你可做没良心的事,叫人家忌恨解放军,这多造孽啊!"他完全没注意黑暗中对方手里握着的短枪,纯朴地哭着要求道:

"表哥!咱们回去吧,那老大娘和闺女都好心,咱向人家赔罪,说好话,再找队伍去,她们就不忌恨啦!"

"好,走吧!你前头领路。"王井魁回答道。

儒春高兴地站起来,迈出两步,突然,脑勺挨了手枪柄的重重一击。儒春痛叫一声,眼前一阵金星飞进,身子沉重地摔到乱石上……

儒春从昏迷中被响声惊醒,全身无力,头像爆裂般地剧痛。他有气无力地说:

"表,表哥!你,你真忍心打死我……"

王井魁把儒春的大枪砸烂以后,闻声走过来,阴沉地说:

"你还想活吗?傻小子,叫你死个明白,王井魁是你表哥不假,谁叫你跑到我跟前来?子弹的事嘛,是我给你丢的,领你走就没想叫你活!"

儒春感到一阵悲哀,泪水涌出眼眶。他感到无比的愤怒,一时窒息昏厥了片刻。苏醒后,他压抑着仇恨说:

"好,我总算看清黑白啦!亲戚救不了命……我还求你,去告诉那老大娘和闺女,就说咱们不是解放军,是假的……"

"嘿嘿,痴话!"王井魁阴冷地笑道,"还要我给你请医生吗?"

儒春拼着所有的力量说:"这比我的命要紧……"

"喂狼去吧!"王井魁将奄奄一息的表弟踢下了嶙峋的山沟。

天上落下大滴的雨星。雨越下越大了。

第十三章

饥馑,像长了翅膀的恶毒大虫,飞临村庄,敲着人家的门户——有的已爬过门槛,越来越严重地威胁着人们的生命。

去年秋冬蓄存备荒的大批地瓜叶等干菜,早已吃尽。从麦收前一个月,人们就开始上山剜野菜。每天早晨,妇女、孩子携带篓筐扁担,奔向山岗。去的人越来越多,逐渐地形成很多股长长的队伍。开始人们到附近山上,寻觅常年也吃的几种山菜;慢慢地走远了,采只要能吃的各种野菜。起初一般人家还有些粮食、地瓜干,清算地主和反动富农使最贫苦的人家也得到一些吃食,可是这不能维持很久。现在的情况是,除了老中农、为数不多的富农家里还有储蓄外,再就是一部分人吃点今春早种的春大麦和土豆、荞麦,完全断米绝粮的人家,在一天天地增加。

各村干部在区上开会,不少人向上级叫苦,有的要求把公粮拨出一部分,不然实在是难以维持了。

但是区委的答复很明确:如果没有新的指示,公粮不准动用一粒;保证不饿死一个人,不出现一个讨饭的。怎么办?要全体人民组织起来,实行生产救灾,度过艰难的时期。

曹振德和干部们想了各种办法,保证缺粮户,首先是烈军工属的生活得以维持下去。他们号召群众发扬互相帮助、同舟共济的精神,有粮的借给没粮的,和着野菜充饥;号召大家多种长得快、能顶饭吃的各类蔬菜；又组织一些人到东海上挑鱼虾回来，和菜熬起来当饭吃。没油吃海物，这滋味可挺够呛的……

今天上午开党支部大会，动员党员起带头作用，尽量省出一些粮食救济缺吃的军属。大家都表示立刻行动，唯有孙俊英闭嘴无言。

江水山是知道她家里情况的，不客气地提出来：

"妇救会长，你该起带头作用，多拿出些粮来。我看在座的你算富的啦！"

孙俊英满脸涨红，很不高兴地回答：

"你怎么瞅上我啦？我家没有，还等着吃救济呢！"

江合也对她这种态度不满意，和气地劝道：

"俊英，这你就不诚实啦。仲亭在家时，亲口和我说过，家里粮食到过年也吃不完……"

"有也不是抢来的！"孙俊英恼怒地瞪起眼睛，"党有规定，献东西要自愿。我懂政策，你们唬不着我！"

"谁唬你来，妇救会长？"春玲发言了，"这像个共产党员说的话吗？"

"还是行政主要干部哩！"有党员讥讽道。

孙俊英白了春玲一眼："黄毛闺女，显得你说啦！我早不想干。"她没说出口，低下了头。

"救济军属是上级的号召，对一般群众不强迫，对党员也一样。"曹振德看着孙俊英，严正地说，"不过这是党的话，做个党员不听从，就要检查一下啦！难道我们就连个普通群众都赶不上？就说冷元老汉吧，人家是烈属，抚恤金一个不要，第二个儿子又送走了，这才是革命的态度。想想人家，咱当党员的不脸红吗？"

在大家激烈尖锐的批评下，孙俊英勉强同意借出一百斤玉米。

开完会回家，孙俊英吃过油饼和炒鸡蛋的午饭，坐在炕上生大气。

孙俊英不缺吃不愁穿，土改分的地好，江仲亭这两年的汗珠换来不少粮食，她一个人过活，再有一年不进米也饿不着。

自从丈夫江仲亭走后，妇救会长的工作她很少过问，什么活都依靠村里给代耕。她成天待在家里，神志懈怠，吃饱睡，睡够吃，无精打采地消磨日子。孙俊英越想越恨江水山，由江水山联系到支部书记曹振德，是他们一个鼻孔眼出气，把她丈夫搞走了。接着她联系到共产党，是它教着他们这么做的……她愈想愈恨，愈恨愈广，推之下去，她对现在的社会也怀恨了，哪有她生活在往昔的环境里逍遥快活呢？孙俊英这几年出人头地的快感，像肥皂泡一样破灭了，失去了再积极工作的力量。党员、干部真成了她头上的紧箍咒，越来越难受了，对她一点好处没有，她真想赶快去掉这些牌号。可是，她还有个想法，很可能江仲亭再负点伤回来，那时他又是她的好丈夫了，还是留着党员牌、干部幌子遮丑盖羞吧。

为上午开会的事，孙俊英越想越气，恼恨填胸，发狠地说：

"江水山、曹振德！你们把我男人拉走还不罢休，又来治我啦！哼，我孙俊英可不是乡间女人，闯关进京见过大世面。我也叫你们认识认识你孙家老娘的手段！"她下炕闩上门，用豆面捏起两个人形，舀一菜勺花生油倒进锅里，大把柴地烧起火来。

一会儿，油就爆着焦花沸开了。孙俊英拿起一包针，正要向豆面人身上扎，忽听叫门声：

"妇救会长在家吗？"

孙俊英想不回答，又知道骗不过，就慌忙把豆面人放在灶后。她明明知道对方是谁，却还要发问：

"你是谁呀？"她抽开门闩。

冯寡妇一步跨进门，眨着黄眼皮，皱起鼻子说：

"好香！在家闹什么好吃的，还闩门？好香，好香……"

"我是在……在熬点生油，治病。"孙俊英搪塞道，见对方今天一反常态，没穿红戴绿，身上破破烂烂，甚为惊异。

冯寡妇见锅里放着那么多油，眼睛尖溜溜地扫了一下，手指灶后说：

"哎呀，妇救会长，是哪个王八羔子得罪了你，你要放油锅里炸他——噢，还两个哩！"说着她上去拿过豆面人。

"哪里，哪里！你瞎猜……"孙俊英慌乱地分辩，夺面人，"我可不迷信，你……"

"哈哈哈！"冯寡妇开心地笑了，躲过她的手，看着豆面人，"你可真是偷了泥告诉土地老爷说没偷——算告到家啦，想哄我这老行家呀，嘿嘿！你这是要咒死谁？怎么不在面人上扎针？……哦！这个人还是少只胳膊的……"

"你别瞎说啦！"孙俊英夺过豆面人，把话岔开，"你来有事吗？"

"无事不登三宝殿。"冯寡妇落座在炕沿上，变得愁苦地拉下脸，"妇救会长，你给想想法子，我家两天揭不开锅啦……"她用力压下一个饱嗝儿。

孙俊英急忙推开："这事我管不着，咱管不了！"

"我是夫属呀！儿子出民工四个月的期，已经到了还没回来，你们干部叫我孤寡女人饿死？"冯寡妇的样子快哭了。

"我是妇救会长，管不了这些事。"孙俊英脱清身地说，"你去找指导员吧，人家掌大权。"

冯寡妇一向以不理会干部的话闻名，这时却肃然起敬地说：

"妇救会长，你可是咱们女人中的王，要为咱们说话呀！俺们的儿子、男人都出去给共产党卖命，还依靠谁呀？你当干部的就是靠山啦！"

"我的男人还不是一样？"孙俊英共鸣地摊开手，又留心地问,"你说'俺们',还有谁家?"

"多啦!东头孙狗剩媳妇,村中小柱他妈,南头吉庆媳妇……都叫着没吃的,盼出去的人回来。"

孙俊英感到事情更麻烦了,急忙说:

"干部开过会,动员献粮给军属……"

"我算不算数?"冯寡妇瞪大眼睛。

"算数,上前线出民工的当军属看待。献粮我还拿出一百斤,你快去向指导员要吧!"

冯寡妇脸上带着笑:"妇救会长,你领我们去吧!"

孙俊英思忖,自己去干这事又要受批评,还是少一事为妙,推托道:

"我不去,有事忙。你还不知道他的门?"

"知道是知道……"冯寡妇见求她不应,就迈着小脚向外走。

"那炸面人的事是我闹着玩,你可不要对谁说!"孙俊英在后面叮嘱她。

"放心吧,当是我眼瞎!"冯寡妇下绝对保证的同时,心里正在盘算怎样去告诉蒋殿人这个稀罕重要的发现。

孙俊英瞅着冯寡妇的背后,心里幸灾乐祸地说:"曹振德,我看你怎么对付这疯娘儿们!"她转身插上门,重新在油锅里炸她所恨的人。

冯寡妇这次拜访妇救会长孙俊英是有来由的。

蒋殿人和孙承祖夫妻在种豆时节毒死十多头牛,使人们遭到惨重的损失,但是并没有得到他们预期的叫土地荒芜的结果,只不过使男女老少多出了把力而已。曹振德他们开过会,暗访明查了多次,没有抓到放毒的凶手。干部们一方面继续追究毒牛的事件,一方面对公粮仓库一类易受破坏的目标,加强了警戒,并布置一些党员和积极分子,注意监视地主和坏分子的动静。孙承祖和蒋殿人很为他们的高明手段得意,干部没追查出线索,这给他们进行破坏活动以很大鼓舞,胆子也大起来;同时更为审慎从事,按照和孙承祖的磋商,蒋殿人昨夜摸到老姘头冯寡妇家里,馈送她一副玉镯子。他吩咐她联合几家夫属去向干部要饭吃,要出夫四个月期已满的儿子、丈夫回来,不给就放赖撒野,惹逗得干部动火发脾气,言语和手脚出了娄子,就可把事情闹大了……蒋殿人并要冯寡妇先去找孙俊英,能要求妇救会长领着最好,她不答应也讨个妇救会长叫去找谁的口实。孙承祖和蒋殿人也要通过这一事情,了解一下孙俊英的虚实,他们估计她多半推着不管。

冯寡妇回到家里,找个破篓子一条棍,去约人上指导员家要粮。但没叫动其他人,冯寡妇大骂那些女人是熊包,自己单枪匹马,趁人们在街上歇晌的当儿,故意在大街上向村西头走。

"你干什么去?"有人问道。

冯寡妇破嗓嚷道:"要饭哪!俺夫属不怕丢人!不要脸皮总比在家饿死强!"

人们被这冯寡妇的讨饭棍篓吸引着,好奇地跟在她后面看热闹……

曹振德家还没全断粮。老辈穷人过日子,细水长流,财主不是有"穷人有福不会享"之说吗?恐怕也有些道理吧?振德忘不了,他母亲常对他说,她二十多岁第一次煮饺子,是把生饺子和凉水一起放在锅里烧火的,因她不但从没吃过而且从未见过饺子如何煮。春玲从她母亲那里因袭下这过日子之道,即使东西多也舍不得吃好一些。去秋他们准备了很多各种干菜,从那时就开始将菜和粮、地瓜掺起来吃,不是这样做法,再有这么三四倍的粮食也早光了。

因为父亲开会回来晚了,别人家都吃过饭好一会儿,春玲家才在吃。

"玲子,吃过饭看看咱还有多少吃的。"振德端起碗吩咐道。

春玲回答说:"还有些地瓜干,杂七杂八的粮食也有一百多斤。"

"还有这么多？"振德有些吃惊，他家的粮米之类总是由理家务的人掌管，"你留点够和着菜吃些日子就行啦，其余的拿出去给少吃的军属。"

春玲含笑道："我早收拾好啦……"

"净送给人家啦！"明轩诉苦道，"咱家老吃菜，肚子发胀，干活直不起腰。"

春玲笑着说："明轩，你不是向我下过保证，不打光反动派，有白面你也不吃吗？"

明轩有些难为情地垂下头，悄声说：

"我不是对革命不积极，是想咱们从头年就省着，有的人家可不省，这会儿没吃的再向别人伸手。"

"吃苦不光咱一家，不俭省的是少数。"父亲解释道，"再说，这次是要解决一下烈军属的困难。咱们能为亲人去打反动派的人家省点吃的出来，这是很值得的嘛，该高兴！"

"爹，我发言！"明生站起来。

"坐着说吧，不开会。"春玲把小弟拉坐下来。

明生对哥哥说："我哥有缺点，是儿童团长还和落后人比，这是对革命没决心……"

"你别扣大帽子！"明轩吃不住了。

明生摆着手："别急，你先别急，我还没说完哩。"他朝父亲、姐姐说：

"我也不全赞成你们的意见。咱们家也是军属呀！俺大姐姐牺牲最早，还是烈属哩！就为这，我不同意再拿出东西。咱那么点，还不够自个儿吃哩！"

"只管自个儿吃？"春玲的大眼睛在两个弟弟脸上闪光，"咱家又是烈属又是军属又是工属，就更该起带头呀！你们放心，我保证叫全家吃饱，每顿饭还都有粮食吃。"

283

"一顿放一粒进锅里,够啦!"明轩的话,引起全家一阵欢笑。

这一家吃的饭,几乎全是野菜,见不到粮米的影子。春玲有时煮几片地瓜干,有时做一个约有三分之一的粗面的菜团子,给父亲吃。但是看着孩子,振德怎能咽得下?这顿又如此,振德不吃菜团子,大口向嘴里扒山菜。春玲瞅着那个小碗大的菜团团又要剩下了,就掰下一块,送给明轩。

明轩不接:"给爹吃,吃了好工作。"

姐姐打趣道:"你不是怕没粮吃吗?早先吃点吧!"

"我才不怕吃苦呢!"明轩大口吞野菜。

春玲又送给小弟。明生摇着头:

"不要,不要!姐,你吃了吧!你受苦最多,你吃了吧!"

春玲把菜团硬塞进他手里:"快吃了吧,你小,吃完上山薅菜有力气。"

"我吃孬的也有劲!"明生又把菜团子送给父亲,"爹,你吃呀!你怎么不吃呢?"

振德见孩子们的精神,心早就发热了,被明生这一说,更加激动。他用力微笑着说:

"好孩子!爹吃饱啦,你吃了吧!"

明生站起来,把菜团子送到父亲嘴边,一声紧一声地说:

"爹,你不饱。你比过去瘦多啦!爹,你责任大,常熬夜,我们没有事。你吃呀,爹!"

振德哪里吃得下!

明生着急地叫道:"爹,你吃呀!你再不吃我要哭啦……"

振德见明生急得直跺脚,真要哭了,忙接过来。他握着这一小块菜团子,像握着块赤金那样沉重,像块火炭那样烫手。他良久地凝视它,抑制着泪水,激动地说:

"孩子们!不要怕吃苦,现在吃苦是好事。咱们不吃苦,怎么打垮反动派解放全中国啊！咱们这苦吃得有盼头，这叫苦中有甜，吃得值得，心里舒服！"

忽然门外一阵喧嚷，接着冯寡妇大步跨入，看热闹的人们也挤进了院子。

振德和孩子们见到这般情景，都愕然地站起身。

"你有事吗？"振德问冯寡妇，猜测她穿得褴褛不堪，拿着讨饭篓子、棍子的含意。

冯寡妇哼了一声，恶狠狠地说：

"有事！没事哪敢登指导员的门！"

振德一听出口不善，知道这寡妇的为人，不予理会，平静地说：

"有话说吧。"

"我来要饭吃！"冯寡妇横着眉眼，把篓子向前一伸，"家里揭不开锅啦，求指导员开恩救命！"

振德微笑着："有事好商量，请先进来吃点吧。"

"进来就进来！"冯寡妇勇敢地闯进门，"你当干部的在家吃香的喝辣的，把我夫属撂到西北天上不管啦！"

振德又招呼后面的人。大家围在门口，笑着不进去。

春玲招呼冯寡妇道："大嫂子，请吃吧，饭有的是。"

冯寡妇大腿一撩，大模大样坐到锅灶台上，瞥了一眼饭桌上黑楂楂的山菜，差点呕出来。

明生把那个全家让着没吃的面菜团子送到她面前，说：

"吃吧，大嫂嫂！吃吧，俺们都省着不舍得吃，给你夫属吃了吧！"

看热闹的人中响起话声——

"春玲真会过日子，打的粮食不多，交公粮老超过，还常接济人！"

"龙生龙，凤养凤。闺女像她妈！"

285

"他爹也不错呀!"

"这一家人,大小都一个心眼儿。你看那明生,才九岁,就是懂事。真叫人心发热!"

"瞧那寡妇的恶相……"

冯寡妇白了一眼明生手里的黑菜团,说:

"吃一顿饱不了一辈子。"心里暗道:"小毛爪子,瞎眼啦!老娘的嗓门可没那么粗,咽不下去……"她转向振德:"指导员,你倒是给我粮呀!"

曹振德有些生气了,但仍和气地劝导她:

"你自己也该思量思量,大家都这么困难,哪能老给你粮食?有困难咱们自己要多想办法克服,光依靠政府也不是法子,政府没有那么些救济粮。"

"我没办法!"冯寡妇扬起嗓子,"只有去要饭啦!"

振德冷静地回答:"这个有自由。"

"你们不是说不叫有要饭的吗?夫属要饭你当干部的不丢脸吗?"冯寡妇威胁地举起篓子。

"政府是这么讲来,也在这么做。"振德坚定不移地说,"可是有人实在愿意去要饭,那也干涉不得。"

"饿死一个夫属你担当得起吗?"

"这个我们要担当。不单是军属夫属,保证所有的人都不饿死。"

"拿来!"

"玲子,给你嫂子饭吃。"

"我要粮食!"

"粮食现在没有。"

"你们不是要捐粮救济军属吗?"

"不假。有了也不一定给你。"

"你欺负我孤寡!"

"该给谁要大家讨论,我想欺负你也办不到。我记得不差,按人口,你领的救济最多了。"

"多也是吃到肚子里啦,你能把我肚子搞小点!"

"这个倒不必。要我和你算算细账吗?"

冯寡妇有些心虚,怕在人面前揭她的底,便大声叫嚷:

"天哪!我活不了啦!我要死啦!"

"这个干部也没法管。"

"你刚才不是说,不饿死一个人吗?"

"对。可是有愿死的也管不了。"

"谁愿死?"

"你不说要死吗?"

"我是饿死的!"

"有饭不吃怎么是饿死?"

"饭在哪?"

"桌子上有。"

"这饭我吃不下!"

"那我就没法了。"

在冯寡妇和曹振德一高一低,前者狂暴胡闹、后者平静据理的对答下,看热闹的人们的气愤和敬重的情绪在同时上升。大家在纷纷指责冯寡妇——

"你说这寡妇讲不讲理?她分的救济粮不少啦,还不要脸来要!"

"她要脸,狗还不吃屎啦!脸皮扒下来能当鞋底穿。有了粮食专吃细的,一点菜不掺。"

"她儿子出夫四个月就回来,比比别人算了什么?"

……

在曹振德的回驳下,众人舆论中,冯寡妇愈来愈站不住脚了。她想要粮食的口实被驳倒,又把儿子出民工期满的王牌摊出来：

"好，粮我不要啦，你送到我门上我也要摔出去！"她把要饭篓子、棍子扔出手，"你赶快还我的孩子，为嘛到期不叫我儿子回来？"

振德耐心地解释道："这个你先别急，你儿子那批出工的到前天连走四个月，战争这么紧，耽误个十天半月的常事，哪像你家到我家这么便当？"

"我不信！你是欺负我寡妇，把我儿子送去当兵不回来啦！"

"你不要瞎说，冯桂珍！"振德严肃起来。除了名册登记和政府宣布到她的什么时，几乎没有人叫冯寡妇这个正名，很多人根本不知道她还有名字。"参加人民军队完全自愿，什么时候我们欺骗过谁来？你不相信曹振德无所谓，你该相信政府吧？"

"政府怎么样？"

"政府从来没撒过谎吧？"

"那为什么我儿子到期不回来？"

"我刚讲过。你儿子出民工，一定会回来，可能迟几天也是常理，走时我们也没肯定一天不多一天不少。你放心，儿子不回来向我要人。"

"我现在就要！"

"这就难啦，没回来怎么办？"

"非要不可！"

"冯桂珍，你也该扪心问问自己，为打反动派多少人出去那么多年，牺牲在外面的也不少。就自己儿子贵重？晚回家些天你都不依，这还像话吗？"

"这些我管不着！"冯寡妇显出本性，手叉腰窝，指着振德怒吼道：

"曹振德！告诉你说，我要粮你粮不给，要儿你儿没有！今天你不答应，我就不走啦！"

曹振德平心静气地说:"不愿走就住我家吧,你多会儿愿回去就回去。"

"你放屁!"冯寡妇撒野骂起来,"你死了老婆娶不起,想抓我垫炕呀……"

"骚巫婆!打死你!"明轩恼恨地叫道。

冯寡妇猛地扯开衣襟,手抓着白奶子叫道:

"小爪子,你敢动老娘?想妈吗?来,吃口老娘的奶吧……"

明生拿着筷子要向她打,但被春玲挡住了。姑娘愤怒地涨红脸面,挑着眉毛叱道:

"冯桂珍!你胡说八道糟蹋人,我要上政府告你去!"

"好哇,你们把我送上衙门吧!"冯寡妇踏到锅灶台上,高晃着两臂,挺着两个乳房,声嘶力竭地喊道,"老娘不活啦,今天就和你们当官的豁上啦!"

振德平和地告诉她:"冯桂珍,你这样做没有好处,净惹大家笑话。"

春玲上前怒喝道:"冯寡妇,快下来!别弄脏我的锅!"

冯寡妇指着姑娘骂:"你个黄毛丫头,我寡妇是给你叫的吗?你愿当,也叫你守一辈子寡!"

"你胡说!"春玲气怒的桃形眼睛变成杏子样,冲上前拖她论理。

明轩、明生弟兄同时叫道:"你个臭神婆子!糟蹋俺姐姐……"也要冲上去。

振德急忙将儿女拦住。

冯寡妇假嗓开河哭喊:"天哪!指导员一家打我夫属寡妇!欺负我儿子出去没人管……"她猛然大腚一抡坐到锅里。锅发出吱吱咯咯的响声。

院子里的人们早轰动起来。有的人要上去拖冯寡妇,但被曹振德喝住了。振德深知,冯寡妇正要以此寻由,把事态闹大。他

289

仍是耐着性子劝说她……

人群中巧儿姑娘说:"这个臭婆子,把人气死啦!仗着振德叔好说话,这么翻江倒海地胡闹!"

玉珊接口道:"要是水山哥在跟前,早整治她啦!咦,民兵队长呢?我找他去!"她一阵风般地出了门。

正当冯寡妇坐在锅里,振德怎么劝说她也不出来时,人群中出现一个戴旧军帽的人。只见他额前三条粗皱纹在眼上压迫着,左边的空袖筒拂动着,从人缝中大步走进屋。

冯寡妇轻蔑地瞅来人一眼,想道:"人都说他厉害,我还没和他交过锋。看他有什么本事,要是他动我一下,哼!像老村长说的,这官司有得地方打啦……"

振德迎着来人,有些担心地暗示他:

"水山,你来干什么?没有你的事。"

江水山停在锅灶前,平静地回答道:

"我有事找你。"说着蹲下身。

巧儿失望地说:"怎么民兵队长也不治她啦?"

冯寡妇得意地扫人们一眼,骄横地歪着头。

水山若无其事地抓起一把干草,向春玲叫道:

"玲子妹,给我洋火。"

大家还不明他的用意,冯寡妇倒坐不稳了,故作镇静地威胁道:

"江水山!你敢烧火?!"

江水山看都不看她一眼,又向春玲叫一声:

"快呀,拿火来!"

明轩把火柴送上来。

人们都又惊又喜地看着江水山的动作,瞅着冯寡妇的狼狈相。

冯寡妇硬充好汉地喝道:"江水山!你真敢烧火,我上神叫火烧你的眉毛……"

刺啦一声，火划着了。

冯寡妇简直是坐在发条上，腾地一下跳出锅。在人们的哄笑声中，她夹着尾巴灰溜溜地走了。

江水山吹灭火柴，扔下草，直起身，望着冯寡妇的背影，愤懑地说：

"浑蛋的家伙！你讲理她不会听，反动派的脑袋！"

院子里的人们都走后，振德沉思道：

"只一个胡闹的女人好对付！事情是困难的人家确实需要帮助，而这些人往往怎么困难也不找干部，咱们要赶快寻法子。"

江水山打量一眼桌子上的饭，沉重地说：

"光是党员和干部捐出一点解决不了问题，有粮食的家伙都死脑筋！"

"东山大爷家就是这样。"春玲补充道。

"不能一概而论，"振德分析道，"有粮食的老中农，经过说服也能借出一些粮食来，这要我们多磨嘴皮子。"

"我看再敲敲蒋殿人，他一定有东西！"水山的手放在手枪柄上。

"咱们一直注意他，可是没发现破绽，在他住过的屋里也没翻出什么。再加紧点监视他，蒋殿人一定有大批粮食、财物……"振德说着向外走去。

水山跟着刚走出两步，春玲叫道：

"水山哥，你等等。"

江水山转过身说："我吃过饭啦。"

"不是叫你吃饭。"春玲赶到他跟前，"你以为我叫你都为吃饭吗？"

"差不多我每次来，你都是这样吧。"水山微笑笑，"有事快说。"

春玲笑着说:"我问你,淑娴找过你吗?"

"多会儿?什么事?"

"昨晚上嘛,她找你有事……"

"哦,找过啦。"水山不等她说完就走。

春玲跑到前面堵着他:"她和你说什么来吗?"

"说来。"水山从容地回答。

"说的什么?"春玲抱着希望有点紧张地看着他。

江水山不满意地说:"淑娴这人忸忸怩怩的,说有意见可不提正经的。她又是我身体怎么怎么的,要注意注意的……"他又转为感激地说:

"她真是我妈的好亲闺女,老帮我妈做针线,为我操不少心,真要谢谢她。昨晚她给我送来做好的小白褂,我没接。"

"你怎么不接?"春玲抱怨地问。

"我的还能穿嘛。我说你看谁的破了给谁吧!"

"你怎么这样对待人?"春玲生气地瞪他一眼。

"怎么啦?"水山有些吃惊,"我说错啦?淑娴是个好人,手很勤快,想帮助人就该拣最要紧的帮助,我明明不需要给我干什么?光为照顾残废军人也是不对的,私人感情更是讲不得。"

"哎呀呀,水山哥!你真叫人哭笑不得。"春玲半气半笑地说,"水山哥,你呀……唉,你知道什么木头最硬?"

"榆木硬。你问这干什么?"水山望着姑娘那对水汪汪的闪着光亮的眼睛,傻憨憨地回答。

春玲用食指点着他的头说:"你呀,水山哥!你的头比榆木还硬,一点儿孔都没有。"

"真是傻闺女,头硬点不好吗?"水山教训她了,"对你说吧,玲子妹,我这头也是锻炼出来的。在前方,枕枪托子睡觉,我枕惯了,不枕头还发晕。再说……"

"哎呀,一说这些你就来劲啦,我现在不听!"春玲焦躁地打断他的话。

春玲真为淑娴和水山的亲事着急,但是淑娴太软弱羞怯,不敢直接向江水山吐露爱情。春玲也曾旁敲侧击地在水山面前说过,无奈水山一听谈婚事,立即甩手走开。春玲昨天听淑娴说老东山给她和孙若西定了亲,就嘱咐淑娴拿定主意,去找水山谈。现在知道,淑娴又没开口,她就决定把淑娴对水山的意思明提出来,看看他的反应;不然看淑娴的样子,到白发的时候她也难亮出心意来的。

"水山哥,你究竟为什么对闺女这样有意见?"

江水山吓了一跳:"你这帽子可不小,我对妇女工作没轻视过呀?青妇队长,有意见快提,马上改!"

"你为什么不结婚?"春玲预先防备他走,扯住他的衣袖。

江水山瞪她一眼,转身就走,但被姑娘拉住了。他着急地说:

"别闹玩,有工作!"

"这也是工作,发急就快回答。"春玲拉住不放,"快说呀!"

"现在是革命的紧要关头,前方的战士在流血,后方的人民少饭吃。春玲,是搞个人事情的时候吗?"江水山的脸色沉重而激动,眼睛闪着严肃的锐光。

"难道订订婚都不行吗?也妨碍工作?"春玲被他的情绪所感染,不由得把问题减轻了。

江水山的脸面松弛下来,看着春玲的恬静的脸,想了一想,微微笑笑说:

"这个事对别人是要紧,对我……"他摇了摇头。

"你怎么就例外?"

"谁跟我做什么?"

"你……"春玲下文没出口,眼光落在他左面的空袖子上,就明白水山的意思了。姑娘激动地真情地说:"水山哥,你这种思想不对头。远的那几个对你有意的闺女不说,就说淑娴吧……"

"淑娴?"水山的眉毛扬了一下。

"是呀,她对你有心,真爱你……"

"玲子妹,不要瞎说!"水山打断她的话,"淑娴那样的闺女,怎么会看上我?她真有心,怎么不向我明说?"

"水山哥,她是害臊,出不了口。而你,心没往这上面留,只有革命工作,所以没理会。淑娴……"

"我知道,"水山又插上来,"你是看她对我照顾不错,对我妈好,就以为是这方面的事……"

"不,水山哥,我知道淑娴的心事。"春玲急忙解释,"她很敬重你,爱你是个荣誉军人,一点假不了!"

江水山停了一会儿,脸上闪出红色的光泽,自语道:

"也许是真的……"

"真的,一百个错不了!"春玲欣喜地看着他,等他下决心。

但是江水山的脸色很快就变得沉重了,带着苦笑摸一把左面的空袖筒,在他是极少有地叹息一声说:

"唉!真有也罢,假有也好,还是不提这事吧!"他又欲走。

春玲堵在他身前,热切地说:

"水山哥!你不能那么悲观,不能小看自己……"

"不,春玲!"水山坚定有力地挥了一下右臂,"我怎么会悲观?对于反动派,江水山是个革命战士、共产党员!一个不抵敌人十个,那就没资格拿枪!"他接着皱起眉,低下头,沉沉地说:

"可是,枪,是对敌人的。我,一个残缺不全的人,和人家结了婚,怎么好啊!我不能以自己有功、光荣,找媳妇。我用不着累赘别人,自己可以过日子,保证完成该做的工作。最主要的是,反动派不消灭,同志们都在前方流血断头,我没心想个人的事。玲子妹,我过去不愿说这些,怕你们多话……哦,就是这么回事。好,指导员等我啦!"他抬起头,抖起精神,一开步,立时响起"向前向前向前……"的铿锵的歌声。

春玲心里有说不出的激情在起伏,至此她才感到,过去老不满意江水山不找媳妇的情绪,还是因为对他了解得不深。她心里很矛盾地存在着,既希望水山早娶妻子,又觉得他不找爱人的这种感情是出于好心。春玲怔怔地瞅着面前寻食的小花母鸡,心里嘱咐般地说:

"淑娴哪!水山哥能不能爱你,全靠你自己啦!你可要有决心,拿定主意啊!"

"……我怎么办好啊!"淑娴守着孤灯坐在炕上,悲哀地自语着……

老东山在外甥孙若西的多次敦促下,昨天早上才向侄女谈明给她订婚的事。这是因为,这一阵子老东山心情很不好,一是儿子儒春一去不见影子,使他放心不下;二是那条大黑牛丧了命,他一直沉浸在悲痛里,没有情绪来谈。老东山以为这婚事很简单,和淑娴一提,立张婚约就完事了。然而,出乎他的意料,这软性的侄女,马上回答:"不愿意。"老东山惊讶地说:

"你表哥人貌好,又识字,家里不富不穷,烟台还有买卖,又是亲上加亲,你有什么不愿意的?"

淑娴异常慌乱地回答:"不,不为这些,不为这些……"

"哦,怕属不对?"老东山领会了,"这你放心,大爷我早为你操心啦!他属鼠,你属小龙,正是相配……"

"不,不!不为这,不为这……"淑娴只能说出这几个字。

"那为什么?哦,"老东山又明白了,"你不愿出门子吧?孩子别怕,男大当婚女大当嫁,人不能一辈子守生养亲人……"

"不,不为这!不为……"淑娴的心情更紧张了。

"哦,是为嫁妆吧?"老东山许愿道,"这个不用你担心,你大爷亏待不了你,你表哥也答应啦,全套嫁妆从烟台往家搬,随你的心……"

"不为这！更不是这……"淑娴用力摇头。

"那为什么？"老东山生气了，"你说呀！"

淑娴看他一看，垂下头，一声不响了。

"没说的就算啦，我也不能养你一辈子！"老东山使出家长的口吻，"给你找这么好的婆家，我也算对得起你爹妈啦！"

淑娴见他要走，心紧张得要跳出来了，她在心里狂乱地说："这怎么好啊？说不说实话？不说就和孙若西订了，可要说……"淑娴急得流出眼泪，冲口叫道：

"大爷，你先别急！我有话说……"

老东山回过头，说：

"怎么，我也没逼你，难过什么！有话说吧！"

"我，我……"淑娴又说不出口，老东山又要走，她再也不能犹豫了，悄声道：

"大爷，我不瞒你，我心里有别人啦……"

"啊！你说的谁？"老东山惊讶地睁开眼睛。

淑娴大着胆子小声说："和我水山哥……"

"谁？"老东山喊道，"水山？！"

淑娴默默地点点头。

老东山像牛一样喘息了一会儿，接着平静下来，闭上眼睛。江水山的家景情况立时在他眼睛出现一本账。他心里在说："这个穷小子，当兵把只胳膊都丢了，要东西没东西，要人才没人才，倒看上我侄女啦！看上淑娴那股财产啦！哼，想得倒不错，你是在做梦……"

"你在瞎说什么，娴子！"老东山严厉地说，"水山和咱一个祖宗，哪有成亲之理？"

"大爷，如今不论这些啦。"淑娴鼓足勇气说，"已经出了五服，也有人破这个例……"

"那是造孽！咱是正统人家，不能胡为！"老东山喝道，"再说，他是个四肢不全的人，家又穷，你跟他喝西北风？"

"大爷，"淑娴解释道，"他人是残废，可是为人好，也光荣……"

"光荣？"老东山冷冷地说，"光荣值几个钱？能当衣当饭？女人嫁汉，穿衣吃饭，跟他你要遭一辈子罪。快不要听他的瞎话，这东西用甜言蜜语糊弄了你的心啦！"

"不，大爷！"淑娴反驳道，"人家水山哥……"

"还说什么！水山这东西我才看透啦，他是为着咱家这份……"他不说了，又以绝对的语气道，"娴子！你年轻，别上人家的当。听你大爷的没有错，和你表哥的事算订下啦！"

淑娴失魂落魄，急得哭了好一会儿，决定去找春玲。春玲叫她拿定主意，不听老东山的，又叫她再去找江水山，和他谈开……

"唉！找他又管什么用啊？"淑娴深深地叹息一声，灯火被她的气吹得晃曳起来。她把灯端到窗台上，放下蚊帐，脱掉衣服扒到枕头上，心里又昏昏迷迷、恍恍惚惚地翻腾开了。

"啊，水山哥！我的心为你都快揉碎了，你真还不知道吗？费好事和你见上面，你尽讲些大道理，要我积极工作，拥军支前。水山哥啊！我不是落后分子，我都做了呀！难道除了这些，你就不想想别的吗？我给你做点针线你不要，要我有工夫做点别的……你想想，我真闲得两手发痒才给你做东西吗？我白天下地上山干活，累得腰酸腿痛，晚上回来人家都出去乘凉，去河里洗个痛快澡，我闷在家里，不怕蚊子咬，生着我大爷不让点灯费油的气，就是为做针线给别人穿吗？我那一针一线的心血就为给你做鞋和小褂吗？天哪，这可怎么好啊！我大爷已答应把我给孙若西，可我不听他的，只要你对我吐一个——要，我就飞到你家里，我大爷再厉害我也不怕，有你就行！春玲老叫我和你明提出来，我背后下很大劲，对着小猫对着鸡，对着南山对着大槐树，我不知练多少遍，可是一见你，你的态度，就说不出口。对，我怕。开始我怕的太多，怕羞、怕人笑话、怕大爷不依、怕你顶回我……可是我怕的越来越少了，到如今，只剩下就怕——怕你不要我了。不止，我还是怕羞，也是为怕你不要我，叫全村知道了，我的脸往哪里放啊！你不知道我的脸皮薄，一句重话都说得我脸红吗？哦，怨你也恨我，谁叫我的心肠这样不争气，性儿没劲呢？

"……孙若西，这个人是不错呀，他过去爱春玲，她也爱他——我看得出来。不知为什么——哦，对啦，春玲是痴情闺女，老忘不了儒春……孙若西有文化，长得也好，他怎么会对我有意啦？我长得不俊，身子粗，个子矮，眼睛也不大，脸上还有几颗小黑点点，又没文化，他怎么喜欢上我了呢？大概是没有了春玲的缘故吧！也许还为我们是亲戚，为个亲上加亲吧……能找个孙若西这样的人也不错呀，人家是教员嘛！可是我的心已有人占上了，没有比水山哥使我更爱的人了！孙若西这些日子对我可好啦，真亲近……若是没有水山，说不定我能相中他……咦，春玲一听孙若西，脸立时就红透啦，很有气，这是为什么？他们俩为这事吵过架？春玲还嘱咐我，不能和孙若西好，要我拿定主意。她却光说他落后、坏，也没讲为什么，只是说我慢慢会明白。春玲妹，事情不明摆着，我成天见他的面，还明白什么呀？

"唉！水山哥呀！水山哥！我又爱你又恨你，你可真伤妹的心啊！我二十整啦，也好出嫁啦，可为着你，我等一百年也行。现时冒出个孙若西，我大爷已应允下来，他是我的养身人，对我有恩哪！我不能全不理会他呀！水山，你要应承我——不，你给我一点光亮，有个盼头，我就能挺着腰杆和我大爷顶。可是我这时一点希望也没有，说什么也没劲，我怎么办啊？

"好吧，水山哥！我硬着头皮也要等些天，一定和你谈一次公开的，你要是说不，我就死心——不，再谈两次，你要说不，我就死心——不,再谈三次,四次,五次……哎呀,烦死人!我的心多会儿能透点亮啊!"

淑娴清醒过来,拍了一下头。她一摸枕头,不觉一惊,悄声说:

"是汗?不,是泪,我哭了?枕头都浸湿啦……"

屋里黢黑一团。盛夏的闷热在显威。家里人都到南场上乘凉未归。虫子、蚯蚓在墙根的阴湿处和水缸根上,发出间歇的叫声,像给和打锣似的蚊子声伴奏。

狗吠。门响。

淑娴心想一准是家里人谁回来睡觉了,也没理会,翻了一下身,又闭上眼睛。

进来的人关上门就没声音了,淑娴以为是嫂子到厢房睡去了,也没发问。

蓦然,姑娘敏感到蚊帐动了一下,她立时睁开眼,真有个影子伸进帐内。淑娴惊悸地喝问:

"谁?"

来人扑上炕,两手摸着她的裤腿。

淑娴像被蝎子猛蜇一下似的,陡地坐起,骇然地喊道:

"你是谁?"

"我,是我。表妹……"来人沙哑着嗓子,气喘着回答。

"你,孙老师!你要做什么?快出去!我没穿衣裳……"淑娴叫着,急将被单裹着身子,直向炕里偎着。

孙若西在黑暗中吞了口涎水,低声道:

"表妹,咱俩的事不都明着了吗,你还怕什么?"

"胡说!我没答应。"淑娴喊道,"你快出去!我大爷要回来啦!你快出去……"

孙若西猛地跳上炕,将她抱住,猥亵地说:

"我刚从南场上来,他们不会来家。没关系,都快成夫妻啦……"

淑娴发出急促的呼喊,接着嘴被布单塞住了。

黑暗中进行着激烈的搏斗。

终于,姑娘的两腿被死硬的膝头顶住,双臂被强力分开……立时,她感到窒息胸腔的重压,身子在痉挛地抽搐,头在急剧地发昏。悲哀的泪珠滚过处女的脸颊,昏暗的角落里响起压抑的啜泣声……

第十四章

　　晚上，山河村正在开村民大会，动员大家自动借出粮食、地瓜干，救济缺吃户……区通信员小王送来区委的紧急通知，要一位主要负责干部带着五辆小车、七匹壮实的牲口，立即赶到转运站，有重要军用品急运。

　　接通知，曹振德把工作交代给村长江合和江水山他们，他连夜率领民工、车辆和牲口出发了。振德没料到，在他离开村子这个空间，村里发生了一场激烈的事件。

　　第二天吃过早饭，人们开始按照昨晚村民大会的号召，自动地把能省下的吃食向小学校里送。对几家富农，是干部们按照他们的家庭情况，分配了数字，以政府的名义征借的。

　　江水山和江合领着春玲几个干部、积极分子，在学校院子里负责收下人们的东西，开借条，写明秋收后负责如数还物。

　　来的人真不少，渐渐地大门口形成了一个长长的队伍。有的人提着一篮地瓜干，有的端着一瓢粗粮，还有的捧着一罐面……人们顺序过完秤，把东西倒进分类的几个大囤子里、面缸里。

　　人群不停地流过，东西向囤子、缸里倒着。一大些人都不要收据，他们说——

　　"就这么点东西，谁吃了不一样？咱是没有多的啊！"

　　"咱们贫雇农不能忘本，好坏塞满肚子就行，有多大劲使多大劲!"

"像指导员说的,勒紧腰带熬过这一关,全国解放了,建设新中国,要吃上江南的大米啦!"

"是呀!俺军属更盼革命早成功,亲人好回家……唉,我男人出去一年多啦,人信全无,谁知是死是活……"王镯子的声音从高到低,说着说着擦起眼睛来了。她抱着一小罐玉米面,凑到村长跟前,"村长大叔!我刚从磨上拿下来的,本来是三天的饭……好,军属该吃苦在先,我献出去啦!"

江合被她的做法感动了,说:

"你就拿回去吧,不要借啦!"

"不,我非借不可,咱该做模范!"王镯子响亮地叫道,眼睛向人们扫了一下。她又亲近地问春玲道:

"妹,你爹怎么没来?"

"我爹出差啦。"春玲瞥她一眼。

"我是说你婆家的爹——我大舅呀!"王镯子哧哧地笑起来。

"他,"春玲的脸泛红了,"我听淑娴说,他答应借出一些。不知为什么还没来。"

"哈,他准会来。我舅顽固是顽固,可是架不住我们这些进步的亲戚。你动员他不听,我再去使把劲……"王镯子笑呵呵地说,见春玲转身忙去了,就狠狠盯她一眼:"共产党的丫头,你有能耐就去使吧!我是去向老东山使劲啦,可是和你使的两道劲……"她心里骂着走了。

江合看着交来的东西,摇头叹息道:

"唉,就这么一点点,这哪能管用?"

春玲闪着大眼睛望着送东西的人群,说:

"大都是些穷苦人,有家底的人很少来。"她发现走上来的桂花。

桂花一手抱着孩子,一手端着个小瓢,走到春玲眼前,背人地悄声说：

"玲妹，你看我留了这么点米，爹非逼我送来不可。他老人家身子不好，净吃山菜哪能行？你说……"

"我知道，"春玲同情地瞅着那一瓢小米，"你拿回去吧，你们家还该着救济呢。"

"我不敢，爹要生气。"桂花犹豫着。

"就说是我们干部叫你留下的。"春玲推着她。

"那好，"桂花刚要走，忽然又停住，"我爹他来了……"

曹冷元满头流汗，扛着镢提着篓子走进门。他发现儿媳，走上来说：

"二嫚子，交了吗？……你怎么还留着？"老人发现桂花瓢里的米，有些生气了，上去拿过来，向囤子里就倒。

"大爷，你……"春玲急忙阻拦。

冷元已将米倒进去了，他又提起篓子，那里面是刚出土的新鲜土豆。他笑着说：

"长得不大好，吃下的也不少，好歹又刨了这些，嘿嘿！"他又把篓子倒空了。

江水山一直没说话，看着冷元倒下的土豆，人们送来的东西。他的眼睛出神地瞪了好一会儿，接着转向人群，脸色渐渐黯然下来，额上那三条粗皱纹，越来越向下压迫，眼睛挤小了，聚集起来的目光，强烈地射出去。

一位四十多岁的人走上来，把最多有三斤重长了绿毛的霉地瓜干向囤子里倒。他身后的巧儿姑娘生气地对旁边的人小声说：

"你看孙守财大叔，也只拿那么一点。他家可称得上富户，比东山大爷家有上无下……"

"不要倒！"一声激怒的断喝。

孙守财一惊，把要向囤口扣的小瓢缩回来，朝喊声侧过脸。

江水山咬着牙，压抑着要爆发的怒火，低沉地说：

"把你的宝贝拿回去。人民政府不是向你要饭，用不着你可怜！"

孙守财尴尬地摇摇头，不自然地笑笑，说：

"嘿嘿，这可是你们干部说的，不论多少都行。我家的囤子也底朝天啦……"

"好啦，你走吧！"春玲气恨地瞪他一眼。她怕孙守财再说出不好听的，江水山会忍受不住，甚至会打他。

孙守财转向人群，举着小瓢地瓜干，讨好地说：

"大伙在眼前，这可是他们干部不要。有比我强的户还没露面，我姓孙的过得去吧？"他发现不了一张同情的脸色和怜悯的目光，低着头走了。

"妈的，占革命便宜的老鼠，不能让你们这么自在！"江水山狠狠地骂道。他把村长和青妇队长叫到一边，下决心地说：

"这么办解决不了问题，那些顽固的老中农，是不会自愿借粮的。我的意见，把他们召集起来，再开会。你们看呢？"

"这么做也行，"江合附和道，"反正是借他们的，也不算怎么样。"

春玲也点点头，又补充道：

"蒋殿人呢？我看也一块叫去说说他。"

江水山右手一挥："蒋殿人是反动派，不能和中农搅在一起，对他另有法子！这样吧，我去开会，你们收完东西就先分配下去。"

江合嘱咐道："水山，态度要注意。"

"我知道。"水山迈出几步，又听到春玲关怀地喊道：

"水山哥，可别发火呀！"

江水山没回头，干脆地回答："放心吧！"

民兵队长在村公所一直等了好半天，派去的人才把七家富裕中农找来了六家。

这六位家长中，五个男的里面四个是上四十岁的人，一个三十多岁，还有位五十多岁的老太婆。除去孙守财以外，其他五位都不知道来做什么，都瞪着眼紧盯江水山的举动。

"民兵队长，"民兵队员新子进来报告，"老东山大爷说他不在组织，不来开会。"

"我也不在组织，我也不开。"孙守财立刻站起来。

那老太婆急忙跟着说："你们叫错人啦，我哪够格在组织……"

"不错，今天专要你们三个没参加组织的来出席这个会。"水山郑重地告诉他俩，又对新子道，"再去找找东山大爷，要他一准来。"

"好。就怕他故意走开不在家啦。"新子说着走了。

"时候不早，不等啦。"水山从桌前的凳子上站起来。

富裕中农会议，开幕了。

"今天找大家来，是开很重要的会！"江水山强调着，以图引起与会者的重视。同时，他努力把口气放缓和，虽说他看着这几个人心里很是有气。

"你们知道，我们的人民解放军——革命的部队，正和国民党反动派——蒋介石大资本家和地主的匪帮，在进行战争。没有问题反动派一定要失败，很快全中国就要解放。过不了几年，世上的所有的反动派都要给打倒！"水山脸上泛着红光，抿了一下干燥的嘴唇，继续说道：

"要消灭反动派，就要有力量。不错，枪杆子由人民军队拿，路有共产党指引，可是这些还不行，得要有老百姓支援……"于是，江水山分析了目前敌我的形势，对敌斗争的残酷性，支援前线的重要性，无产阶级革命的道理，足足讲了一个多小时，他才停下来。他口干舌燥，唾沫都没了，但没想到去找水喝。

那个老太婆，偎坐在墙角的长凳上，像蹲在横木上的老母鸡，头点点晃晃地打瞌睡。其余的五位也大哈欠接小哈欠，有的伸着欲睡的懒腰。强烈的难闻的旱烟，把屋子充塞满了。

江水山一停下，听讲的人们以为要完了，都提起精神看着他。水山走到门口，把被风关上了的门重新推开。

老太婆被门声惊醒，以为散会了，刚要起身，又见江水山走回来。于是，她又跷起腿，安静地闭上了眼睛。

"我说的话，你们懂了吗？"水山问道，不见回答，就指问孙守财，"你懂了吗？"

孙守财极不耐烦再听，想早完事回家，就粗声回答：

"懂啦，全懂啦！"

"懂啦。"其他人随声附和。

"你呢，老大妈？"水山指着老太婆，发现她在打盹，大声喝道，"你怎么睡啦！"

老太婆猛地醒转，身子一颠，后脑勺一下碰在墙上。见江水山瞪着她，不知所措地说：

"怎么啦，什么事？"

"问你听懂没有。"那三十几岁的人提醒她。

老太婆立时满脸堆笑："懂啦，一点不错，不错！"

"好，"水山回到桌前坐下，"明白革命道理就好办。告诉大家，今天这个会，还是昨晚村民大会说过的事，动员你们把吃不了的粮食借出一些，帮助缺吃的人家度荒。"

富裕中农们都紧张起来，互相对看一刹，身子立时都矮下半截，像是在比赛谁的头离地面近似的，一个比一个用劲地把头向下垂。老太婆的睡意早飞逝了，眼睛瞪得像铜钱样圆。

水山继续说："道理不用再讲了，咱们是老解放区，打过鬼子，都有认识。现在咱们正艰苦，大家齐心协力，把革命进行成功，在全中国实行了共产主义社会。啊！到那时候哪，粮食有的是，咱们光大米白面也吃不完……好吧，你们自己报吧，尽着力量借吧！谁先报？"

屋里和没有人一样沉寂。水山耐心地等待着，重复地说道：

"好好想想，算算能借出多少，想好就报。谁要说？"

那位三十几岁的人直起腰，试探地问：

"民兵队长，到秋天一准还吗？"

"一粒少不了！"水山确切地保证，"借条盖村政府的公章，谁借了秋天还谁，少一两有政府负责。"

"那好吧，"他下了很大决心说，"我借出六十斤苞米。"

水山劝道："大哥，你家这几年打的粮不少，留在家里招老鼠，放着占地方，为打反动派，多借些吧！"

他迟疑了一下，狠了狠心：

"再加上五十斤豆子吧！"

"你这人就算小账，"水山忍住性子说服，"再多借点吧，那么多困难人家，咱们能眼看着挨饿不管？天下穷人是一家，你再好好想想。"

他又咬了咬牙，增加上二百斤地瓜干……最后三番五次地加，答应借出三百五十斤粗粮，五百斤地瓜干。

"好，你回家把东西送学校去，人手不够找村长帮忙，他们会给你开借条。"水山比较满意对方的行为。送走他后，又有两位老中农讨价还价地借出一些走了。

屋里还剩下孙守财、老太婆和一个五十多岁的老头子。

江水山静静地等待他们开口。

时间慢慢地滑过去，看样子这三位又要展开静坐竞赛，一动不动，和木头墩子一样老实。

"守财大叔，想好没有？"水山有些着急了。

孙守财抬起头，横视他一眼，说：

"我不是拿过，你们不要吗？"

"你拿的什么？那一小瓢烂地瓜干吗？"水山生气了。

307

"多的没有。"孙守财发誓道。

"民兵队长,我家也是空的啊!"那老头子也开腔了,做出一副可怜相,"开春以来,全家就吃山菜,一粒粮也没啦!"

老太婆急忙接上来:"可不是嘛,我家的老鼠都饿跑啦!我儿媳妇带孩子也没点粮米沾口,净吃粗糠野菜,瘦得和麻秆一样,皮包骨头,一点奶水也没有。最可怜是我那小孙子,没奶吃,又没东西喂,吃口菜哇一声吐出来,吃一口哇一声吐出来,净是啼哭。把人心疼得啊,真不知咋办好!天老爷呀,这可怎么好呀……"说着说着,她用那宽阔的大衣袖遮住脸面,算是流泪了。

"这么说,你们还要政府救济啦?"水山的脸色灰暗下来,眉头蹙起。

"那敢情好啦!"老太婆没听出话里的意思,"咱人民政府真是青天,就知道关怀百姓……"

"住你的嘴吧,老大妈!"水山激怒起来,"说干脆点,你们借不借?"

"没有上哪去搞啊?"老头子摊开手。

"是啊,要去偷政府还不依呢!"老太婆咧着嘴。

孙守财要反攻了,不服气地说:

"江水山!共产党办事讲的是个公道,我问你,老东山也是上中农,家的粮食不比我少,为什么不叫他借?"

"是啊,他比我也不差些!"老头子紧跟上来。

"这么说,你们承认有粮啦!"水山站起来,"东山大爷也要借,一会儿他要来的。"

"哼,别说好听的!人家老东山的儿媳妇春玲,是指导员的闺女,不用借了!"老太婆也开火了。

"你造谣!"江水山厉声反驳她。忽然听到门外有人喊:

"村长!你们当干部的管不管啦?"

水山来到门口，只见老东山扛着粪叉粪篓，脸红脖子粗地走上来，嘴里还在喊：

"他妈的，气死活人！欺负我老实，要不让我活就说话，这倒是何苦……"

"为么事，大爷？"水山和气地问道，以为发生了什么大事。

老东山瞪了水山一眼，心里骂道："混账的小子，想骗走我的侄女，占我的房产……"但他压下火，说：

"我村后的苞米苗，被谁的牲口吃了三棵！这不是害人吗？你们当干部的也不管管，这样下去不反啦！"

水山诚恳地说："这事我们要负责任，对大家关照不够，对，要再宣传宣传，别让牲口吃了庄稼。为这点事，你老人家也不必上这么大火。"

"哼！"老东山嗤了一下鼻子，心想："你水山不用对我这么客气，给我磕头我也不会把侄女嫁给你，想得倒不孬……"他转身要走。

"大爷，你进来，还有事。"水山招呼道。

老东山放下篓子、叉子走进屋，眼睛像闭着，其实他把屋里的人看得清清楚楚。他有点懊悔了。原来，去找他开会时他正在家整理牲口棚，他怕找第二次，就出门拾粪看庄稼躲开，但当他发现玉米苗被牲畜吃了几口，就忘记有找他上村公所开会一事，撅着小辫怒冲冲地找干部来了。

江水山招呼老东山坐下后，说：

"大爷，我们开会你来晚啦。开会是为救济缺吃户。我们的革命正处在紧要时期，为了巩固解放区，消灭反动派……"于是，水山又把刚才讲过的道理重复一遍，最后问他：

"大爷，懂了吧？"

"不错。"老东山闭眼抽烟，安静地听完，简练地回答。

"你打算怎么办？"

"你说是借粮吗?"

"对!你借多少?"

"自愿吗?"

"完全出于自愿!为打反动派,这是不用强迫的。大爷,你是军属,一定能带个头,给他们这几个做个榜样!"

"我不自愿。"老东山泰然自若,平心静气。

"我也不自愿。"

"我也不自愿!"

"我也不自愿!"

像放连珠炮一样,孙守财、老头子、老太婆,一声比一声高地跟着叫道。

江水山用力吞下口唾沫,克制着冲心而起的怒火,问:

"我问你们,你们家里的粮食是哪来的?"

"自己流汗。"老东山理直气壮。

孙守财提高嗓子:"民兵队长!咱可不是地主富农,没压迫剥削人!"

"要是地主阶级,也不和你们讲这些理!"江水山站起来,挥了一下手臂,"粮食,你们自己挣的?哼,要是没有共产党人民军队,打跑日本鬼子,消灭反动派,你们能过得安稳吗?啊?"

"这个不假,"老东山承认道,"我没反对过人民政府,叫干什么干什么,交公粮少一点也补上,我儿子也参了军!"

"好,算有认识。"水山缓和地说,"现在,政府要解决缺吃人家的困难,请大家帮帮忙,这有什么不好?来,大爷,你借多少?"

"自愿吗?"老东山顺口就问。

"自愿。"

"我不自愿。"老东山起身就走。

其他三位也都跟着站起来了。

江水山盯着他们，脸色煞白，眼睛大瞪，严声喝道：
"上哪去？回来！"
富裕中农们像听到立正口令一般，齐齐地停住。
"你们这些自私自利的家伙！"江水山激怒得嗓子有些发沙，手指敲着桌面，"脑袋是石头做的，不砸不碎！多少弟兄在前方流血牺牲，去进行革命，使得日本鬼子完蛋，反动派死亡。你们却把儿女留在家，养着肥牛，买下好地，安安稳稳地过日子，一个个吃得肥头胖脑。现在人民有困难，叫你们借出点吃的来都不愿意，你们还想干什么！啊？说呀，顽固不化的中农们！"
老太婆瞅着江水山腰间的手枪，吓得躲到老头子的身后。孙守财和老头子紧张地望着江水山。老东山依然神态沉着，眼睛还是半闭着。昨天晚上开过动员会，淑娴回家劝过老东山，要他借出一些粮食。老东山本来不予理会，但是转念一想，好几年前的地瓜干再不用，就变坏不能吃了，他原打算用它们喂猪，现在借出去，秋天别人还新的，倒是很合算。另外还有几百斤陈玉米，不吃也要发糠。于是，他就答应了。然而，今早上他出去拾了一趟粪，回来就变卦了。淑娴问他为什么，他只是说不自愿。原来这是王镯子使的劲。她在村头上告诉老东山，前线很吃紧，国民党不久就要过来了。老东山对她的话是不轻信的，上次她说参军是去苏联就是假的；但对国民党是不是能打过来，他在心中早有虑忌，加上外甥女这一说，他就又采取以防万一的想法，心想，反正是自愿的事，何必去做？就老老实实留着自己的旧东西吧，不去贪心秋天别人还新的了。老东山拿定了主意，根本听不进江水山的大道理。他心里不慌不忙，稳重自若，反正是要自愿。

见中农们不动了，江水山接上说：
"人民政府哪次说过谎？到秋天一定还。"他从抽屉里拿出村政府的印鉴，庄严地举起来，"借条上都盖政府的大印，政府保证有借有还。"

老东山睨视印鉴一眼，哼了声说：

"有它保险吗？"

"保险！"水山响亮地回答。

"我看，只怕到秋天它就不好使了。"

"你说什么？！"水山的眉毛竖立起来。

孙守财赞同老东山说："我也是这个意思，谁敢担保中央军打不进来……"

"浑蛋！"江水山咆哮起来，脸色发青，抢上去抓着老东山胸前的衣襟。接着他又松开手，去握手枪柄，"你们这些反……"

"水山！我是中农……"老东山的眼睛大瞪，脑勺的小辫子在抖颤，紧张地呼喊道。

水山抽枪的手突然停住，他身子晃了一下，依在桌子边上。急促地喘息过一会儿，他平静一些，愤怒地斥道：

"中农，你们这些守财奴！害怕变天呀！妈的，都和你们几个家伙一样，不用说国民党早来啦，日本鬼子也早把中国吞了！呸，我们中国不都是你们！我们的人多得很！你们这些自私自利的家伙放明白点，只有跟着共产党才有出路！"他又拿起印鉴："我们的大印不好使？岂有此理！过不了多少天，人民政府的印在全中国都管用！总有那一天，全中国人民都用自己的大印！懂吗，一句话，你们到底借不借粮？"

"我不自愿！"老东山把手一摆，转身向外走。

其余三位又要跟上。

江水山拳头猛击桌面，怒声喝令：

"站住！"

四位老中农又整齐地立正。

老东山扭着脖子，恼怒地质问：

"水山！你要干什么？"

"我要借粮。"江水山走上前。

"共产党可不许强迫！"老东山警告道。

江水山嘴唇发乌，怒焰炙烧着心胸，咬着牙说：

"共产党不强迫好人，对反动派还动枪杆子！"

"我们是反动派？"老东山进攻了。

"我们是中农！"其余三位像是在合唱，异口同声。

"我才没动枪。"江水山摸了一下腰间的手枪，"明白告诉你们，不答应借粮就休想回家！"

富裕中农们面面相觑。老东山抗议道：

"江水山，你犯法！"

"我们要告你的状！"其余三位又是合拍压节地合唱。

"有什么罪我江水山担当，粮食非借不可！"江水山决然地回答。

新子跑进来，说村长叫水山有事。

富裕中农们舒了口气，这下可解围了。

但是江水山严厉地告诉他们："你们都在屋里待着，谁想通尽着力量借出粮谁走；没想通的不准离开一步！"

"啊，你要我们坐班房？！"老东山暴怒地吼道。

江水山走到门口转回身，说：

"这是村政府重地，哪里来的班房？门不关，也没人站岗，屋里的东西你们负责看管。在里面作反省！"

"我们要出去！"几个人同时叫着冲到门口。

"出去？哼！"江水山拍了下手枪，"谁敢违抗政府的命令，谁就出去！"他头也不回地扬长而去。

"天哪，我的命啊！"老太婆假号起来，见江水山走远，她愤恨地诅咒道，"伤天良的江水山！怪不得老天爷叫你打掉只胳膊，你这么狠心折腾人，叫你有媳妇生出孩子也少只胳膊！"

老东山愤愤地说："生孩子？他那样的东西，谁给他当媳妇？"

"老哥,你带个头咱们走吧!"孙守财向老东山祈求道。

"走?唉!"老东山摇摇头,无可奈何地回到凳子前,稳稳地坐下了。

江水山来到学校,春玲兴奋地告诉他:

"水山哥,发现蒋殿人的鬼啦!"

"啊!"水山警惕起来。

"你再说一遍吧,大爷。"春玲对旁边的冷元说。

"是这么回事。"曹冷元说道,"我在蒋殿人家扛了大半辈子活,还不知道他的底细吗?他打的粮是卖得多,可剩下的也不会少。我听你们的吩咐,老留这方面的心。刚才我下地回来走在蒋殿人南场上,见一大堆鸡在草垛那吃得正欢。我寻思怪呀,那垛草有年岁了,哪来的粮米?过去一看,草边上撒了不少麦粒。我用手向里一扒,那些草有人才动过,越往里麦粒越多,那草捆子都是虚掩的,不用费力人就进得去。我寻思不好随便动,就把麦粒捡了一些,又重新把草捆放好。你们看,这不是陈麦粒是什么?"

江水山看着老人手里的麦粒,气愤地说:

"这老滑头,鬼把戏真刁!"

"水山,咱们去草垛里扒吧!"江合提议道。

水山摇摇头:"不,这么办便宜了反动派!他一准不止这一个洞。"他拍了下手枪,"老浑蛋,这次再叫你嘴硬!村长在这分粮。走,青妇队长!我们去和蒋殿人理论。"

江水山和春玲刚走不久,被江水山指令在村公所反省的四家富裕中农,挑着粮食、地瓜干找来了。他们有的搬了几趟,四家总共借出一千五百多斤粮食,三千多斤地瓜干。

江合惊喜异常,心里赞道:"到底是穿过军装的人,水山真有两下子!"他很客气地给他们一一打了凭借收据。

老东山领着大儿子儒修,孙守财和弟弟两个,都一句话没说，接过收条扭着脖子就走。

那老头子迟疑着，老太婆胆怯地问：

"村长，我们能回家吗？"

"怎么不能回家？"江合有些奇怪。

老太婆还要交代几句，可是见老头子转身就走，她也慌忙领着儿子走了。

"找几个民兵。"江水山走到街口，停止了脚步。

"水山哥，要动武吗？"春玲一惊。

"说不定。"江水山皱起眉，"蒋殿人是笑面狼，光软的不行，必要时要动武。刚才对那几个自私自利的家伙没出上气，遇到反动派捣乱可不客气！"

春玲觉得有理，就跑着叫人去了。

村里的青年民兵早就不多了，有几个都跟指导员出了发，年岁大点儿的下地还没回来吃午饭。春玲把夜盲的新子和玉珊姑娘找了来。

"都武装起来！"江水山吩咐道，"到时一切听我的命令。"

新子背着大枪，把手榴弹给了玉珊一个。春玲回家把父亲的大枪背上肩。他们走到半路，碰到扛着锄头背着野菜的明轩和明生。

"真棒，人民的武装！"明轩赞叹道，"玲姐，你们上哪去？"

"有点事。你俩快回家吧，饭在锅里。"春玲吩咐道。

明生瞪着眼睛看一刹，说："不对，姐你哄人。你要去当兵。我也去！"

"哪里去当兵？"春玲笑道，"是去工作。"

"水山哥，你说？"明生望着水山。

"打反动派。"

"上战场？"明生追一句。

"是啊。"

明生放下野菜篓子，拉着春玲的胳膊，着急地说：

"姐姐，你去我也去！领着我……"

"哎呀，看你急的！"春玲安慰他，"不是上前方。"

"不，水山哥不哄人！姐姐，你走了丢我在家，我不！我也去，打反动派！"孩子急得哭了。

"哎呀，明生！离姐就不活啦？你可真有出息！"玉珊笑着说，"我们是去向地主算账呀，傻孩子！再哭我不和你当广播员啦……"

"你还不知道水山的脾气？他不是管叫什么工作都是打反动派吗？"春玲瞥一眼水山。

"对啦！"明生含着泪笑了，"玉珊姐，我不哭，没哭，还要我吧，要我！啊？"

"真不害羞，一时哭一时笑，我可不敢要你。"尖嘴闺女逗弄他，"到时广播着胜利消息，你哇一声哭了可不糟啦？"

"姐，你给求个情！"明生求助。

"好，你玉珊姐要你，一准要。"春玲说，"你们回家吃饭吧，干一上午活，肚子叫啦！"

"没叫，姐！你听听。"明生挺着肚子。

"我听到啦，刚叫过。"春玲把菜篓给他往胳膊上套好，"快回家吧！"

"那好，我送回菜再来！"明生飞快地跑了。

弟弟刚走，哥哥又上来了。明轩把锄头像枪一样贴身竖着，朝水山大声喊道：

"报告队长！儿童团长能参加战斗吗？"

江水山满意地拍拍他的肩膀，赞叹道：

"好小伙子，够劲！回家武装起来！目标，地主蒋殿人！"

"是！"明轩向后转，箭一般地奔出去。

这弟兄俩可够快的，江水山他们刚进蒋殿人的胡同口，他们已喘吁吁地赶上来。

明轩扛着红缨枪。明生跑到就嚷：

"姐！你们都有枪，我呢？"他张开两只空手。

新子掏出颗手榴弹给他，春玲忙说：

"这可不能闹玩……"可是仔细一看，她几乎笑出声。

明生兴奋地接过手榴弹，又晃着叫道：

"怎么这手榴弹这么轻呀？哎，和玉珊姐的也不一样。"

玉珊解释道："你小，重的你扔不远。你那个打起来，比我的还响！"

明生把线绳裤腰带解下来束在外面腰上，将练习用的木头手榴弹学着水山别手枪的样子插在身前。他一手抓着手榴弹的柄，一手提着裤子，雄赳赳地跟在人们的最后面。

蒋殿人闻声抬起头，瞅着进来的武装人员一时呆住，但很快以满脸笑纹掩盖了慌乱的神色。他客气而亲热地招呼道：

"啊，水山来啦！还有青妇队长……快进屋坐吧！"

江水山跨过门槛，春玲几个堵在门口。水山扫了蒋殿人一眼，说：

"我们来有公事！"

"啊，干儿子，真稀罕哪！水山，有事坐下说吧！"蒋殿人的胖老婆从里间迎出来，"水山哪，你妈好吗？唉，这些天也没去看看老妹子，真想啊！"

胖老婆话声刚落，蒋殿人立刻插上道：

"是啊，水山他妈的身子，就为水山他爹死闹坏的。唉，那年月闹革命，真是把头揣在怀里，我和水山爹遭的那个风险，如今想起还寒心……"

"谁说的不是……"

"这些还是留下再说吧！"江水山打断胖老婆的话，不理会他们的妇唱夫和。他镇定地说：

"你们是地主，政府的法令也该知道。来干脆的吧，把所有埋伏下的财物、粮食交出来。"

蒋殿人一愣，大惊失色地说：

"水山哪，这可是笑话。我干过革命，以奉公守法为本分，我的所有家当不都在上次交公了吗？"

"真的都交了吗？"春玲盯着他。

"我长这么大，不知瞎话怎么说的。"蒋殿人沉着而老实地垂手弯腰，"在清算时，你们不是屋里屋外都搜了吗？"

春玲抢上一步，大声质问：

"我问你，蒋殿人！你场上那个草垛有多少年啦，怎么会有麦粒的？"

蒋殿人浑身一震，急忙回驳：

"这是哪有的事？"

"有人看到啦！"新子说。

"谁撒这个弥天大谎啊，"胖老婆喊道，"那可丧天良啊！"

"要把麦子给你们看吗？"春玲追逼一句。

蒋殿人摇头："麦子有的是。你们能指出人来吗？"

"冷元大爷亲眼见的！"玉珊的嗓子又尖又响。

胖老婆张了几张嘴，忽然抹着鼻涕叫道：

"哎哟哟，冷元大兄弟！你在俺们家这多年，可没亏待你呀！你一个人干活，俺养着你全家。你不感恩倒也罢了，何苦恩将仇报害好人呀……"

"呸！"春玲气得桃形眼睛变成杏子样，脸儿透红，"我大爷的腰都叫你们压弯了，血叫你们快吸干了！你还有臊脸瞎喳喳！我问你，你们吃的喝的穿的戴的住的盖的，都是哪来的？啊？"

"说，你这地主婆！"明轩喊道。

"说，你这大胖猪老婆！"明生赶紧跟上来。

蒋殿人在紧张地考虑对策，苦思退兵之计，听到春玲这一说，他怕把给他当过三十几年长工的曹冷元找来，这样一来将把事态闹大，像去年土地改革一样，形成对他的控诉会。他猜测江水山领着两个闺女、一个"瞎子"和毛孩子，冒冒失失闯进来，无非是借着也许是他昨夜急着躲避巡夜的民兵撒在草垛边上的麦粒，想诈他一下。于是，他平心静气地说：

"民兵队长，青妇队长！不要去追究那些啦。我蒋殿人要真窝藏粮食不交公，那真不是人。你们要不信，看看我家吃的饭……"

胖老婆立刻掀开锅盖。白色的蒸气冒上来。

锅里是一片粗糠拌野菜。

"你们当干部的亲眼瞅瞅吧，是人还有藏着粮食不吃吃狗食？"胖老婆悲怜地说，要将盖子放下。

"等等！"春玲喝住她。因为姑娘以主妇的敏锐的鼻子，从浓烈的野菜味中嗅辨出别的气息。

春玲上去拿过铲子，把锅帘向上一掀，底下露出白生生的东西。

"大米！"明生叫道。

在一旁怒视地主夫妻的江水山，突然耸起额上的粗皱纹，从牙齿缝里喷出来：

"妈的！你们还有什么话说？"

蒋殿人捶着心口道："不瞒你们，是我身子不好，老婆留点米，再可没有啦！"

"妈，我要吃的。"蒋殿人找驴贩子和老婆生出的十二岁的男孩子，从外面跑进来。

胖老婆喝道："吃什么，吃！穷根，就知道吃！"

孩子哭叫道："我要吃，要饼吃……"

"呸，哪来的饼！"胖老婆慌忙喝断孩子。

"怎么没有，你夜里烙的那么些……"

"混账东西……"胖老婆大怒,赶上要打。

春玲冷笑道:"你别来这一套,遮不住丑啦!"

那孩子见胖老婆的凶相,连忙改嘴:

"没有饼,俺妈夜里没烙饼,她说吃饼不告诉人……"

蒋殿人脸色苍白了,颓唐地坐到锅灶台上。但他马上又镇静地说:

"我向政府坦白,总共留下五十斤麦子、二十斤米……"

"住嘴!"江水山眼睛里迸发着火星,厉声喝道,"蒋殿人!我们已经掌握了你的底细,赶快把全部财物、粮食交出来!"

蒋殿人平静地微笑着:"水山,这是没影的话。我入过党,当过村长,虽说是地主,可也有点见识。哪个有良心的,能眼看大家少吃的,自己把粮食埋地下?"

在江水山眼中,他这笑是擎戈舞刀的挑战。他一步冲到蒋殿人跟前,怒道:

"你有良心?你有反动派的良心!要是我们找出来怎么办?"

"你们要是在我家翻出一点藏的东西,蒋殿人甘愿请死罪!"他盟誓了。

"你把东西藏严了,当然翻不到!"春玲愤慨地说。

蒋殿人把两手一摊:"这就不好办了,我说没有你们说有,叫你们找又不找,这叫我奈何呀?"

"说,你南场上藏粮没有?"新子亮着大枪威吓道。

明生紧跟着晃着木头手榴弹,发出警告:

"再不说我摔啦!"由于他两手只顾去示威,忘记没束裤带,裤子滑了下来。玉珊忍住笑,拍了一下他的光屁股。明生无暇理会,把她的手挡开了。

蒋殿人无可奈何地说:"我说你们不信,好,算我场上草下有粮食,你们去找吧!"他这是缓兵之计。

"不去。"新子、玉珊刚要走.被水山喊住,他朝蒋殿人说:

"你这是什么话？粮食、财物是你——地主分子剥削人民的，你该老老实实还给人民。共产党不是抢你，明白吗？"

"这就难了，我不知道哪里藏的东西。"蒋殿人弯下腰，要要赖了。

江水山全气炸了。他抓着蒋殿人的衣领把他揪起来，喝道：

"你这个反动派！到底交不交出来？"

蒋殿人反抗道："江水山！你随便打人？！"

"罪证俱全，对反动派要革命！"水山斩钉截铁地回答。

胖老婆哭喊："江水山，救过你爹的命都忘啦！"

江水山把蒋殿人猛地推出去，气宇轩昂地说：

"共产党员的儿子不和反动派留情！"

蒋殿人倚在墙上，小眼睛仇恨地瞪着，恶毒地说：

"你们共产党，就这么翻脸不认人！"

江水山嗖地拔出手枪，向大腿上一擦——哗啦一声子弹上了膛。他脸色铁青，前额上被蒋子金刀砍的月牙形伤疤，像血一样闪着红光。他深恶痛绝地说：

"你他妈的敢糟蹋我们党！老家伙，叫你尝尝革命的滋味！拉出去，枪毙啦！"

新子、玉珊冲上拖着蒋殿人就走。

胖老婆和孩子大哭着要跟上，被明轩、明生弟兄堵住。明生高擎木头手榴弹喊道：

"不准动！动我炸你们！"

胖老婆和孩子吓得退回屋。

蒋殿人走到院子里，脑袋才清醒过来，心里说："不经批准敢杀人，你们吓唬别人去吧！"他静等江水山的收令。

春玲跟在水山一旁，见他真准备打死蒋殿人，心跳起来，着急地提醒他：

"水山哥！你要……"

"不要管！"被巨大的怒火炙烧着的民兵队长，抢了一下手枪，坚决地说，"对反动派，咱们不可惜子弹！"

蒋殿人一听，心全凉了。他知道被他暗害了的共产党员江石匠的儿子的血性，和他父亲有根连，江水山真会叫他脑袋开花。立时，蒋殿人全身瘫痪了。

没等丈夫拉出大门，胖老婆号啕着奔出来：

"放下吧，饶命啊！天哪，我招！我全说出来……"

从蒋殿人场上的陈烂草垛底下，打开了一个巨大而严实的地窖，从中抠出一万多斤麦子和稻谷。从他过去的牲口棚里的地下室中，挖出三万多斤粗粮，有的因年久受潮已霉烂。有一部分粮食，是上次清算前急着埋藏，就倒在土窖里，有很多都生出长长的芽子了。最为惊人的，是从蒋殿人四十多岁就为自己和老婆在西茔里修盖的坚实庞大的墓穴里，打开两口棺材，找出七块半斤重的金砖，四十三个一两重的金元宝，大批的银圆和首饰。

把粮食、浮财运到学校大院里，人们都来瞧。瞅着这些东西，尤其是被糟蹋的粮食，人人咬牙痛恨，个个怒骂狼心狗肺，把蒋殿人杀了也是罪有应得……

那明生兴高采烈地在人群里蹿，一手举着手榴弹，一手提着裤子，向人们讲述蒋殿人一家的丑态，炫耀自己的参战功劳……

玉珊姑娘拍着他露出的半个小屁股，说：

"好兄弟，反动派投降啦，快把你的武器收起来，裤子束好吧！在人眼前露出半个腚，不害臊吗？"

"别急，玉珊姐，顾不上哩！"明生把裤子一提，又在人群里挤着叫，"谁看到新子哥啦？"他好不容易找到新子，要求道：

"新子哥，把你的手榴弹给我吧，我好再跟你们去打反动派！"

新子很痛快地说："行，你够格打仗。这次有功，赏给你吧，可不要叫它走火炸啦！"

人们看着木头手榴弹响起哄笑声。明生提着裤子高兴地叫道:

"走不了火,我好好保管它……"

"明生,"春玲赶过来,把弟弟的裤带束好,"快回家吃饭,不饿吗?"

明生承认道:"真的,肚子叫啦!姐,你不吃吗?"

"我还有工作,你先回去吃吧。"

"那好,我把饭给你焖在锅里,保你回来还是热的。"明生叫着轻快地跑了。

江水山在物资、粮食跟前走来走去,脸上少有地洋溢着兴奋的笑容。经过大半天的劳累,感情老是处在极度的紧张激动中,他左肩的伤疤早在发烧,中午饭过了好长时间他还没有吃。——这些,水山都没觉得,他又站到教室门口的台阶上,尽情地望着物资和涌进走出的人群。

春玲走到水山身边,望着他那苍白的倦容、下淌的汗珠,关怀地说:

"水山哥,你快回家吃饭吧!这儿有村长和我们几个行啦。"

"不饥困呀!"水山愉快地回答。

"人家快要吃晚饭了,你中午还没张口,怎么会不饿?"

水山看着那些粮食,从内心发出热烈的声音:

"玲子妹!你说我怎么会饿?看也看饱啦!吓,这下子解决问题啦,缺吃的穷人肚子要进粮米啦!春玲,你说咱们这场仗打得值得吧?"

"当然值得!"姑娘赞许又自豪。

"你说,这么做对不对?"

"有点过火,可是对地主,这不算什么!"春玲气恨地说。

"刚上来我只想给蒋殿人一种威胁,没想真干。可是反动派到底是反动派,他胆敢拿私人面子来侮辱我们的党!"江水山又激怒

323

起来,"当时我真恨死那家伙,他要不投降,我真消灭他!"

"你就没想到政策?"

"政策,当时没顾得去多想……好,就算我违法杀了人,可是为立刻消灭反动派,叫他知道是犯了什么罪,我受处罚也甘心。"

"水山哥,你的性子可要注意呀!这个大家不知批评你多少次啦。"春玲恳切地说,"对蒋殿人那坏蛋过点火我同意,可是你对那几家富裕中农的做法,就过分啦!"

"事一过我也觉得不对头。"水山承认道,"可是,春玲!我真被他们的自私自利气炸啦,我还觉着谁也不能比我再耐心了,那些顽固脑袋不砸不开……好,指导员回来我检讨,我情愿受处分。"

"妈,快给我饭吃吧!"水山进门就叫。他两腿沉重,肚子空虚地想向上吐酸水,浑身发热,头发晕,他真想吃饱饭躺在炕上,再不起来了。

不见母亲回答,水山向炕上一看,母亲木呆呆地守在纺花车子旁边。他又叫一声:

"妈,我饿坏啦!"

母亲缓缓地抬起头,满面怒容,气愤地说:

"还用来家吃饭吗?你有能耐抢人家的去吧,人家不给,你就动枪舞刀杀吧!"

水山一惊:"妈,你怎么啦?"

"问你自己……"母亲话刚出口,眼泪就涌出来,"你这个傻愣子、惹祸精!你怎么干出这种事……"

"妈,你明白说呀!"水山着急地靠上前。

母亲擦着泪水问:"你真去你'亲爹'家行凶啦?"

"哪个亲爹?"水山立时醒悟,愤怒地说,"什么亲爹,蒋殿人!他是反动派!我们的对头……"

"住嘴!"母亲光火了,"你个混账东西!谁叫你去他们家动刀枪，啊？"

"妈，这事你管不得……"

"我知道你妈管不得，还有人管得着你吧？"母亲叱喝道，"我问你，是你上级叫干的吗？"

"不是。是党支部武装委员……"

"他是谁？"

"是我。"

"还有谁？"

"民兵队长。"水山解释道，"妈，是我自己决定的。我有权……"

"你有权把你妈杀了吧！"老母亲那接近失明的枯涩眼睛里，涌出不断头的浑泪，"水山哪！你怎么不想想，人家蒋殿人救过你爹，关照咱孤儿寡母，咱们能不感恩答情吗？你的上级指派你干，还有情可原，妈也管不得；你自己这么去伤害人，伤害救过你爹的恩人，对得起你那死去的爹吗？……"

江水山皱着眉头愤愤地说："妈，你说得不对。我爹怎么死的？还不是叫像蒋殿人一样的反动派害的……"

"呸，瞎说！"母亲严厉地喝道，"人家老村长做过多大坏事，你张口反动派，闭口死对头？就是他有错，由上级对付，显得你个傻愣子去逞能？人家救过你爹你也不认情？"

"不能讲私情。我爹活着也会和我一样对付他！"江水山决断地说，"妈，你没去看看，蒋殿人暗藏了那么多东西，粮食烂着也不交出来，是条多么狠心的狼！"

"人家狠心你狠心？"母亲指着桌上的瓢，"你差点把人家杀了，你亲妈刚才还送大米和饼来，说是你亲爹见你身子欠，送给你吃……"

江水山这才发现桌上的东西，端过来看也没看一眼，疾恶地狠狠地抛进院子的粪坑里。

母亲啊了一声,痛哭着骂道:

"你这小崽子,反了天啦!"她下炕站在儿子面前,怒喝道,"去给你亲爹赔礼!快去,快去!"

江水山屹立不动,高昂着头说:

"赔礼?笑话!共产党员给反动派赔礼?妈,这比杀了我还难!"

"你倒是去不去?"不见儿子动一下,母亲伸出手要打,但又缩回来。儿子是那样高大凛然地矗立在她面前,她要打一巴掌,还得扶着他的身子跷起脚才能触到他的脸。她做母亲的显得多么无力,多么可怜啊!于是,她重回到炕上,哭了,伤心地哭了。

水山见母亲哭得可怜,上前把着她的手,激动地说:

"妈,妈!你听我告诉你,我不去给蒋家赔礼,也无礼可赔,不能去,万万不能去!妈,他是地主反动派,和咱是两路人。你不要听他们的话,你儿子做得对!"

母亲质问道:"难道人家搭救你爹咱能忘啦?这么做对得起你爹?"

"忘是不能忘。我还真有些不信,这么坏的反动派,怎么会有真心救我爹。他那时是混进咱们队伍里的,是党命令他干的,恩情应该记在咱们的党身上。再说,妈,不能为私情不工作。我不是为咱家去斗他,是为大伙,为无产阶级革命!我爹也是为这个死的,儿对得起爹!"

"孩子,妈也知道好坏白黑。"老母亲平静了些,"就是我心里老放不下,怕伤天害理啊!"

"妈,你要是生我的气,就打我两下吧,这礼是断断赔不得!对反动派是使枪杆子,只有他们向咱们低头投降,咱们宁头断下来也不能向他们躬腰!妈,你生儿子的气就打吧,摸不到我趴下……"水山驯服地弯身把头伸进母亲的怀抱,拉她的手向脸上放,"打呀,妈!"

母亲的心像被孩子的手捧起来了似的,慈爱的暖流无止境地挥发。她抚摩着儿子的五官,又悲又疼又爱地说:

"好孩子,我的儿!你从小挨财主的打,挨守门狗的咬,鬼子把你的胳膊都打去一只,妈哪舍得打你呀!亲都亲不过来啊!我的儿,妈再不疼你,谁疼你啊!"

水山那沸腾的心使眼睛闪着泪花,他热烈地说:

"妈,还有人疼我。水山是你儿子,他又是共产党员!党疼他,比妈还亲。妈,你会明白,儿子听党的话,比听妈的要紧。我有时不听妈的话,就是为这个!"

第十五章

"……我说得不假吧,舅?共产党一向不讲强迫,这次却逼着你们中农借粮食,就是他们眼见中央军快到啦,急红眼啦!再过些天,就要共产啦!对中农也像对付地主一样,扫地出门,有的还要杀头……"王镯子流水般地学述孙承祖的话,她的少眉毛的眼睛紧紧地注视着对方的反应。

老东山坐在墙根的阴凉里,闭目抽烟。他脸色阴沉,心里为上午被江水山强迫借粮一事积压着气恼。他很气愤,也很伤心。自从解放以来,也是第一次受到干部的这种强迫,尤其是政府明明说是要自愿的事,一翻脸就改变做法了。难道说,共产党对中农的态度真变了?这就是要共产?这样一来,老东山不富不穷的舒适日子,在共产党的天底下也过不成了吗?看江水山当时的表现,几乎要动枪动刀了,多使人寒心啊!在老东山眼里,干部就是共产党,不去分析是哪一个人的行动。他相信,江水山的做法,是得到上级允许的,不然他不敢。

听着外甥女王镯子说的中央军要来的话,老东山心里更加难过。他很怕中央军来,在旧社会他所遭受的压迫和辛酸,是永远深留心间的。他希望共产党得胜,有时听到敌人进攻的厉害,心里还为解放军着急、使劲。儿子儒春去参军虽说是出于不得已,但老东山还是认识到青年应该去参军,打反动派,这是对的,如果是叫儒春去当国民党兵，就是再强迫他也是不自愿的。追其根，他是希望别人家的青年都自愿上前线，自己的儿子在家种地，孝敬父母，生儿育女，发家致富。

老东山现在心情是，最怕中央军来，担心再过旧社会的生活；但共产党改变了对他的态度，强迫他借粮，听王镯子说就要共产，拿中农当地主论，使他痛心、悲哀、惊恐。他对共产党的信任发生了动摇，随之也就产生了自然的愤懑情绪。

"事到如今，也就凭人家摆布吧，唉！"老东山难过地说道，深叹一口气。

"不能听他们摆布，"王镯子煽风吹火，"共产党是得寸进尺，打完地主打富农，地富光了扫中农。这样下去，咱们不就完蛋啦！"

"不听人家的还有么法子？"老东山摇摇头。

"舅，我不是告诉过你，中央军要来……"

"它们来对咱有什么好处？过去的罪我不是没受过，命都差点送了！"老东山提高了声音，"老蒋更杀人！"

王镯子见他这种表示，怕话说得太露骨收不了场，就顺杆儿爬了：

"舅说得在理，国民党也祸害人。不过……"她顿了一下，"干部强迫咱们，咱们也强迫他们。舅，你是老实人，说话有人听，就去找孙守财大叔那几家被强迫过的商量商量，上政府告村干部一状……"

老东山听着，心里有些活动。他想，这倒是个办法，一方面是出出这口气，更重要的是测探一下共产党的态度，是不是对中农的政策真的改变了，从而确定今后对新社会应采取怎么样的心怀。他对拿出去的粮食，早已失去收回的信心了。他抽出嘴里的烟袋，睁眼看着外甥女，说：

"这个主意使得……"

"舅，你真有见识！"王镯子高兴地叫起来，老东山这还是第一次公开表示听了她的话，"舅，你立时出门办吧，家有活我帮忙。"

"急什么？我要等一两天，看看村里的风声再说。"老东山稳重地说道，重新掩上眼睛，"镯子，你不要在外面多嘴，这不关乎你的事。"

"嗯，哎……"王镯子煞了喜风，又忙解释道："我对谁也不瞎说，是见舅不出门，有事就跑来关照你几句。舅，你也别见外呀！"

王镯子满怀喜悦地告辞老东山，走出不远，迎面碰上她母亲。王镯子她父亲在世时很宠爱她，纵性娇惯，她母亲却对她哥偏心些，使王镯子从小对母亲就不好。王镯子十多岁时，就开始支使寡母亲，欺压妈妈了。她哥王井魁大了出去做买卖，后来当上汉奸不在家，王镯子就成了一家之主，以虐待她母亲而闻名。

王镯子出嫁后，更对她母亲没口好气，生怕她沾了自己的光，视老娘为累赘。

"你上哪去？"王镯子没好气地问。

她母亲瞥她一眼，说：

"找你舅。"

王镯子本想赶过去，但注意到她母亲的神色有些慌乱，又想起有好些天没见她的面，就疑惑地问：

"找我舅干什么？"

"你管不着。"老太婆走过去了。

王镯子越发生疑，赶上去扯住她的衣袖，声音变软了：

"妈，你有什么事，瞒着闺女？"

老太婆看她一会儿，眼睛浮动着泪水，悲哀地说：

"你还知道有妈……你哥……"

"他怎么啦。"王镯子吃惊。

"他……"

经不住女儿的巧言套取,老太婆说出了真情。

原来王井魁逃离部队,在山沟里为灭口打死表弟儒春,在外周转了几天,已逃回家八九天了。王井魁当然没把真实来历告诉母亲,只说在外躲了几年,政府搜得紧,又回到了家里。老太婆很高兴,拉儿子去政府自首,说指导员讲过,王井魁回来政府能宽大处理。当然,王井魁知道自己血债累累,更主要的是他要继续反革命,深信中央军会很快打过来。所以他根本不听从生母的再三劝说,而且还不让母亲出门对任何人讲。老太婆这些天很愁闷不安,不知如何是好,就偷个空子跑出来,去向她哥老东山商量,是否她去替儿子向政府坦白,要求宽大处理。

王镯子听罢又喜又惊。喜的是孙承祖正为物色不到人而苦恼,她哥回来了,增加了他们的力量;惊的是不叫她在此遇见妈,老太婆去和舅老东山讲了,他很可能叫她向政府去告发,那样一来,也就糟了。

王镯子把她母亲拖到墙角处,见四周无人,揩了把额上的虚汗,压低声说:

"妈,你可不能去对谁讲,叫人家知道了,我哥就没命啦!"

"没关系,政府讲宽大。"老太婆不以为然,"人家干部说一不二,从没难为过你妈。前个月我出门不小心,灶里的火星叫风刮出来,房子烧了,振德大兄弟亲自领人救火,水山大侄爬上房子,叫烟熏昏差点栽到火坑里……"

"你不要信这些,"王镯子打断她,"他们对你好,是收买人心。"

"人家收买我这老不死的做什么?"老太婆决然反对,"我一不能打仗,二不能工作,连公粮都拿不起……"

"别啰唆啦!"王镯子生气地白她一眼,连唬带吓地说,"听我哥的没有错,你若对干部一讲,我哥准没有命。中央军过来的时候很近啦。你不要听干部的,你没听说,我舅和一大些人家的粮食,都被干部逼着拿出来啦?再过几天就共产啦!"

"啊,有这等事?!"老太婆没主意了,"镯子,你说怎么好?"

"你就听我哥的,对谁也不要张声。"王镯子叮咛道,"妈,你不要怕,过几天看风声再说。"

"好,信你的,过几天看吧!"老太婆颠着小脚向回走。

王镯子眉头一皱,又赶上去,孝敬地说:

"我知你吃食困难,不用犯愁,我给你一些豆子。"

老太婆为女儿异乎寻常的举动惊呆了,好半天才说:

"真是日头从西出,镯子疼妈啦!唉,都为你那哥不是人,你妈早晚死在他手里……好,我跟你拿去。"

"你别费事啦,我回家拿了给妈送上门……"瞅母亲拐过墙角,王镯子左右扫了一眼,迈动碎步,急急地向家门奔去。

正在吃饭的指导员,一听说强制几户富裕中农借粮的事,立刻停住,焦灼地催促道:

"快说!"

灯光下,春玲看一眼父亲,他全身满布尘埃,好久没刮的胡子乱糟糟,脸上呈现出极度劳累的憔悴,眼睛泛着红丝。女儿有些胆怯地继续说:

"水山哥开始也打算动员说服他们借,可是他们高低不肯,还说不好听的,把水山哥惹火啦,才那么做的……"

振德的心完全被震撼了。沉默了片刻,他放下碗筷,带气地质问女儿:

"那么你呢,玲子!你以为这么做对吗?"

春玲垂下头,手抚弄着衣角,内疚地说:

"不对,我知道错啦!"

"为什么当时不制止?"父亲追究道。

"是我不懂事。"春玲说着抬起头,"爹,也不能全怪我,人家水山哥是党支委……"

"你还有理?"振德教训道,"你不是个党员?对工作就抱这种态度?水山要负主要责任,他脾气不好,有缺点,要是有人说着他些,他不会这么做。可你——春玲,你的责任哪去啦?还强调什么原因!"

"爹,"春玲难过地叹口气,忽闪着大眼睛,"是我不对,乐意受处分。"

振德见女儿知错了,缓和下口气说:

"玲子,干工作可不能凭出一时的气。你还年小,有些事想得简单,可不能老这么下去。你老实对爹说,心里对水山的做法,是不是有点同意,嗯?"

"是。"春玲真心承认道,"我当时觉得有些不合政策,可见水山哥整了那些老顽固一顿,也感到开心。"

"快说说,"振德着急地问,"为这事村里出了些什么谣言?"

"爹,你听谁说过?"春玲有些惊异地看着父亲那焦虑的目光。

"刚到家,哪有人告诉?不过,我猜想一定有不好的影响。快说吧!"

江水山逼迫老中农借粮一事,越传越广,渐渐被一些心怀不满的人传走了样,流言蜚语在全村泛滥着。

听吧——

江水山用手指点着孙守财和老东山的头,逼他交出所有粮食,不交就枪毙!

民兵队长下令啦,所有中农都要把粮食拿出来。

共产党是斗了地主整富农,地富完了搞中农。

要共产啦!江水山宣布山河村要无产阶级革命,家家户户把所有东西都充公。都要当江任保啦,伸腿等吃吧!

不要怕没饭吃啦，马上要共产，闻着谁家有香味，望着谁家烟囱冒烟，就到谁家吃饭……

在这些风言风语煽惑下，一部分中农昏了头，有的准备藏东西，有的把好东西做着吃，趁还没"无产阶级化"，先捞个肚子享福。

振德听完女儿的陈述，沉重地问：

"你们做了哪些工作？"

"开会解释过，在广播台上宣传过。可是有些人还不信，水山哥说少数落后分子，不用理他们……"

振德没等春玲说完就站起身。

"爹，这么晚啦，你累了一天一夜，明早再说吧！"女儿心疼地要求道。

"不能迟延！"振德语气严重地说，"不马上纠正，事情要闹大。立时开支委会……"

"那也等吃完饭呀！"春玲苦求着。

振德顾不及回答，大步出了门。

曹振德一步高一步低地在黢黑的村道上走着。由于他的眼睛本来就有病，加上从昨晚出发运送军用物资，往返急行了一百四十多里，天热上火，又无片刻闭眼，眼眸红而发痛，眼色不好使。这时他又心急步快，好几次差点被石头绊倒摔跤。

他来到江水山家，水山不在。安慰水山母亲睡下，他又朝村东南山根扑去。振德估计这半夜水山没睡下，一定是去公粮仓库查岗了。振德刚到南场上，听到对面响起欢快的《解放军进行曲》的哼哼声，就停下叫道：

"水山，水山哪！"

歌停了，人影大步走过来：

"振德叔，回来啦！"水山叫着赶到振德面前。由于在无月的星空下，他看不清对方的面孔。他兴奋地说：

"指导员,胜利啦!吓,你走后我们打了个大胜仗,缴获可多啦!"

"嗯,'胜仗',我听说啦。"

水山没听出对方话里所含的反意,晃着手说:

"玲子妹告诉你啦,好快的'号外'!这下可解决了大问题,有法子帮助缺吃户度荒啦!"

"水山,你是跟谁在打仗?"振德压着火气问道。

"反动派呀!"

"对蒋殿人那样做事情不大。我是问,你还和谁'打仗'了呢?"振德严肃地说。

"对,我强制过几户老中农。"水山轻松愉快,"这个,我有错误,我准备受处分。"

"这么简单就完了吗?"

"不完还要怎么样?"水山有些奇怪。

"水山,你犯下了大错误!"

江水山不是从字眼里,而是从对方的严重口气里,听出曹振德的意思。他怔愣一刹,迷惑地说:

"难道还有什么大事?大不了是对那几家中农态度不对头……"

"不单乎是几家!"曹振德插断他的话,"水山!你违反了党的政策,损害了革命工作!"

"违反政策是错误,我甘心受罚。"江水山诚服地说,又反驳,"指导员,说我损害革命工作我不心服。你是听那伙落后家伙讲一些怪话,就看得了不起啦!那没有什么,贫雇农是多数,革命没有那伙顽固的老中农,一样成功……"

"你这是傻话!"振德爆发了怒火,"你怎么能把党的政策和革命工作分开?像你这样不分界限地乱搞一气,还能团结群众吗?你以为借出点粮食就是胜利,你可不想想,中农受了打击,对我们生两条心,这对革命有多大损失。实在话!水山,你这么做不惟不是胜利,是失败,失败!"

江水山愣了一刹,扭过头望着南山的轮廓,嗓子沙哑地说:

"怎么说吧,对这些顽固分子我也有气。他们是中农不假,可是他们一心想发财。多少同志在前方和敌人拼死拼活,为解放人民流血断头!这些顽固分子却安稳地过好日子,还有怕变天的思想,看不起我们的政府!我们有困难叫他们帮点忙都不干。指导员,看我不行就撤我的职吧,我江水山为革命流过血,还准备豁上这颗头,可是咽不下顽固分子这口气,我不能让他们说人民政府的坏话!"水山越说越气愤,越激动,最后声音都颤抖了。

曹振德看着他那高大的身躯,右臂有力地挥着,左面却是空洞洞的衣袖耷拉着,心里禁不住发热,气全消了。他拉水山到场边的草埂上坐下,沉思了一会儿,感慨地说:

"水山,你的心大叔明白。论说,你劳累了一天,受了那么多气,我该安慰安慰你才是。你也知道我,难道大叔遇到这些事就没有气吗?有,也不小于你。你对蒋殿人的作为,也是不正确的,咱们不能用那种方法。发现了他场上的破绽,就该叫上蒋殿人,当场搬草挖地窖,使他没话好说。可你为了出气,为恨地主的态度,就……好,蒋殿人毕竟是地主,又那么死皮赖脸,做就做了,群众也不大反感,还有不少人拍手,所以我没多说话。可是你对老东山、孙守财他们,那就错了。我也知道,你对他们也讲道理,最后惹你火了才来硬的,并没怎么样他们。不行,就这一点也不行!他们是中农,是无产阶级革命的朋友。中农占人口很多,虽说富裕的居少数。不假,他们有些人很落后,有变天思想。可是他们是劳动人,受反动派的压迫,咱们多教育说服,他们能跟共产党走,是革命的大力量。你想想,逼他们借出点粮食事大,还是叫人家说共产党说话不算话,团结中农又动强迫,得罪了中农事大?水山,对自己人和对敌人,完全两码事。这一点含混不得。你说我的话对吗？"

江水山舒了口气，深深地点头。

"水山哪，大叔喜欢你为革命拼死拼活的劲头，这是对的，好！"振德深情地说，"不过你也要留心，干事不能凭一时的火气，由自己的性去干。这么干，往往本是一番好心，拼着一身不顾，反倒落个不好，对革命没益处，甚至有害处。你看呢？"

江水山沉默着，静静地坐着。

"这个弯你一下子不一定转过来，慢慢你会懂的。"振德又思忖着说，"村里起了谣言，闹得一些人心里不安，要马上纠正。"

江水山提起精神："怎么干？今夜就来。"

"马上就开支部会，大家商议一下。不过，"党支部书记十分肯定地说，"这个是一定的，把不是出于自愿借出的那几家的粮食，退给他们。"

"退粮？！"水山惊讶地瞪起眼睛。

"对。一粒不少，全部退回。"振德决断地说道。

江水山用力地摇着头："退粮不行，我不同意！好不容易从他们手里搞出来，再退回去？不行！那些缺吃的人家，孩子吃野菜病了也不肯说出来……"

"水山，这个我清楚！"振德激动地说，"保证全村人民不饿死的担子咱们挑着，一定挑到底！"

"大叔，向中农讲讲清楚就行啦！"水山恳求道。

"不！这是党的政策，关系重大！"曹振德坚决地说，"粮食一定退还，困难我们再寻法解决。还有，水山，你要当众向老东山、孙守财他们做检讨……"

"什么，我去向他们检讨？！"江水山震怒了，霍地站起来，"我妈叫我去向蒋殿人赔礼，权当她人老糊涂。可你——党支书，又叫我去向落后分子检讨！你说，一个和日本法西斯打过几年仗，成了残废的荣誉军人——不，一个共产党员！怎么能去向顽固家伙赔不是！党支书，你怎么能说出口呢？！"

振德静坐着，等水山咆哮完了，他才站起来。他一点不生气，也没感到突兀，似乎水山不向他发火，那他倒出奇了。振德心平气和地说：

"发完火再听我说。水山，你这不是去向落后分子检讨，向顽固家伙赔不是，你是向党。"

"向党？"水山惊住了。

"是的，向党的政策检讨，承认错误。"

水山沉吟了一刹，说：

"那你给我处分好啦，只要不开除我的党籍，多大的处罚我也受得住，可就不能去向顽固家伙低头！"

"处分暂且不谈，"振德耐心地劝说道，"这是非做不可的！你想想，我们在全村人民眼前，把粮食退还给中农，向他们检查我们态度错误，不该对自己人用强迫，这影响有多大？为我们党说了话，使中农和全体人民都看清楚，共产党说啥是啥，绝不含糊。你说这不该做吗？"

江水山沉重地垂下头，痛苦地悄声说：

"是党叫我去的？"

"是党叫的。共产党员应该去挽回党的损失！"

江水山以极大的力量吐出口："好哩，我去！"说完头就垂下了。

曹振德虽然看不清他的面孔，但他完全知道水山痛苦万分的心情。这件事对他来说是多么的不容易。振德以父亲的感情说：

"这样吧，水山，这个检讨由我来做。党员犯错误，支部书记的责任不轻些。"

"不，我自己去。"水山低沉地回答。

振德握着他的手，觉得这手热得灼人。他疼惜地说：

"还是我去吧，这不算什么。我们马上开支委会，你在会上检查也一样。"

"振德叔！"水山抬起头，提高了声音，倔强地说，"你别担心我难受。我一时想不通，心有些乱。可是党的决定，我豁上命也要去完成！"

几个月没见阳光的孙承祖，脸色像萝卜腚一样阴白，王镯子用剪刀给他铰短的头发，一拢长一拢短，和被狗啃了一样。孙承祖潜回家后，听见门响草动就躲大囤子里。白天他几乎不敢上院子，只有夜里出来活动一下身体。昨天发生了强迫中农借粮的事，村中立时引起议论，他吩咐王镯子去鼓动老东山，煽起被强迫借粮的中农起来反对政府；又打算串通蒋殿人，加紧制造谣言，使社会秩序混乱，煽动人去抢公粮仓库……但他的如意算盘刚打，老东山还没去告状，村干部就纠正自己的偏差。今天上午开了村民大会，当场把老东山、孙守财几户富裕中农的粮食、地瓜干，一粒不少一两不差地退还。并且民兵队长江水山当众向他们道歉，指导员曹振德还借机宣传了贫雇中农是一家、共同打反动派的道理……这个不寻常的举动，轰动了全村。在会上，老东山闭着眼睛不把收条交出去。曹振德对他说：

"老哥，政府是诚心真意退还给你，共产党绝不强迫咱自己人干事。你把粮食拿回去，称一称，若是数不够，我们一定补。"

老东山耷拉着脑后的小辫，头也不回地走着说：

"我自愿。"

除去孙守财，看样子是在别人影响下没收回粮食，其他的中农都心悦诚服借出粮。那位咒江水山有媳妇生孩子也少只胳膊的老太婆，还感动地说：

"我放心啦！共产党真是金口玉牙，压根儿不哄人！"

为此还带动了一些有粮户，又借出好多粮食，加上从蒋殿人家里抠出来的，最缺吃的人家的问题大体可以解决了……

孙承祖听完妻子王镯子学述后，气得白脸发紫，好半天才缓

上气狠骂道:

"他妈的,小子们可真有两下子!"他喘了几口气,"好,井魁回来!人是把能手……"

午夜过后,在王镯子的探路瞭望下,王井魁钻进了孙承祖的家。

王镯子在王井魁进屋后,才闪进院里,将门插严。门闩门簪都涂着猪油,开动起来无声无息。

屋里油灯明亮,窗户用黑被单遮住,里面闷热异常,蚊子哼哼乱叫。

王镯子奉丈夫之命,昨晚上拿着粮食拜访了王井魁。哥哥对妹妹叙述了怎样在外当汉奸杀人,怎样在中央军里当排长,怎样被解放军俘虏,怎样化名隐身准备跑回家等待中央军的来到,怎样遇见儒春,把儒春诳出来打死的……

孙承祖听王镯子转述后,很是兴奋,今夜里就和王井魁会见了。

三个人就着咸鸭蛋吃了几巡酒,但是酒没能把黑皮的王井魁提起精神。听完孙承祖的破坏计划,他萎靡不振地说:

"老弟,不是我不想干,实在是使不上劲。要是想拼,我还逃到国军那里去了。只是我奔波了这几年,出生入死,受够苦了。现在仗打得很苦,哪一仗也死他千八百人,我也差点当了鬼。我打算在家躲些天,等国军来了过几天舒服日子,不去找冒险的麻烦啦!"

孙承祖对他的冷淡反应非常不满,但他没有发作,耐心地说服了一顿,最后王井魁答应,在万无一失的情况下,可以参加活动。

"你们这家有藏的地方吗?"王井魁问道,"我妈不牢靠,我怕她说出去;再说,吃的也很缺。"

"你过来吧,哥!"王镯子应允道,"就对妈说你走啦,到这家和你兄弟在一块……"

"还是过几天再说吧，"孙承祖插上道，他是怕发生意外连累自己，"人多卧在家里，容易出娄子。你妈人老糊涂，多吓唬着点她不敢说出去，当老人的多会儿也是向着孩子的。粮食叫你妹妹接济些。"

"那好吧。"王井魁懒懒地回答。

"咱家的也不多啦，"王镯子说，"可惜老村长那么多米面，都叫人家扒去了。"

"这也好，断了老村长的后退之路，过江烧船——蒋殿人会拼死命的。"孙承祖狠狠地说，"他们能抢，咱们也有手。早晚会给公粮站上一把火……"

轰隆隆，响起雷声。王镯子送走王井魁回来说：

"上雨星啦。天很黑，要下大雨……"突然，她恶心起来，弯下身呕开了。

"怎么啦？"孙承祖问道。

王镯子呕吐过，趴到炕上，喘息一会儿，说：

"是真的啦，身上的①两个月不来啦！"

"啊，"孙承祖迟疑一下，接着扯她一把，"我和你成亲好几年没有事，怎么才回来几个月，你就有啦。我的吗？"

"不是你的是鳖的？"王镯子骂道，"你还有脸说，和个驴一样折腾人。哪夜你老实啦……"

"别生气，和你说笑。哈，真不容易，我要当爹……"他突然顿住，惊慌地说，"不好，要出事啦！"

"出什么事？"

"你肚子大了，不就叫人家知道有我了吗？"

"你不是说，国军就要来了吗？不碍事，肚子一半时看不

---

① 身上的：指月经，此地女子都这样称呼。

341

出来。"

"看现在的时局很难断定,大舅走后也没回头,一准是国军一时过不来。共产党又控制得这样严,不是报纸上还登着,有的村抓住好几个特务吗?我也要防备些,在西间粮囤底下挖个地洞,危急时藏进去。你的肚子若是叫人看出破绽……"

"啊!"王镯子也慌了手脚。

孙承祖狠心地说:"赶快找药吃,打胎!"

"我怕,不敢!"王镯子骇然地说,"你不早想有儿子吗?"

"儿子是要,他好接香火,别绝孙家的根。可是现在要紧,不能为孩子害了我。打胎,打掉!"

"不,我怕!"王镯子坐起来,"听人说打胎闹不好会死人。还说,不死以后也生不了啦!再说,我妈孩子就少,闺女像妈,我怀一胎不容易啊!"

孙承祖苦恼地说:"你说咋办?"

王镯子想了一会儿,试探地说:

"我有个法子,能保住孩子,又护住你,就是我丢脸。"

"什么法?"

"我招野汉……"

"你妈的屄!"孙承祖照她屁股上一拳。

"你听我说完,"王镯子躲避着他,"我招野汉有个不同,外表上是真的,实际上是假的。"

"哪能有这等事?"

"就找那么一个男人,我逗弄他,叫外人看上来很热火,其实他占不上我的身。这样不就幌过去啦?我丢人就丢几个月,等国军来了就好啦!"

"吓,你可真有一手!"丈夫满意了,"哪来的这种傻男人?"

"咱村有。"

"谁?"

"最丑的那一个。"

"江任保?"

"是他。这东西好串'破鞋'娘儿们,喝一点酒什么都忘啦。"

"你和他有交往?"

"去你的,看他一眼我都嫌恶心,真招汉子谁去找他。这任保对我可是流涎水。前天我上井挑水,任保凑上来说:'大妹子,我替你挑吧。'我说:'不用。'他觍着疤脸说:'哟,你那软条条的嫩腰,可别闪啦!'我说:'去你的,你敢糟蹋军属!'他还胡说:'军属女人是了不得,只是夜夜做空梦,多不好过呀!'我骂了他一句,挑着水来家啦。你说,我要是给他一句好听的,他不是苍蝇见了血吗?"

孙承祖抱着她的腰,亲着她的脸腮说:
"好吧,我的小花娥,就这么办。可是,你若弄假成真……"

"放心吧,王镯子是名门闺秀,尘不沾身。"她得意扬扬地笑着。

大雨下来了,发出哗哗的响声。孙承祖松开妻子,到门口向院子看了一刹,说:

"是时候啦,不把孙俊英拉过来,很难干点什么。"

"有准头?"王镯子担心。

"据蒋殿人说的,冯寡妇看见她在家捏豆面人,下油锅炸江水山,说明她的心情,也给了我们一条小辫子。"孙承祖说到这里转回身,"我先和她勾搭上,慢慢拉她下水……找我的解放军衣裳……"

"这时就去?"王镯子脸上露出难看的颜色,白了丈夫一眼。

"这种天正是良机。吃醋啦?"

"我才不管哪,只要她听你的话。"王镯子没好气地回答,拿军装去了。

孙承祖冷笑笑，加上一句：

"手枪也带上……"

闪逝雷煞，夏雨滂沱。天地被黑幕遮掩，村庄被雨帘披挂，一切动响完全埋没在雨声里。

孙俊英的屋子没院落，房门临着胡同。她被打门声惊醒，很生气地问：

"谁呀？"但问了几遍也不见回答，仍是有人在敲门。她不耐烦地抡上衣服下了炕，"你怎么不说话？"她抽开门闩，瞅着进来的披着防雨东西的人，"你究竟是谁？"

来人重将门闩好，大步向炕处走去。孙俊英疑惑地怔了一刹，划火点上灯。她眼睛立时瞪大，看着这位全身军装腰携手枪的来者，惊讶地叫道：

"你？！"

孙承祖把披的麻袋皮向地上一撂，阴白的脸上泛起得意的笑纹，说：

"没想到吧？"

孙俊英没有表情地瞥他一眼，问：

"多会儿回家的？"

"前天晚上。"他坐到炕沿上。

"深更半夜来我这干什么？"她平板地问。

"看看妇救会长呀！"他别有含意地笑着。

孙俊英苦笑一下道："我这干部早不顶用啦。"

"这事非找你不可！"

"么事？"

"了解一下我媳妇的作风，招汉子没有。"

孙俊英从他脸上的荡笑察觉到意味，生气地说：

"出去。我管不着这些……"

孙承祖靠到她身前，紧盯着她的脸，挑逗地说：

"好嫂子！我听说你男人出去几个月啦，真替你难受。少年夫妻两分开，这黑天雨夜连个做伴的也没有，你不急得慌吗？"

孙俊英眯起眼睛，瞅着他那白白的脸，两腮烘热。她吃力地向炕前挪了一步，语气含混地说：

"没法子，命轮上啦……"

"俊英，你真忘记咱们的旧情了吗？"孙承祖更靠近一步，眼睛饥渴地盯着她。

孙俊英震动了一下，眼睛闭上，嘴唇抵动起来。

孙承祖双膝跪下，搂着她的大腿，央求道：

"好英儿，多年的被窝凉不了，说句话吧！"

孙俊英身子软绵绵地歪到墙上，眼睛裂开，踢他一脚：

"死东西，还算有良心……"

灯再亮时，孙俊英蓬乱着头发，毫不羞耻地亮着裸体，枕着情夫的胳膊躺在炕上。她伸手从窗台上拿过黄铜水烟袋，摸出烟面向锅子上按。

"你又开禁啦。"孙承祖嬉笑着，给她点上火。

孙俊英喷出一口浓烟，抹搭着眼皮说：

"不吃点喝点，活着图什么？"她瞥一眼他的手枪，"你这长时间没音信，急得你老婆向我哭过好几次……你倒没打死，倒当上官啦。看你那小白脸也没变，像没吃过苦。"

"嘿嘿，枪子对我有眼。"他冷冷地笑一声。

"唉，小亲亲的！"她叹息道，"自男人走后这几个月，我心可烦啦！江仲亭一出去就改了样，来过两封信都是教训我，还说他要革命到底……呸！他革命我可不能老守活寡。也算苍天有眼，你飞来啦！可是和你也长远不了，一回半次的……"

"放心，英儿，我老守着你。"孙承祖心里高兴。

"那怎么行？"

"你以为我是真请假回来的？"

孙俊英发蒙，怔怔地瞅着他。

"俊英，实话对你说，我是干够解放军，吃不了苦，怕打死，偷着跑回家的。"

"啊？！"

"我怕有人找，所以要一直藏着，过一时期再露面。"孙承祖注意着对方的反应，"你说好吗？"

孙俊英停了一会儿，想了一想，喜笑颜开地说：

"好，好！那咱们就好过啦！"

孙承祖笑笑，摸着她的胸脯说：

"你可要守住秘密。"

"你还不信我？"

"你是干部呀！"

"去他奶奶的！"孙俊英怒气冲冲，"我早就不想干啦，连党员牌牌一块摔掉！"

"不，不能。"孙承祖正色道，"你还要当下去！"

"为么？"孙俊英不明白他为什么这样郑重。

"这些以后和你说，干部、党员你一定要当。"

"那就凑付吧。"她没精打采地应道，"也是，万一仲亭再负伤回来，也好说话。"

孙承祖见初步的目的已达到，更明确的要留着过几天再讲，他怕把她惊动起来坏了事。他最后把控制她的一招亮出来：

"俊英，你在油锅炸江水山……"

"谁说的？"她骇然地坐起来。

"放心，外人不知道。"孙承祖阴沉地笑道，"这事是冯寡妇告诉我媳妇的。你不用怕，我们不会讲出去。"

"好，小亲亲的！"孙俊英舒了口气，"你也放心，我守着你的密……"

庄稼令人满意地生长起来，田野里青森森的一片，一群妇女在黄垒河畔锄玉米。玉米秸已达到她们的胸间,小个的女人只能露出头来。女人成堆总是不得安静,姑娘成群更是闹翻天。她们走出家门就叫、吵、闹、笑,干着活也是笑、闹、吵、叫,欢笑声此起彼落和地北头堤上树林里的鸟儿赛起伴来了。

唯有一位微胖的姑娘不开口,她那双不大的黑亮眼睛,紧瞅着锄头,默无声息地埋头锄着。当无人注意她时,这位姑娘就停锄掏出衣襟里的手绢,拭一下眼睛,揩一下汗水,轻轻地出一声发自肺腑里的叹息。

"哎,淑娴姐,你怎么唉声叹气的?为着么呀?"专爱挑别人毛病的玉珊,向胖姑娘进攻了。

"你吃的咸盐真不少——净管闲事。"淑娴低头锄着地,"别人喘口气,你也大惊小怪的。"

"这气喘得可外喽,"玉珊推一把旁边的人,"春玲姐,你说古时候有个皇帝老婆子只到撕绸子她才笑,还有没有个皇帝老婆子,只到锄地才唉声叹气的呢?"

春玲直起腰,用搭在肩上的手巾揩着脸和脖颈上的汗水,笑道:

"傻妮子,皇帝婆子还锄地吗?"她瞟淑娴一眼,学着样子叹口气,"唉!"

春玲扮得那么逗人,看到的人都哈哈大笑了。淑娴也闷下头不自主地笑出来,但立刻又哽住了……

在那个闷热的夜晚,发生了那种淑娴现在想起还心惊肉跳的事情,使她的精神受到极大的创伤,这些天她都是在惶惑不安的状态中度过的。她一度感到羞耻绝望,起过自杀的念头,可是冷静点之后,生存的欲望占了上风。她对江水山的热烈的追求心,被击溃了,完全瓦解了。她对孙若西本能地产生过反抗,感到他侮辱了她,是卑劣的,但经他再三的爱情表白,痛心的自悔之后,淑娴失却了反抗的力量。既然她已失身于人,他又这样狂热地爱她，老东山也已给她和孙若西立下婚约，孙若西在她心目中也是位不简单的人，她只有依靠他了，可谓米已成粥，奈何？

淑娴开始强迫自己把对江水山的热恋收回来，移植到孙若西身上。可是不行，人哪能任意左右感情呢？除了孙若西的动听的情话有时在她耳边鸣响以外，淑娴对他什么印象也留不住。相反，她越收回对江水山的心，越感到痛苦，越感到她是那样爱他。她有时恨江水山，恨他不理解她的心，不找她当媳妇。但是越恨越爱，甚至感到他对她的生硬态度，也是珍贵而可爱的。她现在想要也没有了，那老槐树底下没她站的地方，月亮里的嫦娥不愿再看她了……

淑娴渐渐在消瘦，失眠使她本来红晕的脸上呈现着憔悴疲倦，眼窝下那几颗小雀斑的地方，湿了干、干了湿的痕迹，洗过也能仔细辨出来。淑娴有时仍去江水山家，和老亲妈谈几句，帮她做点针线，但一听脚步声，她就向外处走。她怕见江水山，走路逢上，她会避开身；他向她问话，她装没听到不回答。然而，当没有人在场，她让过他的身子后，就良久地待在墙角或者树后，眼睛凝视着他那高高的影子，直至视线朦胧起来，什么也看不到了，这才急忙垂头洒饱眶盈溢的眼泪……

"淑娴，你这是……"有次被春玲撞见了，她惊异地看着她。

淑娴立时做出笑意，揉着眼睛："迷进渣渣啦……"

春玲看一眼走远的江水山，同情地说：

"淑娴哪，你不能老一个人这样。我和你说过，水山哥还不了解你对他的心……"

"春玲，别再说啦……"淑娴的眼泪急涌出来。

"不能流泪，你这么软性受人欺负。好吧，我再找他给你说……"

"不，不不！"淑娴惊吓又生硬地拉住她，"不行啦……"

春玲生起疑惧，担心地问：

"淑娴，你对水山哥灰心啦？"

"春玲！我求你，千万不要再和水山说，不能再说！我不配人家。"

"难道说，你真同意和孙若西俩？"春玲紧盯着她问。

淑娴躲开春玲的目光，点了两下头，洒下两行热泪，急步走了。

春玲又痛心又生气地想："淑娴经不起考验，对水山哥变心啦，和孙若西好啦！唉！"她也就不好再问及此事了……

仲夏的太阳暾暾升高，越高越小，越小越圆。烈日当头照，光芒似烧火。田野上空，颤动着恰似轻烟的灰蓝色的气流。玉米地里炎热异常，颀长的叶儿像柔韧的利剑，划割着修锄的人身体的裸露部分，再被咸质的汗水一浸，火辣辣的难受极了。

妇女们的言谈欢笑声，愈来愈稀，逐渐消失了。汗水越流越多，浸透衣衫，润湿头发。汗珠滴在脚下松软的燥土上，激起微弱的尘烟。妇女们锄着地，只顾抽暇揩汗、捶背了。

春玲先锄到地南头，直起腰，理鬓发，揩汗。妇女们都陆续锄到。春玲见玉珊抱着锄杆揉眼睛，打趣道：

"怎么啦，玉珊，哭啦？"

玉珊嚷嚷道："这么大了还哭？是我的眉毛少，汗一流多就进眼睛啦！"

"把手巾包头上。"春玲用自己的手巾给她围起前额。

"春玲妹，你看，你看！"桂花叫着凑过来，把娇嫩的胳膊伸到青妇队长眼前，"都划红啦，红啦！"

春玲抚着吉禄媳妇那白细的胳膊，安慰道：

"吉禄嫂，你是头一回下地，锻炼锻炼就好啦！"

"怕划着你为么把袖子挽上去？"巧儿姑娘问桂花。

"干这活可难呀。里面一点风不透。依着那热劲不穿衣裳也够受，可是叶子又似刀打的，唉！"桂花愁苦地说。

"可真了不得，凉热都怕。"玉珊瞥她一眼，瘪瘪小嘴说，"胳膊离心还远，痛不死。我看哪，你是怕晒黑了，不俊啦！"

"去你的吧，尖嘴闺女……"桂花羞红脸，却没话回驳，又捶起背说，"我这腰也痛……"

"是不是要吃红鸡蛋啦？"玉珊开玩笑。

"你瞎说！"桂花脸像红布。

"还爱什么面子，这里都是长头发。吉禄哥参军，你不愿意，为的是想再生个大儿子。嫂子，还怕羞？"

玉珊没说完，人们都哄笑起来。

桂花吃不住了，扛起锄头就走。春玲忙说：

"嫂子，别生气，玉珊和你说笑。"

桂花不听："哪有这种胡闹法，仗着青妇队员欺负人！"

曹冷元待儿媳妇比女儿还亲，儿子对她说句重话，老人都要训他一顿。加上抱上孙子，更舍不得桂花出来下地。春玲和大伯争吵了好几次，今天才算把儿媳妇动员出来。不想又和玉珊闹恼气走了，春玲很着急，她佯作生气地呵斥玉珊：

"玉珊子！还不赶快赔情，等着干么？"

玉珊轻巧地赶到桂花前面，堵着她央求道：

"嫂子，你还不知我是尖嘴闺女？喏，小妹这里有礼啦！"她学着京戏花旦的样儿，双手拱在腰下方，身子一躬，作了个揖。

这一来，连桂花也被逗得笑起来，不好再走，就势下台。

春玲高声喊道："好啦，加油干吧！锄到地北头到河里洗澡呀！"

妇女们同声响应。玉珊叫道：

"欢迎青妇队长唱支歌，慰劳慰劳咱妇女变工队，好不好？"

"好——"声音来自各方。

于是，晴空烈日下的田禾上，扬起银铃般的女高音歌声——

男青年哪上战场
姐妹们哪生产忙
同心协力打老蒋
一滴汗珠一颗子弹
一粒粮米一分力量
……

青年女子们在河里洗头洗脸,玉珊和巧儿两个姑娘起始一块捉鱼,接着两人冲突起来,互相向身上拍水。

春玲洗了几把脸,走到河边的树荫处坐下歇憩。起始她眯起那桃形的墨黑的明媚眼睛看那两个姑娘玩水,还给她们呐喊"加油!加油!……"助威,接着目光被水边河滩的很多脚窝吸住了。她油然想起,这些脚印中,不也有她在几个月前,在月下送儒春归队留下的吗?其实他们的脚窝早就抹掉了,但姑娘的心却不是沙土,留下的印迹是永远抹不掉的呀!

儒春第二次走后给春玲也来过一封信,她立刻回了信,鼓励他努力杀敌上进,时间又过去两月有余,一直见不到儒春的信息。处在这种战争环境,见封信是难,但经常来信的前方战士还是有的。春玲每逢到区上开会,先去收发室问一下。父亲或其他村干部上区回来,她总是神情贯注地等待他们的手是否向口袋里摸。有时有信,那是她哥哥明强来的……春玲惦念儒春,固然为感情的关系,但最使她担着心的是,儒春是不是全变过来了?军队对他改造得怎么样?他是不是个好战士?

时间越长,春玲就越觉着儒春会进步,会变得好,说不定还能当上战斗英雄……她这么想着,计算着儒春参军后的日子,一天天加,一天天长,她越想越甜,心里越爱他,越恋他,回忆着她和儒春那不平常的接触,感到很有兴味。她眼前时常浮现儒春两眉间那颗不大的却很醒目的黑痣……

"哈哈哈哈！"突然响起欢笑声。

春玲定神一看，是区通信员小王推着车子过河。

玉珊刚才和巧儿只顾水战，结果喷了他一身。

"对不起，同志！"玉珊用手巾给人家揩衣服。

小王笑道："不客气，伏天的水是宝，衣裳湿点更凉快。"

春玲看着小王的信袋，立时起身，刚要叫声"有我的信吗？"，又怕姑娘们取笑她，又压了回去。

妇女们呼唤着上岸锄地去了，小王朝春玲招呼道：

"青妇队长！正巧碰上你，省我的腿啦！"

"有信？"春玲惊喜地叫道，向他奔去。

两人在河滩相遇。

"有。"小王应答着，从信袋里掏着。

春玲兴奋的眼睛里闪着水波般的光耀，紧盯着小王的手。她两手有点抖，伸在胸前，像在等待接千金的贵物一样。

"不是你的私信，要收条。"小王递上信。

"哦！"春玲大失所望，接过署着村长、指导员收的信，掏出钢笔写了个收条给小王。

小王道了声再见，又上路了。

青妇队长也是行政的主要干部之一，有权拆不是亲启的信件。她想看看是不是有急事，好回村去办，不急就等中午回村再说，省得走路费工夫。

春玲展信看了没几行，头轰然一响，眼前金星迸飞，身子踉跄了一步，差点倒下去。

信是这样写的——

乳山县人民政府鉴：

　　我部战士江儒春，系贵县泉水区山河村人。该员参军后数十天曾逃跑一次，后又主动归队，表现尚好。不料，江儒春刚整编至老部队，在莱阳某地驻防，准备开赴前线，竟于六月二日夜间跟随一解放过来的战士开了小差。江儒春系入伍不久的新战士，逃走时不曾携带武器。特此周知，望政府酌情处理……

另外本区政府有封信指示说，尽量动员江儒春归队，如实在不愿意，也就算了。

春玲咬着牙根，嘴唇发青，哆嗦着手指，费好事才断断续续看完信。她的脸变得惨白，眼睛呆滞地瞪着，直直地盯着信纸发愣。突然，她觉得山摇树转，大河揭地竖起，接着一切变得模糊……她眼前又非常清晰地出现了繁星朗月的夜晚，她是那样激动地站在河边唱歌，望着消失在茫茫的月色里的儒春……接着一切又模糊了。突然，出现一个大字：符！周围又涌出一些像蚂蚁一般爬动的小字：命、神灵……春玲暴怒地将它抓过来，狠命地撕得粉碎，奋力地抛进小流中……

"春玲！妹！妹妹！……"

春玲迷迷糊糊地听见叫声，睁眼一看，她躺在淑娴怀里。

淑娴见春玲醒过来，哭声说：

"春玲妹！你是怎么了啊？你冲着疯啦！你那是撕的什么呀……"

春玲把脸向她怀里一靠，呜呜地恸哭起来。她哭得是那样伤心，浅蓝色的粗衣单褂，被汗水浸得透透的。身子，她那苗条结实的青春身子，在疯狂地搐动着。

淑娴见这刚强的春玲竟这等伤心悲怆，自己也不知她为什么，想想个人的悲哀，触动了痛处，再也说不出话，抱着春玲的臂膀，也哭泣开了。

玉珊那帮妇女回到田里后，不见春玲的影子，叫淑娴去看，淑娴去了好一会儿也不见回来。天晌了，好回家吃饭了，她们就到堤坝上来叫她俩。

玉珊一看，河滩上淑娴在抱着春玲哭，吓了一跳，大惊失色：

"不好啦！春玲病啦！青妇队长不好啦！……"

女人们轰的一声，飞奔上去。她们叫几声，不见回答。淑娴只是哭，哭；春玲抽搐着，又有些昏迷不醒了。

"淑娴，你不要哭。春玲不碍事，她身子壮！春玲！春玲！……"巧儿叫着叫着，擦开了眼泪，放出了哭声。

"你怎么啦，巧儿！"玉珊生气地说，跪下拉着春玲的手，"叫人家不哭你可哭。玲姐，玲姐，你说话呀！说话呀！啊，她话都不能说啦！妈呀！……"她哇的一声，哭声最尖最高。

军属仁顺嫂到底年纪大几岁，她老练地教训道：

"看看你们这些闺女，就没经过事。人病了寻法治嘛，哭，哭有什么用？啊！春玲的嘴唇都发乌啦！天哪，好妹子！你可不能有意外呀！……"她那粗沙的嗓子，震撼了河水。

如此这般，一个劝一个，没一会儿，桂花、杏儿、三四嫂、运国媳妇……也都哭的哭，没哭的也擦开了眼泪。

因为巨大的打击和炽阳的烘炙，春玲虽然没完全中暑，但脑子昏晕了相当长的时间。她没发觉变工队的女伴们倾巢围上来，当她被哭声震醒，睁眼看清后，立刻奋力从她们的怀抱里站起来。她晃了一下身子，没有跌倒。淑娴几个姑娘连忙把她扶住。

春玲挣出一只手，把脸擦了擦，很平静地说：

"大伙怎么啦，哭什么？"

"玲姐呀，你的脸都没血色啦，怎么不叫人哭啊！"玉珊又抹起眼泪。

出乎人们的意料，春玲那苍白的脸上竟显出笑容。她拉着玉珊的手，说：

"我脸哪里没血啦……是刚才累一些，你们走后我喝凉水喝多啦，头有点晕。现在可好啦！"

"我把你背回去。"淑娴着急地说。

"我也不是铁拐李——用不着驾雾,能走。"春玲摇着头要迈步。

"急病不能动心!"仁顺嫂俨然是个长者,摆着手指挥着,"玉珊、巧儿,快回村抬担架来,快!"

两个姑娘转身就跑,春玲叫住她们,说:

"我也没负伤,找担架做什么呀?"

玉珊抱着她的胳膊央求道:"好姐姐,你一准病啦!答应我们抬你回去吧!"

"你看,我哪像病的样子。"春玲把手抽出来,理把头发,振奋精神,眼睛里分不出是闪着欢快的水波还是悲痛的泪水,大声地唱起了歌……

第十六章

儒春哪里去了？开小差离现在已近一月，他藏身在何处？春玲心里翻腾着，急急地闯进老东山的家门。

老东山病着，咳嗽得很厉害，躺在炕上打迷昏。

"你把儿子交出来！"春玲怒不可遏，大声向他吼道。

老东山吃了一惊，气恼地横春玲一眼，恶声呛道：

"怎么，把我小儿子抢走了，又来揪我的大儿子吗？哼哼！别做梦吧，毛丫头！我再不和你赌咒上当啦！"

"你胡说！"春玲以为他是在装腔作势，"我说儒春！你把他藏在哪？"

"啊！儒春？"老东山瞪大眼睛，惊异地看着春玲，"他，他怎么啦？"

"你还不知道吗？"春玲冷笑一声，"他早开小差跑回来了，你还装糊涂……"

"什么？你怎么说？！"老东山不顾体病，骨碌一声滚身爬起来，眼睛快瞪圆了。

春玲对老东山的反应有点吃惊，看他的表情不像是有意矫作，但她还是不相信他。春玲气恨地说：

"纸里包不住火。军队来通知信啦，你那宝贝儿子儒春早开了小差。还不是你给他下的命令吗？明对你说吧，解放军不稀罕你儿子参加不参加，少他一个革命一样成功。你儿子也用不着藏藏躲躲，他实在不愿去，政府不难为。至于我，那你们也管不着了。我气恨，是你们父子不说老实话，哄骗我。我要当面质问儒春，成心不参军也罢了，为什么去了又跑，丢解放军的人！听明白了吗？叫他出来吧！"

听着春玲的话，老东山的眼睛渐渐又闭上了，脸上出现坦然的皱纹。他心想，儒春一定是开始离家近没跑成，部队往西开了，离得烟台近，按照他第二道命令，跑到淑娴父亲过去在烟台做买卖的朋友那里躲几天去了。他很满意地想，儿子做得乖，还写信回来哄春玲和家里……于是，老东山平心静气地说：

"共产党的明旨，一人做事一人当，儿子开小差不该老子的事，是他自愿。儒春是没回家，不信你叫民兵来搜，有他在我自愿全家问斩。"说着他咳嗽一声，把脑后的小辫扑了一把，拍着枕头准备躺下去。

"你不要吓唬人！"春玲擦了把脸上的汗珠，"儒春不回家，难道就飞了？军队上说他阳历六月初就跑了……"

"啊！"老东山又突然坐起来，惊叫道，"二十多天啦？！到烟台也该……"他突然卡住口，粗声地喘息起来。

春玲猛然醒悟，忆起儒春第一次跑回来在北河告诉她，他父亲给他的第二条逃跑的路，心想他一定是怕她再劝他归队，就跑到烟台躲着去了。她看着老东山，冷冷地说：

"不要瞒我啦，你叫儒春跑到烟台淑娴她爹的朋友家去躲藏，是不是？"

老东山的头耷拉下来，一会儿又挺直脖子，焦躁地说：

"我只叫他躲个五天六日，他怎么这长时间不回来？"

春玲也不由得紧张起来，真的，儒春是不是出了什么事？发生了什么意外？春玲对老东山父子的气怒很快被对儒春生命的担忧压了下去。她的心中涌上儒春从河水里救出她的情景……一刹，春玲的心收紧得有点发痛了。

"你是叫他只住几天就回来的吗？"春玲着急地问。

"是，是。"老东山肯定地回答，"我知道回家没关系，只是躲躲挡挡你的眼，外面的闲言乱语……"老东山又担心地问：

"你说，路上太平？"

"一般没问题，可是坏蛋也有，暗害人……"春玲紧张地瞪大眼睛，不敢说下去了。

"啊，儒春穿军装，人家可不知他是开小差的呀！"老东山骇然地说。

"再说，飞机常轰炸支前的队伍……"

"儒春挺傻，不知躲开人群走小路！"老东山再也坐不住，披着衣服要下炕。但他头脑发昏，支持不住，不得不扶着墙壁。

"你要做什么？"春玲搀了他一把。

"找儒春去！"老东山有气无力地说。

"你病着……"

"叫他哥去找。你快替我找儒修来！"老东山实在沉不住气了。

春玲刚要迈步，老东山又说：

"也用不着太担心，儒春有护身符……哦，这浑小子，出去跑野啦！见着烟台热闹地方就不想来家啦！庄稼活正忙，我又病着，他哥一人和淑娴哪里干得过来？苞米第三遍还没锄完……小混账东西，不来家干活老待在外面干什么？"

春玲怔了一会儿，眉毛耸了几下，自言自语地说：

"儒春，不争气……开小差，有意外……找他回家，回家……不行！我去……"

"你去做什么？"老东山听不懂她断断续续地说的什么。

春玲突然转回身，拢了一把鬓发，看了老东山一眼，提高声音说：

"我去找，找儒春！"

"你？"老东山有些吃惊，迟疑一刹，接着说，"你愿去我不拦挡，找回来也是你的人……我地里活正忙……好，你出腿我出干粮，盼你早找他回来。"

"你，你快把儒春去烟台谁家的地址告诉我！"

"那样的家伙，有什么占得理的！参加解放军，人家想去还捞不着去，他可开小差。真没出息！唉，要是我有他那样大——不用，比现在再大两岁，那有多好啊！真倒霉，谁叫我出生晚啦，唉！"明轩坐在门槛上，两眼发怒地注视着地上爬行的蚂蚁，气愤地嘟囔着。

"姐，姐姐！你不能去，我不让你去。你走啦，没人做饭我们吃呀！"明生把着春玲的手，央求道。姐姐不回答，他又愤恨地说：

"儒春哥——呸，我不叫你哥了！叫你儒春——小儒春！怎么，你不比我小？哼，你干的事可没我们儿童团员行，我能叫你小儒春，就该叫你小儒春！你要把我姐惹走，你害我姐姐哭……"

"唉，别说啦，兄弟！"春玲怔怔地坐在灶台上，眉毛紧蹙着，两只墨黑的桃形大眼睛像是洒上露水了，湿漉漉的。她又一次向弟弟安慰道，"别犯愁，到烟台二百多里路，我几天就能回来。我去和淑娴、玉珊说，叫她们帮你们做饭。兄弟，她们对你们和我一样好啊！"

"不好，谁也没二姐你好！没姐在家我睡都闭不死眼！"明生高声叫道。

"姐，我替你找他去，找到先打他一顿，替姐出出气！"明轩抬起头，晃着握紧的拳头。

春玲注视着门口的阳光，深沉地说道：

"咱不是为找儒春一个人，我是要他还解放军的脸。兄弟，他一个人不革命算不了什么,可是,他丢咱们老百姓的脸,给人民军队脸上抹灰。好兄弟,听姐的话,在家待几天,姐在路上跑得风快风快,早些赶回家,好吗?"

明生要求道:"姐一个人走路害怕,我和你俩做伴,好呀,姐?"

春玲摇摇头:"你小,走不动。"

明生默默地望姐姐一会儿,放开她的手,悄声说:

"好,姐,你,去吧……"孩子转回身。

春玲心里一涌,急忙拉过明生,望着他含泪的眼睛,心疼地说:

"兄弟,别哭……"

"没哭,姐,没哭……"孩子擦拭不及,泪珠成串地往下滴。

春玲心酸了,鼻子用力皱了几下,睫毛霎得飞快,才把泪水忍住。她勉强地笑着说:

"好兄弟,别伤心,你哭姐就不去啦!"

明生立时摇头,倔强地说:

"不,二姐!你别管我。为打反动派,你该去,该去。我没哭,我不哭……"他的泪水急流直涌,一手揩不过,两手忙着揩,"二姐,我是舍不得你……为革命,我哭哭没关系,我跟爹和哥在家,你放心走吧!"

明轩一声不响,上西房间挖出一瓢麦子,向安在正间的石磨的顶上倒。春玲惊疑地问:

"兄弟,你要……"

"给姐当干粮。"明轩倒麦子。

春玲抢上把住他的手,说:

"不要,不用!我要点什么都行,留给明生过生日,蒸大面圣鸡。"

"不,二姐!"明生抢上去,但人小摸不到磨顶,着急地伸着手叫,"姐用地瓜面给我做圣鸡,给姐吃,路上累。"

姐姐说:"还留着过年吃饺子呀!"

两个弟弟齐声回答:"过年吃不吃一样过,姐姐要紧!"

姐姐说:"留给妈过周年用呀!"

大弟弟答:"妈知道革命要紧,姐吃了她不生气。"

小弟弟道:"对,妈活着时把好点的东西都给干部吃。"

姐姐叹口气,想一刹,忽然说:

"你们忘啦,留点麦子预备有伤员路过好用呀!"

像谁扭住明轩的手,看了瓢里的麦子一眼,轻轻放下了。

春玲满意地说:"好兄弟,这就对啦!你们的心姐知道,这比我吃好的还强,姐吃起糠菜也是甜的呀!"她把麦子端回西房间,吩咐道:"兄弟,去叫爹回来。还有,再去叫淑娴姐来……"

趁两个弟弟出去的当儿,春玲想了想,父亲会不会同意她的行动呢?她前前后后寻思一番,就找到一个用细柳条编织的小篮子,把刚煮熟的一些地瓜干和菜团团装在里面。这时,父亲回来了。

春玲看着父亲,低声说:

"爹,我要去找儒春。"她等待父亲的吃惊表示。

曹振德毫不奇怪,平静地问道:

"说爹听听,你怎么寻思的这件事?"

春玲百感交集地叹口气,说:

"我心里难受,怨我工作没做好,没给军队增份力量,反倒添上麻烦,坏解放军的英名。就为这个,我也要把儒春找着,好好质问质问他。再说,爹,"姑娘的声音低了,"我对他还真有心,我恨他也想他,我还以为他能变好,他是个老实人,能为革命出一份力量。他在给我的信上说,要好好打反动派,这时却变卦了。我寻思儒春是老实人,不会撒谎。他是跟人跑的,一准是那个人鼓动他走的。儒春没主见,跟好人能学好,随坏人能走邪。我不让他哥去找，把儒春找来家当落后分子；再说，万一儒春有意外，我怕别人找他不尽心。爹，我就是这么想的，决心去找他。"

振德静静地听女儿说完，问道：

"你猜想他一准在烟台吗？"

"我想一定在。"春玲有把握地说，"他爹这么嘱咐过他，儒春最听他爹的话，不会到哪去。"

"那为什么这长时间不回来？"

"我也迷糊，担着心。"春玲难过地叹口气。

"他会不会醒悟过来，半路上又参加另一部分军队了呢？"振德考问着女儿。

"这个——"春玲眼睛亮了一下，"能这样最好，我也放下心……可是，"她摇摇头，"要是儒春自己跑出来，倒有可能那么做，这是两个人，跟坏人他很难走正路。爹，他没主心骨呀！"

"要是他投敌了呢？"

"什么，爹？你说……"春玲骇然地瞪大眼睛，愣怔怔地看着父亲，立时泪水涌进眼眶。她痛苦地说：

"爹，你信着你闺女！我敢发誓，儒春不会那么做，他万万不会……"姑娘哽咽了。

"你不是说，儒春跟坏人能走邪吗？他跟的那人是反动分子怎么办？"

春玲拭去泪水，说：

"唉！这话不假。不过他不会邪到那上面去，有人拖着他去反革命，他也不会去。爹，这个我清楚，不会错！"

振德同意地点点头，说：

"你放心，爹也知道儒春的为人……"

"爹，你同意我去啦？"春玲朗声地叫道，孩子气地抓起父亲的大手，摇晃着，抚摸着。

振德不由得心里发热，默默地端详着女儿的脸，没有出声。

"爹，你怎么啦？"春玲看着父亲那生着芜杂的胡楂楂的脸上，流露出母亲般的慈爱的神色，叫着把头钻进父亲的怀抱。

振德很激动，手轻轻地抚着女儿的头发。在繁忙紧张的工作和劳动的日月里，他很少有时间对失去母亲的孩子温存一会儿，自己也没觉得这是缺陷。在此时，振德却深感内疚，对子女的爱怜太不够了。刚一听说女儿的行动，他能说什么呢？振德自然感到，作为共产党员的女儿，这样做一点不出奇，应该。然而，作为父亲，他是多么舍不得孩子出门啊！一个还差几个月才到十九岁的女孩子，孤身一人去烟台寻人。烟台，离家二百多里路，这对在山区长大的人，简直是去到天边，平时像春玲这样的女孩子，离开家门五十里都是没有的。有山，有河，有大路，有小道……虽是解放区，但并不全是太平无恙，人来人往，有战争的后方相当紊乱，地主复仇分子、反动分子、坏分子和打进解放区内部的蒋帮特务，也不是罕见的，尤其西面是新解放区，社会情况更为复杂。这一切，从小在解放区成人的春玲没经历过，甚至不认识敌人是什么样子，在好些地方，她还真正地是个天真烂漫的女孩子。

振德冲动地说："玲子，爹不放心你出门……"

"我也不放心别人去找儒春！"春玲打断父亲的话，脱出父亲的怀，"再说，爹！我要救人救到底，不能让他们再把儒春找回来守在家里死落后，我要教育他重新上前线，他是我的人啊！爹，你不能拦挡我！你……"春玲憋不住，哭了。

振德立时抬起头，重新打量女儿一刹说：

"玲子，你听爹说完呀！"振德慈爱地抚摩着春玲的头，说："按照你爹的心，实在的，真不放心孩子出门。可是……好，我代表组织，批准你去。你要千万记住，遇到什么难处去找当地的组织帮助，我写封介绍信，你到区政府要封证明信……"

"爹，你真好！"春玲喜声叫着去拉父亲的手。

曹振德又嘱咐女儿一些路上行动应注意的事情，然后从口袋摸出几角钱，塞进女儿手里。

"爹，留出交党费的了吗？"

"留啦。"振德又一次叮咛女儿道，"家里有爹管，你兄弟受不着罪。遇到难处，一定找当地组织帮助。记住啦？"

"记住啦，爹。"

"办事要有志气，眼泪可要少抹几把。"

"泪一滴也不流，爹放心。"

江水山握着个手榴弹走进门。

"水山哥，"春玲招呼道，"我要……"

"我刚听明轩说过了。"水山皱着眉头，粗声粗气，看不出他是同意还是不同意春玲的行动。可以说，他对老东山父子是太气愤了，对春玲的行为感到对又感到不值得。他把一颗手榴弹递给春玲。

春玲有些惊奇，笑笑说：

"我又不上前线，要它做什么？"

水山硬伸着胳膊，严肃地说：

"反动派到处可能有，随时都要准备战斗！"

振德吩咐女儿："拿上吧。"

"春玲走了吗？"躺在炕上的老东山，低沉地问道。

刚进门的淑娴，把包袱皮放在桌上，叹口气回答：

"走啦！"她是奉老东山的指示，去送些麦面干粮给春玲回来的。

淑娴和玉珊几个姑娘一样，要求同春玲一块去，做个伴呀！春玲拒绝道：

"人多人少一条路，你们不要去受罪啦！劳动力正缺乏，少一人缺双手,支前生产要紧呀……淑娴哪!你还要多关照大爷的病,别让他老听冯寡妇摆布……"

"大爷,你好点了吗?"淑娴轻声问道。

老东山干燥地咳嗽起来,满脸憋得紫红,吐出口痰,喘息一会儿,说:

"死不了,你冯大嫂子说我气数不尽,要活到七十二。"

"大爷,你还是听我振德叔的话,找药先生看看吧,冯大嫂的神不见起灵……"

"瞎说些什么,不怕伤天良。拿仙丸我吃……"老东山又被一口痰憋住了。

老东山从来不相信医生能治病。家里有了病,都是求神许愿,抓些巫婆传授的"神灵"药方疗理。循规蹈矩,老东山这次患了重伤风,病本来不重,起始有些发烧,咳嗽得厉害,他去请冯寡妇一看,那巫婆脸色唰一下变了,骇然地叫道:

"哎哟,老叔子!不好啦,不好啦!"

老东山顿时吓得全身沁汗,大惊道:

"怎么啦?怎么啦?"

"老叔子冲犯南山的白猫精啦!"冯寡妇严重地板着粉脸。

老东山急忙拜倒神案前,叩着头悲哀地说:

"大慈大悲,神仙保佑!在下东山安分守己,不偷不劫,不赌不淫,是走路不踩蚁虫的人哪!要是得罪了白猫精,赶快告诉我,叫我如何我如何!"

于是,香纸点燃,寡妇开始进入仙境。打过三个阿嚏之后,哼哼呀呀地传神旨,声音虽小又难听,可是吐字很清:她要过香纸以后,又要一个十斤十两十钱的猪头,一只二斤二两二钱的母鸡,一斤一两一钱的烧酒;再要雪白雪白的麦面十斤十两十钱,二斤二两二钱香稻米,一斤一两一钱绿豆。她为神仙置备得真够齐全,不但有酒有菜,连饭也带上了。

老东山为了保命，咬着牙交上东西——这也是他最肯破费的地方，换回黑黑的十个大"仙丸"子，一茶杯"白猫尿"。冯寡妇很痛心地说，这是从她妈那里授传下来的仙丸，谁也舍不得给。她为老东山整整一夜跪在神位前烧香磕头，神仙托梦于她，把要来的酒、肉、米、面供在案上，白猫精夜里来吃了，撒摊尿酒杯里。她要老东山用白猫精的尿送着吃下仙丸，病消康复。

实际上，冯寡妇夜里是接待过"白猫精"——蒋殿人，两人痛痛快快酒醉饭饱地睡大觉。那些黑蛋蛋——"仙丸"，是寡妇用绿豆面和着锅底灰做起来的。她听人说过用五岁男孩子早晨的第一次尿，喝下去压肝火。那天她在街上叫进个孩子，给他个大茶盅，要孩子第二天早上把尿送来。

男孩子不干："我夜里尿炕，早上没尿。"

冯寡妇好话开导："你睡觉前少喝点水，使劲憋着，早上就有啦。听话，尿送来有饽饽吃。"

男孩子没把握："怕靠不住……"

"呸！"寡妇揪住孩子的"小鸡"，威吓道，"你要是不送来，我再见你就扭'鸡子'，送来给大块饽饽吃！"她硬把茶盅塞进孩子的手，"也不许对别人说。"

第二天早上，孩子真端尿来了，冯寡妇在鼻子上一闻，堆下笑道：

"不错，又清又香，真真的童子尿。"她顺手在供桌上掰下块饽饽。

男孩子接过饽饽，高兴地说：

"婶子真好，你要下次我再端，端大些！"

"你不是憋不住吗？"

"我没有我妈有……"

"怎么，不是你尿的？"

"嗯哪。我夜里又尿炕啦，起来就哭。妈问为么哭，我说尿没了。妈问我要它做么，我听婶的话，不告诉人，只是哭。妈说没关系，要尿她有，就，就……"

"呸！你这个小崽子，要你妈的我还没有吗？给我的东西……"冯寡妇猛把饽饽从孩子手里夺过来，可是一想，又给了他，"好，吃吧，你可不准出去说我要尿啦，碰了我扭耳朵，听见吗？……"

当然啦，这些"仙丸""白猫尿"老东山吃喝下去不会好病，相反更重了。冯寡妇接二连三又赐他几副仙茶，病越来越重，咳嗽得喘不上气来。

闻悉儿子儒春开了小差这么长时间无下落，老东山心神不安，担心儿子发生意外。如果这样，真有点懊悔不该给儒春下第二道命令了，闹得把儿子丢了，还落个坏名声，实在是失算，可悲！为此，老东山的病情也加重了两分。

冯寡妇断言，白猫精已到他家里来了，老东山也真的疑神疑鬼，心惊肉跳，黑天白日说胡话。他一时叫喊：

"白猫大人，我有罪啊！我得罪你啦！……"一时又哭道：

"啊，我想起来啦！那天早上我起来天还不亮，只见南山上一道白光，我没朝它磕头……啊，那就是你呀，白猫大人！我冲犯你啦！……"忽然又捶胸悔恨：

"我对神仙不忠啊，敬冯寡妇的酒对进二两水！她不是寡妇，是巫神！我遭报应啦！……"

曹振德和一些人常来劝他找医生看看，老东山一概不听。一次江水山去区开会就便找来医生，老东山瞪着水山喝道：

"你来做什么？"

"大爷，不要听那臭婆子瞎说，快叫医生看看。"水山劝道。

老东山冷笑道："哼，你水山想在我跟前讨好，去吧，你就是给我下跪，我也不会把侄女给你……"

"大爷，你这说的什么话？"水山惊异地扬起眉毛。

"你不用装假样,我心里清楚!你这东西不安好心,想占我兄弟那份田产……"

"大爷,你快别说啦!"淑娴吃不住,捂着脸哭着跑了。

江水山压下口气,说:

"你胡说些什么?……医生,快看看病!"

老中医刚要给老东山试脉,病人猛把手躲开,怒喝道:

"滚出去,不用你们看!"

医生看着他的脸色,严重地说:"气色不正,要赶快治!"

"大爷,你……"水山上去拉他的手,被老东山打了一巴掌。

江水山愤怒地看了他一会儿,接着沉下脸,领医生走了。

老东山怒气未息,还在后面骂道:

"小崽子!不安正心,我不上当。死,我死不了,我气数不尽!就是死,我自愿……"他又命令大儿子儒修:

"找你冯大嫂子来!"

趁人们都下地了的上午,王镯子去了江任保家一趟……没过多久,她就回来了。

"怎么样,你……"孙承祖担心地打量妻子的身子。

王镯子圆胖的脸上泛着红光,扑到炕上咯咯地笑起来。

"你是说呀!"孙承祖急了。

王镯子瞥他一眼,戏谑地笑道:

"真和他干,你吃醋吗?兴你打孙俊英的主意,就不许我有新人?"

孙承祖长脸变色,举手要打:

"你妈的屄!糟蹋我……"

王镯子闪过身,带气地说:

"你骂什么你正经啦!打我嚷出去!"

孙承祖无可奈何地放下手,愤愤地说:

"我为破坏共产党去和孙俊英缠,你为么去跑野……"

"为你的孩子，为你不杀头！"王镯子的嘴好厉害，"好，你吃醋我也不愿丢人，我向干部说明去！"她要走。

孙承祖赶快拉住她，哀求道：

"你别闹笑，我不管你啦。"他颓丧地坐到炕上，"你算把身子丢啦，还说什么闺秀、玉身……"

王镯子翻着少睫毛的眼皮，哧哧地笑起来。她上前指着他的额头，傲声浪气地说：

"你呀，我的小天爷，脑瓜太小啦。我是试试你对我怎么样……好啦，别伤心啦，你媳妇一身清净。"

孙承祖没高兴，担心地问：

"那怎么办？"

"什么怎么办？"

"没勾搭上他，孩子掩不过去……唉！"孙承祖下决心了，"以大失小也是应该，为了我，你就和他胡来吧！"

"去你的吧！门缝瞅人——把我瞧扁了，你乐意我还不乐意呢！"王镯子得意扬扬地说，"我两全其美办好啦！"

"一点没丢损？"

"丢了半斤酒，一条裤腰带……"王镯子又笑倒在炕，"你呀，傻瓜，听我说吧……"

王镯子手提墨色的酒瓶子，走近江任保房后的菜园。她朝正在园里的任保媳妇招呼道：

"任保嫂，你在那做么呀？"

任保媳妇蹲在菜地里，怀里的孩子在吃奶，手却还能很快拔着草。她那粗壮的腰背和牛的脊梁一样宽厚，三角形的麻脸上流着汗。见有人问，她没抬头地应道：

"拔草。你没长眼？"

"你小毛他爹在家吗？"清脆的女人声。

任保媳妇这才留心地抬起头，见是打扮得漂漂亮亮的王镯子，有些惊奇地反问：

"你找他干吗？"

王镯子笑面可亲，带着羞怯地说：

"家没油吃啦，今逢东黄集，路远我去不成，想托任保哥去一趟。"

"你怎么偏叫他去？"任保媳妇警惕起来。

"别人都忙啊，我寻思你那当家的是忙中闲人，腿又勤快。"王镯子眨了下眼睛，"他在家吗？"

让丈夫和这么个妖气的娘儿们接近，任保媳妇很是不舒服，尤其是王镯子，她听任保赞赏过好几次。不过这几年来，任保媳妇对丈夫串女人是放心了，因为政府的教育，卖炕的女人很少了，像冯寡妇那样"风箱"式的"破鞋"为数更少。再者江任保已没有钱财去给她们，照他自己说的早沦为"无产阶级分子"，加上他长得那副丑相，专图新意的女人谁还和他来往？所以有时任保挨了媳妇的打，常常扬言离婚来威胁她，媳妇一点不着急。

这时王镯子来找任保，虽不相信她会和丈夫胡来，但出于女人本能的嫉妒心，她要顶回她去。但她刚要开口说任保不在家，发现了王镯子手里的瓶子，真是要托任保赶集打油。她心里一亮，凭丈夫的偷窃本领，少说也落得几两油吃。任保媳妇心花怒放："哈，这王镯子也真是急着找人找不到，竟忘记我们的习性，真是到老鼠窟窿藏粮——算找到地方了。"

"他在家，在家呢！"任保媳妇笑容满面，殷勤地说。

"哦……"王镯子迟疑着，想猜出自己的言行是否引起了对方的戒心。

任保媳妇见她踌躇，实以为王镯子想起他们的偷毛病，后悔起来不找他赶集打油了。她现在倒是唯恐王镯子不进屋找丈夫，迫不及待地催促道：

"你快去吧，大妹子！俺小毛他爹在家，在家。他可会赶集啦,还认识卖油的,吃不了亏,说不定还得便宜。快去吧,大妹子!他腿快,买回来赶得及你晌午炒菜……"

王镯子消失后,任保媳妇就等着丈夫提着瓶子出来。她十分有把握地想,任保和她的打算会一样,满口应承王镯子的请求……然而,她一等不见人,二等不见影,心里着起急来:莫非他怕累不去?王镯子怎么也不出来啦?她在说服他——哪里要这么久?任保媳妇又嫌疑起来,心想:"别看王镯子长得俊,可也好装扮,她男人离家一年多,再架不住小毛他爹这死东西的甜言蜜语……这娘儿们,一定守不住空炕啦!"一忽儿,任保媳妇推翻了前一段的设想,她觉得丈夫不难看。脸上的疤、猴样的脑瓜都讨人喜欢,所有的女人都直勾勾地盯着她丈夫,向他跑去……

任保媳妇陡然站起身,紧张地向后窗瞪着眼睛。

就在这时,屋里传出响亮而放荡的女人笑声。任保媳妇把孩子放在菜地里,轻脚快步地赶到后窗跟,洗耳静听……

王镯子离开任保媳妇进门时,江任保正躺在院墙根背阴底下伸懒腰,她假咳嗽一声。

任保睁开眼,如梦似幻地看着面前的水光红绿的美人儿。他一时张口结舌,连话也忘说了。

"哟,任保哥,你倒会自在。人家都支前搞生产,你在家睡大觉呀!"王镯子含笑白眼瞟视他。

任保跳起来,嘿嘿笑道:

"我是无产阶级分子,该享乐享乐啦……你怎么上我门来啦?请进,请进!"

王镯子嫌脏地皱着鼻子走进屋。任保紧跟在她后面,眼睛离不开她的丰满的身段。

"我来请你办点事。"王镯子把瓶子在手里抚摩着。任保盯着那双白胖的手,手脖上闪光的银镯子,急忙应道:

"么事?尽管吩咐!"

她慢吞吞地说:"去赶集,打点油……"把瓶子递给他。

任保趁接瓶子捏一下她的手指,瞪眼朝她笑。

王镯子生气了:"稳重点,我是军属!"

任保忽然发现瓶里盛着东西,上下一摇,鼻子一抽,大疤连小疤的脸笑裂了,欢欣若狂地叫道:

"酒!"揭开瓶盖就向口里倒。

王镯子等他喝了好几大口,才上去夺过来,说:

"拿过来,没干事先受禄。"

任保怔愣一刹,瞪着她:

"小妹子,你只叫我打油吗?"

王镯子瞅着他那丑陋的长相,心不觉有些慌乱,向后退去一步。但她立时又镇静下来,走进里房间坐到炕沿上,嘴角挂着挑逗的荡笑:

"不叫你买油,还有别的?我只一个女人,没有人赶集……"

江任保跟到她身前:"要男人赶集吗?空炕谁添……"

"瞎说,我可是军属!"她假生气地喝道。

"嘿嘿,军属更应当照顾……"任保空怀下酒,全身火烧火燎,去抓住她的手脖子,"别假正经啦……"

王镯子厌恶地把身子扭过去,不讲话,不反抗。

任保见她不动,用手去摸她的乳房。王镯子急了,猛把被他握着的手抽出去。她觉得手被什么划了一下,也顾不及理会,抬脚把他蹬出去。

任保撞到磨盘上,迷惑地盯着她。

王镯子向开着的后窗扫视一眼,还不见有人出现。她就高声地咯咯笑起来:

"傻瓜!给我磕五个响头,我就应允啦!"

任保巴不得这一声,双膝跪下,头碰得地嘣嘣直响。

王镯子忽见窗前一黑,知道招的人已到。她立刻闪到窗子看不到的北墙根,做出要脱裤子的动作。

任保喜得催促:"快点!快点!……"

王镯子两手在衣襟底下摸索:"就好,就好……不行,你老婆在后园……"

"不碍事。她看到也白搭!"

任保媳妇在窗后听着,醋气填胸。她没动弹,想听听他们俩是不是要商量离她的婚,要是那样,她要先发制人去告状。

但是里面静止了,只听粗气的喘息——这是男的。

"他妈的屄!"任保媳妇心里骂道。

女的叫声:"好啦,好啦……"

男的着急:"哪里!哪里!……"

任保媳妇再也听不下去,抓着窗棂上了窗台,正见王镯子从任保手里脱出身,提着裤子飞快地冲出门。她跳进屋就赶,但门砰一声关上了,从外面扣上了搭钩,拉不开了。任保媳妇像一头猛狮,回身扑向丈夫,拖起按在炕上,抡拳就捶。

王镯子没有走,在院里听动静。

里面打过一会儿,响起女人的粗嗓子的哭骂声:

"你这个骚猴子,我去政府报告!"

"报去吧,我才不怕呢,大不了训我一顿。这是两人情愿,不是强迫。"任保的声音里没有一点畏惧。

"这个骚娘儿们!平时装正经,背后偷鸡摸狗,我非给她嚷嚷出去不可,叫她没脸出门!"女的不哭了,气恨地叫骂。

王镯子心里暗喜:"就怕别人不知道,你不声张我才恨你。"

"哈哈!人家敢干就能当。我说老婆子你该高兴,你整天嫌我丑,这不是,王镯子是村里数得着的俊媳妇,都自己跑来……"

"那个骚娘儿们是想男人想疯啦!"女的话声里透着得意的情绪,"你也别自夸,我还没听见你向她央求、磕头下跪的吗?"

"唉,可惜好事叫你他妈的冲散!那么娇嫩的美人没沾

373

上……"

"放屁！我眼瞎啦！王镯子提着裤子跑的，腚都没遮上……这是什么？红裤腰带还在这里，你还有脸翻！"

"你知道啥，我自己……"

"你这东西还犟嘴，打得轻啦？"

"好，好，我认错，算我和她睡啦。"

"怎么是'算'？"

"好，真睡过啦。嘿嘿，咱没吃亏！半斤酒连瓶带上，这个你束着一准合适。"

"我不要那脏裤腰带！"

"不要我用……"

"你再给那骚娘儿们送去？拿过来！"

"我还有她的更好东西。"

"什么？"

"你瞧……"

"啊！这可真是两件好货……"

听到这里，王镯子发蒙。但她上下摸了摸身上没少什么东西，就悄悄地溜走了……

孙承祖听完妻子的学述，喜得抱着她亲起来……他忽然叫道：

"哎，你头上的大卡子呢？"

王镯子一摸脑后，那镶假宝石的银卡子真没有了。她疑惑道：

"卡得那么紧，不会掉……噢！"她忽然醒悟，"我说听任保说给她媳妇好东西，原来是叫他偷着摘去啦！"她又全身打量起来。

"还少了什么？"

"听他说是两件……"

"咦，你左手的镯子呢？"

王镯子抬手一看，真没了：

"怪不得我觉得手划一下，叫任保拽去啦！别说人都道任保夫妻能偷，真不虚传……哦，天已晌啦，我赶快做饭吃。"

街上一阵吵嚷声，有人跑着叫："不好啦，老东山要命啦！他说白猫精上他家里来了！"

王镯子惊异道："怎么挺结实的个老头子，这么快就不行啦，吃完饭我看看去……"

老东山神志恍惚，指着梁头哭叫：

"白猫大人在看我，要领着我上西天！我不去呀，大人……"

冯寡妇又被老东山的大儿子儒修请了来。巫婆一进门，眉挑眼歪，指东挥西，严令家人把屋里所有用具、物件都搬出一空，只留正间的一盘石磨。她要老东山只穿一裤衩，躺在光席的硬炕上。她把人都轰走，闩上屋门，门缝插上一口桃木做的"避邪斩妖剑"。寡妇回过身，从包袱里拿出一叠巴掌大的白纸，纸上各写着"神、灵、巫、圣、天、地"一些墨字，她把这些称为"神力符"的纸片片，贴得满墙飞，末了还糊了两张在老东山身边的炕席上。屋子被巫婆这样一摆布，就显得妖里鬼气、阴森凛然，没病的人也会为之心寒。

冯寡妇上素下红，脚蹬绣花鞋。她披头散发，两手各执一根染着红色的棘树条——号叫"驱妖棍"，高高地坐在石磨顶上。她板着厚粉脸，搭着干眼皮，口中念念有词，如此这般入仙上神了。忽然，她睁开三角眼，高叫道：

"白猫精！还不快向神仙下跪。怎么，你不走？好，我要你的命……"她跳下地，抡起"驱妖棍"，照老东山的光身子就抽。

老东山痛得左翻右滚，痛叫声被痰憋噎住，发不出来。

冯寡妇一边打一边叫："你不叫，你有种！神棍打死你白猫精！"

看热闹的人都堵在门外，听着木条击肉的噼噼啪啪声，都心痛得发慌。

有的人却说:"到底是有妖怪缠在东山兄弟身上,好人哪架住这样打,连叫痛声也没有。"

"白猫精真歹毒啊!"有位老太婆附和道。

老东山的老婆啼哭,儿子、媳妇在难受。但是都知道老东山的性情,同时他们也相信神灵,站着不动弹。

淑娴忍受不住,急跑着去叫人。跑出好远,她忽然停住,怎么自己没想着却来到江水山家门口了呢?她是跑顺腿了吧?不,是遇到这种紧急关头,她自然地想起江水山,只有他能整治这疯巫婆。但是姑娘又怔住了,前天江水山找医生来给老东山看病,老东山那样无理,在人面前侮辱他,竟至动手打了他……只有淑娴心里明白,水山是受了多大冤枉啊!这两天她痛感自己对不起他,想去安慰他,然而鼓了好几次勇气,又泄下来了。

"水山能再来吗?"淑娴疑惑地想,"不来啦,他不会来啦!哪个人没脸皮,人家不让他管,还打了他,会再来管呢……"她难过地转回身,忽听叫声:

"你怎么不进来,淑娴妹?"

淑娴定神一看,江水山站在院门口。她望着他那高大的身体,左边的空袖筒,坦然的脸面,把忧虑赶跑了。她急忙说:

"水山哥!我大爷被冯寡妇在折腾……"

江水山一挥手,大步迈开了。他走得是那样急,淑娴在后面小跑着才能跟得上。

水山和淑娴来到门口时,里面已经不打了。只听冯寡妇嘶叫道:

"你说!你是谁?"

老东山憋了好长时间,痰才从嗓子吐出来,他只顾痛苦地喘息、呻吟,无暇回答。

"快说!你是谁?不说神棍无情!"

"说，我说！我是白猫精……"

"还没打死你这妖精！"冯寡妇叫着，又抽打起来了。

江水山气得眼睛迸火花，打着门叫：

"开门，开门！"

寡妇的怒喝声："谁敢进来，就冲犯了神仙！"

"妈的，你放屁！"江水山怒骂道，拳击门板。

冯寡妇威吓声："东山婶子！你放人进来，这场神又完啦！放走白猫精，下回它来就得要命啦！"

"大侄子，你别……"老东山妻子哀求着。

好几个老头子、老太婆围上来，不让水山开门，说是白猫精自己都招了，还不是真的?

"滚开！"水山向他们喝道，但他们拉着他不放。江水山拔出手枪，怒喝道："滚得远远的！妈的，人都叫你们这么害死啦！"

围上的老人们吓得退回去。江水山插上手枪，用右臂奋力地撞门。终于，咔嚓一声，门闩折了。江水山怒气汹汹地冲进屋，一把夺过冯寡妇的"驱妖棍"，两脚捣断，狠狠地摔出去。江水山怒视着巫婆，恼恨地说：

"你这个害人精！别说有病，就是好人也架不住你这么打！"

冯寡妇退到老东山跟前，高声地叫：

"哎哟哟，老叔子！眼看你身上的妖叫我治死啦，可被他这一冲犯，白猫精跑啦！"

老东山皮肉被打得一道道血棱子，有的地方流血了，汗流如注，好像拍上去的水。他从昏沉中醒过来，哑声问：

"他，他是谁？"

"江水山！"冯寡妇大声地回答。

"啊！他，他又来啦！"老东山瞪着充血的眼睛，声音提高了。

江水山温和地说："大爷，你这样不行，她骗人！你要被她害死……"

"胡说！我自己明白。"老东山怒气冲冲地喝道。经过冯寡妇的毒打，他外伤的疼痛，分散了对内心的痛苦的注意力；同时他是患重感冒，出了这一场大汗，使咳嗽轻了些，话说得流畅了，从而更加坚定了他对神婆的信任。"是你这小崽子心不正，想叫我早些死，你好抢我侄女，占我的田产。你做梦去吧，我死不了！由我做主……"

"大爷！你净糟蹋人，我水山哥哪里有这个心！"淑娴痛苦地叫道。

"你，你……"江水山极力克制着激怒，"你不要信神疑鬼，我给你请医生……"

"快滚你的吧！"老东山指着外面，"快滚！我不相信那一套。我死，我自愿！"

江水山严厉地警告冯寡妇：

"你再动他一下，我要你的命！"

"你管不着，我挨打我痛我自愿！"老东山说起这些来，一声也不咳嗽了。

"大爷！"江水山几乎是在苦求，"人命事大，一步做错，后悔不及。还是请医生……"

"我不自愿，你管不着！"老东山毫不理会，"他嫂子，打，用力打！"

冯寡妇欲动，江水山抽出手枪点着她的脑袋，骂道：

"你这个骚破鞋！你胆敢反抗政府？"

"你别吓唬人，水山子！"老东山骄傲地说，"你不是政府。请神看病有自由，讲自愿！共产党对中农的章程你一个人改不了，我不怕你啦！你强迫我中农还要向我赔不是。打，他嫂子！打死我自愿！"

江水山脸上出现痛苦恼恨的皱纹，直直地盯了他一刹，转身走了。淑娴赶上他，流着泪说：

"水山哥，别生气呀！我对不起你……"

江水山头也没回地说："我去找医生！"

冯寡妇望着水山和淑娴，冷笑道：

"我说呀，江水山这么腿勤，他想抢媳妇，打老叔子的主意哪！"

"他嫂子，你该怎么治怎么治，他管不着，我自愿！"老东山安慰神婆道。

"放心吧，老叔子！"冯寡妇也开导对方，"病交到我手里，没有不好的……"

吃过韭菜鸡蛋面条，冯寡妇又施展新的神法，吩咐儒修去找干艾蒿子来。应该说，一般地巫婆也是希望给人治好病，这倒不是为救人，而是显神灵，保住他们的香火——饭碗。明明是胡闹，她们自己更不信有神，所以不少巫妖，把流传在民间的有一定科学道理的治病土方，加以利用。但她们不是如法炮制，授受于人，而是经过加工——弄虚使玄，以图证明神灵。冯寡妇也有这一手段。她听说过用艾蒿烟能熏好湿气过重的气喘病，知道老东山咳嗽，喘不上气，就想试试。

儒修拿来老东山扭起的呛蚊子用的艾蒿绳子后，冯寡妇吩咐点着艾蒿，又把棉被里面喷上水，盖到老东山身上。老东山的妻子惊慌地问：

"你这要做什么？"

冯寡妇严重地回答："白猫精叫江水山放跑啦，这次它回来钻进老叔子的心肝，不呛它不出来！"

"啊，人哪架住这么呛？"儒修也怕起来。

老东山闭眼等待，粗声喝道：

"瞎说什么，听神仙的话！"

冯寡妇端坐在凳子上，昏昏欲睡，接着打了三个好大的阿嚏，精神随即抖擞，开口严命：

"神仙有话，把艾蒿火烟放进被子，多人压住，丝风透不得。松动一下，憋不死白猫精，满门遭灾，禽畜皆诛。切切！"

燃着了的艾蒿放进了被子。大儿子和媳妇，加上两个壮实的老头子，把老东山死死地裹在被子里。

蒿子烟在湿被里散发，刹那间老东山就身子乱翻。

"压住，动不得！"神巫女喝令，"我念咒神灵，烟不呛人，专攻白猫精。"

老东山被呛憋得发出沉闷的呼噜声。

他老婆说："天哪！别憋啦，松松吧！"

"压住，动不得！"巫婆断喝，"我听得清看得明，白猫精在打呼噜，它一会儿就丧生！"

生命的挣扎使老东山伸出一只手，乱抓乱挠。

儒修要求道："松松吧，我爹憋坏啦！"

"憋的白猫精，不是人！"寡妇沉着坚定，"好，不信掀开问问他。"

掀开被头。老东山满脸乌紫，鼻涕眼泪长流，眼睛紧闭——但不是平常的半开半掩余光瞅人，而是真闭了。

冯寡妇喝问："神仙问你，妖怪你在哪住？"

老东山这次已痛苦难熬，他讲真话了：

"不，我不是……"

"呸，你不说再憋！"寡妇大喊。

老东山怕吃苦，忙说：

"我是。我住在南山沟……饶了我吧，我不敢啦……"

"饶不得，快压住！"冯寡妇又给他蒙上被，"妖怪不诛，祸害弥天！"

老东山在被里呼噜着，身子更加猛烈地翻滚、挣扎。

冯寡妇大屁股一抡，猛坐到他的头部上。

渐渐地,老东山的身子停止翻滚,腿伸直了,只有一下弱似一下的搐动……

冯寡妇高兴地说:"好啦,快好啦!你们松开手吧,白猫精已没劲啦。一掀被呀,老叔子就跳下炕,该干什么干什么啦!老婶子,可要重重谢我呀!"

老东山的妻子,心疼地瞅着丈夫头上坐着的她那肥腴的胖屁股,喃喃道:

"能好了,少不得他嫂子的人情……"

老灰狗狂吠不止,江水山大步冲进门,后面跟着淑娴和老中医。

儒修迎着水山说:"好啦!不用先生,我爹病好啦!"

江水山没理睬他,进门一见那冯寡妇高高地坐在老东山蒙着被子的头上,火从心起,蹿上前扭着她的胳膊,猛地向下摔去。

冯寡妇妈呀一声扑到地上。

"你们这些人,都死啦!"江水山激怒地向屋里的人吼道。

冯寡妇爬起来,手叉腰窝,高声叫道:

"江水山!你凭什么打人?告诉你,我是夫属!我要上政府去告状……"

水山把老东山的被子掀开,屋子立时充满烟雾。老东山全身被烟熏得发黑,静静地躺着,一口气一口气地喘了。

老东山一家呜咽开了,那两个热心帮忙按老东山的老头子,悄悄溜了。王镯子随着一些看热闹的人涌进门。

老中医叫人给老东山水喝,他给他挑扎急救……

冯寡妇一时被吓愣了,站着发呆。王镯子不惹人注意地揉她一把,向门外使个眼色。巫婆醒悟,抬腿就溜,但被江水山揪着头发拖过来,怒骂道:

"你个杀人精!我宰了你!……"他推倒她,拔出手枪。

王镯子心里高兴:"打!打死个女人,看你江水山有几颗脑

381

袋。打,开枪呀!"

"救命啊!救命啊!"巫婆身如筛糠,鬼哭狼嚎,"政府宽大,我不是存心……"

"水山!"曹振德跨进门喝道。

江水山收回枪,踢了冯寡妇一脚:

"听候处理!"

老东山痛苦地由弱到强地喘息一会儿,渐渐睁开眼睛,望着曹振德和江水山,混浊的泪帘将眸眶蒙住,接着,泪水溢出眼角,向外淌着……

王镯子狠瞪了曹振德一眼,没兴味地回到了家里。

"你舅死了吗?"孙承祖毫无表情地问。

"看样子还能活。"王镯子惋惜地说,"不叫曹振德,江水山又要惹场大祸,真可惜……"

"姓曹的是咱们眼里最厉害的钉子,早晚要除掉他!"孙承祖狠狠地攥起拳头,又问,"那春玲子回来没有?"

"你是在黑房间里过糊涂啦,连白天黑夜也分不清了。她才走三天。"

"共产党的丫头!"孙承祖阴冷地笑一声,"叫她找吧,脚磨烂了也难找到儒春的白骨头!"

第十七章

　　脚，一双不大不小的脚，插在澄清的溪水中。小溪，深山中的小溪，在岩石上旋转着小涡，急急忙忙地向下奔流，水声清婉悦耳。泉水是那样清，一位姑娘坐在水边石头上的倒影，像是映在镜子里似的那样清晰明净。她身穿的浅蓝色粗布褂儿，黑布裤子，都布落上一层尘埃，身旁放着一个细柳条编织的小篮子。她那长圆形的脸，和火一样红，黑黄的沾着尘土的柔发耷拉在两腮，细小的发针滑在发边。她那两撇尖细的眉毛，疲困地垂着，桃形的墨黑的大眼睛，眯眯着出神地注视脚上的血泡，薄嘴唇微微地闭着吸冷气。

　　春玲离家整整四天了，她在昨天下午就赶到了烟台。当然，淑娴她父亲的朋友家里没有儒春的影子。姑娘的心一下全凉了，对着陌生的人家陌生的人，呆呆地怔怔地站了好一会儿，巨大的悲哀揪肠绞心，充塞了胸怀，哽堵了嗓门，她什么声音也发不出……就这样，春玲又迈着急赶二百多里不平道路的双脚，摇曳着疲惫不堪的身体，出了烟台，踏上了归途。春玲越走越无力，腿像有绳索绊着，迈一步像逾越一座山样难。这不纯由于她实在是累苦了，更主要的是姑娘的心失去了追求的目标。春玲走了小半天才走出烟台十几里路，日落前来到一河畔。她伏到草地上，痛哭了一顿，心里才缓过一口气，平静下来。儒春跑到哪里去了？春玲痛心地想来想去，得出这样的结论：一个可能，儒春爱面子，羞见乡邻怕见她，不愿回家，在外地给人家当长工混时间，等些日子再回村；第二个可能，是他在半路上遭到不幸，也许是患急病，也许是遭暗害，也许是被敌机炸死炸伤……春玲越想越怕，越觉得他遭到意外的可能性最大，最后她仿佛看到，儒春在哪个不知名的地方，鲜血淋淋，痛苦地绝望地呼叫……春玲猛然跳起来，心里像有只飞鸟在扑腾，情不自禁地叫道：

"不好！他遭不幸啦！他……"春玲似乎看着未婚夫瞪着哀痛的眼睛瞅着她，他好像在说："春玲！你快来，快来救我呀！"

"我不能空着手回家，不能丢掉亲人不管！"春玲在心里发誓，"一定要去找到他，是死是活都要找到他！"

于是，春玲到河里把脸上的泪迹洗干净，离开回家的路，向部队来信说的儒春开小差的地址——莱阳，急步跋涉起来。

春玲打算，顺着从烟台到莱阳的大道找到莱阳，没有儒春的信息，再从莱阳顺大路向家里找，因为儒春没别的路好走。

从昨天傍晚踏上去莱阳的路至现在，她又急赶了一整天，但只走出四十多里路。她不是直走大路，路两旁的村庄，都像有儒春的影子在引诱她，向她招手，使她不敢放过一村一庄。就这样，公路两旁三里四里的村子，都留下春玲的足迹。

春玲每到一个村，或者遇见路人，就询问在一个月前后，有两个解放军打扮的人的踪迹，此地发生过什么不幸的事件没有？是否有外地人在村里做工……

春玲记住父亲的话，遇事找当地组织帮忙。她拿着介绍信找到村政府，要求帮她寻问。干部们都很热心，用广播筒广播，或者把常出外的人找来询问一番……不过大家工作都很忙，白天村里人很少，男女老少几乎都下地，或者支前去了，问不到多少人。这就使春玲要跑到田野里去，一边走一边见人就问，一个也不放过。有时人们见一个青年女子，到处乱跑，问这问那的，生起疑心,直到看了她的介绍信,才放她走开……姑娘的两腿,几乎是没有闲过的呀!

春玲坐在溪边休息一会儿,汗水消失后,就显出她的脸色变样了,不那么红晕晕的一色的健康春颜了,变得发黄了,两腮也陷下去一些,眼睛显得更大了,姑娘瘦了!由于在炎阳下跋涉这几天,她走得急,心又焦,火气攻上来,嘴角烂了,本来像抹着蜂蜜样的水滑的嘴唇发干了,起了一串小水泡,一抿嘴都火酥酥地疼痛。

春玲咬着牙,吸冷气,把脚上的血泡向水里的尖利的石刃上磨,但是一碰上去,立刻就痛得缩回来。她试验了几次,都痛得不行。姑娘生起气来,说:

"你这脚,也太不懂事了。由着你的性,还要不要我赶路啦?好啦,好朋友!听话,不要怕,割碎泡就不痛啦。为找到我的心上人,你现在多出点力,等回家叫你好好歇憩几天。对,你同意啦!"她把脚向石尖上一划,突然叫起来:

"哎哟!哎哟!……"急忙把脚抱到怀里,心疼地用两手抚摩着。

"怎么办呢?脚不能走路可怎么好啊!路还远着,不知要走到哪一天……不行,我的好脚!你不想走办不到,咱们的任务还没完成呀!"春玲悲哀地在心里叫苦,眼睛呆呆地瞅着溪边发怔,接着,她心里一亮,伸手扳下一根野棘针,孩子气地向脚商量道:

"好,你不乐意向石头上划,埋怨春玲狠心,我接受批评,这下有办法啦……"她用棘针向脚泡挑着,"我轻轻、轻轻,慢慢、慢慢地扎破你……哎哟!"针尖刚刺进泡,她痛得猛把脚伸出去了。

姑娘无可奈何地叹口气,望着脚掌上的血泡,顿时又激怒起来:

"你这家伙!好说好话你不听,依你的性我要一辈子坐这

啦!"她奋身站起来,光脚猛向乱石上一跳:

"我叫你痛……妈呀……"姑娘身子蹲下去,好长时间没起来。

春玲慢慢展开痛皱的眉头,睁开眼睛,拭一把流出的细泪珠,重在石头上坐好。她觉得脚底下像有火炭在烧,一摸黏糊糊的,手上全是血水。她含泪的眼睛笑了,血泡全破了。她薅把青草叶,仔细地将脚上的血水揩干净,穿上那双自己缝的美观的黑布鞋,扣上鞋带。她一抬头,见水中自己的倒影脸上有泪珠,用手指画着脸腮,羞自己道:

"真有样啦,十八九岁的大闺女,还出泪呢!幸亏水和镜子样明,不然到人家村里,可不笑话死人啦!"

春玲洗过脸,拿过盖篮子的手巾擦干净,把头发拢了几把,用别针夹好。她要将篮子盖上时,看见里面的干粮,才想起从早上到现在没吃东西,肚子真空了…

在家走时预备的几天干粮,现在还剩下不少,这几天她只顾赶路,常常忘记了吃饭。

春玲嚼着干得和柴草一样的菜团子——老东山送她的麦面干粮,她偷着留给弟弟他们而没拿——嗓子咽不下,她就一口口喝泉水往下送,吃得也蛮香。吃着吃着,她瞅着水里的倒影调皮地说:

"你怎么老看我?人家吃饭你看不害羞吗?怎么,你也要吃?不给。春玲吃了去找丈夫,你吃了去干什么啊?好,给你吃吧……你不吃啦?你不吃我可要吃啦……"她笑倒了,不好意思地嘟囔道:

"春玲,你怎么和个孩子一样,这么傻气……好啦,天快黑上来,赶路要紧。"她把啃了几口的菜团摔进篮子,陡地站起来。

由于阴天,夜色来得特别快。深山密林,显得格外冷清、阴森。雷在远方滚动,催促着云层叠垒起来。在山野劳作的人们,收工回家了。牛犊在呼喊着妈妈，跟在牛群后面，顺着山谷走回村庄。松林中，各类鸟儿在欢唱、聒噪。小鸟儿的父母们，站在构筑在那不使人注意的密枝稠叶中的窝窠门口，焦急地大声地呼唤子女回家过夜。

春玲向深山里走着，碰到一位扛着锄头的长胡子老汉和背着驴草的十几岁的孩子。她亲切地招呼道：

"老爷爷，问你个事。"

老汉和孩子停住。

"你们是哪个村的？"春玲问道。

老汉指着山下远处的一片："前山头村。"

"哦，"春玲知道已去打听过，"老爷爷，在约莫一个月的时候，你见没见有两个穿军装的人——不，也许穿便衣，背着枪，反正是两个外地人，从哪路过没有？"

老汉被这姑娘的翻来覆去的问话搞得有些糊涂，他寻思一刹，就明白过来，说：

"见来，有……"

"是什么样的人？"春玲急忙抢上问。

"穿军装的……"

春玲的心跳起来："老爷爷！其中一个是不是不算高，也不矮；不算胖，也不瘦；脸是圆的，也不太圆；眼眉当中有颗黑记，不算大，挺显眼。是不是，老爷爷？"

这一串又响又急的注释，把老汉更搞蒙昏了，他迷迷惑惑地说：

"这个我记不清，解放军那些日子天天有过路的，人马那么多，叫我看长得都挺壮实，模样差不多。"

春玲沮丧地叹口气，低下头要走。

"闺女，别急。"老汉叫道，"我人老眼花看不真，问我孙子知不知道。黑蛋，你快说。"

黑蛋扬头:"爷爷,我也分不出来。"

春玲感激他们道:"谢谢,老爷爷,我找的不是那些。"

"闺女。"老汉关怀地询问,"听你口音不是本地,你出门老远?"

"是,老爷爷。我是东面乳山县人。我出来找我男人,他不见了。"春玲低声解释道。

"啊,这么远出来找男人!"老汉同情地看着她,"你男人做什么去不见了?"

春玲叹口气:"唉,他是参军……"

"哎,孩子,这个你就多操心啦!"老汉劝慰道,"当解放军的不咱一家,多着呢!人家部队都到前线去打老蒋,你往哪去找?想开点吧,孩子,等你男人打光反动派,回来看你好啦!你别说难找到,就是找到他也不会跟你回家呀!人家解放军个个是英雄好汉,不会听你的……"

"不是,老爷爷!"春玲激动地打断他,她本想告诉老人这其中的内情,但一想叫老汉听了心里会不好受,同时也损伤解放军的名声,对方既然不知一点线索,她就不说了。

"老爷爷,我找他不是拖他回家,是有急事告诉他。"春玲勉强地遮掩着。

老汉点点头,望了望满天的乌云,前面的深山,关切地说:

"孩子,这么黑了你要往哪走?"

"到山那面的村子去。"

"不行!"黑蛋叫道,"山岭上有狼,这是狼窝岭呀!"

春玲微笑道:"没关系,小兄弟,人不怕狼;狼怕人。"

老汉疼爱地说:"到山那面的村子还有七八里地,净是山道,天黑,又上来雨啦!你一个女人家的,走路不好。跟我回村住下,明天再走吧!"

"去吧,大姐姐!"黑蛋说道,"俺家有地方睡,俺嫂子一个人睡铺炕，俺哥也是解放军哩！"

"不去啦，老爷爷，小兄弟！"春玲感激地看着他们，"回去又跑三四里地，你们那村我刚打听过，我要趁黑赶到山那面的村子，白天人都下地不在家，不好打听呀！老爷爷，小兄弟，我走啦！"

老汉和孙子黑蛋瞅着那细挑挑的青年女子，孤仃一身向阴森森丛山走去，老汉又担心地叫道：

"闺女，你还是跟我回家住一宿吧！"

春玲回头笑道："不碍事，老爷爷！天黑还得一会儿，我快点走，带不了多少夜。"她刚又迈出两步，忽听孩子尖声呼道：

"大姐姐，你别遇见反动派呀！"

春玲猛地停住，不由得赶回来，问：

"真的有反动派？"

"咱这地方这几年太平啦，没大出什么乱子。"老汉回答道，"就是昨天东面——哦，对啦，和你一样，也是乳山县——过来几个县大队员，说是两个地主坏蛋逃过来了。他们在咱这没搜到，又向西南追去啦。"

"这么回事。"春玲放了心，"两个地主没啥，别说不一定碰上，碰上了正好收拾他们，我还带着武器呢。"她说的武器就是临走时江水山送她的那颗手榴弹。

"有倒不准有，"老汉以防万一地说，"闺女，谨慎些好，你还是跟我……"

"不，老爷爷，我事情当紧，耽延不得！"春玲毅然地回答，大步走去。然而，走着走着，她脚步慢下来，接着停住了。她本不想看，但是像有人跟在后面似的，禁不住转回身，望着渐渐远去的老人和孩子，山下远处的一片片上升的炊烟。她心里骤然袭来一阵寒酸，针刺般地想：

啊，各村各家都冒烟了！人都回家去了。家里有爹妈或者哥嫂、姐姐预备下热饭菜，吃着多么好啊！自己家里呢？饭做好了吗？唉，自己出来受些苦遭些罪没什么，把两个兄弟和父亲也累苦了！那些野菜没有她的调理，怎么做得好吃呢？饭不好父亲不会生气，再差他也是大口吞下过；可是他吃一肚子做不好的山菜，怎么坚持工作和劳动？他是一整夜一整夜地熬啊！这时明轩和明生一定还在饭桌边等着，念叨姐姐怎么还不回家呢，姐姐吃什么啊……

　　轰轰隆隆，头顶响起一阵巨雷，深山惊起了可怕的共鸣声。春玲浑身一抖，从沉思中醒过来。她微微一笑，嗔怪自己道："我瞎想些什么？兄弟不用我担心，他们过得好，有淑娴、玉珊帮着做饭，爹要不在家，冷元大爷会时常去照看……咦，起风啦！下雨星啦！"

　　大滴的雨点，被雨前的狂风吹斜，冲刺下来。春玲赶快把篮子里的手榴弹用手巾包好，结实地揣进怀里，心里说："走，快走！迈大步，跑起来呀！"

　　夜色黢黑。狂风卷刮着松林、桲椤丛，发出森然嘈杂的呼啸。粗壮的雨柱，猛烈地往下刺浇。焦雷一个接着一个轰击，震得山峦发出要崩裂似的惊心撼肺的回响。闪电撕裂开浓重的黑暗，树木、山草闪着雨水的白光，在疾风暴雨中拼命地摇摆、挣扎。崎岖陡峭的山路，被雨水盖没，那红黄的山水虽然很浅，但却相当有力，把路上的乱石子揭地掀出，欢跳着向下滚蹦。

　　暴风雨夜，这骇人的崇山峻岭中的夏季雨夜。

　　春玲的身子宛如一株小松树，前后闪着踉跄，她艰难地向山上攀登。姑娘全身早已淋湿，衣服紧紧箍住身体，束缚得呼吸困难迈步吃力，淌水的头发被风吹得甩来甩去，抽打得脸面发痛。由于路生，每走几步，她就得擦一把被雨柱冲击得涩痛的眼睛，等闪电一亮，才能向前走。她脚下急水冲乱石，把脚趾碰撞得生痛，身子站不稳，一连摔倒好几跤。她顾不及身上哪里磕破皮，爬起来按住头发护着眼睛，拼命地向山上走。

　　快接近山口时，坡度来得更陡了。突然传来一声巨响，接着从旁边山峰上响起噼噼啪啪、轰轰隆隆的一阵声音。春玲起始以为是雷声，闪电一耀，但见自旁山的陡峰上掉下个巨大的岩石，正在蹦跳着、呼啸着向山下打来，那些树木都被这有四五间房子大小的石头打得四崩八分，纷纷让路……

　　"哎呀！"春玲骇然地惊叫一声，使出吃奶力气向上猛跑。她刚跑出十多步，猛听头上怪叫一声，一棵被岩石打断的松树飞过姑娘的头顶，她急忙趴下身。又是嘣嚓一声巨响，岩石经过她刚跑出的道路，向山下滚去……

　　"妈呀！差点砸成肉酱！"春玲哆嗦着身子惊叫道，她一转身，脚下乱石发滑，重重地摔到松树上。手里的饭篮子摔出去好远，她顾不得伤痛，起身赶着抢。篮子是抓到手，但里面的几个菜团和一些地瓜干，像石头一样，顺着山水活蹦乱跳地冲走了。

　　姑娘摸着空空的篮子，深深地叹一口气。

　　闪电交织，雷声轰鸣，狂风呼啸，骤雨直刺。

　　春玲望望前后左右的黑隆隆的群山，再也看不到路了。她抬脚欲走，然而右腿袭来一阵剧痛，使她赶快跪下身，一准是摔伤了。怎么办，停在这里挨雨淋吗？对，找棵大树或者石洞避避雨，包包腿上的伤再走。于是，她一跛一拐地在山坡上寻觅着。借着闪电，她发现左面的松树间有堆黑乌乌的东西，像是草蓬子。她立刻奔过去。

　　不假，真的是个草蓬子，搭在水冲不着、风吹不到的山坳处的平地上。它用山草、松枝搭得很严实，上尖下宽，门口成三角形。这种被人们称为"卧铺"的草蓬子，在这一带山上，尤其是这个时节不少见，这是放柞蚕的人们搭的，好在里面避雨防暑歇憩，一般人现在夜间都不在里面宿住，赶到要摘茧的时候为防止野兽糟蹋和戒备坏人偷窃，才去"卧铺"里过夜。

春玲来到草蓬门口，兴奋地急忙向里进。突然里面扑扑腾腾一阵响，接着两只大山猫子惊叫着蹿出来，擦着她的腿跑了。

"妈呀！这可又是什么啊？"春玲惊恐地叫着退回好几步，听它们钻进草丛跑远了，她才手抚着跳荡的胸口，笑笑说：

"可吓死我啦……唉，净自己吓唬自己，它们是怕我呀，没命地逃了！"她进了草蓬子，里面很干燥，黑乎乎的什么也瞅不见，春玲用篮子到处去碰，触到一堆碎干草。她舒口气道：

"这里多好呀，那两个野东西真会找地方享福，对不起，让地方春玲要舒服舒服啦！"

春玲猛地坐到干草上，衣服和头发老向下流水。她理着湿发，心里说："可好哩，几天没洗头，没洗澡，没洗衣裳，这下可都冲净啦，没用我费一点劲，真痛快……哎，把衣裳脱下来扭扭水吧，穿着和铁打的一样，真难受。"她站起来，用力解开湿扣子，把用手巾裹着揣在怀里的手榴弹，揩拭干净。她刚要脱衣服，忽然满脸烘热，急忙把衣襟合上："真不害臊，叫人看见了……"可转念又一想："我傻啦，这雨天黑夜哪里来的人？就是有，眼上也和蒙着黑布一样，我自己也看不清自己呀！不信，我先试试……"她脱去上衣，把眼睛靠到胸脯上，也分不清裹在白胸衫底下的两个硬邦邦的乳房。姑娘这才放大胆，把干上衣，又把裤子脱下扭去水，然后用手巾揩净身子，猛触到右膝上的摔伤，她不禁地哎哟一声，倒在干草堆上。

巨大的劳累，摔破的腿伤被水浸泡过后的疼痛，都在向这位刚满十九岁的姑娘进攻。刚才她还感到像洗凉水澡一样痛快的身子，现在冷得肌肤收紧，嘴唇都发青了。

夏季的半岛上的雨夜，冷时竟要盖被子。在这高山上的风雨中，又没衣服穿，其寒冷是自然的了。

春玲上下牙打着架，伸手去拉衣服穿，但是抱过沉重的湿衣服，她又放手了。干草是温暖的，姑娘向草堆上靠。仅仅穿着胸衫裤衩的身体被乱草刺扎着，使她又坐起来。

"怎么办啊？"姑娘痛苦地小声叫道，"伏天该流汗，我怎么这样冷啊！唉，伤得重不重也看不见，它怎么这样痛呀！好好，我求你，别再痛啦，我再小心不碰着你……你不听话，气死人！"她照发痛的膝盖拍一巴掌，痛得姑娘噢的一声叫起来。细小的泪珠在她脸上停住，滚落；停住，滚落……

"妈，叫……叫闺女怎么受啊！"春玲悲痛地叹息着，心里在叫苦，"唉，你，这个不成器的儒春，你有脸见到我吗？你看看春玲吃了多少苦，腿也磕伤了，在深山野林里差点叫石头砸成肉酱，我这都为的你呀！没出息的儒春，你三番五次不听我的话，给我这些苦吃，罪受！我还去找你做什么？我是没事干了闲得慌吗？唉，我狠心把两个小兄弟和爹扔在家里……啊！天这么黑了，爹一准在工作没回家，也许又领着民工支前去了，两个兄弟守在村外的空屋子里，他们怎能不害怕呀！也许明轩也去开儿童团会，只把明生一个人逼在家看门喂牲口……啊！明生小兄弟自妈死后，一时也离不开我，我夜里干工作到多晚他等到多晚，非要我一齐和他躺下他才睡……我离家这几天，明生夜里怎么过的？一准每夜都不脱衣裳，老在等给我开门，实在乏了就倒下睡过去……梦，对，明生就好做梦，做了梦一定要讲给姐姐听，我不在家他讲给谁听呀！他这几天都做些什么梦？啊，一准是夜夜梦见姐姐回家，也许梦见姐姐脚上起血泡，碰到山上掉下的大石头……啊！他那样做梦的话一准要哭，叫着姐姐伤心地哭啦……哎，兄弟！你别哭，别哭呀！姐在这里呀，她好好的，一点没伤着。怎么？你梦里做不到我没伤着，只知我遇上凶险？你还哭？唉，你哭姐也伤心，姐要陪着兄弟哭啦……"

春玲越思越细，越思越想得真，越真越心疼，越疼越伤心，最后小声啜泣起来。她手抚摩着腿伤，心里又委屈又气恨地说：

"儒春哪！你这东西，这都是你害的呀！我自己受些苦遭些罪没关系,你叫我兄弟在家难受地哭,我可心不忍。你儒春听着,别以为春玲心就被你迷住了,打着灯笼在世上也找不到比你再好的男人。不对,你想错啦!我长得还不丑,连老批评我的姐姐还夸我俊哩!实对你说吧,江儒春!我还觉着你配不上曹春玲。对,你配不上,配不上!我何苦非找你不可?不找啦,不找啦!我要回家,给兄弟擦眼泪,做饭,洗衣,干工作……对,回家,回家,回家……"

春玲在心里和谁顶嘴似的,飞快地叫着,陡地站起来,结果手又摁到伤着的膝头,疼痛立时使她清醒过来。她略怔一刹,现在她好像就是刚才顶嘴的对手,飞快地摇着头自语道:

"瞎说,瞎说!不回家,不回家。我怎么能回家?儒春哪,我爱你,疼你!要救你!可是你也别以为,春玲专为你是她男人才来找你。告诉你,我还为咱解放军,为你有出息,为革命尽份力量,像水山哥说的,叫你向反动派开火,参加无产阶级革命!我春玲这也是在革命,你懂吗?"春玲咬了一下牙,泪珠在眼窝下凝住。她那桃形的眼睛瞪得和杏子一样圆,像是在属望远方的在黑暗中闪光的东西。

好像父亲出现在春玲眼前,紧瞅着她说道:

"……办事要有志气,不怕吃苦。眼泪可要少抹几把。"

江水山那有力的右臂一挥,坚强地说:

"……干什么工作都是向反动派开火,都是无产阶级革命!"

春玲浑身一震,毅然地挺起胸脯,发誓般地说:

"为革命,为解放!学爹,学水山哥,受点罪受点冷受点伤算得什么!我叫你冷,我叫你痛……"姑娘上下跳跃起来,将麻木的腿跳活了。她跳着,越来越有劲地跳着,在蓬子里像扭秧歌似的转着圈跳着。湿发在她颈项上忽闪,丰满的胸脯在抖动。没一会儿,伤不痛了,冷意驱走了,浑身沁出细汗,散发着热气。

春玲拉起湿衣服,很快地穿上身,心里说:"穿上叫热气烘干，住一会儿进村人家不笑话。"她到草蓬口向四周看了看，外面比刚才亮一些，雨小一些，雷声远了，闪电在北面山后闪耀。

春玲回来躺到干草上想："夏天的雨常是下一阵就过去了，歇憩一会儿吧，这里真舒服……"

除去远处的微弱的沉雷，再就是细雨的簌簌声。

姑娘听着听着，毛茸茸的睫毛渐渐向一起合拢……突然，她又睁开眼睛，洗耳倾听。

"呜——呜——！呜——呜——！"这声音沉闷而凄厉，在空旷的山峦的雨夜中，听起来森人肺腑，寒人髓骨，令人不由得汗毛硬竖，神经恐惧。

"狼，狼叫！那小兄弟说，这山叫狼窝岭……"春玲惊怖地小声叫道，紧张地摸出篮子里的手榴弹，揭开盖，把弦慢慢套上无名指，她的心嘣嘣地跳荡。

狼的嘶嚎越来越响，还不止一个，像是南山北山东山西山都在呼喊。

姑娘身上沁汗——这可不是热的，是冷汗，她放下手榴弹，把干草搬到草蓬子的最里头，外面再堆一垛，她紧躺在最里边的干草后面。

狼嚎越叫越近。

姑娘把草在往身上盖，心里忐忑地想："叫狼找不到我；一个手榴弹对付不了那一大群……狼啊狼啊，你快走，快走吧！你们不要叫，别叫啦！我不听……咦，它们真不叫啦，听我的话走啦？"她抬起头，忘记是自己用指头堵住了耳朵，一放手，又传来叫声，并且越发地近了，似乎已经来到她身边了。

春玲惊心动魄地想："听人说狼的鼻子最灵，找食吃全凭鼻子闻味，我哪里藏得住？狼一准饿啦，闻到我的肉香啦！"姑娘紧张地坐起来，又把手榴弹握在手里，两眼紧盯着草蓬口，随时准备扔出去。

395

然而事实并不像春玲姑娘想象的那样，饿狼真闻到她的肉香了。实际上也没有一群狼，仅有一对狼夫妻，它们的喊叫震撼得山谷发出回声，听起来好像是多少张嘴在叫似的。它们也不是饿了，刚吃过几只怕雷躲雨趴伏在树丛中的兔子。而是刚从山峰上被雷震、大雨冲得脱落下来的那块巨大的岩石，把它们的家震塌了，几个狼娃娃惊吓地逃掉了，雌雄两个老狼在到处呼唤寻找自己的子女。

春玲握着手榴弹紧张地等待了好一会儿，也不见狼来，仍是呜呜地嚎嗥。她渐渐平下心，抹一把前额的虚汗珠，心里好笑地说："又自己吓唬自己啦，这么大人还怕狼吃了，可真有样啦！水山哥给我武器是打反动派的，叫他知道青妇队长在想用手榴弹打狼，真要气坏了，这可不是向反动派开火呀！"她把手榴弹重新盖好，放在身边的空篮子里，"躺一会儿歇歇吧．雨不下了就上路。天最多小半夜，到村还能和干部联系上……"她把湿透的通行证和介绍信夹在腋下，用身体的热气烘干。

春玲躺下后，狼的叫声仍向耳朵里钻，她几次下决心不听也非听不可，她真生气了：

"混账东西，吵闹人！你叫，好，我还唱呢？看看春玲的嗓子响，还是你们的声音高。"于是，春玲眼朝上望着，心里编着词，用《孟姜女哭长城》的曲调唱起来。姑娘自己没觉察，她那清脆的动人喉咙，已被疲惫劳苦折磨得发沙了，这使她的歌声，在深山雨夜中，显得沉重而悲壮——

　　　　大雨倾盆好黑的天
　　　　曹春玲寻夫宿在深山
　　　　涉水跋山吃苦又受难
　　　　不见郎面心中好愁烦
　　　　孟姜女寻夫到长城

吃苦受难奈何曹春玲
一心为了解放全中国
掏海水拣沙滩劝郎干革命
……

唱着唱着她的声音愈来愈弱，眼睛慢慢合闭上，最后她那起了细泡的嘴唇像梦呓一样带着黏液动了几动，闭上了。姑娘那穿着湿衣服的身体，软绵绵地伸展在干草上，变得苍白消瘦的脸蛋歪向一边，被水湿过的几缕发亮的柔发，像是保护它们的主人似的，轻轻地搭在她的眼睛和鼻梁上。

春玲的嘴角微微皱起，脸上浮现出恬然的笑纹，她心里是多么的高兴啊！

哎呀呀，那么多解放军！威武雄壮地排着整齐的行列，迈着矫健豪放的步伐，走过田野，跨过河流，越过高山。他们走到哪里，哪里的敌人就举手下跪投降，有的敌人想开枪，解放军也不理，只是微微一笑，那些敌人就躺倒死了。沿途两旁站满了老百姓，都在向解放军招手、致意、送慰问品……看哪！一群姑娘扭起秧歌，个个和仙女一样抡舞着彩色绸带，妖娆翩翩，简直是在云端里飘。啊，那都是谁？有玉珊、淑娴、巧儿？爱面子的媳妇桂花也在里面……哎呀，多美啊！怎么春玲没扭秧歌？哦，她在那里呀！

春玲打扮得这么俊呀，和新娘子一样漂亮，正向解放军献花。

走过来一个骑马的首长，含着笑对她说：

"青妇队长，你把花献给我们的英雄吧！他在战斗中非常勇敢，一次就俘虏了二十多个反动派！"

"真是英雄！他是谁呀？"春玲兴奋地问道。

"喏，他来了，就是他！"

春玲一转头，简直不相信自己的眼睛，儒春押着一大群国民党兵走过来。儒春长得那么高，两眉间的黑痣更显眼了，他全副武装，端着明晃晃的刺刀，威风极了！春玲爱得不行，心里责备自己道："人家都当上英雄，我还找他呢！谁说他开小差啦，真是造谣……"她急忙从人群中挤到儒春跟前，羞答答地把一朵大红花送上前，柔声说：

"给你。"

儒春板着严肃的面孔道："我不要，你不是说我开小差了吗？糟蹋人！"

春玲深情地瞥他一眼，不好意思地说：

"看你，是我不知道呀！"她正要把花戴上他的胸脯，忽听后面有人喊道：

"不能给他，不能给！"

春玲惊住，回头一看是江水山赶上来。奇怪，他的左胳膊不是打掉了吗，怎么又长上啦？

"水山哥，你别生气。"春玲笑着说，"儒春已变好啦，当英雄啦！"

江水山猛把花夺过去，生气地说：

"英雄怎么样？反动派打完了再戴花！"

春玲怕儒春不高兴，忙向他解释道：

"儒春，水山哥说得也对，等全国解放了，我给你戴上朵更大的红花！"

"不行！"江水山把胳膊一挥，"全国解放了也不能放下枪，反动派不止中国有。"

春玲又向儒春说："水山哥说得对，还有帝国主义威胁我们，等把帝国主义也打败了我给你戴最大的花！"

儒春坦然地笑着说："花我不要，我想和你亲个嘴。"

"瞎说！"春玲的脸腾地一下红透了，"大白天，这么多人在跟前，你怎么说得出口……"

"没有人，就我和你俩呀！你看，天也黑啦。"儒春说着握住她的手。

真怪，人真的都消失了，到处是黑蒙蒙的。春玲身子一抖，羞涩地说：

"别亲了，这么大个人干这玩意，真羞人！"

"非亲不可！"儒春的头伸过来。

春玲心慌意乱地扭过头，怯怯地说：

"我嘴上有蜜吗？你想吃糖？……"她想用手去推他的脸，可是被他拉住抽不动。

儒春不听话，硬要亲她的嘴。春玲生了气，用力抽手，但就是抽不出，倒像自己把手束住的。她迷迷糊糊感到毛刺刺的东西扎到脸上，又是湿淋淋的热东西舐上来。她惊吓地浑身一哆嗦，猛地把手抽出来——春玲醒了，她是在做梦，手压在身底下的。

春玲一定神，不对，真有个黑乎乎的东西向她脸上伸来，并且还呼噜地喘息着。她用手去挡，吓得向后一仰，急忙从篮子里抓起手榴弹，把身体偎紧草蓬根。

那怪物又靠上来。春玲猜测是条狗，但立时猛醒，不是狗，是狼啊！她见它又凑过来，就用手榴弹照黑团上猛力一击。只听嗷的一声，狼逃出去了。

春玲这才舒一口气，觉着全身湿漉漉的——惊汗从每个毛孔沁了出来。姑娘急促地闷声喘息着，心里狂跳着："真吓死人！差点叫狼当死孩子吃了……不好，狼上火了找几个伙伴回来报仇，就不好对付啦……咦，衣裳也烘干了，我睡好长时间啦，真该死，快走吧！"

春玲摸起篮子刚要动脚，忽听有动静。

"爹！这有草蓬子，快来躲躲！"年轻人的叫声。

"哦，里面没有看蚕的吗？"一个年老人的哑音。

姑娘很高兴，不用怕狼了。她刚要叫："快进来吧……"但是忽听那年轻的说：

"不会有人，你没见狼从里面蹿出来的？它是听咱们的脚步声逃出去的……"

春玲立时奇怪地想："咦！这深山雨夜，我想有人做伴想不到，他们怎么倒怕碰见人呢？……"

"喂！里面有人吗？"年轻的大声发问。

春玲听着，由奇怪转为警觉起来，屏息着喘气，瞪大眼睛盯着蓬口。

外面沉默一会儿，年老的发哑的声音响了：

"是没人，有就是睡着也有出气的动静。好，进去歇一会儿。唉，这个屌天气！"

春玲从墨黑的蓬里望蓬口，能模糊地辨认出两个影子靠上来。后面那个停在外面，推前面那个进去。前面那个慢慢走进蓬子，弯下腰到处摸索着。

春玲已断定这两个人有来历。她想冲出来喝问，可又想不行，自己一个他们俩，又不知他们有无枪刀，等等看看他们的动静再作主张。于是，她轻轻地蹲下身，紧依在干草后面。她不敢看他，怕被对方发现眼睛。草声簌簌地响，她觉得那人来得近了，他的手抓住她身边的干草，再往前一点就触到春玲身上，她紧张得就要跳起来喝问了，但又压住，摸着一根草根，向草响处扎去……

"哎哟……"那人痛叫一声，猛直起腰，又嘣腾一声响，头碰到蓬盖上了，他气恼地骂起来。

春玲趁这一响动，迅速轻捷地闪躲到另一个角落里。

"爹，进来吧！"年轻的叫道，"妈的，草根子真尖，扎得好痛，坐时留点神。"

外面那个走进蓬子。两人都面朝外坐在干草上。后进来那个向草堆上一仰，粗声喘息道：

"唉！可累死我啦，叫人家和撵兔子一样，从来没跑这么远的路。他妈的，鬼天也来捉弄咱！"

年轻的说："我看有追的也越过去啦，他们想不到咱还有这一手……嘿嘿！下雨也好，挡住他们的眼睛，绊住他们的脚。"

春玲在他们背后听着，心想："这两个不怕狼怕人的家伙，一准不是好货。且听听他们说什么……"她把身子轻轻靠在草上，从篮子里摸出手榴弹。幸亏姑娘喘气轻细，加上她用力压着，被细雨冲刷草蓬的簌簌声搅得，虽她离他们伸手可及，使对方也察觉不了。

"爹，这里面有干草，生点火烤烤衣裳吧。"

春玲一听，心里惊吓地叫道："糟啦！和他们明干吧！……"接着又听到：

"唉，哪能划着火？洋火早湿透啦，再偷来东西也要生吃啦！"

春玲又放下心，继续听着。

"不用担心，住会雨再小些就上路，天亮前再赶几十里，白天，就窝在山里，往西是新解放区，好对付。"年轻的说道。

"说是这么说，如今那些穷小子眼睛都瞪大了，一不小心就会出事。"

"等着吧，穷棒子，有一天叫他们翻身，翻到泥坑里！"

春玲完全了然了，她想起路遇的那位老人和孩子说的，她自己县的县大队员来追两个逃跑的犯罪地主，十成八成就是这两人了。她轻轻把手榴弹的盖揭开，弦套上手指，心里说："多亏水山哥！他真是老八路啦，说得真对，反动派随时可能有，我可做梦也料不到这次能遇上……"她在紧张地想着怎么对付这两个敌人。

"唉，但盼老蒋早些打过来，给咱们报仇雪恨！"年老的哑声说。

"这快啦，有美国帮着，不愁打不过共产党！我们再回家，哼！先把江水山这小子宰了！"

春玲浑身收紧，猛然抬起头。

"经世，你就知道眼上仇，最可恨是曹振德那小子，一家的共产党！有一天能还乡，把他那一家大大小小的崽子，这些认共产党作爹为娘的东西！一个坑埋了！"

"啊，原来是这两个坏蛋！"春玲明白了，全身被怒火炙烧着，她举起手榴弹就要打——但又停住："这一炸不连自己也脱不过吗？为革命牺牲理所当然，可是能不能把两个家伙全炸死呢？怎么办？想个什么法子好……"

地主蒋子金和儿子蒋经世，土改复查他们时，公然违犯政府法令，竟敢持刀行凶，刺伤民兵队长，被曹振德派民兵绑送区政府，区里送县。在人民法庭上，这地主父子向人民低头认罪，表示痛改悔过，请求政府宽恕。人民政府以宽大为怀，从轻判处蒋子金徒刑十二年，蒋经世十年，给予劳动改造重新做人的机会。然而，正如江水山所说，反动派到底是反动派，这反动透顶怙恶不悛的地主分子，假意骗得人民饶命之后，不惟不安守法纪，劳动改造，却在前几天夜里趁警卫不严，夺狱潜逃。他们日夜奔命，来到此处深山密林，藏匿了一天一宿，打算使来追的人越他们而过，再上路起程。昨夜他们捉到一头失群落山的小牛犊，杀死后用小刀割着在石洞里烧着充饥，吃了一天多。今晚他们见在山里劳作的人们回家后，就出石洞上路，走了不久就遇上倾盆大雨。他们虽系亡命之徒，却没有春玲姑娘那样克服艰难的毅力。自小饰金戴玉的地主父子，像兔子一样躲到树底下，等雨转小，才跌跌撞撞地爬到山口上来……

春玲紧张地左思右想，怎样能把这两个坏蛋弄死——能捉活的送到政府更好了，但是她一个人，一颗手榴弹，怎么对付这两个人呢!她想突然冲到蓬口,堵住他们的去路,等天亮有人上山逮住他们。可是这种"卧铺"她清楚,后面也是草堵的,不用费力就撞得开,而且她面向里的话,根本看不见对方的影子,他们拼命跑怎么办?春玲正踌躇,又听蒋子金说:

"老这么黑夜走不安全,又没东西吃,能碰上个行人,夺下个通行证就好啦!"

"这是个法子,"蒋经世附和道,"等走着碰碰看。"

春玲急忙把介绍信和通行证掏出来,暗道:"我要和他们拼了,万一他们没全死,定会搜我的身……"她把两张纸条慢慢地塞进嘴里,奋力吞下去,噎得她眼泪都流出来了。她想,还是冲到蓬口,他们要逃就炸……

"爹,雨不下啦,咱们上路吧!"蒋经世起身走着说。

"好。"蒋子金随后跟上。

春玲不顾一切,猛地从草堆后跳起来,大喝一声:

"反动派!哪里跑!"

地主父子立时惊呆了,一齐站在蓬子地当间。

春玲要冲过他们,但蓬子很窄,她过去就要紧紧擦他们的身边,被敌人揪住就坏了。她抢上一步,高擎着手榴弹,威吓道:

"谁跑打死谁!"

蒋经世松一口气,冷笑道:

"嘿嘿!哪里钻出个毛丫头。你要干什么?"他欲向她逼近。

春玲命令:"不准动,老老实实坐下!"

蒋子金看不清她手里拿的什么,若无其事地说:

"你是谁家的闺女走这来啦?嘿嘿,我们也是赶路带了黑……"

"呸!蒋子金,你的鬼话我都听清啦!"春玲怒喝道,"快坐下!"

"你妈的屄叫我爹的名啦!砸死你这崽子!"蒋经世骂道。

"你是谁？"蒋子金掏出小刀，"我手里有刀，宰了你！"

春玲响亮地回答："蒋子金，蒋经世！狗父子听着，你们不是要杀我们一家人吗？我——曹春玲，共产党员，青妇队长，在这里啊！"

地主父子愕然吃惊，双双齐扑而攻。

"我手里是炸弹！"春玲喊道，"敢动一下我就炸死你们！"

地主父子愣怔一刹，蒋经世转身就跑，蒋子金跟着向外逃。

"不准动！"春玲猛追出来，抽动手榴弹的导火线，向前头的黑影打去。

手榴弹落在蒋经世脚前，他没命地冲过去。蒋子金跑到，手榴弹爆炸了。老地主痛叫道：

"我儿救爹！救爹！……"栽到地下。

春玲没回避爆炸，猛追向山上逃跑的蒋经世。天黑看不真，山滑石头滚，春玲摔了一跤。她抓起两块石头爬起来，急赶几步，朝前面的黑影狠狠地打去。

蒋经世脊背受击，身子踉跄一下，又向山上逃遁。

"我儿救爹！救爹！……"蒋子金声嘶狼嚎地痛叫不止。

春玲猛刹住脚，脑子飞快地闪过："黑天，野山林密，追不上他……这老家伙还在叫……对！"她奔回蒋子金的身边，用尖利的石头戳着他的额头，低声威逼道：

"快叫你儿子回来，就说我和你扭在一起，我没炸弹啦！不说我砸死你！"

蒋子金为了活命，高声叫道：

"经世，经世！快回来！救爹！……"

蒋经世不见春玲追赶，又闻父叫声，停住了。

"说我和你扭在一起！快，不说我砸死你！"春玲低喝道，石尖在他头上摩擦。

蒋子金真产生了叫儿子回来杀死春玲的希望，他不相信儿

子打不过这个姑娘,他也真看出她手里没武器了,迫不及待地高呼:

"经世!你不要怕,回来救爹!她没东西啦,手里是石头!我和她扭在一起啦!……"

蒋经世开始小心地向这里走来。

"你敢回来!我还有炸弹……"春玲叫着,向他摔石头。她这是诱鱼上钩之计。

"她真没东西啦!……"蒋子金主动地喊了。

蒋经世相信了,直向这里奔。

春玲一手握着一块尖石头,蹲在蒋子金身边,等蒋经世过来给以出奇的痛袭。不料,炸成重伤的蒋子金,垂死挣扎地用手里的小剜刀去刺她的腿。春玲立时怒起,照老贼头上一石头,将刀夺过握在手中。

蒋经世扑上前,朝春玲冲来。

春玲突然起身,照他胸前就一刀。蒋经世痛叫一声,抓着春玲的左胳膊,向她腰部狠踢一脚。

春玲站立不住,沉重地摔倒在山坡。她想立时跳起,但一抬头直不起腰,就没动弹,默默地准备力量,手在摸索石头……

蒋经世见春玲已被打倒,再没爬起,也不叫唤,冷笑一声道:

"你奶奶个屄!我叫你能,叫你当共产党!哎呀!……"刀伤在剧痛,他捂着胸脯蹲下身,向躺在地上的父亲叫道:

"爹,爹!儿子救你来啦!那毛丫头不行啦,你起来再给她两下,我动不了啦!……"

春玲在他蹲下叫爹的时候,咬着牙迅速地爬起身来,两手端起一块大石头,抢到蒋经世身后。她把石头擎到头顶,猛烈地无情地砸下去!

"爹!死啦!……"蒋经世刚要起身,脑瓜开花,四迸八淌了。

春玲一连照地主父子身上砸了四五块石头，摸摸他们的鼻子都没气息了，她才停手，长喘一口气，身子软软的一点力气也没有了，瘫痪地坐在草地上。

雨停风煞，浓重的天空渐渐放出灰亮。月亮在争取解脱乌云的重围，从稀疏的云隙间，时隐时现地透出淡淡的月光。迭连起伏的山峰，笼罩着雾气蒙蒙的云霭。一场雷电交加的暴风雨过后，万籁显得格外沉寂，唯有红黄的雨水汇进谷巅，巨大的山洪暴发了，以所向无敌的磅礴气势猛扑下山，冲进河流，注入海洋。

喘息了好一会儿，春玲才又恢复过来，振起精神，脸上又出现那天真烂漫的神色。她感到渴，真渴呀！但雨不下了，山顶上是滴水存不住的。"不渴啦！"她强迫自己，理把散发站起来。她瞅着像死狗一样躺在那里的地主父子，想着刚才发生的一切，心里有点怕起来："我怎么能把他们两个打死呀？真怪，刚才一点没想到害怕，想到打不过他们，只想到气恨，和他们拼，哪想到他们真死了，我好好地活着呀！哈，真像一场雷暴雨，一眨眼过去了，真好玩呀！"

天哪，使人为她揪心吊胆得透不过气来，她还好玩呢！没有办法，这姑娘就是这么淘气。

"呸，狗地主！"春玲轻蔑嫌恶地啐尸首一口唾沫，"你们要造反，再来杀害人！告诉你那蒋匪帮也快和你们一样下场啦！哼，你们看不起我毛丫头？听清楚点，毛丫头可以欺负，共产党员你们小看不得，再来几个也要你们丧狗命！呸，留着你们喂狼吧！"

春玲顺着雨后的山路，急急忙忙地走着。在茫茫的月色中，姑娘那窈窕的身子和手里的空空的细柳条小篮儿，倒在路旁山草上一个清晰的阴影。人动影随，形影不离。一会儿她又要开始攀登一座更高更陡的山峰……

第十八章

曹振德坐在院门槛上的阴凉里,为孩子修补鞋子。太阳虽在西山顶上转,但光线依然很强烈。振德赤着的上身,晒得像在流油,又黑又红,为节省衣服,夏天干活他是不穿上衣的。他身上布着土的汗水未干,新汗珠又涌出来了。春玲走后,他每天中午不歇晌,顶着烈日下地干活,以便黄昏前就回来,料理一下家务和做饭,晚上能聚精会神地干工作。庄稼汉手粗且硬,加上振德的视线不好,干起针线活,显得很费力。

"……西山庄的人民,很注意坏蛋的活动……"明生坐在父亲身边,结结巴巴地念报纸。他光着一只脚丫,像是在等鞋穿。明生遇到不识的字,就停下来,看着父亲满身的汗珠,说:

"爹,你别补啦,我不用穿鞋。"

"山上有棘针,扎脚。"振德没抬头,"不叫眼睛不好使早补好啦。"

明生拿过父亲肩上的被汗浸湿了的毛巾,替父亲揩脊后的汗水。他想起什么,说:

"哎,爹,听人说有眼镜,戴着能看清东西。我二姐上烟台,忘叫她给你捎一副啦!"

振德直起腰,搬弄着鞋子,说:

"眼镜是管用,不过现在没钱买,等全国解放了再说吧!"

"爹，我二姐走四天多啦，怎么还不回来呀？"明生向往地说。

父亲安慰着："不要急。路远，你越急，你姐心越焦，赶路越快，脚就使坏啦！还是叫她慢慢走吧，晚回来几天好。"这话虽是掺着假对孩子说的，也流露着做父亲的对女儿的心情。

"对，爹，我不急啦。"

"快念报吧，我鞋快补好啦！"

"我有大些字不识，念不下。"明生着难了。

"二年级的学生，还没爹认字多？"父亲激将了。

"谁说的？爹你是唱报，我可不是……"明生又半通不通地读起来。

儿子虽然读得不通顺，父亲却很用心地在听。振德逐渐明白了这段小文章的意思，是讲西山庄人民警惕性高，抓到两个反革命分子的故事。这使他的心被触动，很自然地就联系到自己村的工作上。

上个月种豆时，牛被坏人毒死十多头。他们检查出，毒药是撒在牧牛山的草场上的。当时曹振德和干部们没有过多的精力去追查凶手，只顾忙着组织大家抢种豆子去了，并且把牛肉运到西面去变卖，换回八条壮实牲口。事发后他们开过会，追查了几天没见线索，汇报到区上，大家认为，牧牛山是好多村的牛群都去的地方，不一定是山河村的坏蛋放的毒，各村都进行检查。这件事一直留在曹振德的脑子里，他除了号召大家提高警惕，加强对可能被反动分子破坏的目标的防备外，他处处在注意发现这方面的迹象。

江水山领着区政府保卫干事走来了。曹振德招呼他们进屋后，把补好的鞋给明生穿上，叫孩子出门玩去。

保卫干事向曹振德和江水山谈了这样一件事：前天，县武装部向各区布置，查寻一个叫"王立中"的人。因为军队某部给牟平县政府来公函，称该县五区王疃村王立中，携枪逃亡，和他同走的还有新战士江儒春，叫地方政府追究。但牟平县根本无此人，所以通知毗邻几个县查访。今天中午，县上又转来一公函，说江儒春入伍后受表哥王井魁欺骗，逃离部队，途中王竟向江袭击，江当时被打昏在山沟，后被群众救起。儒春一直过了十多天，神志才清醒过来，正在治疗中。这封军队机关的公函最后说：

"……因江儒春和王井魁所在原部队已调防开赴前线，我们不了解王井魁是怎样的人。据江检举，王原系敌伪汉奸，现在可能潜伏家中……"

"根据区委的分析，这个王立中，可能便是你们村的王井魁了，派我来这村和你们商量一下，看看怎么处理好。"区保卫干事结束了谈话。

"这么说，王井魁已在家窝藏一个月啦？"江水山气愤又内疚地说，"我这民兵队长白当啦！走，抓去！"

"老江，别急。不能肯定他一准在家，也许躲在外地。"保卫干事说，"指导员，你的意见呢？"

曹振德的眉头紧紧地锁着，脸色异常沉重。他心里难过地想："啊，儒春原来是这样的遭遇，不知现在生命如何，王井魁下死手打他，伤势一定很重……春玲还在外面找他，她知道这消息……"他没再想下去，站起身，擦了把眼角上的眼屎，又想了想，平静地说：

"我同意区委的分析。我琢磨，这王井魁一定是不知怎么混进咱们军队的，还干过比咱们知道的多得多的坏事，怕儒春透出他的真身份，才下这般毒手的。我们马上采取对策……"

"我集合民兵去！"江水山的手抓住腰间的枪柄，"先将房子包起来。"

"等一下，水山！"振德叫住他，"不要急，不能就去搜他。"

"你说王井魁不在家？"水山疑惑地问。

"不管在家不在家，现在都不去搜。"振德回答道。

"为什么？"水山瞪起眼睛。

"敌人既然在暗中藏着，一定就有防备，我们一下抓不到。"振德分析道，"再说，王井魁要没回来呢？"

"那先把他妈叫出来，审问一下。"水山提出新建议。

"他妈既然有心藏起儿子这些天，就不会轻易说出来，反要打草惊跑蛇。"曹振德说，"我的意思，这个消息绝对保密，布置几个党员和可靠的人，暗中监视。另方面，我们没难为过他妈，对她做工作，争取她坦白。这么做，王井魁在家跑不了他，不在也不会发生别的影响。你看呢，保卫干事？"

"我赞成，两全其美。"保卫干事点头。

"我不反对，就是有点心急。"江水山挥了一下手。

"给我找个地方住下吧。"保卫干事要求道。

"我们要赶你出村子，"曹振德笑了，"没你住的地方，并且要快点走。"

"哦，对！"保卫干事满意地站起来，"马上就走。"

"怎么回事？"江水山发蒙。

"对心虚的人，他是个不吉之兆。"曹振德指着保卫干事，"别给敌人送跑的信呀。"

江水山一想，也笑了。他们送走保卫干事，站在胡同口，水山关切地说：

"快找人去告诉玲子妹吧！"

"她已走了四天多，儒春不在烟台，她自然也快回来了。"振德说着向北河的方向瞭视了一眼，接着又低声道：

"我去王井魁家看看动静，再去布置人进行监视……"他见有人走近，就住口了。

王镯子从西河那面背着一捆草走过来。她从远方就看见曹振德和江水山送走一个干部,并留心地认出是保卫干部,心里免不了一跳。她向指导员和民兵队长寒暄了几句之后,就哭诉一番丈夫当解放军这些月没信息。经过指导员的安慰以后,她很快擦干泪水表示不怨人民政府,是反动派的罪恶,要努力长进……

孙承祖听妻子报告区上来了保卫干部时,没十分重视,但是当晚王镯子从她母亲那里得悉,指导员去拜访过她的事,使孙承祖的心收紧了。他不安地考虑起来,政府是不是发觉村里有不测的人了呢?不然平白无故保卫干部来做什么?据王镯子从她妈家那里了解,指导员去是问她山上的柴火卖不卖,有人想要。指导员的这种关照是不出奇的,村里对孤寡的老人一向是照顾的,曹振德尤其好过问这种事,王镯子她母亲早就为他的关怀而感激不止。但是孙承祖把曹振德去访王井魁的家和保卫干事来村一事联系起来,心里生起疑惧,他们是不是觉察到王井魁的事了呢?

"不要大意,"孙承祖对妻子说,"说不定共产党葫芦里卖的什么药。"

王镯子安慰道:"你也别太多心,那保卫干事一会儿就走了。我哥办事很实在,谁会知道他跑来家了?他们要是已发现破绽,江水山早抡着手枪去抓啦……"

"干部不都是江水山,"孙承祖打断她,"曹振德肚子里的鬼挺多,别看他眼睛不好使,看事情却有远见。他们要真冒冒失失去搜倒好,井魁卧在地洞里,不会被找着,倒给咱送了留神的信。棘手的是他们万一打闷棍,就难对付啦!"

"可真的,"王镯子也知道厉害了,"就怕我妈那老不死的嘴不严,她对曹振德挺信服,要是……我看快叫我哥溜吧!"

"这倒不必,"孙承祖思忖道,"看光景他们大半不知井魁在家,若是真知道了,也一定会监视上,跑也不容易,相反坏事。再说,井魁还是把手,鼓起劲来赛条虎,我打算叫曹振德就死在他手里。"

"这可要小心点，"王镯子担心地张大眼睛，"曹振德不好惹！别看他平常软绵绵的像个老太婆，可要硬起来就像块钢一样，比江水山还厉害。我看叫老村长去对付，我哥……"

"这不用担心，时机到手，暗里打明，有弊也有利。"孙承祖攥起了拳头，"这些日子蒋殿人被人监视住，没来照面，他一定藏着满肚子火。对，今夜里你去他那里看看，他能不能来家一趟，老村长是老滑头，有计谋。还有，这几天你少去你妈家，防备暗地有眼睛。"

按照党支部的决定，白天有几个妇女积极分子，夜里有几个党员民兵，在王井魁家周围，进行了隐蔽的监视。但是注意了几天，没发现什么蹊跷，有的人不大耐烦了，江水山又主张去剿家。曹振德摇摇头，要大家忍住性子，继续监视。

曹振德借故同王镯子的母亲谈过两次话，探测老太婆的口气，观察她的神色，并像平常一样讲了一些政府对过去犯过罪自动投诚的分子的宽大的政策。这老太婆受到儿子和女儿王镯子的恫吓、警告，怕政府杀王井魁的头，所以守口如瓶，在指导员面前只是哭哭啼啼，诉说苦楚，不露真情。尽管她如此谨慎，但是做贼心虚，曹振德从她眼上、脸上、嘴上，还是察觉到她的反常，心里已拿定王井魁最近一定在她跟前露过面，也估计他可能迄今仍藏在家里或她知道的什么地方。不过振德怕惊动了老太婆，使王井魁知觉跑了，所以没动声色，也没频繁地找她谈话。他打算，逐渐地使老太婆确实相信，坦白出犯罪的儿子，政府会宽大处理；其次，慢慢地能从她嘴里掏出王井魁的情况来。

这天半夜，曹振德从村公所开完会回家，刚进屋明轩就告诉他：

"爹，那个汉奸的妈来啦。"

"谁？"振德立刻就醒悟过来，留心地问，"她说什么来？"

"看样子她哭过，眼睛发红。她结巴了半天，说等你回来，

叫我把门闩紧睡,还说不要睡得太死啦!"明轩话刚落,明生接上道:

"那老太婆还说,这话不要告诉爹。"

振德的眉毛跳了几下,紧接着问:

"她还说什么来?"

"没说别的,只把这几句话嘟囔了好几遍,真烦死人。"明轩不耐烦了,"快睡吧,爹!"

"不听她的,汉奸的妈妈,没有好话。"明生愤愤地说,"爹,咱不闩门,我玲姐夜里要回来了,叫门费事呀!"

振德没再听孩子下面的话,心里在考虑,王井魁的母亲主动来关照他睡觉插好门,是什么意思呢?为什么又不让孩子把这话告诉父亲?一会儿,振德锁紧的眉头展开了,眼睛里射出锐利的光芒。不知不觉地,前几个月宫家岛村发生的反革命分子暗害村干部,尤其是杀尽村党支部书记一家七口的事件,涌进曹振德的心头。他断定,这老太婆一定是知道对他有不测的事,才来关照他的,不用说,这又一定和她儿子王井魁有关。振德又自问道,是否只王井魁一人来行凶?他有没有联合好的伙伴?曹振德立刻从墙上摘下大枪和子弹带,转身就走。

"爹,你要出去?"明生扑上来。

"有什么事吗,爹?"明轩叫道,"快睡吧,那老太婆会有什么正经话?不用听她的。"

振德止步,看了几眼两个孩子,又看了几眼繁星的天色,气候不早了,半夜已过,他想:敌人要来,也就快行动了,他的房子离村百步多远,孩子留在家……

"大兄弟,还没睡下?"是曹冷元问着走了进来。

"哦,有什么事,老哥?"振德望着他。

冷元说道:"我怕年轻人好睡觉,误了岗哨,去粮库看了一遭。怕你没回家,孩子害怕,顺脚过来看看。"他看着振德肩上的枪:"你要出远门?"

曹振德把他断定的情况告诉了冷元。老人立时惊慌地说:

"那快领孩子躲躲吧,快!"

"敌人要来,也差不多了。不知它从哪里来,咱们家没有人,真来了不就惊觉跑了!"振德急急地说,"老哥,你快去告诉水山,悄悄地集合几个民兵,埋伏我家四周。"

冷元担心地说:"你一个人在家,万……我在这等着,你去集合人……"

"不行,你身子欠!"振德插断他,吩咐孩子道,"跟你大爷走吧!"

"爹!我不走,守着爹!"明轩叫道。

"爹!我怕……"明生扑到父亲身上,哭了。

"不要吵。"振德压低声喝道,"好,老哥,你快去找水山!不碍事,敌人不会多,我对付得了!"

冷元走后,振德对两个小儿子说:

"不要怕,敌人最厎包,十个顶不上咱们一个。你们都拿起家伙,守住后窗。"

明轩端起红缨枪,明生找出木头手榴弹,振德又给他一把剪刀,紧守北墙的后窗户。曹振德走出屋门,吩咐明轩从里面把门闩上,如果敌人从后窗攻上来,就叫喊报告。他来到院门后面,将门虚掩上,两手端着子弹上膛的大枪。

夜很静,只有水涨大及腰深的小西河的波浪,扑打堤岸的扑腾声……

指导员推断得不错,王镯子的母亲今晚来得有根苗。王井魁一回家,她就叫儿子去自首,她只是一个目的,保住儿子,孝敬她养老,她相信政府会宽大王井魁。但是儿子告诉她,他过去杀过人,政府不会饶恕,老老实实藏些日子,中央军过来就好了,这又使老太婆不敢张声了。曹振德和她谈话时,她用力压着慌乱的心情，唯恐被人察觉。但是她也探听指导员的口气，尤其是曹振德说的这一句话："过去有罪恶的人，哪怕害过人命，只要真心悔改，向政府认罪，也不会定死刑，人民政府给一切想好好活的人以生路。"这话又给老太婆动员儿子自首的想法以鼓励，她又去劝儿子坦白。然而王井魁不听，母亲说急了他又以逃走相挟，使老太婆又不敢张口了。

由于没有察觉村里对王井魁的监视——这监视是极为秘密的——又没见保卫干事再来，孙承祖的疑惧消失了。同时，他从孙俊英那里也证实了自己的判断。因为他相信，如果村里知道王井魁在家，作为妇救会长、共产党员的人，一定会了解这个情况。实际上关于王井魁的案情，曹振德严格保密，没在全体普遍宣布，孙俊英的衰退表现，使支部书记产生了本能的警惕。振德常说，共产党员不是牌号，是人心。像曹冷元一类的人，在对敌斗争中，博得了党组织像对党员一样的信任。

孙承祖断错了时局，和蒋殿人谋合好，叫王井魁为主干，今夜残害指导员一家。他们的计划是午夜时分三人在西河坝上的树林里集合。为防备村人发觉，昨夜没叫王井魁上孙承祖家商讨，而在今天晚饭后由王镯子去通知哥哥的。

王井魁开始怕偷鸡不着白蚀米，但后来被妹妹说服了。他想，三人一齐干，对付得了一个曹振德；再说这个指导员在村里起主要作用，是对他的最大危险，也就同意了。

山前讲话山后有人。兄妹的话被母亲听到了，但她只听到王井魁的最后一句："……好，妈的！今天就除掉这个干部王！"

老太婆吓了一跳，推门进去问他们，要去干什么？但是他们说什么也不干。老太婆流着泪诉说一番，千万不能再惹祸，叫人家抓着就没命了。王镯子安慰母亲，她哥是发了点脾气，嘴上说着玩玩的，把她哄走了。

老太婆来到前屋，越想越不好。她寻思，儿子要行凶，说杀干部王，不用说，就是指导员曹振德了。对于这个经常关照体贴她的人，她怎么能不感动啊！另一方面，儿子再杀人惹祸，政府再也宽大不得了。她要再去劝说儿子，可是又缩回来。因为王镯子在跟前，她说什么她顶什么，是不会听她老人的话的。于是，她想去关照对自己有恩的曹振德一下，注意点，防备不测。但是她没去村公所直找振德本人，而去向他的两个小儿子说了几句，达到既使曹振德有备，又不暴露她儿子的目的，可谓两全其美了。

老太婆从曹振德家里回来，打了一会儿迷昏，又上后屋看儿子的动静。

王井魁藏在后屋地下的洞里，洞的出口是在房后菜园里的靠墙根的一垛柴草底下，平时他母亲从外面把这屋的门锁上。她这时开门进去，立时惊叫起来：

"我的儿！你真要行凶……"

"闭嘴！"王井魁喝道，黑皮的脸面搐动了一下，把亮着的手电筒熄灭，刚擦好了的手枪掖进腰里。

老太婆战战兢兢地说："你可不要伤害人，再犯下罪，更洗不清啦！指导员说过，过去杀过人也能宽大，不定死刑……"

"不要听他瞎说，"王井魁阴沉地说，"国军快来啦。"

"你坦白求个宽大，谁来也好啊！像这样整天提心吊胆，万一被人抓住就糟啦！你大舅说过，共产党不记人仇，要的是人心……你儒春兄弟说，那年他去北河看出斩，有个杀过人的汉子，只判徒刑……"

"嘿嘿，儒春，早喂狼去啦！"王井魁心里冷笑，嘴上说："共产党做事没准头，说变就变。曹振德不是好东西，不杀他我就活不了！"

"你瞎说！"老太婆反驳道，"人家振德对你妈不难为，老帮忙。你不能去害他。"

"你管不着!"王井魁说着要钻炕洞——这是地洞的入口。

老太婆发怒了:"你去吧,去送死吧,我已告诉他家防备啦……"

"啊!"王井魁大惊。

"你不要叫,"老太婆见儿子害怕了,心里有些高兴,"老老实实跟我去坦白。"

"你真告诉他啦!"王井魁逼近一步。

黑屋子里她见不到儿子杀气腾腾的脸,摸枪的手。她安慰儿子道:

"不用害怕,我只是关照他孩子闩好门,睡觉惊醒些,并不让他们告诉振德。好儿子,跟妈去坦白吧,不要听你妹的话,她从小心眼坏,你妈疼你,知你向着妈……"

王井魁早听不进母亲的话,心想,能瞒过别人,曹振德的眼睛瞒不过,他一听她去说的话,立时就生起疑心……他狠狠地在心里说:"赶快下手除掉他!"他来不及从地洞出,拉开门就走。

老太婆抢到院子,破嗓苦求:

"儿啊!你不能去惹祸,振德不知道!你还能去坦白,旧罪能宽大!"她抱住了儿子的胳膊。

"小声点,叫人听见!"王井魁着急地挣脱,"快放手!我不但有旧罪,新近又杀过人。"

"你杀了谁?"

"儒春……"

"啊,天哪!"老太婆惊呼哭喊,最对她孝敬使她想要他当儿子的儒春的死讯,使她忘记一切了。

正在这时,前面响起敲门声。

王井魁惊怖异常,猛力推倒母亲,转身要走。

老太婆抱着儿子的脚脖子哭喊:"儿啊!狠心的儿啊!你不能再去惹祸,求政府饶命……"

院门咔嚓一声被撞开了,有人断喝:

"王井魁!快投降!"

王井魁一抢脚踢倒他母亲,可他母亲还是抱住了他的脚不放,王井魁回身向母亲连开了两枪。他跳进后屋,闩上门,钻进了炕洞……

老太婆和王井魁在屋里争执的时候,轮到今夜监视动静的青妇队员玉珊和民兵瞎新子正在墙外,他们听到里面的男女声,新子就跑去叫来江水山一起悄悄地听。王井魁母子在院子里吵闹的时候,江水山已断定了敌情,派玉珊在房子后窗守备,他和新子撞大门捉敌人……

玉珊在房后菜园里,听到枪响,正紧张之时,身后草堆里一阵窸窣声。她急回头,一个人钻出了草堆。

"站住!"玉珊喊道,"水山哥!坏蛋跑出来啦!"王井魁从地洞出口钻出来,不料有人在此。他向玉珊开了一枪,奔胡同而去。

玉珊急拉开手榴弹的弦,拼力地摔出手。

随着爆炸声,王井魁倒下了,又爬起身跑。

"水山哥!快来呀!"玉珊喊着向前追。

江水山撞断屋门闩,跳上后窗台,两脚踢断窗棂,飞一般地扑出来。

王井魁侧歪着腿,拼命地向前挣扎。他拐进街北的胡同,向村外奔逃。

玉珊被石头绊倒,摔了一跤。江水山赶上拉起她,王井魁的影子不见了。水山和玉珊跑到大街上,碰上奉指导员指示来找江水山的曹冷元。冷元不及开口,水山就吹起紧急报警的哨声……

在西河岸树林里等待王井魁赴约的孙承祖和蒋殿人,闻枪声知道不妙,正要分散开回家,只见一黑影趔趔趄趄地跑过来。

王井魁身负两伤,一头栽倒在树林边。他向前爬着挣扎地呼喊:

"承祖！快！救我……救我……"

孙承祖和蒋殿人搀起王井魁，拖进了树林。孙承祖急问：

"怎么回事？"

"坏，坏事啦……"王井魁已经流血过多，有气无力地说，"快救我……藏起我……"

"抓反动派呀！"

"王井魁跑啦！"

呼喊声，枪声，响成一片，越响越近了。

孙承祖浑身一阵哆嗦；提着锋利的斧头的蒋殿人，已想逃跑了。

"唉，失败！"孙承祖长叹一声，狠瞪一眼王井魁，"妈的屄！你还吃饭干什么？"

"快跑吧！"蒋殿人要撒腿。

"大爷，慢着！"孙承祖叫住他，踢王井魁一脚，"留他当舌头吗？"

"啊！救我呀……承祖兄弟……"王井魁苦求道。

孙承祖和蒋殿人拖着王井魁，来到水边。

蒋殿人抡起斧头。孙承祖挡住他：

"他们捞上尸要验……"他双手卡紧了王井魁的脖子。

在人们喊着捉活的反动派的声浪中，被卡死的重伤的王井魁，落进混浊的冲刷着堤岸边上的腐物的河水里。

人们燃起火把和灯笼，顺着血迹，不一会儿就从水里打捞出王井魁的尸体。接着，民兵新子跑来向指导员报告，王井魁的母亲头、肚子各中一枪，已经死了。

人们围着王井魁的死尸唾骂不休。

曹冷元拉着明生的手，狠踢王井魁一脚：

"你这没人性的东西！为你国民党爹卖命，连你亲生娘都能杀死！"他又望着北方罩在夜色的远山，深叹一声道：

"唉,儒春遭这坏种的害,玲子还蒙在鼓里。烟台找不到,该回来啦!好闺女!你在那里干什么呀?"

"妈,妈!来要饭的,来要饭的啦!"一个八九岁的男孩子,站在大门口叫道。

"瞎说,如今哪有要饭的花子!"随着话声,门里钻出一位四十多岁的女人,她耳朵上的大银坠子,打秋千般地晃荡着,"在哪?"

"你看,那不是来啦!"男孩子握着白馍馍的手向村头指着。

来人蹒跚地走近了。站在门口的女人边端详边议论道:

"左手提篓,右手拄棍,可真是要饭的……是个女的,穿得还不算破,和过去的叫花子不一样……哦,她那身材还挺细气,脸还嫩少少的,像是个闺女……"她见来者走近跟前,用眼睛斜睨着她,随时准备缩进门里。

来的这位姑娘站在门台前。她头发散乱,面色憔悴,汗水洗腮,眼睛深陷了下去,一表的倦困和疲惫。她抬头看着那女人,微笑着问候道:

"婶婶你好,吃晌饭了吗?"

那四十多岁的女人嘴一咧,冷漠地说:

"就要吃啦。你要做什么?"

"我是东面来的人,出远门有事。"姑娘凑上前,恳切地说,"拿的干粮吃光啦,想求求婶婶,给我点吃的……"

"哼!这年头公粮那么重,俺们自己家还空着肚子,哪有打发要饭的?"女人板着面孔回绝道。

"这话说不得!"这要饭的姑娘提高了声音,"交公粮为的打反动派,不然敌人来了,咱们的命也没有啦!再说如今的公粮,比旧社会的苛捐杂税,不知轻多少倍。就是苦一点,也是为咱自己的解放。等全国都解放了,日子就更好啦!"

那女人怔愣一刹,讥讽地笑着挖苦道:

"哟,听你说话倒像个干部!怎么你这么进步,还当起要饭的叫花子来啦?嘿嘿,你去等全国解放再吃饭吧!"

妈妈做出榜样,孩子立刻跟上来。他摇着手里的白馍馍叫道:

"要饭,要饭!我吃你看。馋馋馋,不要脸……"

"走,回家吃香的!"那女人拖儿子走进门,又回头给姑娘一句,"去熬难关,革你的命吧!"

要饭的姑娘胸脯起伏,桃形的眼睛变成杏子样,她气恨地说:

"我不吃饭也一样干革命!你个落后分子,真该开你的斗争会!"

"啊,你个死不要脸的,呸!叫花子,死丢人!"女人从门缝向外唾骂着,随手放出大白狗,"咬!"

恶狗呼的一声,向姑娘扑来。

姑娘用手里的树枝打,用篮子挡着向后退去。突然,被石头绊倒,重重地摔到地上。

那女人开心地笑着钻出门,刚要叫好,发现村外来了人,急忙唤走狗,把大门紧紧地关上了。

要饭的姑娘——离家寻夫七天了的曹春玲,自那天夜里在狼窝岭深山中遭遇到那场可怕的风暴后,她又顺公路向西南跋涉七十多里路,找法和开始一样。干粮被山水冲走后,两天多她只吃过三次饭。那是碰到一位军属老大娘向地里送午饭,知道春玲的处境,给了她些吃的。春玲没舍得一下吃完,留作三顿充饥的。这姑娘没仔细想想自己的困难境况,不顾饥饿,不顾当头烈日,不顾走路疼痛磨坏了的脚,只顾继续前进,寻找儒春。实在是饿了,她有时找些可以生吃的野菜和山枣、草根咽下去。她也想着去找点吃的,但那么大的姑娘去讨饭,可真叫人笑掉了牙。更重要的是,解放区要饭的花子极少了,自己去要饭就是在解放区人民脸上抹灰了。光凭勇气和好强能支持一时，人老不吃饭是不行的。这时天已晌了，春玲从早晨上路还没吃一点东西，她头有些发昏，两腿无力，就鼓足勇气，朝进村碰到的这第一家讨点东西充饥……唉！偏偏叫她遇见这样一个女人，不惟不给东西，倒给姑娘一顿好气，还放狗咬她，以致摔了重重一跤……

春玲从地上爬起来，走到路旁的打谷场，疲累地靠到草垛上。她心里有些凄然而寒酸，晶莹的泪珠一颗接一颗地跌落下来。

七八个下地回村的男女，好奇地围上春玲。大家七嘴八舌地议论起来——

"真稀罕，解放区出了要饭的！"

"该不是被斗的地主娘儿们，故意捣乱吧？"

"不像，她不像个刁女子，是个闺女。"

"懒闺女吧？"

"她脸上晒得那么红，脚腿挺硬实，哪是不干活的骨头？"

"看！她长得不丑，眉清目秀，打扮一下找个婆家，不比要饭好？"

"我看她有点痴。"

……

春玲见来了人就把泪水拭干。她浑身烘热，脸和脖子都像蒙着红布。她想分辩几句，向他们讲明，但看看自己的柳条篮子和树枝，心里也不由好笑起来。她怎么真打扮成一个叫花子样儿了呢？篮子是她在家中带来的，树枝是昨天才折的，因她两脚打满了血泡，又被挤破磨烂了，疼痛如麻，所以加条树枝挂着，不想正好成了要饭的打狗棒了。春玲想，向他们说也说不清，还是打听儒春的消息吧。今早上她在公路旁边的村子，听干部说大路东南二十几里王家坪村，在上个月发生一个解放军被坏人打了的一件事。春玲又惊又怕，但是别的情况他们不知道，使她断不定是不是儒春遭难。不过这是条线索她就打听着奔来了。

"我是从东面来的……"春玲想先解释一下自己不是讨饭的再问路，但她刚一开口，立时被人们打断了——

"东面是老解放区，更不该出来要饭，你给我们新解放区影响多不好。真丢人！"

春玲并不生气，恳切地说：

"老乡呀，我不是特地要饭……"

"听她嘴多巧？家里放着大米白面，谁还出来要饭？你就不能参加生产吗？"

"哎，大闺女！"一位姑娘叫道，"我哥没有媳妇，你跟我去对对象吧！"

"嘿，你哥脸上有麻子，配不上这么俊的闺女！"一位小青年说，"我看还上我们家，给我当个嫂吧！"

"你哥样也不俊些……"那姑娘又顶上来。

于是，他二人一个要让春玲当她哥的媳妇，一个要让春玲当他的嫂嫂，互相激烈地争执开了。

春玲听着真不好意思，哭笑不得，想堵住他们的嘴也不行，要走开又要问路，好为难呀！

"别不害羞啦！光你们俩打瞎架，似乎人家那好好的闺女，就等你们往家捡一样。"一位身材娇小的姑娘，向争春玲的二位喝道，她又同情地对春玲说：

"你要饭也该长点眼色，你看看，"她指一下刚才放狗咬人的黑门洞，"那是什么人家？越富越狠，她怎么会给你吃的？走吧，跟我上家吃饭去。"

"谢谢你，我不饿。"春玲站起来，怒视当拐棍的树枝一眼，气恨地折断，摔出好远。

男女们被这要饭姑娘的举动惊呆了，都怔怔地望着她。

春玲理一把头发，向大家问道：

"请问,上王家坪村打哪走?"

"这就是。"那位邀春玲回家吃饭的娇小的姑娘答道,"你有事吗?"

春玲的心一跳,急忙问:

"你们村出过一个解放军被打的事吗?"

"出过。"一位青年点点头,"你怎么知道的?"

"我听人家学的,"春玲的眼睛惊乱地闪着,"那解放军在哪里?"

"早走啦。"娇小的姑娘注意起对方的问话,"你找他有事?"

"知道不知道,他叫什么名字?"春玲瞪大了眼睛。

有人朝娇小的姑娘说:"她知道。二妞,快告诉人家吧?"

"他叫江儒春,"二妞也紧看着春玲,"难道你是他家的人?"

春玲的眉头立刻皱起,眼睛闭紧了。二妞扶着她,说:

"好人儿,别着急!你究竟是谁?他的亲人?"

春玲默默地点点头。她睁开眼睛,大滴的泪珠滚腮而下,焦灼万分地问:

"好姐姐!你怎么知道的儒春?他……"

"你放心,他好好的!"二妞被春玲感染得流下眼泪,"快走,回家再说吧!"

二妞母女俩热切地招待春玲,询问她的来历。春玲感动异常,轻描淡写地交代了几句自己的经过,就催问儒春的事情。

于是,二妞从那一天夜晚她家来了两个解放军说起,说到她给他们带路,其中一个带手枪的要侮辱她,另一位背大枪的帮助她脱险;接着说到她回村报告后,民兵去追了一阵,但天黑又下了雨,四围都是山,所以没找到。第二天,有人在山沟里发现一个头破血流的解放军。二妞一看,正是昨夜那个背大枪的,他只有一丝气了。

"……我要求干部把他安置在俺家。"二妞继续说,"找医院先给他吃药，住了十多天，他才完全清醒过来。他别处没大伤，就是头被打得重，一清醒过来好得就快了。他能说清楚话的那一天，就含着泪对我和妈说：

"好大娘好妹妹！我本想咬着牙留一口气，告诉你们我俩不是解放军，别给咱军队坏名声，死去就算了！不想你们又把我救活……"

"县上来人把儒春抬走，他一定要回到部队上去，政府答应了，送他到部队，去莱阳城驻防。前天我去看过他，才一个多月，儒春差不多全好了！真可惜，他说他们明天——现在说是昨天，就要开上前方了，不然你去看看他……"

"他没对你说别的？"春玲含着泪水问道。

"他说啦，说家里有个没过门的媳妇——就是你啦！说至今他才知道，你是真心爱他，他很对不起你。他说，非多打死些反动派，才能有脸见咱们！"

"他瞎说，我有啥？"春玲羞怯又兴奋地说，又关心地问，"他说没说，和他一块跑的那坏蛋是谁？"

"他说他是受坏人的骗上了当，那坏蛋是他表哥……"

"王井魁？"春玲惊叫一声。

"唉，真是有仇六亲不认，"老大娘插嘴道，"亲表哥竟这么狠心！"

"儒春没检举他？"春玲的桃形眼睛变成杏子样。

"放心，儒春说军队早给县政府去了信，王井魁如在家，跑不了他，说不定早就抓住啦！"二妞气恨地红了脸儿。

春玲的心悲喜交集，百感缠绕。她深深感激地说：

"好大娘，多亏你们救活了他！"

"闺女，"老大娘疼爱地给春玲理头发，"这是咱们该做的。说苦，是累坏了你二妞姐！"

春玲上去把住二妞，热烈地说：

425

"好姐姐！我怎么感你的恩啊！"

"别这么说，"二妞紧紧拥抱着春玲，"比比妹妹你，我这当姐的脸红呀！"

真像母女三人一样亲了。春玲认了老大娘为干妈。她七天多以来，第一次宽慰舒心地饱吃了一顿饭——迎客面条；睡了一宿酣美的觉。第二天日出东山，春玲就要起程。二妞母女挽留不住，只好叫春玲吃了送客饺子。

母女三人拉拉扯扯走到村头以外好远的地方，老大娘依然在说：

"闺女！还是住两天养好身子再走吧，叫亲妈再亲亲你！"

"玲妹呀，刚熟上就走，真舍不得啦！多会儿能再见着？"二妞深情地挽住春玲的胳膊。

"亲妈呀！好姐姐！我出来八天啦，村里工作忙，我兄弟在家想我，爹和大爷担心我，要不我也不急着走啦！"春玲激动地说，"亲妈，妞姐！我往后抽出工夫，一准来看你们！"

"唉！"老大娘叹息一声，"闺女跑了这些天，吃苦受罪，可没见男人一面！"

"好亲妈，这比我见到他都好，都高兴！"春玲欢悦地说，她从二妞手里接过她们为她准备的满满一篮子好吃的干粮，"你们回去吧，别送啦！"

拉扯了好一会儿，二妞母女才站住了。

"闺女，路上小心啦！"老大娘关照道。

"玲妹，有空可要来呀！把明轩、明生小兄弟也领来！"二妞嘱咐着。

"叫你爹也一块来！"老大娘又加上一句。

"对啦，还有春梅姐两口子和明强哥，也别漏啦！"二妞又补充说。

春玲喜欢地笑了："哈呀，把俺全家人都搬来了，那就合一块过算啦！"

"那更好呀！"母女异口同声。

"回去吧，亲妈！再见哪，妞姐！"春玲一面走着一面回转身招手，直到被山麓挡住视线为止。

春玲本来是那样想家，现在倒有离家向外走的滋味了。她几天来的累苦、辛酸、凶险全销迹了，全飞到爪哇国去了。姑娘兴奋得满脸透红，放着春色，那双墨黑的明媚的桃形大眼睛，闪着幸福的光泽。春玲望着路旁滚滚东去的河流，红色的急浪骇涛呼噜着，扑打着，像是向她说：

"唱个歌听听吧，姑娘！唱一个吧，你心里那么甜美，怎么能不唱呢？"

春玲昂起头，放喉高歌——

> 一条大河呀向东方
> 我为寻夫离开家乡
> 熬过了难关得胜利
> 笑在嘴边喜在心头上
> 欢腾的河水呀奔流忙
> 我家住在你身旁
> 同你做伴一块走
> 欢欢乐乐见爹娘

第十九章

　　接到指导员和村长上县开会两天的通知之后,曹振德向冷元家里走去。

　　频繁的支前勤务、忙碌的工作、紧张的生产,使曹振德的身体消瘦多了,前天傍晚甚至病倒了。了解的人知道,曹振德如果病躺下,那一定是实在支撑不住,在别人早就要卧床不起地求医了。振德打发明轩抓了服中药吃了,第二天一早勉强起了身,病也就忘了。就为此,前天晚上来了出去三天的支前勤务,振德不得不松口让江水山领着人去了。执行重要的任务,一般都由主要干部率领,村长江合年纪大,身体又不好,不能出门;患气喘病的党支部宣传委员孙树经,有时病轻些时去几次,但大多数都由指导员亲领人马出发的,尤其是有很重要紧迫的运输任务,曹振德一定亲自去完成。

　　江水山领人出了差,预计明天回村,曹振德和江合又出去开两天会,村里只有青救会长孙树经和副村长在家,曹振德打算找冷元一下,叮嘱几句话。

　　冷元下地未归,儿媳妇桂花在拾掇做好了的饭。

　　"你爹这一阵子身板好吗?"振德问桂花道,他把炕上的孩子抱起来,逗着娃娃。

　　桂花用胳膊肘拭一下前额的细汗,叹口气道:

"唉,俺爹咳嗽得比过去厉害多了,饭量也减啦!怕是这几天夜里老去查粮库熬的。"

"哦。"振德看着她从锅里舀出来的很少见粮米的野菜稀饭,刚要说什么,听到咳嗽声,又忍回去了。

曹冷元放下锄头走进屋,向振德招呼道:

"吃过啦,兄弟?"他接过儿媳妇送上的手巾,擦着脸上的汗水。

"吃啦,"振德应道,"怎么晌歪了才收工?"

"哦,我绕到粮库去看了看。"冷元坐到小凳上。

振德听着,看着他皱纹密集的脸,把本想叮嘱冷元多加小心粮库的话不说了,只是提及道:

"我和江合哥上县开两天会,水山和十几个年轻点的人都不在村,哥多留点神。"

"错不了,我是粮秣委员,大小也是干部嘛!嘿嘿……"老人由衷地笑了,笑声里充满了自豪感。他又关切地问:

"怎么玲子还不回来?"

"我也为她担着心,该回来了!"振德感情起伏地说,"这闺女有股倔脾气,好要强,是不是烟台没有儒春,她又顺着他开小差的地址找去了?"

"一个嫩闺女,跑出几百里,一去这些天,真使人捏把汗!"桂花望而生畏地吁了口气。

"是不是去找找她?"

"上哪里去找?"振德摇摇头,"老东山哥要打发儒修去找她,我阻住了,等几天看看再说吧!好,我要动身走啦!"

桂花接过振德怀里的娃娃,冷元起身送到门口,说:

"你尽管放心开会,明轩和明生由我关照……"

当天晚上吃饭时,桂花刚把两个黄澄澄的玉米粑粑放上饭桌,曹冷元立刻问道:

"怎么不掺上菜,这么吃能过几天?"

"爹,你别担心。"儿媳宽慰地笑笑,"粮食又有啦,够你吃些日子。"

"哪来的?"冷元留心地看着她。

"是你下地的工夫,副村长送来六十多斤……"

"你就收下啦?"冷元生气了。

桂花看一眼公公,垂头低声说:

"我不要人家不依,说是指导员——我叔吩咐的,硬逼着我留下啦!"她又抬头提高声音,"爹,你身子不好,老吃糠咽菜哪里挺得住?再说咱们是烈属又是军属,我吉福哥的抚恤粮一粒没要,救济几次咱也都没收,我看这次留下也不算怎么的。"

冷元沉默了一会儿,对着灯火抽着烟,气消了,感慨地说:

"唉,孩子!你想得不对头。你哥为革命豁出命,就该要政府的救济吗?不,不能这么想。他死爹是没在跟前,不过我心里好像有他留下一句话,叫咱们想尽法子,多为革命出把力,这才对得起他。你说我身子不好,这没关系。早些年给地主扛活,饿着肚子也得干,还受气挨骂……如今比旧社会强多啦,就是吃点苦,那是为咱自己。为穷人前程吃苦受罪,心里情愿,浑身舒服!你……"老人见媳妇脸上显出自惭的颜色,立时刹嘴了。

冷元疼爱儿媳,可以说是过分了。他自己能干的活,尽量去干,一句重话都不说给她听。桂花从小在父母膝下是宠儿,出嫁后又被当成宝贝,性情娇又怯,长得细嫩嫩白生生的。为动员妇女下地参加生产,青妇队长曹春玲瞪着大眼睛,第一次向冷元发火了:

"大爷!你样样工作起带头,件件事情都领先,这次怎么就落后啦?你要把我嫂娇惯成面人啦,年轻轻的不参加生产,皮嫩得像豆腐,那有什么用呀!"

"好闺女,饶了你大爷吧!"冷元窘迫地笑笑,"她带孩子,要喂奶……"

"孩子有老太太她们看着，干一气活回来喂奶，饿不死孩子！"

"嘿嘿，玲子的嘴可够厉害啦……"冷元无话袒护了，"我放她去就是啦，要不你好开会斗争我，打我的顽固脑瓜啦！"

"那可不一定，"春玲红脸上泛出得意的微笑，"谁落后就找谁的麻烦，你是我大爷也不留情……"

冷元的心情也是自然的，老人穷了一辈子，到三十岁才娶上亲，还是那样的遭遇……如今儿子刚二十就结婚，又是多好的闺女呀！在旧社会，有谁能看上他，谁的闺女肯给曹冷元的儿子当媳妇？即使有人愿嫁过来，他又拿什么给人家吃穿呢？穷人当一辈子光棍汉的命运是很普遍的，曹冷元家能不当，就没有人再当了。老人怎么能不疼爱儿媳妇啊！

冷元和儿媳争着吃了点菜团子。他起身说：

"你风凉一会儿就搂着孩子睡吧，不要给我留门子。"

"爹，你又去粮库站岗？"

"嗯。"

"你不是昨黑夜站了吗？"

"年轻点的都跟你水山哥出民工去啦，我人老看着粮库还能行，咱也该为公粮多操些心。"

"爹，听明轩兄弟读报说，外村有坏蛋抢公粮，你可要加点小心呀！"桂花担心地关照道。

"是啊，坏家伙心不正，总想搞咱们的乱！王井魁还不是明摆着的一个？"冷元气恨地说，他从珍藏东西的窗上墙窟窿里找出一把钥匙，吩咐桂花把副村长送的救济粮拿给他。

"你要做什么呀，爹？"桂花提过装粮的口袋。

冷元把玉米口袋背上肩，向儿媳温和地说：

"粮食给解放军留着吧，孩子！在家里吃点差的过得去。"他又把那两个玉米粑粑拿过揣进怀里。

"我给你拿点咸菜。"桂花以为他拿着夜里充饥的。

"不用,他们家有。"

"爹,你要上哪去?"

"我去看看明轩、明生。唉,两个孩子在家……"

"哥,今晚该你在家看门喂牲口,我去开会啦!"这是明生的声音。

走到门口的曹冷元停住了。

"不行,我不去没人主持会场。"明轩的声音很高。

"还有副团长呀!"

"今晚事要紧。好兄弟,你留在家吧,明天我留在家。"

"明天,你老明天明天的,还有个头吗?我不听,非去不可!"

静默了一会儿,明轩又说道:

"明生,你是不是害怕啦?哼,儿童团员还迷信哪,怕什么!"

"谁怕来,谁迷信?"明生着急地回辩,"我是想去开会,去工作!"

"好,权当是你不怕。我问你,是儿童团员不?"

"当然是啦!"

"受团长管不?"

"怎么不受?我哪次没干好工作,你说我听听!"

"这就好办。现在团长叫你在家看门!"

冷元听着心里发热,叫着孩子的名字走进门。

明轩明生立时追着叫:"大爷!大爷!……"

冷元看着正在刷锅的明轩,慈爱地问道:

"吃饱了吗?"

"吃饱啦,大爷!"明生欢快地回答,扯着老人的衣襟。

冷元想掏怀里的玉米粑粑的手停住了，说：

"明生，不要怕看门，跟大爷走吧。"

"大爷，你要上哪去？"明轩瞅着他肩上的口袋。

"去守粮库。"

"你去吧，大爷，我不害怕，我在家看门喂牲口。"明生懂事地说。

"牲口不要紧，我给它多放点草在槽里，一时半时饿不着……"冷元没说完，明生就叫起来：

"好，好！我帮大爷去放哨！"他像个欢蹦的小兔，嗖地跳上炕，找出那颗木头手榴弹。

冷元领明生来到粮库，把草帘在门台前的平地上铺好，叫明生坐下。他打开库门的牢固的大铁锁，推开坚固的大门。屋里充塞着干燥浓重的粮食香气，他情不自禁地重重地吸了一口。冷元将口袋里的六十几斤救济粮倒进玉米堆里，又重把门锁好，将钥匙藏进缝在单衣里面贴着肉的口袋里。

天空网着乌云，阴气沉沉。没有风，盛夏的夜晚，闷热而潮润。

明生光着脊梁躺在草帘上，冷元坐在他身边，用蒲扇为孩子扇风赶蚊子。明生两眼瞪了一会儿夜空，说：

"大爷，你说这黑天，走路能看见吗？"

"这么黑，难辨清楚路。"冷元瞅一眼漆黑一团的四周，又觉得明生问的有内容，"明生，你问这做么呢？"

"我二姐在生地方，迷了路可怎么好啊！"明生担心地说。

"不用担心，大爷是说我的眼花了不好使，你玲姐的眼睛又大又亮，再黑也迷不了路。"冷元安慰道，他从怀里掏出玉米粑粑，掰下一块给他，"吃吧，孩子，粑粑。"

"不饿，大爷，我肚子饱着。"明生推开，冷元硬塞进他手里，"你也吃呀，大爷！"

433

"大爷吃过啦。"

"我不信,这好的粑粑大爷从不舍得吃。你不吃我也不吃。"明生又放下了。

"好,我吃。大爷先抽袋烟。"老人装上旱烟,听着孩子的咂嘴声,心里很惬意,"好吃吗?"

"真香!大爷,真香!"明生不迭声地叫着,但一瞬息,他的嘴就不动了。

冷元借吹着火绳点烟,有意照一下他的脸,只见明生嘴衔着饭,两眼直往下滚泪珠。他惊讶地问:

"明生,怎么回事?"

明生哽咽地说:"大爷,我,我……"

冷元放下烟袋,把他搂过来,心疼地问:

"快说,哪里痛呀?"

"大爷!我,我想姐姐……"孩子小声啜泣了,"玲姐出去八天了,她拿的干粮早光啦,她路上挨饿……她怎么还不回家啊!是不是遇上大水……"

冷元听着,心里像堵上一团乱草样难受。自从春玲走后,冷元时常去看明轩、明生,常常遇到家里饭放在桌上都凉了,人却不在。起初冷元不知是怎么回事,后来遇见此种情景,他就向胡同北头找,两个孩子一准在那里出神地向北张望,等他们的姐姐回来。一天天过去,明轩和明生,从胡同头挪到村头西河的堤上,又挪到村后的树林边上,今日中午已到北河的高坝上了。像他亲生女儿一样的侄女春玲走后,老人也感到很大的空虚,好几天听不到春玲那爽朗的话声,清脆的笑声,动人的歌声,村里就像少了一半人似的,很不舒心。

"好孩子,听话,别哭。"冷元抚摩着明生的头,揩他两颊的泪水,"你姐不会遇上事,她饿不着,解放区的人心肠好,会给她吃的。河水大不要紧,她不傻,不会乱走。等到明天她就回家啦！好孩子，你睡吧，等天一亮，你一睁眼，你姐就守在你身边啦……睡吧，睡吧……"

明生被大爷的再三劝说，加上一整天跟哥哥上山采山菜累的，渐渐睡熟了，他小手里紧握着那块澄黄的玉米粑粑。

明轩跑来时，天已小半夜了。他刚叫道"大爷"，就被压低的声音"小点声"止住了。

冷元对他说："你兄弟睡啦，在梦里还叫姐姐……天热，就叫他在这里睡会儿吧！来，和大爷坐一会儿。"

明轩刚坐下，手里就被塞进块粑粑，他急忙说：

"我不吃……"

"吃吧，我才吃了一半。"冷元说着，又把另一个粑粑递给他，"拿家明早蒸热，和兄弟俩分着吃。"

"大爷，你真好，真好！"明轩称赞道。

"嘿，傻孩子！"冷元真情地笑了，"大爷给你东西吃，就真好啦，这不是私人情面吗？"

"不不，"明轩急忙摇头，"我不是指这个，这不算数。我是说，大爷对工作真积极！大家都夸你，我吉福哥牺牲了，你又叫吉禄哥参了军，自己吃苦干革命……"

"行啦，孩子，大爷不够格受表扬。"老人心里舒坦脸上泛起笑纹，他感叹地说：

"明轩，你大爷老了，身子不顶用，为革命使不上大劲，也干不了几天啦，往后就靠你们这些孩子起来啦！"

明轩急忙说："大爷，你可别悲观！我看你活早啦，等把反动派消灭光，叫你吃上好饭，活上一百岁也不多！"

"是吗？"老人含着笑。

"是！"明轩肯定地说，"你能活到共产主义社会，啊！那个美景可好啦！人人有福享……"

冷元静静地听着孩子对共产主义社会如何如何好地描绘。他

眼前渐渐出现一片红光,耀得眼睛发眩,看也看不清楚。等明轩住嘴,他怀着深湛的激情说:

"能见着那好时光,你大爷真算有福气。福,我是享够啦,解放这几年得的好处没有边。我能多活几年,多为你说的人人享福的好光景出些力气,大爷就心满意足啦!孩子,大爷觉着,这会儿吃些糠菜,能把粮食——"他指着身旁的仓库,"省出来打反动派,这就是福了,打心坎里舒服的福气!"他看看天空,"天不早啦!明轩,领兄弟回家睡吧!"他唤醒明生,给他穿上小褂儿。

"大爷,你也该睡啦。走吧!"明生拖着冷元的手。

"这可使不得,大爷要守粮库。"冷元笑道。

"不会有人来。门锁着,谁想偷也开不开。"明生仍叫着。

冷元认真地说:"孩子,坏人不会没有,咱们要加防备。粮食是革命的金不换!你们快回家睡吧。"

"大爷,"明轩插上道,"天这么黑,你眼不好使,我帮你站岗吧。"

明生举起木头手榴弹,说:

"对,我也站岗。反动派来啦,炸死他们!"

冷元推着兄弟俩:"不用,大爷看得见。好孩子,累啦,明天要干活,过会儿下露水湿着闹肚子痛,快回家去睡吧!"

把两个孩子打发走后,曹冷元点上旱烟,围着仓库慢慢地巡视起来。

乡村的夏夜,异常静谧。天色已很晚了,在打谷场上、街头、巷尾、门口乘凉的人们,陆陆续续回家睡下了。村庄沉浸在酣睡中。除去时时响起的牲口刨蹄子、嗷嗷叫着要草料的声音外,再就是那些躲在阴暗角落的虫子,发出挣扎般的嘶叫。看样子天气要下雨,浓云擦着南山顶,向西北方向调遣,潮湿的空气使人皮肤发痒,村南头谁家的老牛发出沉闷的叫喊。

山河村四万多斤公粮,蓄存在离村几百步远的南山根的大瓦房里。这房子的地势高出村庄,房前房后散布着稀疏的杨柳。

粮秣委员曹冷元,贴着仓库墙根慢慢地转悠着,一直转了很多圈。他年迈体衰,加上白天的劳动,感到身子很疲乏。他刚坐到门前阶台上歇憩一下酸痛的腿,忽然听到几声动响,像是脚步声。他立时向响处看去,但黑黢黢的什么也看不清。他站起身喝问:

"谁?"没有反应,他走过去看看,什么也没有,心想一定是什么东西响了几下,自己耳朵稍有点背音,听邪了。他没再理会,又转向库房的后面巡视去了。

冷元老人的耳朵没有听错,刚才是脚步声……一个凶恶的阴谋正在进行。

寻找破坏空隙的孙承祖和蒋殿人,多日就盯上了这宗公粮。在这艰难的时期,粮食成为革命者和反革命者的注意焦点。然而,由于民兵防范严密,使孙承祖他们不敢妄动。暗杀指导员未遂,反将同党王井魁丧命黄泉,王镯子大哭哥哥,孙承祖庆幸自己没露马脚,他们又被新仇推动着,加紧了伺机报复的行动。今夜,他们得悉江水山领着十多名民工出去执行任务未归,曹振德和江合去县开会,探听到守粮库的只有年老的曹冷元,就图谋下手……

脚步声是王镯子的。她探明真的只一位老头子在站岗之后,就轻手轻脚地跑到离粮库不远的草垛跟前。她贴着闪出来的孙承祖的耳朵,低声说:

"不错,就他一个。"

孙承祖把手枪装进口袋,握着根粗铁棍,拉了身旁一个弯腰的人一把。蒋殿人立时提起一个洋铁桶,一把利斧,跟在孙承祖后面……

曹冷元烟袋锅上的火亮,像萤火虫一样在黑暗中闪烁。压抑着的闷重的喘息声,使他吃惊地转回身。但老人的嘴未及张开,肩臂上就遭到猛烈的一击。冷元像株被风刮折的庄稼，倾斜地栽到硬地上……

冷元清醒过来时，觉着身下像刀在乱铰一般剧痛，头在乱石野草上颠簸。他正被人揪着脚向山上拖去。他立刻挣扎，但叫不出声，嘴里塞着棉花。他两手拼命向地上抓，想挣脱敌人的手，但手指被碰撞得要断了，两个指甲被尖石揭了去，也阻止不了身子向山上移动。老人痛楚得有些昏迷，但是他马上意识到自己是粮秣委员，惊惧百倍地挣扎着把血手伸进怀里，掏出粮库的钥匙，向旁边的深草里扔去。

孙承祖怕惊起村人，打昏曹冷元之后，他首先把曹冷元全身搜了一遍，不料却因一时匆忙，没找到钥匙，就立刻同蒋殿人把他拖到粮库南面的山沟里，两人把反抗着的老人绑在树身上，要把钥匙拷问出来。

曹冷元肩膀被铁棍打得快要裂开了，只觉得身子一半是麻木的，脊背的衣服和着沙子、野草糅在皮肉里。他痛苦地把头耷拉在胸前，完全是绳子的力量把他勒在树上。老人又有些昏迷了。

"钥匙呢？"蒋殿人喝问道。

至此，冷元完全明白了这突然袭击的意义。他心里有点轻松，粮库的钥匙落不到敌人手里了。蒋殿人的声音使曹冷元胸间立时添满了仇恨。他抬起了头，盯着身前的黑影，嘴出不了声，他心里在骂："你这老狗！我的血叫你喝了一辈子……这时你又干坏的……去你妈的！"他拼尽力气，照黑影腰间狠狠踢去。

蒋殿人沉重地摔到土坎上。他发疯地爬起来，抢斧照冷元头上就劈……但被孙承祖喊住了。

"曹冷元老头，你听着！"孙承祖阴沉地低声说，"把钥匙老老实实交出来，没有你的事。要不，哼！和你那为共产党卖命死无影子的儿子一样，叫你回老家！"他见冷元不动弹，就从侧面——防备挨踢——伸手把冷元嘴里的棉花掏出来。

冷元被憋得有些窒息，两眼流泪。他急促地喘息几声，缓过气，大声骂道：

"狗杂种，死我不怕！我儿子为打你们这些坏蛋死，我高兴！我能死在儿子的对头手里，也情愿……"

"妈的！你说不说？"蒋殿人又抡起斧头。

"我没有！"冷元狠狠地回答。

"胡说！"孙承祖喝道，"你是粮秣委员，还能不管钥匙？"

"好，放开我，找给你们！"冷元有气无力地垂下头。

孙承祖从树后解开绳子："对嘛，你这么大年纪，哪受得住这个罪。帮了我们的忙，有你的好处。我们也是想搞点粮吃。"

没等绳子全开，冷元老人鼓足一切力量，挣出他们的手，大叫道：

"快来人哪——坏蛋抢公粮啦……"老人伤重气短，声音并不高，他向山下猛跑。

孙承祖和蒋殿人随后急追。

老人摔倒了，又爬起来向下跑。然而，山坡坎坷不平，草木挡道，夜色如墨，冷元身伤如焚，眼花缭乱，栽了几个跟头，还没跑到粮库门前，他头上就挨了一重棍，眼睛立时灌满了血液。冷元两手展开，身子前后闪着跟跄，一头撞到土丘上。

蒋殿人狠踢冷元一脚，骂道：

"死啦，妈了巴子！把他埋草垛里吧……"

"先放火要紧！"孙承祖向粮库走去，"晚了烧不光。"

孙承祖和蒋殿人，知道库房是瓦顶砖墙，在外面放火不易烧起来，同时火势容易被人发觉及时扑灭。他们未能从粮秣委员那里得到钥匙，就不得不采取最后的方法，用铁棍和斧头撬锁劈门。

孙承祖累得满头大汗，蒋殿人像老狗一样喘息，费了大劲两人才将门锁破开。接着，大半桶柴油洒在干燥的粮食粒上，火柴

439

向上一掷,顿时蹿起疯狂的火苗。

"好,烧起来啦!赶火着到房外,粮食全完了!"孙承祖揩着汗,对着火苗快活地说,"再把老家伙的尸体丢进火炕里!"

"叫他跟共产党的粮食,一块成灰吧!"蒋殿人欢快地笑着,跟孙承祖向曹冷元奔去。

放火者刚拖起冷元,突然,王镯子像惊起的兔子,飞快地跑来,急促地惊呼:

"江水山!江水山!"

"啊!在哪?"两人立时瞪起眼睛。

"我刚听到,村北头响起哼歌的粗嗓子……准是他!他们出夫回来啦!"王镯子说完,没命地跑了。

"快跑!"孙承祖说了声,抛掉冷元,和蒋殿人分开,向村庄里逃去……

曹冷元那鲜血淋漓的躯体,横斜地趴在土丘上。一直昏厥了好长时间,他才呼吸艰难地苏醒过来,身子急骤地哆嗦着,带动着身边的染血的青草,发出簌簌的响声。他想呼喊,嗓子干灼得要裂开,发不出任何声音。他想爬起来,全身痛得发麻,动弹不得。老人伤心地着急,自己要死去,敌人要糟蹋公粮,怎么办?他们哪里去啦……冷元努力把抖动的手移到脸上,揩去遮住眼睛的血液,奋力地抬起头,向粮库望去。

霎时,冷元被震惊了:他看见了库门里的火光!这火,不是在烧公粮,是在烧他的肉,他的骨头,他的心!老人浑身沁出一层灼热的汗珠。他像躺在火红的铁板上,忽地一声爬起来,眼睛只盯着火光,拼命地冲下去。

冷元趔趔趄趄刚向坡下跌撞出几步,就撞上树身,重重地摔到地上。他的头又立时仰起来,盯着越来越大的火光,两手向前伸展抓住野草,两腿弓起脚蹬着土地,使出全身筋骨,向前爬动。老人一寸一步,一步留下一摊热血,一摊热血一时生命的缩短。头上的血洞没有凝住,血浆时时淌下糊住他的眼睛,老人无暇也没有力量用手去揩,把脸贴紧地面,随着身子向前移动,让山草把脸上的血碰擦掉。老人身过的地方,青草倒伏,浓沉的血渍把它们染红。终于,冷元挣扎着爬到库房阶台下,那屋里爆发着粮食被烧得痛苦的呻吟,不!在冷元听来,这是孩子的啼哭,是绝命的呼救声!火舌疯狂地蹿跳,在向冷元示威、挑战。浓烈的粮食的焦煳味,直向冷元心里钻。

致命的伤痛没使曹冷元眼睛出泪,此时那混浊的老泪却冲刷着血水急出直涌,红泪洗涤着他那皱纹的脸面,浸染着他那灰白的胡须。他两手搭上石阶,抓住门槛,奋力站起来,头向侧边栽去——他抓住门框,没有撞到砖墙上。大股的油烟险恶地无情地向他冲来。冷元身子禁不住摇晃着向后仰去——他即时闭上眼睛,全力以赴地撞进粮库,扑到粮食堆上的火焰里。

烈火立刻包围了曹冷元。他的衣服冒烟了,着火了!他的胡须着了,眉毛着了,头发楂着了!他全身烧起一层火泡。巨大的疼痛似千针在刺,万刀在割。曹冷元不顾一切,向火堆上扑打。哪里火大他扑向哪里,哪里粮食在燃烧他冲到哪里……他扑,他打!他颠,他踬!他像一个铁铸的巨人,在弥漫的火焰中,奋力地搏斗、冲杀!最后,只剩下北墙根一个囤子在冒火。冷元迷迷昏昏地张开两臂,像是要拥抱一位大孩子,跌跌撞撞地扑了上去!

三天的运输任务,江水山领着大家提前完成了,今夜就急赶回了村。水山疲惫不堪地走进家门,在炕上躺了一会儿,没等母亲做好饭,他就听着她的责备话,成习惯地大步走到粮库去查岗。

江水山来到库房不见岗哨,仔细观察,大门洞开,屋里闪烁着火星,散出人肉被烧焦的烟味。水山急忙冲进去。屋里黢黑一团,什么也分不清,他立时吹起紧急报警的哨子声……

人们被惊醒,从家里向哨声响处奔来。火把、提灯亮了,众人拥进粮库。在透明的数盏灯光下,多少双大瞪着的眼睛注视着面前的情景——

屋里残烟缭绕,粮食的浮面被烧黑一层,隐约可辨出灰烬里洒着一片片的血渍。烈属曹冷元老人,衣服快烧光了,身体紧紧地扑在粮食囤子上。绛红的血液顺着囤边向下淌着,将未熄的火星湮灭。

众人呼喊着奔上去。江水山用右臂紧紧地抱起冷元,连声地叫道:

"大爷!大爷!……"

曹冷元那斑白的头发楂和胡须都烧焦了,脸上起着一片红泡,眼睛含着浑泪,与世长辞了!

悲恸的哭声,震动着高大的库房,摇撼着数万斤公粮。

江水山抱着老人的血体,眼睛愤怒地瞪着,大滴的泪珠挂满他那苍白的两颊。他咬牙切齿地吼道:

"反动派!害了我们最好的老人!抓凶手!"

"报仇!"响亮的呼声,接应了水山的号召。

火把、提灯往来如梭,撕开了黑暗,照亮了全村。江水山指挥群众到处搜寻,派人各路追踪,决定逐家挨户地清查。

"民兵队长!"玉珊姑娘叫着跑到水山跟前。她手里提着一个洋铁筒:"在粮库外面草里找到的。"

江水山在火光下仔细端量,铁桶上隐约地显出"蒋丰理记"的字样。几张嘴立时嚷道——

"没有错,这是他家的油桶!"

"土改复查时,那胖老婆说里面是灯油,提着走的……"

江水山瞅着油桶,恼恨地说:

"老贼头!我要你的命!"

蒋殿人脱去喷满血渍的衣服,上衣还未来得及换,突然大惊失色,衣服从手中脱落。

"怎么啦，没杀死？"胖老婆惊诧地问。

"人是打死啦！跑得慌，油桶忘带啦！那上面有爹的名字……"蒋殿人慌乱地叫着，开门向外走。

"你不能出去，外面那么多人在喊！"胖老婆急忙阻遏。

"险也要冒！"蒋殿人推开她，跑到院子，忽听人声鼎沸，直向他这里包上来了。蒋殿人惊悸地退进屋，把门插紧。

霎时间，蒋殿人的住屋被火把包围，人们密密地将房子围得水桶般的严实。怒吼声宛如暴发的山洪，响自四面八方——

"老狗头蒋殿人！快出来！"

"你这杀人凶犯，把你骨头砸成粉！"

"快出来偿命吧，反动派！叫你尝尝革命的厉害！"

"开门！开门！快开门！"

……

蒋殿人像热锅上的蚂蚁，在屋里急转圈圈。胖老婆鼻泪涕零，哭道：

"怎么办哪？怎么好啊？"

十二岁的男孩子哭叫不止。

蒋殿人突然停步，从窗棂间望着外面的火光，长吁一声：

"完啦！完啦！……"

哗啦啦一阵响，院门被撞开了。群众拥在屋门口。江水山冲着门喝道：

"姓蒋的！你倒是开不开门？！"

蒋殿人平静下来，点上灯，脸上显出阴冷的微笑，对老婆说：

"完啦，咱们的寿数尽了！"他凶恶地揪过孩子，倒着头猛向水缸里撞去。

孩子被水呛得痛苦地呼噜了几声，再就敛声了。

胖老婆惊吓地看着他，骇然地说：

443

"你疯啦……"

"哈哈哈!"蒋殿人野兽般地狂笑,"要他干什么?留后代没有用啦!你……"他摘下墙上的菜刀,向老婆劈去。

"天哪!救命啊!……"胖老婆丧魂地叫着去抽门闩。

蒋殿人将她揪过来:"一块上天吧!"他凶残地照她头上连砍三刀。

胖老婆的脑浆夹着长发,四迸八淌。她像一口肥猪,仰头倒进锅里。

蒋殿人正要把刀向自己胸上刺,门被打开了。

江水山手端驳壳枪,紧指蒋殿人。

众人跟在水山周围,高擎着火把、提灯,后面形成长长的火龙。

在众目虎视威逼下,蒋殿人后退了两步。他那弯曲的光上身,满是老婆的血浆,手里的菜刀向下滴着污脏的脑汁。蒋殿人瞪着血红的小眼睛,盯着江水山,狠狠地说:

"江水山!你这兔崽子!快滚蛋,不然我要杀死你!我疯啦!"

江水山逼上一步,怒喝道:

"你本来就是条疯狗!把刀放下,放下!"

蒋殿人抡刀向江水山砍来。砰的一声,没等他刀出手,手胳子被江水山的子弹打折了。屠刀落在蒋殿人脚前。

蒋殿人疯狂地蹿跳着叫骂:"江水山!你杀了我吧!我蒋殿人反正够本啦!哼,你以为我真心救过你爹吗?呸!穷石匠,共产党!我想杀都杀不完!可惜叫江石匠留下你这么颗种子,我怎么没早砸死你……"

"水山,民兵队长!打死他,你快打死他!这条恶狼……"众人激烈地愤怒地喊起来。

江水山气恨得浑身发抖,面色发青。他拿枪的手颤动着指向敌人……他又放下了，轻蔑地说：

"打死你这个做了俘虏的反动派，用不着费子弹！痛快死了也太便宜你这疯狗！把他绑起押走！"

人们刚要上前，蒋殿人跳上灶台，狂吠乱骂：

"你们这些穷棒子！等着吧，共产党的香烧不了几天啦！天就要变啦！不等我全家的坟头长草，就有人替我报仇！你们是天生的穷种子！共产党救不了你们的命，挖不掉你们的穷根……"

"啪啪啪！"三颗灼热的子弹，从江水山枪口里愤怒地射出来。蒋殿人嘶声叫着摔到他胖老婆身上。

孙承祖闷头喝了几盅酒，最后一倒酒壶，里面空了，他气恼地把壶掷到炕上，一仰身，颓丧地躺下了。

他和蒋殿人事先有万无一失的把握，能将四万多斤公粮化为灰烬，岂知一个衰弱的老头子，竟没命地救出粮食，损失的最多有一千斤，并且把蒋殿人的命也断送了。孙承祖感到不幸中之大幸，是蒋殿人没向共产党屈服，否则，连他孙承祖也要遭杀身了。接连两次大破坏都未成功，党羽又前后丧生，使孙承祖感到悲哀、丧气。他怕村里为此起疑，一直卧在地洞里，吩咐王镯子行走小心，常在外面听风声。这样过去两天，没有风吹草动，他这才舒口气，爬出来松快一下。

过一会儿，王镯子回来了。她脸色很阴沉地说：

"妈那屄！开追悼会的有好几百人，送葬时全村大大小小老老少少男男女女，都去了。死个老头子，就和死祖宗一样，好多人哭出声。"

"谁在会上讲话？"孙承祖留心地问。

"曹振德不在家，还有谁？一只胳膊的！"

"他说些什么？"

"还是那些话，要大家不流泪，报仇！"王镯子又骂起来，"这个四肢不全的江水山，国军来了先把他那只右胳膊砍去，再叫他挥着枪向反动派开火！"

孙承祖沉闷地说："国军来了还能留着他们的头？不知怎么闹的，为什么还打不过来？老在西面停着？"

"谁说的不是？你舅走了也不来啦。你还说北河发大水国军就来了，水发过一次啦，连影也没有。幸亏早和江任保拉扯上，不然过几个月我肚子大了，就……唉！"王镯子抱怨地伤心地说，"杀人家没杀成，落得我家两口送命……"

"你想妈啦？"孙承祖冷笑着。

"那老东西死就死啦，不打死把我也抓了……可我哥……"

"那也是他自己找的，"孙承祖气恨地说，"谁叫他干这拉屎不揩腚的事，没把儒春打死。不提这些啦，以后要紧！"

"那你打算怎么办？"

"国军老不过来，我也要走了。"

"走？"王镯子摇摇头，"你走撂下我？我跟谁去？你不能走，在家老老实实躲着，别再动他们好了。"

"不动办不到，我是国民党员！杀不尽共产党，就没我们的天下！"孙承祖咬着牙根说。

"天哪，我可怕啦！"王镯子呜咽起来。

孙承祖想了一想，安慰她道：

"好，我不走。叫共产党吓跑了，不是好汉，也没完成党国的任务。"他转向她：

"孙俊英今天去送曹冷元的葬没有？"

"她才不出这个门。"王镯子心里又酸溜溜的了，"你老和她去胡闹，能管屁用？"

"这是烧热了再打铁，看她的表示对我算贴心了。再加一把劲，就是我们的人了！"孙承祖思忖道，"现在咱们是单枪匹马，非把她拉住不可。"

"你小心她的肚子再大了。"王镯子说着扭过身。

"她在牟平时就不会生孩子了。"孙承祖淡然地笑笑,又嘱咐她:

"老东山已变了态度,你以后少去。"

王镯子哼一声:"我还多去干什么?幸亏你有话在先,我过去鼓动他没说露骨话,不然又是麻烦。老东西,怎么冯寡妇没憋死他,今儿还挂着拐来开追悼会,他还在向人说,春玲再不回家,他一准打发儿子去找……"

掩埋曹冷元老人灵柩的那天西日斜射的时分,春玲来到家门口。门锁着,她忽闪了几下眼睛,就朝儒春家里来了。

"奇怪,怎么门没闩?"春玲打量着瓦门楼底下虚掩着的大门,惊异地自语道。她小心地推开门,防备着她一记事这门后就锁着的狗的袭击。但是不见狗的反应,她大着胆子跨进门槛,狗没有了。

春玲迷惑地走进屋门,眼睛突然瞪大了!朝着门口的正间的北墙上,她从前来此首先刺进眼里的那张满布苍蝇屎的灶王爷,销迹了,代替灶王爷的,是一张不大的戴着八角帽的毛主席的肖像。骤然,春玲浑身通过一股强烈的暖流,觉得这屋子特别的明亮,与前完全变了样。她不由得站住脚,向毛主席像望了一会儿才走进里房间。春玲见一个人脸朝里躺在炕上,他的头刚剃过,闪着耀眼的亮光。春玲不相信自己的眼睛,寻找什么似的在这颗头上巡视一遭,才确信那条向她撅、甩过几次的小辫子是剃掉了,老东山留了五十多年的小辫子,至此断根了!

春玲一时说不上话来。未进门之前她对面前的人,怀抱着一肚子的怨恨、怒气,现在受到一种无形的力量的抑制。

"大爷,你好呀!"她自己都吃惊,声音为什么如此柔和温顺。

老东山转过头,望着来人,眼睛瞪得溜圆,愣了一霎,忽地翻身坐起,狂喜地叫道:

"啊!玲子,我的孩子!你,你可回来啦!"他急切地下炕。

对方的反应感染了姑娘，她拦住他，亲切地说：

"大爷！你快躺下，你有病……"

"没病，我快好啦……"老东山坚持要下炕，推让了好一会儿，春玲落座炕沿后，他才坐定了。他见春玲身布旅尘，还带着篮子，急忙说：

"孩子，你是才到家……快做饭吃……家里没人，我，我去做……"

"不用，大爷！我不饿，饿了我自己动手……"春玲拦挡住他，突见老东山的眼睛闭紧，泪水淌了出来。她大惊，急问：

"大爷！你怎么啦？"

"我……"老东山不顾羞地在姑娘面前抽泣着，"我对不起你，玲子！儒春是我害的……"老东山把军队来的检举信，儒春被王井魁打成重伤，王井魁已死的事情，悲愤地告诉了春玲。他最后悔罪心疚地说：

"玲子，都怨我害的你和儒春啊！我对不起你，也不知儒春如今性命怎么样……"

春玲深深被老头子打动了心，眼里闪着泪花，递上手巾给他揩泪。她激动地说：

"大爷！你儒春没有事，伤好啦！"

"啊！"老东山止住了哭泣，"你找到他啦？"

"嗯……"

"他伤势怎么样？"

"好啦！"

"如今在哪里？"

"在……"春玲看着老东山焦躁的样子，就想测验一下公公，"他在外地当长工。"

"他怎么不回来？"

"怕丢人。"

"你拖他呀!"

"我拖不动他。"春玲忍住笑。

老东山没发话,抡腿就下炕。春玲堵住:

"你要做什么?"

"快告诉我地址,"老东山坚决地说,"我去找他!这熊东西,还没受到教训,他爹自愿了他还不自愿,我把他背到解放军里去!"

"大爷,大爷!"春玲欢喜若狂地拉住老东山的手,唱歌般地叫道,"大爷呀!你儒春也自愿啦,他已当上人民解放军啦!"

老东山静静地听着春玲述说儒春第一次开小差的经过,第二次开小差的遭遇。老头子两眼又流泪了,痛悔万分,胡子抖颤起来。

"大爷,别伤心,过去的事就算啦!"春玲劝慰道。

老东山装上烟袋,春玲给他点上火。他抽了几口,沉痛地说:

"玲子,你大爷自以为聪明一辈子,糊涂事都叫我干啦!过去,你们当干部的不管说什么,我是半个心听着。我眼睛只瞅着自己的几亩地,也把别人看得和自己一样。这次我病下不听你爹和水山的话,找冯寡妇——那个糟蹋人的坏蛋——来跳神,差一点把我的老命害啦!我只以为活不得了,幸亏干部找来医生,救了我这条命!唉,直到要做鬼了我才知道痛啦!你看看,儒春叫我管教得不懂事,没长主心骨,差一点又丧生……这些天我前前后后想了多少遍,觉着过去我错啦,错在没全听共产党的话上。神仙是骗人的,亲戚不顶用,王井魁能把亲生娘打死,只有跟共产党,受不了骗,没有坏处,净得好处!唉,你大爷算转过这个弯,以往对共产党不自愿的事,都该自愿才对。我求闺女你,别记恨大爷,别不理睬我……"

"大爷,你放心!"春玲亲切地说,"过去我也有不对的地方,我爹我姐也批评过我，爱动脾气，性子太倔……好啦，大爷！往后咱们齐心协力，一块打反动派！哎呀，我真想笑呀！"

老东山和未过门的儿媳妇，父女般地谈着，似乎他们之间，过去没有发生什么纠纷和不愉快，从来就是亲密无间的。

"大爷，我大妈我哥我嫂他们呢？"春玲以一家人的情感称道着。

"你哥你嫂都下地啦，你大妈抱着你侄子，到哄孩组给妇女变工队哄孩子去啦！"老东山用一家人的语气回答着。

"我嫂也参加生产啦！"春玲惊喜。

"哦，全家都入组织啦！"老东山自豪地说，并着重点明，"我是农救会员！"

"哈，这就好啦！"春玲欢笑起来，她又关怀地问：

"我淑娴姐……"

"也下地啦。"

"我是说，她这些天精神好吗？"

"也难说，"老东山考虑着，"娴子是不大旺醒，我问她，她也不说，莫不是为若西调走再没来？"

春玲的脸沉下来，想了一霎，说：

"大爷，你说淑娴真乐意这门亲事？"

"哦，一开始她不满意，住一些日子，就不再说什么了，我看和若西常在一起。"

"大爷，"春玲沉重地说，"这事我看你是做错啦……"

"玲子，我是有不对的地方。当时我没应允淑娴和水山，要是处在这时，我也就不管了。水山真是个好孩子……"

"不，大爷，我不单说这。我是说，孙若西这人不是个好的，淑娴姐要吃他的亏。"

"闺女，我看不见得。"老东山十分有把握地笑笑，"若西有文化，对人和气，很懂规矩，淑娴跟他吃不了气，遭不着罪。"

"盼他们能好。"春玲嘴上应付道，心里很替淑娴着急，但又想淑娴已经有心给孙若西，自己再阻拦就难张口了。也为此，她更不能把孙若西对她的丑态，告诉别人了。春玲是抱着成人之美的心思的呀。

春玲怎么也想不到，老东山突然说出一个使她听来如同天塌一般的消息。

"玲子！我还忘告诉你，你，你冷元大爷，死啦！"

红日的半个脸，撞进了西山。昊天碧空无云，晚霞涂满了长空，艳红、绮丽、庄严。

一株古松弯曲着身子，荫庇着身子下的一座新土堆起的墓丘，墓上倒伏着几个花圈。在新坟左边，并排着一个久年的坟墓，它上面蓬撒开的茂盛的迎春枝蔓，紧紧地柔和地袒护着旁边的两个很小的坟堆。

春玲哭着跑到曹冷元的墓地时，从县里开会回家不久的父亲，已领着明轩、明生在这里了。

曹振德没阻止孩子，实际上他也知道阻止不了，让孩子们在他们崇爱的老人坟前，尽情地哭个够吧！他身子依在墓旁的古松上，望着冷元和其妻子及两个幼子的四座墓丘，心里浮现出曹冷元的鲜明的形象。是的，一个平常的老人，在旧社会苦度了多少年，给财主们流血流汗，而得到的却是妻子的自杀，两个孩子活活地饿死。冷元用尽一切心血，饿弯了骨头，抚养大了剩下的儿子，多么宝贵的骨肉啊！解放了，共产党使他直起腰杆，站起来，当了社会的主人。他，曹冷元！满面笑容，毫不吝啬，寸步不犹疑，双手捧着把儿子送给了革命，送给了他的党！儿子的生命为人民牺牲了，但老人没有萎靡颓丧，在殊死的阶级斗争中他更坚定了。曹冷元自己擦干了眼泪，仇敌不共戴天，喜笑颜开，把仅有的一个儿子，又投进了战场，注入革命的队伍。转瞬间，他，这位旧社会的牛倌、长工，这位烈士的父亲，解放军战士的至亲，又为他自己的党，为同命运的弟兄的解放，献出了剩下的血汗，献出了他那饱受苦痛又经历过革命洗礼的衰老而又刚强的躯体！

黄昏的风，吹得松针和花圈上的纸花，发出窸窸窣窣萧萧飒飒的微鸣。风声如泣如诉，墓地凄然悲凉。

"这是蒋殿人一个人干的吗？还有没有别的人呢？"曹振德陡然兜上这个问题。

曹振德见孩子们都哭哑了音，尤其是春玲，已和泪人一般。他先把自己的泪水揩干，镇静着感情说：

"孩子们！别哭啦，哭够就把泪擦干……"

"大爷呀！你怎么不等闺女见你一面，再闭眼啊！"春玲伏在坟头上，哭着，悲凄地叫着。

振德上去拉起她，低声说：

"玲子，硬性点！给你兄弟做个样子。你以为爹没眼泪吗？"

春玲抽噎着，看着父亲那悲痛得皱紧的脸，默默地点点头，拭着泪去劝说弟弟。

振德领着孩子们，给冷元坟上加了一层土，植上一些迎春花的枝子。

振德指着苍翠旺盛的古松，对孩子们说：

"你大爷人是死啦，可是他的作为留在咱们心里！他就像这棵老松树一样，永远活着，万古长青！"他又回过头，像对孩子又似自语：

"这次在县上开会，布置了很多工作。反动派还在拼命地向咱这里进攻，我们的担子越来越重了！孩子，学你们大爷的样子，加劲为革命出力吧！"

第二十章

豆禾开花，捞鱼摸虾。秋雨连绵，一阵大一阵小，一时停一时下。玉米、谷子、高粱，齐戳戳青森森地长满了田野，都出缨串穗了；地瓜、花生的蔓叶，像层厚实的深绿色的被子，把地面遮盖得寸土不露，好年景在望了。

大小河流的槽床都涨满了水，晃晃荡荡地顺堤奔流。

山河村的广播台上，时常响起广播员玉珊姑娘的尖嗓子，传达政府的守堤防汛、保田护禾的指示。

人们都紧张而喜悦地忙碌着。但是妇救会长孙俊英相反，她的鼻涕眼泪和时落时辍的雨相呼应，又哭又闹，这是怎么回事？

江仲亭牺牲了！随着通知信，有华东野战军某纵队政治部发出的一张江仲亭烈士荣立特等功的奖状。

江水山悲痛得两顿没吃饭，他紧看着奖状发呆。晚上，水山带着这一珍贵的物品，沉重地去看战友的遗妻。

曹振德已把这消息通知了孙俊英。她哭，哭。党支部书记耐心地劝解、安抚，要她看开些，认识大局，作为一个共产党员，应该承受得起个人的不幸，为党为人民的重大牺牲。然而，孙俊英一句也听不进去，老是哭，哭。有人叫振德有事，他又慰藉她一番，离开了。

江水山来到时，孙俊英已不哭了。她恼怒地瞪了他一眼，说：

"你来做什么？"

水山被悲痛咬住心，没注意对方的情绪，他怀着同情而沉痛的感情说：

"嫂子，我知道你会哭，我心里也不好受，没和指导员一块来看你。这时我想你会清醒一些了。你是共产党员，会经得起考验。我们该为仲亭哥骄傲，他不愧是穷人的儿子，真正的无产阶级战士！"他把奖状庄严地捧送上前，"嫂子！这东西比性命还贵重，共产党员的血就该这样流！"

孙俊英轻蔑地瞥了一眼，没有去接。她陡地起身，怒冲冲地说：

"江水山！你别卖嘴啦，我不听！哼！你们把我男人逼走，叫他去送了死，换回这张破纸，它能顶丈夫吗？！"她伸手狠狠地把奖状打落下地。

江水山惊怔片刻，怒火冲心，重新打量了一眼孙俊英。他愤怒地喝道：

"你这家伙！怎么敢糟蹋党，糟蹋革命！为革命流血牺牲是情愿，你怎么这样落后……"

"我落后，我反动！你要怎么样？"孙俊英冲上来，"你这没胳膊的东西，害了我的丈夫，你赔我男人，赔我的男人！"

江水山勃然大怒，他举起了拳头。

"你打！你打！"孙俊英一把撕开怀，裸着雪白的胸脯，挺着冲到水山身前："反正我是寡妇啦，随你打你骂吧！要是你有种，上炕睡也行，我就给你脱裤子……"

江水山闭上眼睛，用力压爆发的怒火，说：

"滚开，你这臊狐狸！打你别脏了革命军人的手！"他迅速从地上捡起奖状，跨过门槛，回头又盯她一眼道：

"你最好是走远远的，别沾着我仲亭哥的名字！"

"走？哼！老娘还等着和你睡觉生孩子呐！哈哈……"孙俊英

尽情地侮辱着江水山，冲着他背后高声叫喊。

一连几天，孙俊英闹得左邻右舍不得安静，在家里疯疯癫癫地又哭又闹，时常去找曹振德和江水山耍赖，要赔她的丈夫。党小组长叫她开会，她公开在群众面前嚷嚷不去，故意泄露党的机密。曹振德在昨天上午召开支委会。支委们都很气愤，孙俊英自丈夫参军后，就很少干工作，还说些落后话；仲亭牺牲后更变本加厉，屡次教育不改，对群众影响极坏。为此，大家一致意见，开除孙俊英出党，罢免她的妇救会长。曹振德也同意大家的意见，不过党籍如同生命，甚至比生命还要贵重，党支部书记想再给孙俊英一个自拔的机会。今天上午，振德在出短期民工之前，又去和孙俊英谈话，向她提出最后的警告。指导员虽然态度和蔼，很少动火，但是孙俊英感到他身上有股威力，使她一贯有些怕他，对曹振德不敢像对江水山那样放肆无忌。当孙俊英仍然表示不对党改变这种坏态度时，党支部书记也就下了决心，提请区委批准，清除败类出党。

孙俊英等曹振德走后，狠狠地关上门，骂道：

"你妈妈那个臭腿的！老娘早就当够你手下的人啦……我哭，哼！老娘早没心思哭啦，要做油饼吃！"

孙俊英这不是气话，正道出了她的真心。这位流氓女人，自丈夫江仲亭参军时，就开始恢复原形，经孙承祖的一勾搭，已经完全撕下了正经的画皮。这几个月与孙承祖打得火热，在情欲的发泄上，她已占了主动，孙承祖为着小心，日久不上门，她急得浑身着火，不是畏有王镯子，她真能找上情夫的门。丈夫的死，她开始的眼泪是真有悲痛的成分，但不是为她当解放军的丈夫的牺牲哭，是为她的私物失却伤心、惋惜。这种眼泪和早晨草梢上的露珠一样，霎时就消失了。接着她的又哭又闹，哭是假的，闹是真的，哭是为闹服务的，目的是成心找政府的麻烦，向干部发泄她的私仇心恨。孙俊英现在对江仲亭的牺牲，不但不掉泪了，甚至产生了快活的情绪。在她看来，江仲亭离开了她，不是受她支使和摆布的丈夫后，就失去对自己的作用了；有个在外面长年累月革命不回家的丈夫，对她做妻子的来说，也和没有一样，如今她成了没丈夫的女人，又可以重温旧日的放荡无拘的逍遥生活了。

在这天深夜，孙承祖又敲了情妇的门。

孙俊英心花怒放，迫不及待地迎接了他⋯⋯

"死鬼，这么些天叫我夜夜等着门，你把我忘啦？"黑暗中，孙俊英偎在他怀里。

"好英儿，我怎么能忘了你？这几天你又哭又闹，我不敢上门呀！"孙承祖脸上浮着阴险的笑纹，亲着她的嘴。

"我哭闹碍不着你，是治那些害我的干部！"

"男人死了你不疼吗？"

"参了军的男人，就当是他没有。死了我更清闲些。"

"如今不是你在往年牟平的时候，放荡不得啦！"孙承祖有意引逗她说真话。

"唉，谁说的不是？"孙俊英叹息一声，"我恨⋯⋯"

"怎么不说了，恨什么？还不相信我吗？咱们俩已是穿一条裤子的人了，实话对我说吧！"

"我恨江水山和曹振德他们！"孙俊英咬着牙根说，"这些死东西，只认共产党做娘，一点人情不讲，害得我当寡妇！"

"谁叫他们干的？"

"共产党。"

"你恨共产党？"

孙俊英又不说了。

孙承祖这几天虽怕出事没找她，但在黑暗中密切窥测着她的行径，已经确信孙俊英能为他服务，但他口袋里也藏着匕首，防备不测。他扳着她的肩膀，低笑一声，说：

"俊英，老相好了，你还怕什么？你的心思我知道，对共产党不是真心,如今也吃了苦头,知道过去的世道好了,是不是?"

孙俊英把头钻进他怀里,娇滴滴地说:

"小亲亲的,我的心叫你看透啦,我多么想从前的快活日月啊!我也早知道,你的解放军衣裳也是假穿的,没心思为共产党卖命受苦。"

"我不瞒你啦,俊英!"孙承祖警惕地把放在一边的衣服拖过来,"我不惟不真心当共产党的兵,我还是它的对头,回家来就是和他们干的。"

"什么,你当特务啦?!"孙俊英吃惊地爬起身,骇然地盯着黑暗中的他。

孙承祖也起身靠紧她,低声道:

"小点声,我早投到国军那里去了,奉命回解放区破坏⋯⋯"

"这么说,毒牛,杀曹振德,烧公粮,也有你的份?"

"可惜井魁和老村长折损了。好英儿,我们是一条船上的人,你很有胆略,就跟我干吧!"

孙俊英愣了一会儿,惊恐地说:

"不,不,我不敢,共产党厉害,闹不好,要送命!你走吧,走吧!"她身子向外偎去。

"好英儿,你就狠心叫我走?"孙承祖手在摸匕首。

"和你相好干,别的我不来。"

孙承祖执着短刀移到她身外坐着,堵她可能出门的路,极力地开导:

"你对共匪有仇,就甘心受曹振德和江水山欺负?"

"我是怕,不敢!"孙俊英平静了些,"依我的性子,刀杀了姓曹的和江水山都应该!"

"要想树死,先得刨根。对头是共产党,咱们想法把村里工作搞乱,叫他们干不成!"孙承祖把刀放进了口袋,把她抱在怀里,"好英儿,不用怕,国军不久就打过来啦!到那时我把土气的老婆丢掉，同你走大城市，说不定跟我二舅坐飞机，上美国！啊，有的是荣华富贵让你享，比你当年在牟平，不知美多少倍！"

孙俊英耳朵发热，喜欢地说：

"你能守我一辈子就行啦！好，我听小亲亲的，你说干什么吧？"

"你以后表面上装好人，暗地里给他们使坏劲。当干部说话有人听，名声臭了就完了。"

"糟啦，我一时只顾痛快，忘记你过去的吩咐，他们要清我出党，撤我的职啦！"

"多会儿？"

"曹振德今白天说的，他去出民夫，大概就向区委请示去啦。"

孙承祖懊恼地沉下一会儿脸，接着说：

"等他回来你哭着检讨一番，试试能不能继续当。趁曹振德这滑头家伙不在家，这几天要想法子搞他们一下。你想想，有方法没有？"

孙俊英点上水烟袋，抽了一会儿烟，沉思着说：

"上鲁南出民工的那批人，过期好些天还没回来，有些娘儿们都着急了，老来我这打听。曹振德做了解释，有些人平下去了，有的人还不放心，不满意，冯寡妇更吵得凶。要是把这些夫属和落后的军属娘儿们调唆起来，能搞个热闹的。"

"好，这是个良机！"孙承祖高兴地说，"不过要点一把火，把女人惹起来。"

"这火怎么点法？"

"想想，最能惹女人恼火的事。"

"那还用问？是没男人过夜呗！"

"若是发生强奸军属的事……"

"谁敢去干这个？"

"叫干部去干。"

"胡说，干部听你吩咐？"

"造个谣啊。"

"无凭没据谁信？"

"能不能造实据？"

"造？"孙俊英想了一想，计上心来，"有啦！那挨我油锅煎的没胳膊的……"

"嘘——"孙承祖的耳朵伸出去，"小点声。"

黑暗中，孙俊英的长舌嘴在飞快地翻动着……

"不会有这事吧？水山他……"村长江合惊异而含糊地说。

孙俊英不等他说完，就把一件白单褂向炕上一摔，说：

"这是什么？人家桂花还能撒谎？村长，咱们当干部的讲究的是个公平，可不能私人拉拢。人面上好样儿，骨子里谁也说不定……"

今早上鸡叫第一遍的时候，孙俊英送走孙承祖……只有吃顿饭的工夫，孙承祖又跑回来了。

"怎么样，成功啦？"孙俊英紧张地问。

"成啦！快把带子解下来……"光着上身的孙承祖，快活地说着经过。

孙俊英解开把他左胳膊绑在腰上的布带子。她听完孙承祖的叙述，压抑地笑了起来：

"你可真有本事！"

"有你这诸葛亮。再说，没有你偷来他的衣服也不行呀！"

"嘻嘻，我早知道，那瞎老婆子把洗完的衣裳晒在园帐子上……好，快回你的家吧！天一亮我就出马显身手啦……"

今夜四更多天，桂花听到有人推门。她问是谁，对方粗嗓子回答："我，我……"桂花爬起来去开了门，一个人闯进来，猛将她抱起，向炕上捺去。

桂花呼喊反抗，孩子被惊醒，大哭起来。在搏斗中，她觉出对手只一只手在动，显得很拙笨，一会儿他就压不住她了。那人想松开她逃走，桂花抢上抓住一只衣袖子，狠命地揪着叫：

"来人啊！来人啊！……"突然，桂花被推倒，手里还紧抓着衣服。她爬起来追赶，然而门关紧从外面扣上了。她打着门板跺着脚直哭直叫……

拂晓时静，惊动起左邻右舍。桂花向人们哭诉着遭遇的情景。大家瞅着她扯下的撕坏了的白褂子，听说那人只有一只胳膊，立时轰动起来，愤愤地嚷开了……

天一亮，桂花就去找春玲，但她不在家。因为青壮年男子大部跟指导员出了差，昨天又派来送公粮的任务，青妇队长领着十几个青妇队员，拉着牲口扛着扁担口袋，同几个推着小车子的壮年人，一起出发了。桂花又跑到妇救会长家里，孙俊英听了她的报告，极端严重地说：

"桂花妹子，这非同小可！江水山是民兵队长、荣誉军人！他真能干出这事？"

"难道我能瞎造？"桂花气急地说，"我明明摸着他没左胳膊，又有他常穿的衣裳在，还能是别人？"

孙俊英做出同情的样子，说：

"唉，好妹子！不是我不信你，是事情关乎重大呀，你也用不着伤心，我去找村长，一定要给你处理。好，你在我家等着，做点饭吃嘛，我就回来。"她拿着白褂子出了门。

桂花悲哀地说："爹去世，又遭祸啦！我心乱得像针扎，孩子还在家放着，哪有心思吃饭……"两行热泪簌簌流下来。

一向办事谨小慎微的江合，感到问题很棘手，指导员也不在家，怎么办好啊？最后他说：

"这么办吧，先把事情压一压，别声张，等振德回来再说。"

孙俊英不以为然："这样的事还能压？用不着遮掩，人家都知道啦，再不赶快处理，军属要闹事啦！村长，别为遮一个人的丑,影响了工作啊!"

要开除孙俊英的党籍,撤她妇救会长的职,江合当然清楚;他本不想理她,但是见她很焦急热心,老江合的心又发软了,还想着等党支书回来,商议一下是不是再重新考虑放宽对孙俊英的处分。

"你说怎么办?"村长征求她的意见了。

"开大会斗争江水山!"

"斗争?"江合摇摇头,"水山的脾气你也知道,事情是真是假也靠不住……"

"哎呀,村长!还有什么靠不住的,桂花那老实人,能说假?再说物证也有,这褂子是江水山常穿的,谁都有眼,不信你去对证他妈。你还犹豫的什么呀?"

但不论她怎么争辩,江合还是不同意马上斗争江水山。孙俊英无可奈何,拿着白褂子回到家,气冲冲地对桂花说:

"村长不管,说江水山不会干那种事,是你诬告!"

"啊,我诬害人?!"桂花哭了,"我哪敢诬赖好人?谁不知江水山是好样的?可是明明是他,这旧白褂子也是我偷来的?我男人参了军,爹也死了,就受人家欺负!那坏人亲了我的嘴,我怎么对得起孩她爹呀……"

孙俊英暗暗开心,假叹一声道:

"唉!谁说的不是?咱当军属的真受罪呀!"

"妇救会长,你要给咱妇女做主啊!"

孙俊英抱不平地拍着胸脯:"好!我来替你出气……"

近几天,雨停了,但乌云没全消散。黄垒河的上游地区仍在降雨,河水在逐渐上涨,看样子不日将有大洪峰下来。

江水山不听母亲的劝阻,雄鸡叫了头一遍就起床,提着他一只手用的短杆铁锨,上北河检查河堤容易被冲塌的部分。他走到堤上遇见老东山。水山模糊地辨出,他除了拿着拾粪的叉篓外,左手还提着个小篓子。这是老东山走亲戚的装扮。老东山探亲路上拾粪便,进了亲戚的门,他就把满满一篓粪,倒进粪圈里。有人嗤笑他拾的粪比拿的礼物不知贵重多少倍,老东山却挺着脖子回奉道:"到我家来的亲戚,我宁不收礼,也要一篓粪。"老东山从亲戚家往回走,哪怕要绕上几里路,他也不走来时途,为的是回家的粪篓也要满着。他还有个习惯,一般的走动都是上午去下午归,不在外面误工夫。

这时江水山问他为什么起这样的大早。老东山说,昨天下午在集上听说儒春的姥姥患了重病,他担心这位和他自己女婿一样敬神信鬼的老岳母,再上巫婆的当,就打算今天早饭不久就赶到。因为离那里三十多里路,不起早不行,当天下午回不来。临行前他又起了个更早,来这里给靠他地头的容易被水冲垮的堤坝再加些土。

水山听罢叫老东山快上路吧,他在这里替他向堤上加土。老东山刚走,江水山正干着,忽然听到旁边玉米地里有咳嗽声,他直起腰问:

"有人吗?"

响起几声狗吠,接着狗就从地里蹿过来。水山认出是早已放开锁链的老东山门后的那只老灰狗。这是老东山带出门来的,刚才他走时,唤了几声没见来,水山也没再理会。由于水山一只手用锨,每铲的土有限,动作又慢些,赶他把这一地方加固后,天已亮了,他又向别的地方去了。

当江水山回村吃早饭时,别的人家都在刷锅洗碗了。他走到村头的高粱地边,听到有人唤:

"水山哥!"是淑娴叫着从一旁走过来。

淑娴眼里闪着泪花,看了一会儿他的上军装,紧张地悄声说:

"水山哪,村里你回不得,先到外村亲戚家躲一躲!"

"为什么?"水山惊诧地瞪大眼睛。

淑娴垂下头,喃喃道:

"我不好张口……反正对你不好。妇救会要斗争你……"

"斗争我?"江水山又是一震,接着笑笑说,"有错处也该斗,怕什么?"他移动了脚步。

淑娴急忙拦住他,焦灼地说:

"不好,不行!你不知道,这事可大啦!水山哥,你想也想不到……"

"到底是什么,你说呀!"水山对她的吞吞吐吐生气了。

淑娴小心地把桂花的事送出口。出乎她的意料,江水山没暴跳如雷,倒是冷冷地说:

"你看呢,江水山是那种人吗?"

"不是,不是!一百个不是!"淑娴立时回答。但她又哀痛地叹口气:"唉!可是人家有信的……"

"放心吧,淑娴妹!"江水山断然地说,"脚正不怕鞋歪,人坏想包也包不住。"他又抬起脚。

"水山哥,"淑娴苦心地劝道,"你这时回去不得,妇救会正在学校等你,有些娘儿们挺厉害,你要吃亏!水山哥,先到外村找个地方避一避,等振德叔回来就好办啦!"

"躲躲藏藏干什么?出了事当干部的正该去查清,为军属出气,抓住坏人!"他迈开大步,肩上的铁锨像支长枪一样挺着,直向村里走去。

淑娴木呆呆地站在庄稼地边上,手里捏着两把汗,心随着江水山的脚步声越来越激烈地忐忑起来。

这些日子,淑娴为努力克制自己对江水山的感情,把过去的一切勾销,安排自己和孙若西的生活,忍受着巨大的痛苦,精神上付出惨重的代价。在漫漫长夜里,姑娘流出了多少眼泪啊!孙若西在两个月前调到外村任教——是他自己要求的——时,曾拥抱着淑娴,发誓地向她说,过不几天他和家里订好日子,就正式结婚。这话使淑娴很惶恐,上天哪!难道就这样把内心里和水山连接的线挣断了吗?生米已成熟饭,不断又有什么法子?已经失身了的一个脏姑娘,还有脸再去爱别人?她配不上人家了啊!淑娴抱着与孙若西白头偕老的贞操节烈的决心,等待着孙若西的花轿。上个月孙若西来过一次,说写给他在烟台的父亲的信还未见回示,要淑娴耐心地等着。这以后,就像断线的风筝,孙若西不但影子不见,连个信也没来过。日月一天天交换,淑娴的心越来越不安,惶惧,紧张痛楚,沉重……

民兵队长奸淫军属桂花的事,很快在村里传布开了。尤其是一些女人们,聚集在街头巷口,纷纷议论,个个责骂……老婆嘴又长又乱,越传越走样,越谈越真切,似乎她们是现场的目击者,绘声绘色地描述江水山怎样怎样把军属媳妇强奸了……

淑娴这几天鼻子不透气——雨天着了凉,送公粮时她要去春玲没批准。她闻悉此事后,大吃一惊。她随即摇头:"不会,不可能!他怎么是这种人……"但是人们说得有鼻子有眼睛,有凭有据,不怕你不信。淑娴慌乱了,跑到水山家里,询问他母亲。

"亲妈!你说,我水山哥今夜出去没有?"

水山母亲迷惑地反问道:"么事,娴子?你这么慌张……"

"你先说,亲妈!他夜里在不在家?"

"水山出去过……"

"啊!出去过?"淑娴骇然失色,"亲妈!这可是真的?"

被搞得糊涂了的老母亲,急忙证实:

"那还会是假的?你水山哥的脾气你不是不知道,我每夜给他等门子。今夜我纺了两把花,他才回家来……"

"啊!我说不会是他……"她刚舒口气,又紧着问,"他再没出过门?"

"怎么没出去?鸡叫头一遍就走啦!至今还没回来……"

淑娴心慌意乱，嘴唇抖动着说：

"啊！这，这是真的啦？不，不会！不会！"她急忙又问：

"亲妈！我水山哥的那件白褂子在吗？"

老母亲蒙头转向地说："娴子！你倒是先说说，你问这些做么呀！我水山怎么啦？"

"亲妈，你先找他的衣裳！"

老人和淑娴满炕翻了一遍，白褂子没有了。

淑娴叫起来："怎么，真没有啦？！我水山哥没穿？"

"不会丢，不会丢！"老人喃喃道，"就那一件，还是你帮我缝的……"

淑娴急得流着泪说："亲妈呀，你可要找到！这事关联大啊！……"

"哦！叫你把我吵糊涂啦，"老人恍然大悟，"我昨天给他洗了，没衣裳换，还逼他穿上那件子宝贝军装……白褂子晒在南园帐子上。"

淑娴飞也似的冲出去，但是帐子上什么也没有。她痛苦地在心里叫道："糟啦！糟啦！"她没向水山母亲讲明，就跑了出去。

在街上，淑娴听到妇救会要开会斗争江水山。她寻思，水山那火暴脾气，一听此事就要炸了……于是，淑娴到通北河的路边拦住他，叫他躲一躲。同时她要质问他，这是真的吗？然而见了江水山的面，看着他脸上疲困少血的样子，那穿着半新军装的高高的身子沾满泥沙，那眼睛闪着炯炯的纯挚严肃的光芒，使她立即消失对他的疑虑，完全相信这是不可能的事。只有同情他保护他的责任在支配姑娘了。

淑娴怔怔地注视着江水山走进村，深深地叹息一声，随后也向村里走去。

妇救会长孙俊英，带着挑拨的语气，大声地说：

"怎么样，他知道事不好躲起来了吧？俗话说，不做亏心事，不怕鬼叫门，江水山要真没糟蹋桂花，为么连饭都不来家吃了呢？他不敢来开会，他怕啦！"

聚集在学校院子里的女人们，大都是些中年妇女。因为孙俊英通知时不叫是青妇队员的妇救会员来，她知那里面像玉珊那样的积极分子不少，还有几个党员；而中年妇女里积极分子就少些，她特意把军属、夫属家的女人都请了来，总共也有三十多名。另外，十几个青妇队员跟青妇队长出去送公粮了，也减少了对孙俊英的威胁。

冯寡妇得意扬扬地站在里面，江水山是她的死对头。上次她向指导员曹振德要出夫的儿子，要粮食，坐到他锅里放赖，就是这个江水山要烧火把她驱走的。她的老姘头蒋殿人，又是这个江水山亲自打死的。最令冯寡妇怒发冲天的，是她给老东山跳神治病，差点被江水山枪毙了，事过后老东山不惟不答她的人情，也不再找她上神了。她的神龛楼子不叫曹振德阻拦，也几乎被江水山砸烂。这件事发生后，没有人再登她神巫女的门了，香案的烟火断了，吃不上奉供求神的好东西了。如此等等，前前后后，仇上加恨，恨上添仇，使寡妇兼巫婆再兼破鞋的女人，怒气塞胸，心里举刀，即使江水山死了，她也要把他吃掉。不料，真是苍天显灵，冯寡妇的仇人降到灾祸，看看他江水山怎么下场！

孙俊英的话刚落，冯寡妇的粗嗓子就响了：

"哼！那才是个人面兽心的家伙！正经的老婆不娶，专门寻野食。他对我那么凶，就是为我没让他上炕头……"冯寡妇得意忘形，信口雌黄，见人们对她的话并不感兴趣，就伸高两手喊道：

"江水山草鸡了不敢来，咱们就上他家去！吃他的饭，喝他的水，等他什么时候回来什么时候斗！"

"对！上他家等着。"几个妇女附和着。

孙俊英想，找到江水山家去，就不像是开会了，事过后她要受连累。于是她叫道：

"不要去啦!他家那破草房,还盛不下咱们这些人呢!我派人在他家等的,江水山一回家,拖也要把他拖来……"

"不用拖,我来了!"江水山出现在门口,大声地说道。

妇女们一齐向他转过头。只见江水山扛着铁锨,军装上沾满泥土,腰里的皮带上仍是那支手枪,旧军帽下那双眼睛,闪着凝聚不动的目光。

江水山的突然来临,使女人们一时怔住。孙俊英暗道:"这小子没回家,径直到会场来了,好大胆子!"她向妇女们喊道:

"好,人来啦,开会吧!"又向江水山冷冷地说:

"到前面来!"

江水山把铁锨放到地上,见旁边那条长凳子只一个人坐着,就近坐上去。坐在那头的王镯子,像躲避可怕的东西,风快地把身子移开。

她这个举动,使水山一阵惊悸,心森沉了一下。他这才注意到,大多数妇女都阴板着脸面,眼光像针一样盯着他。水山感到了难受的味道。

"今天这个会,大家都知道啦!真寒人,发生了大坏蛋,欺负到咱们军属头上来啦!刘桂花,申冤吧!"孙俊英威严地宣布道。

坐在人最后的桂花,怀抱孩子,低着头眼瞅脚上给公公戴孝的白鞋,一直没言语,她又伤心又羞怯。听叫她,就抬起头,瞅江水山一眼,低声道:

"叫他自己说吧,我开不了口。"

"快坦白吧,江水山!"冯寡妇已忍耐不住,粗嗓子叫道,"你怎么把人家桂花糟蹋的?……"

"你说什么!"江水山脸色涨红,霍地站起身,愤怒地瞅着冯寡妇,"再说一遍!"

冯寡妇本来有些馁怯,但见众人在旁,就冲到水山跟前,嗓子更响了。

"说怎么样？你把人家桂花按到炕，要脱掉裤子……"

"你胡说！"江水山举起拳头。

冯寡妇吓得向后退去，嘴里嚷道：

"你犯了法还打人啊！大家快来！"

"江水山，不要耍威风！"孙俊英靠上来，"这是开会，有丑盖不了，叫当事人说你听听！"

江水山愤怒地喘息着，拼力压着火说：

"好吧，叫桂花说！"

"桂花，不要怕！"王镯子鼓励。

"说，说！"孙狗剩媳妇和几个女人助威。

桂花站起来，可是说不出话。孙俊英告诉她：

"不要怕，我们给你做主！别看他是干部，是荣誉军人，共产党的章程，功不能挡祸。有苦尽管诉吧！"

桂花变得气恨起来，朝江水山道：

"谁都把你当好人，想不到你黑心害我。今夜傍亮，你闯到俺家，你，你……"她哽咽住了。

江水山吃惊地说："桂花妹子！难道你真认定是我？"

"我一和你没冤，二没仇，诬害你做什么！"桂花难受地吞口悲唾，"老实说，我也不愿意是你，可是村里就你少只胳膊，又是你的衣裳……"

"在这！"孙俊英把白褂子摔到水山跟前，"这是谁的？"

江水山接过衣服，愕然地说：

"衣裳是我的……"

"嘿嘿嘿！"孙俊英冷笑了，"这不就明白啦！"

"可是我昨天根本没穿这件褂子。"

"胡说！你不穿别人穿啦！"王镯子喝道，"谁都知道，江水山的军装是有大事才穿，你一没上区，二没跑县，三没'向反动派开火'，为么现在穿军装？"

"昨天换衣裳洗，"江水山耐性地解释道，"我妈要……"

"你妈都说你鸡叫头遍出的门，不错吧？"孙狗剩媳妇质问。

"我去北河看坝的……"

"看它做什么？"另一个女人跟上来。

"怕有的地方经不住大水冲……"

"你的工作倒积极呀！"又一个女人讥讽道。

"以看坝的名去占军属媳妇炕，好主意！"冯寡妇冷刺地笑着。

"胡说！我在北河坝上时，有人在前……"

"谁？"

"东山大爷。"

女人们立时静下来，面面相觑。孙俊英和王镯子交换了一下慌乱的眼色。王镯子起身大喊道：

"造谣！不听他的……"

"别急，叫他说清楚。"桂花留心地问，"东山大爷真和你在一起吗？"

"不听流氓胡诌！"孙俊英急忙插上来，想封住江水山的嘴，把人们的注意力拉到水山身上，"老东山是江水山的本家，最讲私人感情！一准是他们商量好啦，老东山要包庇！"

"不假！"冯寡妇处处充英雄，万事她都通，"江水山的鬼把戏逃不过我的眼，他一准送给老东山一只鸡，或是一斤肉，还想把淑娴拖家去……"

但是有几个妇女，几乎是一齐打断冯寡妇的话：

"有证人就好说，去叫老东山来对证，那老头子从不撒谎！"

"对呀，叫老东山来！"好些女人响应道。

妇女们活动起来。孙俊英和王镯子有些着毛。

"我去叫老东山。"孙狗剩媳妇站起来，欲走。

"不要去，"水山叫住她，"东山大爷走亲戚去了。再说我和他刚见面就分了手,他也说不清。大家还是相信我……"

"哈哈,"孙俊英心里大笑,暗喜道,"你个江水山,真傻呀……"她精神抖擞,抡着胳膊向女人们喊道:

"大家看清楚了吧?瞧瞧哟,这个江水山多么滑头呀!他明明知道老东山不在家,就瞎扯上这个证人,又说见一面就分了手。哦,他这不是成心着弄咱们吗?"

"缓兵之计。"王镯子加上一句。

"不要上他的当,逼他招供!"冯寡妇是积极的应声虫。

女人们又都收拢散心,重整旗鼓,向江水山进攻。

江水山一张口,妇女们这么多嘴,他前句没答完,后问又攻上来,任他怎么讲,女人们也不信——根本就不听他的解释了。末了,江水山推心置腹很激动地说:

"乡亲们!我江水山的为人你们有眼睛,为着穷人的日子,我打仗好几年,命都要豁上!我怎能去干这种坏事?去糟蹋已为革命流血、我的弟兄的老婆?江水山这辈子干不出这种事,你们不能轻信……"

不少女人看着他那痛苦万分的样子,看着他左手的空衣袖,心里有说不出的感触。有的人起身向门口移动了。但孙俊英打断了水山的话:

"住口!这里不叫你卖功劳。你犯了罪,就要开会斗争。你快承认吧!"

冯寡妇帮腔:"这小子说不过,装哭脸啦!不要听他的!"

"乡亲们!江水山一心为大伙办事,没半点邪意!要是我真有对不起桂花妹子的事,那真该……"江水山说着抽出手枪,枪口对着心窝,"你们实在不信,我就死给大家看!"

一大些妇女惊吓地叫起来:"水山!水山!你可不要这样……"

桂花哇一声哭了,哭着说:

"我不敢伤害好人!天哪……"她抱着孩子急出了门。

孙俊英心里正在喜叫:"你快打,快打呀!死了才合老娘的心……"但见一些妇女已动摇,桂花又走了,她急忙喊道:

"大伙不要怕!江水山,你别吓唬人!"

冯寡妇大步抢上前:"江水山!耍癞皮狗不是英雄!你死就死,死也得顶罪名!"

江水山被震怒了。他恼狠地吼道:

"老浑蛋,你笑话我!"抬起枪柄,照她打去。

冯寡妇躲闪不及,枪柄碰到她肩上。她立时刀子进肉般地,声嘶音碎地叫起来:

"天哪!江水山枪毙夫属啦!……"她一腚坐到地上。

妇女们纷纷夺门逃跑。江水山即时收了枪,喊道:

"大家不要走!江水山专打反动派,不打好人!有理还要讲!"

一部分妇女已走了,剩下的都停下来。准备逃跑的孙俊英,又振起精神,大叫道:

"妇女们!江水山不讲理,动枪打夫属,这还了得!我们当军属的要遭殃啦!兴他动手咱们也不能闲着,来,拖流氓去游街!"她向水山扑去。

"听妇救会长的命令!"王镯子呼应着跟上去。

"老娘也拼啦!"冯寡妇跃身跳起来。

于是,一伙妇女将江水山包围起来了……

随江水山之后进村的淑娴,原以为水山回家了,就走进他的门。但不见水山回家,倒有两个女人在等水山去开会。水山母亲已得悉儿子的事情,痛哭不止。淑娴陪着她流泪苦劝了好一会儿,才脱身去看开会的情景。淑娴跑到学校门口一看,妇女们已揪住江水山,正向外拖他。她吓得哭出声,急跑着上山去找村长。出乎她的意料,碰到出夫回来刚走到村头的指导员。

曹振德边走边听淑娴急急地叙述桂花的问题，赶到学校里来。此时，江水山的衣服已被撕破，女人们正在向门外撕揪他。曹振德见情厉声喝道：

"住手！干什么啦？"

妇女们光顾叫嚷着去扯江水山，没理会有人来。江水山只是不走，没有猛烈地反抗，大手紧护着手枪。人怀叵测，背后长眼。王镯子见来人急忙向人群后面钻。

"指导员！"孙狗剩媳妇叫起来。

妇女们像听到一声命令，立时缩手收脚，哑然消声。

曹振德向女人们说：

"事情我明白了，你们都回去，由政府解决。"

孙狗剩媳妇说："不行，我们要他去游街，非出这口气不可！"

"不信你的！你们干部向干部！"冯寡妇叫道。

"这话你有事实吗？"振德质问道。

冯寡妇翻了一下白眼，没再出声。

曹振德一到，孙俊英就泄了气，知道大势已去，好戏已煞锣息鼓。她要极力推脱自己的责任，顺水推舟地说：

"现在散会，事情有指导员负责。咱们回家吧！"她刚要溜走，但是曹振德叫道：

"孙俊英！到屋里来一下。"

在教室里，曹振德脸若冰霜，口气严厉地问：

"这会是你开的吗？"

"是我。"孙俊英满不在乎，又加上，"是大家的意见！"

"开会为的什么？"

"处理问题。妇救会对民兵队长的气可大啦，再不开要闹起来！"

"这像开会吗？为什么把江水山揪起来？"

"这是他不接受意见,打了夫属冯桂珍,惹大家上了火,要拖他游街!"孙俊英呼冯寡妇的官名,还是第一次。

"这责任由谁负?"

"当然是江水山,民兵队长!"

"我说的是谁开的这个会。"

"会开错了吗?发生事不该开会处理?"

"我说的是开斗争会!"

"这……我当妇救会长的有权力!"

"谁给你的这份权力?"

"大家选我当干部!"

曹振德锐利的目光扫了她一眼,感到没有再和她说下去的必要。他声音铿锵有力地说:

"孙俊英!自江仲亭同志参军后,你的表现就很不好。不,应说是你从早就是坏的。党给了你多次教育,长时间等待你转变,对你真是仁至义尽。可是仲亭牺牲后,你越发变得不像话了,连个一般群众都赶不上,破坏了党的威信。没别的法子,只有由你自己去吧。我正式通知你,孙俊英!区委已批准党支部的意见,清除你出党。"

孙俊英猛想起孙承祖的嘱咐,立时鼻泪涕零,哭着哀求道:

"我错啦,我该死!支部书记,再给我个时间转变吧,我一准改!"曹振德无动于衷,仍是严正有力的口气:

"改过自然是好的,我们也希望你当好解放区的公民。至于你的党籍,是绝对保持不得,为爱护我们的党,非开除你不可了。还有,妇救会长的职务你也别管了,等开会罢免重选新的。"

孙俊英还想假哭要求一番,但是瞥着曹振德那紧板着的粗糙的脸,知道不会生效。于是,她冷笑一声,横着眉毛说:

"好,我不求你,孙俊英从不知软话怎么说!哼,你真以为我很看重那党员的牌号吧?算了吧,它不能挡风不能遮雨,当不了饭抵不了衣,倒像紧箍咒似的套在头上,处处叫我受难。好吧,谢谢你们的大恩大德,大慈大悲,孙俊英算舒心了!"她摇晃着头扭歪着身子,异常自负地走出门。

曹振德厌恶地望着她的背影,冷冷地说:

"把身上的死皮烂疮割去,我们也感到松快!"

振德走到院子,才发现江水山像苍老了许多年,颓然地坐在那里发愣。振德第一次见到水山这么沮丧,这么可怜,他深切地感到,这青年是受了多大的冤枉委屈和沉重的打击啊!振德内心充溢着同情和怜惜的激情,走到他身边,低声唤道:

"水山,你没走。"

江水山木然未动。振德声音提高了一些:

"出了事,没精神啦!"

水山陡然起身,两眼闪动着泪花,颤抖着声音说:

"大叔,支部书记!活到这么大,受这种气还是第一遭!我怎么办?跳到黄河也洗不清啦!我……"

"好啦,不说啦!"振德当然不相信水山能干这种坏事,他想了解一下事情的经过,然而见水山这么痛苦,就决定暂时不谈,以后再调查。他安慰道:

"水山,不要急。事情早晚能弄个水落石出。"

"把军属都惹火了!"水山伤心地抽泣着,"正在这紧张关头,对工作造成多么大的损失!"

振德沉思着说:"事情是不轻,也真是个谜。很可能这里面有鬼。我相信你,水山,这点你放心。我们要早做工作,把风浪平下去。"

江水山脸颊挂着泪珠,痛心地说:

"我受不了,吃不住这种冤气。支部书记,替我要求上级,要我上前方吧!叫反动派把我打死,江水山不会皱一下眉头,喘口粗气!可是干这后方工作,硬不得,软又不行,把人气死冤死啦!支部书记,要我上前方吧!"

振德擦了把脸上的尘土和汗珠,严正又慈爱地教诲道:

"革命需要干什么就干什么才是对党的态度。水山,要依你早先的性子,非和妇女们打起来不可——那样一来,事情就闹大了……好,你听党的话,脾气改多了,往后能完全改好的。水山,把腰杆子挺起来,挺起来吧!"

第二十一章

村长和指导员,召开了行政干部会,研究江水山和桂花的事件。

村里的流言越来越多,尤其在烈属、军属、夫属女人中,这件事引起了激烈的反应。

曹振德详细和桂花谈过,安慰了她,向她分析了情况,要她相信江水山,不是他干的。桂花经振德一说,也就冷静下来了。曹振德除去知道水山的为人不可能干这样的事之外,经过查对情况也有出入。据水山母亲谈,那件白褂子洗过放在外面晒的,江水山根本没穿,另外,老东山走亲戚回来证明天傍亮时水山是去过北河堤上。但是还找不出明确的人证,说明江水山一直在堤上,使群众相信。

干部们肯定,这是有人要强奸桂花,怕被捉住,就装作少左胳膊,企图转嫁江水山,里面可能含着陷害报复的成分,要追寻调查其人。同时向群众进行说服,不要乱嚷乱讲,听凭政府的处理。曹振德则想得更深一些,他联想起毒死牛等一连串事故,但他没有立即提出来。

开会时,江水山一直皱着苦脸发呆,没说一句话。散会后,振德安慰他说:"水山,心放开点,事情总会查清楚。"

"这个村我是待不下去了,都像仇人似的看我,骂我!"水山痛苦地低声道。

振德一想，青救会长孙树经和春玲，还领着民工、牲口在县粮站向西往来地转运粮食，就说：

"这样吧，明早上你去出差，换回孙树经。你不要干重活，招呼一些大家就行啦。出去散散心，晚上就回来。"

"好吧。"江水山沉重地迈出门槛。

第二天一亮，曹振德刚送走江水山，又在村公所忙了一气，回到家里和两个孩子做饭时，太阳已出地面两丈高了。

振德家的饭还没好，互助组的玉珊和新子跑来找他下地。新子说：

"大叔，不让桂花下地她偏要去。"

"还是不要她去，活咱们给包下来。"振德回道。

"从前叫她去都不愿意，怕把皮晒黑了。自冷元大爷牺牲后，她变样了，真积极起来！"玉珊赞叹道。

"是啊，这才是人的骨气！不过还是叫她在家哄孩子吧，家只她一个人了。你就说是我吩咐的。"振德感慨地说道，又告诉她俩：

"今上午我也请假，有工作干。等吃完饭，叫明轩和明生去，今天是星期日，他俩不上学。"

"怎么这么晚了还没吃呀？"玉珊问道。

明轩不好意思地说："我和兄弟俩睡懒觉，起来晚了。"

"是吗，明生？"玉珊含笑着瞅明生。

"不假！"明生比画着说，"玲姐不在家，爹又出夫好几天，我和哥每晚等门响，睡得晚，早上又起来做饭，可瞌睡啦。昨晚上我俩说，闭着眼好好睡吧，明早一睁眼，伸手就吃饭。醒来一看，锅是空的，爹也没啦！"

"真懒，学江任保啦！"玉珊笑道，"快，我看看你的腚片片。"

"做什么？"明生眯起眼睛。

玉珊拍他一下屁股说:"看看叫日头晒焦了没有……"

玉珊他们走后,振德一家吃完饭,明轩明生拿着锄头跑了。他把锅碗收拾一下,就准备出门。振德要去访问几家烈军夫属,这是昨夜干部会上决定的。主要是为解决江水山的事,向她们交代清楚,政府一定会追查出坏人;其次也搜集一下军属们的意见,安慰她们一番。

然而,被繁忙的支前工作累得疲惫不堪的干部们,低估了桂花事件的严重性,暗藏的敌人挑起这场陷害案,正要加以充分的利用,进行毒辣的破坏。孙俊英在这里面扮演着主要的角色。

昨天上午,按照孙承祖的计划孙俊英召开了妇救会,实指望江水山那火暴性子,会被奸案震怒,大发雷霆,动起手脚。这样一来,妇女们会火上加油,不把江水山打死,也叫他伤身流血。江水山虽没像他们预计的那样一开始就火起来,但终于动起手枪,失手打了冯寡妇。孙俊英当时兴奋得无法自禁:"好小子,江水山!老娘正等你这一手!放枪呀,打死一个就好了……"她趁热激励着女人,以拉江水山上街游行为名,围攻江水山……

真是霉气,曹振德出现了。他一来,孙俊英心里就凉了:"你这个死东西!要硬像钢,要软像棉花,最难治啦!可非治你不可!"

和孙承祖商量好后,孙俊英、王镯子,叫上冯寡妇,嘴不合唇,脚不停蹄,奔走人家,喷出恶毒的谣言。她们找一位高小学生,写了一张控告民兵队长江水山强奸军属刘桂花的呈子,调唆起十多名军属、夫属女人在上面按了指印,冯寡妇自己就按了七个。孙俊英去找桂花,要她拿着上区政府告状。但桂花不去,她已经被振德说住了,听凭政府处理。孙俊英无法,打发冯寡妇和军属孙狗剩媳妇,傍晚送到了区上。

这是孙承祖他们计划的一方面。更主要的是他们昨夜串通好十几家落后的军属、夫属,决定今天上午去找江水山,他不承认强奸了桂花——孙俊英几个知道，至死江水山也不会承认——就要整治他。没有疑问，指导员曹振德一定会来，那就连他也捎上打。一些最厉害落后的女人，都准备下打人的武器。孙俊英她们所以能借事煽起部分妇女，也是有原因的。

今年开春以来，由于去年庄稼严重歉收造成了粮食缺乏，虽然政府做了最大努力，保证了支前任务的完成，没有人饿死，没有讨饭的，但大家的生活是艰苦的。当然，军属们的生活也和一般群众一样，政府不能给予过多的照顾。大多数的烈军夫属都很有觉悟，表现了为革命牺牲一切的精神。然而也有少数人思想不通，对亲人上前线有抵触，但阻止不了青年的参军行动，就把怨恨转嫁到干部们身上，找政府的麻烦，苛刻地要求照顾，想过比一般群众好的生活。山河村更加一层，春天去出长期民工的一些人，本定为四个月回来，可是已经过期好长了，还不见影子。干部们再三向其家属解释，这是战争的需要，随时变化的新情况；但这批民工的家庭，大部属于不愿参军勉强尽义务的一类，夫属的不满情绪越来越强烈，抱怨政府欺骗不对。孙俊英以她当过党支部委员、妇救会长的身份，完全把党内的秘密暴露给这些落后的群众。共产党办事光明磊落，处处为革命为人民，有些事情有秘密于一般群众，也是为了统一为人民服务的目的。如果孙俊英按事实讲也没有什么，但是她加油添醋，信口雌黄，凭空捏造，极尽诬蔑挑拨之能事。她说，那次参军，区上本来要十名，曹振德、江水山，非要去二十名不可，为的煊赫他们有本领；谁家参军的人在区上没批准，应该回家的，可是曹振德硬要上级留下了；上级发的救济粮真不少，哪去啦？细米白面叫曹振德几个分着吃了，粗粮退回去，他们落了积极的名声，说是动员军属自动交公的；曹振德家打粮不多，为么还多交公粮，接借别人，他家还有吃的？这都是贪的污呀！出民工过了期，全是曹振德他们捣的鬼，把民工送走的第二天，他们就写信告诉上级，那些人可以留下当兵,不用回来,家里由干部负责,曹振德向夫属讲的那套理,全是假的,向他们要人没有错!

这些集结着不满阴暗情绪的军属夫属,被她们所关心的最有诱惑力的事情吸住了心窍,加上孙俊英的原来地位,就全信以为真,对曹振德和江水山产生了极度的怨恨。再为民兵队长强奸军属一事所触发,她们完全激动在报复的兴奋情绪里,要向干部们算账了。

孙俊英等男人和青年妇女都上山下地之后,带领着十多位军属、夫属女人,闯进江水山家里。当知道江水山已经出差时,妇女们怔住了。

"怎么样?昨天曹振德打包票,说江水山跑不了,看看,叫他放走了吧?"孙俊英大声叫道,"军属们!他们是穿一条裤子,成心和咱们作对呀!不让咱们女人活下去了啊!"

王镯子响应道:"跑了小鬼有阎王!"

"对啊,找曹振德去!"冯寡妇呼喊着,"什么事都是他生出来的,他官最大啦!"

"走,走!找指导员要人!"孙狗剩媳妇附和。

"走!……"女人们都喊起来,怒火越发炽烈。

她们像一伙打野架的群氓,争先恐后,气势汹汹,直取村西头那幢离村百步远的孤屋独房而来。

曹振德刚要出门,十几名女人呼呼啦啦地进了院子。他一时有些愣怔,摸不清是怎么回事。接着,他从她们的仪表怒容上,每个人的日常表现上,找到了答案。

"都是些落后分子,由孙俊英带着头,心怀不善……"振德暗自忖道。他没有惊惧的表示,含着温和的微笑招呼道:

"哦,稀罕,一下子来了这么多串门的。进屋坐吧,进屋坐吧!"

女人们横眉冷眼,怒冲冲地虎视曹振德。但是,她们感到从他身上发出一种无形的威严，逼使她们一时开不了口。

振德仍然含笑招呼道："进屋坐吧，有事好商量……"

"不用进去，在院子说就行！"孙俊英本不想打冲锋，可是没人开腔，她怕她们的气焰消下去，不得已顶上一句。

"那好，有事大家说吧。"振德态度和蔼，极力想把空气缓和下来。

女人们仍是不出声。孙俊英丢个眼色给冯寡妇。跳大神的巫婆并不是害怕，上次她来撒野，闹得狼狈而逃，好没趣味；这次人多势众，她胆壮气足，只是不知从何说起，才没启齿。她见孙俊英示意，立时叫道：

"你为什么把江水山放跑啦？快招！"

曹振德注意到孙俊英的举动，他想避开她和冯寡妇，向那些军属夫属女人解释清楚。他平静地说：

"哦，你们都为这事来的吗？嘀，大家误会啦，我怎么把江水山放跑了？难道谁把他押起来过？乡亲们，江水山的事我们开过会，正在处理。我们认为，这事有蹊跷，不像是江水山干的……"

"包庇！诬赖咱军属！"王镯子打断他的话。

"不是他干的，为什么跑啦？"孙狗剩媳妇质问。

"是呀……"几个女人重复她的话。

"这个又是大家误会啦，"振德解释道，"江水山是出差的，是我叫他去的……"

"好哇！你昨天亲口许愿他走不了，你又放跑他，这不是包庇是什么！"冯寡妇呛上来。

曹振德不理睬她，向女人们说：

"大伙相信政府吧，不论干部大小，犯了罪一定要处理。是江水山干的，他推也推不掉；不是他干的，他想招也不行。咱人民政府说到办到，你们看看，前些日子我们得罪了几家中农，粮食照数退还,给他们赔情道理,这些不假吧?"

"不听他这一套,退兵之计!"王镯子吼道。

"我不撒谎。老实话,别说是军属被人糟蹋了,就是平常人受了害,我当指导员的脸上也过不去,我的心不比你们好受些。桂花是我本家侄媳妇,要说是私人包庇,我该包庇的是桂花,不是江水山,是吧?"曹振德恳切地说,"军属们,夫属们!咱们的军队正在和反动派打得紧,胜利消息报纸上天天登。这也是你们大家的功劳,把亲人送上前方,为革命流血牺牲……"

妇女们都静静地听着,有的头耷拉下去了。孙俊英神情紧张,眼看她们的嚣张气势渐渐消下来。她打断曹振德的话说:

"我们不是来听你讲话!你们的漂亮话听够啦,它不能当衣当饭,没男人受寡吃苦的是我们!"

"我男人出去一年多没音信,说不定也完啦!"王镯子哭声叫道。

振德愤怒了,严厉驳斥孙俊英道:

"你不愿听就出去!大家不和你一样,为个人享福不管穷人吃苦受罪。前些时还装点人样,如今你简直不是人啦!"

孙俊英恼羞交加,脸变得紫红,跳着高儿嘶叫道:

"女人们!不要听他那一套,叫我们吃苦受罪都是他曹振德干的。他私吞救济粮,上级不要那么多参军的,他硬要叫去!你们的男人、儿子出夫,不会再回家啦,都是他使的坏!"

冯寡妇大步冲到振德跟前,指着他喝道:

"你这穷骨头!给我的儿子,还我的孩子!"

"还我男人!你不让我们活下去啦!"王镯子喊叫。

"你这东西!要我们吃糠咽菜,你可克扣救济粮!"

"这么下去,咱们军属女人的炕,都要叫干部占上啦!"

"你把我们出夫的人不叫回来,凭的什么!"

女人们声嘶音尖地吼叫着,围上曹振德。

振德镇静如常,质问孙俊英道:

"孙俊英!这些话是真的吗?"

"句句属实!半句有错我烂舌头!"孙俊英晃着双拳高喊道,"军属们!我当过干部,当过党支部委员!就是因为我不和他们一条心,我向着你们,为你们争气,为你们说话,他们把我开除啦!"

"你这个败类!"曹振德气得脸色发白,"孙俊英!我告诉你,骗得人一时,纸里却包不住火。你这样破坏,要倒霉的!"

"我不怕!为了军属们,孙俊英敢做敢当,杀头不过挨一回刀!"她拍着胸脯,气焰张扬。

"乡亲们!不要听她的,"振德向女人们说,"孙俊英是个坏……"

"呸!我坏没贪污,没拿着别人的男人、儿子去送命!"孙俊英向振德吐一口唾沫。

"你还我儿子!你们共产党说话是放屁……"冯寡妇嘶叫谩骂,揪住振德的衣服。

女人们喊起一片声浪——

"还我男人!"

"给我儿子!"

"赔我孩他爹!"

振德大声说明,声音都叫哑了,但是女人们不听他的了,压没他的声音。他努力忍辱抑怒,擦去她们一口口唾到他脸上的唾沫,沙哑地叫道:

"乡亲们!你们不要急……"猛然,他左臂被谁狠狠扭了一下。他疼痛得本能地推了那人一把。

王镯子顺势倒下去,锥扎般地哭号:

"不好啦,指导员打人啦!他打我奶子,打我的奶子……"

冯寡妇的尖长指甲,抓破了振德的脸。血立时从他面颊上淌下来。振德忍痛挡开冯寡妇，弯腰去拉倒地的王镯子，但他被谁猛地推倒了。

王镯子双脚踢着他叫："你还想来抓我的奶子，不要脸！快救命啊！……"

几个女人像疯子一样扑上来，拳头、脚掌，打鼓般地落在振德头上、背上、腰上、腿上……他挣扎着爬起身，痛苦地皱紧眉头，镇定地喊道：

"乡亲们！你们这样做不对啊！政府不会饶你们……"

"打你一顿出出气再说！"

"你欺负我们！就要报仇！"

"说，你还我男人！"

曹振德不还手，只是用胳膊保护着脸部，闪躲着女人们的袭击。他想挣脱开走上街，但是女人们把他死死地揪住，使他处在牢固的包围中。他竭力地叫道：

"乡亲们！你们不要打，打坏我，对你们没有好处……"

"呸！打坏你少一个索命鬼，反正我们也不想活啦！"

"八路军讲话，不打好人，坏人脱不了！你当干部做坏事，打死上级也不可怜！"

"要不打也行！"孙俊英得意地说，"下令开粮库，给我们一家两百斤麦子！"

"对，你答应这个条件就放你！"

"不答应就还我男人！"

曹振德挡过谁袭来的拳头，坚定地摇摇头说：

"公粮不是我的，是人民解放军的口粮，我没权力给你们！"

"你有权力！上级有过规定，最紧要的时候党支书可以动用一部分！"孙俊英飞快地说道。

曹振德脸色发青，怒视着孙俊英的脸，真想踢这个坏东西一重脚，但他还是忍住了，断然地回答：

"不错，有过规定。可是你们不是紧要，能过得去，不能吃这贵重的粮食！"

"啊，听到没有？"冯寡妇狂怒地吼叫，"就是他自己紧要，想把咱们都饿死！来呀，动厉害的！"她从怀里掏出剪刀。

曹振德看时，一大半女人手中都握上剪刀、锥子、拐刀等凶器，他的心不由得有些惊悸。

"怎么样，你给不给粮食？"

"不给我们就不客气啦！"

振德那流着血道、青肿的脸皱了起来。在这远离村庄的孤宅里，人们都又上山下地了，是难以有人来解围的。如果他不答应，这些被煽惑起来的疯狂的女人，是真会把他全身戳烂的。他愤懑起来，这些不讲理而狠心的女人，给了他多大的痛苦和冤枉啊！难道他曹振德不是烈属军属？他苦费心机地为大家操劳就得到这个下场？不，他要挣脱出来，抓起墙边的镢头，冲出她们的包围……但是他又转了想法：

"不对，我想哪去了？委屈点就委屈点吧，算不了什么。坏蛋只有孙俊英和冯寡妇，其他人落后是落后，都是一时被迷惑住，过后会明白过来。我不能和她们打，伤害她们怪可怜的……"同时振德知道，孙俊英提出要粮不是真正目的，是以此得寸进尺寻由闹事。

"怎么样，下令吧！"冯寡妇猜想振德为了保命，一定要屈服，"你在纸条上盖个印，我们去开粮库。"

"别做梦了，神仙婆子，你算得不灵呀！"振德向她讥讽地冷笑一声，又向女人们苦口劝道：

"我的婶子、嫂子、姐和妹们呀！你们听我的话，放开手算啦。要明白，你们打个曹振德没关系，可他是指导员，是全村人选的，上级委任的。我能看在本村面上饶过你们，大伙和上级可放不过你们啊！再说我没有犯你们说的那些罪，早晚你们会明白……"

"少废话！交公粮出来！"

"你们别瞎想啦，"曹振德平静地说，"我怎么能随便给你们粮食呀！"

"你这东西，那粮食就是你的命！"一位老太婆骂道。

振德承认道："不假，婶子！真可以说，公粮比我的命还贵重……"突然，振德痛叫一声，腰间像扎进钢刀一般刺痛。

孙俊英戳了振德一剪刀，其他的女人都跟上来了。有三四个妇女见真动起凶器，吓得悄悄溜走了。

曹振德周身受伤。他的衣服早撕碎了，剪、刀、锥，直向他肉上刺。白刀子进去红刀子出来，尖刃触肉，皮绽血流。振德的呼喊声已被巨大的疼痛所遏止，声音咽泣了。他颠踬摇晃，东一头西一头地撞荡，最后再无招架之力，闭眼垂头停了一会儿，沉重地栽倒下去。王镯子瞅人不注意，迅速地溜出了门……

骤然，外面传来急促的脚步声。正要出门的行凶的女人们，被一大群男女堵了回来。这是水山母亲找来的。

原先孙俊英领着一伙女人未找着江水山，就叫着去找曹振德。她们离开后，水山母亲越想越不好，就向村西头摸来。她年老体弱，眼睛昏花，颠踬着小脚摸索着来到振德门口，看见那些女人围上了曹振德。她知道事情不好，想上去劝几句，但又想一定不起作用，反而要叫她们堵住，不让她去叫人。老人慌乱异常，路上摔了好几跤，到田里去招呼人们回来……

打指导员的女人们都急着把剪刀等凶器丢掉或藏匿起来。孙俊英想夺门逃跑，被新子一把揪回来：

"哪里去！"

仁顺嫂端锄把守门："一个也跑不掉！"

明轩和明生扑向父亲，哭叫道：

"爹！爹呀！……"

人们围住曹振德，扶他坐起。淑娴和玉珊忙着给振德包伤：

"大叔！大叔！……"她们都哭出了声。

曹振德急促地喘息着，忍了几忍，还是吐出一口浓血。他强作笑容安慰孩子道：

"别哭！爹不是好好的吗？"他痛楚地咽了口唾沫，"给爹水喝……"

两碗凉开水，给振德恢复了一些力量，他向人们说："大伙放心，我没关系。"

人们瞅着指导员鲜血淋漓的身体，眼睛充满了泪水。他们又都愤怒地攥紧拳头，朝那些行凶的女人们扑去。

女人们奔跑着，尖叫着，挣扎着……

六十多岁的孙狗剩的父亲，气得白发发抖，抓住他儿媳妇，怒骂道：

"小兔崽子！我要你的命！……"将她打倒，用脚狠踢。

"不敢啦，爹呀！不敢啦！……"孙狗剩媳妇不迭声地哭叫。

曹振德不顾全身的剧痛，大声喊道：

"大家别动手，别打人！"

人们哪里听他的，都抓住自己家的女人，又打又骂。

振德挡开姑娘们给他包伤的手："等等包，扶我起来！"

"别管她们，大叔！打死那些臭娘儿们也该！"玉珊叫道。

"该打！狠点打！"好多人呼喊。

"不行。"曹振德鼓起力量，拼命地挣扎着爬起来，倒倒晃晃赶到孙老汉的跟前，拉住他的胳膊说：

"老哥！住手，不能打！"

孙老汉流着泪说："兄弟！看这些死东西把你害的，我怎么忍心啊！非打死这兔崽子不可！"他又向儿媳打去。

曹振德怎么喊人们也不听，四处都是打骂声。他咬着牙弓下腰，横身护住孙狗剩媳妇。

"兄弟！你……"孙老汉惊叫。

"老哥，你不住手我不起来。"振德坚决地说。

老汉只得停手，激动地拉着振德道：

"大兄弟！你叫人心要火烧啊……我不打，你快起来！"

"老哥，你快叫大伙住手，不然我不起来！"振德要求道。

人们见到这个情景，勉强停止打骂行凶的女人。

振德被几个人扶着坐在石条上，又喝下一些水，声音提高了：

"大伙不能打人，有事由政府处置，随便打人是犯法！"

"大叔，她们把你打成这个样子，就不犯法啦！"淑娴愤愤不平。

曹振德做出微笑道："她们不知道什么，犯了法，咱们不和她们一样。我一个人吃点苦小事，叫她们那一些跟着受罪，这不好，也不对。"接着，他说出连行过凶的军属夫属们都大吃一惊的决定：

"让开路，叫军属夫属们回去。"

女人们一个个满脸惊慌，大瞪着眼，都木然未动。倒是孙俊英已开始向门外钻。

"孙俊英！"曹振德厉声喝道，"我没叫你走，你不是军属、烈属！江仲亭同志即使活着，也决不会再认你是他老婆。你给我们的烈士丢人已到头啦！"

新子等两个民兵，将孙俊英守住。

"大叔，这个也放不得！"淑娴气恨地指着冯寡妇。

"砸死这个骚巫婆！"好几个人骂道。

"冯桂珍！上次你差点害死人，政府宽大你，要你好好劳动，老实守法；这次你又加劲捣乱，算是罪有应得！"指导员做了决定。他又向那些女人说：

"你们怎么不走？走吧，我说的是实话。你们回家想想，就知道该怎么办了，快回家干活吧！"

刚才还疯狂如荼的女人们，现在都恨不得将头割下来抱着走，眼睛瞅着脚尖，有的悄声啜泣，慢慢地向门口移去。

曹振德看着赶来的人们的怒气未息的样子，严正地叮嘱道：

"大伙回家谁也不准打自己的女人。这是指导员的话，一定要听！"

"兄弟，兄弟！"春玲瞅着坐在院门槛上的明生，喜声唤道。

明生没抬头，两眼盯着地上的蚂蚁发怔。

春玲一惊，急切地说：

"明生！姐得罪你啦？不认姐啦？"

"姐，玲姐！你完成任务回来啦！"明生高兴地跳起来，抓住姐的手。但他脸上的喜色很快又消失了，眼睛闪着泪花，悲愤地说：

"爹！爹叫坏人打伤啦！"

"啊？！"春玲惊瞪起眼睛，"爹在哪？"

"爹在家睡着，我在等明轩哥，他拿药去啦！"

春玲急冲进屋里。她两手撑着炕沿，望着父亲，热泪立时涌进眶眶。

振德全身箍着白布，躺在炕上。他正发着高烧，汗珠从额上向下滚。他沉入昏睡中。

春玲轻轻爬上炕，坐在父亲身边，用手巾小心地给父亲揩汗。看着父亲那失去血色的瘦脸上，胡子蓬乱，被抓破好几条血道，姑娘忍不住，身子抽动起来，她用力压抑冲上来的悲恸，可是愈压愈强烈，终于呜咽开了。

曹振德被惊醒，微微睁开眼。他认清是谁，眼睛立时张大了，嘴唇动了几下才说出：

"玲子，回来啦！"

"嗯，爹……"姑娘哽咽地说不出话。

振德抓过女儿的手,温声道:

"别哭,爹还好。你是大的,叫你兄弟听见,更哭得厉害……"他又关切地问,"玲子,你水山哥精神怎么样,也回来啦?"

"任务完了,回来走在半路时,水山哥上区去啦。"春玲有些纳闷,"爹,他去粮站后就干起来,一点不闲着,也不说话,出了什么事?"

"哦,也不怎么样……"振德尽量平淡地把村里发生的事告诉了女儿。

曹春玲立时下了炕,细眉一挑,墨黑的桃形眼睛变成杏子样,怒容赤色,愤慨地说:

"这些坏娘儿们,反了天啦!爹,把她们押在哪里?我们先找出几个,开会斗一下!"

"押那么多干什么,只抓了孙俊英和冯桂珍……"

"啊!那么多罪犯都放啦?!"青妇队长惊讶不止,"爹,你这是右倾!做得不对头……"

"玲子!你小点声不行吗?怎么像个不懂事的孩子,这些话说得多轻飘……"振德责备道,见女儿垂下眼皮,他不说了。

"爹,"春玲又凑近父亲,难过地说,"我心里真是气不过,爹别生气、伤痛。"

"爹不生气,可是玲子……"振德把教训的话暂且压下了,望着疲劳的女儿,催促道,"快做饭吃吧,你肚子一准饿啦……"

"爹,二姐!"明生在外面叫道,"我大姐来啦!哎呀,真高兴,两个姐一齐来家啦!"

区委书记曹春梅,在东面的汤泉村检查完工作,她又向山河村来。她上路没走多远,区上通信员小王骑着车子迎面碰上了。

"教导员,有信件。"小王跳下车子,从布包里递给春梅一扎信件。

春梅打开一看,有一封通知,那批出去为期四个月的民工已经回到县上,不过有十几个青年自动参了军,有两名牺牲了。她又拆开上面写着"曹春梅同志亲启"的信封,展开看到——

春梅同志:
告诉你一个很不幸的消息,曲日东同志领民工支前,在孟良崮战役中,壮烈牺牲了……

春梅的脑子嗡的一声,信上的字迹立时模糊不清了。

小王见她突然怔住,呆呆地发愣,脸色变得煞白,惊诧地问:"教导员,你怎么啦?"

春梅猛醒过来,以擤鼻涕转回身拭了把眼睛,勉强地笑笑说:"我心口有点痛,老病……"

她吩咐道:

"小王,回去告诉张区长,向各村布置一下,组织群众热烈欢迎回来的民工同志。在区上向民工们讲讲地方上的情况,征求他们对政府的意见。"

小王应答着要走,春梅又加上说:

"对牺牲的民工同志的家属,要干部们好好加以安慰,有什么困难,尽一切力量帮助烈属解决。"

自行车变成一条黑线,又飞成一个星花,接着什么也没有了。春梅怔怔地对着前面,闭上了眼睛,缓缓地坐到土丘上,眼泪涌出了两眶。

牺牲啦,他死啦,再也见不到他啦!直到这时,春梅才觉得,她和曲日东结婚虽已三年之久,见面的机会却太少了,太短促了。过去她没十分想到这种需要,甚至曲日东领民工支前这么多日子,她也没怎么思恋过他。这时她才痛感到,他们夫妇的爱情生活是多么不够,又是多么珍贵啊!她怎么过去没想一想,多同他在一起好呢？那时，只要想到他在工作，在战斗，心就很平静，感到甜蜜幸福，比两人在一起不差些。现在，他，他没有了！她，她永远见不到他了啊！

曲日东的影子鲜明地活动在春梅心间。他那么瘦，长期艰苦的游击战争生活，使他负过几次伤，患着严重的胃病。国民党一发动内战，他就要求上前线。由于他身体不行，没被批准。上次支前，他怎么也要去，向县委申请几次，到底达到要求了。他走时，因为忙于准备工作，连同妻子见一面都没有，只留下个纸条。春梅一点不埋怨他，很满意，为丈夫上前线而高兴。他们对待革命工作的态度，想的做的都不谋而合，吻合无间。

春梅越想越悲痛，泪流得越多。身上软绵无力，像是那块重要的筋骨失去了。她手里翻动着信纸，揩了几次泪水，又将信看下去——

……春梅同志，日东同志的牺牲，是我们党的损失，是全县人民的损失！县委县府的同志都很悲痛。我们知道，你会更痛苦些，谁失去亲人都是最不幸的。可是我们更知道，你是抗战头几年的党员，受过血与火的考验，得到党的多年教育，是能克制自己，化悲痛为力量的。这样，我们才能继承日东同志和所有先烈的遗志，不愧为他们的战友和亲人。

因为工作忙，过两天我再去看你……

春梅的目光凝注在县委书记那正笔正画的签名上，心里默默地说：

"宋政委，放心吧！春梅哭是要哭的，可是流出的泪我能擦掉，很快就擦干……"她毅然地站起来，把信折好装进腰里，拢了拢头发，放步上了路。

"不要流泪,忍住,使力忍住!叫人看见,区委书记在哭,多丢丑啊!"然而眼泪不听她心里的命令,还是向外涌。春梅气急地擦着眼睛,望着村庄说:

"哭,要哭回家再哭吧,在家里是闺女,不是区委书记。女人泪多,就对着亲人哭个痛快吧……多大的女儿见了妈也是孩子,有妈给擦泪水。啊,我可没妈了……不,我有爹,我爹跟妈一样好,我向他哭一顿吧!爹呀,你等着擦闺女的眼泪吧……"

在弟弟明生的欢快的呼喊声中,春梅迈着沉重的腿跨进屋门槛,她呼吸紧迫,泪水欲滴。但一见躺在炕上的父亲,立时浑身一震,靠在门框上。

"姐,你快坐呀!"春玲接过姐姐的小包袱,拉她坐上炕沿。

振德望着大女儿的神情,以为她已经知道父亲的遭遇,为此而悲伤。他宽慰她说:

"春梅,别心焦,爹不要紧,伤不重。"

春梅极力镇定自己,着急地问道:

"爹,究竟是怎么回事,快说我听听!"

"……唉!"振德说完前因后果,深叹一声。

春梅的心立时被山河村的事件所攫取,压下她自己的巨大不幸。她沉思着,眉头越皱越紧,脸色也随着涨红了。

振德沉重地说:"春梅,不怨别人,是我的过错!我没把工作做好,惹了一场乱子。我请示区委处分。"

春玲同情地望着父亲,说:

"爹,这不能怪你,是那些娘儿们坏!真气死人,都是顽固蛋!要好好整治她们!"

"不,春玲!"春梅的口气很严正,"爹,你有错误,是工作没做到家,本来能避免的事,却发生了!是的,这该受批评!"

"我不同意你的意见,教导员!"春玲愤懑地叫道,脖子挺硬,眉尖扬起,圆眼直瞪姐姐,"爹爹受了伤,为革命宁死也不向坏蛋屈服！你不是不知道，他老人家为工作白天黑夜干，忘了吃，忘了穿！到如今被落后军属打成这个样子，谁见了谁不心酸、流泪！可是你，是上级，又是老人的大闺女，不但不安慰爹几句，反倒板着脸教训起来。你想想，这使爹多伤心啊！我当姊妹的看不惯你这种作为！"春玲越说越激动，竟至眼睛发涩，泪水盈溢。

春梅的心刺痛了一下："傻妹妹，你哪知姐姐板脸为的什么呀……"她为春玲疼惜父亲而感动，但嗅到少女的话里有不对头的成分。她本想解释几句，但是又压下了温情的言语，严肃地说：

"妹妹，我是委屈了爹吗？为革命受了伤，自然光荣。可是这和工作要分开。爹，头一件，你在发现桂花告水山的事情后，没及时向群众交代处理，你占了被动。这事是麻烦，一时难搞清。我们了解的人知道水山哥清白，可是拿不出充分的事实驳倒谎言，群众怎么会相信呢？再说，你完全被对水山哥的疼爱心支配了，正在这个时候，叫他离开村，这不为坏人造下空子，使群众发生误会吗？一句话，我们干部在处理这件事情中，没占主动，没发动积极分子的力量，就为坏分子煽起落后群众的不满情绪，造下了机会。"

振德点点头："说下去，梅子！"

"我说得不对吗，妹妹？"

春玲被姐姐的话吸引住，怔怔地听着。听到问她，她只把眼睛忽闪了一下，没有回答。

"第二件，没疑问，闹事的发动者是孙俊英。或者背后还有什么人。对于孙俊英，区委有责任，没有看透，被她一时的进步蒙蔽了眼睛，叫她混入了党内。可是她以后变得很坏了，你们支部只在党内批评教育，为什么不公开在群众中揭发她的坏处？这就是一些妇女还听她的话的原因。另外，这村的工作我过去也提过,对一些落后群众发动教育还不够,这是要严加注意的。所以我说,栽了跟斗是我们工作没做好,不能怨谁落后。如果人天生都是进步的,还要干部做什么?通过这件事也有它的好处,肉里有脓总要凸出来,咱们总算接受了一次大教训!"

"春梅,爹可没有委屈的意思,你的批评全对,我心里透亮多啦!"振德望着大女儿,诚服地说道。

春梅瞥妹妹一眼,声音仍然很坚硬:"妹妹!你怎么冒出那一番话来?把爹的功劳向姐姐表,替爹抱不平,难道我的眼睛是瞎的吗?为革命不顾一切还有什么好夸耀的,不这样还像个党员吗?"

春玲的脖子软了,头垂得不能再低了,脸直发烧。她小声说:
"接受批评,我没认识,不像党员说的话!"

父亲刚才还要教训春玲,现在却为小女儿护短了:
"春梅,你妹是疼我,一时心急才说的,这些理她该懂。唉,我说句公平话,春玲是好孩子,不纯是爹的,是党的!"

"爹,别说啦!"春玲害羞了,"吞下不认识的苦枣就知道味了,下回遇到类似的事,我也懂得怎么对待啦!"

春梅拉着妹妹的手,亲爱地说:
"我刚才批评你,也是疼妹妹,不生气?"

"哪里话,"春玲抬起头,孩子气地摇着头,"姐,你打我——只要妹有错,我也乐意。姐,我只是守着爹,才对你说那些瞎话……"

"我知道。妹妹,你对姐有意见?"

"你一进门就不高兴,我认为工作是工作,见爹受了伤,还是该心痛的!"

春梅鼻子一酸,心里抽泣道:"妹妹呀,你知道姐为什么不高兴吗?姐想见了爹和你就哭一场,散散心里的痛结子,可是……唉!我是用多大力气压住心里冲上来的哭声啊!我不马上谈工作，是忍不住泪水的呀！"

"好妹妹！"春梅努力做出从容的表示，"我也接受你的批评，一定对爹好，向妹看齐！"

两个女儿守在身边，这在曹振德是难得的幸运。这个家庭，在抗日战争的烽火刚刚烧到昆嵛山区的黄垒河畔，就卷进了革命的巨浪中。六七年来，儿女很难一齐回到父母身边。因为繁忙的工作和沉重的劳动，曹振德无暇过多地惦念子女。他救济军属，似乎忘记了自己是位人民战士的父亲，他老是为失去亲人的烈士家属担忧负愁，尽量帮助他们，倒没觉得他自己的大女儿也是牺牲在杀敌的疆场上。这时，他身受痛伤躺着的时候，注视着身边的两个女儿，他忆起牺牲几年了的春娟，想起在前线的大儿子明强，想到去年故世的妻子。振德感到很激动、悲痛，又感到欢悦、幸福。

父女三人默默地坐着。青年女子很难作假，脸色是心事的镜子，有事她再怎么背人，也逃不过细心人的眼睛。振德觉察出春梅的脸上时时出现悲伤的阴影。她还是为父亲在难受吗？不，不像。凭春梅这样的硬性人，不会老为这件事不开心，她一定有别的心事。对了，父亲好长时间没听她说曲日东的来信，女婿现在怎么样？

"春梅，日东还没有信来？"父亲关切地问道。

春梅有些慌乱，一时不知怎么回答。她用力掩饰不安，说：

"哦，有……来过，前些天来过……"

"拿我看看，姐！"春玲伸出手。

春梅直觉着怀里那封信像火炭一样在烤炙她的心，她想把它拿出……但看看父亲的绷带，妹妹的桃色笑脸，她立时打消了这个想法，肯定地说：

"放在区上，忘带啦！"

春玲埋怨道："真粗心，怎么不带给咱看看？"她又调皮地笑了:"呀,知道啦,想必是信里有秘密——私情话,怕见外人哪!"

春梅的心一涌,眼睛眨了几下把泪忍住,挂着笑的嘴唇动了几下,说:

"傻闺女,又贫嘴……"她急忙站起身,"爹,你好好躺着。走,春玲,到村公所开会去。"

"你妹刚出差回来,"父亲说道,"还没顾得吃饭……"

"不碍事,爹!"春玲已跳下炕,"工作能当饭,开完会再吃吧!"

江任保大喊大叫:"冤枉!冤枉!"

"你这个流氓懒汉子!事实明摆着,还耍赖皮不承认,谁冤枉你啦?"村长江合气得胡须发抖,大声叱道,"民兵,押他起来!"

一个民兵上去拉江任保一把:"走吧!"

任保赶到村长面前,理直气壮地吆喊:

"村长!人民政府办事,要人心服!我不服,我不服!"

正在此时,春梅姐妹走进村公所。春梅见情问江合:

"怎么回事,大爷?"

"啊,春梅!快坐,坐吧!"江合招呼道,又转向任保,"他偷东西,又糟蹋庄稼……"

"我心不服!"江任保冲上前,"上级在此,村长动强迫!我没偷,没偷!"

"这是什么?"江合指着桌面上的五六穗刚凸苞的青玉米,"春梅、春玲你们看……"村长激怒地向她们讲开了。

原来,今天下午老东山又去靠北河的玉米地头上察看堤坝,发现地里的菜瓜没有了七八个,还不能吃的青嫩的玉米被人掰下去五六穗,看样子是昨天窃去的,脚印都干了。老头子大怒,立刻怀疑是江任保所为。不差,从江任保院子的乱草里发现了这些不能吃的玉米穗子。江合听说后,非常生气,把江任保招到村政府。但是任保绝口不承认，以致把心软的村长也气怒至极，非整治他一顿不可。

在老江合指着赃物向春梅等人陈述时，任保面不改色，也像个旁听人似的站立一旁。接着，他对村长手里握着的烟口袋发生了兴趣。于是，他凑近村长身边，大大方方地伸手去拿他的烟口袋。江合很顺从地松开手……

春梅听完，生气地瞥江任保一眼，说：

"事情很明白，怎么不承认？你该好好想想，自己不好好干活，偷人家的生产果实，吞得下去吗？更不该，掰那些不能吃的嫩苞米，真是糟蹋东西……"春梅想到有紧要事，就收住话头："走吧，听凭村政府处理。"

任保把烟口袋塞进原主手里，涎着面皮向春梅说：

"教导员！政府有法令，罪没定，处分不得。你不管管？"

"叫你去反省，算不了处分。"春梅摆摆手，"挟走吧。"

任保耷拉了脑袋，跟民兵走出门。但他又转回来，说：

"哎，教导员！立功能赎罪吗？"

"去去去！"江合喝道，"不要再耍赖，反省不好强迫你生产！"

任保又道："这个事离了我，你们一辈子弄不清……"

"再吣天要塌啦！"春玲讥讽地抢白他，"你能立功别人能上天。"

春梅却留心到任保的话，注意到他的得意神气，心里一动，招呼道：

"等等。任保，你说说什么事。真是能立功么，一定宽大处理你。"

任保笑了："不哄我？"

"政府说过假？"春梅看着他。

"嘿嘿……哦！"任保刚要说，又骨碌着眼珠子扫了大家一眼，见江合和春玲都严厉地盯着他，又心怯了，"没有啦，我瞎说……"

"真混账！"江合骂道，"快押他走！"

"不急。"春梅阻止了民兵。在她再三的劝说下，任保讲真话了。

昨日天亮前，江水山在北河靠近老东山地头的堤上加土，不时听到玉米地里一阵簌簌响，他问了一声，又是几声狗蹿，接着是老东山的老灰狗蹿了出来。原来这和江任保有关系。

江任保早注意上老东山的这块玉米地长得好，穗子大，昨天鸡叫前就带着麻袋来偷。不料他刚进去掰了几穗玉米，就听到有人来了，并且从咳嗽声上辨出正是老东山。任保叫苦，出不去了。因为这块地是伸在堤的拐弯里，北面、西面就是河，南面是只能种稻子的水洼地，现在水及稻腰，人进去泥浆达到大腿，这块比堤坝稍矮一点的玉米地，只是东面一条进出路，而且这路必经堤上，现在老东山在那里向堤上加土，正好卡住任保出去的路途。任保心里着急，猛听狗叫一声，接着向他这里扑来。任保吓了一跳，急从口袋掏出块粑粑，塞进狗嘴里；狗吃完，又咬他；他就脱裤子假装拉屎；狗等着吃屎，也就老实了。又住一会儿，任保听到江水山和老东山讲话，接着老东山走了，江水山留下挖土上堤。江任保吓得汗从头冒，江水山最警醒，若是被他抓住……任保真的拉了一摊屎。狗吃完屎，也就走了。

任保趴在湿地上，一动不敢动，听着江水山挖土的声音，心里干着急。但是江水山像故意堵他似的，老是不走。任保越等心越烦，就把麻袋铺好，躺在地上等。渐渐天亮了，他才从玉米空间瞅见江水山向西走去。任保立时跳起来，这时才发现玉米太嫩不能吃，于是又拣最大的菜瓜摘了八个，偷偷地背到树林子的深草里藏好，当夜他老婆按着地址、记号，轻快地搬回了家……

"你怎么不早讲！"春玲又兴奋又气恨地说。

"我知道民兵队长和我在一起，那时没进村，更不会去强奸军属。我想报告——能立功，又怕漏出我偷——受罚。"任保咕哝道,"教导员,宽大我吧!"

春梅严厉地批评教育了任保一顿,打发他走了。江合把烟袋在烟口袋里装摸着,说:

"这家伙真说出了要紧的话,看来他这次还偷对了……哈哈!任保就瞅上老东山哥,我的东西他可不敢动……咦!"他掏出烟袋一看,锅子里一星烟面子也没有,再一瞧,烟口袋空空如也了,"怎么,我刚装满的烟布袋就空啦!"

那位民兵笑道:"大概是叫任保倒空了,我看他出门就从口袋里摸着烟,向烟袋上按。"

"他多会儿偷的?"江合好生惊奇,一想,摇摇头,"对了,刚才我正跟你们说话,有人拿我的烟口袋,我以为是谁要烟抽……这个江任保,真是胆大,在人眼前都敢偷!唉,他可真能偷……"

大家都哈哈笑起来。这时接通知来开会的村干部,都陆续到齐了……

参加闹事的军属夫属女人们,都挤在后面墙角的暗影里,把头使劲低着,喘气都不出声。这里面缺少孙俊英和冯寡妇,以及另外三个女人。

全体烈军工夫属大会在学校教室里召开。与会者特别多,每家不是一个代表,几乎全体出席。另外有各个团体的代表,自动列席的人更是多,屋里盛不下,很多人不顾细雨蒙蒙湿衣裳,都堵在门口。

屋里两盏大油灯通亮,空气很热。幸好烈军工夫属大都是妇女,不然加上抽烟,真令人透不过气来。

会议还没开始,乱哄哄的人声像是蜜蜂在闹窝。人们的注意力,都在那堆闹事的女人身上。

"你们怎么不上前面去,熊啦?打了指导员不过瘾,教导员今天来了,再动手吧!"

"这些母狼装死啦,你们的威风呢?妈的屄,死不要脸!"

"全村多少军属,大家都过得下去,就你们这些娘养的不跟好人学,走邪路!就没睁开眼睛看看人家冷元叔,大儿子牺牲了,二儿子去!他为护公粮,也……"

"和她们说这些,还不是对牛弹琴?要真问良心,振德哥家比谁不进步,为革命出力大?人家又是烈属又是军属又是工属,你们这些臭婊子倒觉得自己吃亏!真他妈的少挨揍!"

"不用低着头,脏脸盖不住。你们把裤子脱下包着头吧,反正要挨打的!"

愤恨、刻薄的喊声、骂声,直向乱事的女人耳朵里钻。天是如此的闷热,她们身上流着汗,但是互相还是向一起挤,挤。

打了指导员的女人们,并不是担心受惩办。当时,指导员满脸流着血,让她们回家干活,命令谁也不准打她们。这使女人们不敢相信,即使她们打对了,指导员有罪,他也要出出气呀!她们想,一定是有更大的惩罚在后面,她们还准备着和曹振德上政府打官司,有三个胆小的女人,偷偷溜回娘家去了。

整个下午在等待着灾难降临的女人们,平安无事地过去了。去敲她们门的不是民兵,而是干部,和她们只知道平常工作很积极、不知道是共产党员的那些人。

春梅在干部会上向大家布置,分头去说服闹事的军属夫属,向她们讲明党的政策,解除受惩办的顾虑,破除谣言,发动她们揭露主谋者。春梅自己也走访了几家军属,并宣布了为期四个月的民工已经回来了的消息,由于江任保的确证,江水山强奸桂花的事,也就不能成立了。

经过发动,闹事的女人们都明白过来,承认了错误,一致揭露孙俊英和冯寡妇怎样讲的坏话,煽动她们去找江水山,打曹振德。她们现在是自羞自惭,迫于众人的虎视怒颜,所以才抬不起头。

春梅和村长江合挤进屋,人们立时安静下来。

村长宣布开会以后,区教导员曹春梅用镇静、浑厚的声音说:

"今晚开烈军工夫属会,是和大家谈谈,也征求一下大家对政府的意见。"她顿了一下,怀着深沉的感情说:

"乡亲们!这一时期是叫大家受苦了,政府没把你们的困难完全解决好,这是实在的。按理,你们把亲人送给革命,是应该受到很周到的照顾,我们也想这样做。可是大家知道,反动派没等我们把日本鬼子打出去缓过一口气,就又开了火。我们为了活命,为了求解放,必须打敌人,解放全中国!青年们一批批上了前线,支前工作越来越重了,劳动力少了,更加上去年春旱夏涝,收成不好,粮食打得少。可是人民解放军倒越来越要扩大,需要的供给也就多了。所以公粮不但不能减,照样要纳,甚至有些增加,大家想想,自己的亲人在前方饿着肚子,怎么能和敌人拼死拼活啊!"

听众哑然无声,都满怀激动地望着灯亮处的区委书记。

"乡亲们,"春梅继续道,"咱们受点苦应该呀!值得呀!再说大家扪心想想,如今不论怎么苦,到底比旧社会强吧?往年,每年到青黄不接时,要饭的人成群结队,来来往往。赶上坏年头,饿死的人哪村都有。如今你们见到一个要饭的了吗?谁为没饭吃饿死啦?我知道,在场的大多是穷日子,大家想想,自己没地种,给地主出力流汗,那些苦楚怎么受的啊!乡亲们,这些眼前的事,难道能忘了吗?"

很多人难过地垂下头。叱骂声又向那些闹事的女人喷去——

"就这些臭娘儿们没脑子,要饭棍才不拖了,心就变恶啦!"

"摘了奶,忘了娘!自己翻过身就只想到守男人抱娃娃,享清乐福啦!"

"我提议,写信告诉她们在外面工作的男人,都离这些恶娘儿们的婚……"

"大家不要吵！"春梅摆着手阻止道。人们静下来，她接着说："在过去，咱们吃苦受罪是反动派和地主压迫剥削的，叫咱们当牛马，当奴隶！如今咱们不受压迫，吃点苦为咱们自己，为革命早成功，穷人永远不受苦！大家说，这苦该不该受呀？"

"该——"

"再苦也该！"

"这算什么苦？"

"怎么也要为革命！"

……人们响应着，连不少闹事的女人也随声附和。

"好，现在请大家对政府、干部提意见吧！"春梅诚挚地说道。她坐到桌旁，从口袋掏出钢笔，翻开笔记本。

后面传来几个女人的哭声。出自好几张女人的口哭叫道："处罚俺们吧！打死俺们吧！……"

"有话好好说。说吧！"江合招呼道。

孙狗剩媳妇站起来，啼哭着说：

"我犯大罪啦！听了孙俊英的坏话……"

好多乱事女人都站起来——

"我也是……"

"我也是……"

"冯寡妇对我说……"

"她还对我说……"

妇女们带哭夹诉，向外倒孙俊英和冯寡妇调唆她们的事实。偎在墙角最黑处的王镯子，暗自庆幸没有人揭发她。因为她一开始活动就很注意，传播谣言也打着孙俊英的旗号。她抹点口水眼窝上，故意凑到亮处，大声叫道：

"都是她俩使的坏，俺不去硬拖着去。求政府宽个大，俺们下次不敢啦！"

503

"你这骚女人还有脸说话，和江任保胡来，丢军属的人！"有位军属妇女骂开了。

王镯子急忙躲进人缝里，佯装不好意思地说：

"这个……这个下次也不敢啦！"

"谁管你这种下流事，你乐意成天抱着他也行！"有位男人嫌恶地呛她道。

"不要说这些了，恶心人！"玉珊姑娘抗议了。

最后，大家一致要求严办孙俊英和冯寡妇，也教训一顿打指导员的女人们。犯了罪的女人们流着泪表示，一定要去给指导员叩头、赔情……

春梅站起来说："认识到自己的不是就行啦！这真是个大教训，往后遇上坏人，可不要上当了！对干部有意见要批评，不能动打，咱们对反动派才不讲客气。至于孙俊英和冯寡妇，她们和别人不同，有意和咱们作对，破坏工作，已押起来，一定要惩办！"

响起热烈的掌声。

"这次对我们干部也是教育，"春梅继续说，"指导员也有缺点，叫坏人钻了空子，也该批评。关于民兵队长江水山……"她忽然顿住，向门口看去。

"让开，让开！"几个人招呼着，要把谁让进门。

她，白发苍苍，满脸皱纹，老眼流泪，颤巍巍地出现在门口。她向人们慢慢地望着，沙哑着嗓子唤道：

"春梅！你，你在哪呀？"

"大妈！"春梅抢到这老人——水山母亲跟前，一手搀着她，一手擦她身上的雨水。

水山母亲握住春梅的手，仔细端详她一会儿，抽泣着说：

"你是干部，你知道你水山哥，孩子，你信他会缺德没人性……"

"大妈，江任保证明啦，不是水山哥干的。"春梅急忙回答。

"不，这我知道。"老人倔强地摇摇头，"我是说，没有证明，你就信吗？啊？！"

"我不信！大妈，我们不信！"春梅感情很激动，毫不犹豫地说。

水山母亲点点头，转向会场。她的声音颤抖着送进人们的耳朵：

"好人们，你们都是谁？怨我眼瞎，看不清叫什么……好人们，我落后，身子动不得，没出来开会。这次，我要说几句，我为我儿子说几句。这里都是大人，上年纪的也不少，你们可记得，我那苦命的男人是怎么死的，他一辈子没伤害过人，对不起谁。我不大知道他为什么死的，我只明白他不是为自己，头叫官府割下来……他留下一个孩子——我的水山，也和他爹一样体性，当妈的成天整夜把心揪着，替他担忧、受惊……算苍天有眼，共产党来了，水山算没像他爹，为把那杆红旗能在村上插住掉了头。我水山去当兵，咱们这地方还没有几个出去的，当妈的疼是疼，可是放他走了。好，他又回来了。我水山胳膊叫鬼子打去了，身子也坏了，当妈的疼是疼，也没说什么。他回来两年多，没有一天安稳地在家待过，没一宿睡好过，当妈的疼是疼，也就依从他啦。孩子大了，妈也管不了，为给他说个媳妇成个家，不知生多少气，他就是不肯。当妈的气是气，可知道他为么——不打光反动派，没心思娶亲，他也怕自己是残缺人，给人家受连累，我也不管他了。我水山就是这么个人，当妈的心里清楚。说他脾气坏惹人生气是该打该骂，可是说他有心去糟蹋张姓李姓，那是万万不能！"

人们都屏息呼吸静心地听着，感情在激烈地翻腾。

春梅要拉水山母亲坐下，她摇摇头，撩起衣襟拭了几下眼睛，声音提高了：

"昨儿鸡才叫,我水山是出去啦,他是去北河看水坝!你们知道,我家没有怕水淹的一寸地,他为什么去的呀?水山每夜出去几次查粮库的岗,难道说当妈的乐意儿子去受罪吗?可是我心疼是疼,还是为他等门子……"

"大婶啊!"桂花抱着孩子抢过来,流着泪说,"我早不信啦,不是水山哥坏的!你放心吧,放心吧!"

"孩子,人不都和你一样,我要大伙明白!"水山母亲向桂花看一眼,又转向人们,变得愤怒地说,"没良心的女人,为这事害得我水山饭不吃,身子发烧,又把振德兄弟打伤啦……我这口气压不下去!你们谁敢站出来,跟着我走!哪怕上陕甘宁去见毛主席,当着他那好人儿的面对证,江石匠的儿子——我的水山!能是那不是人的东西吗?走,谁跟着我走啊!"

闹事的女人们连看也不敢看这位老人一眼。群情异常炽烈。大家都围向水山母亲,齐声安慰这位先烈的妻子、革命战士的母亲……

"大妈!"春梅激动地说,"你不要生气,大家都不信,也已有证明,不是我水山哥坏的。究竟坏人是谁,我们要调查清楚。"

水山母亲又哭了,她看看春梅,又望望大家,悲恸地说:

"我为孩子护短,好人们别笑话!春梅,你大妈信着共产党,水山要是真有差处,你们打他骂他,当妈的疼是疼,也不护他,也跟着打他骂他!可是这个事,水山他是真受着屈啊!"

散会后,从区上刚回来不久的副村长告诉春梅和江合,他今天在区上开会时,张区长对他说,有三十多名军属夫属把江水山告下了。副村长早上离村时还没发生打曹振德的事,不大了解情况。他说张区长很生气,指示副村长回来告诉村长和指导员,要江水山好好反省,并等春梅回去商量,先停江水山的职,如果没大的出入,党籍也要开除的……

春梅沉思道:"告水山一事有军属坦白了,也是孙俊英一手发动的,张区长不了解内情。孙俊英仇视革命,要报复干部,是能这样坏的。据我猜测，去强奸桂花又诬陷水山，也可能和她有关系。"

江合不同意："她哪有这大的本事？我看是有另外的坏人要糟蹋桂花，假水山的名义，不一定是和孙俊英有串联。"

"说不定。我们要好好审问孙俊英和冯寡妇。"春梅又想起水山自己上了区，不由得颦起眉毛，担心地说，"张区长心直口快，脾气躁一些，才从前方转业不久，对水山不了解。和水山谈这事，很可能说话简单……"

第二十二章

"你这是什么态度!"左脸腮上有一长溜枪疤痕的张区长,拍着桌面,大声斥道,"是政府的命令,停职就是停职!没有什么好说的!"

激怒的江水山,粗声地喘息着,重新坐到凳子上,说:

"不当干部一样干革命——这个,我不在乎。可是让我顶那个罪名,我不干!"

"怎么是让你顶罪名?"张区长更加气愤,用力地抖着手中的一张纸,"三十一名军属、夫属妇女按指印的控告书,难道是假的?一个两个人或许对你有成见,这么多军属同志,都和你有仇?都诬告你?真是岂有此理!"

江水山低下头,坚硬地说:

"反正我没有干,至死也不能承认……"

"你的理由只是'没有'两字,'没有'——能说服人了吗?"张区长停了一下,压住火气,"当然,我们对干部要负责任,你是个残废军人,为革命流过血,更应该慎重处理。我现在也没全肯定是你强奸妇女——如果全肯定了,停职算什么,那就不能再客气……现在你的嫌疑很大,群众影响极坏,在调查过程中,先停你的职,好好向党反省,坦白交代!"

江水山内心痛苦异常,他极力想使上级了解他的忠诚,激动

地说:

"我从爹被反动派杀头那天起,就和无产阶级的敌人结下势不两立的仇恨,一心和敌人拼命,没想到过别的。"江水山挺直身体,瞪大眼睛,甩了一下左边的空衣袖,"为革命,为穷人的解放!我流血,当残废人!不,不!我不是废人,为了我的党,有一点力气我也使上去!区长,你相信这样一个同志,会强奸军属吗?啊?!"

"江水山同志,为革命流血牺牲是应该的,不要搬自己过五关斩六将的历史吧,比你有功的人多得是!"张区长带着惋惜而讥讽的口吻说,他腮上的枪疤在闪耀着红光,"我知道你是荣誉军人,为人民负过伤。可惜呀,有那么多同志,在前方和敌人打仗很勇敢,但回到后方,经不起和平环境的生活,就居功自傲,高群众一头。我也是残废军人,见到这些战友蜕化变质,心很难受……"

"什么!你说我变质、蜕化?"江水山像被刀扎心,陡地跳起来,手放在腰间的枪柄上。

张区长严肃而沉着地说:"犯了错误要有决心改!江水山,你要服从命令痛改前非,还能称为同志。不然的话,只有由你去了!"

江水山怔愣了片刻,脸上变得煞白,挥挥手说:

"好吧,我,我反省!"他正回身,又被叫住。

"武器请你交出来!"区长瞅着他腰里的手枪。

"交枪?你要我交枪!"江水山冲到区长面前,紧盯着他的脸。

"是的。"

"办不到,万万办不到!"江水山狂怒地咆哮着,"枪,是团政委代表党给我的!你明白吗?这是革命的武器,我离不开它!我……"

"江水山同志！你清醒点，你还是党员，你这么反抗对你不利！"张区长警告道。

"正因为江水山是共产党员，党给我枪，要我打反动派……"

"现在党要你交出来！"

"你？"

"我，区委副书记！代表党要你这样做！"

江水山愣愣地瞅他一霎，接着肩臂塌驼，痛苦地咬紧嘴唇，把驳壳枪抽出皮带，轻轻地放在桌面上。江水山像一个可怜的老人一样向门口无力地挪着脚，要迈门槛时，他回头望了一眼手枪，接着大手一挥，快步出了门。

黄垒河暴怒地咆哮着，翻滚着黄红的波澜，滔滔地向东奔腾。

这一带地区的河流有个特点，平时湛清潺流的河水，入夏之后，大雨一下，从山上下来的洪水进入河床，河水就急剧上涨，惊涛骇浪，一时疏忽，决堤成灾；可是三天不下雨，水位就骤落下跌，恢复常态。

滚过昆嵛山前的平原的黄垒河，每降暴雨，山水就顺着每条小河注入河床，越向下游参加进来的小河越多，河面越宽，河水越大。处于下游的山河村一带，水涨上来时，堤坝完全满槽，在早年常常泛滥闹水灾。这几年，人民政府组织群众筑堤防范，基本上消除了水害。近几天上游降雨甚大，洪峰在今天傍晚出现了。河水中流有几人深，一般涉水过河的行人已经绝迹。各村都组织人在河两岸日夜护堤，察看水情，防止坏人破堤。

夜色浓沉，乌云在低空运行，混浊的河水闪着苍土色的暗光。巡堤人们的灯笼，在河两岸闪烁。

江水山用尽最后一把力气，艰难地爬上南岸，淌着水的身体，沉重地倒在堤坝上。

从早晨起来，江水山和民工转运了大半天公粮，已经精疲力竭了。他打发春玲领民工先回村,自己奔波八九里路赶到区上,就意外地受到了区长的斥责。从那里向家走,又是十几里山路,他简直是像醉汉一样,跌跌撞撞地在黑夜里跋涉。他的伤口在剧痛,全身发着高烧,嘴唇裂开了口子。刚才在水里,他要不是生在大河边的孩子,从小就有很好的浮水本领,处在这种境地,又是一只手臂,他怎么也过不了半里宽的水急浪高的河面。下水前他全身像着了火,过河经水的浸泡,现在又像被冰雪包裹着了。江水山简直无法忍受这种痛苦,牙齿在打战,手在狠命地撕揪透湿的衣襟。他在前方和敌人作战负过数次伤,直到把胳膊锯掉,都没感到如此痛苦、难熬,这是怎么回事啊!

"妈的!和反动派作战就是刀穿心,我也不叫痛!可是这……"水山心里叫道,哽咽住了。

江水山受不了这种侮辱和打击,他的心压不住恼怒、痛苦。如果桂花是个不正经的女人,江水山会把她打扁,逼她招出真情。但是桂花是个老实人,又是冷元的儿媳妇。这怎能不引起群众的关注?江水山比谁都心疼她。是的,桂花没有错,一定是真有人去糟害过她。这人是谁?敢装着没胳膊,偷去他的衣衫,江水山要能找到他,真会撕烂这个孽障!然而上哪里去找呢?人家都怒视着他,嘲骂他!啊,真没有法子,多么大的冤枉和不幸啊!江水山带着一肚子委屈、苦楚奔向区委会,他相信那里会给他办法,解脱他的痛苦。然而,恰恰相反,区长竟然也信以为真,给他以严厉的指责,停职是小事,可叫他反省什么呢?枪,那支宝贵的枪!也被没收了!啊,真像对叛徒一样。枪,他的枪被党收回去了,他没有资格拿打反动派的武器了啊!而且,他要不承认,再查不清事实,党籍也有危险了!

可怕!江水山,他离开打反动派,离开干无产阶级革命,还有什么别的事做呢?他不结婚,最主要的也是因为他只想到革命,不知道别的事还有什么意义,有老婆对打反动派没有帮助,现在的时期没有心思去考虑。他的心，他做的，全为着革命的目标。没有了这些就没有了他的一切，江水山成了个空空的架子了！

江水山想着这些，越来越感到无力、悲哀、伤心！全身的筋骨都要脱臼、瓦解，黑暗紧紧地蒙住了他的眼睛，他什么也看不清晰。他的那只右手痛苦地摸索着，触到大树根上。水山摸了几摸，心里一阵悸动，想道：

"死了吧，活下去没有用啦！算我的革命成功了！"突然，眼睛发热，泪水急出直涌，他临离部队时团政委的影子闪现在面前，政委那坚定有力的声音好像在说：

"做一个共产党员，对于敌人，眼泪比血要宝贵得多！"

"我死，怎么能流泪啊！死，为什么死？我在死给党看？"江水山害怕了，猛地把泪擦干，奋力地站起身。他迈出步子，爬过河堤，把刚才的想法全部推翻，愤怒地说道：

"我算个什么共产党员？支部书记要我受住考验，事情会查清楚……可我，受不住，和个没骨头的女人一样，哭哭啼啼地寻死。这，这算个什么战士？丢人，快回去吧！"

江水山踏着通向村去的泥泞的道路，蹒跚地走了没有几步，心又沉甸起来，脑子里出现很多人的恶凶凶的脸面，那辱骂他的声音把耳朵又充塞满了。水山停住了："回村，去挨冤屈？让人指指点点地骂江水山强奸了军属，而且被上级撤了职，没收了枪……啊，不行！我江水山不愿受这冤气……"

水山折转回身，急速地重又登上河堤。

河水越来越大，巨浪一个接着一个，前拉后搡，愤怒地嚎叫、呼啸，猛烈地向岸边冲击、扑打，暴躁地不听驯服，想冲垮堤坝的束缚，淹没庄稼和村落。

看着惊涛骇浪的洪水，江水山心里油然想起，昨天早上他去被称为"猴嘴"的河堤上检查时，发现那里加高的堤层容易出毛病,现在水势这么大,万一巡堤的人疏忽了怎么办?江水山这么想着,摇晃着身子,顺着堤坝,艰难地向下游走去。

两岸护堤的灯光时暗时明,江水山走出一段却没碰上人。他有些着急了,趔趔趄趄地大步迈起来,脚下发滑,一连摔了三次跤。他忽然听到前面有锨的铲土声,心想一定是有人在加堤;但又一想,为什么没有灯笼?水山骤然警惕起来,急步赶上前,大声喝问:

"哪一个?"

锨声停了。水山边跑边问:

"干什么的?"

黑暗里一个人影向后闪动。江水山不知哪来的力量,猛刺地抢上去,将那人的衣服揪住:

"兔崽子!你跑不掉!"

那人回身,照水山腰间狠踢一脚。

水山闪了一个踉跄,几乎跌进河里。他回了对方一脚。那人摔倒在堤上。

水山扑上去,跪腿压住对方,挥拳就打。

那人挣扎着抓住水山的手,用牙撕咬。

水山痛得猛地抽回手,身子一松,被对手掀倒。江水山奋力爬起来,突然,背脊挨了重重一击,复又倒下了。

那人提着铁锨,跃身蹿下堤,钻进庄稼地里。

水山跳起来,愤怒地喝道:

"反动派!你跑不了……"他习惯地迅速地向腰间摸去——抓了一把空皮带。他这才想起枪没有了,懊恼地捶了一下胸。

水山立时要向那人逃窜带起的庄稼响声追,但他觉到脚下有水。他吃惊,急忙弯下身……啊!堤坝已被这坏蛋挖开一个小豁口,那河水正急切地向这里冲来。

"妈的!叫你小子逃了……"水山狠骂一声,急忙向水口添土。然而，他就一只手，堤又是硬的，费好劲搬一点土添上去，立刻就被水冲走了。

豁口在逐渐扩大，河水急冲直涌地溢过堤坝。江水山心焦得如火烧一般。他张口呼喊来人，但嗓子干哑，声音是那样微弱。他心里猛一亮，跳进水流，用他那一只手的高大身体，紧紧地堵塞住决口。

刚才还想淹死自己的江水山，现在却和水在进行殊死的搏斗。河水冲扑着他的躯体，稀泥打滑，使水山难以堵住水口，几次滚进堤下的泥水沟。他又爬上来，横身躺在决口里。他弓起两腿，拼命地顶着豁口的一端，头和膀子扛住另一端，终于堵住了口子。刚才被破坏者的铁锹打伤的背部，被水一泡，疼痛难熬。那凶猛无情的河水，时时盖过他的头脸。他努力屏住呼吸，不让水进嘴和鼻，不使自己昏迷……

约莫过了吃顿饭的时间，夜盲眼的新子和玉珊，打着灯笼走近来。他们一看，啊！是谁像个盛着泥的布袋子一样堵塞在堤上，头和脚都扎进两端的稀泥。那凶似猛兽的河水，在他身后狂嚎。

"天哪……"玉珊放下铁锹，抢上去拖人。

只听那人呻吟着说："快，添泥！"

"啊！队长……"新子拦腰去抱他。

江水山挣扎着抬起头，喝道：

"先堵口！"

玉珊和新子急忙在水山身边堵坝……

封住决口，他们把水山抱到草地上躺着。水山吐出一摊浑浊的泥水，呼吸才正常起来。玉珊和新子把水山耳朵、鼻孔里的泥沙擦洗干净。

"没有事，好啦！"水山奋力地站起来，身子摇晃了一下，"哦，脊梁被反动派打伤啦！"

新子用灯照着，玉珊看时，水山背上的伤口被水浸泡得翻着白肉。她急忙用手巾给他包扎。

"你们干什么去啦？"江水山愤怒地叱责，"随便离开战斗岗位，叫反动派钻了空子！"

新子又难受又气恨地说："我和江任保巡查这一地段，让他先回去吃了饭回来看着，我才回去吃饭，指导员还叫夜里加一个青妇队员，谁知这小子跑哪去啦？"

江水山严正地教训道："这是革命斗争，怎么能依靠那样的家伙！"

"是我不对。"

"走，抓坏蛋去！"玉珊叫道。

江水山摇摇头："他不会站着不跑等着咱们去，抓不到了！"

"查出来，非零刀割烂这坏蛋不可，他这么歹毒，想害掉咱河南这一片庄稼和村子！"玉珊愤恨地叫道。

"不歹毒也不是反动派了！回去整一下江任保，浑蛋的懒汉子！"水山说着向上走，玉珊要扶他，他挥了一下手，"我能走。好好守堤，无产阶级的敌人不会睡觉！"

江水山大步顺着堤坝向上游走着。也奇怪，经过这一场激烈的搏斗，他虽然又负了伤，呛过泥水，可是反倒不像刚才那样全身无力、到处疼痛难熬了。他挺胸昂首，阔步向前，浑身充满了力量。他望着澎湃的河面，自语道：

"江水山哪！你没有骨气，丢共产党员的人！反动派正向无产阶级进攻，要把人民杀死；可是你呀——共产党员同志，自己倒想死……这不是帮助敌人吗？妈的，反动派！想叫江水山不向你们开火，哼，那是做梦！"

孙承祖把脑瓜子伸进大瓢里，咕咚咕咚喝下半瓢凉水，把空瓢一丢，倒上炕，大口小口地喘息着。

王镯子把大门插上后，听了听外面的动静，快步走进屋，焦

急地问:

"怎么样,扒开啦?"

他只是喘息,满脸滚汗珠。

她摔给他一条毛巾,担心地问:

"不顺手?"

孙承祖长叹一声,说:"妈的,冤家路窄!"

"碰上谁啦?"

"江水山!"

"啊!那你……"

"幸亏那小子一只手,我打倒他就跑。不知为什么,他没开枪。"孙承祖余惊未消。

"这个江任保,难道说瞎话?"王镯子气恨地骂起来,"这个死东西……"

今晚上,王镯子从军属会场上出来走到家门口,遇见等在那里的江任保,她吃惊地问:

"你来做什么?"

任保嬉笑着说:"小娘子!人家都知道咱俩相好,可我还连你的边也没沾上,真冤枉。今夜我老婆走娘家,留我睡一宿吧!"

王镯子躲开他的手,说:

"不行,我的军鞋没做好,妇救会明天一定要,我得带灯做。再说吧!"

"哎呀呀,我老婆明天要回来啦!"

"日子长呢,你这么不听话,我变脸啦!"王镯子威胁道。

任保心想:"这娘儿们又有新人啦,妈的屄!叫我干着急。"他又央求道:

"今夜轮我守坝,趁瞎新子那小子回家吃饭,我偷着溜来找你要点酒喝,给我吧!"

王镯子想早点支开他,就说:

"好，你在这等着，我拿给你。"她打开门锁，任保想进，她很快把他推出来，插上了门。

王镯子进屋小声把任保的话告诉孙承祖。他想了想，说："多给他点酒，再给几个鸡蛋，问明他守的地段……"

江任保兴冲冲地回了家，炒了鸡蛋，大开嘴福，一会儿就醉倒在炕上，鼾声如雷了……

"我去时倒没有人，"孙承祖接上刚才的话，"江水山这小子不知从哪钻出来的！"

"坝没扒开？"

"扒是扒开了，不大。"

"你怎么不扒大点，"王镯子惋惜地说，"北河要是开了口，不消多时，几十里庄稼全完啦！村子冲塌，公粮更剩不下，这对共产党比什么都厉害！"

"扒大点？命没丧掉就好，你还不知江水山这个人！"

王镯子咬牙发狠道："这个东西！背着黑锅也为共产党卖命！唉，怕只怕孙俊英坏了咱们……"

孙承祖和孙俊英苦心设计的陷害民兵队长江水山的事件，引起的这场激烈的风波，很快就平息了。事情没有按阴谋者的算盘发展：激起军属的愤恨，把事态扩大，打了江水山，再打曹振德，接着抢公粮，把村子搞得乌烟瘴气、天昏地暗……群众很快明白过来，不相信江水山会强奸人的事实，江任保的证词使水山的冤枉清洗一白。谣言破灭了，出去超过四个月期限的民工，兴高采烈地回来了，并且有两家挂上了"军属光荣"牌。江水山没有为这场打击倒下去，还是一样地干工作，张区长亲自到村双手给他重新佩上手枪。曹振德也没爬不起炕，第三天就吊着胳膊出现在街上、村公所里……

被打倒的是孙承祖他们自己的党羽。孙俊英和冯寡妇受到政府的审判，以仇视人民政府、伤害干部、破坏社会秩序的罪名，判处孙俊英徒刑两年，冯桂珍徒刑一年。自然，孙俊英的烈属待遇被取消了。

孙承祖感到幸运的是孙俊英没供出他来。冯寡妇是根本不知道孙承祖回家的事，她是一杆任人摆布的毒炮，装上弹药就放出去。孙俊英所以没暴露孙承祖，也是有她自己的打算。她一口咬定是借桂花事件发泄对江水山和曹振德的私仇，报复他们把她丈夫动员参军的怨恨，因为她知道，如果承认和暗藏的敌人有勾结，那么罪恶性质就加重了。其次，她希望孙承祖的话能实现，中央军会打过来，她要等到这一天，跟孙承祖到大都市享福，坐飞机奔美国去风流。何况她对共产党已有了仇恨了呢。

孙承祖没有怜悯这两位亲信女将去劳动改造受苦的情绪，只是感到失去了公开活动的工具，很是烦躁。但是这几天报上登的，国民党军队大举进攻胶东，虽然离这里还有几百里路，然而是向前推进的，这给孙承祖以很大鼓舞，把想逃回去的打算放下了。他决定，现在只他夫妻二人，活动不易，只好想法保存自己，倍加隐蔽，伺机进攻。

按照孙承祖的吩咐，王镯子经常在大路左右，观看有没有保卫干部和武装人员进村，以备猜测推敲干部是否注意到孙承祖的身上，预防万一。

这天上午，王镯子提着竹篮在村后玉米地里假装摘菜豆，眼睛时时地瞟着大路上的行人。忽然背后响起喊声：

"谁在那里？"

王镯子吓了一跳，看清是江任保站在地边上，她想不理他，就顺着玉米孔子向北走。

"啊，不说话？你在偷庄稼？"任保又喝道。

王镯子仍是不理睬。

"我抓啦？"任保威胁道。

王镯子已接近地头，他还不松口，就停住脚，没好气地说：

"你没长眼睛，这不是俺自己的地吗？"

"哈哈，是你呀，小娘子！"江任保叫着快步钻进田里，碰得玉米秸哗哗啦啦地响。

王镯子见江任保衣服底下凹凹凸凸地藏着东西，问：

"你拿的什么？"

"嘿嘿。"任保从怀里掏出两个大甜瓜，丢进王镯子竹篮里一个，自己把一个瓜乓一声拍开，大口吃起来。

"你这家伙，当贼喊贼，我要报告民兵去啦！"王镯子假意威胁着，心想篮子这个瓜留给丈夫。她伸手夺过任保的一半瓜，贪婪地吃开了。

"甜不甜？"任保歪头得意地笑着。

"巴苦的。"王镯子想快点叫他走，"你快走吧，叫人家来抓住！"

"走？"任保嬉笑着，"别人看不到，这大片苞米一人多深，正是好地方。"

王镯子知道他要来纠缠，又用好话假话抚慰：

"你回家等着，我送酒你喝。"

"我不要酒啦，我要你……"任保上去抱住了她的腰。

王镯子急了，推着他的头说："你滚开，死东西！以后再说。"

任保不听。王镯子打了他一耳光子。

"好吧！"江任保放开她，恼恨道，"人家都知道我和你私通，你也甘认，为嘛老不叫我沾边？我知道啦，你一准是和别人来的，怕有孩子，拿我当幌子！我不干啦，我江任保不听你支使，我向干部去坦白！"

王镯子大惊，料不到任保还有这一手。她骇然地想："天哪！他说出去，干部一审，再查出我有孕，可去找谁去？馅就露了？怎么办？哎呀，和他真来吧，这是没法子，可不是不正经……"

她要屈从了，但是瞅着任保那疤脸的丑陋像，她又停住了，"真嫌恶人，和他偷情……对，我再好话灌灌他。"

"任保呀，"王镯子笑了，"你不要急，我答应你……"

"要我磕几个响头？"任保开心了，扑腾一声跪在她脚前。

"我对你说，这里地湿，回家到炕上……"

"不听你骗我，到你门口，你一进去就把我关在门外啦！"任保赌气地站起来，"上次我为喝了你的酒，在家睡大觉，有人去扒坝，我受民兵队长好一顿训，你老不和我真来，我也不和你好啦。我要立功，去向指导员全坦白啦！"

"好吧，闭着眼睛和他来吧……唉，反正早晚是个心事，真来了就实落啦……我可不是不正经，本来是玉身不沾尘的，可是没有办法了。对，来吧，承祖也有话在先……再说，他也和孙俊英勾搭……"王镯子想着，下了决心。她严厉地说：

"任保！你占上我真是癞蛤蟆吃上天鹅肉，可要听我的吩咐！"

"叫磕多少响头磕多少！"任保又要跪下。

"丑东西，不叫你磕头啦！"王镯子向各处环视一眼，向深密的玉米地里溜去，"你快进来……"

春玲同志：

  这些日子我早想托人给你写信，就是鼓不起勇气。我想你，又怕你。我对不起你呀！现在，同志们说我是真正的人民解放军了，才有脸给你去信。告诉你，我刚从新兵团分到老部队，就遇到王井魁这坏蛋（我已向上级交代了，大概你们早见检举信了），我不识好歹，受他拉拢，听凭吓唬，又开了小差。一路上碰到好多事，使我转变过来。谁知我想归队时，又被王井魁打伤了。当时我昏死过去，被人救回村。那些老乡太好啦，尤其一位叫二妞的闺女和她妈,不是她们我早死啦!我没别的报答人家,只有当个好战士,多杀反动派吧!

我伤没全好,就坚决要求来到部队。现在全好啦,我们已在胶济铁路一带,天天行军打仗,可痛快啦!我不怕吃苦,一心为打敌人,你放心吧!

这信是我找班长写的,我们这时正坐在草地上休息、擦枪,一会儿就开始行军,不能多写了。我真想知道你还生不生我的气,我爹还那么顽固吗?你把我的事告诉他吧,要他赶快换换脑筋。盼你回信。

此致

敬礼

儒春敬上
七月二十一日

当春玲在村公所见到儒春的来信,心也快冲出口子。她跑回家倒在炕上,住了好一会儿,才使激荡的心房平静一些,小心地拆开搓破的信封,仔细地读着……欢悦和幸福使姑娘不知怎么好,跳了半天,就拿着信往老东山家跑,来到门口她才想起,公公赶着牲口和村里一些人去送公粮了。她把信的内容告诉了婆婆和嫂嫂,大家自然都兴奋欢喜。春玲立即给儒春写回信,勉励他努力杀敌,告诉他老东山的转变,表白一番她对他的赤诚钟爱的心……整写了半上午,还没把心里的话说个透。天正晌了,明生已经放学回来吃饭。春玲把饭打点进锅,吩咐小弟烧着火,她扛起扁担出了家门。

正是吃午饭的时候,原野里没有人了,春玲却扛着扁担向西山走。她父亲整天忙工作和生产。明轩除了去外村上半天高小,下午也像大人似的在互助组里劳动。明生的半天时间有个牲口就够他割青草喂的。春玲是工作、家务、生产、采野菜样样都有份。全家忙得柴烧光了也没工夫去上山挑。自孙俊英被群众正式罢免后,大家一致选举春玲为妇救会长,青妇队长选了彩云姑娘。春玲今上午先忙着收齐各家为军队磨好的面粉,又给儒春写了封回信,这时抽出身,赶着上西山挑担柴回家。春玲心里回萦着当解放军战士的未婚夫的来信,眼睛一时也不闲着。她看天,艳阳炽烈,蓝得透明,白朵朵的云花,迤逦娇娆。她望庄稼,乌森一片,香气扑鼻,日渐成熟,但等秋风,粟米归仓。她上了山,曲折的山路,节节上升,通到山顶的陡峰。蝉在树上叫,蝈蝈在草下鸣。蜜蜂在花上飞,蚂蚱在地下蹦。天象是如此爽豪,山川是如此美娆,年景是如此大好,使姑娘目视不及,心神迷住,竟忘记即兴编歌唱了。

春玲登上一座山梁,满面绯红,眼睛被强烈的阳光刺得眯眯起来。她瞅见一对花蝴蝶在飘飘天天地围着野菊花转,立时跑过去,将菊花采上来,对那惊飞而去的蝴蝶说:

"不高兴吗?有意见提吧,这花春玲是要戴的!"她搂着扁担,向发针上插一朵小白菊花……她忽然停住了,眼睛直向前方瞪着。

春玲发现前面不远处有一个穿绿褂的女子,在路旁那陡险的山壁上徘徊。她立时忖道:"奇怪,那人在干什么?一不小心摔下去,骨头也零碎了……"春玲急忙向那里奔去。

春玲跑到近前,听见那女子在抽抽噎噎地哭泣。由于松林密集,她认不出是谁。忽地,那女子把篮子向后一摔,身子更移近绝壁的边缘,如果她揪着松树枝的手再放开,身子立时要栽下去。

春玲惊出一身虚汗,刚想叫又忍住:那女子一惊,更跌下去了,她急忙脱掉鞋,赤着脚丫,顺着陡坡冲向崖边。尖利的石头、棘针、草碴,碰刺得姑娘的脚痛得要命,但为不出声惊慌那女子，她咬着牙忍住，只顾向前扑。

正当那女子手脱松枝，要向深邃千丈的绝壁下跳去时，春玲像只燕子似的接上去，两手奋力地抓住她的胳膊，猛向后拉她。

两个人一齐向后倒在山坡上。她们的身子搓起的石头，飞蹦着滚向深山，爆裂成花，发出尖厉的呼啸。

那女子从惊吓中醒来，向前挣扎着叫喊：

"放开！放手！"

春玲紧张地拼全力地用脚蹬住树根，使她们不致一齐滚下去。她急声叫道：

"淑娴！你……"

那女子忽然停住，转回头惊呼道：

"啊！春玲！你……"

"你这是做什么，快上来！"春玲眼睛潮湿了，用力向上拖她。

淑娴哭着说："好妹妹！别管我……"她又向崖边冲。

春玲赶到她前面，堵住去路，着急地喊道：

"淑娴姐！是人还能见死不救吗？你，你这么傻！"

淑娴直直地看春玲一霎，捂着脸号啕起来。

"快走吧，这地方不是好玩的！"春玲把淑娴拉到路边的树荫下坐好，这才看清，淑娴的眼睛哭肿得和熟透的桃子一样，脸面被泪水洗红了，前襟浸湿一大片。

春玲掏出手绢给她擦着泪水，怜悯地问道：

"快告诉我，淑娴！你这究竟为的什么呀？"

今天吃完早饭，淑娴和正要出发运公粮的大爷老东山商量，要去儒春的姨姨家走亲戚。她是以走亲戚为名，去找孙若西的。

孙若西要求上级调到他本村任教后，很久前来照过淑娴一次面，离今已经两月有余，再也没见影子。淑娴越想越不安，最后鼓足勇气要去找他一趟。

"拿上点饼和鸡蛋。你催催他,好日也过了,打算多会儿成亲。我忙着,没工夫去。"老东山关照地嘱咐道。

淑娴跑了十几里路,来到儒春姨家的大门口。她不由地惊住了:那漆黑的大门板上,贴着刺眼的崭新的红对联——

　　书香门第德望高
　　青春儿女结红梅

门簪上,墙头上,贴着红纸墨字大"囍"字。淑娴虽然认不全上面的字,但是它们表示的意思她是心明如镜的。这就是说,孙若西正在办或已办完喜事了,因为他们家再没别人能结婚。

"我没走错门?不错,是他的家……这,这怎么会呀?"淑娴心里狂乱地叫着。她站在门口,全身麻木,像站在冰窟里一样寒冷。她痴呆呆地,怔愣愣地站着,眼睛发黑了。她隐约地听到身后响起话声:

"瞧,这是谁家的闺女呀?"

"哦,是不是孙先生他姨家的人?"

"对,想必是来吃红喜酒的,明天是孙先生的大好日。"

"呀,到底姨家是近亲,老东山赶早打发闺女来帮忙,明天他自己也准来!"

"那还能少了他?"

淑娴的心像有钢刀在割,眼泪禁不住夺眶而溢。她回过身,迷迷糊糊见两个女人站在井台边指着她发议论。淑娴再没有力量听下去,迟钝地顺着来路往家走。

姑娘迈着沉重的两腿,眼睛无神地瞅着照在地上的自己的影子。她一直被悲怆塞住,神情有些恍惚。她不知想些什么,想了没有,也不知走向哪里,走了没有,以致过一条小河时也忘记脱鞋袜、挽裤脚,就径直地涉水走过,没觉出鞋袜裤腿都湿了。她的整个心胸,重复地鸣响着两个字:"完了!完了!……"

"闪开!闪开!……"一阵粗喊声传来。

淑娴被惊醒,一辆自行车,从上坡风一般地冲下来。她慌乱地向路旁躲闪。但已晚了,车子摆晃着前轮,把柄戳进她腋下的衣扣缝间,猛地撕出去。淑娴被带了一个踉跄,衣服撕开,她才免于摔重跤。

那自行车向旁一侧歪,撞到地堰下,车上的人摔了下来。车后面载的一女郎,扑在地堰上,娇声叫起来:

"哎哟!哎哟!"

骑车子的青年急忙奔过去,把她扶起,大惊小怪地说:

"摔坏哪啦?磕破哪啦?"

这女郎素妆刺眼——戴着雪白的草帽,穿着皎白的翻领绸衫。她生气地说:

"衣服弄上泥啦!"

青年赶快掏出手帕,给她揩淡蓝色绸裤上的泥土。女郎浪声漫气地说:

"你真开玩笑,技术不行,硬逞能跑得这么快。下次我宁走路,也不坐车了。今天摔伤皮肤,明天就不得结婚了!"

"萍,真对不起,回家叫妈给你洗干净。"青年赔着笑脸抚慰。他又声色俱厉地向路那边喊道:

"你这人走路不长眼吗?挡别人的道……"他突然顿住了。

淑娴也认出他是谁来,手捂着被撕破的胸襟,气恨地盯着他。

孙若西勉强地笑着走近淑娴,搭讪着说:

"哦,表妹呀!你要上哪去?"

淑娴咬了一下牙忍住眼泪,愤怒地说:

"你不知道吗?"

"我,我怎么知道……对啦,"孙若西心里有些慌,又向那女郎叫道,"林萍,这是表妹。"

林萍用异常轻蔑的眼光睨视淑娴一眼,冷冷地敷衍道:

"哦,好,你好。"

淑娴呼吸急促,咬牙闭嘴,真想打孙若西两掌,咬他几口。但淑娴毕竟是淑娴,她没有那样做。她恼恨地说道:

"孙若西!你倒挺自在!你……"

"别瞎说,嚷出去对你没好处!"他低声威吓,不安地看林萍一眼,"明告诉你,农家闺女!和你俩,那不过是开开心。想和我结婚,你怎么攀得上?还是自己照照镜子吧,知点趣……"

"若西!"林萍的声音是那样肉麻,"快走吧!阳光这么强烈,看把我的胳膊都晒红了!"

"就来,就来!"孙若西急忙应答着,掏出一叠钞票,抽出几张递给淑娴,"拿着吧,算我对你的一番浪漫情意的报答。"

淑娴眼睛闪着怒火,紧盯着孙若西。

"嫌少,再加点。"他又拿过几张钞票,放在淑娴篮子上,"婚事你死了心吧,我们明天是好日。"

"若西,你在那做什么呀?"林萍的声音又响了,"我的头发昏了!"

"就走,就走!我给表妹几个钱,叫她买个褂子,咱们刚才把人家的撕坏了呀!"孙若西提高声音叫着,奔到林萍跟前。这次女的坐在男的前面,一阵铃声,车子扬长而去。

淑娴被羞侮恼怒充塞得有些窒息,她把钞票狠狠地向车后摔去。她像突然发现一条毒蛇,噢地哭出声,捂着脸飞快地奔跑起来……

春玲听完淑娴的叙述,气恨地皱起眉尖,板紧脸面,愤愤地说:

"犯得着吗?淑娴姐!为他那么个东西值得送命吗?照我说这是好事,苦枣当甜的吞下去,上当只一次,认清坏蛋再不受骗就是啦,那样的人,离得远远的才对,不值得正眼看!"

淑娴想告诉她自己被孙若西糟蹋过,可是怎么也说不出口,嘴唇摆动了好几次才说出:

"妹妹呀!你不知道,这事不单单是这些呀!"

"还有什么呢?"春玲看着她问,不见回答,又恳切地劝慰道,"淑娴姐!不是我多嘴,老爱批评人。你性子那么软,是要受人欺负,自找苦吃。既然孙若西那样狠心,答应成亲又骗了你,还有什么值得哭的?我真替你难受,本来和水山哥那么好,就架不住碰钉子,受不住孙若西的甜言蜜语,心就随他了。你可真没见识。好啦,把泪擦干,吐口唾沫,忘掉他算啦!"

"不,我不是为他!"淑娴低着头,揩着不断头的泪珠,"你想不到,春玲呀!我的泪这辈子擦不干啦!我……我没脸见人!我……我爹妈白生养个闺女啦!"

春玲见她越来越伤怀,听她的话里有没说出来的意思,仔细一寻思,她陡然忆起孙若西那夜对自己的作为……蓦地,春玲惊吓起来,不由地重新打量淑娴几眼,紧张地问道:

"淑娴,淑娴!你说,你说!还有什么?是不是孙若西,他……他把你……"

"不要问啦!"淑娴伤心地哭叫,脸色变得发青,"春玲呀!我已不是闺女啦!……"她失声恸哭,倒在春玲怀里。

春玲的细眉挑起,墨黑的桃形眼睛变成杏子样,她惊呆了!淑娴那丰满的身子在她怀里搐动,她一点没觉察到。渐渐地,春玲的脸色变得像盖上层霜花,生气地斥责道:

"哭、哭、哭!你就知道哭吗?都是叫你那面条似的性子把自己害的。他,再怎么坏,你就听他摆布?我不信凭着一个大人,会叫人糟蹋了!是你自己不好,不对,不该!"

淑娴的身子哆嗦得更加厉害。她爬起来,绝望地叫道:

"是啊,妹妹!我恨自己,骂自己,是我没骨气!可都晚了呀……"她向悬崖上跑去。

春玲急切地把她抱住，泪珠簌簌流下来。她没气了，疼爱地说：

"好姐姐，我嘴太快，也真气蒙啦！你听我说，可不能寻短见。人活着，哪里是光为自己的事？你为这个死太没出息啦！你要想得开，看得远。咱们不光为自己活着，要为大家，为穷人的革命！想着这些，心就透亮啦！"

淑娴被春玲说得稍微有些平静。她抽噎着说：

"可我，身上不干净啦，哪里见得人？"

"不，不对！闺女失了身是个大事，可要看是怎么失的，你受人骗的，不算不正经。更要紧的是，咱不是为当闺女活着，要为革命出力！"春玲明快地说道，"其实这事我也有不对之处，没明对你揭孙若西的丑，我有点不好开口，那家伙真是个肮脏人。我发觉他不对头，就不再理他。"春玲气恨地说，她又拉住淑娴的手，衷心地告诫道，"淑娴，你吃亏就在看人对事只瞅一点，光和自己身上算，没和大处比。看一个人，如果对自己好就好，对自己坏就坏，那不一定对。因为有的人是驴屎蛋蛋外面光。你要看他大的方面，骨子好不好，进步不进步，对革命是真心还是假意，那就能看透他，好就是好，坏就是坏！你说对不？"

"对是对，就是我脑子笨，不会做。"淑娴深叹一口气。

"不是脑子笨，是你想得自己太多啦，改变了这个，就精细啦！"

"好，我以后再不想自己啦！"淑娴下决心地咬着嘴唇。

"不过你也别走到另一头上去，"春玲沉思着说，"自己的事不全想也不好。比如说水山哥吧，他和你正相反，光想大事去了。他这么做我又说好又说不好，使人爱他又气他，自己的事办对了对革命也有利。比方说，他能和你成亲……"淑娴要张嘴，春玲摇了一下手，"你听我说完。你俩要成了亲，他可以帮你进步，为革命多出力。你呢,也能照顾好他的身子,使他干更多的工作。还有,你们俩生了孩子,为革命增加后代……"

"哎呀!你快不要提人家啦,我哪还有脸挨着他啊!"淑娴心里针扎般地刺痛,眼泪又要涌出眶。

春玲用手巾把她脸上的泪珠拭净,响亮地说:

"淑娴姐!不要往坏处想。有错改错不算错。求媳妇嫁男人是为相亲相爱,一块劳动一块干革命。你看我那春梅姐吧!人家两口子是怎么结合的?唉,日东哥牺牲了,我姐真是痛心啊!可是她干工作比以前更加有劲了。要是她老想着自己男人死了,是个苦命寡妇,那就糟啦,一切对她就没意思啦,日头无光,天老是黑的啦!淑娴,谁要是为你身子被侮害了一下不要你当媳妇,你转身就走,就为这一点你也不能跟他,跟了也要受欺负。真正好的人不会为这件事小看你。当然啦,一般人对这事看得是很重,可你不用管它,不理它!"春玲给她理好头发,拔下自己发针上那朵白菊花,戴到淑娴头上。

"好,妹妹,我听你的话,听你的话!"淑娴的声音提高了,用力站起来。

这时,从山下走来一个三十几岁的男人,带着扁担口袋。春玲拉一把淑娴,给人家让路。那人走过去又回过头,瞅着春玲道:"你是山河村的青妇队长吧?"

"是。"春玲应道,"你怎么认识我?"

那人笑了:"我不认识你,可认得送郎参军的媳妇,支前模范的闺女,白毛女……"

春玲听他数说她在戏里扮过的角色,就明白了。她问道:"你是哪里的?"

"我是西山庵上的,叫大成,才出夫回家。"大成回答道,走着又说,"青妇队长,你们再多演戏我们看呀!"

大成走后,春玲指着被淑娴摔在树根旁的篮子,问:

"那是什么呀？"

"唉，是干粮。"淑娴下去把撒在地上的面饼拾进篮子提上来。

"正好，我真饿啦！"春玲笑着拿起一个饼，一掰两半，分给淑娴一块，"这好的东西，差点给坏蛋吃了。哈，该咱们自己享享嘴福啦！吃，吃饱了咱们去挑上柴火，唱歌，回家！"

她们担着柴捆走到村头时，淑娴小声嘱咐道：

"妹，千万不要把这事告诉我大爷，他一听准气坏啦！"

"不，"春玲摇摇头，"要告诉他……"

老东山带着拾粪工具，怒气冲冲地上了路。

在村外有人碰上他，问：

"大爷，你去做么呀？"

"走亲戚！"

"怎么不拿点礼物？光给人家粪？"

"哼，这粪他也捞不着！"老东山直走不转头。

老东山送公粮昨天半夜回的家。今早上吃饭时，他留心到侄女精神不振，听妻子说她还哭过，问淑娴她不讲。接着，从他未过门的儿媳那里得到答案。不过老东山一时还不敢完全相信，外甥孙若西会如此的坏，欺负到他姨父头上，糟蹋了他老东山的侄女，又另娶新人……于是，老东山马上就直奔连襟①的家门而来。

老东山心急如火，快步如飞，汗水如注，但是来到孙若西的大门口时，粪篓亦已沉甸甸的了。老东山看着人群堆在大门口，熙熙攘攘，好不热闹，心火更旺了。他要闯进门，但是忽听人声嚷：

"来了！花轿来了！"

两抬四人彩轿，优哉游哉地来到门前。花轿一落地，老东山

---

① 连襟：妻子的姊妹的丈夫。

想去揪出孙若西……但是人们一拥而上争看新娘子,使带着拾粪工具的老东山,靠前不得。

接着,门里响起箫笙笛喇叭,新郎走前,新娘搭着盖头布,脚不沾土——踏着铺地的新苇席,由两个戴花的中年妇人,搀扶着忸忸怩怩地进了门。

此情此景老东山没有看,因为他早把眼睛闭紧了。

"瞧,那不是孙先生的姨父吗?"昨天议论过淑娴的两个女人,今天又站在她们的临门井台上,谈开老东山了。

"是他,老东山!我昨天就说啦,他准会来的……哦,他怎么也不打扮打扮,也没拿礼品?"

"上辈老人吃小辈人的喜酒,打扮不打扮有何妨?礼物怕是先送来了。"

"他怎么还不进去?"

"等人清静了,亲戚出来迎吧?"

老东山被她们说得气恨的情绪越发炽烈。他半开眼睛一看,人都进了门,他就跨过了门槛。

大院子里更热闹,客人、来宾,瞧热闹的村人,挤得满满的。隆重的婚礼在顺序进行。老东山进门时,进行到"拜天地"一场。院子中央,八仙桌子上香火旺盛,蜡烛闪光,供摆着大白饽饽和酒菜。孙若西头戴礼帽式的雪白的凉帽,身穿水滑滑的蓝绸长袍,那女的全身一套红花绫罗。新郎、新娘并肩挨膀,双双跪在供桌前铺了毡的地上,随着掌婚人"一叩——二叩——"的喊声,正在大磕其头。

新郎屁股朝天正磕第"四叩"的时候,突然屁股上猛挨重脚,一个跟头翻到供桌底下去了。在人声的哄乱中,新娘顶着红盖头布,不知端详,娇声唤道:

"若西!你怎么啦?"她直起腰,抬手向身旁一摸——黏糊糊地抓了一把什么。她急掀开盖头一看,端见身边屹立着一个怒容满面、胡子黑碴的老头子,她的手正伸进他的粪篓,抓了一把稀狗屎。新娘子噢地惊叫一声,也钻进了桌子底下。

人们一时被老东山的作为惊呆了,接着爆发了笑声、哗嚷声。

老东山把粪篓子向供桌上猛一放,香炉撞倒了,蜡烛惊灭了,酒洒了,菜翻了,两堆高高垒起的大白饽饽,像绣球一样,骨骨碌碌,活蹦乱跳,扑扑蹦蹦向地下滚落。老东山抡着粪叉子,抓着孙若西的长袍前襟,将他揪起来。

孙若西凉帽摔歪,脸上沾泥,绸长袍洒上了酒和菜汤,好不狼狈。他这才定神看清老东山,知道发生了什么事,心里只怕老东山在大众面前、新娘面前揭他的丑,乞求道:

"姨夫!怨外甥有错……我本想去和你商量……"

"呸,你这个坏小子!"老东山破口大骂,"这像人干的事吗?!你他妈的哄骗你姨夫,糟蹋我娴子……"

这时孙家的亲戚、客人围上来。有的把新娘子拉起,有的向老东山发怒,要拖他上政府理论,有人去叫来新郎官的高堂。孙若西的母亲本来稳坐正房以待,等儿子、媳妇向她叩跪,闻讯赶来了。她向老东山吼道:

"你凭什么来造反!告诉你,我听若西说啦,你想把淑娴嫁给他,我若西不乐意,你就骂他,说再也不上我家的门!哼,想得倒不孬,你那丑侄女,能配我儿子吗?凭你的几亩地,能和我家对门户吗?哼,你这么不讲理,走,打官司去!"

那些客人、来宾一齐向老东山发怒,有些看热闹的人上前劝解。

老东山已松开孙若西,他平了平气,眼睛半闭,泰然处之,稳立不动。等他们叫喊完了,老东山才对孙若西的母亲冷冷地说:

"还有没有了?好,叫你儿子开口吧!"

孙若西心里作难,不知如何是好。他赔着小心向老东山道:

"姨夫,不是外甥心不正,是属不对,我真属虎,冲犯淑娴妹的蛇……"

"你愿属嘛属嘛去,我管不着!"老东山喝道,"说,你为么骗我!说,为嘛害我侄女!"

"姨夫……"孙若西后退着,想逃。

"说!"老东山抡着粪叉子,逼进一步。

孙若西靠到供桌上,再无后退之路。他骇然地瞅着对方的叉子,硬充好汉地嚷道:

"我说什么,我说,你敢打教育工作者……"

"打你怎么样?"老东山大怒,举起粪叉子要打。

"我说,我说!"孙若西急忙求饶。于是,在拾粪叉子的威胁下,在他和新娘子拜天地的供桌前,对着手上的狗屎没擦干净的新娘子,对着他母亲,对着客人和来宾,对着看热闹的乡邻,倒出他引诱表妹,达到占有她的目的,又和林萍好上,抛弃了淑娴……

看红事的乡邻唾骂着散去,来宾和客人摇头生气,新郎的母亲张口结舌,新娘子怒视夫婿。一霎,喜叫欢笑的热闹婚礼,息风煞景,冷冷清清,败兴扫地。

"啊!你这个坏老头子……"新郎的母亲要寻法收场,哭叫着扑向老东山,"你这是成心害我呀!这是没有的事……"

老东山一理不理,闭着眼睛提过放在供桌香案多时的半篓粪便,抬腿就走。

孙若西的母亲架势去追老东山,实际上是叫他快点离开。她指着他的背后骂道:

"你个坏老头子!一身的臭气,把一粪篓子屎也带进我家来啦……"

老东山在大门口又停下来,回奉她说:

"粪臭，能长庄稼；你们这家……"他没说下文，顺手从篓子里挑起一叉子狗屎，一下抹在大门板贴着的"书香门第德望高"的红对联上。他扬长而去了。

老东山走到本村头的道口上时，午饭已过了，他被明轩叫住：

"大爷，过了关再走。"

明生立刻把写着"时事关"的大木牌子举起来。另两个儿童团员就提问题……

这是儿童团的宣传队，属于时事宣传活动的一部分。每隔一时期，或发生了重大事件，他们在村子各主要街口上设下关卡，通过的行人答不出发问者的问题，得叫儿童团员讲一遍才能过关。除去"时事关"，还有过"识字关"，小学生从他们在夜校、妇女识字班学过的字中间，点问其中的生字，默写不出，也得学会才能走过。

当然，这种事老东山过去是不理睬的，怕找麻烦他都从小路走，一半次碰上了，他也是闭着眼装没看见，被孩子拦急了，他就小辫一撅，一歪脖子："我不自愿！"噔噔噔走过去。现在，老东山虽有气恨在心，但依然规规矩矩地站住了。

"第一问，上个月里，咱们解放军消灭多少反动派？"小宣传员发问了。

"那可多啦！"老东山肯定地回答。

"多少？"

"数也数不清！"

"说主要的，昨晚上你在读报组里听到的。"明轩提醒他。

"哦，这我可不知道啦。"老东山歉意地说，"昨晚上……"

"大爷，你怎么又落后啦！"明生批评了。

"不是大爷有意不去，是去送公粮半夜回的家。"老东山解释道，又关心地问，"快给我讲讲，咱解放军又打多少大胜仗？"

"在费县、泰安歼敌两个旅。"一个孩子讲道。

"晋冀鲁豫前线部队渡过黄河,到了鲁西南,二十天内,歼敌九个半旅,五万六千多人。"另一个孩子接上说。

"全国反攻开始了!"明生高声喊道。

"记住了吗?"

老东山连连点头:"记心里啦!好啊!"

"第二问,美国政府驻南京大使司徒雷登,又讲了些什么坏话?"

"美国?那还不是放臭屁,什么话坏讲什么,帮助老蒋打内战呗!"老东山气愤地说。

"对,这个答得不错。那个美国家伙想装和事佬,哄咱们解放区的军民,叫咱们不动武,老老实实等着国民党来杀头。毛主席可看得清啦,不听美国佬那一套,坚决打反动派。"明轩愤慨地说,他是在做总结了,"大爷,咱们是天天打胜仗,也开始反攻了!不过反动派还挺有势力,不要命地向咱们进攻。他们用十几万重兵,想占领咱们胶东解放区,咱们还要努力支前,才能打败敌人,解放全中国!"

"对,孩子!你大爷,一准使力气!"老东山用力地回答,走出两步,又转回来。

"大爷,你过关啦,走吧!"明生宣布道。

"好,孩子。我问问你们,见你二姐没有?"老东山问道。

"大爷,她在学校院子里。"明轩回答,"水山哥在训练民兵!"

"立正——"全副武装的江水山,严厉地喊道,"不要动,站稳!"

民兵的队伍,成三行排列在学校大院里。这其中有三十几个女青年,二十几个男人——大部是三十岁以上的。男的都有大枪、土枪;妇女全扛着红缨枪、修光滑的棍棒,少数腰里插着手榴弹——其中多数又是和明生的木制手榴弹是弟兄。

过午的阳光烈炽炎炎，晒得人人满脸淌汗，胸前脊后的衣衫都浸透了。他们之中没有一个戴草帽的。

江水山下达立正口令后，走到队跟前去纠正姿势。妇救会长曹春玲和青妇队长王彩云站在女队的排头。

"你动什么？"江水山看着队里的玉珊。

玉珊擦眼睛的手忙放下来，说：

"报告队长！我的眉毛少，挡不住汗，流眼里去啦！"

"流心里去也不能动！"水山严厉地回答。

"是！"玉珊规矩地应道。

"哎哟，妈呀！蜂子！蜂子！……"淑娴惊吓地叫起来，两手直扑飞近脸的一只蜜蜂。

其他几位姑娘都赶上前帮她的忙，扑打蜂子。

"不准动！"江水山的声音是那样响，把姑娘们都吓一大跳，立时怔住了。

"队长，蜂子蜇人可挺痛的！"春玲给女伴们讲情了，"把它赶开吧？"

"子弹打人更痛！"水山教训道，"操场就是战场，怕蜂子蜇的人，还打什么敌人？军纪如铁，出口无情！谁再不听，立即开除！"

淑娴咬着牙，想："又惹他上火了，真倒霉！我真想哭——不，不能流泪，别光想着自己，听春玲的话……好，蜇就蜇吧，肉痛点比心痛强……"

开步走了，蜜蜂还围着淑娴转，她不理它，只顾扛着戳枪向前迈步。陡然，她脖子一缩，那里被蜜蜂蜇了一下。她闭紧嘴忍着痛，没有叫出声。

初上操场的青年女子们，事情就是多，到底要把江水山惹火了。

队伍开步走了两圈，走在玉珊旁边的巧儿用手扯了一下她的衣角，哧哧笑着向大门口嗷嘴。玉珊看时，是老东山站在大门口。老头子草帽在手里拿着，他那个留了五十多年的小辫的头，现在又白又光滑，在阳光底下映出锋亮锋亮的光来。

两个姑娘开始用力压抑笑声，接着忍不住，爆发出哗然大笑，竟致忘记在操练，抱着肚子弯下了腰。

这一来，队伍给搞乱了，很多人都望着老东山的头大发笑声，春玲用力忍住笑，不安地瞅着江水山。她正要招呼大家一声，只见民兵队长把胳膊一甩，怒气地喊道：

"解散！青妇队全部回家，回家！男民兵向这面来。"

妇女们这才醒悟出了乱子，都愣了，惊吓地看着民兵队长。

"完啦！把队长惹火啦！"春玲摇着头，无可奈何地说。

"我向他赔礼去。"玉珊又要学京戏花旦道万福了。

"他可不是桂花，听你这一套。"春玲想起锄玉米时玉珊对桂花的情景。

"那怎么办，妇救会长？快想想法子呀！"巧儿急得要哭了。其他姑娘也都围上春玲要求出主意。

春玲板起脸面说："谁叫咱们不争气来？还想要求参军上前方，连当民兵都干不好！咱们就这样给妇女丢人？"

"再不敢啦，不笑啦！"姑娘们一齐叫道。

春玲看着领民兵在那面操练的江水山，立时向妇女们喊道：

"快站好队，快！"

妇女们迅速地排好队形。春玲下着口令，齐步走到江水山面前，毕恭肃立。春玲向水山报告道：

"民兵队长！全体女民兵，请示命令！"

水山瞪了她们一眼，粗声说：

"解散！"

"休息多长时间？"春玲故意装不懂他的意思。

"回家!"水山挥着手。

"下次什么时候集合?"春玲又当糊涂。

"还集什么合?"

"操练呀!"

"哼!"水山气愤愤地说,"我看拉倒吧!"

"队长,你再不答应,我们都要哭给你看啦!"玉珊可怜相地看着他。

江水山扬扬手:"哭去吧,你们哭出的泪水,能把反动派淹死!"

妇女们又要讲话,被春玲的手势压下去。她突然变得刚愎起来,大声说:

"民兵队长!我们全体女民兵向你们男同志挑战,十天过去,哪样赶不上你们,我们甘拜下风,自动解散!"她转向她的部属,"怎么样,大家敢不敢?"

"敢!"洪亮而清脆的回答声。

"举手!"妇救会长喝令。

刷的一声,妇女们的手臂齐刷刷地擎出头上。

"嗯!"江水山的眼睛瞪大了,脸上浮出满意的神色,接着命令道:

"解散!"

"啊!还要我们回家?!"妇女们惊叫起来。

"休息一会儿。"水山和蔼地笑笑,大手摆了几摆。

趁这个机会,老东山把春玲叫到门外的槐树荫下,眼里含着泪说:

"孩子,你大爷又做错啦,错啦!对我事小,可是淑娴失了身,这辈子当姑子啦……"

"不,大爷,不会那样……"春玲肯定地告诉他,那样想也是封建脑子,真正好的人,不会为这事计较。

老东山半信半疑,深负内疚地叹道:
"唉!早知道答应她和水山结亲多好,如今晚了!"
"不晚。大爷,我正在为这事使劲哩!"
"水山要是娶我侄女,那真是我的大恩人!"老东山激动地说道。

第二十三章

　　庄稼开始发黄了,在初秋的爽风里,果实在日趋成熟。人们的汗珠没有白流,玉米歪着大穗子,粒儿突破苞壳的束缚,向人们闪耀。硕大饱满的谷穗,把秸秆压弯,向辛勤的耕耘者摆头致意。地瓜垄上裂成四进八开的缝子,向主人大声地欢笑……饥馑过去了,多数已空洞的公粮仓库又打扫干净,准备迎接新的客人。

　　国民党向山东解放区的进攻仍在延续着,并加紧了执行深入胶东半岛的企图。西面的解放区已经在和进犯的敌人摩擦着,不过最后方的乳山县一带没显得紧张。为了预防战局的可能发展,各地都在做备战工作,像山河村训练女民兵的做法,其他地方也在加紧进行。现在男女老少都实行劳武结合,上山下地携带着各种各类的武器,随时消灭敌人空投下来的特务,盘查形迹可疑的人。支前工作也倍加繁重忙碌,公路上的人行车马,昼夜不断头,枪炮、子弹、公粮、被服……源源不断浩浩荡荡地向西——前方奔流。敌人的飞机频繁地在天空出现,袭扰运输线,滥炸人群集中的场合。

　　曹振德这些天更加繁忙,经常出差,村里的工作大部落在江水山和江合他们头上,振德一回村,就立刻插进手去干。党支部书记特别强调大家切勿放松对坏人的警惕。过去发生几次破坏事件，同时也捉拿到反革命分子王井魁和蒋殿人。但是以后又发生企图强奸桂花并嫁祸江水山一事，和有人破堤一事。究竟是谁去强奸的桂花？曾怀疑过和孙俊英报复江水山有关联，但从孙俊英嘴里没得到供认；有人怀疑是村里一个好耍流氓的汉子，不过经过追查，也未证实。关于破坏河堤，肯定是复仇分子所为，并且有表面装好人的地主分子蒋殿人的例子，大家对其他几家地主注意起来，但又未查到下落；按照江水山当时看到的，破坏者是向外村方向的庄稼地里逃跑，也可能是外村的坏分子干的。事实没搞清楚。根据党支书的提议，随着敌人进攻的加剧，大家把村里几家地主、较坏的富农、和革命有世仇的人家，清列出名单，布置党员和积极分子，监视他们的行动，注意他们的表现。这里面也包括对王镯子的注意。因为她虽是军属，但为丈夫出去无音信，背后常说坏话，上次也参加了闹事，又作风败坏，和江任保通奸；更重要的是，她哥王井魁是反革命分子，她丈夫虽然参加了解放军，但孙承祖的父亲是被镇压的伪官吏，他参军是由于干部一时疏忽没加阻止，现在又不知下落。对王镯子的监视也不是难为她，她仍享受军属待遇。

这天傍晌曹振德运送物资回来就召开了党支委会，研究支前备战工作和行将秋收的力量分配问题……最后，党支书要大家把备战工作和对可疑分子的监视结合起来，敌人越进攻得近了，越要防备心怀叵测的人进行破坏，不要为没发现敌人就灰了心，说不定就为防得紧，坏分子们才没空子钻，心有意而明不敢……

牵着牲口跟父亲一块出差回来的明轩，坐在饭桌前咕噜道：

"妈妈的，蒋介石！地上打不过咱，坐美国飞机逞威风，算什么本事！"

春玲看着他头上包着的白布，安慰弟弟道：

"他们的威风也逞不了几天，南京老窝就要叫咱们捣烂啦！伤还痛吗？"

"不痛，就是伤得不是地方，好了也要留个疤！"明轩伤心地说。

春玲笑道："没关系，前额有个月牙疤更显得俊，不愁找不到媳妇。"

"找她干么？我不稀罕。"

"哟，出来个水山哥的学生，都和你们一样，人要绝了后啦。"春玲俏皮地闪动着黑灵灵的桃形眼睛，"我的好兄弟，到时没人做伴，你好鼻涕泪眼的流了别怕，我给你出个主意，哪个闺女嫌你前额有疤不跟你，你就说，疤是美国飞机给打的，叫她和美国鬼算账去。"

"媳妇不急找，姐，我肚子瘪啦！"明轩用筷子敲着碗，"怎么明生还没把爹叫回来？"

正说着，明生跑进来，说：

"爹还在开会，要咱们先吃。姐，再等会吧！"

"你们就先吃好了。"春玲从锅里拾掇出一部分饭，让两个弟弟吃，她在一边做针线。

明轩明生吃过去后，曹振德回来了。

父女俩吃着饭。春玲说：

"爹，我看今晚上，我给水山哥和淑娴办喜事吧？"

"噢，水山同意啦？"

淑娴寻死事发后，春玲找着江水山，把淑娴对他的情意、痛苦，她被孙若西所欺骗，细细地讲了一遍。

在过去，江水山也有过对淑娴的情感的温暖，但是，他感到自己是残废，不配人家；而身心又都投入了事业中，就没进一步滋润这种感情。淑娴后来为孙若西冷淡了对江水山的心，没再热烈地追求他，更使他不去多想了。此时，江水山才清楚了淑娴的心怀，深深地被她打动了心弦，难得的泪水在他眼眸中游动。江水山感慨地说：

"我简直是害人!她怎么会这样痴心?我怎么能使她这样爱?我真没想到。"

"水山哥呀,淑娴是个好人,她疼爱你的心和赤金一样真!"春玲数珠子一样地说,"她也有缺陷,性儿软,泪水多,受人欺负也没力气反抗,这是不该。"

"好,我和她成亲!"水山干脆地说道。

"水山哥,好哥哥!"春玲惊喜若狂,抱住他的大手。接着她心里针刺了一下,脸色暗下来,小声说:

"水山哥,淑娴她……她已失过身,你不勉强?"

"这有何妨?"江水山不解地反问道,"找媳妇,要的是人,一块干革命。"

春玲激动兴奋地抱着水山的胳膊跳起来,大声嚷道:

"水山哥,你真是好人,世上最难得的人!我替淑娴感激你,替她高兴……"

淑娴听到春玲叙述江水山的表示后,变得和个呆子一样。接着,姑娘哭了,百感交集,又悲又喜地哭了!淑娴急跑着进了江水山的家。

"好,我们做个战友吧!"江水山热切地说。

"水山哥,我上不了前线。"淑娴小声回答。

"怎么怕起来啦?"

"上级不要妇女呀!"淑娴心里有些埋怨春玲骗她了。

"到紧要的时刻,所有的人都要拿起枪!"水山握住了淑娴的小胖手。

淑娴惊住了,接着领会了他的意思,立时全身烘热,紧紧地抱着他的肩膀。

他们的婚是订了,但是工作很忙,敌人的进攻越来越猖獗,水山不同意马上结婚,今天推明天,明天再推明天……他坚持等全国解放了再说。大家都很关心,老东山更加着急,昨天又向春玲说：

"快点吧，玲子！我见水山越来越瘦了，他妈也身子不好，早叫淑娴过了门，我就放心啦！唉，人家不自愿，也不兴强迫？"

"强迫？"春玲重复着，心里一动，"能强迫他点，也行。"

老东山抖起精神，活泼地献策道：

"能不能这样，像水山早先强迫俺们几家中农借粮的做法，先动点强迫叫他和淑娴成了亲，事后向他赔礼我顶着。你看好不好？"

春玲的黑眼睛滴溜溜地转了几转，哈哈地笑起来：

"大爷呀，你这是报复他啦！哈哈哈！我有个法子，就看我爹批不批准啦……"

曹振德听着女儿和老东山定的计，饭都忘吃了。他问：

"动强迫你不怕出问题？"

"没办法，我东山大爷有话，水山哥说过，到紧要时刻要带强迫，兴他强迫人，也得兴别人强迫他。谁叫他老不自愿来？"

"你这是替你公公报仇。"振德禁不住笑了。

"也就算吧，我们也预备着向他赔礼。"春玲的脸发烧了，"爹，你倒是批准呀！"

"批准你们去强迫人，我违反政策。"振德笑着说。

"哎呀，这怎么办？"春玲着毛了，急中生智，"爹，你就装不知道，由着我们去办，成功后再说。"

"这不行，我是指导员，不能撒谎。"

"爹，你真气人！要知道这样，我就不请你批准，办成后叫你知道也晚了，受处分我顶着！"春玲快哭出来了。

"就怕你办不成。"

"只要你批准，我们有好几个人！"

"只要我批准？再不要我干别的吗？"

"爹，你……"

"傻孩子，你爹生你的气，办这样的好事把爹撇在一边，可真看不起人！不是自夸，没支部书记参加，你们人再多也办不成。"振德半玩笑半认真地说，"这个事，不是组织交给你去做的吗？"

"没有呀！"春玲张大眼睛。

"没有？上次你问我，我说什么来？"

"叫我多去做他们的工作……啊，那就是交代任务呀！"春玲孩子气地跳起来。

"他们结不了婚，我还要处分你……"振德爽朗地笑了一阵，接着又道，"水山的婚事老在我心里放着，只是工作忙，他又不听话，一时拖下来。他是残废军人，又是这么好的同志，帮助他把个人问题好好地解决，也是党的责任。对，他和他妈都需要照顾，淑娴也是个好孩子，他俩都自愿定了亲，咱们帮着完成最后一道关，也不算是强迫，这就算作组织决定吧，必须执行！"

"春玲妹，"有人在外面叫道，"你出来一下。"

春玲跑到院子，见是淑娴，就说：

"进屋吧。"

"不进去，大叔在家。"淑娴不好意思地说，"我看今晚上还是不那么做吧，真磨不开脸……唉，不是为照料他和亲妈，我等他几年也成……"

"哎呀，你别又顾三虑四的啦，不要怕，大着胆子闯。一切事由我们给你主张，保叫你吃不了亏，丢不了人！"春玲鼓励着，拉住她的手向屋里拖，"进去吧，让我爹再给咱出点主意……"

春玲没让自己的腿闲着，一直奔波到上灯时分都过了，她还没吃晚饭。她和老东山，帮着水山母亲把三间茅草屋彻底收拾了一番，打扫得干干净净，白纸重裱了窗棂，老东山的大儿媳妇拿出她出嫁用的红门帘给挂在房门上。明轩写了对联、囍字，在门上、墙上贴好。至此，新房也就布置停当了。

江水山在村公所值勤，天很晚了，他正欲回家吃饭，春玲拿

着包袱走进来,向他笑着说:

"水山哥,快穿上你的新军装!"

"没有事,穿它干什么?"水山蒙怔地问。

"刚接到通知,要你吃完饭去县里开大会,啊!会可大啦!"春玲正色地赞叹道,把衣服伸展开向他身上套。

"哦,"江水山精神抖擞,急忙接过军装,"还有裹腿!"

"那个等吃饭再打吧!"春玲用力忍住笑,"指导员在东山大爷家等你,快去吧!"

水山和春玲来到老东山家,曹振德正坐在炕上。

"就走吗,指导员?"江水山着急了。

"噢,吃完饭再走。"振德吩咐道。

水山转身出门,老东山堵住他:

"水山,在我家吃点吧,回去误时间。你振德叔也在这吃。"

水山坐到炕沿,对春玲说:

"烦你去把我的裹腿拿来,叫我妈准备点干粮。"

"好,我去办!"春玲一出门,就哈哈大笑了。

江水山一心想着去开会,没在意到吃的大米饭,好几个菜。还有酒,他是烟酒不沾口,振德和老东山都喝了几盅。江水山很快吃下两碗饭,不见春玲回来,他站起来要走。

"不要急,天亮前赶到区上,明早上和其他村的干部一块出发上县。"振德挺认真地说,又和他聊起工作上的事。

一等春玲不见影,二等不来人,天色很晚了。振德说:

"怎么闹的,这闺女不来啦?好,你去看看吧!"

春玲跑到水山家里。这里另有一桌饭菜,人比老东山家多:玉珊、巧儿、彩云、儒修媳妇、淑娴和水山母亲。淑娴身上穿一套红花褂、绿裤儿,她们劝着她吃了点饭,七嘴八舌地说笑一阵。

"时候到啦,咱们走吧!"春玲说着和大家站起来。

淑娴慌乱地抓着春玲的手,羞怯地说:

"妹妹,我害羞,我怕!你留下和我做伴吧!"

"哎呀,这个伴做不得!"春玲笑着说,"淑娴,你不要怕,就照我们刚才说的做,他说急了,你就不搭腔,反正他不能把你当哑巴卖了,我们在窗外给你保镖。再说,还有指导员哩!"

"好娴子,真难为你啦!"水山母亲叹息道,"这么潦潦草草地叫你过门,又受委屈,真叫我不忍心……你不要怕他,水山性子是躁,可是听好话,心也软,他不敢打你……"

"有人来。"玉珊叫道。

"好,咱们走!"春玲拉着水山母亲出了门。

江水山闯进院子,没见人就焦躁地叫道:

"妈!怎么这样慢,少拿点干粮就行,急着走呀!"他大步走进屋,立时惊住。他瞅着东房门上的红门帘,好生奇怪。

"妈!这是怎么回事?"水山问道,但不见回答,于是伸手掀开门帘,眼睛瞪大了:

"淑娴?你来……"

"你坐吧,水山哥。"淑娴站在炕前,满脸泛红,悄声地说。

"哦,"水山松弛下脸,明白了什么,"你来有事。我妈呢?"

"她出去啦。"

"你在等她?好,我要出发……"水山说着转回身。

淑娴心急顾不得羞了:

"水山哥,咱们不是今天成亲吗?"

"什么?!"水山愕然地扬起眉毛,"谁和你说的?"

"我告诉她的!"窗外响起唱歌般的少女声。

"啊,春玲!你别胡闹!"水山呵斥道,他猛地又一惊,这才发现屋里变了样,墙上贴的红囍字。他马上冲到门前。但不论他怎么晃门也开不了,外面锁上了。江水山着急地喊道:

"春玲!你快开门,我有急事!"

"没有事,叫你穿军装就为结婚!"春玲大笑了。

"我不信,指导员不会撒谎!"水山喊道。

"我是撒谎,水山!没有开会的通知。"振德的浑厚的声音。他像孩子一样,和大家一起站在窗后。

"啊?指导员!"水山简直不相信自己的耳朵,"你快开门,这不是闹着玩!"

"谁和你闹着玩来?大喜事啊!"玉珊的声音。

"这是强迫人!"水山抗议道。

"我们这么多人都自愿,你一个不自愿,应该强迫。犯了法,明天我给你赔罪。"老东山乐嘿嘿地笑着。

"水山,千万别得罪你妹妹。"水山母亲嘱咐道。

"指导员,指导员!这些话你都听到了吗?"江水山向外面喊道。

"我耳朵不聋。"振德回答。

水山没话好说了,他走回房间,看着淑娴,脸上露出柔和的红光,低声地问道:

"这么说,组织也批准了?"

"批准啦,你们正式结婚吧!"振德喜声笑着说。

"指导员!指导员在吗?"民兵新子紧张地冲进来。

"在。什么事?"曹振德离开窗口。

"浪暖口送来区委紧急通知,发现几条美国兵舰,像是有来头,叫我们的民兵快去!"新子急急地报告。

"民兵马上集合!"振德说着大步向外走。

"女民兵呢?"玉珊和巧儿跟上前。

"一齐出发!"曹振德有力地命令,走出大门。

春玲刚要走,忽然屋里叫道:

"快开门!开门!"水山吼道。

"你们不用管。"春玲回答道。

"春玲妹，这是大事！快开门吧！"淑娴也着起急来。

"春玲！你这像妇救会长的话吗？战斗任务压倒山，再不开门我打枪啦！"水山威胁道。

"唉，玲子！不开门不行，他的性子你还不知道？"水山母亲走近门，骂道，"该死的反动派，我儿子成亲你也来捣乱……"

"大妈，先别开，我逗一下水山哥……"春玲笑着跑到门前，"水山哥，我开门有个条件。"

"什么条件都行，战斗要紧！"水山打着门央求道。

"你和淑娴亲个嘴，我就放了你。"

"你这是胡闹！"

"胡闹就胡闹。"

"不亲你不开门？"

"对啦。"

"好，亲过啦。"

"亲了没有，淑娴姐？"

"没，没有……"淑娴脱口而出。

"好，水山哥！你哄我。我走啦……"春玲佯装走，把脚跳了几下。

"别走！别走！"水山着急了，"你真气死人，我亲就是……"

"亲了就开门。"春玲轻脚移近窗口，把窗纸舐个小洞洞，向里瞅着。

江水山走回房间，为难地看着淑娴。

"亲就亲吧，夫妻俩不羞……不然她真不开门。"淑娴悄声说着凑近他。

水山一挥左臂，抱住了妻子。

淑娴埋头伏在他怀里。

春玲见景，好脸红地把眼睛闭紧，赶过去开了门，急转身飞也似的跑了。

549

山河村离浪暖海口三十几里路，曹振德和江水山率领着男女民兵四十多人，拂晓前赶到了。

区委书记曹春梅和区中队长已经率领区中队和附近村的民兵、群众埋伏在海岸线上。

事情是这样的：昨天傍亮，有两架飞机顺着海边从东北向西南飞，其中一架在海滩上着了陆。海防民兵逮住了飞行员，送到区上。他会说中国话，供称他是美军，从东北往青岛运送机关枪，飞机发生故障，故而强迫着陆。春梅和区长研究后，把美军送上了县，并请示上级对飞机的处理办法。当日上午，先后来了六架飞机，围着降落在海滩上的飞机转了一会儿，又飞走了。傍晚，海口外面的水上发现两艘军舰，接着又开来两艘，不久，又是一艘小舰艇。接情报后，春梅亲率区中队赶来，集合起联防民兵，密切监视。军舰仍不走，区委一面派人去县里报告，一面向各离海较近的村子发出通知，召民兵奔赴海防。

海岸，带着咸味的晨风，拂过广阔的细沙海滩，吹得滩边的高粱、玉米叶籁籁作响。天亮了。

区中队和联防民兵，加上临海村庄的一些群众，总共有四百多人，埋伏在庄稼地里，早来的人们的衣衫都被露水打湿，大家紧盯着前面的海洋。

港口外的海面上，停泊着四艘巨型美国军舰，那上面的桅杆和粗长的大炮，都看得清楚，不少人影在甲板上蠕动着。那艘小舰艇在大舰中间活动了一会儿，接着，从大舰上开出五辆水陆两栖坦克和汽车样的东西，扑扑腾腾地进入港口，向岸边驶来。

浪暖口是个不大的鱼盐海港，没有驻守部队，海防是由当地民兵警卫的。眼见来了这么多兵舰，很使人心慌。民兵的人数不算少，但一大半人没有能射击的武器，女的还占三分之一；区中队也只有五十多人，要应付大的战斗是无力的。春梅已经召开过在场各村负责干部会，大家一致表示，坚决守住海防，等待主力军的来到。

春梅估计，美舰的来到一定和他们发生故障的飞机着陆有关，这架飞机用席子裹好，一动没动，仍停在降落时的地点——港口的沙滩上。春梅把区中队和精悍的民兵摆在第一线，她和区中队长跪在高土丘旁，担任总指挥。她向大家喊道：

"同志们！没有命令不准打枪。"

曹振德他们的阵地和区中队平身挨着，他向大家嘱咐：

"情况怎么急也不要慌，听命令，沉住气！"

两栖坦克、汽车登陆后，吐出肚子里的人。约莫有五六十个军装便服掺杂的武装人员，围着那架飞机转了一会儿，接着烟火升起，飞机着火了。

"这些小子把飞机烧了，打！"江水山怒骂着，端起驳壳枪。

振德拉他一把："别急。"

这些武装人员离开烧着的飞机，撒开散兵线，向庄稼地里接近。民兵们渐渐听见咕咕噜噜的叫声，看清他们一个个身躯很高，像大虾一样弯着腰，手里端着长短枪。

"这些家伙不像中国人，许是美国佬！"春玲端量着发开了议论。她们都趴在后面的高粱地里。

"像是，和昨天抓的那个驾飞机的差不多！"刚给外地来的女民兵讲述昨天情景的本地姑娘，又先知一筹了。

"说话和放屁一样。"玉珊哧一声笑起来。

"敌人近了，打吧？"有人提议。

"不要急，是美国兵，我们先警告他们。"春梅站起来，向二百步以外的美军喊道：

"你们是哪一国的武装？"

美军不理睬，继续前进。

"我们警告你们，继续侵入我们的国土，就要开枪啦！"春梅严厉地喝道：

"不停住就开火！"好几个声音响应。

"为什么把飞机烧啦？"有人质问。

美军站住了。只听有人说中国话：

"没关系，是些土民兵，打吧！"

"还有女人，一打准垮！一定能接回我们的飞行员……"

嗒嗒嗒！啪啪啪！美军的手提机枪、卡宾枪、转盘枪等自动武器，开火了。

春梅左胳膊受伤，急趴下身子。她大声命令：

"消灭敌人！"

江水山的驳壳枪最先打响了。

霎时，民兵们一齐开火还击，手榴弹把沙土成团地掀起来，美军立时乱了阵，有的卧倒抵抗，有的向后逃跑。

但民兵们的火力并不密集，手榴弹的距离又有限。春玲那些女民兵，更是着急，海边上一块石头也没有，她们的锐利的红缨枪使不上劲呀！正在此际，有几个民兵跃起身喊道：

"冲啊！抓活的……"

姑娘们兴奋地跳起身。春梅急忙喝道：

"不要冲！原地趴倒！"

有两个跳起的民兵中弹倒下，其他的人又重新趴好。

"冲上去是一片沙滩，我们武器不行，要吃大亏！"春梅向大家说道，"我们坚持住，等待主力军的来到。敌人不冲到近前不打，节省弹药……"

民兵们和美军相持到天傍晌，突然，南海面上出现四架飞机。它们从军舰上空飞过，径直冲向民兵的阵地。美机飞得那样低，带起的风把高粱吹倒了。它们发出疯狂恐怖的怪啸，轮番地向下俯冲，震得地层都抖动起来。

初上阵的女民兵和群众，不少人都慌乱了，有的起身向别处跑。尖嘴闺女玉珊的脸变得煞白，想凑到春玲身边。她刚站起来，只听哗啦啦的一声巨吼，觉着脖子火热，一头栽到春玲身上。春玲看时，玉珊的脖后被烟喷得乌黑，很感惊奇。她们不知道，这是被飞机喷出的灼热的油烟炙的。

"大家不要慌，飞机没什么可怕的！"曹振德向人们呼喊着，示意大家稳住别动。

美机撒下大批传单。那上面有的写着，为了中美友谊，请交回他们的飞行员；有的写着，他们的飞机在中国随便飞的特权，是国民政府承担的义务；有的写着，交回飞行员有一百条美金牌香烟的物质报酬；有的写着，美利坚合众国酷爱和平，但是它所寻求的目的如果达不到，军人们的感情会立刻冲动起来；有的写着，再过两小时不交出人，他们兵舰上全部军队马上登陆，大炮的射程是三十公里……

人们看着撕扯着传单愤愤地议论——

"他们是为了这个，兵舰飞机都来了！"

"'中美友谊'？哼，就是给国民党送枪炮，屠杀咱们老百姓？"

"国民党政府给他们的特权？屁，它是蒋匪帮，代表不了中国人民，代表咱们的是共产党！人民公敌蒋介石，死在眼前啦！"

"妈的，硬的不行来软的，留着你们的美金牌塞屁腚眼去吧！"

"哦，美国佬就是这么讲和平，他想干什么非干什么不可，他抡刀别人得赶快长脖子，不然就是不和平。去你妈的吧！"

"像这么样干法，一辈子也别想放你们的人！"曹振德把三张传单撕得粉碎，狠狠地抛出去，"你们在中国横行霸道的日月快过去了，这些野蛮东西、强盗！"

在四架飞机的助威下，美军陆续从兵舰上开下登陆坦克，人员增加到一百多，发起了数次冲锋，被打倒了好些人，也未占领庄稼地。天近黄昏了，也不知过了多少个两小时，美军也未敢倾巢出动。

民兵们在干部的坚强组织领导下，坚守国土，大批的增援民兵和群众，从远地一批批赶到。

晚上，美军又乘两栖坦克登陆了两百多名士兵，向海岸上强攻。

也正在这时，接到急报的人民解放军，奔到了浪暖海口。

美军见势，立即收兵，打起白旗，要求谈判。

人民解放军接受了美军的请求，军区首长和美军舰队司令在浪暖口进行谈判。美国军队直接参与国民党残杀人民的内战，运送武器的飞机失事后，就派来军舰和飞机，焚毁了落在解放区人民手里的干涉中国内政的罪恶飞机。他们藐视地方武装，企图攻进解放区，抢走失落的飞行员。遭到坚决的抵抗未达目的，被迫谈判。美军舰队司令百般为自己的罪行抵赖狡辩，这更激起人民的义愤。成千上万的男女老少，扛着各种武器和农具，高擎标语，在谈判会场前向美国侵略者示威游行，抗议他们对中国内政的干涉。被美军打伤的三个民兵队员，都由人们抬着来到美国代表跟前，向侵略者进行血泪的控诉。军区首长表达了人民的意志，痛斥了美军的罪恶，要美军为自己的侵略罪行负完全责任。

谈判进行了十一天。美军代表在人民的威严面前，在正义面前，在自己的确凿的罪行面前，不得不低头认罪了。美方向中国人民写了悔过认罪书，向受伤者当面道歉，搬来两运输舰的物资，以赔偿中国人民在此事件中遭受的物质损失。失事落地的美军飞行员，也就交给了美方……

秋色的黄昏，山河村中的广播台上，响起广播员玉珊的声音：

"全村男女公民们！上级号召大家，通过这次美国侵略者对我们解放区进攻的事件，进一步提高敌情观念，加强劳武结合，做好备战支前工作，以应付战事的随时变化，给进犯我们解放区的任何敌人以无情的打击！"

严霜无情地打下来，想摧残毁灭一切植物的生命。然而，春夏播种的作物已经归仓，唯一没刨完的地瓜、花生，都被温暖的泥土包裹着，等待主人的镢头，寒霜对庄稼显不出威风了。深秋的山野一片橙黄景色，桲椤在等待着镰刀，成熟的山草在秋风中翻舞，抓紧时间撒播自己的后代。四季常青的松柏，夜里披上的霜花，在早晨的旭阳底下闪烁一会儿，就变成水珠，把松针沐浴得越发苍翠、清新。唯有那些生长在河岸、村头的树木，在严霜的打击下，树叶很快枯黄了，一阵微风，败叶簌簌飒飒地飘落下地，有的被人们扫起做了柴草，有的躲在阴暗的角落里，渐渐腐烂，做了来年植物的肥料。

霜是严酷可怕的东西，它能破坏、扼杀一些植物的生存。可是它也能促使果实的成熟。而那些坚固地长在枝上的丰硕的山梨，经过霜打，变得艳红鲜嫩，剔去了苦涩，更加美味可口了……

随着天气的变冷，胶东解放区的空气也紧张起来了。

国民党反动派，自一九四七年春天以八十个旅的重兵向山东解放区进攻以来，遭到了人民解放军的重大杀伤。但敌人在"霉烂胶东，强占烟（台）威（海卫）"的口号下，一步深入一步地向胶东进犯。土地改革中被清算的大批逃亡地主和复仇分子，组成所谓还乡团，配合中央军，在解放区进行惨绝人寰的血腥屠杀和大肆破坏、倒算，造成整村整庄人畜灭迹，几十里路的无人区……

危险的形势，严峻的考验，一天近似一天降临到胶东解放区人民的头上。

胶东解放区的人民都加紧了战备工作。县以下干部和地方武装都坚守岗位，和人民群众在一起同敌人进行斗争。空舍清野工作基本做好。大批大批的物资、医院和伤病员、残废军人、部队家属、银行、工厂……流水般地向乳山等几个最后方的县份运来，疏散在各个村庄，进行隐蔽、埋藏。山河村和其他村一样，大部分基本群众每家都负责掩护一名残废军人，仅西小沙河一地，就埋进三十多辆大卡车的物资……

人们忙极了，力壮一些的男人推着小车，孩子赶着牲口，参加远途的运输工作。山河村指导员曹振德领着几个村的四十多名青年组织起来的担架队，跟着向西线插去的后卫部队走了十几天了。江水山穿起仲亭送他的那套新军装，日夜领着早就集体睡觉和行动的男女民兵，坚壁秘密物资，监视地主分子的行动，防范空降兵和敌特的侵入。

阳历九月三十日，我军主动放弃烟台市。于是，国民党军队占领了全力攻取的城市。至此，国民党的进攻达到了最高潮，继而疯狂地向东——昆嵛山一带老解放区插入，前头部队已迫近乳山县境……

"敌人迫近了，情况很危急！"区委书记、武装工作队教导员曹春梅，连夜赶到山河村，向全体共产党员作紧急报告。她全副武装，严肃地注视着在座的人们。

"大家知道，按军区的计划，尽量使敌人不到我们这三个中心县来。因为这里藏着几乎全部的贵重物资，北海银行①，医院，残废军人，干部家属……要是敌人来了，将造成严重损失。但是战争形势随时变化，敌人离我们这里只有六十多里路，看样子想拼命蹿进来。同志们！不能轻敌，赶快行动起来！把群众和掩护的医院伤病员、残废军人和干部家属，更严密地组织好，做好敌人能来的准备，等待情报站的通知，就立即转移。另外，把地主分子看守住，不走就强迫他们跟着走。不要听这些家伙口头上说得好，天一变，他们会很快跑到敌人那边去。民兵要做好战斗准

---

① 北海银行：发行山东解放区通用货币的银行。

备，地雷坑可以挖好，随时把运到的物资埋起来……"

"快点，要担架！"在村公所值勤的村长江合跑进来。

"要几副？"江水山问。

"咱村五副。"

"我们去！"春玲应上来。

"情报站说，是最后掩护军事机关冲出敌人包围的伤员，离前线很近！"江合严重地说，"情况很急，路远，妇女怕不行。"

"别小看妇女，哪次没完成任务？"春玲反驳道。

春梅扫视一眼屋里的人，壮年男子真是几乎没有了。她严肃地对妹妹说：

"挑结实能干的青妇队员去，完不成任务你要负责……"

"我也去吧！"江水山望着春梅。

"对，民兵队长领着就保险啦！"春玲满意地答应道。

山河村的五副由青妇队组成的担架赶到情报站，会合了其他村的总共二十多副担架，统由江水山率领，急赶六十多里路，早上来到西面送来伤员的地点。大家都累坏了，尤其是春玲那帮子姑娘，脚上打了泡，都是跛脚拉腿地走进村的。其中的淑娴，春玲本不让她来，因她结婚后就有了孕；但是淑娴说没关系，硬要来了。

此处已听到密集激烈的枪炮声了。我军杀伤一部敌人突围后，胆怯的国民党军队还以为有部队在阻击，无目的地乱射击。

江水山的担架队无暇休息，接过从西面送来的伤员就要起程。那春玲忽然发现从前方送伤员的人们中有个女的，觉得有些眼熟，她跑近跟前一看，立时惊讶地叫起来：

"二妞姐！你来啦！"

那女子也认出了春玲，叫着扑上她：

"春玲妹妹……"

两个姑娘长时间相抱着，激动得眼睛里闪着泪花，说不出话。

"好姐姐！我回家后再脱不开身去看你们……我亲妈好吗？"春玲关切地问。

二妞的泪花转为混浊的泪珠，大滴地涌出眼眶。

"她，她老人家过世啦？"春玲的心忐忑开了。

二妞悲痛地咬一下嘴唇，说：

"被还乡团杀啦！"

春玲那桃形眼睛变成杏子样，呆呆地怔了片刻，接着啜泣起来。

"好妹妹！不要哭……"二妞哭着劝道。

"好姐姐！你也别……"春玲擦着泪安慰她。

"该死的反动派！前天占了我们那地方。"二妞愤恨地说，"他们一来，天立时就变黑了！大部队封住村，还乡团逼问藏的东西，要粮食，可是谁也不说，谁也不交一粒米。反动派叫党员、干部和烈军工属去登记，也没有人去。最后他们把全村老幼都赶到村西头的树林边上，架着机关枪叫干部、党员和军属们走出来。大家都不动。敌人要开枪了，有几个胆小鬼，走出来向敌人投降，供出干部和军属……没等那三个家伙讲完，大伙一齐喊起来。党支部书记赵大叔和民兵队长几个人，冲到叛徒跟前，按倒要掐死他们……敌人枪响了，干部牺牲了！全体老百姓都一齐喊着冲上去了，和敌人拼打起来……一直打了好一会儿，打死十几个国民党和还乡团。可是毕竟没武器，抵不过敌人多，又被围住了。还乡团在村外挖了个大坑，把全村男男女女老老少少总共二百多口人，一齐推进坑，活活埋死啦！"

"好歹毒的反动派！"春玲止住哭，愤怒填膺，"等着吧，非报这个仇不可！二妞姐，你怎么逃出来的？"

"敌人来的那天，我正到外村接受区委书记交给的秘密文件，负责保存……我赶回来时，哪里还有村？房子全烧成灰啦！好半天才找到一个十三岁的孩子，他坐在活埋全村人的坑上哭……妹妹呀！七八十家人的村子，就剩我和他俩啦！"

淑娴来叫春玲赶快走，春玲紧拉着二妞的手说：

"姐姐，跟我走吧！"

"不，不能。"二妞摇摇头。

"去吧，我家和你家是一样啊！"

"是呀，我多想有个家啊！有你这好妹妹……"二妞的眼泪又开始涌出来，但她猛把泪水擦掉，倔强地说，"不行！反动派不死有家也白搭！春玲妹，我有任务，我是区武工队的情报员！领着担架队送出伤员，我立时就回去。"

春玲禁不住又重新打量二妞几眼，感到这位娇小的比自己矮一点的姑娘，立刻变得高大有力起来。她又敬又亲爱地说：

"二妞姐姐，你真是好样的！等打走反动派，可一定上我们家来呀！"

二妞感情深沉而感激地说："好，妹妹！姐一准去，准去！"

敌机更加经常地出现，对运输线的洪流进行骚扰、轰击。

担架队为躲避敌机的空袭，在江水山的指挥下，时常绕道穿小路，登山越岭地向东面医院所在地插去。战士们都伤势很重——如果轻伤，他们怎么也不肯离开队伍。但他们躺在担架上，看着担架队员——尤其是妇女们，累得满身大汗，气喘吁吁，心里难受极了，不少人热泪盈眶。

妇女们脚泡似火烤，腰痛腿酸如折骨，但是她们不服输，都不出累声，尽量不使身子晃动，互相鼓励，咬着牙关向前挺进。春玲还唱起了歌，给大家加油……

要爬一个高山梁时，春玲四个人抬的伤员要解大便。这位伤员，伤在嗓子，流血过多，神志一直迷糊。他的脸上也受着烧伤，箍满了绷带。妇女们小心地把担架放下来。春玲抱腰，淑娴和玉珊一人抬只腿，春玲向她们中间唯一的一个做母亲的桂花小声吩咐道：

"嫂子，你给同志解开裤带。"

自公公冷元牺牲后，儿媳桂花的工作真积极，样样不落后。这次出长途担架也不让她来，因她有孩子。但桂花不听，把孩子送给水山母亲看着，强着出来了。但是脸皮薄的女子很难不害羞，一路之上她的两个乳房由于长时间没孩子吸，饱胀得发痛。大家叫她把乳汁向外挤挤，桂花红着脸说："大白天，多不好意思！"这时听说叫她去给伤员解裤带，臊得血都涌上脸，低声说：

"妹，我奶子胀得紧，弯腰吃不住……"

"那你来抱着同志。"春玲说道。

桂花接过手，春玲去给伤员解开裤带，等伤员便后，她给他擦干净，又重新整好。

赶春玲她们艰难地爬上山梁，前面的担架已下到半山坡了。姑娘们都大口呼气，渴得难受，于是放下担架，到两边找泉水喝。

那伤员一直静静地躺着，这时呼吸猛然重了一下。守在他身边的玉珊姑娘急忙拿过水壶，向他嘴里倒了一点。伤员吞下几口水，用变音的声音细微地说：

"同志，到哪里啦？"

"哎呀，可好啦！俺们第一次听你说清楚话！"玉珊欢喜地叫道，"同志呀，咱们在山顶上，她们找水喝去啦！回来我们就抬着你走，风快地就赶上担架队！"

伤员停了一下，问：

"我耳朵发蒙，听不真，你不是个女的？"

"是女的。青妇队，女民兵，女担架队员！"玉珊骄矜地自我介绍。她见他嘴搐动几下，没说出话，就又向他嘴里倒水。

伤员的脸和眼被绷带包着，玉珊看不见。实际上他已经激动得流泪了。他想不到是妇女抬着他，尤其是在山下大便，迷迷糊糊地辨不出男女声，即使有女的声音，他也以为是自己部队上跟来的卫生员———一块生死与共的姊弟般的亲密战友,他万没料到,这些陌生的女子,也做出这种使人不敢想的行动……

伤员的手抖动着抓住壶嘴,喑哑地问:

"你渴吗?"

玉珊顺口回答:"嗓子要冒烟啦!等她们回来,我就去喝个饱。"

伤员说话很艰难,只是用力把水壶向玉珊推着。

"同志,留给你喝……"

"我,我……我能坚持……"

"我能喝凉水。热水留给你。"

"我头底下……有军用壶,有水。"

"谢谢你,同志!那我少喝点。"玉珊感激地说着,一仰脖子吞下三大口,壶里空了。

春玲她们疲倦地跑回来。玉珊看着她们一张张的干燥嘴唇,问:

"没找到?"

"唉,穷山,连泉水也没有!"淑娴抱怨道,"哪有咱们的西山好?"

"我可喝啦,是同志赏的……"玉珊的话没说完,就被春玲的急问声打断:

"啊!你把水喝啦?"春玲说着拿起水壶,摇着,"空啦?"

"没有,还有。"玉珊轻松地回答。

"在哪?"淑娴追问。

玉珊走到伤员的头部,刚要伸手去枕头下摸壶,突然惊呼:

"玲姐!他……"

大家急忙围上前,只见伤员呼吸紧迫,嘴不停地在搐动。春玲曾被卫生员嘱咐过,这位伤员嗓子伤得很重,心肺容易发干,要经常倒点水他嘴里。现在伤员是在高山上,空气稀薄,加上他刚才说话过多，致使伤势恶化起来。

"水！"春玲急叫。

玉珊从他枕下摸出水壶晃了晃，惊叫起来：

"啊！空的？！"

担架队员们都慌乱异常、焦灼万分，一齐斥责玉珊。玉珊哭着揪自己的头发：

"我该死！真该死！……"

"不喝水你肚子起不了火！"淑娴气恨地斥责道，又向春玲，"我跑着去叫卫生员吧！"

"怕叫来也晚啦……"春玲急得浑身沁汗，"好，你快跑！跑着叫她快拿水来！"

淑娴飞步下山，脚绊起的石头跟在她身后向下滚。

"是我害了同志啦！"玉珊拼命地哭。

桂花气恨地瞅她一眼说："你不单单长着说话厉害的尖嘴，还长着好喝水的尖嘴！哭，哭有什么用？哭不出水来！"

玉珊抓起水壶，捧在脸前，让泪水向壶里滴。

"你这是干什么？"桂花惊诧地问。

"我哭，哭！哭出的泪是热的……"

这话使春玲心间一闪，迅速看一眼桂花那丰满的乳房。她立即说：

"嫂子！快，解开怀！给他奶吃，奶吃！"

桂花大惊，两手不由得按住乳房，脸腾地烘热了。

春玲拉着桂花的手，激动地说：

"桂花嫂，不能爱面子！奶是人吃的，你能把解放军同志救活，这比你养大个孩子贵重得多！桂花嫂！为革命，你要下决心啊！"

玉珊苦苦求道："好嫂子呀！你能把同志救活，我给你烧香磕头，道一百个万福礼……你害臊，我陪你开怀！"

"我也陪你！"春玲毅然地解开纽扣。

"不，不用！"桂花把两个姑娘的手挡住，决断地走到担架跟前，迅速地解开怀！

温暖的洁白的乳汁，立即浸泡了伤员的干裂的嘴唇。他的嘴渐渐由抖动而变成有节奏地吸吮。乳汁无止境地流着，流着，流进战士的口腔，注入战士的内脏。它，是母亲为孩子的生存准备的血液，现在却像甘露浇花一样，滋润哺育活一位人民战士的生命！

中午过后，担架队歇在一个村庄里。把伤员安排在群众家住下，吃饭，大休息一会儿，给伤员检查伤口，换一次药。春玲一伙女队员主动分散开，帮助部队卫生员和当村群众护理伤员。

村庄很不安宁，战火扰乱了平静的生活。村里人大都出去执行各种勤务去了。从西面的远方，时时传来隆隆的炮声。

躺在炕上的一位伤员，从昏睡中醒来，刚要呻吟一声，又努力压下了。因为他看见坐在自己腿边的姑娘，脸色发白，疲惫地闭着眼睛，像小鸡一样，点摇着头打盹……直等到这姑娘的头渐渐垂下去，要碰到膝头了，伤员才轻声唤道：

"同志，同志！"

春玲猛地一震，头向下一顿，碰了个响头。她急忙把头抬起来，不好意思地理一把散发，问道：

"你要什么吗？"

"不要什么，你到东房间老大娘炕上睡一会儿吧！有事我叫你。"

"我不瞌睡。"春玲把眼睛用力张大，"眼皮打一会儿架，就有精神啦！"

"还不困？你们夜里赶来抬着我们，爬山越岭走了大半天，又如此护理……"伤员操着苏北口音，感动得说不下去了。

"这是我们的工作呀！"春玲甜甜地向他笑笑，把他的被单边

563

压严实,"比比你们这些流血的英雄,我们做得可太不够啦,哎,同志,你给我说个故事听听吧,说说你们打敌人的事情。"

伤员腼腆地笑笑说:"没啥好说的。"

"还爱面子呀,解放军个个是英雄!同志,快说个吧,我也学习学习!"姑娘热烈地要求道,但她又想起什么,担心地说,"哦,你累不?要是说话费劲就不说吧……对,我太傻,你有伤,又累!不说啦,不要听啦……"

"不,不累。"伤员反而占了主动,"我说,我说……"他略一沉思:"我自己啥没干,就讲讲我班的一个战士吧!啊,这个小伙子真棒,够你说的是英雄!每次战斗他都冲在前面,要求干最艰巨的任务。这次掩护机关突围,他身上被敌人的汽油弹烧着了,脸都烧伤,他还是坚持把敌人的冲锋打下去,最后嗓子又被敌人打穿……"

"啊!真是英雄!他最后……"春玲的眼圈红了,禁不住嗟叹担心起来。

"没有关系,他被我们救下来了。"伤员安慰着姑娘,"这个参军不太久的小伙子,真是老解放区出来的青年!同志,你要听他的英雄故事,等他伤好了叫他自己讲。他也是被你们抬着的。"

"啊!哪一个?"春玲惊喜地问。

"就是你们有位了不起的女同志,用奶把他灌活过来的那个。"伤员赞叹地说,"他叫江儒春……"

"江儒春?!"春玲简直不相信自己的耳朵,大声惊呼。

伤员为她所激起的表示感到惊讶,说:

"是江儒春。你认识他?"

春玲完全被这意外的消息惊震呆了,她愣愣了好一会儿,才陡地下了炕,上东房间叫过老大娘替她照顾一下伤员,她就像拉满弓弦的箭一样冲出了门。

"扒开!解开!……我要看看你!看看你们……"儒春焦躁

地叫着,手在急切地扒开箍着他的脸和眼睛的绷带。他打过强心针,经过休息,已经好些了。守护着他的淑娴,终于辨出他就是儒春。淑娴拉住儒春的手,说:

"儒春哥,别动,别动!你有伤呀……"

"没关系,没关系……"儒春挥出手又去解绷带。

淑娴无奈,只得小心地给他把绷带解下来。儒春脸上被灼伤好几块,涂遍药膏,眼睛上下都贴着纱布。

"儒春哥,我叫春玲妹去!"

"好,好!快去!"儒春迫不及待地呼喊。

淑娴才得出门,只听院里一阵脚步声。她一看,就住了脚。

春玲一口气跑到门口,突然停住了。她手捂着心房,细声急喘了一会儿,使心跳平静一些,然后走进屋。

吸住姑娘的第一眼,是他那双闪着明晶的泪花的眼睛,紧接着,他两眉间那颗小黑痣也跃进她的眼眸。她看着他,眼前似闪电又像电影地飞过——她动员他去参军的情景;她在北河岸唱歌劝他归队的画面;她去找他在深山雷电雨夜里和蒋子金父子的险恶遭遇,终于逢见二妞和她母亲的景象……

春玲闭上眼睛,渗出了大滴的泪珠。她又忽而把眼睛睁大,急上前呼唤:

"儒春!"

"春玲!"儒春想坐起身。

春玲两手把他摁住,一字一顿:

"躺、着!别、动!"

两张脸对着,四只眼睛看着。对着对着,看着看着,成串的热泪,两行成对,四行两双,簌簌洒落,滚腮而下。

春玲猛醒过来,急忙用手巾轻柔地给儒春拭泪水,细声说:

"别这样,你伤重……"

"看你,也别哭啦!"

"我傻,见了面是大喜事,该笑呀!"春玲脸上真泛出笑容,急忙擦去腮上的泪珠。她忽然感到难为情,立时回过身——淑娴不在了,屋里只有她和他。

有多少话要倾诉,然而心里千头万绪、百感交集,从哪里说起呢,说什么好呢?似乎这样一见面,什么话也不用说了,各自心里都像明镜一样映出对方的清晰的影子,都完全了然无遗了。

"春玲,你可别生我的气。"儒春惭愧地看着她。

"不生气,我有生气的样儿吗?"春玲甜蜜地幸福地笑着,紧靠他身边坐着,手轻轻地爱抚着他脸上的伤处,"我的心早明白你啦……你的伤怎么样?"

"不碍事,住不了多久就好啦,妨不着归队。"儒春的手紧紧地握着她的一只小手,"你为我,真把心使碎啦!"

"我的心碎不了,好好的!不信你摸摸,"春玲把他的手拉到心口上,使力向下按着,"跳得有劲吧?真的,儒春,我还要努力才能赶上你!"

"赶我?"儒春觉得她的心是那样旺盛有力地在他手掌下跳荡,"我哪点也比你差。"

"别爱面子,你的事我听你班长说啦!"春玲真情地笑着,关怀地问,"你想到入党了吗?"

"写过申请,指导员说支部正在培养我。"儒春渴望地说,"多会儿我当上共产党员,才够格和你比。"

"你怎么知道我是党员?"春玲俏皮地抿着湿漉漉的嘴唇。

"我在家时和个木头一样,只知下地干活,什么也不懂。在军队里党公开,是党员的可棒啦!我就想起村里的那些人,你爹——我大叔,水山哥……还有你,一定也是。"

"好,好,算你猜对啦!不过我这个党员,还要努力才完全够格。"春玲说着用手去抚弄他眉间那颗小黑痣,"这小东西,就是显眼,印到我脑子里老忘不掉,每次梦见你都有它……嘻嘻嘻,真有意思……"

江水山和妻子淑娴走进来。水山和儒春招呼了几句,脸色板紧,对春玲说:

"妇救会长!我们村有反革命……"

"谁?"

"孙承祖!"淑娴咬了一下牙。

原来,离此不远的马家沟、王山前两村,昨天抓起五个暗藏的反革命分子。其中两个是国民党从青岛派回来的,有一个供出所知道的先后派回解放区的四名特务中,一名叫孙承祖。因为敌人事先防备他们被捕会暴露其他同伙,都不知各自的籍贯和去向,只是在一块受过训练,互知姓氏。

"我刚才到驻在这村的区政府打听战况,听到这个消息的。"江水山气恨地说,"这个反动派,很可能卧在家里。我们村几次的破坏,一准有他的份!"

"哦,王镯子这骚货和江任保勾搭,怕是有缘故。她的肚子看出大来,一准是为孙承祖在家里,她才招野汉子当幌子!"春玲挑起眉毛,握紧拳头,"水山哥,我立时回村抓他吧!"

江水山皱了几下眉,拍着手枪说:

"好,现在环境恶化,反革命分子都加紧了活动。据这个区的同志说,那五个坏蛋正想下手杀干部,烧军用物资,被发觉抓起来的。你就回村吧,行动要留神!"

"日头下到西山顶了,离家几十里,路又不好走。"淑娴担心地说,"我看等把伤员送到医院,明天一块回村再说吧。"

"事不宜迟,带点夜也要走,别叫孙承祖跑了!"春玲理了把头发,坚决地说。

"你和儒春哥刚见面……"淑娴说,"要不我回去吧!"

"不,你有身子,走不过我。"春玲说着转向儒春,"为工作,你同意吧?"

"好，抓敌人要紧！"儒春忙回答，"多找几个人，防备敌人有枪。别惦记我，伤一好我就上前线！"

"好好治伤，我会很快就去看你！"春玲深情地望了未婚夫一会儿，接着昂首挺胸，大步跨出了门槛。

夕阳西射，余晖把公路上空的尘埃炙烤得泛着红色。鹅绒般的雪白的云朵，凝滞在深秋的高爽的蓝天上，白云渐渐在被斜日染红，一会儿就要变成艳丽的彩霞，那时，半个天空将泛耀着瑰丽壮观的红光。接着，太阳要暂时西沉了，但这种景象却预告着翌日的好天气，预告着明天的旭日将以更为灿烂的光辉从东方升起，装饰锦绣庄严的山河。

从前线向后方撤退的物资、各种工厂、伤病员和群众，成堆成群地拥挤在河西岸上；而奔向前方的担架队、运送弹药队和搬运队，又挤在桥东头。敌人的迫近越发增加了运输道路的容量。大河上唯一的一条公路桥，一时通不过这浩繁的人流、车马。石木筑起的桥梁，发出负荷过重的咯吱声。

江水山率领的二十几副担架的队伍，也挤在西岸的桥头等着通过。大家都很心焦，淑娴和玉珊几个女青年扯破嗓子般地直叫——

"伤员等不得，要赶快进医院！让我们先过去吧！"

"大白天有飞机来就糟啦！担架队该先走呀！"

……

但是怎么也喊不动，谁不急呀！就是想让路也闪不开，真急人啊！

江水山擦了一把汗，抡着手枪呼喊道：

"同志们！让担架队过吧！伤员同志紧要……"他边喊着，边推搡着人群，领着担架队，费好事挤上了桥梁。

桥上的人流停住不动了，又开始向后退。东面响起焦急的汽车喇叭声。一辆满载木箱子的卡车，上面插着防空的松枝，在和迎头而来的人们抢路。车顶上高高地站着一位军人,竭尽全力地向人们要求闪路,让他的紧急的汽车开过去。司机冒着天大危险,擦着栏杆很矮的桥沿,从人群中挤过来。但是车开到桥中,不管怎么按喇叭,军人再怎么呼喊,也前进不动了。

江水山见势挤近汽车。那位军人见水山穿着军装带着手枪,便跳下来,向他要求道:

"同志,请你帮帮忙,叫群众让我们先过去。满车载的是地雷、子弹、炸药,前面武工队急着用啊!"

江水山点一下头,举高手枪,大声向人群吆呼道:

"老乡们,同志们!都向后退一退,向边上靠,让汽车……"

"飞机!"几个人尖声惊呼。

人群立时紊乱了,急着向岸上跑。然而人多又有牲口、运输小车,一时跑不出,挤着跑有冒出栏杆跌进高桥下的危险。

汽车更是前进不得。为防空开始后退,后面人少一些。但桥窄,装的东西又多,退得非常缓慢。

两架美制B-25型轰炸机出现了。敌机一掠过西南方向的山顶,即刻冲过来,向桥上、桥两头的人群车马扫射、滥炸。

爆炸声惊天动地,河水激起粗高的水柱。炸弹皮在头上耳边呼啸,机关炮下冰雹子似的扫来。

人们都在向岸上奔跑,牲口脱缰到处乱蹦。

担架队好容易挤到桥头。站在桥中心的江水山,声震河水地吼道:

"不要慌,卧倒!趴下来!担架队,护着伤员!护住……"

人们就地趴倒。担架队员一齐扑在伤员身上。部队上跟来的三个卫生员,奔跑着去抢救被敌机炸伤的群众……

敌机盘旋,两架轮番俯冲扫射,疯狂地轰炸。

淑娴怀抱一位伤员的头,紧张又担心地望着桥上的江水山,用力呼唤:

"水山哪！你快跑出来呀……"

江水山没理会妻子的喊声，当敌机转过去的当儿，向伏在桥面的人们喊道：

"同志们！冲到河边，快！汽车不开有危险，车上是弹药！快！"

人们爬起来，拼命地跑去。

司机开车跑了几步远，嗒嗒嗒……一排急促的机关炮打来，汽车周围的桥面爆起碎石，车猛地刹住了。

江水山和押车的军人抢到车头，只见司机中弹倒在座舱里。水山急忙进去抱出奄奄一息的司机，向岸上喊道：

"淑娴！快来救人，快！"

淑娴起身向桥上冲，玉珊紧跟在她后面。她们跑到，水山把司机交给淑娴：

"快！"

淑娴发现水山右肩上的军装被血殷红一块，心疼地说：

"水山！你也伤啦，快跑出去吧！"

"把伤员背走！"江水山大手一挥，向汽车冲去。

淑娴流着泪背着伤员，玉珊抬着他的腿，跑向河岸……

敌机仍在扫射、轰炸。但是由于两面有山，它们不敢飞得过低，炸弹未投到桥梁，只是机关炮常常命中。

怎么办？没人开汽车，被敌机炸响弹药，桥就要毁掉了。

江水山向岸上的人们扫了一眼，刚想叫人来推车，突然，打来几颗燃烧弹。两颗坠在水中，一颗打在车轮胎旁边。火苗立时疯狂地蹿起来，向车上装载的木箱子喷去。

江水山和押车的军人忘记头上的轰炸，一齐扑打火焰。然而，他们的军装冒烟了，手脸烧起火泡，烈火仍然伸着长舌，已经在贪婪地舐车上的干燥的木头箱子。一个弹药箱冒烟了，危险！

发现此种危险的七八个群众,呼喊着冲来。

"快来灭火!"江水山向人们喊着,他自己抓着车沿,登上车顶。

水山弯下身,去搬那里冒烟的弹药木箱。但,他,残废军人,仅有一只手臂,弹药箱不大却很重,他怎么也搬不起来。水山不顾一切地伏在木箱子上,用他那宽阔的胸脯顶住它,胳膊由箱子下面弯过来,抱住了它,奋力地站立起来。

这一瞬息,趴在河岸的人们都愕然抬起头。在千百双惊目中,那位穿着旧军装的人,左面的空洞洞的衣袖在风中拂荡,右臂结实地抱着胸怀里的冒着青烟的弹药木箱子。他宛如一尊威严的铜铸的塑像,刚强地屹立在汽车顶上。

淑娴冒着敌机的枪弹,哭叫着奔向丈夫:

"水山啊!水山……"

江水山本要将冒烟的地雷箱抛进河水。无奈,他,残废军人,仅仅一只手,办不到。来不及踌躇了,木箱已经闪起火苗,喷出药焦味。水山知道,他现在迟疑一秒钟,做错一个动作,全车的弹药就要爆炸,于是,通往解放区内脏的唯一的一条公路桥,就炸毁了!通向前线的主要运输线,就断绝了!

江水山丝毫没犹豫。他一跳上汽车搂抱起弹药箱,向河里扔了一下感到扔不远时,正好听到一声尖厉的呼唤。水山回头见妻子淑娴在硝烟里冲来。他出口喊道:

"淑娴!你养好孩子!孩子……"他来不及说完,纵身从车顶上跃起,付出生命的全部力量,向桥下跳去!

淑娴的身子,随着丈夫向水里跃去的影子要栽倒——骤然,巨大的盖过敌人轰击的爆炸声,使她浑身大震,两手撑住了栏杆。她朦胧又清晰地看到,河水溅起一股巨大的水花,接着水面恢复了常态,闪着一道道血的光芒,浮上一顶军帽,顺着水流波动着向下漂去,漂去!

当玉珊和卫生员赶到她身边时,淑娴把她们扶她的手挡开了。她耳朵里还回萦着丈夫江水山要她养好孩子的遗嘱。似乎才开始在母亲肚里生长的江水山的孩子的胚胎,已经在她怀里倔强地活动起来,她感到全身充满了力量和勇气。淑娴擦了一把眼泪,大步加入了同敌机抢夺杀敌的武器,保卫支前运输线——她丈夫为之献出生命的斗争里!

第二十四章

"没有人,去吧!朝西挖,拿麦子。别闹错,搞些粗粮回家。"村后的黑影里,一个矮小的人对身边的女人吩咐道。

那高大的女人没出声,肩上搭着空口袋,手提着铁锨,迈着男人一般的大步,很快地向北去了。

江任保夫妻早就探到老东山在河岸树林里埋粮食的地址,今夜敌人迫近,村里的人除去出差的,大都去埋藏晚饭后运来的大批物资,他们趁村里空虚之机,就来偷窃了。

江任保见老婆走远,又向村后扫了一眼,心里想:"王镯子这娇娘儿们不会去埋东西,何不趁此去和她玩玩……对,她只和我真来过两回,肚子就大了,说不定她还有别的相好,才老不让我靠身……对,看看去!"

江任保飞步来到王镯子房后的菜园边上,他打量着房后墙的窗子想:"我叫门,她一准不理我,不妨先到后窗听听动静,看有没有别的男人在她家……"他无声息地爬过篱笆帐,走到后窗根,听见一个粗沙的男人声在说:

"……国军已压境,离这四十多里,占领全胶东是指日可望!妈了巴子,这次回来不是上次跑的时候啦!"

"哼,干部今下午还咋呼,说中央军来不了咱以东三个县……嘿,尽放屁!哈,到底叫咱们盼来啦!"一个青年女人的声音。

"共产党那是安定人心,把东西、伤兵都挤在这一带,说好听的叫老百姓有心思藏。"年轻男人的话,"不过他们也有两下子,不能轻敌……"

直听到这里,一句有关江任保想知道的话也没有。但他被里面那些陌生的声音,对共产党作对的话震动了。接着他心里高兴起来:"你王镯子还窝藏这么一家人,干这个买卖。嘿!江水山,你当民兵队长的知道这个秘密吗?天天瞪着眼骂我落后,我可要立大功啦!对,我可不讲私情,去报告一声,我江任保就成了天大的人物,上区走县去开功臣会,喝酒吃肉……"

任保越想越得意,竟致手舞足蹈,向外就走——他又站住,转念想:"慢着,我得看清那些男人都是谁……"他重回到窗根,发现用泥坯堵砌着的窗户的上端的缝隙里有微弱的灯光。任保用手扳着边沿,脚踩着墙边,费好大事才爬上了窗台。

任保不看也就罢了,这一看不要紧,立时把他吓呆了。他清楚地看见,屋里除去王镯子和孙承祖,加上孙承祖的舅父汪化堂,还有另外四个人。除了王镯子,他们每人都带着短枪短刀,杀气逼人。

江任保啊呀一声,身子哆嗦,手松脚脱,扑腾一声响,重重地仰跌了下去。

屋内闻声大惊。孙承祖把油灯打翻,对汪化堂说:

"你们在院里听动静,我俩去看看!"他吩咐王镯子快走,自己隐随在后。

任保呻吟一霎又爬起来,手摸着脑后磕起的大包,刚要爬出菜园,王镯子已赶到他跟前,问:

"谁呀?"

"我。他妈的,碰坏啦……"任保哼哼着骂道。

王镯子向后轻叫:"是江任保……"

任保见又有人影冲来,估量不妙,但他没来得及叫喊,孙承

祖已冲上来,抓着他胸前的衣服,低声喝道:

"不要叫!我有枪!"

任保一屁股坐在地上,失魂丧胆地说:

"不叫,不动!饶命,饶命!"

王镯子怒气地呵斥道:"你这丑东西,谁叫你来啦!我问你,去多嘴不去?"

"不,不!我不报告,我装没看见!我什么也不知道!放我走吧!"任保战战兢兢地跪起来,央求着直叩头。

孙承祖已经悄悄地从园帐子根上摸起块大石头。王镯子骇然地拉住他的衣袖说:

"不要这样,他不会说……啊!吓死人,闹不好坏事啦!"

江任保抱着孙承祖的腿,鼻涕眼泪地哀求道:

"老祖宗!饶了我!我有老婆孩子……我什么也不说……"

孙承祖握石头的手没举多高,照任保那干小的脑门砸了下去。

随着石块击脑瓜的迟钝声,脑浆和碎骨迸飞开来。王镯子觉着几滴黏液的东西喷到脸上,鼻子冲进浓烈的血腥气味。她捂着脸蹲下身,干呕起来。

江任保抱着孙承祖的腿的手,渐渐地松开,身子像空口袋一样瘫了下去。

孙承祖将任保的尸体踢了一脚,问妻子道:

"怎么收拾他?"

王镯子站起身,打量一会儿漆黑的四周,说:

"丢园里的井里吧……"

孙承祖夫妻回到家院,把事情告诉了汪化堂等人,大家才舒了口气。

汪化堂从外甥孙承祖家逃到青岛后,参加了逃亡地主组织起来的还乡团,并当上队长,跟随进犯解放区的中央军,向家乡进攻。国民党向胶东解放区的进犯受挫,把这些急于回乡复仇倒算的地主们弄得心急如火,恨不得插上翅膀,卷阵旋风,杀回家乡。

国民党部队已经进攻至乳山县境,但对老解放区的内地情况摸不透,不知有无主力军的埋伏。今夜里,汪化堂接受上司的命令,率领四十一名多是本地的还乡团,插进内地,侦察解放军的布防情况,打探重要军用物资埋藏的地点,并进行暗杀破坏活动,扰乱后方的支前工作和社会治安,以配合其大部队的军事进攻。汪化堂把队伍隐蔽在西山根下大片的古老坟地里,他自己带着四个人来找外甥,心想情报不愁,孙承祖一定收集不少。但是孙承祖却苦恼地说,自从制造了陷害江水山的奸案以后,村干部加强了防备,看样子对他这"军属"也有了戒心,故此这一时期一动未敢动,只是寻法子保自身了。这次环境恶化干部埋藏物资,尤其是重要东西,别说王镯子不知道,村里一般群众也不了解,净是主要干部和共产党员秘密埋的。

"天色不早,待下去则出事,动手捉活的吧!"孙承祖擦着脸上的汗,说。

"抓哪个?"汪化堂抽出腰里的手枪。

"江水山领一帮闺女出去没见影,曹振德今傍黑刚从前方出担架回来。要抓就抓指导员,什么事他都知道!"王镯子回答道。

"他一准在家?"

"不在家抓他的孩子,小崽子也知道不少,还好掏口供。"孙承祖摸起一根木棒子,"注意,不到万不得已不打枪!"

天空闪着密集的星星,漆黑的夜晚,村庄寂静无声。敌人是迫近县境了,但经过和日本侵略者长期斗争的人民并不恐慌,都沉着地奔忙着,等待着转移的命令。今晚,又运来很多军用物资,男女青壮年和掩护在群众家里一些能干点活的残废军人,全到南山里埋藏去了。其余的老人、妇女、孩子,都沉进了不安宁的梦乡。

孙承祖前面开路,还乡团包围了庄西头离村百步远的一幢孤房子。院门关着,屋里静静的,灯光从门缝中透出来。孙承祖刚要叩门,忽然北面响起急促的脚步声。匪徒们立刻分散躲藏在草堆后、大树下。

春玲一溜小跑来到门前,急切地叫道:

"开门,开门!"

"谁呀?"孩子的声音,问着走出来。

"我,兄弟!快开门……"春玲喘息着,拭一把额上的汗水。

"姐,你回来啦!"门开了,明生欢跳雀跃地拉着春玲的手,拖着往家走。

"爹呢?"春玲进家就问。

"领人去埋东西啦,哥也去了!掩护在家的那位李同志——大哥哥也争着去了!姐,又留我在家看门喂牲口。"明生又诉苦了。

春玲略怔一霎,从缸里舀了碗凉水,咕咚咕咚喝下去。她从墙上摘下大枪,熟练地挎上肩,吩咐弟弟道:

"在家等着,姐一会儿就回来。"

"姐,你上哪去?"明生着急地说,"我也去!"

"你在家吧,我去打反动派!"

"敌人来到啦?"明生瞪起眼睛。

"不是。是抓村里的反动派!"

"我不信,村里有反动派,早就消灭啦!你是去打仗,哄我,我不听!"明生急得要哭了。

"哎呀,看你急的,不听话!"春玲转回身,笑着说,"姐真去打仗你也犯不上这样呀!我是去抓特务,抓最坏的家伙!"

"谁?"

"是咱村的。先别问,抓着你就知道啦!"

"打反动派!姐,我也去!"明生急忙跑上炕,从窗台上拿起他的木制手榴弹。

"不要动!"突然的喝声。

春玲猛回身,两个人两支枪指着她。

孙承祖一手点着手枪,一手提着木棒子,阴沉地说:

"是抓我吗?我来啦!"

突然的险恶,使姑娘惊住,墨黑的桃形眼睛即时变成杏子样。但是春玲立即觉醒,举起大枪。汪化堂大步抢入,扭住春玲的右胳膊。

"反动派!炸死你们!"明生叫着跳下炕,木头手榴弹高擎在头上。

孙承祖和汪化堂一见手榴弹,急忙闪开身。

春玲趁机举枪就打,然而枪膛里没有子弹,从袋子里取已来不及。她猛将明生抱起来,推开活动的后窗:

"兄弟!快跑!叫人!"

明生跳出窗外……

春玲回身抢起大枪,向汪化堂扑去。

孙承祖趁春玲去打汪化堂之际,蹿到她侧面,照姑娘脑后打了一棒子。

春玲的脑子轰然鸣响,眼睛紧紧地闭死,举起的大枪呆滞在半空。她又猛然瞪大眼睛,愤怒地盯着敌人,枪随着无力的身子向后颠踬了一下,又一齐向前扑倒了。她身子带起的风,把灯火扇灭了。于是,一切变成了黑暗。

农救会员老东山,前半夜轮他监视东头那家地主分子,现在由别人换了班,他没直接回家睡下,走到村后去察看埋的粮食。他正走在村北面的一片菜园头上,忽听有女人声低低地叫道:

"小毛爹,小毛爹……"

老东山站住,瞅着走近的人影,辨出此人扛着一大袋子东西,他心里一闪:"哦,是任保媳妇!这女人准是偷了我的粮食……"他刚要赶上去，忽听那女人焦急地说：

"你别来，快趴下，村里出来人啦！"她随着闪进菜园里了。

老东山被搞得不知左右，他猛听到从村里方向走出的脚步声、话声。

来的是孙承祖夫妻和一个还乡团员。孙承祖知道自己已经暴露，中央军亦已在前，就领人回家把细软贵重东西收拾好，带着王镯子，和汪化堂他们一起走。

他们走到菜园头上，王镯子悄声说：

"直向北走，再往西拐，怕有巡夜的。"

"不碍事，一直走吧，村里人都走光了。"孙承祖回答道，"赶快去赶舅舅他们，别叫他们冒冒失失出了事。"

老东山早蹲在篱笆帐下，看着这三个背包袱扛东西的人，听着这几句话，心里明白了，这一定不是好家伙。他已把任保媳妇偷他粮食一事忘掉了。老东山摸到一根粗柴棒子，尾随这几个人背后。

走出几十步远，前面响起王镯子的欢乐的声音：

"这可真是老天有眼，咱们出头露面的日子到啦！可惜没抓住曹振德这骨头！"

"跑不了他，早晚没活！"孙承祖明快地说。

"奶奶訇的！老子这把新刀，还没在穷小子脖子上开口呢！"那个还乡团骂着。

"这些东西，要反啦！是坏蛋！"老东山心里骂道，他停住了。怎么办？老这么跟着怎么行？向村里去叫人——不行，黑灯瞎火的这三个坏蛋上哪去了谁知道？村里又都是些老人、妇女和孩子。赶上去堵住他们——不行，他们三个，自己对付不了……不，对付不了也要对付，不能让他们这样跑了。老东山下定决心，大步跑着冲上前，拦住那三人的去路，两手端着松柴棒子，怒喝道：

"狗小子，想造反！都给我滚回村！"

孙承祖几个人大惊失色，呆若木鸡。接着，那个还乡团摔掉包袱，向北奔跑。

"哪里走！"老东山赶将上去，照他身上拦腰一重棍。

还乡团栽倒，又爬起来跑。

老东山紧追不放，劈头打下去。敌人又倒下，老东山也用力过猛，棒子折断，扑身摔倒了。

孙承祖赶到老东山身边，向老头子脊梁刺一匕首。老东山痛叫一声，翻起身来，拼命抵抗。

"小毛爹，小毛爹！你在哪？来人啦！来人啦！"东面传来女人的呼叫声。

"快跑！"王镯子惊呼，顾不得东西，撒腿就跑。

孙承祖照老东山身上又是一刀，跳起来，向西奔去。

重伤躺地的还乡团，绝望地呼喊：

"带着我啊！救救我啊！……"他拼命地向前挣扎。

老东山背上、腿上各中一刀，剧痛不止。他发现那匪徒在逃命，即刻力从气生，奋力爬着追赶。

匪徒在前面打着滚逃，老东山在后面爬着追。一个滚，一个爬，一直搏斗了一百多步远，两人都身疲力尽，只有大口小口上气不接下气地喘了……

任保媳妇在丈夫的目视下，去北面树林挖开老东山的地洞，装了满满一口袋麦子，足有两百斤，扛着回来找任保。她把老东山当成了孩他爹，见村里出来人就招呼他躲开，她自己也藏进菜园。她住了一会儿不见动静，就又出来找任保，但丈夫不见了。于是，她就叫着找起来。

任保媳妇忽然听到前面有人的动静，粗气的喘息声，就赶了过来。由于肩上压着满口袋的麦子，使她抬不起头，看不清地上躺的是谁，她还以为是小毛他爹了，生气地说：

"懒东西！干嘛累得喘粗气，快起来回家吧！你看看我挖来多少麦子，老东山知道要气死啦！"

老东山听到人声，睁开眼睛，吃力地说：

"任保，媳妇……你，你……"

"你是谁？"任保媳妇吃了一惊。

"我，我……"老人艰难地呼吸着，"我，老……东……山……"

"啊，老东山？！"任保媳妇大吓一跳，扛着口袋就跑。

"别，别走！"老东山竭力地喊道，指着那边，"打，打反动派！打……"

任保媳妇停下来，这才发现那里还躺着一个人，心惊肉跳地说：

"打死他？"

"打死！"老东山狠狠地叫道，休息了一会儿使他缓过气来，能讲连贯话了，"你有力气，使劲打！"

那个重伤的还乡团也休息过来，又开始向前挣扎。

任保媳妇赶上去，抓着他的两只脚脖子，倒着提起来，向地上猛撞。

"行啦，行啦！"老东山忽然想起来，"别打死，留着当舌头。"

"好。"任保媳妇放了手，见他不动弹，低头一看，还乡团的头已经扎进脖子里去了，哪里还有一丝气？她啐了一口说：

"真不经打，我还没使劲哪……"

"侄媳妇！快跑着去找你振德叔，就说出了坏人，出了反动派！"老东山吩咐道。

任保媳妇摸着他身上的血，说：

"我把你背家去……"

"不，我不要紧。抓反动派，晚了就抓不到啦！"

"不行,血流多了你会……"

"死不了。死了我自愿!"老东山从容地说,"快去!"

"那等我把麦子送回去……"

"放心去吧,我给你看着。"

"我是说给你送回去,我是拿的你的……"任保媳妇羞辱地垂下头。

"我不生气,我自愿!"老东山着急地叫道,"快去!找你振德叔——指导员!他在南山沟,就说有反动派……"

春玲苏醒过来,睁开眼睛,觉得自己躺在荒草里。寒松古墓,阴气咄咄逼人,蓬蒿芜草,凄凉楚楚寒心。她头上的伤也跟着醒来,把姑娘痛得又闭紧了眼睛。

"小崽子,快说!东西埋在哪里?"响起凶喝声。

春玲惊异地想:"敌人在问谁?"

"呸!你妈的,反动派!别想好事啦!"孩子的响亮的回答。

春玲大震,急切地喊道:

"明生!兄弟……"她想爬起来冲上去,但是胳膊、腿被绑着,她起不了身。

明生被姐姐从屋里推出后窗,刚落地就被埋伏在那里的匪徒扭住了。孙承祖领着一个还乡团回家叫王镯子收拾东西,汪化堂和三个匪徒绑起春玲姐弟,把明生的嘴用棉花塞着,来到西山根的古墓,和隐蔽在这里的队伍会合了。他们想问出口供后,把这姐弟俩就地杀死,然后撤到深山里埋伏起来,伺机再抓人掏情报,进行破坏活动。

见春玲醒过来,汪化堂的短刀尖逼着姑娘的咽喉,威吓道:

"快说出这周围有多少部队,在哪里?要不,就叫你姐弟俩一个坑埋!"

"放屁!"春玲愤恨地喊道,"你们这些坏蛋,想杀就杀吧!想叫我们投降,除非日头从西出!"她向明生呼道:

"明生，兄弟！大声叫！叫人来收拾反动派……"

姐弟俩放声喊起来："来人哪！打反动派……"

匪徒们慌忙把春玲和明生的嘴塞住，再不敢问了。

孙承祖和王镯子狼狈不堪地跑进来。

"快走！快……"孙承祖急促地说。

"怎么啦？"汪化堂惊问。

"遇上人啦！咱们的叫打伤一个，没死……"王镯子没说完，就被汪化堂打断了：

"走！拉上西山！把丫头的绑腿解开。"

一个匪徒掏出短刀，看着春玲说：

"两个奶臭没干的崽子，杀了完事，带着累赘！"

"你不知道，别看小，可是共产党窝里出来的，全身都浸红啦！村里埋的所有重要东西，都不瞒他们的眼睛！"王镯子解释道。

孙承祖狠狠地踢春玲一脚："妈的屄！你硬，能叫你硬……"

深秋的三更天，寒气袭人。山峰迭起不绝，黑森森地矗立着。走到近前，就能辨出草木上一片斑白，霜已经下来了，冰花打得桲椤叶簌簌作响。

敌人押解着春玲姐弟，向深山里进发。

春玲头上被打破的窟窿，已叫血液糊着长发黏住了。头是那样沉重，她挺不起脖颈，柔发和头颅一起耷拉在胸前。春玲瞅着这些穿便衣挎长短枪的匪徒，恨不得把他们砸死。但她没有力量，没有武器，胳膊被反绑着，缚着胸脯的绳子勒得难受，嘴里塞着毛巾，憋得呼吸用力，两眼发花。她极力去寻找明生，想看看他的情况。她模糊地看清夹在敌人中间在前面移动的细小的身子，心里一阵酸楚，忘记自己的痛苦。显然，敌人是想从他们嘴里得到军事情报和物资埋藏的地点，这真是妄想。她——春玲，怎么会屈服、投降？落在敌人手里，只有一条路——牺牲。然而看着明生，她害起怕来了。春玲当然知道明生常给坚壁机密重要的物资的主要干部、党员送饭，党支部在她家开会研究什么东西埋在哪里，明生在跟前也不回避。明生，他，十岁的生日还差二十三天才过，怎么受得住敌人的毒打、酷刑？孩子要痛过受不住说出来怎么办？真的，这可怎么好啊！春玲的心悬到半空，手都攥出了细汗。

"不，不要紧！"春玲的心接着又平下来，"明生虽小，他懂事，他最听我的话，他不会说出口！"但是她刚静下的心又收紧了，"可他要不说，敌人就要杀死他！啊，才九岁的孩子，就惨死，多使人不忍心啊！"

为革命物资，为弟弟生命，担心，揪肠！把姑娘的心死死地缠绕着，撕裂着。有时过重前者，有时偏袒后者，更多的时候两者并重，左右难分。最后，春玲觉不出这两者有什么分别，完全融合成一个整体了。

还乡团来到山洼的稠密的松林里，汪化堂喊道：

"歇会再走。"他又问孙承祖：

"这些山里有庵吗？"

"有。过去前面两座山就是，一共三家人。"

"好，你带着人去清洗了，咱们就卧在那里。好不好？"

孙承祖点点头："行，这里保险。"

"不再抓几个共产党弄够情报，干一番热闹的，我不回去见刘旅长！"汪化堂自负地拍着胸脯。

孙承祖领着二十几个还乡团走去。汪化堂在后面加上说：

"弟兄们，别讲客气！狠着点，连根拔！"

春玲心里悲愤地说："那三家人要遭殃啦！这些没人性的反动派……"

汪化堂吩咐几个人上周围山上去放哨，又命令道：

"把两个崽子的嘴打开！"

明生哇的一声哭起来,哭着叫:
"姐姐!姐姐!我在这里啊!"
"明生!我的小兄弟……"春玲的泪水急涌直流,向明生奔去。
"姐呀……"明生拼命挣脱出敌人的手,向春玲跑来。
"妈的!哪里跑?"敌人狠骂着,将姐弟二人扭住。
"舅,"王镯子凑上汪化堂,"我去说说看。"
汪化堂答应道:"好,不要管他们啦!"
明生像出笼的鸟,猛向姐姐冲去。但手被绑着,泪帘挡住视线,跑了几步,他就绊倒了。
春玲急忙奔上去,跑到明生身边。她没法把弟弟拉起来,垂头用脸抚着弟弟的脸,悲泣地说:
"兄弟!姐的好兄弟……"
明生恐怖而悲哀地叫道:"姐姐呀,我怕!咱们还能见到爹吗?能活吗?……"
"能呀!"王镯子浪声浪气地应上来,她假惺惺地扶起明生,"好孩子,他们不杀人。"
"你说不杀?"明生厌恶地瞪着她。
"是呀!"王镯子笑着说,"他们的意思我明白,只要你们说出军用品藏的地方,就放你们回家啦!"
"王镯子!你别认错人!"春玲愤怒地说,"站在你面前的不是面捏的熊包,是共产党员和她兄弟!你的花言巧语比狗屎还臭。头顶长疮腿根流脓的东西,你算坏透啦!"
王镯子一手掐腰一手指点,怒气冲冲地说:
"我说春玲子你别嘴尖,哼哼!我好心好意给你姐弟俩讲个情,你倒伤我一口。你想想,你们一家闹革命,得过共产党什么甜头?你大姐早年丧生,你姐夫死后不见尸,你哥受了枪弹伤还在队伍上卖命,你二姐当上寡妇还不回家,你爹忙黑忙晚还差点

585

叫军属打死……这些就是你们当共产党的好处,真是些傻瓜,精细人没有这么干的……"

"呸!你个反革命娘儿们!"春玲大口啐她一脸唾沫,轩昂地抬起头,响亮的声音震得山腰发回音,"我们甘愿当共产党的傻瓜,我们有天大的好处!为消灭你们这些杀人精,穷人坐天下,流血断头我们心甘情愿!"

王镯子气势汹汹地扑上来:"你这个不知好歹的丫头!我叫你充能……"

春玲等她来得切近,照王镯子腰上狠踢一脚,说:"你以为我没劲了吗?来吧!"

"哎哟!踢掉我的孕啦……"王镯子痛叫着向后踉跄。

"打死反动派!"明生叫着,用头照王镯子身上猛撞。

王镯子站不住脚,狠狠地摔下了。

"他妈的,反啦!给我打!"汪化堂狂怒地吼道。

匪徒们蜂拥而上,把春玲姐弟捆在树上。枪带、树枝,下雨般地向那姐弟脸上、身上猛打……

明生痛哭,惨叫!

春玲眼睛紧闭,不顾一切地呼喊:

"明生,咬紧牙!不要怕!明生,记住爹的话!明生,共产党就是咱们的妈!明生,不能投降……"她头上流下的血灌进嘴腔,嗓子噎住了。

明生被打得头破血流,气都哭哑了。他全身很快被打麻木,觉不出究竟是哪里痛了。他听着姐姐的喊声,鼓起力量回答道:

"姐姐,放心!我不投降!不……"

三户在旧社会为财主看山峦、现在成为山峦的主人的人家,坐落在山腰间平坦的朝阳处。杏树、桃树、梨树成林,荫庇着这深山中的房屋。

孙承祖带领着二十几个还乡团,在惊起的狗吠中包围了这个小山村。匪徒们避免放枪,将十四口男女老幼拉在山坡上,用匕首、枪柄、菜刀、斧头、棍棒、石头,全部杀尽灭绝。国土上又减少了一个村庄!

匪徒们满身血渍,没顾得洗去两手的鲜血,复又冲进屋,翻找贵重东西和烧酒……

孙承祖派两个人去接汪化堂他们,刚要倚在草堆上休息一下连劈两个孩子一个女人的疲累,忽听屋里响起尖厉的女人声……

还乡团们从衣柜里拖出个全身几乎精光的年轻女人。在灯光下,在还乡团的眼中,这女人是那样洁白夺目,像银子一样耀得他们眼花缭乱。

"哈哈,想不到山沟里还有这种娇娘儿们!"

"她可真白呀!"

"肉光皮滑,也不瘦!"

……

匪徒们开心地围着她,狂笑夹着下流的议论。有的已经动手去摸她的裸体。

那青年女人手掩着乳罩,躲避着他们的进攻。也奇怪,她对着这些染满血腥的人并不恐惧,回头唤道:

"若西,出来吧,没关系!"

孙若西他父亲在烟台开不算小的商行,教学不过是孙若西逃避劳动的幌子。他见了读过中学的林萍小姐,就失魂落魄,抛弃了江淑娴。国民党一时的猖獗进攻,解放区的环境变得恶化,他就吓得不行,怕敌人来了以共产党的小学教员治他和林萍的罪。在林萍的怂恿下,夫妻二人前天躲到孙若西在这山里的远门亲属家。他们盘算等中央军打过来后,两人去到烟台父亲那里当逍遥君。

刚才孙若西和林萍正睡得甜,被激烈的狗声、打门声惊动了。为防不测,年轻夫妻叫亲戚去开门。听到打骂声,两人就女的柜里男的柜后躲起来了……

孙若西听妻子说没有关系，就从柜后探出头。但一见这些杀气腾腾的人围着林萍，吓得身如筛糠，弄不清她为什么这样沉着。

林萍向孙若西安慰道："不用怕，自己人。"她转向还乡团，神气活现地说：

"你们不要胡来，我们是一家人！"

"哈哈哈！"匪徒们一阵狂笑。

"娇娘儿们，你出来得可真凑巧！"留着两撮胡的一个匪徒，拉住她的胳膊，"比我原先的三姨太太还白嫩……"

林萍挣开他，俨然不可犯地说：

"告诉各位，我是三民主义青年团员！蒋委员长的青年弟子！"

又是一阵大笑。镶金牙的匪徒说：

"了不得，把老蒋都搬出来啦！娘儿们，你猜我们是干啥的？"

林萍带着亲热的口吻说："一看就知道是国军，不错吧？"

"算你有眼力。"戴礼帽的一个紧盯着她的大腿，"你是三青团，有证明吗？"

孙若西听说林萍是三青团员，吃了一惊。但又一想，一定是她以此哄骗他们。他很满意妻子的灵敏……现在有人问起证明，孙若西很担心，她哪里有证明？但是林萍从容地回答：

"当然有！"她赶到炕上，拉起上衣披在身上，从口袋里掏出个皮夹子，从夹子的最底层抽出一张卡片，高扬起手说：

"看吧，这是什么？委员长的肖像还在上面！"

孙若西一阵紧张："她真是三青团员！没有对我说……"接着心里轻松了，"好了，这是护身符！"

这林萍，跟资本家的父亲在青岛读初中那二年，参加了三青团。日本投降不久,她父亲和姨太太相商,抛弃了她母亲。林萍随母亲回到了乡间。她这个三青团员,回乡后就失掉了关系,思想是反动,但以明哲保身为贵,不敢进行活动,就敷敷衍衍地当小学教员。

"好哇,自己人更好办啦!"

"老蒋的宋美龄还领女人犒赏三军,你更该慰劳我们弟兄啦!"

还乡团员大笑大叫,上去抓林萍。

"你们无礼!"林萍高举着三青团员证,"你们侮辱蒋委员长……"

"委员长来了也会答应。"

"他自己也要动手。他的老婆也是抢来的。"

"快把她扒光啦……"

还乡团们呼喊着,撕去她的衣服。

林萍尖厉地叫着。孙若西哭喊着抢上来。两撇胡那位用枪指着他:

"你这小子,动我毙了你!"

孙若西骇然地向后退着,捂住脸大哭起来。

还乡团员一呼而上,向女人大举围攻。

林萍举着三青团证竭力地呼喊:"我是三青团员,自己人!你们违背蒋委员长……"她的乳房被大手抓住,她把团证扔出去,拼命地挣扎……

九个还乡团最后一个离开躺在地上的林萍的裸体时,她已断气了。她那血渍斑斑的光身裸体,不知羞耻地向上仰张着。她身边的污浊腥臊的血水里,漂浮着带有她的蒋委员长肖像的三青团员证。

"明生!兄弟……"春玲抱着弟弟,不停地叫着。

敌人把春玲和明生从山洼里拉到山庵,关在狭小的厢房里。

屋里炕上的被子、东西翻得一塌糊涂。壁台上的洋油灯还在亮着，这大概是主人刚点上它就遭到了不幸，灯没来得及熄，使它在白熬掉平时妇女们做针线都舍不得挑大灯芯的柴油。想不到灯光又帮助了这对落难的姐弟。

春玲身上血迹斑斑，头发蓬乱，脸上挂着绛色的血道。她的伤处发着巨大的疼痛，但是她顾不得想自己，一进屋就奋力把绑着胳膊的绳子挣断——这也是因为敌人在夜里打她时看不清，把绳子打断了一半。她急急地给明生把勒进肉里的绑绳解开，不停地抚摩、呼唤他，给他揩伤血……

也许孩子的嫩肉脆骨，更抵不住折磨的缘故，明生的衣服碎遍了，被血浸红了。他的干裂的嘴唇张开一点缝，嗓子里喑哑地细弱地响着：

"水……水……"

啊！水，水！向哪里去找这救命的水啊！春玲自己也干渴得厉害。听到弟弟要水，她不自禁地抿一下嘴唇。接着，她像是在咂嘴吃酸山楂一样，努力向外挤唾沫。她嘴亲上弟弟的嘴唇，用舌头将唾沫送进弟弟的嘴里。

明生立时像大口在喝水一般，猛力向下吞着，吞着。他终于睁开眼睛，细声叫道：

"姐，姐呀！"

"哎，兄弟，姐守着你！"春玲急忙应道。

"姐，咱们是在哪里呀？"

"被反动派关在山里庵上。"

"啊……"明生涌出泪水，冲刷着脸上的血痕，痛苦地呻吟着，"姐呀！我痛，真痛啊！"

"好兄弟！姐知道你痛……"春玲的泪珠扑簌簌地洒落不止，看着弟弟血红的衣服，她不知怎么来减轻他的痛楚，只有把弟弟抱得更紧些。

明生突然不叫了,抽泣着说:

"姐,你也痛?"

"不,姐不痛!"春玲咬着牙摇摇头。

"那你哭什么呢?"

"姐,姐疼兄弟才流泪。"

"好,姐!你别哭,我不痛,不痛,不痛啦!"明生用力咬着嘴唇,攥紧小拳头。

"姐的好兄弟,你别为我用力!"春玲握着他的手,激动地说,"姐大,不痛。你小,伤重。你痛,就叫吧,姐听着!你要哭,就哭吧,姐给你擦泪!"

明生再也忍不住,呜呜地哭着说:

"姐姐啊!我是痛得厉害呀,浑身哪都像刀割!姐姐呀!我受不了啦……"

"姐的好兄弟!要受,挺住劲!"春玲揩着弟弟的泪水,"反动派行凶不了几时,天一亮咱姐和爹就领着好多人来啦,打死这些还乡团!"

"不行,姐姐,我等不得啦!他们再打我,我,我……"

"不,明生!"春玲严正地叮嘱道,"就是死了也不能向反动派投降!姐知道你小,受不住打;姐更知你是好孩子,能和大人一样对付敌人。你看,埋藏什么要紧的东西都在咱家开会决定,干部们没因为你小背你呀!叫你去给埋东西的人送饭、送信,这为什么呢?爹和姐没因为你小不信你呀!"

"姐,这我知道,我不向反动派投降!"明生坚决地说,但又滚出泪珠,"我是真害痛啊,怕到时吃不住劲呀!"

"明生,你吃得住,不怕敌人!咱们姐弟二人咬紧牙关和敌人顶,叫反动派没办法治,这就是咱们的胜利!哦,对啦!明生,你听,姐唱歌你听!听着歌就不痛啦……"春玲不顾身上的高烧、嗓子的干燥,充满激情地低声唱道——

冬去春来百鸟唱
万朵花儿迎春忙
最先开放什么花
迎春枝上闪金黄

迎春花，迎春光
不怕冰雪不怕霜
隆冬含苞春天放
花朵喜人花粉香
迎春花，迎太阳

迎来救星共产党
穷人翻身干革命
流血牺牲理应当
……

"妈的！快做死鬼啦，还唱曲哩！"门外恶狠狠地骂着，门打开了。

两个嘴上闪着油光的还乡团走进来，上去拖起明生。

明生挣扎哭喊："姐姐啊！我不去呀……"

春玲紧紧抱住弟弟，但被敌人强力推开了。

"你们不能祸害我兄弟！"春玲愤怒地吼道，"有共产党员曹春玲在，一切秘密我知道，你们这些狗东西，害一个孩子算得什么本事！"

"毛丫头！算你有种，也有伺候你的！"还乡团骂着，将明生拖出去，把门扣上了。

"你们这些杀人精！不要害我兄弟！"春玲嘶哑地叫道。她打

门,门不开。她冲到窗口,两手抓着木棂,竭尽全力地喊道:

"明生,好兄弟!咬着牙,挺住气!姐在这为你使劲,你痛,在姐姐跟前叫!你有泪,在姐姐跟前哭!千万不能向反动派投降啊!……"

门又开了,春玲立刻要冲出去,但被敌人揉回来,押进一个人,又把门关严了。

春玲一认出那人,吃惊地说:

"孙若西?!你……"

孙若西头上流血,嘴肿歪了。他瞅一眼春玲,呜呜地哭了。

"你怎么来的?"春玲紧盯着他。

"我……"孙若西难为情地垂下头,"是我自己找的,想躲在山庵的亲戚家……"

春玲听完,气恨地说:

"真是你们自己找的!"

"他们把我老婆强奸死了,还逼我把她的尸体搬出去……"孙若西诉苦道,"他们又逼问我军队的布防情况、藏军用物资的地方……春玲,你们当干部、党员的清楚,这些事哪叫我知道呀?"

"你知道就说吗?"春玲冷冷地问。

"他们真狠心,不说就要命啊!"

春玲鄙夷地转过脸,冷笑一声,道:

"怕死你就说去吧!"

孙若西靠近一步,小声说:

"我对你说。刚才他们要杀我,我要求放我一时,保证劝你和明生说实话……"

"什么?你这个叛徒!"春玲陡然转过头,细眉挑起,桃形眼睛变成杏子样。

孙若西看着姑娘那血气闪灼的面容,冷若冰霜凛然逼人,不

由得后退一步。接着,他又胆怯地说:

"春玲,你先别上火。我的意思,你不一定说真的,说假的,反正他们也不知道。你和明生说假的他们信,我造出来他们不相信。哄过他们,就放过咱们啦!"

"你真不要脸!"春玲以厌恶的目光扫他一眼,"谁和你是'我们'?败类,滚开!"

"你听我说,"孙若西哀怜地要求道,"我不是叫你投降,是假话哄过他们,放咱们出去!"

"可惜了你个读书人,除去你这样的,不会对敌人做那种梦!"春玲鄙视地瞅他一眼,向窗口走去。

"管你说什么,我受不了这个苦,白白把命丢了!"孙若西说着走向门口,"你不说我去说,就说你对我说实话啦!"

春玲赶到他面前,挥着拳头吼道:

"你这个脓包!曹春玲为革命牺牲理所当然,你破坏共产党员的名声,我要你的命!"

"好,好!我不说你说的,不说……"孙若西畏惧地后退着。

突然,传来一声惨叫。春玲猛扑到窗前,捶着窗棂呼喊道:

"明生!好兄弟……"

明生被敌人架到另一院子的正屋里。汪化堂、孙承祖和王镯子几个正在大吃猪肉、鸡汤。这三家人的畜类也和主人一块遭了屠刀。汪化堂要派两股人下山进行破坏活动,本地的一些还乡团也舞刀抡枪叫着回村杀干部党员。但是孙承祖劝阻了他们。他说他们离村已被人发觉,还有个打伤的还乡团落在老东山手里,干部一定加强了警戒,或者在到处搜寻,还是缓一缓再下山动手保险些……孙承祖知道春玲不容易屈服,就想先在明生这个孩子身上打主意,再慢慢整治姑娘。

王镯子把啃着的鸡腿放下,咧着少睫毛的眼皮假笑着走上前,把明生拖在锅灶台上坐下,说:

"哎哟哟，看把孩子打的，真疼人。"她拿起手巾给明生擦脸。

明生瞪一眼围着桌子吃喝的还乡团，咬紧牙，猛把王镯子的手打开。

"呀，人不大脾气可不小！"王镯子耐着火，假惺惺地说，"别生气，刚才你们欺负我，这时我也不记恨，算讲和啦。唉，咱们毕竟是一个村的，还能不向着点？你姐死心眼，一时转不过弯。你，我知道，可灵着啦。小兄弟，你爹他们开会，说的有多少部队守在咱这地方打中央军？还有，你快把埋的那些机器、大炮、子弹、北海银行票子……那大些乱七八糟东西的地点说出来，就放你和姐姐回家。说呀！"

明生一动不动坐着发怔。孩子一点力量没有，嗓子干得要裂缝，一时无神开口。

孙承祖从桌上拿起一盒牛肉罐头，阴笑着走过来，说：

"嘿嘿，是饿啦！你看，美国罐头，真香！"

王镯子接过来，递给明生，猫哭耗子假慈悲：

"好孩子，你家吃了一春一夏的山菜糠皮子，真可怜人。你快开开胃口吧，吃下一半，留一半给你姐。"

明生纹丝不动。王镯子只得把罐头放在他身边。

"你倒是说话呀！"王镯子着急了。

明生看着大瓷碗，忽然说：

"水，我要喝水！"

"哎，你不早说……"王镯子扭着屁股跑去端来水，"小兄弟，我知道你听话。喝点水，润润嗓子好说话。"

明生接过碗，大口喝光，手握着碗说：

"还要！"

"准备记录！"汪化堂满意地吩咐旁边的还乡团。

两个匪徒都拿出笔纸。

"身上有伤,就是渴。"王镯子又双手捧上一碗水。

明生又一气喝光,顿时觉得满身是劲。他抿着湿嘴唇,瞪一眼汪化堂那闪油光的胖脸,立时跳到灶台上,双手举起两个大瓷碗,照他脸上狠狠地砸去。

扑哧一声,汪化堂脸上挨了一碗,痛叫着捂住脸。喳啦一声,孙承祖的腮上挨了一碗,向后闪踉跄。

匪徒们慌作一团,接着向明生扑来。

明生飞快地抓起美国罐头,向正在往后逃的王镯子头上打去!

"妈妈呀!"王镯子顾头不顾腚地钻到桌底下。

明生闪开敌人的手,跳到灶台另一端,大声骂道:

"反动派!叫我投降难上难!我和姐死了也不饶你们……"

敌人将明生揪下地。汪化堂暴怒地吼道:

"打!给我打!"

皮鞭旋风般地抡舞着。

明生抱着头,在地上翻滚。孩子咬紧牙,不哭,不叫!

棍棒打下来。

明生惨叫一声,左胳膊弯打断了。明生,差二十三天十岁的孩子,没有力量挣扎了。他那细嫩的躯体,直直地躺在血泊里,搐动,抽缩!

"把那个教员带进来!"汪化堂怒喊道。

孙若西进门看见鲜血淋漓的明生,吓得面如土色,扑通一声双膝跪下,哀求道:

"国军!国军!宽大!宽大!……"

"怎么样,你的学生不听你的话吧?"孙承祖冷笑道。

"听,她听啦……"孙若西急忙回答,"她说,东西全埋在沙河里,埋在山上……"

"废话!"汪化堂喝道,拔出短刀,"说了没有?"

孙若西怔了半天，叩着头道：

"没说，没说……大人！再留我一条生路，我再去动员……"

"妈的，你敢欺骗国军！"汪化堂踢孙若西一脚，举起了刀。

"且慢。"孙承祖阻住，他瞅着明生，"喷水。"

凉水在明生头上浇下来，渐渐他睁开眼睛。

"小崽子，你看着，不说实话是怎么死的！"孙承祖指着汪化堂的刀。

两个匪徒将孙若西扭住。汪化堂撕开孙若西胸前的衣服，照他的心窝开下一刀。

明生吓得急忙闭上眼睛。

孙若西惨痛地叫了一声，接着头耷拉下来。

汪化堂弓起膝盖，照孙若西脊后猛力一顶，扑嗒一声，一颗血淋淋的心蹦了出来。

汪化堂搐动着被明生用碗打肿起的半边脸，抓着明生的衣襟揪他站起来，凶怒地喝道：

"看到没有，不说实话的下场！快说！"

明生被打碎的牙齿在嘴里游动。他猛然瞪圆眼睛，一口血水和碎牙啐在汪化堂脸上。

"妈的，宰了你个兔崽子！"汪化堂将明生按到地上，拔出手枪。

"别急。"孙承祖拦住，"还有时间整治，情报要紧。"

"带春玲丫头审吧！"王镯子从桌底下爬出来。

"那妞样儿挺俏，交给我们弟兄玩玩吧！"镶金牙的还乡团淫笑着说。

汪化堂打了个睡意浓重的疲困哈欠，说：

"一夜没睡，天快亮啦！歇憩一会儿再说吧！弟兄们，不要性急，玩女人有的是，这一个要留着，等她吐出东西再开心吧！"

灯光渐渐暗下去，油快熬干了。狭小的厢屋，光线黯然。屋里炕上的被子和东西都被还乡团拿去睡觉去了。

姐姐像泪人，弟弟躺在她腿上。明生的衣服撕扯得稀烂，春玲用手轻轻地抚摩，发现他的背后、屁股、大腿，皮肉变成酱一样了。孩子的右胳膊断了，耷拉着垂在地上。春玲把外面的褂子脱下来撕着给他包伤处，包一层，血浸透一层，透一层，包一层，褂子撕完了，她又撕外面的裤子，一套衣服全撕完，九岁多的小身子的伤还没包全。

"兄弟啊，你怎么还不醒呀！你快睁开眼，姐在叫你呀……"春玲悲恸地小声呼唤着。

明生的嘴唇嚅动一下，血像泉水一样流出来。

"兄弟！你渴吗？姐给你水……"春玲把嘴亲上弟弟的嘴唇，没等她的唾沫挤出来，明生的血就把她的嘴灌满了。春玲呜咽着，用手去擦他嘴上的血。

明生，梦呓一般地说："姐姐，姐呀！我受不住，我痛……"

"好兄弟，姐给你包伤！你再叫给姐听，哭给姐看，这样好一些……"姑娘哽住了。

明生青肿的眼睛勉强地睁开，无神地望着姐姐的脸，搐动着嘴唇说：

"我不哭，没泪啦……姐姐呀！我像在火里烧。我受不住啦，姐。姐，你把我掐死吧，掐死吧……"

"瞎说，明生！"春玲拼力压抑悲号，抚摩着弟弟的脸蛋，"你是好孩子，儿童团员！能吃住苦……天快亮啦，爹他们就要来打反动派！"

"不行啦，姐姐！我等不得天亮，看不到爹啦……姐，别让我受罪啦，我真痛啊……你帮忙掐死我，要不他们再打，我要说实话……"孩子断断续续地说，那只小手无力地抓着姐姐的手，向自己脖颈上放。

春玲轻轻地摸着明生的脖颈，一个字一滴泪，一滴泪一滴

血,声音抖颤,悲恸揪断肠:

"姐的好兄弟,你听,听你姐的话!咬紧牙,咬紧牙,和敌人顶下去!长夜就要过去,天就要放亮!你喜欢迎春花,它开也不易。寒冬冰雪迎春花它不死,蓄精养锐做准备,春天一到它先开。革命不受苦,永远没幸福。咱们学迎春,熬过难关头,就到了春天,开出最美的金黄花,谁见了都说俊,谁闻着都说香。你看,这该有多好啊!明生,姐的好兄弟!你十岁的生日还没过,哪能死啊!不,不能!你要长大,你要干革命!"

"我也不想死呀,姐姐!"明生眼里挤出细小的泪珠,"我要拿真枪,去打反动派,解放全中国,建设共产主义社会……姐,我痛,我的胳膊坏啦……"

"好兄弟,没关系!"春玲的泪向嘴里流,"你胳膊不会坏,能长好!就是少了,也一样打敌人。你看水山哥,他就是榜样……好兄弟!姐再唱歌你听,再唱一遍你喜欢的迎春花……"

"我听不清啦,姐……我发昏……"明生的头,歪到姐姐怀里。

春玲发出压抑的悲恸怆感的呜咽。

汪化堂一伙匪徒,被奔波、杀人、奸淫、用刑搞得疲惫不堪,在周围山上加强岗哨后,都鼾声如雷地死猪一般地睡去了。

院子的干草堆动了一下,爬出一个三十多岁的男子。这是三户人家唯一逃生的一条命。在还乡团的惨绝人寰的血洗时,他在混乱中钻进草垛里,逃过敌人的搜捕。他早想跑出去报告,但里里外外一直有敌人,脱身不得。现在听着敌人都睡熟了,他偷偷地溜出来。他刚要钻进果林——又听到西厢房的哭声,想起他在草里听到的敌人毒辣的审讯,一个孩子和姑娘的呼喊,立时扑到厢房门口。

关押春玲姐弟的门口没有警卫,还乡团在睡前把春玲和明生牢固地捆住,两人又都伤着,门从外面扣上,怎么会跑得了呢?

他们尽管睡大觉吧。

从草里爬出的人轻轻开了门,他看见姑娘全身被绳子缚住,和一个小血身体并排躺在一起。来人忙把门关上,蹲下身悄声问:

"好妹妹!你们是哪来的?"

春玲抬头瞅见是位庄稼人,疑惑地问:

"你是……"

"我是这庵上的,叫大成……啊!"他低声惊叫起来,"你不是山河村的青妇队长吗?我们看过你演戏……"他急忙给春玲解绳子。

"啊,大成哥!小声点,别叫敌人发觉!"春玲等大成解开自己的绑绳,急忙坐起身,把明生松开。

"走吧,狗日的都睡了!"大成说。

"好!"春玲抱着明生站起来,转念一想,"大成哥,怕敌人发觉了不好办,你先抱我兄弟走,报告民兵来打反动派……"

"一块走吧,青妇队长!晚了狗日的要下毒手。咱们小心点,山上树多,我路熟,敌人不好找。"大成接过明生。

"好吧。"春玲点头,等大成走出去,她又无声地将门关紧扣上。

天麻麻亮了,山上一片灰苍苍的景象。晨风在山林中呼啸,驱赶着残夜。星星越来越少,一会儿就完全隐没进灰蓝色的天幕后面了。

大成在前,春玲随后,避开道路,顺着山坡,斜着向山巅上攀登。

山峰上的黎明来得就是快,他们爬到一个山梁,东方已呈鱼肚色,旭日开始从海面上露脸了。

突然,扑腾腾一阵响,两只野鸡惊叫着从他们前面飞出去。春玲身子一抖,脚发滑,蹬起的石头直向山下滚。

后右方响起喊声:"哪一个?"

"快跑!"春玲拉一把大成,急向山顶奔。

"站住!跑开枪啦!……"还乡团追赶,开了枪。

"快来呀!不好啦!"还乡团呼喊着。

五六个在山上放哨的还乡团,射击着追上来。

山陡,草深,林密,春玲又是受着伤的身子,她爬山非常吃力。而大成抱着明生,也跑不快。

子弹在头顶、耳边尖叫,敌人越来越近了。

春玲见情势危急,心想跑不出去被敌人抓回去事小,叫这四十多个万恶的还乡团匪徒逃出人民的手掌,真不甘心。她急切地说:

"大成哥!把明生给我,你快跑去报告,消灭反动派!"

大成抱住明生只是跑:"这怎么行!你们再叫抓回去……"

"打敌人事重如山!你赶快送信,快!"春玲赶到他面前,奋力夺明生。

大成抱紧不放:"那你去报信,我守明生!"

"再晚咱们都跑不出去啦!快!"春玲猛把明生夺过来。

大成无奈,听到敌人已近,热泪直流,飞奔东方而去……

春玲为吸引敌人,使大成跑掉,抱着明生向东北山顶上爬。

枪声,喊声,颠簸,把明生从昏死中惊醒过来。他觉出姐姐在抱着自己跑,敌人在后面追。明生用力叫道:

"姐姐!姐姐!……"

"哎,兄弟!姐抱着你逃出来啦!"春玲叫着,艰难地上了一块岩石。

"不行,姐姐!你跑,别管我!"明生喘息着说,"我出去也不行啦,放下我。我死了你把我埋在妈身边,坟上插好多迎春花!我喜欢它,迎春天……"

春玲不理他说什么,只顾向前跑。

601

敌人更近了,他们已经看清跑的春玲姐弟,不打枪了,要抓活的。

春玲刚爬上山峰,脚下乱石滚动,摔倒了。明生躺在地上,呼吸紧迫,使出所有力量叫道:

"姐呀,你快走啊!我死……别给我烧香纸,每到迎春花开时,姐,你在我坟头唱支歌,我就听见啦……我一点不难受,和见到姐一样……"

春玲奋力抱起明生向前跑,但两个还乡团已经冲到十几步远。她急忙放下弟弟,抓起石头,向敌人狠命地打去。

一个匪徒被打倒。春玲又弯腰抓石头。另一个敌人举起卡宾枪。

明生的眼睛突然大睁,以毕生的力量,重伤的小身子猛地翻起,扑在姐姐身上!

啪啪啪!一串子弹射过来。明生的身子猛然震动,左胳膊张开,滚落下地。

春玲一看,弟弟胸口鲜血直涌,惊叫着扑上去!

"明生!明生!兄弟!……"

骤然,枪声激烈,杀声大震——

"冲啊——"

"消灭反动派!"

"不让一个敌人跑掉!"

……

追击春玲的敌人慌乱地向山庵方向奔跑。

战斗在激烈地进行着……

山河村指导员曹振德,领着人们在南山里坚壁物资,后半夜接到江任保媳妇学叙老东山的敌情报告……接着,又得到西面情报网的通知,说有群众发现一帮形迹可疑的人向东去了……立时,一个声势浩大的搜山攻势展开了。周围几个村的民兵、群众都行动起来，向这里的深山进剿。带领一部武工队员在黄垒河南岸工作的区委书记曹春梅，接情报后也领队伍赶来了。

人们正在到处搜索，听到了枪声。不久又碰上报信的大成……

还乡团们拼命抵抗，然而逃不出群众和地方武装撒下的天罗地网。很快，这股窜进解放区的由本地逃亡地主组织起来的四十多人的队伍，全部被消灭了……

春玲被这急闪骤雷的战斗惊喜住了，她一直抱着弟弟站在峰巅上，向激烈的战场那方望着，尽情地望着……

当春玲看到西面山头上出现押着俘虏的人们时，她闪着两眼泪花叫道：

"啊！明生，姐的好兄弟！你快看，快看！爹，姐，明轩……都来啦！把反动派消灭啦！你快看！快看！……"她突然咽住了！她这才发觉，明生胸口外溢的血凝结住了，他的身子在渐渐发凉，一点气息也没有了！

悲痛是那样巨大，打击是那样沉重。如焦雷轰击头顶，似万箭穿透心胸。一命相依的两颗心，停止跳动了一颗。春玲完全呆痴了，呆痴了！她那桃形的眼睛变成杏子样——不，比杏子还要圆，直直地，失神地，怔怔地瞪着！

曹振德和人们来到一座山头，都停了下来。每双眼睛都大张着，一齐向对面山峰属望。

山峰上，那崇高巍峨的山峰上，成熟了的山草、灌木叶，苍劲的松树，在曙光中闪着光。春玲的头高昂着，晨风拂动着柔发。她注视着远方的东流的黄垒河，一望无垠的田川。姑娘那白色衬衫的碎块，微微地掀动着，血斑在衣面上泛光。她两臂把弟弟横托在胸前。明生的胳膊向下垂着，脸向上昂着，像是在紧瞅着姐姐的脸。孩子的胸口和全身染满鲜血的衣服，在旭日的绮丽的光芒沐浴下，闪烁着耀眼的红光。

人们呼喊着，齐奔上山峰，将春玲团团围住。

曹振德泪珠挂在眼窝，从女儿怀里接过他的还差二十二天过十岁生日的小儿子的血尸体，紧紧地抱着，看着！

明轩扑上二姐的怀，大哭起来。

春梅的手握紧明生的发凉的小手，握着，长时间握着，以至把小弟的手烘热了。

轰隆隆隆！轰隆隆隆……西方，天地连接的地方，响起春雷般的炮声。人们一齐抬起头。

被两个武工队员押着的孙承祖和汪化堂，此时竖起耳朵。汪化堂狂声叫道：

"你们听吧，国军的大炮！你们共产党兴旺不了几天了！"

"呸！你这条恶狗！"怒吼声出自十几张口。

春玲从人们的扶她的手中走过来。她一步步向汪化堂和孙承祖走着，两眼射出利剑般的光芒，逼视着他们！

春梅愤怒地向孙承祖他们说："别做梦！这是人民向反动派开火的炮声！"她掏出手枪，顶上火，塞进春玲手里。

"打！春玲！"

"向反动派开火！"

人们爆发起怒吼。

春玲紧握手枪，看着姐姐。

春梅点一下头："人民政府给你的枪，处死汪化堂！"

春玲咬紧牙，扣动枪机！

一连三颗子弹，穿进汪化堂的肺腑。老匪徒痛叫着跌进万丈深渊。春梅对打着寒噤的孙承祖，说：

"你等待人民的审判吧！"

春玲回到父亲身边，看着明生的尸体：说：

"爹！不要伤心，我兄弟死前告诉我，不要为他难过……"

曹振德的眼光良久地凝视着小儿子的脸，他抬起头，向春梅说：

"教导员！把好消息告诉给大家吧！"

"乡亲们！"春梅振臂高喊，"我夜里接到上级的通知，我们人民解放军，开始向反动派大反攻啦！要把进犯的敌人全部消灭干净！一直打到南京去，解放全中国……"

暴风雨般的掌声，狂欢的呼喊声，盖没了区委书记的话。

轰隆的炮声不断从西方传来，越来越密集、激烈。

曹振德对躺在怀里的小儿子，激动地呼唤道：

"明生，爹的好孩子——不，你是党的好孩子！你听到了吗？解放大军的炮声响啦！向反动派大反攻啦！孩子，迎春花快要开了！就要把春天迎来了！"振德昂起头，大声吩咐女儿：

"唱吧，玲子！放大声唱吧！"

　　迎春花，迎太阳
　　不怕冰雪不怕霜
　　穷人迎来共产党
　　革命流血理应当

　　迎春花，迎春光
　　大炮齐鸣打蒋帮
　　迎春熬过隆冬开
　　迎春花儿迎解放

春玲姑娘清脆嘹亮的歌声，伴奏着春雷般的向反动派进攻的大炮声，响彻了整个山谷。

一九五九年二月写于济南
一九五九年五月改于北京

图书在版编目（CIP）数据

迎春花 / 冯德英著． —济南：山东文艺出版社，2019.7

ISBN 978-7-5329-5857-3

Ⅰ．①迎… Ⅱ．①冯… Ⅲ．①长篇小说—中国—当代 Ⅳ．①I247.5

中国版本图书馆CIP数据核字（2019）第092594号

迎春花

冯德英　著

主管单位	山东出版传媒股份有限公司
出版发行	山东文艺出版社
社　　址	山东省济南市英雄山路189号
邮　　编	250002
网　　址	www.sdwypress.com
读者服务	0531-82098776（总编室）
	0531-82098775（市场营销部）
电子邮箱	sdwy@sdpress.com.cn
印　　刷	山东新华印务有限公司
开　　本	880毫米×1230毫米　1/32
印　　张	19
字　　数	476千
版　　次	2019年7月第1版
	2020年1月第2版
印　　次	2023年2月第4次印刷
书　　号	ISBN 978-7-5329-5857-3
定　　价	53.00元

版权专有，侵权必究。如有图书质量问题，请与出版社联系调换。